LITERATURA MUNDO E FORMA

MASSAUD MOISÉS

LITERATURA MUNDO E FORMA

Editora Cultrix
SÃO PAULO

1ª edição 1982.

2ª edição 2024.

Editor: Adilson Silva Ramachandra
Gerente editorial: Roseli de S. Ferraz
Gerente de produção editorial: Indiara Faria Kayo
Editoração eletrônica: Join Bureau
Revisão: Claudete Agua de Melo

Dados Internacionais de Catalogação na Publicação (CIP)
(Câmara Brasileira do Livro, SP, Brasil)

Moisés, Massaud, 1928-2018
Literatura mundo e forma / Massaud Moisés. – 2. ed. – São Paulo: Editora Cultrix, 2024.

Bibliografia.
ISBN 978-65-5736-337-9

1. Criação (Literária, artística, etc.) 2. Crítica 3. Literatura – Estética I. Título.

24-209485 CDD-801.95

Índices para catálogo sistemático:
1. Crítica literária 801.95
Cibele Maria Dias – Bibliotecária – CRB-8/9427

EDITORA PENSAMENTO-CULTRIX LTDA.
Rua Dr. Mário Vicente, 368 – 04270-000 – São Paulo, SP – Fone: (11) 2066-9000
http://www.editoracultrix.com.br
E-mail: atendimento@editoracultrix.com.br
Foi feito o depósito legal.

Para
José Paulo e Dora
Osman e Julieta

SUMÁRIO

Primeira Parte

Fundamentos

I. CRÍTICA E REALIDADE

1. Um estudo que pretenda examinar a díade forma *versus* mundo pressupõe que se abra espaço para algumas questões de método. Ao mesmo tempo, não se pode perder de vista que alguma delas já foram enfocadas como etapas de uma reflexão que agora tem prosseguimento. Queremos referir-nos aos conceitos de Literatura, gêneros literários, poesia, conto, novela, romance, etc., que procuramos examinar em *A Criação Literária* e no *Dicionário de Termos Literários*. Eis por que estarão subjacentes ao longo do texto, estabelecendo um nexo de continuidade com as noções enfeixadas nesses dois livros.

Quando empregamos o vocábulo "mundo", pensamos num todo formado de natureza e o mais que o ser humano tem produzido através dos séculos em matéria de cultura. Ou seja, ali, o chamado mundo concreto, aqui, o mundo do saber.

A mente colhe, na observação e absorção do mundo concreto, aquilo que ganha forma por meio das artes plásticas, da arquitetura, da escultura, ou por meio da literatura, da música, ou das diversas manifestações de conhecimento que empregam a palavra como meio de expressão, de filosofia aos tratados científicos, passando pela religião, historiografia etc. Na fase inicial, teríamos o que se conhece como representação, produto da imagem que se imprime na mente, ou como ideia, imaginação, fantasia. Basta que pensemos na etimologia do termo "ideia" (gr.*idéa*, "imagem ideal de um objeto", Corominas) e dos seus derivados ("ideal, "ideologia", "ideação", "ideograma", idealizar", dentre outros), para se configurar a mútua interação entre o mundo, na sua diversidade, e a forma que adquire, tanto na mente como no objeto concreto em que se torna visível e se transfigura: a tela do pintor, o edifício do arquiteto, o romance do escritor, a pauta do compositor, o tratado do filósofo, e assim por diante.

2. SEM INGRESSAR NO CIRCUITO DE uma questão classificada por um filósofo dos nossos dias como "profunda e tediosa",[1] o conceito de realidade é o primeiro a focalizar: uma vez que, "é precisamente a multiplicidade dos conceitos de realidade que produz a multiplicidade de nossos modos de pensamentos". Que se entende por *real* e *realidade*? Eis a questão, que tem derramado muita tinta.[2]

Como se sabe, de *res*, coisa, deriva o sentido primitivo de *real* e *realidade*; daí a analogia com a ideia de matéria, no sentido físico, e os neologismos *coisidade* e *coisificação* empregados pelo jargão filosófico. Procurando não forçar o significado etimológico, a ideia de realidade pode ser assumida no espaço semântico de "coisa", tomada não apenas no sentido físico, mas no genérico. A *res*, no caso, identifica-se com *objeto;* aquilo que é *ob-jectum*, se põe diante de, é dado ao conhecimento. Assim, *res* denota a coisa no sentido físico e também no conceptual. Se a cadeira é uma coisa, "a alma é uma coisa que pensa".[3] Material no primeiro caso, e imaterial no segundo, a coisa pode ser a um só tempo material e imaterial quando remontamos à imagem da realidade física no intelecto: a representação mental de uma

---

[1] Alfred North Whitehead. *El Concepto de Naturaleza*, tr. espanhola. Madri: Gredos, 1968, p. 163.

[2] Mesmo em vernáculo, como se pode ver, por exemplo, em *Conhecimento e Realidade* (Lisboa: s. c. p., 1940), de Delfim Santos, ou *Real e Realidade* (Porto: Inova, s. d.), de Alberto Ferreira, ou *Ensaios sobre a Cultura* (Lisboa, 1963; 2ª ed. Lisboa: Morais, 1978), de Romeu Melo.

[3] Descartes, cit. por Armand Cuvillier. *Pequeno Vocabulário da Língua Filosófica*, tr. brasileira, 3ª ed. São Paulo: Nacional, 1976, p.24.

cadeira pressupõe a fusão de planos material e imaterial, como o verso e o reverso do mesmo objeto.

A própria metáfora, núcleo da linguagem literária, assinala, na sua dicotomia, as duas dimensões simultâneas que emprestam forma às representações do mundo concreto. Mas as posições se alternam: o que antes era material, torna-se imaterial e vice-versa: o corpo físico da metáfora é agora a coisa material, e a referência, ou o estrato apontado para a realidade concreta, torna-se imaterial. Assim, a metáfora é a um só tempo uma *res* material e imaterial. As duas esferas em que se monta a metáfora se reproduzem quando a "coisa" assume a figura de representação mental, dissociando a imprevisibilidade alheia ao pensamento, e uma representação mental sem compromissos com o mundo material. Trata-se, como se pode ver, de um problema complexo, alheio aos quadrantes em que situamos nossas reflexões.

O certo é que se pode, ao menos para os fins em mira, adotar a significação primordial de realidade, porquanto "coisa" se refere tanto à matéria como à mente. A própria noção de *res*, entendida à luz da Retórica, como "o objeto conceptual de que se trata (*matéria*) em um discurso e em geral em toda obra literária",[4] evidencia a dupla função desempenhada pelo vocábulo "coisa".

Dessa perspectiva, não causa espécie admitir que o imaginário também faz parte da realidade: a fantasia, o onírico, e formas cognatas são tão reais quanto as coisas do mundo físico. Trata-se apenas de um tipo diverso de real, o real sensível, empírico, o real físico de um lado, e, de outro, o real virtual, o abstrato, intelectual. Uma análise mais profunda, contudo, poderia evidenciar que se trata de modalidades do mesmo real: o real físico implica sempre o real intelectual, na medida em que a percepção do mundo sensível opera por via da sensação e do intelecto[5] e que o real imaginário ou

---

4 Heinrich, Lausberg. *Manual de Retórica Literaria*, tr. espanhola, 3 vols., Madri: Gredos, 1966-1968, vol. III, p. 202

5 Ernst Cassirer. *Las Ciencias de la Cultura*, tr. mexicana, 4ª reimpressão. México: Fondo de Cultura Económica, 1975, p. 114; Rudolf Arnheim. *Toward a psychology of Art*,

intelectual se conecta de algum modo com a realidade física. (A não equivalência possível entre entidades de cada faceta do real não significa que sejam estanques, ou que um possa existir sem o outro): se a ideia de triângulo não se realiza no mundo físico, isso não quer dizer que seja puro ente racional, desligado da realidade física, mas que constitui a abstração de formas existentes no mundo físico. A falta de homologia não traduz oposição, mas níveis de abstração ou de fisicalidade: o número 2 como tal não existe no mundo concreto, mas não significa que esteja desconectado do mundo concreto, inscrito num espaço fora da nossa capacidade perceptiva. Mesmo as quimeras, as produções mais fantasiosas têm alguma vinculação com a realidade concreta; a ficção científica aí está para o dizer: ainda que leve às últimas consequências a fantasia acerca do futuro, há de estar sempre ligada ao mundo que conhecemos, como uma espécie de virtualidade possível, ou, em termos aristotélicos, de potência latente à espera do momento para tornar-se ato. Por mais obstrusa que seja a invenção da geografia porvindoura, há de ser verossímil ao mundo físico de hoje; e se a imaginação cria seres nesse longínquo amanhã é sempre à imagem e semelhança do ser humano.

Extensão da Natureza e do Homem, o mundo imaginário não escapa de suas raízes: podem os dados alterar-se, mas a visão permanecerá antropocêntrica e geocêntrica. Daí o caráter inclusive vaticinatório desse gênero de sondagem no futuro, alcançando "ver", por entre as sombras da rotina científica, aspectos do porvir. Júlio Verne prefigurou com a sua transbordante imaginação aspectos que a Ciência moderna descortinou. E o mesmo acontecerá aos Júlios Vernes modernos que perscrutam o futuro com

---

Barkeley/ Los Angeles: Univesity of California Press, 1966; *Visual Thinking*, Berkeley/ Los Angeles/ Londres: University of California Press, 1969; *Art and Visual Perception*, Berkeley/ Los Angeles: University of California Press, 1974.

Ver, ainda, a teoria de Karl Popper acerca do "terceiro mundo", ou "mundo 3", composto pelas ideias, artes, ciências, linguagem, instituições, conceitos (*Conhecimento Objetivo*, tr. brasileira. Itatiaia/EDUSP, 1975, passim). Uma síntese da teoria do pensador austríaco encontra-se em Bryan Magee. *As Ideias de Popper*, tr. brasileira. Cultrix/ EDUSP, 1975, pp. 61ss.

suas intuições aparentemente disparatadas, quando, em verdade, apenas desenvolvem latências científicas.

Está-se, por conseguinte diante de uma noção de real que abrange todas as facetas, começando pela matéria bruta e terminando em abstrações (nas quais pode incluir-se a ideia de Ser ou de Deus); *res* é a coisa, minério, planta, homem, Deus; o possível e o incerto; o verídico e o fictício, o certo e o impossível, o sonho e o incesto, a psicose e a fartura; Satã e Fausto, Margarida e a Quimera; o mito e o fato, o enigma e a tesoura, o oculto e o subterrâneo, Zen e Cristo, Buda e Krishna; Pessoa e Goethe; Jorge de Andrade e Mallarmé; "o fácil e o fóssil", o átomo e o átono", "a argila e o sigilo", "a palavra e a lebre", o Alfa e o Ômega", "o princípio e o fim", o primeiro e o derradeiro"; o nada e o tudo: ISTO E AQUILO – "o ptyx (Carlos Drummond de Andrade).

Desnecessário frisar que o critério de *verdade* não se ajusta ao caso, mesmo porque introduziria uma relatividade "subjetiva", que a noção de realidade pretende superar, propondo uma solução que engloba as várias formas de ser e de fenômenos, sem levar em conta a veracidade. Asseverar que o "erro, a imagem, e a fantasia não podem ser realidade"[6] parece improcedente. Não é a realidade, ou a existência, do erro, da imagem e da fantasia que está em jogo, mas a sua verdade; podemos recusá-los como sinais inverídicos não como sinais dotados de realidade. E embora se admita ser a "realidade (...) mais vasta do que a extensão do conceito de existência",[7] é a verdade que está em jogo tanto no caso do erro, como da imagem e da fantasia, não a realidade, ou existência.

3. Assumido, desse modo, o real como coisa, pertencente ao mundo material, como ao imaterial, segue-se que a realidade pode ser compreendida como um sistema ou uma estrutura de coisas. Sistema ou estrutura material quando se reporta ao mundo físico; imaterial, quando articula

---

6 Delfim Santos, *op.cit.*, p. 60.

7 *Idem, ibidem*, p. 62.

representações mentais; e ambivalente, quando consideramos as faces duais que, o rosto da coisa pode exibir.

Sucede, porém, que a estrutura material nem é homogênea nem unívoca, porquanto envolve "coisas" que, além de materiais, pertencem a dimensões distintas: de um lado, as "coisas" que integram a Natureza, de outro, as "coisas" materiais produzidas pelo ser humano. Árvore e livro são materiais, mas de esferas próprias; aquela, da esfera natural, este, da esfera humana. Outra distinção impõe-se, na mesma linha de raciocínio: as "coisas" naturais formam o mundo da Natureza; e as coisas materiais elaboradas pelo ser humano pertencem ao mesmo nicho dos conceitos. Se este nicho, de coisas materiais humanas e imateriais, for chamado de Cultura[8], teremos um sistema ou estrutura de "coisas" materiais naturais – a Natureza – e um sistema ou estrutura de "coisas" ao mesmo tempo materiais humanas e imateriais – a Cultura. Portanto, a realidade se constituiria de duas dimensões fundamentais: a da natureza e a cultura, tendo de permeio o ser humano, participante a um só tempo de uma como de outra.

Trata-se de categorias interagentes: a Natureza, implica um sujeito que a determine, a pense e a reduza a equações lógicas ou a submeta ao exame científico. E a Cultura mesmo quando tida como uma série de categorias lógicas, pressupõe a Natureza ou o ser humano no ápice do seu processo de conhecimento, isso a tal ponto que pode ser definida como a real seleção de alguma parte do comportamento humano possível, considerado no seu efeito sobre materiais feitos de acordo com a demanda de uma implícita ontologia e modificado pela totalidade do ambiente.[9] A separação das três categorias decorre, portanto, da necessidade de se encontrar clareza no seu exame; decantando-as para análise, podemos entrever com maior nitidez cada uma de per si e o conjunto que formam, habilitando-nos, assim, a considerá-las a um só tempo entidades autônomas e formadoras de um contexto no qual se integram.

---

8 Heinrich Rickert. *Ciencia Cultural y Ciencia Natural*, tr. argentina, 2ª ed. Buenos Aires: Espasa-Calpe, 1945, *passim*.

9 James Feibleman. *The Theory of Human Culture*. Nova York: Dwell, Sloan and Pearce, 1946, p. 94.

Conceito presente ao longo da história do pensamento filosófico e científico, a Natureza desafia, ainda nos dias que correm, a argúcia dos especialistas. Qual a ideia de Natureza que resistindo à análise, pode ser acolhida, ao menos como hipótese de trabalho? A visão grega da Natureza, "como um organismo inteligente"? A visão renascentista, "como uma máquina"? ou a visão moderna, "que considera o mundo da Natureza como um segundo mundo em que nada é repetido, um segundo mundo de progresso caracterizado, não menos do que o da História, pela constante aparecimento de coisas nova?"[10] Embora não seja conveniente participar desses debates, temos de ancorar num conceito que sirva ao nosso propósito. Inclinados a reconhecer na visão moderna que, por sua vez, "deve alguma coisa seja à cosmologia grega, seja à cosmologia da Renascença",[11] a elasticidade que falta às outras, consideraremos a Natureza a soma dos componentes do mundo material, anteriores à consciência individual, ou à história do conhecimento que cada um tem do Universo, e subsequentes a ela, uma vez que a finitude do "eu" permite supor a permanência da Natureza. Em suma, a Natureza será tomada como a soma dos elementos materiais, não criados pelo Homem, ou seja, "o conjunto do nascido por si, oriundo de si e entregue ao seu próprio crescimento".[12]

Em face da Natureza, interlocutora e matéria pulsante, a Cultura corresponde ao conjunto das coisas criadas pelo ser humano: a Natureza constitui o plano do incriado, a Cultura é o das criações humanas, desde os instrumentos primários com que o troglodita atacava suas presas, até o aglomerado urbano; artes plásticas, e os objetos imateriais, ou conceitos, das percepções até as abstrações matemáticas, teleológicas, etc., incluindo

---

[10] R. G. Collingwood. *A Ideia da Natureza*, tr. portuguesa. Lisboa: Presença, s.d., *passim*.

[11] *Idem, ibidem*, p. 18.

O leitor interessado numa visão, ainda que panorâmica, da complexidade dos problemas envolvidos no conceito de Natureza, poderá socorrer-se da obra de Collingwood. E para uma ideia mais circunstanciada da concepção moderna de Natureza, recorrer à obra de Whitehead.

[12] Heinrich Rickert, *op. cit.*, p. 47.

Ideologias, os Sistemas Filosóficos, Científicos, Religiosos, etc. A Cultura dialoga com a Natureza, "seja como o produzido diretamente por um ser humano atuando segundo fins como valor, seja, se a coisa existe antes, como o que é *cultivado* intencionalmente pelo homem, em atenção aos valores que nela residem.[13] A Cultura se distingue da Natureza por criar valores, produzir bens: "a religião, a Igreja, o Direito, o Estado, os costumes, a Ciência, a Linguagem, a Literatura, a Arte, a Economia, e também os meios necessário ao seu cultivo são, quando chegam a certo grau de desenvolvimento, objetos de Cultura, ou *bens*".[14] Tendo o ser humano como o seu núcleo e razão de ser, a Cultura guia-se pela intenção de criar objetos que, veiculando valores, possam exprimir o elo como ser que pensa e transforma o pensamento em conhecimento de si próprio e da Natureza. Daí poder ser entendida como a "totalidade dos objetos reais em que residem valores universalmente reconhecidos e que por esses mesmos valores são cultivados".[15]

O fato de a Cultura implicar valores não significa que os objetos culturais possam ser distinguidos pelo valor, como, aliás, mostrou Cassirer ao criticar a tese de Rickert da qual extraímos os pontos capitais. Partindo da ideia das "formas simbólicas" e do conceito de estilo, Cassirer admite que determinadas formas de arte ou línguas possam encerrar "determinados juízos de valor, mas estes jamais têm fixação constitutiva para a captação da forma como tal, para seu sentido e seu alcance".[16] Por outros termos, e já agora na esteira dos *Conceitos Fundamentais da História da Arte*, de Wölffin, os estilos de época, como, por exemplo, o Barroco ou o Clássico, não envolvem juízos estéticos, normativos ou de qualidade: ainda que distintos, equivalem-se como forma de arte e estilo de representação da realidade. Se, contudo, aceitarmos que os objetos culturais constituem valores quando comparados com objetos naturais, a distinção entre eles não se realiza no plano de valor, mas no do estilo de representação da realidade. Nega-se,

---

13 *Idem, ibidem, loc. cit.*

14 *Idem, ibidem*, p. 49.

15 *Idem, ibidem*, p. 57.

16 Ernst Cassirer, *op. cit.*, p. 99.

assim, que se possa erguer, a rigor, uma axiologia dos objetos culturais, sem comprometer, no entanto, a tese de que sejam em si, valores, ou bens.

A intenção que anima a Cultura é, pois, a de conhecer a Natureza, espelhando-a e transmitindo-a, e de conhecer o Homem. Se o agente da Cultura busca conhecer-se ao produzi-la, é porque não é pensável a Cultura fora do Homem, tendo outra destinação que o próprio agente. O conhecimento que a Cultura promove, e em que se resume, é o conhecimento do Homem, mesmo quando está em causa a Natureza. Eis por que se torna inimaginável um conhecimento "neutro", voltado exclusivamente para o objeto natural, destituído de valor e sem referência ao sujeito que o pratica. Dessa perspectiva, toda atividade cultural se reduz a equações antropomórficas, deixando, nesse caso, a Antropologia de ser uma ciência (ou técnica? ou método?) autônoma para se tornar a suma cultural em que se mesclam, e para a qual convergem, todas as manifestações culturais. Pode-se concluir que a "Cultura é, como diz Scheler, humanização, mas a humanização se refere tanto ao processo que nos faz homens como ao fato de que os produtos culturais se tornem humanizados".[17]

Não se deduza que a Cultura se identifica com o humanismo próprio das chamadas Humanidades, mas com um humanismo resultante de a Cultura ser produzida pelo ser humano tendo em vista a efetivação de suas máximas potencialidades, graças ao conhecimento de si e da Natureza. Nem que se associe as noções de "ornamento"; se *Guernica* é inútil tanto quanto é útil o bisturi ou o arado, não significa que seja inútil noutro

---

[17] José Ferrater Mora. *Diccionario de Filosofía*, 4ª ed. Buenos Aires: Sudamericana, 1958, v. "Cultura".

Escusa lembrar que o conceito de Cultura apenas se esboça nas considerações que vimos fazendo. Que se trata de uma questão em aberto, basta ter em mente o ensaio de Mario Bunge, "A Cultura como Sistema Concreto", publicado em *Ciência e Filosofia*, Faculdade de Filosofia, Letras e Ciências Humanas da Universidade de São Paulo, nº 1, 1979, p. 7ss. Ver ainda: Max Scheler. *El Saber y la Cultura*, tr. argentina, 2ª ed. Buenos Aires: Espasa-Calpe, 1944; James Feibleman, *op. cit.*; Leslie A. White. *The Science of Culture: A Study of Man and Civilization*. Nova York: Farrar, Strauss and Co., 1949.

plano, o do saber que torna o indivíduo mais consciente de si e da realidade circundante. Por outro lado, uma definição de Cultura, por pertencer à esfera dos "fenômenos imprevistos" tem apenas conceitos ou definições abertas. O saber clássico, aristotélico, cedeu à evidência de uma Cultura "em mosaico", reflexo de um mundo caótico, desordenado, fragmentário, insusceptível de um saber homogêneo e descoberto por *acaso*, segundo o processo de *ensaios* e *erros*.[18] Não quer dizer que a Cultura deixou de ser o repertório das formas simbólicas criadas pelo ser humano, como indivíduo ou membro do corpo social, para representar as informações que recolhe, ao longo do seu percurso existencial, de si próprio e da realidade à volta. Considerando-se "mobiliário do espírito" ou integrante da "memória do mundo": a Cultura se refere sempre ao ser humano, tomado em suas múltiplas dimensões, incluindo a do vir-a-ser: configurando-se em utopia ou horizonte que se distancia à proporção que avança o conhecimento, é a própria razão do empenho em produzir, armazenar e transmitir Cultura.

4. Situado, portanto, a meio caminho entre a Cultura e a Natureza, e delas participando, o ser humano visa, em última instância, conhecer-se. Ocorre, no entanto, que o conhecimento de si também não pode ser "puro" pois participa da realidade natural pela dimensão biológica e da realidade cultural pelos objetos de valor, ou bens, produzidos. De onde o autoconhecimento do Homem ser, ao mesmo tempo, natural e cultural; mas se é o conhecimento do Homem que, ao fim e ao cabo, importa em todo o processo em busca do saber, segue-se que o conhecimento do ser humano equivale ao conhecimento de sua natureza, ou da fração que partilha do mundo natural, e da sua cultura, ou da fração decorrente da produção de bens ou valores. Consequentemente, todo ser humano enfrenta as duas dimensões da realidade – Natureza e Cultura – polarizadas em si mesmas ou no seu semelhante.

---

18 Abraham A. Moles. *Sociodinâmica da Cultura*, tr. brasileira, São Paulo: Perspectiva/EDUSP, 1974, pp. 9ss.

Estruturada a situação em que se realiza o conhecimento, suponhamos que o sujeito possua, em alta dose, os recursos aduzidos. Sumamente perceptivo, graças ao senso agudo de observação, à sensibilidade apurada, à inteligência alerta e à imaginação desenvolvida, captaria as múltiplas formas que a realidade, "contínuo heterogêneo",[19] apresenta. Visto não ser bastante exibir tais predicados sem produzir bens culturais, admitamos que o sujeito em causa, para tanto, ainda reunisse aptidão para organizar num objeto, o resultado de sua multímoda percepção. E convencionemos que seja um texto literário.

Inscrito nessa categoria, o texto ostenta, evidentemente, características que o distinguem de outros textos destinados a veículos diversos, tipos de conhecimento, e que, portanto, extrapolam a área literária. Desnecessário acentuar que a diferenciação entre os textos radica num conceito de Literatura (e de Arte), de Filosofia, de Ciência e de Religião. Se, como vimos, a Literatura é a expressão dos conteúdos da imaginação por meio de metáforas ou vocábulos polivalentes, o texto segregado pelo sujeito se identificaria por empregar a metáfora de modo sistemático.

Porém, antes de passar ao exame das consequências resultantes do fato de o texto literário se caracterizar pelo uso da metáfora, convém sublinhar que a metáfora, por funcionar como filtro, determina uma limitação na realidade: a realidade nas suas infinitas formas, sofre um processo de filtragem e seleção, visto que a metáfora não capta a realidade em todo o seu dinâmico e variado relevo. Entendamos: a realidade como um todo não pode ser detectada pela metáfora (nem por qualquer outro instrumento de percepção): esta não é equivalente à realidade – mas o espelho que a reflete e a refrata. A realidade não se permite divisada diretamente: a percepção dos objetos físicos dá-se por via oblíqua.[20] Por isso, nem vale a pena ir diretamente ao seu encontro, nem cabe indagar, por ora, qual o grau de

---

[19] Heinrich Rickert, *op. cit.*, p 63.

[20] A. J. Ayer. *O Problema do Conhecimento*, tr. portuguesa. Lisboa. Rio de Janeiro: Ulisséia, s.d., p. 71ss. A essa questão voltaremos nos capítulos "A Perspectiva Lógica" e "Realidade e Cosmovisão".

realidade que a metáfora alcança absorver. Importa, isso sim, considerar que a metáfora é uma redução da realidade, redução própria da filtragem, e que somente permite atravessar determinados componentes da realidade. E porque redução, a metáfora conduz a uma ordenação: ao transmutar-se em metáfora, a desordem da realidade se organiza em ordem, a anarquia volve-se ordem. *Redução* e *ordenação* constituem os mecanismos que sustentam a metáfora, e, por extensão, o texto literário.

Entretanto, a redução metafórica não quer dizer unificação: a realidade se mantém pluriforme ao espelhar-se na metáfora; ou, por outra, a metáfora é o signo eleito pelo texto literário precisamente por facultar que se reflita e se refrate o multiforme do real. A metáfora não capta o real como um todo, mas pode apontar-lhe a polivalência: desse modo, haveria paralelismo e simetria entre a polivocidade da metáfora e a multiformidade do real. Nem a realidade, porque multímoda, pode manifestar-se doutro modo, ou seja, sem o concurso da metáfora, nem esta se adapta a textos em que o alvo consiste num conhecimento doutro tipo. A metáfora se avizinha do grau *zero* sempre que a realidade estiver sendo abordada do ângulo da Ciência, da Filosofia e da Religião, justamente porque, em tais casos, não está em causa o multiforme do real, mas a conversão do real a um saber unívoco e desejadamente inequívoco.

Estabelecido o vínculo de necessidade entre a coisa – a realidade – e sua representação – a metáfora –, o passo seguinte será compreender que a realidade como Natureza, Cultura e ser humano, é que pode ser condensada nas fronteiras da metáfora. Esta não concede privilégio a uma dessas categorias em detrimento das outras duas; ao contrário, procura abranger as três, se possível no mesmo signo representativo. A metáfora, assim compreendida, encerra dados da Natureza, do Homem e da Cultura, como se se pretendesse o veículo de um saber universal, que envolvesse as ciências da Natureza e as da Cultura num único processo cognitivo. E se podemos pensar numa tipologia de metáforas, de modo que algumas se aproximassem mais, outras menos, desse ideal, a metáfora em si possibilita a integração das categorias formadoras do real no mesmo signo expressivo.

Quando Pessoa diz em "Hora Absurda", por intermédio de Álvaro de Campos

> O teu silêncio é uma nau com todas as velas pandas...
> Brandas, as brisas brincam nas flâmulas, teu sorriso...
> E o teu sorriso no teu silêncio é as escadas e as andas
> Com que me finjo mais alto a ao pé de qualquer paraíso...

recorre ao vocábulo "nau" para explicar o sentimento que o sorriso, aureolado pelo silêncio, lhe suscita. Era como se dissesse que o sorriso guarda ou sugere um mistério ou segredo, que apenas a correlação com a nau das velas estufadas lhe permite expressar. Ou seja, o sorriso, no silêncio, o conduz, à semelhança das flâmulas de uma nau, ao pé do paraíso. A lembrança da "Mona Lisa" não é fortuita, com a diferença de que o pincel de Leonardo da Vinci registra o sorriso enigmático da musa, enquanto os versos de Pessoa transmitem a sensação de êxtase ao vislumbrar, no sorriso da amada, o passaporte para a bem-aventurança.

Nesses últimos versos, o silêncio evoca, para Pessoa, uma nau, assim como poderia sugerir outros objetos mais óbvios e desgastados, a exemplo do mar ou do firmamento. Descobria ele uma relação inesperada, original, que recria a realidade, na medida em que o símile inédito vem carregado de novos sentidos. E nele se distinguem as "flâmulas", identificadas com o sorriso. De um ângulo, processa-se a imitação da realidade, visto que o poeta lida com entidades do mundo concreto. De outro, desvenda-se a nova relação, que a pura mimese não permitiria. Ali, fala a realidade como tal; aqui, a fina intuição do poeta. Depois de lidos os versos a essa luz, percebe-se que tanto o silêncio e a nau, quanto as flâmulas e o sorriso ganharam sentido imprevisto como vocábulos, um a um, e como duas parelhas. Fazem pensar que o silêncio está para a nau assim como o sorriso para as flâmulas. Noutro momento de "Hora Absurda", o poeta emprega a negação da metáfora que lhe serviu de abertura para construir outras metáforas não menos exemplares:

Que o meu ouvir o teu silêncio não seja nuvens que atristem
O teu sorriso, anjo exilado, e o teu tédio, auréola negra...

Ora, se correto o raciocínio para a metáfora, igualmente o será para o texto literário, por conter dados resultantes da Natureza, outros provenientes do Homem e ainda muitos decorrentes da Cultura, gerando compostos que levantam a necessidade das tarefas analíticas, ou segmentos nos quais se torna mais imediato distinguir cada uma daquelas categorias. No fluxo da consciência de Molly Bloom no final de *Ulisses* de James Joyce se atropelam informações de todo tipo, desde as eróticas até as políticas, e de modo explícito ou não, enquanto na descrição de um aspecto da geografia de *Os Sertões* é mais instantâneo perceber a predominância da Natureza sobre os demais estratos da realidade. Seja como for, a parte e o todo do texto literário exibem a mesma permeabilidade às modulações do real. E isso constituirá, como veremos no capítulo destinado ao exame das relações entre crítica e dogmatismo, um dos problemas enfrentados pelo ofício crítico.

Signo polivalente, a metáfora apresenta, como se sabe, duas dimensões ou estratos: opacidade e transparência. Se consideramos que "todos os idiomas contêm certas palavras arbitrárias e opacas, sem qualquer conexão entre o som e o sentido, e outras que, pelo menos em certo grau, são motivadas e transparentes",[21] a opacidade e a transparência serão categorias inerentes ao próprio ato da fala. Podia-se, inclusive, classificar o vocabulário de uma língua em duas famílias, a das palavras opacas e a das palavras transparentes. Entretanto, o nosso problema radica não no plano da língua, mas, segundo a conhecida dicotomia saussauriana, no da fala ou *parole*. Nesse caso, é a metáfora que nos ocupa, e não as palavras opacas e transparentes "em si".

Admitindo ser a metáfora uma comparação que implica transformação de sentido – formalmente, é, comparação e semanticamente, transformação de sentido –, seguir-se-á que a opacidade e a transparência fazem

---

[21] Stephen Ullmann. *Semântica*, tr. portuguesa, 3ª ed. Lisboa: Fundação Calouste Gulbenkian, 1973, p. 169.

parte intrínseca de sua estrutura. Como se fundisse as duas categorias de vocábulos inicialmente apontadas, a metáfora é por natureza o lugar de encontro da opacidade com a transparência.

Se as palavras opacas se caracterizam pela ausência de qualquer liame entre sentido e som, de acordo com a tese de Saussure relativa à arbitrariedade do signo, e transparentes as que apresentam nexo ou motivação, como, por exemplo, as onomatopeias – há que distingui-las das metáforas transparentes e das metáforas opacas, ou melhor, da transparência e da opacidade metafórica. Uma palavra pode ser "em si", opaca, e metaforicamente transparente. Opaca como vocábulo, "maçã" é transparente (ainda que até certo ponto) na expressão "a maçã de seu rosto" ou mesmo em "trazia maçã no cesto". Nesse caso, a transferência é dada pelo referente, diz respeito ao sentido e não ao som. De onde a opacidade e a transparência serem categorias simultaneamente fonéticas e semânticas.

No plano vocabular, a transparência decorre de haver similitude entre o som e o sentido, como no caso das onomatopeias ou das chamadas "antifonias vocálicas".[22] Em se tratando de metáfora, porém, a transparência é conferida pelo microcontexto: as palavras opacas "em si", adquirem transparência ao integrar o corpo da metáfora. Assim nos versos

> A tua carne calma
> É fria em meu querer

ou em:

> Carne do meu abstrato amor cativo[23]

o substantivo "carne"[24] assume transparência e, por conseguinte, a motivação que não possuía como vocábulo isolado. No interior dos versos, cessa a

---

[22] *Idem, ibidem*, p. 177.

[23] Fernando Pessoa. *Obra Poética*. Rio de Janeiro: Aguilar, 1960, pp. 71 e 87.

[24] Stephen Ullmann, *op. cit.*, p. 170.

opacidade do vocábulo para iniciar-se a transparência dada pelo microcontexto. Desaparece a arbitrariedade do signo linguístico, uma vez que o leitor não pode, sem violentar o sentido do verso, entender por "carne" algo diferente. No plano da Língua, "carne" é relativamente opaco: a convenção é suficiente para lhe conceder univocidade, mas aqui se trata de o contexto emprestar-lhe transparência: no perímetro do verso dissipa-se a opacidade em favor de referencialidade. Se antes se poderia admitir a inexistência de vínculo entre "carne" e o objeto designado, visto a palavra ter sido gerada à luz da convenção, agora se nota o surgimento de uma motivação como que necessária. O vocábulo se apossa, no contexto do verso, de outros sentidos, para além do que ostenta no espaço da Língua. A transparência não implica repúdio à polivocidade de significação; antes, pressupõe-na; a indeterminação semântica do vocábulo no verso traduz não a falta de sentido, mas a presença de muitos. A multiplicidade de sentidos aponta a superação do aspecto convencional por um elo de necessidade: os vários sentidos estão conectados aos vocábulos que integram o verso, a ponto de a substituição ocasional de qualquer um desencadear alteração no conjunto. Sabe-se bem das mudanças, para bem ou para o mal que as variantes podem introduzir em textos sujeitos a diversa leitura.

Os poemas de Fernando Pessoa mais uma vez podem servir de exemplo à mudança operada quando um vocábulo pode ser transliterado de dois modos ou mais, muitas vezes ocasionando obstrução de sentido ou, mesmo, o contrário do que o poeta pretenderia. E as várias emendas acrescentadas por Eça de Queirós em seus textos igualmente mostram o afã de chegar aos vocábulos que ofereçam as significações visadas pelo escritor: na verdade, busca-se vencer a convenção limitadora pela sugestão de uma multívoca transparência. O empenho de precisão não se confunde, no caso do texto literário, com a univocidade desejada pelos cientistas, mais próximos do processo de opacificação. De onde, como se sabe, a dificuldade em traduzir textos literários, notadamente poéticos, e a relativa facilidade em verter palavras ou documentos científicos. Imagine-se a confusão que provocaria traduzir o vocábulo "carne" dos versos pessoanos por "meat", "flesh".

Tratando-se de metáfora, toda segmentação de seus membros apenas se justifica a título de exemplo, pois, verdadeiramente, está em causa o todo da metáfora e não um dos termos. E tomando-a na sua totalidade, parece inevitável que estejam presentes no mesmo processo expressivo, a opacidade e a transparência. A metáfora é, a um só tempo opaca e transparente: opaca no que respeita ao corpo fonético, morfológico, "em si", e transparente ao remeter para um objeto exterior. Em última instância, teríamos graus diferentes de opacidade e transparência, conforme se manifestasse na dimensão dos vocábulos em si ou na das metáforas: nestas, a noção de opacidade/transparência torna-se polivalente, enquanto nas palavras se limita a um sentido ou a sentidos determinados. Nenhum dicionário, por mais flexível que seja, pode oferecer todos os sentidos que o vocábulo "carne" adquire nos textos literários embora deva estar apto a dar-lhes os vários sentidos de convenção.

O caso em que o verso diligencia reproduzir a transparência vocabular própria das onomatopeias, como nos versos de Vicente de Carvalho:

> Tange o sino, tange, numa voz de choro
> Numa voz de choro... tão desconsolado...[25]

não apresenta a mesma dificuldade, já que a motivação do vocábulo onomatopaico apenas se transfere para os versos: aqui, a transparência de origem foi respeitada e, simultaneamente, enriquecida de novos matizes.

Para o cabal entendimento das questões levantadas pelo binômio opacidade/transparência, não se perca de vista que a opacidade vocabular não significa falta de referência a um objeto extralinguístico, mas, sim, que se trata de referencialidade convencional. Contrariamente, a opacidade metafórica, sobretudo quando reduzida à escrita diz respeito ao corpo gráfico, à objetividade adquirida na superfície da página, enquanto a transparência ou referencialidade, é uma categoria incorporada à forma da metáfora, pois desaparece, nesse nível, a questão da convenção ao tratar de um texto.

---

[25] Vicente de Carvalho. *Poemas e Canções*, 14ª ed. São Paulo: Saraiva, 1950, p. 47.

Desse prisma, quer se empreguem palavras opacas, quer palavras transparentes ou metáforas, entra em cena o processo de conhecimento, mediante o qual é um objeto da realidade que elas designam. Sendo assim, não procede admitir que há duas maneiras de nomear o mesmo objeto: a metafórica e a convencional. Vale dizer: a metáfora é a designação própria de um objeto, e não a provisória que tivesse de aguardar o nascimento da que lhe é destinada, nem a noção figurada de outra que não o fosse. E porque o é, nomes próprios e metáforas possuem referente no mundo real, com a diferença de a metáfora denominar objetos polivalentes: não há como reduzir uma metáfora a um nome unívoco, nem como desenvolver em metáfora o designativo convencional. Metáforas e nomes próprios estabelecem entre si, na tarefa de nomear, funções distintas. Essa resistência ao intercâmbio provém não dos vocábulos em si, mas da realidade nomeada: é a valência da realidade nomeada que determina se estamos em face de uma metáfora ou não. Se polivalente, metáfora; se não, vocábulos unívocos. Dizer que uma jovem tem um sorriso encantador, significa ocupar posição diametralmente oposta aos referidos versos pessoanos, isto é, que não se trata de metáfora. Do mesmo modo que as realidades complexas não podem ser designadas por vocábulos unívocos sob pena de camuflarem ou empobrecerem o seu conteúdo, as realidades simples nada ganham se expressas metaforicamente. Muitas vezes o emprego da metáfora para denominar uma realidade não complexa revela que não se tratava de uma realidade singela; e, pelo contrário, a metáfora assume o contorno de clichê. O primeiro caso exemplifica-se pela linguagem literária, ao desvendar conotações implícitas no lugar-comum da realidade; e o segundo aparece quando se pretende fugir do nome próprio, como, por exemplo, no emprego do eufemismo.

Portanto, a diferença entre a metáfora e os vocábulos univalentes não reside na função que desempenham, mas na realidade nomeada: realidade complexa → metáforas; realidades univalentes → não metáforas. Equivale a dizer que a complexidade, expressa pela metáfora, não se tornará univalente (salvo no caso das metáforas vazias), e vice-versa. No primeiro caso, entretanto, cumpre distinguir o uso da metáfora: como esta pode esvaziar-se no curso do tempo histórico no modo e no momento do seu emprego.

Se, porventura, a realidade complexa pudesse exprimir-se pelo vocábulo unívoco, ou o conteúdo da realidade não seria complexo ou o vocábulo seria, efetivamente, polívoco. Contradição em termos será admitir realidades complexas e expressão univalente; e vice-versa.

Decorre dessas considerações que, sendo termo próprio, a metáfora não substitui nem disfarça outro vocábulo qualquer. Designa uma relação inédita entre objetos da realidade, proveniente de uma comparação explícita ou implícita, não porque lhe falte o termo unívoco ou o "próprio" mas porque a relação nova não pode ser expressa por meios univalentes; se assim fosse, a metáfora não teria razão de ser e se tornaria supérflua. Nomear constitui, pois, um processo que se realiza de dois modos, conforme seja a natureza do objeto nomeado: univocamente, quando o objeto contém uma única valência; polivocamente, quando se trata de realidade complexa. No primeiro caso, temos vocábulos referenciais, unívocos; no segundo, metáforas.

Claro, somente o sabemos depois que os vocábulos foram cunhados para designar o objeto: o olhar voltado para os objetos não alcançaria o conhecimento se a percepção não se transformasse em palavras ou pensamentos. Assim, o texto no qual se exprimem as percepções por meio de metáforas, efetuando o percurso do conhecimento, torna-se o momento em que se concretiza o amálgama entre palavra e pensamento, e se ergue o problema das relações entre linguagem e realidade.

Edward Sapir preconizava, como se sabe, que a "linguagem é um guia para a 'realidade social'" (...) é ela que poderosamente condiciona todos os nossos pensamentos acerca dos problemas e processos sociais (...); "o 'mundo real' em grande parte se constrói inconscientemente sobre os hábitos linguísticos do grupo"; "podemos considerar a linguagem como *guia da simbolização da cultura*", ou "um complexo de símbolos que reflete todo o quadro físico social em que se acha situado um grupo humano": há entre a língua e a cultura "um paralelismo um tanto estreito de modo que as formas da atividade cultural se refletirão no sistema gramatical da língua".[26]

---

[26] Edward Sapir. *Language: An Introduction to the Study of Speech*. Nova York: Harcourt, Brace and Co., 1921, caps. I e X; tr. brasileira. *A Linguagem: Introdução ao Estudo da*

Benjamin Lee Whorf, discípulo de Sapir, adotou-a e a expandiu, a ponto de levá-la a ser conhecida como de ambos. Para ele, "a linguagem é simplesmente uma técnica de expressão, e não com vistas a compreender que a linguagem é acima de tudo uma classificação e arranjo do fluxo da experiência sensorial que resulta em certa ordenação do mundo, contudo um certo segmento do mundo que é facilmente exprimível por meio de símbolos que a linguagem emprega", ou seja, "a linguagem produz uma organização da experiência", precisamente como as ciências: daí "os conceitos de tempo e matéria não terem sido dados substancialmente na mesma forma pela experiência a todos os homens e dependerem da natureza da linguagem ou linguagens por meio das quais têm sido desenvolvidos". Assim, com base no "princípio da relatividade linguística", verifica-se que os "usuários de diferentes gramáticas são dirigidos por elas para diferentes tipos de observações e diferentes avaliações dos atos externos similares das observações, e daí não serem equivalentes como observadores e chegarem a diferentes visões do mundo". Ou ainda, a "formulação das ideias não é um processo independente, estritamente racional, no velho sentido, mas faz parte de uma gramática particular, e difere, em vários graus, de uma gramática para outra"; portanto, diferentes línguas "apontam para diferentes lógicas e possíveis novas concepções cósmicas". Em suma, "cada língua é um vasto sistema-padrão, diferente dos demais, no qual são culturalmente ordenadas as formas e categorias por meio das quais a personalidade não só comunica, mas também analisa a Natureza, observa ou recusa tipos de relações e fenômenos, canaliza raciocínios e constrói a morada, de sua consciência"; numa palavra "uma mudança na linguagem pode transformar nossa apreciação do Cosmo".[27] Entendida, pois como uma forma de cultura, no mesmo espaço que medrou a psicologia de *Gestalt, a* linguagem seria tomada como a *imagem da realidade*.

Fala. Rio de Janeiro: I.N.L., 1954; *Selected Writings of...*, org. por David G. Mandelbaum. Berkeley/Los Angeles: University of California Press; 1951, pp. 162, 90 e 101; tr. brasileira de alguns ensaios. *Linguística como Ciência*. Rio de Janeiro: Acadêmica, 1961.

27 Benjamin Lee Whorf. *Language, Thought and Reality*, 12ª ed. Cambridge, Massachusetts: The M.I.T. Press, 1976 pp. 55, 158, 212-213, 221, 241, 252 e 263.

Contra essa teoria se voltou o semanticista polonês Adam Schaff, para quem a linguagem não seria um *analogon* da realidade, mas, fundando-se na ideia de *reflexo*, um *organon*. Defende que *a* linguagem *é* "modelada" pela realidade, visto que "a linguagem e os signos da linguagem realizam suas funções – refletir a realidade, transmitir informações acerca da realidade, etc, – não por qualquer similaridade pictórica com a realidade ou por ser um *analogan* da estrutura da realidade, mas por meio de seu aspecto semântico, que coincide com o que se chama "conteúdo do processo de pensamento", e daí conclui que o importante é "a relação entre pensamento-linguagem e o processo de cognição humana".[28]

De um lado, teríamos a teoria de que a linguagem cria a imagem da realidade, e portanto, a tônica é colocada na linguagem, sem prejuízo da interação com o meio social, físico e cultural. Assim, cada língua pressuporia uma soma de recursos, notadamente de ordem léxicas, que determinariam a imagem da realidade de seus falantes. E, de outro lado, a teoria segundo a qual a linguagem reflete a realidade, sem prejuízo da ideia saussuriana da convencionalidade do signo linguístico.

Dogmatismo à parte, ao invés de excludentes, as duas teorias parecem completar-se, ainda que, respondendo ao apelo de Adam Schaff, as focalizemos do ângulo da "dialética das relações entre pensamento-linguagem e conhecimento da realidade",[29] mesmo porque a ideia de *reflexo* salta da pena de Sapir volta e meia. E se nos restringirmos ao problema que nos ocupa, podemos admitir que a metáfora sendo opaca e transparente a um só tempo, é simultaneamente imagem e reflexo da realidade: opaca, a metáfora cria uma imagem da realidade; transparente, revela-a. Ao divisar o corpo da metáfora, ao mesmo tempo a vemos na sua materialidade, portanto como imagem (ícone?), e vemos a realidade que nela se reflete.

A um só tempo opaca e transparente, referencial e intransitiva, imagem e reflexo, a metáfora, bem como o texto literário na sua totalidade, pode ser entrevista como o resultado do duplo processo de *representação* e

---

[28] Adam Schaff. *Introduction to Semantics*. Nova York: Macmillan, 1962, pp. 332-333.

[29] *Idem, ibidem, loc. cit.*

recriação. Na sua opacidade, a metáfora (re)cria a realidade, uma vez que além de apontar-lhe a existência, lhe acrescenta uma dimensão nova. A partir do signo que se reveste já é possível admitir que a realidade se manifesta como um "dado", ou seja, a realidade exprimiria suas latências no momento em que a metáfora a designasse, como se uma ideia aguardasse na esfera do inteligível o momento de ganhar forma no mundo sensível na qual se materializa e pode ser (ad)mirada. Na sua transparência, a metáfora põe à mostra o real, desvela-o, estabelecendo com ele uma homologia simbólica: naquilo que é transparente, a metáfora seria análoga ao real, de modo que contemplá-la por esse prisma e encarar frontalmente a realidade, caso fosse possível, seria um e a mesma coisa, com a diferença de a metáfora ser uma representação, e realidade é o nome do que se expressa por meio da representação.

Assim compreendidas, a *representação* e a *recriação* correspondem à *reflexão* e *refração*: a realidade concomitantemente se reflete e se refrata na metáfora. Ao ingressar no signo que a representa, a realidade descreve um duplo movimento, por meio do qual se espelha e se distorce. Admitindo que o espelhamento implica identidade entre o dado real e a expressão metafórica (*A* da realidade = *A* do signo), a deformação significaria adicionar novos relevos àqueles que se espelham, ou de imagens superpostas à que se reflete no espelho do texto (*A* = A + A' + A"...) Tudo se passa como se as potencialidades do real se atualizassem no movimento de representação e nesse caso, a recriação do real somente seria possível por meio da atualização: em suma, a distorção existe patente no real; a mente não pode criá-la do nada, nem de si própria, supondo-se que o seu conteúdo provenha dos dados reais. A invenção fictícia, a fantasia mais paranoica, jamais se desgarra do real, sobretudo se assumirmos o real como a integração da Natureza, Homem e Cultura.

Ressurge desse modo no horizonte de nossa análise, a velha noção grega de *mimese*, entendida não como simples cópia, arremedo do real, mas como imitação do processo demiúrgico que teria presidido a criação do mundo, ou como "a expressão, por meio da arte, do tipo que o artista tem na alma",[30] ou a expressão do que "é possível, verossímil e necessariamente".[31] Menos copista que rival da realidade, o artista, ao pintar uma rosa, faria isso não de acordo com a rosa natural, mas com a imagem dela estampada na sua alma.[32] Desvinculada dos imperativos do "realismo", a mimese se moveria, portanto, no universo da imaginação. Sucede, porém, que a imaginação, ainda a mais desbordante, é fruto da realidade: a rosa imaginada do poeta brotou de contemplar a rosa natural. Eis por que a mimese, recusando-se a ser cópia, se concebe como processo criativo simétrico do que teria gerado o mundo das coisas.

Admitidas tais relações, a mimese continuaria a nomear o duplo movimento do real expresso por meio da metáfora, e, nesse caso, a mimese significaria, assim, reflexo e refração do real ou o seu reflexo e transfiguração. E o duplo movimento poderia ser compreendido como fases da operação mimética, ou formas de mimese entrelaçadas no mesmo gesto simbólico: *mimese de representação* e *mimese de recriação*. E como tais aspectos fazem parte da metáfora, esta e a mimese se equivalem, isomorficamente, mas em diferentes instâncias: enquanto a mimese diz respeito ao processo da representação e recriação da realidade, a metáfora é o sinal que registra o duplo movimento do real. Exibem, de qualquer modo, o mesmo dualismo, determinado pela realidade: a metáfora desvenda e ao mesmo tempo inventa a realidade, ou apossa-se da realidade e simultaneamente lhe empresta identidade e voz; e a mimese nomeia o dicotômico movimento da imitação e recriação do real.

De estrutura binária, a metáfora é, consequentemente, o signo do conhecimento, ao menos do conhecimento literário: o acesso à realidade se desenvolve com a mediação da metáfora, numa tensão dialética que não se interrompe mesmo após a captação do real. A esfera da realidade

---

30 Afonso Reyes. *La Crítica en la Edad Ateniense*. México: El Colegio de México, 1941, p. 261.

31 Aristóteles, *Poética*, tr. portuguesa. Lisboa: Guimarães, s.d., 1451 a 36.

32 Erwin Panofsky. *Idea. A Concept in Art Theory*, tr. norte-americana. Columbia: University of South Carolina Press, 1968, pp. 3ss.

corresponde ao que deve ser conhecido; e o texto literário, decorrente da rede metafórica, se levanta como o produto cultural que resulta de uma forma de conhecimento. Ali o objeto a conhecer, aqui o texto no qual o sujeito recolhe o conhecimento obtido: matriz do texto literário, a metáfora exprime conhecimento literário. E visto que o ser humano se situa no centro da realidade é o seu conhecimento que está em causa, e o dele como ser. "Ser" como nome e como verbo. Como nome, plano em que a Natureza, o Homem e a Cultura se encontram; como verbo, ação que as modalidades do real desempenham, isolada ou conjuntamente. Se "estar é ser", como pretendia Fernando Pessoa é o estar/ser do Homem em meio à Natureza e à Cultura que constitui o objeto do conhecimento. E se a "palavra é a morada do ser" como sabemos desde Heidegger, a metáfora, na sua ambiguidade, desponta como a palavra por excelência, por servir de lugar simétrico da complexidade do real e anunciar, na sua bipolaridade, o próprio relevo multiforme do mundo.

Daí que, a simétrica da realidade, a metáfora a vai substituindo à medida que se desenrola o dinamismo das coisas: a cadeia infinita das mudanças contínuas se cristalizaria nas metáforas com que procura apreender o mundo e ao mesmo tempo dar-lhe razão de ser. E se não esquecermos que a metáfora participa do mundo da Cultura, compreenderemos que ela nasceu de um distanciamento histórico que busca em vão ultrapassar. Num tempo mítico, anterior à raiz, à emergência da linguagem quando o ser humano vagava por espaços naturais sem limites, como se deles fizessem parte, a Cultura era dispensável.[33] Mas quando desabrochada a palavra, ou a metáfora, que dormia nos labirintos da alma primeva, o ser humano tomou consciência de si e do universo como que se afastando da Natureza como para aproximar-se do seu ego sobressaltado, e sentiu que precisava recuperar a integração primordial, espécie de regresso à mornidão

---

33 As relações entre metáfora e mito, que extrapolam as mudanças contínuas, podem ser equacionadas a partir das observações, por exemplo, de Ernst Cassirer (*Language and Myth*, tr. norte-americana. Nova York: Dover, s.d.) e Georges Gusdorf (*Mito e Metafísica*, tr. argentina. Buenos Aires: Nova, 1960).

placentária, – irrompe a Cultura. Tolhido por um sentimento de expulsão (o mito de Adão e Eva o diz para a memória arquetípica de todo ser humano), o primitivo desenvolveu um sentimento de culpa, suspeitoso ou cônscio de que a separação da Mãe-Natura tinha sido motivada por alguma falha comportamental. Daí buscar no sucedâneo da Natureza, na *mimese* cosmológica, *o* reencontro *da* identidade perdida: o substituto, a Cultura, a constelação de metáforas que o ser humano vai fazendo germinar a fim de apossar-se da realidade, oferta-lhe, em vez da identificação original, o consolo provisório da ilusão. Por meio da Cultura, especialmente pelas formas literárias, o ser humano purga-se, acalenta a ilusão de que, ao acrescentar objetos novos à Natureza, conseguirá reconquistar a antiga simbiose. O ato de criar torna-se, em decorrência, ato catártico, visto o ser humano procurar libertar-se da insegurança que o aterroriza desde o momento em que se desprendeu da Natureza. O objeto cultural, a metáfora, fornece-lhe uma espécie de salvo-conduto nessa viagem de regresso, regresso que sabe impossível, pois, se houvesse, seria negar a Cultura, usando-a como instrumento de morte, num círculo vicioso sem-fim. Mas é a única saída que lhe resta para neutralizar o sentimento opressivo do abandono. A Arte, a Ciência e demais formas de Cultura, por certo refletem o esforço de conhecer, não sem acusar sobretudo o afã mental de libertar-se do sentimento que o acompanha.

Entretanto, quanto mais o Homem se entrega à criação de objetos culturais liberando as forças instintivas do seu psiquismo, mais tem a ilusão de aproximar-se da meta: o absurdo na Arte, a descompressão onírica, a ansiada reprodução da entropia do Mundo etc., são tentativas frustes, diga-se de passagem, pois não logram o fim desejado. E lográ-lo consistiria na própria negação da Cultura: como borrar de vez o pretérito acumulado no inconsciente individual e coletivo, arquétipos à espera do chamado para a luz? Como retornar sem destruir-se? E voltar para onde? Para a Natureza? A primitiva? Existirá ainda? Ou para aquela que, paradoxalmente, vem sendo construída ao longo de milênios pela Cultura.

Considerando-se, pois, a realidade como o espaço do *ser*, qual a identidade do mundo que lhe *é* paralelo ou simétrico, – o texto literário? O texto literário encerra um tipo do conhecimento diverso dos outros na medida em que, como sabemos, exprime os conteúdos da imaginação ou da ficção. Se o processo de captura da realidade se inicia com a percepção sensorial, e se esta, como postula Rudolf Arnhein (1966) pressupõe o pensamento, a imaginação, embutida com a faculdade de representação ("imagem") e de multiplicação de imagens, trabalha não só com o real determinado, mas também, por exemplo, com os possíveis do real. Este, por conseguinte, se produziria como amálgama do *histórico* (o fato, o acontecimento) do conhecer (o fenômeno, o visível, o objetivável) e do possível (o virtual), que pode ser assumido pelo histórico e pelo concreto, ou por ambos). Enquanto o registro do histórico e do concreto pertence às ciências descritivas ou ditas exatas, o possível é captável pela imaginação. A rigor, esta não, é de certo modo, menos descritiva ou menos exata; move-se, no entanto noutro tipo de descrição ou exatidão. Os surrealistas intuíram-no e disseram-no, meio a sério, meio a zombar, quando apregoavam, em tom delficamente programático, que "*ce qu'il y admirable dans le fantastique, c'est qu'il n'y a plus fantastique: il n'y a que rée*".[34]

Não raro colocada em oposição ao intelecto e mesmo ao conhecimento, a imaginação está presente, na verdade, em todo ato cognitivo, seja de que natureza for, artístico, filosófico, religioso ou científico: tanto dela dependeu Velasquez, ao pintar *As Meninas* quanto Einstein ao elaborar a teoria da relatividade. Aliás, podia-se até supor que o físico recorreu mais à imaginação que o pintor, pois o objeto produzido pela visão plástica está patente na tela, ao passo que a fórmula matemática remete para um espaço apenas franqueado à imaginação. É que a imagem é *um certo tipo de consciência*. A imagem é um ato e não uma coisa. A imagem é consciência de alguma coisa.[35] Assumida, portanto, como processo cognitivo, a imaginação envolve necessariamente o sujeito do conhecimento que busca representar por meio de imagens a realidade do mundo, adicionando-lhe as latências apenas visíveis quando a cognição se realiza: somente sabemos

---

[34] André Breton. *Manifestes du Surréalisme*. Paris: Gallimard, 1963, p. 25.

[35] J. P. Sartre. *A Imaginação*, tr. brasileira. São Paulo: Difel, 1964, p. 122

das potencialidades do real com reduzi-lo à imagem em que se projeta e se desdobra; antes disso, o mundo das coisas é um conjunto de virtualidades à espera do sinal para se evidenciar como imagem ou como metáfora.

Daí, ao contemplar a metáfora *vislumbramos* a realidade que nela se instalou e as latências que se atualizaram. Mas o nosso ato de ver, no corpo do texto literário, as metáforas em galáxias, apenas reproduz o gesto cognitivo do sujeito em relação ao objeto do conhecimento: a metáfora é uma lente bifocal assestada na realidade para surpreendê-la e transformá-la. E por meio dela, o sujeito observa a realidade como um duplo, um "em si" e um "para si", aquele designando a coisa como aparência positiva, este como os desdobramentos da realidade para a consciência do sujeito. Ora, o leitor do texto refaz o percurso em duas fases que o sujeito descreveu para plasmar em metáfora a visão de mundo, e, portanto, vê também a dualidade cósmica geradora da metáfora. Mas como se retornasse ao ponto de partida, desvenda na metáfora virtualidades que poderiam não ter chegado à consciência do sujeito como possibilidade real, assim enriquecendo o conhecimento inicial da sua própria visão. Lente que permite ver, a metáfora é também um objeto que se vê; a sua bifocalidade equivale a uma tensão entre mimeses complementares. O leitor vê a metáfora e, a um só tempo, as dimensões do real que nela o sujeito aprisionou, a referencial e a não referencial, a transparente e a opaca. E sincronicamente lhe acrescenta pormenores novos, que provém de, agora, a metáfora ser também imagem na sua consciência: a metáfora desdobra-se durante a leitura; sem esta, suas potencialidades não se manifestariam. Em suma, o plano do texto literário é o do *ver* enquanto o da realidade refletida e refratada nele é o do *ser*.

Mas se palavra é a morada do *ser*, é-o também do *ver*, numa tensão que já vimos presente na forma e na semântica da metáfora. E o texto no qual essa tensão se amplia aos limites do imaginário se torna o *habitat* onde o encontro do *ser* e do *ver* atinge a plenitude: o ato de conhecer, conquistar a forma, forma simbólica como predicava Cassirer. O texto é uma forma, não apenas no sentido material, primário, mas no sentido simbólico, e como tal, forma assumida pela realidade graças às previsões da consciência no esforço de realizar o conhecimento. A forma do texto literário veicula, por isso mesmo, uma visão da realidade, que supera a consciência do sujeito na medida em que o leitor lhe prolonga as latências com análogo impulso cognitivo. O sujeito do texto não sabe que visão tem do mundo, e constrói-o exatamente para, exprimindo-a, conhecê-la e saber como vê a realidade. Terá quando muito, consciência da forma, não das *significações*; a sua tarefa consiste precisamente em captar, no bojo da forma, as significações (latentes) da realidade: busca conhecer as significações ao esculpir a forma; estas é que lhe constituem o norte e o guia, sendo a forma a manifestação simbólica, por elas assumida, para que se mostrem e o sujeito possa "vê-las". Se alguma consciência o sujeito tem das significações, será sempre relativa: compreende-se assim que o conhecimento jamais se esgota, a forma não exaure as significações. E não porque o sujeito tenha delas relativa consciência, senão porque a forma última, na qual as significações pudessem representar-se de vez e completamente, é uma impossibilidade radical visto que o dinamismo da realidade gera o dinamismo das formas. Entretanto, uma relação de identidade ou simetria aproxima a forma e as significações, de modo a haver uma relativa codependência entre elas; do contrário seria negar que as significações encontram a sua forma, ou que esta comporta significações. Apesar de pertinente a novos desenvolvimentos, a homologia entre forma e significações é um dado a considerar sempre que se investigue a forma, ou as significações. Entre a forma e a visão da realidade nela refletida e refratada se estabelecem, portanto, nexos de reciprocidade: a realidade determina a forma, esta determina a visão do mundo e é determinada por ela, simetricamente.

Entendida a equação *ser + ver*, o texto literário se mostra, em consequência, como a *forma assumida pelo ser na visão do sujeito*. E se as modalidades do ser configuradas nas categorias que integram a realidade, podem ser captadas pelo sujeito, segue-se que o texto pode contê-las. E nisso o discurso literário difere dos demais, pois a totalidade do real, representado por essas categorias pode ser apreendida simbolicamente, pelo texto literário, ao contrário dos outros, que apenas detectam um fragmento ou parcela do real. Compreendamos, porém, não ser a totalidade do real recebida como tal, o que seria absurdo (consistiria em a realidade reproduzir-se na sua integralidade), nem mesmo a "totalidade das aparências",[36] mas como síntese, redução ou concentração. O todo da realidade, representado por aquelas categorias, pode ser transferido como síntese ou redução simbólica para dentro do texto. E neste não vemos a realidade no seu todo, mas uma imagem dela, um símbolo que contém ou pode conter, os elementos ou categorias que a estruturam. O texto funciona como o espelho, côncavo ou convexo, em que a realidade se reflete, se refrata e se deixa admirar, em razão de se refletir com todos os elementos que a integram, não apenas como um deles, como acontece às outras formas de conhecimento. Cada texto seria, assim, o símbolo, relativo, da realidade: e, forma que é, contém, não a realidade como um todo, senão um anseio de totalidade, uma vez que nem a totalidade dos textos já produzidos pode abarcar a totalidade do real. Quimera, sem dúvida, mas que alimenta, como a Mãe-Terra à personagem do mito, o sujeito do conhecimento. O texto literário registra o sonho impossível, sonho de cada um no mais recôndito do ser, e guarda uma *visão da realidade* de modo que, ao percorrê-lo com o olhar, contemplamos uma visão do mundo. A forma carrega uma visão do real, assinala o esforço simbolizador de abranger a totalidade do real visto por um sujeito. De onde um elo de necessidade unir a forma e a visão do mundo que nela se plasma e se mostra. E por ser filtrada ou transmutada pela imaginação, a totalidade do real sofre distorção para adquirir forma; a realidade como tal não se transpõe, porque incompatíveis o discurso da Natureza e o da Literatura. A realidade é traduzida em sinais múltiplos que pretendem detectar, as múltiplas significações do real. E assim retornamos à metáfora.

5. Ao compor o texto, o sujeito termina a tarefa de transmitir o conhecimento da realidade, um modo particular de ver o mundo, expresso por meio de metáforas polivalentes. Ora, como todo empenho no gênero, trata-se de uma operação transitiva: o conhecimento se dirige a um interlocutor disposto a aceder ao saber recolhido no texto. Como o saber se

---

[36] Herbert Read. *Imagem e Idea*, tr. mexicana, 2ª ed. Fondo de Cultura Económica, 1965, p.13

expressa por metáforas, o leitor não tem como fugir ao trabalho de "traduzi-las" se quiser apossar-se do conhecimento ali coagulado. Gera-se desse modo, um diálogo de mútua dependência entre o sujeito do texto literário e o leitor, segundo um processo que será assunto do próximo capítulo. Por ora, basta-nos verificar que o leitor é indispensável ao texto, não só como interlocutor virtual, mas até como implícito na malha textual. Sem o leitor, o texto não fala, e as significações se tornam mudas, latentes, à espera do toque de despertar. Formulado o nexo da leitura, o texto pode oferecer o conhecimento de que se apoderou para transmitir ao leitor, por admitir, em princípio, que este não tenha condições de efetuar por si o conhecimento da realidade: se fosse possível o conhecimento direto da realidade o texto literário seria dispensável. O que, de resto, sucede quando, em vez de oferecer novo conhecimento da realidade, o texto limita-se a repetir o já conhecido ou já visto. No geral, contudo, a existência do texto literário se justifica pela impossibilidade de se aquiescer diretamente à realidade, impossibilidade não somente do leitor, mas do próprio sujeito do conhecimento: este arquiteta o texto para conhecer a realidade e o leitor o percorre com o fito de lograr o conhecimento desejado. Se alguma diferença marca os dois sujeitos do conhecimento, reside em que o primeiro, antecipando-se, tem acesso, por *intuição* à meandros secretos e defesos ao parceiro. Mas no instante em que o texto se efetiva, tanto o sujeito que o engendrou quanto o leitor disputam o direito ao conhecimento, pois ambos não têm absoluta consciência da energia represada nas metáforas. Se o soubesse, por certo não escreveria ou escreveria como se armasse tautologias inúteis: é precisamente por desconhecer que se dá ao trabalho de escrever. Ao completar o texto, já possui o espelho no qual contempla a realidade esquiva ao assédio direto. Por isso não custa nada repetir, o sujeito do texto não é o melhor crítico: é-o, quando puder ser, o leitor.

Distingamos, no entanto, o leitor que busca apenas o conhecimento da realidade impressa no texto, do leitor capaz de julgá-lo: assim como não é qualquer um que reúna condições de elaborar textos, não é qualquer leitor que pode enfrentar os problemas levantados pelo discurso literário. No primeiro caso, teríamos um leitor mais inclinado ao entretenimento, ou capaz de julgá-lo, raiz de todo apelo lúdico de que o texto partilha, ou ao conhecimento espontâneo; no segundo, o prazer da leitura cederia ao empenho de apreender o conhecimento estampado no texto. Para o que temos em mira, o primeiro tipo de leitor só interessa na medida em que realiza um contacto que beirou a superficialidade textual. Como diriam os novos críticos dos anos 1930, importa a "leitura armada", cujo escopo é justamente investigar as facetas várias do conhecimento entranhado no texto. Ou seja, leitura realizada por alguém que se preparou para a tarefa com instrumentais próprios e desenvolveu suas faculdades perceptivas. Quanto ao instrumental, queremos referir o vário saber envolvido no ato crítico como a humildade, a objetividade etc., alicerçadas na sensibilidade, na imaginação e na razão. Enquanto o sujeito do texto desenvolve a imaginação, o leitor especializado desenvolve o raciocínio, mas sem esquecer da imaginação e da sensibilidade, indispensáveis no ato de ler. Tal leitor é, como se sabe, o crítico incumbido de analisar, interpretar e julgar os signos presentes no texto, num processo em três fases que constituem pré-riquisito da leitura. Pela primeira entende-se a desmontagem do texto em suas partes constituintes, tendo em vista compreender como se integram no sistema: fase preparatória, não tem função em si, salvo como início do percurso crítico, cujo final é o julgamento. O segundo estágio corresponde a interpretação ou hermenêutica do texto, mediante a qual se procura discernir os sentidos, as significações das metáforas. E a última é do julgamento, quando entra em cena a noção de valor. A análise constitui a fase anatômica de percurso crítico, sendo por isso suscetível de reduzir-se a esquemas, cujo mecanismo depende simplesmente de quem a prática. É nos momentos seguintes que se levantam problemas complexos de ordem metodológica. Com efeito derivando do próprio fato de a metáfora consistir na célula expressiva do tecido literário, o texto se apresenta como um espelho de mil faces, cada uma refletindo aspectos dos três reinos que compõem a realidade. Aspectos da Natureza, do ser humano e da Cultura, dando azo a que se pense, inicialmente, em módulos críticos centrados em cada um deles: haveria uma crítica voltada para os aspectos *naturais* do texto, outra para os aspectos *humanos*, e uma outra para os *culturais*.

Como tais aspectos se imbricam da unidade celular da metáfora à totalidade do texto, poderíamos ter módulos críticos formados das junções que se poderiam estabelecer entre eles. Assim, despontaria uma crítica humano-cultural, outra humano-natural e outra natural-cultural, etc. E se levarmos o empenho da especificação até o limite possível, teríamos tantos modelos críticos quantas as perspectivas de saber implicadas no texto: crítica linguística, crítica psicológica, crítica filosófica, crítica política, crítica religiosa, etc. Tais possibilidades críticas serão pertinentes se não perderem de vista o caráter literário do texto, e se, portanto, ao selecionar uma faceta do poliedro textual, o crítico tiver plena consciência da especificidade do objeto que interpreta.

Por outros termos, a legitimidade dessas perspectivas críticas é tanto maior quanto mais o crítico, respeitando a natureza literária do texto, não faz dele mero pretexto. Se, por exemplo, a óptica for de natureza filosófica, não se perderá de vista estar em causa o aspecto filosófico do texto literário, e não o conteúdo de textos premeditadamente voltados para a investigação filosófica. Uma coisa é a categoria filosófica-literária e outra a filosófico-científica numa distância que vai da pesquisa do pensamento inscrito num romance, como *Montanha Mágica*, ao que se articula na *Crítica da Razão Pura*. O segundo fator de pertinência dos métodos é dado pelo próprio texto: o texto, e não o crítico, é que determina o método.

E assim teríamos outras possibilidades críticas, resumidas na crítica imanente, ou intrínseca, voltada para a interioridade do texto e para suas determinações; e uma crítica extrínseca, dirigida para o contexto no qual a obra se inscreve. Entenda-se, porém o contexto como sugerido ou implícito no texto: este é que aponta seu conteúdo literário. Na verdade, o contexto está ao mesmo tempo fora e dentro dele, como virtualidade ou camada subjacente. Se o momento histórico em que uma obra emergiu pode exibir interesse crítico, é o texto que o denuncia, não a subjetividade do crítico. Este, no entanto, deve somente munir-se do conhecimento histórico que faculte detectar no texto a presença de incidências históricas. Se todo o cuidado reside em não atribuir ao texto significações estranhas, também não se perderá de vista o conhecimento que lhe permita encontrar as significações implícitas na malha textual. A análise do texto pressupõe a análise do contexto: toda análise textual é contextual, como já evidenciava o fato de a metáfora conter referência à realidade.

Gerados, pois, pelo texto, os módulos críticos acham nela sua justificativa: todos legítimos, aceitáveis, já que o texto os suscita. Resta saber qual deles se adapta melhor ao texto: quem poderá dizê-lo? Não será a opção ideológica ou científica do crítico o instrumento de sustentação, mas o próprio texto. Mesmo nos casos em que o módulo se apresenta mais adequado, os outros poderão, e deverão, ser considerados, tendo em vista que as latências textuais se esgotam. Em suma, após o conhecimento dos métodos, a primeira tarefa consiste em saber qual se aplica melhor ao texto em causa. Para tanto, suspensas as idiossincrasias, os preconceitos deformantes, o crítico deixa falar à objetividade possível, e passa a empregar o método que lhe é compatível.

A progressão crítica encerra-se com o julgamento de valores. Aqui se abre uma inesgotável problemática na terceira fase: a despeito de a ideia de valor estar presente na história do pensamento desde suas origens, com Sócrates, a Axiologia, ramo filosófico que trata dos valores, se constituiu praticamente nos fins do século XIX. E a questão impõe sempre que diante de um objeto estético, pretendemos saber de sua relevância como valor. Divergências individuais à parte, por que um poeta como Camões, ou Beaudelaire, se encontra entre os maiores, e Augusto Gil, ou Benedita Lopes entre os menores? Que critério sustentará uma hierarquia literária encimada pelos primeiros e terminada pelos últimos? Haverá tábuas objetivas de referência que sirvam para organizar a pirâmide de valor? Essas e muitas outras questões que poderiam ser levantadas atestam a complexidade inerente à questão dos valores: sempre que temos de optar entre dois ou mais objetos ou situações, põe-se o problema do valor, embora não estejamos plenamente conscientes disso.

Com vistas a um mínimo de clareza em assunto tão movediço, estabeleçamos, como hipótese de trabalho, um conceito de valor. Partindo da observação empírica, verificamos ser o valor de um objeto qualquer um atributo entre vários, como tamanho, cor, formato, etc., mas com a diferença de fugir à medição, enquanto os demais se sujeitam a códigos de objetividade. Atributo, pois o valor é uma faceta do objeto, uma "propriedade, qualidade *sui generis*, que possuem certos objetos chamados bens".[37]

Entendido como qualidade, o valor residirá no objeto? Se afirmativa a resposta, por que a valorização implica sempre subjetividade, não importa que seja positiva ou negativa?[38] Residir no objeto não significa que o valor poderia ser determinado por vários sujeitos como igual a si próprio? Se a resposta for negativa, significará que o valor é uma qualidade do sujeito? Ou seja, que o valor seria inalterável? Quaisquer que fossem os sujeitos? E como definir-lhe a área de validade? Envolvida na problemática do conhecimento, as duas hipóteses confluem para o objetivismo e o subjetivismo, definidos como soluções pré-metafísicas.[39] E ao fazê-lo, sugerem posições radicais, que ora concedem primazia ao objeto, ora ao sujeito, posições essas que, ao excluírem-se mutuamente, não satisfazem de todo: por mais fortes que sejam os argumentos da facção objetivista, sempre ficam de fora questões sem resposta convincente. E vice-versa, por mais tentadoras que sejam as soluções subjetivas, não englobam as minúcias que a teoria põe a descoberto. Uma e outra não satisfazem, dando margem a pensar-se numa solução que, não sendo puro ecletismo, leve em conta as duas dimensões do problema. Nesse caso, o valor seria tomado como a relação entre o sujeito e o objeto.

Trata-se, contudo, de uma relação dinâmica: o valor não está no objeto nem no sujeito como entidades autônomas, embora reciprocamente implicadas no processo de conhecimento. Nem está ao mesmo tempo no sujeito e no objeto, mas na relação que ambos estabelecem: o valor é precisamente tal relação. "Não se trata, evidentemente, de uma relação simples e estática, senão complexa e cambiante. A complexidade tem dupla origem.

---

37 Risieri Frondizi. *Qué son los Valores?*, 3ª ed. México: Fondo de Cultura Económica, 1974, p. 17.

38 Heidegger. *Lettre sur l'Humanisme*, tr. francesa. Paris: Aubier, 1966, p. 129.

39 Johann Hessen. *Teoría del Conocimiento*, tr. argentina. Buenos Aires: Losada, 1947, pp. 76ss.

Os dois fatores que entram em relação – o sujeito e o objeto – não são nem homogêneos nem simples: por outro lado, a própria inter-relação é complexa. É preciso observar também que ambos os fatores e a relação são dinâmicos, como revelará um exame rápido da questão."[40] Daí o valor ser uma qualidade estrutural, implicar uma estrutura na qual se encontram e se determinam o sujeito e o objeto; e uma "situação concreta e determinada", composta de fatores sociais, culturais e históricos.[41]

Assumindo o valor como a relação entre sujeito e objeto, previne-se também na crítica literária a radicalização de um dos extremos, e evita-se que o ato de julgar se converta em mera opinião ou dogma de fé, sustentado em apriorismos que não conduzem senão a si próprios. Decerto, sempre haverá um contingente razoável de subjetivismo no ato crítico, mas temos de procurar conter-lhe o exagero pela aplicação de um *relativismo* crítico, resultante de o valor situar-se na equação entre sujeito e objeto. Quer dizer, o pleno subjetivismo significaria que estamos diante de opinião ou dogma, inscrito num vazio ou numa abstração sem base no real. Assim o valor de uma obra reside numa relação dinâmica, suscetível de mudanças, não num absoluto que se impusesse como evidência porque inerente ao sujeito ou ao objeto. Posto o crítico diante da obra como um espelho, mas distinto do "espelho impessoal" da Psicologia, o valor salta como uma qualidade formada na relação entre ambos, e não como uma qualidade prévia, no objeto, que o sujeito devesse simplesmente descobrir; e também não como uma qualidade na mente do sujeito que se projetasse inteira no objeto. Suspeitoso por natureza e formação, o crítico foge dos axiomas e da mera descrição da obra, por saber que o valor é um horizonte que se afasta à medida que dele se aproxima a consciência indagadora. Por saber que é provisório qualquer juízo de valor, ergue-o como relatividade sujeita a modificações decorrentes de novas relações com o mesmo objeto, que ele próprio, ou diversa consciência crítica, formula.

---

40 Risieri Frondizi, *op. cit.*, p. 199.

41 *Idem, ibidem*, pp. 205ss.

Por outro lado, a relação é também dinâmica, porque não exclusiva: o valor é a relação, mora na relação como qualidade, mas não como um dado puro, neutro ou absoluto. O valor é igualmente uma qualidade relativa não só porque inscrita na relação entre sujeito e objeto, mas também por decorrer da comparação com relações de análoga natureza. O valor de um poema somente pode ser aferido em comparação com outro poema. E qualquer poema? Evidentemente que não; do contrário, corre-se o risco de estabelecer paralelos abusivos, já examinados e avaliados pela crítica comparatista.

Aqui aflora, mais uma vez, a questão dos gêneros, espécies e fôrmas literárias, cuja tipologia deve ser respeitada, sob pena de a comparação se tornar gratuita e inócua. Confrontar *Os Lusíadas* com *Os Maias* somente vale como exercício crítico – não pertencem ao mesmo universo genérico –, mas cotejar a epopeia camoniana com *Mensagem* impõe-se: ambas, apesar do tempo e das circunstâncias, respeitam os padrões que as tornam poemas épicos. O raciocínio vale para a prosa; não cabe comparar Tchekhov com Dostoievski, se o primeiro é contista e o segundo romancista; procederia, contudo, emparelhar o autor de narrativas curtas e Maupassant, e o romancista com Thomas Hardy ou Balzac. Como, na prática, tais aproximações não se realizam senão esporadicamente, o confronto se faz com o gênero-paradigma, a espécie-paradigma, a forma-paradigma, que o crítico vai forjando com seus estudos: a ideia de poesia estará presente em todo ato de julgar textos poéticos, assim como a da prosa, com suas diversificações. Obviamente, se o crítico não possuir noção clara, ainda que dinâmica, do romance, como poderá julgar narrativas? Não correrá o perigo de julgar como romance um texto que melhor se enquadraria no perímetro da novela ou do conto? Não será, por isso mesmo requisito necessário a classificação do texto a julgar?

Com vistas a desfazer possíveis equívocos, entendamos como tal que o ato preliminar visa isolar o objeto do conhecimento, a saber em que categoria se inscreve. A classificação não é a meta do crítico, mas sem ela, o ato judicativo (tendo implícitas as fases anteriores) pode tombar nas falácias e nas indeterminações vazias. Se não soubermos o que seja conto, de nada adiantará interpretar e julgar textos de poucas páginas, pois estaremos trabalhando com obras que podem pertencer a diversas categorias. A discriminação aristotélica, voltada para se saber antes de tudo a natureza do que se fala, é um imperativo de todo conhecimento literário que se pretenda homogêneo e consequente. Do contrário, mergulhamos no abismo do folclore (como a famigerada *boutade* de Mário de Andrade acerca do conto – "conto é tudo aquilo que o autor chama de conto" – que alguns críticos tomaram, por ignorância ou ingenuidade, ao pé da letra) ou na falsa ideia de que a possível fusão de gêneros, espécies e fôrmas significa não podermos discriminá-las. Parece que um mínimo de atenção à lógica evidenciaria que se fala em fusão, quando se sabe que objetos se fundem. Do contrário, mergulhamos nas opiniões gratuitas ainda que sob a roupagem de uma concepção "aberta" de Arte e de Crítica.

6. FUNDAMENTADO NA ANÁLISE, REALIZADA COMO premissa, o crítico empreende a hermenêutica do texto e, por fim, a sua valorização. Como vimos, tais fases da tarefa crítica distinguem o "técnico' do "leigo" em matéria literária. Todavia, são insuficientes, para caracterizar o ofício em que o primeiro se engaja e o prazer que o outro procura. O crítico verterá num texto o resultado de sua intenção valorativa bem como o conhecimento. Evidentemente, o crítico não é obrigado a recusar o prazer da leitura, mas uma coisa é o prazer pelo prazer, e outra o prazer como etapa introdutória de um processo que avança pela análise, interpretação e valorização do texto literário. Prazer e conhecimento subentendidos no ato crítico, ao passo que o prazer consistia no principal objetivo do leitor comum. O crítico transforma a sua "leitura armada" num texto em que recolhe a hermenêutica e a avaliação da obra literária. Haverá, assim, um texto criativo em que o autor da obra destila sua visão da realidade, e um texto crítico em que o "técnico" empresta forma ao produto de sua investigação do texto. Por que o faz? Já o adivinhamos ou o sabemos: as significações do texto analítico não se oferecem ao leitor senão em sua capa externa, isto é, significante como que destituído de significado. É que as metáforas escondem vários

sentidos. Decifrador de enigmas, hermeneuta, o crítico escreve um texto procurando lançar luz sobre o mundo de enigmas que o criador arquitetou com suas metáforas dispostas em séries caleidoscópicas. Fosse explícito o texto criativo, ou pudesse o leitor comum assomar-lhe aos significados, dispensava-se a mediação do crítico. Daí este armar o seu texto para servir à interpretação e avaliação do texto criativo, por natureza complexo. Dono de um saber que se amoita nas dobras das metáforas, assim como os áugures liam nas nuvens do firmamento sinais que o povo ignorava e temia, o crítico lavra o seu texto, expressando o seu entendimento das significações que as metáforas envolvem para o leitor depurando o texto e mesmo para os outros críticos. Em suma, para todos quantos queiram alçar-se à intimidade textual a fim de conhecer-lhe as significações implícitas.

Desse modo, o "mistério" do texto criativo não se decifra, mas se patenteia ao leitor, e este, agora pode contemplar, sem o alvoroço perante a esfinge devoradora, o enigma que o texto engendrara para ofertar a quem, porque cego ou distraído, não consegue vislumbrar. Como guardião do saber das escrituras sagradas, o crítico conecta o leitor ao "mistério" do texto profano em que se plasma o saber dos seres humanos. Oficiante de um ritual que tanto mais se cumpre quanto mais as significações rejeitam a entrada do neófito, o crítico é o mediador entre o impulso de conhecer a realidade do mundo, nem sempre consciente ao leitor, e o texto no qual ela se manifesta, única forma que pode assumir para se oferecer.

Antes de prosseguir, cabe recordar que os textos críticos se organizam de acordo com o grau de percuciência de penetração nos arcanos do texto criativo. Se não, todos se equivaleriam, e bastava um para que a crítica se cumprisse. Ou seríamos levados a confundir um texto em que o "leitor comum" vazou as suas impressões com a autêntica crítica. Ora, o texto do leitor comum contém, quando muito, o germe do texto crítico, em razão de sua atitude em face do texto ser antes assimilativa que propriamente crítica. Portanto, simetricamente à polivalência das metáforas haveria correspondentes leitura críticas, tanto mais válidas quanto mais alcançassem decifrar, interpretar e avaliar o complexo metafórico de que o texto se constitui. A hierarquia dos textos críticos sofre dos mesmos azares que viciam a carreira social dos textos literários,[42] mas é de supor que, em tese, o texto crítico mais válido seja quando capaz de revelar mais e melhor o universo polivalente do texto criativo.

Do prisma da função, o texto crítico se realiza quando, por conseguinte, interpreta e avalia o texto criativo. Este, como vimos, encerra uma visão da realidade, praticada por um sujeito cognoscente que filtra e reduz a um documento escrito a complexidade do real. Interligadas as duas entidades, segue-se que a função do texto crítico não pode ser outra senão interpretar e avaliar a visão do mundo impressa no texto criativo. A tarefa crítica se cumpriria, ao fim de contas, quando se voltasse para a interpretação e avaliação da mundividência que se encontra no texto literário: criticar é, portanto, interpretar e julgar cosmovisões.

Podemos lançar alguma luz sobre tal função se reexaminarmos o cerne da Literatura: leitores comuns ou não, procuramos os textos literários porque, não tendo acesso direto à realidade, ou apenas tendo fragmentos dela, necessitamos superar nossas inibições em face do interlocutor permanente de nossa consciência – a realidade do mundo. Ora, os textos criativos podem oferecer, mercê do mecanismo que os produz, uma visão ampla, embora sintética, da realidade, pois abrangem os seus múltiplos aspectos. Assim, é a realidade do mundo que buscamos quando nos reportamos ao texto literário, o mundo nele refletido e retratado, ou a sua transparência, não a sua opacidade. A superfície do texto se patenteia como um dado imediato acessível até ao leitor menos atento, opostamente à realidade do mundo, que não se oferecesse como tal, e, sim, por meio da reflexão e refração processada no espelho do texto criativo. Para quem está interessado na realidade, o texto em si é um estágio de um processo de conhecimento que finaliza na captação, posto que provisória e incompleta, do mundo nele espelhado.

Podemos, em face disso, compreender que a função da crítica não é acessória nem dispensável: se o leitor comum pudesse, sem auxílio, desentranhar da leitura a visão do mundo nele expressa, – a crítica ficaria sem

---

[42] Levin L. Schüking. *El Gusto Literario*, tr. mexicana. México: Fondo de Cultura Económica, 1954.

função. Como, aliás, acontece ao recusar-se, em nome de uma das falácias que lhe rondam os passos, a voltar-se para a análise, interpretação e avaliação de mundividências. Pense-se, a título de ilustração, na enxurrada de ensaios, teses e quejandos que uma pretensa leitura objetiva ou científica que estimulou e difundiu e que hoje se alojou em arquivos mortos, em que se depositou na segunda metade do século XX o produto das falácias sedutoras. Prescindimos de tais "análises" por serem tautológicas deixando intocado o núcleo dos textos – a sua visão da realidade. Mas não podemos dispensar os textos críticos que cumpriram sua precípua função: sem tais análises, interpretações e avaliações, é de crer que o leitor comum, e mesmo certos participantes do jogo crítico, não acederia ao enigma do texto. Do contrário, a crítica se tornaria inútil, e não é o que ocorre, apesar de certas "análises" procurarem reduzi-la à sucata ou solitário vício apesar de mental.

Ao quadro que se formou entre a realidade e o texto crítico se adicionou outro sujeito, – o do leitor comum. É para ele que o texto se organiza, não como fim exclusivo, mas como instrumento de intelecção do texto criativo, que por sua vez remete para a realidade do mundo nele reproduzida. Ao buscar o texto crítico, o leitor está no encalço das "chaves" que lhe facultem conhecer a realidade original filtrada pelo sujeito cognoscente e convertida em texto criativo. É a visão da realidade que lhe importa, esteja ou não consciente disso, e o seu alvo somente pode ser atingido no interior de uma cadeia entre *coisas* e *sujeitos*.

realidade ⇄ sujeito criador ⇄ texto criativo
sujeito crítico ⇄ texto criativo ⇄ leitor

Inicialmente, partindo da coisa para a palavra que a nomeia e a desvenda, a cadeia se inverte quando o leitor se dirige ao texto crítico para instrumentalizar o seu assédio ao texto criativo e, por meio dele, remontar à realidade do mundo. Esta, que suscita o movimento criativo do escritor, é a meta objetivada pelo leitor, de modo que um e outro, bem como o crítico, miram o mesmo ponto: a realidade do mundo. Princípio e fim se confundem num movimento circular que é a própria imagem do conhecimento, nascente e foz de um rio perene. Se o criador está próximo da fonte, nem por isso o leitor deixou de buscá-la, utilizando o espelho d'água que o criador da realidade nele captada elegeu. Ambos alimentam o mesmo sonho de posse da realidade; um, junto à nascente, a escutar o murmúrio perpétuo das coisas no recesso da "máquina do mundo"; o outro, junto à foz – como guardiães e preservadores do saber. Sem o primeiro, vê o leitor obstado seu diálogo com a realidade, mas, sem este, o criador não realiza o seu projeto – a posse do mundo. Como se a realidade permanecesse aferrolhada ciosa de seu âmago primordial, a inexistência do leitor seria catastrófica para o sujeito do conhecimento. E não menos decepcionante para o leitor se não houvesse à sua disposição os textos em que a realidade do mundo – esfinge a contemplá-lo sempre – ganha forma e se expõe à sua fome de certezas.

Nesse quadro, a função do crítico se configura com nitidez: análise, interpretação e julgamento da visão do mundo que o Autor do texto criativo alcançou ter, não raro sem plena consciência. E tal cosmovisão, como se manifesta? Visto que os demais capítulos se propõem a examinar as implicações do problema, basta-nos por ora divisar, como em *A Criação Literária*, a mundividência de um escritor como a unidade interna da obra criada ao longo de sua carreira, por mais diversas que sejam as fases ou maneiras percorridas. Tal unidade se manifesta pela reiteração de componentes que permitem afirmar a presença, no texto criativo, de uma visão do mundo Se, por porventura, se tornasse impossível observar recorrências num texto criativo e na série de obras de um escritor, obviamente a categoria "visão do mundo" se esvaziaria de sentido ou acabaria designando uma incontrolável fragmentação anárquica. Num caso e noutro, seria inoperante aplicá-la. Acontece, porém, que tais hipóteses que pertencem ao plano dos absurdos, que a experiência mais comezinha destrói: é que todo escritor se repete, de tal sorte que os textos (segregados por sua imaginação, apenas fossem as variações do mesmo tema).

Tais reiterações não passam de vocábulos: cada escritor possui elenco de vocabulário finito, por mais amplo que seja visto a sua taxa de frequência ser o primeiro sinal de identidade literária. E podem ser de ordem sintética, estrutural, semântica, etc: as várias modalidades de redundância, resumíveis em cinco tipos – *a análise estatística, a interpretação psicológica, as tipologias estilísticas, as palavras-chave, o estudo das fontes das imagens*[43] – parecem girar, se assumirmos uma perspectiva literária e não meramente gramatical ou descritiva do texto literário, ao redor de um núcleo fundamental, ou seja, *as forças motrizes* ou *filosofemas*, unidades moleculares da visão que um escritor tem da realidade. O conceito de forças-motrizes se aproxima do de isotopia ao menos como o entende o grupo de Liége: "é a propriedade dos conjuntos limitados de significação, que comportam recorrência de semas idênticos e ausência de semas exclusivos em posição sintática de determinação".[44] Se, portanto, "a isotopia é uma relação de redundância entre unidades linguísticas que não são necessariamente manifestas (é o caso dos semas)",[45] a analogia com as forças-motrizes se torna nítida, com a diferença de que estas se comportam como redundâncias múltiplas, desde a microrredundância (sema 1) até a macrorredundância (sema 10). E aquelas se representam por figuras ou expressões recorrentes, enquanto estas, por textos integrais (romances, contos, etc), que assim funcionam, como a expansão, polimórfica, de semas ou forças-motrizes fundamentais.

Presentes em todas as recorrências e em nenhuma em particular, as forças-motrizes constituem o lugar-comum entre elas e o território semântico que ali se vai formando da cadeia: é o mesmo modo de ver que se repete, gerando semelhanças que vão do vocabulário às significações implícitas nas redundâncias. É como se o mesmo modo de ver a realidade e avaliar a linguagem nas obras de um autor escondesse uma identidade pessoal. Com isso, prevenimo-nos contra a interpretação mecânica, sobretudo quando vamos observando um crescente apuro, de uma obra para outra, em matéria de estilo, de domínio da estruturação narrativa etc. Faz parte das ideias assentes que entre Eça de Queirós das *Prosas Bárbaras* e *A Cidade e as Serras* persiste uma unidade substancial, uma visão do mundo específica que a

---

43 Stephen Ullmann. *Meaning and Style*. Nova York: Barnes and Noble, 1973, pp. 64ss.

44 Jean-Marie, Klinkenberg. "Rhétorique et Spécificité Poétique", sep. De H. Plett (org.). *Rhetorik*. Munique: Wilhelm Fink Verlag, 1977, p. 84.

45 *Idem, ibidem*, p. 85.

discrepância vocabular, mesmo a sintática ou a estrutural, pode camuflar, mas não diluir. Idêntico raciocínio vale para a trajetória de um Machado de Assis, um Carlos Drummond de Andrade, um Fernando Pessoa, para apenas nos restringirmos a autores vernáculos.

Assim, as redundâncias formais não podem ser tomadas ao pé da letra sem levar a equívocos, assim como as dissemelhanças não decorrem de antinomias internas denunciadoras da falta de unidade, mas, de uma recorrente visão do mundo. As forças-motrizes localizam-se num plano que não é estritamente formal, embora dele não prescindam: a análise das reiterações e simetrias formais denota persistência de um modo de ver a realidade, já que aquelas não se efetivam senão em nome desta. Conquanto o escritor o desconheça, é a sua visão do mundo que os textos veiculam, e todo seu afã artesanal objetiva exprimi-la: a galeria de poemas ou narrativas que integram o saldo de um labor criativo durante anos é uma visão do mundo, somente delineável nos textos produzidos.

A cosmovisão não está pronta na mente do escritor, nem nas notas que for tomando para imaginar enredos e cenários. Ao contrário, monta-se à medida que os poemas e narrativas se sucedem, como se o espaço se abrisse em nitidez e amplitude à proporção que as palavras lhe saltassem da pena. E por mais modulações que os poemas e narrativas possam ostentar, nota-se uma identidade que provém de reproduzir-se espontaneamente um modo de ver a realidade: pode mudar o tom do poema, passando do lírico para o épico, ou o motivo inspirador, passando da Natureza para a Mulher, ou vice-versa; pode o romance convocar ora três personagens, ora oito, desenrolar-se em Paris ou Lisboa, que o resultado é a unidade interna, a permanência da mesma visão do mundo. O Camões da Dinamene é o mesmo de *Os Lusíadas* simplesmente porque, sendo o mesmo autor, é a mesma visão do mundo impressa nessas obras, a ponto de fazer pensar num critério fundado em tal aspecto para dirimir problemas de autoria. E a decantada unidade na diversidade, evidente na obra poética de Fernando Pessoa, não é mais surpreendente do que a unidade intrínseca observada entre *Rosa do Povo* e *Claro Enigma*, por mais antinomias, formais e ideológica, que se possam vislumbrar nos dois livros de Drummond.

Nessa ordem de ideias, é frutífero considerar autores adeptos de uma tendência literária, pois somente podemos classificá-los de aderentes aos mesmos postulados estéticos quando as suas obras o testemunharem; não basta a adesão histórica, programática, se os textos desmentirem a filiação. Pensemos nos agrupamentos – períodos, tendências, gerações etc. – que é possível delinear para estabelecer certa ordenação histórica com base nas semelhanças. Se nos ativermos às analogias formais, verificaremos que parte do vocabulário é comum aos seguidores da mesma corrente (do contrário não se podia falar em semelhanças ou grupos). Ora, se uma fração do vocabulário é comum, não há como discernir os autores em particular, mas a plêiade que formam. Nesse caso, os vocábulos em circulação não entrariam em disputa quando se tratasse de estabelecer a visão do mundo de um escritor: o comum não distingue, e no caso a distinção é necessária. E se considerarmos que as semelhanças vocabulares podem ocorrer noutros níveis até o das forças-motrizes concluiríamos que uma geração ou um grupo se identifica por empregar desde vocábulos até forças-motrizes comuns. Daí poder falar-se em visão do mundo ou da geração, resultante, pois, de semelhanças fortuitas, ou de um programa aceito por todos gerar *clichês* que passam a ser usados indiscriminadamente.

Sempre que se apela a categorias como "romântico", "parnasiano", "barroco", etc. está-se pensando numa comunidade estética alicerçada na recorrência de estereotipias de toda ordem. Ora, o lastro comum somente importa à proporção que revela a moda imperante em certo momento histórico; a crítica da visão do mundo de um escritor deve conhecer desde logo o repertório comum a fim de não atribuir a um o que é de todos, nem procurar soluções engenhosas para lugares-comuns de época. Pensemos na discutível interpretação de Roger Bastide, ao considerar fruto da cor de Cruz e Sousa a insistência no "branco" e cognatos, quando a simples leitura de outros simbolistas brasileiros contemporâneos – nada marcados pela etnia nem pela marginalidade –, para verificar que se tratava de um estereótipo do tempo: pouco mais, pouco menos, todos os simbolistas lançaram mão da cor branca como signo de sua visão estética da realidade. Com isso, o "branco" em si não discrimina, mas, sim, o "branco como aparece nos (con)textos de cada poeta, e ainda assim não se pode dizer que o "branco" em Cruz e Sousa é o de uma raça negra e o de Alphonsus de Guimaraes, de um "ariano".

Com base na categoria "branco", um crítico seria induzido a admitir analogia entre as visões do mundo de ambos os poetas, quando se sabe que, apesar dessa parecença, são divergentes. Por maiores semelhanças histórico-estéticas que possa haver entre as obras de Cruz e Sousa e Alphonsus de Guimaraes, o fato de a cor branca estar presente nas suas composições, cada um tem sua mundividência, o modo como a manipulam, os diferencia. A cosmovisão é sempre individual; somente por expansão é que procede falar em cosmovisão de uma época, corrente literária ou equivalente. Se admitirmos que a cosmovisão simbolista se identifica, entre outras, pela sinestesia, não é a sinestesia em si que importa na caracterização de cada autor, mas o modo de a empregar. A individualidade de Arte subsistente a toda semelhança derivada de programas estéticos ou de recurso formais. Da perspectiva da cosmovisão, o quadro de uma estética literária seria correspondente à soma de visões particulares. Ninguém confundiria os poemas de Gonçalves Dias com os de Castro Alves, os de Lamartine com os de Vigny, embora todos se aproximem pelo fato de pertencer ao Romantismo: cada um é romântico à sua maneira, à maneira de sua cosmovisão. Do contrário, nem era preciso julgar os autores um a um; bastava encaixá-los nas rubricas em que costuma localizá-los a história literária.

7. A QUESTÃO DAS MUNDIVIDÊNCIAS, AQUI apenas esboçada, há de estar presente no texto crítico. E nas expectativas do leitor ao se municiar de "chaves" para enfrentar, com proveito, o enigma do texto criativo, tendo em vista o prazer estético, "fuga da realidade" ou coisa que o valha. E, sobretudo, aceder a um conhecimento, que por meio do poema ou da narrativa se formula, e de uma realidade, que ao mesmo tempo está antes do texto e nele se configura. É a realidade que importa, para o crítico e para o leitor: aquele analisa, interpreta e julga a visão do mundo estampada no texto criativo, e o leitor, além de frui-lo, tem em vista conhecer uma certa visão da realidade.

Por que a procura? Porque guiado pela sensação de a realidade ser opaca, busca conhecê-la por meio do texto criativo. No périplo entre a realidade e o leitor, enlaçam-se o conhecimento e a ética, e, de certo modo, realismo e utopia, pois o conhecimento visa não só à integração do ser humano no "ambiente" que o circunda, mas também a dar-lhe sinais do mundo melhor que se gesta nos labirintos da realidade conhecida. A crítica assume, nesse momento, seu mais alto papel: explicitação e anúncio, deslinde e apelo, determinação e aventura, tomada de consciência e profecia.

II. CRÍTICA E NEUROSE

1. Ao revolver os meandros da psique humana, Freud despertou monstros submersos, cuja existência se manifestava pelos meios da simbologia. A divisão bíblica do Mar Vermelho? A odisseia de Ulisses? A longa travessia dos cavalheiros do Rei Arthur? Bosch? Adamastor? O dilema hamletiano? O Eldorado neoclássico? – Projeções simbólicas, tentativas de expressão dos arquétipos gravados no subsolo da memória, pulsões do subconsciente recluso nos confins de um sono que durava o tempo do Mundo e da História.

De repente, soube-se que tudo não passara de mera substituição: impossibilitados de exprimir-se como *habitat* de fantasmagorias, os estratos pré-conscientes punham em lugar a contraface, o eufemismo dos símbolos e da alegoria. Libertas enfim, as teratologias que inquietavam o sonho, perderam ímpeto, reduzindo-se a entidades suscetíveis de análise e interpretação. E o subconsciente deixava-se perquirir e investigar, como usina atômica submetida ao domínio de um computador indiscreto e gélido: a razão do psicanalista. Parecia o epílogo feliz de uma noite milenar de torturas indescritíveis, o livramento condicional de inocentes presos em masmorras infectas e mal-cheirosas. A mente humana podia, finalmente, respirar o oxigênio fora das grades. Mas por quanto tempo? E até que ponto?

Entrementes, continuava-se a produzir, meio em segredo, meio às escâncaras, um artefato antagônico ao desvelamento realizado, como se, em sombrias catacumbas, seres obstinados no convívio com a tradição de súbito rechaçada insistissem na prática de rituais proibidos velando pelos antideuses arrancados à força de imemorial pesadelo. A arte, por meio da qual tais seres se revelavam, paradoxalmente encontrava adeptos, como se a libertação não tivesse sido total ou deixasse agridoce sabor de nostalgia, a nostalgia do longevo sonho de olhos abertos. Ou como se despertar correspondesse à trêfega espionagem nos arcanos de um reino vedado ao próprio homem, salvo pela simbologia. Deu-se nome a tais entes noturnos: – *ego, superego, id* – mas nem por isso se abriu mão de representá-los por intermédio dos símbolos. Suprema heresia, os monstros teimavam em falar obliquamente, a ponto de a própria Psicanálise se voltar para o receptáculo dessa fala intransitiva, a Arte. Não falta, é certo, quem postule o apocalipse da Arte e o ingresso da Humanidade num ciclo de cultura em que a evasão não será mais possível nem desejável. E há quem pregue a decadência irreversível do livro como forma requintada de fuga, ópio, alienação das realidades urgentes. Chegou-se a propor que se esteja presenciando o fim da História. Mas enquanto os futurólogos vaticinam suas audácias ingênuas, a Psicanálise vê-se a braços com a debandada que provocou e sem recusar o papel de emancipadora, admite entre contrafeita e cheia de si a presença incômoda dos monstros que açulou e expôs à luz do Sol.

Ao proceder como o aprendiz de feiticeiro, que é que trouxe a Psicanálise à crítica literária? Novos instrumentos analíticos, novas analogias, uma sintaxe para interpretar os símbolos que resistem à usura do tempo, chaves para decifrar-lhes a intimidade, para sondar-lhes a essência, para compreender-lhes as paragens de sombras em que jaziam; enfim, abriu-lhes horizontes ainda patentes a indagação e a gerar frutos, ainda que inquietantes, E pôs em uso ainda uma noção de imprevisível ressonância: a neurose. Que relação com a neurose estabelece a crítica literária? Eis o que importa equacionar e discutir.[1]

---

[1] Estava redigido este capítulo, bem como a maior parte deste livro, quando tomamos conhecimento de que o fulcro de nossa interpretação se assemelha à análise de Hans-Georg Gadamer. *Vérité et Méthode. Les Grandes Lignes d'une Herméneutique*

2. Questão fulcral a vários respeitos, essa dos vínculos entre crítica e neurose. Para bem situá-la, é convincente estabelecer premissas metodológicas, a primeira das quais se relaciona com a perspectiva *literária* em que devemos colocar-nos, embora não se rejeite a interpretação psicológica ou psicanalítica. A neurose não será encarada como objeto da terapia ou pesquisa científica, mas como mecanismo psicológico articulado ao processo crítico: a neurose antes como integrante do percurso estético que como psicopatologia, embora suscetível de ser enquadrada no perímetro da patologia mental. Não afastamos de todo a hipótese de que afirmações no gênero – "pelo que se conhece até o presente momento, tudo indica que o artista cujas capacidades acercam-se de uma patologia latente encontrará seu lugar mais facilmente em períodos 'românticos' do que nos 'clássicos'[2] – possuam suporte científico e pertinência. Supomos que não passem de auxiliares da crítica literária: para esta não importa que possa a síndrome romântica ser expressão de uma patologia latente, mas sim, a obra produzida. Fruto de patologia, ou não, é o texto em si que conta; a perturbação mental é um dado acessório. Transformar a observação clínica em fundamento da crítica que parece abusivo, porquanto a presença ou ausência de neurose, no comportamento do escritor, ou mesmo na obra que segregou, não pode servir de parâmetro, sob pena de convulsionar as regras que governam o texto literário, conferindo-lhe, erroneamente, a função de registro psicanalítico. Que o texto encerra importantes sinais do psiquismo do escritor, é fora de

---

Philosophique, tr. francesa. Paris: Seuil, 1976, pp. 52-53) no tocante ao "ser-fora-de-si" e do "ser-junto-de-si" dicotomia de raiz platônica. E conquanto "Platão estigmatize a incompreensão com a qual, em nome de uma concepção intelectualista da Razão, se desconhecia comumente o caráter estático do ser-fora-de-si, reduzido a uma simples negação do ser-junto-de-si (*Beisichsein*), portanto a uma espécie de loucura" – parece que o primeiro estágio ("ser-fora-de-si") não corresponde a uma negação do segundo ("ser-junto-de-si"), mas a um estágio igualmente positivo, pelo menos neutro, indispensável ao outro. Na verdade, equivalem a uma tensão entre tese e antítese, no rumo da síntese virtual em que se converte o texto. E a loucura de que fala Platão, ou neurose, diríamos nós, é inerente ao primeiro estágio, e não como ideia negativa.

2 Ernst Kris. *Psicanálise da Arte*, tr. brasileira. São Paulo: Brasiliense, 1968, p. 25.

dúvida; que tais informações podem permitir ao especialista classificar a possível neurose do autor também é procedente. Admitir, porém, que a crítica literária deva estribar-se nesses aspectos para realizar sua missão (analítica, interpretativa, judicativa), não se justifica. A visão do psicólogo ou psicanalista colabora para deslindar símbolos verbais, de uma maneira não raro intransferível, mas daí a supor que a crítica consiste em tais análises é reduzi-la a mero epifenômeno. Queremos crer que não se forçará a nota invertendo a equação: a Psicanálise, ou a Psicologia, mesmo quando necessárias, não são exclusivas. À interpretação do Príncipe Hal[3] na peça *Henrique IV*, de Shakespeare, o enfoque psicanalítico traz dados realmente sugestivos, mas nem por isso devem conduzir à ideia de serem exclusivos e únicos.

Além de pôr de lado a questão de saber se o escritor é neurótico ou mentalmente sadio, não vamos ressuscitar a velha tese de parentesco entre Arte e Loucura, Gênio e Demência.[4] Importam-nos os liames que aproximam o ato de compreender, interpretar e julgar textos literários chamado – abreviadamente de *ato crítico* – e o fenômeno das alterações do relacionamento com a realidade, provocando alienação etc. – abreviadamente denominado *neurose*.

Para os fins que temos em mira, o aspecto criativo do ato crítico será colocado em suspenso para não se confundir com a criação literária propriamente dita, expressa em poemas, contos, novelas, romances etc. No entanto, tendo em mira discriminar os possíveis limites entre as duas esferas complementares – a da criação e a da crítica – vejamos o contorno da primeira: tomando a Arte como consciência da Vida e do Mundo[5], o escritor seria *enquanto escritor* basicamente o não neurótico, por superar, por meio da Arte o abismo que distancia o neurótico da realidade. Mediadora ideal porque fruto de um reflexo da Natureza no "eu" do escritor, a arte significaria a

---

3 *Idem, ibidem*, pp. 209ss.

4 Tenha-se em mente, a título de equacionamento do problema, o capítulo que ao assunto dedicaram René Wellek e Austin em sua *Theory of Literature*. Middlesex, Inglaterra: Penguin Books, 1976.

5 Mikel Dufrenne. *Le Poétique*. Paris: PUF, 1963, pp. 107ss.

tomada de consciência do mundo. Por seu intermédio se obtém o equilíbrio entre a consciência, que estranha o Cosmo por não fazer parte dele, e a realidade que objetiva conhecer. A Arte eliminaria, consequentemente, a estranheza e o afastamento entre a consciência e a realidade, promovendo a conciliação que facilita ao mundo "representar se", e à consciência, resguardar-se da neurose, ou do alheamento da realidade. Em suma, a Arte se preservaria da neurose por desencadear o regresso ao mundo concreto.

O produto final da Arte consiste, pois, na superação de um desabafo. Ver Pessoa: "A Arte, sim, porque a vida não basta". No entanto, ao longo do processo criativo o escritor viveu a deformação que procurou evitar. Ainda na perspectiva do escritor e não do homem civil, nota-se que um ficcionista mergulha no circuito da neurose ao inventar histórias, uma vez que o convívio com as personagens da imaginação corresponde a um distanciamento da realidade circunstancial. Durante o tempo da criação, processa-se um alheamento que se diria neurótico. Esgotado o transe criativo, o romancista volta ao mundo concreto e reassume o seu papel – desaliena-se. Não quer dizer que ultrapasse as neuroses com o ato criador, nem que este seja produto de possíveis desordens de personalidade. Quer estas hajam instalado seu reino diabólico, quer não, a obra de arte resultará de se processar no ficcionista, por algum tempo, uma turbulência equivalente à neurose: neuropostiça, provocada ou artificial, mas presente no ato de criador a ponto de com ele se confundir. Afinal de contas, o escritor "acredita" nos seres fictícios que inventa, à semelhança de alguém paralisado pela fixação obsessiva num ponto do desenvolvimento mental. Com a diferença de a neurose criativa ser passageira. Entretanto, as obras de um escritor constituem a recorrência das mesmas matrizes estéticas, fazendo supor a repetição do esquema; neurótico: até no fim de seus dias, o escritor é acionado pelo conflito inicial, em busca de ver cada vez melhor o mundo circundante ou exprimir melhor a sua cosmovisão.

3. Posto o quê, convém apontar o conceito de neurose que vamos adotar. Consideramos neurose toda relação entre duas consciências (ou "eus") em que uma absorve a outra, de modo a provocar-lhe desequilíbrio,

momentâneo ou não, em nível profundo. A relação neurótica se estabeleceria sempre que uma consciência interferisse na outra, pertubando-lhe a estrutura de base, o equilíbrio entre si e os fenômenos do mundo natural e social. Neurose entendida, portanto, como alienação da realidade, patenteada na transferência da visão do objeto para a consciência do "outro", assim tornada consciência vicária ou "superior". O "eu" aliena para outro "eu" a visão do objeto provocando um desvio ou distorção, (que caracteriza o processo neurótico): a visão da realidade, é interceptada pela visão do outro "eu", que substitui aquela e a própria realidade de modo que o "eu" não vê mais a realidade como tal, mas como se afigura ao outro "eu" ou como lhe (a) parece projetada no (ou pelo) outro "eu".

Esperamos que o leitor compreenda não ter sentido discutir aqui, como aliás já prevenimos, todo o problema complexo da neurose em suas várias formas patológicas, nem mesmo a área semântica que abrange. Restringimo-nos a um conceito que talvez padeça de reducionismo, mas pareceu-nos o único adequado às nossas reflexões. Por outro lado, parece que se dirige mais ao mecanismo básico da neurose que aos seus efeitos. Entretanto, fosse o caso de tentar uma identificação entre o conceito que adotamos e uma das modalidades clínicas, diríamos que se aproxima da *reação dissociativa*, neurose "intrigante e ainda pouco compreendida", definida como "um estado em que todas as áreas da memória de uma pessoa podem ser obliteradas por períodos longos ou curtos". (Miriam S. Grace *et alii*. *Introdução ao Estudo da Psicologia*, tr. brasileira. São Paulo: Cultrix, 1978, pp.519-520), ressalvada a diferença de que, segundo o conceito por nós adotado, a obliteração não se manifesta, como na reação dissociativa, pela amnesia, fuga ou sonambulismo. Próximas desse conceito, embora situadas noutro contexto, são as considerações em torno da "*poiesis*" da inteligência humana, da capacidade que o ser humano tem de tomar consciência da realidade das coisas, *poesis* essa que necessita da *infiltração dos demais* em nosso próprio ser, da modelação ou acabamento *pelos outros*. (J. Rof Carballo. *Medicina y Actividad Creadora*. Madri: Revista do Ocidente, 1964, p.44, citado por Javier del Amo. *Literatura* y *Neurosis*. Madri: Nacional, 1974, p.68). E se admitirmos que o texto está para o leitor assim como o doente mental está para o "outro", podemos encontrar analogia também com a ideia de que "o neurótico tende a criar situações iterativas que *induzem* nos outros respostas que complementam suas próprias condutas, ou seja, tendem a (ou ao menos tratam de) modificar os "programas" dos outros, transformando-os em "sub-rotinas" de seus próprios programas" (Eliseo Veron e Carlos E. Sluzki. *Comunicacion y Neurósis*. Buenos Aires: Editorial del Instituto, 1970, p. 229).

4. Podemos agora com base nesse conceito enfrentar a questão de seus vínculos com a crítica. Dois parecem ser os momentos de percurso crítico: o primeiro realiza-se na leitura do texto submetido à crítica e corresponde à fase da neurose; o segundo realiza-se após a leitura quando o crítico comenta num texto (ensaio, artigo, etc.) o produto da tarefa.

Ler o texto significa não apenas acompanhar a sequência das palavras na mancha da página, mas absorvê-lo em todas as dimensões, da fonológica à semântica, não precisamente nessa ordem, e assumidas como totalidade textual, somente desmontável, pela análise, para fins de investigação específica. E a totalidade do texto encerra uma visão do mundo; assim, ao captar esses estratos, o leitor assimila uma visão da realidade, se não plena, ao menos na faixa abrangida pelo texto. Essa absorção é que configura a neurose, estágio inicial do percurso crítico, em razão de o texto subverter a relação que a consciência do leitor estabelece com os fenômenos do mundo: o texto, sobretudo no plano das significações, expressas ou latentes, perturba o equilíbrio anterior em que se comprazia o leitor ou o crítico. Este assimila o conteúdo do texto, faz sua a matéria ali contida, incorpora a si o modo de ver a realidade expressa no texto, conhece outra maneira de reagir perante o mundo e de representar a imagem do mundo – essa absorção é que funciona como neurose. A subjetividade do leitor é invadida por outra subjetividade, expressa pelo texto, deflagrando um conflito entre as duas esferas subjetivas, entre os dois modos de visualizar os fenômenos do mundo.[6]

---

[6] Para o bom entendimento de nosso ponto de vista, é importante assinalar que não está em causa a experiência estética, entendida como sentimento de emoção

É de supor que, em tempos imemoriais o homem, integrado na Natureza, não era neurótico: a neurose desponta quando a integração em vez de processar-se na Natureza, com a qual o homem primitivo se identificava, se realiza na Arte. Falto da integração original, o homem busca a integração similar, única possível pelo distanciamento operado no curso do tempo, ou seja, a Arte é algo que se constitui como um espelho em que o homem encontra o universo paralelo, a natureza, que lhe permite a relativa identificação do "eu": é a integração possível. Sucede, porém, que a integração na Arte não se efetiva sem o intercurso neurótico: por identificar-se com a natureza mimética, reprodução transfigurada da Natureza primordial, o homem desloca por instantes o eixo de sua identidade para o núcleo do objeto artístico que contempla. Essa transposição é que é neurótica: enquanto no contacto com a Natureza não se realiza a tal transferência mercê de a identidade do "eu" do homem se manifestar como prolongamento ou estado da Natureza, a fruição da Arte implica a suspensão, ainda que momentânea, do seu equilíbrio mental, por acionar a desidentificação do "eu" em favor de uma identidade virtual, existente no universo da Arte. O ser humano procura, no objeto de arte, a identidade perdida ao se distanciar da Natureza e somente encontra a cisão ou alheamento do "eu" ao projetar-se

---

(a chamada "emoção estética") nem a proposta de Eliseo Vivas (*Creation and Discovery*. Chicago: Gateway, 1965 pp. 143ss) substituindo emoção por atenção. Ainda que a ideia desse estudioso segundo a qual a atenção estética se realiza quando é tão controlada pelo objeto que não escapa dele para significados e valores não presentes imanentemente no objeto, sempre que a procuramos discernir, desloca a questão para um aspecto que não está em discussão no momento. A psicologia da atenção é relevante para o esclarecimento das relações do "eu" com o objeto estético (no caso, o texto literário), mas no âmbito em que situamos nosso problema, consideramos a atenção como um dado *a priori*: ou o leitor tem a atenção voltada para o texto, ou não se processa a leitura. E, se partimos da hipótese de que a leitura se realizou, é de imediato concluir que a atenção constitui um pressuposto: sua presença é a condição sem a qual não se processa a experiência estético-literária; e sua ausência elimina o problema, pois essa experiência não se configura.

na obra de arte. Entretanto, é a única via de autoidentificação que lhe resta – salvo o retorno à Natureza.

A neurose instala-se, pois, durante o ato da leitura, como identificação: o leitor identifica-se com o texto, ou melhor, com os significados que o compõem: o texto se torna condicionante da atitude assumida pelo leitor ou crítico, espécie de ímã a polarizá-lo. E este, por seu turno, coloca-se entre parênteses para aderir ao texto, identificar-se com sua malha semântica. A reação do leitor, se não é passiva, também não é repulsiva, desvia-se da obra, o que denotaria ausência de identificação e cessamento da leitura como ato mental e mesmo físico. Assim é que, para efetuar a leitura, o leitor "entrega-se" à correnteza semântica que permeia o texto pois que a recusa significaria interrupção do fluxo, e, por isso, da própria leitura: suspensa esta, aquela se interrompe: sem adesão, torna-se impossível. Por conseguinte, neurose = identificação.

Marion Milner, chama a atenção, em *O Papel da Ilusão na Formação Simbólica* (Klein *et alii*, 1969:134), para uma observação de Bernard Berenson, 1950, que, não obstante se refira às artes plásticas, confirma esse ponto de vista: "em arte visual, o momento estético é aquele instante fugaz, tão breve que é quase intemporal, em que o espectador se une com a obra de arte que está contemplando, ou com a realidade de qualquer espécie que o próprio espectador vê em termos de arte, como forma e cor. Deixa de ser o seu eu comum, e o quadro ou o monumento, a estátua, a paisagem ou a realidade estética já não está fora dele. Os dois convertem-se em uma entidade; o tempo e o espaço são abolidos, e o espectador é possuído por um só conhecimento. Quando recupera a consciência cotidiana, é como se houvesse se iniciado em luminosos mistérios formativos". A esse respeito, ver também Ernst Kris (50ss).

A eliminação dessa distância virtual processada corresponde ao movimento do "eu" para dentro de si próprio: ao perder-se na identificação, o "eu" se encontra, se não no próprio instante da perda, ao menos no que se lhe segue. Para se identificar, o "eu" deve esquecer-se, visto que ao fazê-lo, descobre a sua mais íntima natureza, a sua interioridade ainda sem voz. Latente ou desconhecido para si até a identificação, o "eu" se conhece ao identificar-se, deparando com seu "igual" ou "duplo". Nesse momento, o "eu" conhece-se como tal, pois localiza no texto, num objeto externo, o seu equivalente, como imagem num espelho. Objetivando-se, como raro e falacioso *no outro* que o reproduz, e em que se reproduz, o "eu" pode conhecer-se.

A neurose, no caso, propõe uma catarse desvendadora, porquanto antes dela o "eu" jazia inerte, pulsando nos subterrâneos em que flui como rio incessante, à espera do momento de revelação, ou epifania, que deflagra quando contempla o seu duplo estampado na superfície do texto – e sabe quem é. Mais uma vez, dessa perspectiva não é a loucura que se instala, como queria Platão, nem é negativa a forçosa neurose. Ao contrário, encerra a possibilidade do encontro revelador: o "eu" pode, no espelho do texto, ver o próprio recôndito, antes irrevelado e, consequentemente, conhecer-se, ou conhecer uma das incontáveis facetas de que é formado, E se o ato de se ver como "outro" pressupõe loucura, trata-se ao ver de Platão da loucura sadia, sem a qual, diz Pessoa que não é senão "o cadáver adiado que procria". Identificação, neurose, revelação tornam-se quase sinônimos.

Por outro lado, o espelhamento desvendador requer uma segunda etapa para se manifestar em plenitude: o "eu" que se revela somente o sabe quando vê de longe a revelação, deixando de ser o leitor que assimila para investir-se como crítico, que interpreta e avalia. Abandono que é, a identificação estaciona o "eu" numa flutuação de inconsciência,[7] de que se afasta

---

7 Do mesmo modo que a "neurose do criador pertence à psicologia do homem normal" (Javier del Amo, *op. cit.*, p. 26) a neurose experimentada pelo leitor pertence à psicologia da normalidade. Tudo se passa como se houvesse duas formas de neurose, a patológica, duradoura e passível de tratamento clínico, e a não patológica, passageira, experimentada sempre que no cotidiano o "eu" se aliena por instantes em razão da interferência alheia. E, na mesma ordem de semelhança, enquanto a neurose patológica pode levar o criador de arte a desvios, incluindo o apelo a alucinógenos (Hayter. *Opium and The Romantic Imagination*. Berkeley, 1970, o leitor experimenta, no contacto com o texto, uma sensação inofensiva, do texto literário. Claro, a leitura como narcose ou equivalente pode ser objeto de longa discussão, mas é do reino da experiência que o leitor fica tanto mais hipnotizado ou mesmo anestesiado quanto mais o texto o arrancar de seu cotidiano para atirá-lo no universo imaginário que sugere. Se a neurose é fuga da realidade, a leitura será fuga "inocente" (e necessária) da realidade.

no estágio crítico final. E ao lograr-se todo o seu desígnio, a tarefa crítica inverte as posições: a distância, antes anulada em favor da identificação reveladora, agora se escancara para que se cumpra o destino do "eu". É no silêncio do "eu" que reexamina o percurso descrito, ou no texto em que o crítico vaza o produto de seu juízo acerca da revelação – ergue-se a distância que permite divisar a identificação como fase necessária à revelação esclarecedora, dádiva tanto mais valiosa quanto mais abalar o "eu" do leitor ou do crítico.

Abismo e revelação, a neurose é o salto imperativo do "eu" no encalço de sua identidade: o leitor sabe-o na calma tensa de sua interioridade, agora enriquecida da (re)descoberta de si. E sabe-o ainda o crítico, apto a cunhar em palavras o julgamento que formulou acerca do desvelamento do "eu", assim oferecendo ao leitor a possibilidade de ao confrontar a sua visão com a dele, atingir níveis mais profundos na identificação proposta pelo texto em causa.

A arte textual – dela se trata no momento, mas o raciocínio vale para a arte em geral – preenche nessa fase o papel catártico que lhe cabe: sofrido ao ver do impacto revelador, o "eu" vislumbra o horizonte mais distante, e sabe, como Sísifo, que o seu múltiplo rosto deverá refletir-se em mil espelhos para se ver inteiro. O caminho percorrido terá de ser novamente palmilhado para que o "eu" possa assistir-se na totalidade de sua essência dinâmica. Neurose, identificação, um pacto, catarse – primeira fase em busca de espaço sem limite.

5. Compreendida a neurose como equivalente à identificação, não se pode levar adiante o exame do problema sem focalizar uma noção correlata, a de *empatia*. Com efeito, tal é o fenômeno expresso pelo vocábulo que poderíamos substituir o binômino inicial por um outro, entrando "empatia" em lugar de "neurose". No entanto, além de tratar-se de um fenômeno que não pode ser confundido com neurose, sob pena de falsearmos os dados do problema, obteríamos resultado algo diverso do que pretendemos no momento. A empatia (tradução do alemão *Einfühlung*) tem sido conceituada

genericamente, como projeção identificadora,[8] uma vez que o "eu", acionado pelo mecanismo da projeção, identifica-se com o "não eu", objeto da percepção, que pode ser animado ou inanimado. Ao passo que a neurose, entendida como *desordem da personalidade*,[9] pressupõe a intervenção de um "eu" em outro, de modo a provocar-lhe abalo estrutural. E sendo projeção, a empatia se configura como analogia entre o "eu" e o objeto do conhecimento. Por sua vez, a neurose desencadeia alteração no quadro psíquico do leitor em razão de introjetar as percepções do "outro": ao ler, o "eu" recebe do "não eu" (o texto literário), como suas, as percepções que aquele experimentou e recolheu na obra. Se algum movimento projetivo acompanha os indícios neurotizantes do ato de ler, é no sentido do "não eu" para o "eu", portanto ao contrário do que faz supor a empatia na qual o "eu", encontrando similitude perceptiva no objeto, se reconhece nas suas percepções.

Imitação, metempsicose, arremedo, mimetismo, antropomorfismo e cognatos são termos invocados para designar o fluxo da empatia. Quanto à neurose, constitui o tumulto provocado por um "eu" em outro semelhança e não mimetismo. "Assim, quando julgamos uma coluna "suspensa" ou "achatada", projetamo-nos nela, sentimo-nos achatados como ela; chegamos inclusive a realizar esse antropomorfismo por movimentos musculares por um gesto do tronco ou dos membros, por toda uma "imitação interior" como diz

---

8 Na distinção entre a empatia, compreendida como identificação projetiva, e a projeção propriamente dita, a fração projetiva da empatia corresponde a um movimento mimético em relação a um objeto que é o núcleo da equação gnosiológica; enquanto a projeção é atributiva, o sujeito transfere para o objeto a sua interioridade, de modo a supor no destinatário o conteúdo da mensagem apenas existente no emissor. A empatia é imitativa; a projeção, é atributiva. A respeito de empatia, ver Herbert Sidney Langfield. *The Aesthetic Attitude*. Nova York: Harcourt Brace and Co 1920, cujo capítulo referente a matéria se encontra reproduzido em Eliseo Vivas e Murray Krieger (orgs.). *The Problems of Aesthetics*. Nova York/Toronto: Rinehart and Co., 1958; 315ss). E uma resenha das principais teorias acerca da empatia pode ser encontrada em Curt John, Ducasse. *The Philosophy of Art*. Nova York: Dover, 1966).

9 E. Dorin. *Dicionário de Psicologia*. São Paulo: Melhoramentos, 1977.

Groos.[10] Igualmente, ao reproduzirmos, sem querer, os gestos de um ator no palco, sentindo que músculos e nervos se agitam no mesmo instante em que os movimentos se realizam – estamos em atitude empática. Ao ler um texto, idêntica relação se estabelece quando nosso "eu" encontra analogia com algum pormenor descritivo ou quando este desencadeia no leitor um movimento físico equivalente. À guisa de ilustração, poderíamos pensar que a catarse aristotélica pertence ao mundo da neurose, na medida em que o texto invade o recesso do "eu" do espectador ou do leitor, perturbando-lhe por momentos a paz em que se deliciava. Por sua vez, o frêmito silencioso ou abafado de nossa garganta para acompanhar as falas do coro, ou o impulso de nossos membros inferiores para seguir os passos do ator que esgrima – é do reino da empatia. Quando imitamos é porque descobrimos semelhança, latente ou recôndita, com o imitado – *empatia;* quando "sofremos" o texto – *neurose.*

6. A IDENTIFICAÇÃO (ENTENDIDA COMO NEUROSE, ou como empatia), se processa, entre o "eu" do leitor e o "eu" do texto, entendido este como a representação ou expressão de um "eu" real, anterior ao texto, que por meio dele adquire identidade e voz. É com o ser do texto que se desenrola o encontro identificador.

No caso da poesia, a identificação equivale a um processo entre sujeitos: "parece que o ser do poeta é nosso ser";[11] O sujeito do leitor e o sujeito do texto é que se identificam. A identificação, todavia, se ordena desigualmente, em virtude de o sujeito do texto dirigir o processo de antes para depois: o poema se contrapõe ao crítico, formando uma intersubjetividade assincrônica, de modo que o "eu" do crítico é dependente do "eu" que se exprime no e pelo texto, de modo que, para aceder ao sentido expresso no texto, "é preciso que nos deixemos influenciar por ele, assim como o escritor se deixou influenciar.[12] A intersubjetividade, torna-se no

---

10 Charles Lalo. *Notions d'Esthétique.* 3ª ed. Paris: PUF, 1948, p. 38.

11 Gaston Bachelard. *La Poétique de l'Espace.* Paris: PUF, 1972, p. 6.

12 Jung. "Psicología y Poesía", *in* E. Ermatinger (org.). *Filosofía de la Ciencia Literaria,* tr. mexicana. México: Fondo de Cultura Económica, 1946, p. 351.

instante da leitura, subjetividade – a do texto – já que predomina ao longo dessa fase: a subjetividade do crítico, latente ou condicionada no decurso da leitura, fica em suspenso ou adquire neutralidade dinâmica, virada que está para o "eu" dos versos.

Por outro lado, a intersubjetividade se caracteriza pela indeterminação, visto o "eu" do texto e do crítico se encontrarem, não na área do texto nem do intelecto do crítico, mas num espaço intermediário situado no intervalo aberto quando a leitura correspondente se desenrola entre o exercício intelectual e os olhos do crítico.

7. Terminado o contato intersubjetivo da leitura, nem por isso a identificação se diluiu: com o tempo, o distanciamento psíquico vai se impondo, e a intersubjetividade cede passo à objetividade possível nesses casos. O "eu" do texto, ou a massa semântica, torna-se objeto para o "eu" do crítico, e a equação sujeito+sujeito se transforma em sujeito+objeto, inerente a todo ato de conhecimento. Tornado objeto, o "eu" do texto permite a relação cognoscitiva e a inversão de papéis: o "eu" do crítico passa a árbitro do "eu" do texto, deixando a neutralidade dinâmica por uma atividade peculiar ao conhecimento. Graças a tal afastamento e à posição adotada pelo crítico, o "eu" do texto ganha determinação, e assim se localiza no texto, entendido como materialização conceptual, o objeto do conhecimento. Em lugar da vaga intersubjetividade anterior, verifica-se a precisa determinação do objeto do conhecimento no "eu" textual. Então, e somente então, o crítico pode exercer seu papel de interpretante e juiz de valores, situado que foi o seu objeto após a identificação em que o *ego* se neutralizou momentaneamente. Sem o estágio da identificação, não é possível evoluir para o estágio objetivante: permanecer no primeiro estágio significa não ultrapassar a fase da leitura, mas sem ela a crítica torna-se mero exercício intelectual. Se a identificação não se processou, não houve leitura, e se esta ocorreu é porque o leitor ou crítico aderiu ao "eu" do poeta.

8. Para bem equacionar a fase do envolvimento, temos de considerar que a leitura representa um autêntico duelo entre o leitor e o texto. Este

procura trazer o leitor para o seu universo, subtraindo-o da realidade concreta em que se move, persuadi-lo do que diz ou pretende dizer, enquanto o leitor deseja ser conquistado para o interior do texto, mas ao mesmo tempo, sendo perspicaz e vigilante, se defende contra a sedução de sereia que o texto busca exercer sobre si. Trava-se um duelo entre uma entidade que aguarda o ingresso do leitor para engolfá-lo, e depende disso para subsistir – o texto; e uma entidade suspeitosa, que a um só tempo deseja e repele a atração exercida sobre a sua sensibilidade – o leitor. Jogo de conquista, em que o leitor aparenta ser a parte ativa, e o texto, a passiva, quando ocorre precisamente o contrário: a inércia do texto é feita de uma pausa carregada de vibração e tentáculos para surpreender o leitor e conduzi-lo para dentro de suas entranhas. E a inquietação do leitor, do olhar a percorrer as linhas da página à ebulição interior, é uma dependência que teme reconhecer-se e se debate em vão.[13]

À semelhança do xadrez, ou de qualquer competição lúdica (jogo), do infantil aos espetáculos de palco, o texto literário constitui um jogo[14]: tem regras próprias, variáveis de acordo com a noção de gênero, espécie e forma, que se impõem ao jogador, que pretenda realizar os movimentos pressupostos pelo jogo. E tanto num como noutro tipo de competição, a desobediência às normas significa inabilidade ou recusa de jogar. Para aderir ao jogo, deve-se conhecer as regras que o governam, sob pena de não participar dos movimentos, pois, qualquer transgressão, a que título for, compromete o jogo. Daí, pois, presumir que as regras sejam outras não

---

[13] A teoria do *duplo vínculo* ("double blind"), que também pode explicar a situação neurótica da leitura, porquanto o texto oferece, via de regra, um estímulo distinto daqueles a que o leitor se habituara. Tanto assim que, quando não se estabelece a contradição, o texto não atrai o leitor, e não o atrai por ser redundante em relação às experiências pregressas do leitor (Eliseo Verón e Carlos E. Sluzki, *op. cit.*, pp. 241-292).

[14] A noção de jogo, empregamo-la com o múltiplo sentido de "função social" que constitui o núcleo da tese, hoje clássica, defendida por J. Huizinga em seu *Homo Ludens* (1938; 8ª ed., tr. francesa. Paris: Gallimard, 1951). Entretanto, o estudioso holandês, referindo-se à poesia grega, considera a épica desligada de sua função lúdica por se destinar à leitura (cdf. Cap. VIII, "La Fonction de l'Imagination").

entra em cogitação: ou se aceita o jogo com as suas regras, ou não se joga, ressalvada a hipótese de se inventar outro jogo, mas essa situação equivale, obviamente, a criar as regras que o comandam, as quais, por sua vez, devem ser obedecidas para a contenda se efetivar. E assim retornamos ao ponto de partida. Dessa perspectiva, o "jogador" do texto literário corre o risco de não levar a termo a sua empreitada se desconhecer as leis que o regem: exigir de um conto que se fundamente em normas usuais num soneto ou vice-versa, é candidatar-se a não jogar, a não executar os movimentos inerentes ao jogo-conto. Claro, não basta conhecer as regras de cada jogo para se garantir que será bem jogado: depende da habilidade do jogador o bom ou o mau uso das regras, mas conhecê-las e obedecer a elas é condição básica do ato de jogar. Ignorar que o conto se caracteriza pela ideia de unidade (de ação, tempo e espaço) significa negar-se a entrar no jogo, ou jogá-lo como se fosse outro.

Aqui se põe uma diferença que cumpre esclarecer para o bom entendimento da questão: enquanto as regras do jogo não literário são fixas e universais, as do jogo literário submetem-se à discussão, tal a mobilidade interna, conferida pelo instrumento linguístico, a metáfora. O jogo em geral possui regras imutáveis e movimentos infinitos; o jogo literário suscita dúvida porque os jogadores, manipulando matéria extremamente lábil, a metáfora, ainda não entraram em acordo quanto às suas regras. O peão, no xadrez, possui valor determinado; a metáfora, no texto literário encerra múltiplos valores, e tal variação levanta dúvidas acerca das regras que o gerenciam. Entretanto, uma análise objetiva dos *espaços seletos* da crítica, historicamente considerada, poderia levar ao estabelecimento de regras mais ou menos estáveis e universais, como tem sido empenho da teoria literária. A dificuldade cresce na medida em que o tabuleiro de xadrez é sempre igual (ainda que mudado o formato e a matéria das pedras), enquanto o texto literário é sempre diverso: a figuração do xadrez é fixa e universal, e a da Literatura, instável. Mas se admitirmos que tal flexibilidade igualmente se organiza em torno de algumas constantes (do contrário seria impossível diferençar um texto dos demais), é lícito pensar numa figuração equivalente, ou ao menos, próxima.

Analogamente situada no perímetro do jogo, a leitura pressupõe um ente – o leitor ou crítico – submisso às regras do texto, assim como o jogador em relação ao jogo. O texto é um jogo obediente a regras que se autogovernam, emanadas de um sujeito que conta com a excitação do leitor: "o verdadeiro sujeito do jogo não é o jogador, mas o próprio jogo".[15] Ao jogar, o leitor é que é "jogado" pelo texto, transformando-se em joguete, que presencia o jogo desenrolar-se, interessado em interpretá-lo e julgá-lo. Mas tal pretensão ainda é fruto de o sujeito do texto controlar as próprias ações e repelir a interferência do leitor, salvo como expectador e cúmplice.

Na verdade, trava-se duplo jogo: o do texto, com suas regras, e o da leitura, igualmente dotado de regras, embora menos precisas que as do texto. Enquanto as regras do texto implicam a existência de numerosas combinações, à semelhança de todo jogo, em que o ritual se repete e é sempre novo, em decorrência das novas figuras que os elementos do jogo podem assumir, as da leitura facultam alternativas, propostas pela subjetividade do texto ainda que sob vigilância do intelecto do crítico.

Daí a possibilidade de várias leituras, permitindo várias combinações. Decerto, nelas se incluem as leituras destorcidas, preconcebidas, ideologicamente orientadas, em que o respeito às regras do texto sofre atenuação. De qualquer modo, as *n* leituras possíveis de um texto resultam de se enlaçarem as virtualidades do texto, provenientes das leis que o regem, e as da leitura, fruto da mescla de princípios gerais do ofício crítico e das faculdades de percepção do leitor. "Escolha e acaso",[16] a leitura equivaleria a uma "probabilidade epistêmica", referida não a um enunciado simples, de natureza indutiva, mas a um enunciado complexo, representado pelo texto como um todo: a leitura é um jogo de probabilidades, em que as regras do texto enfrentam as do crítico, tendo como horizonte o anseio de adequação de umas e outras.

---

15 Hans-Georg Gadamer, *op. cit.*, p. 32.

16 Brian Skyrms. *Escolha e Acaso. Uma Introdução à Lógica Indutiva*. tr. brasileira. São Paulo: Cultrix/EDUSP, 1971, *passim*.

A noção de jogo ainda implica, na linha do pensamento de Huizinga, a de enigma: o jogo é por natureza um enigma que o jogador tenta em vão decifrar, prevendo, na orquestração das regras observadas e aceitas, o epílogo do jogo ou as probabilidades, futuras. Até o desenlace não sabe o que há de suceder, e é justamente essa incógnita que o estimula a perseguir, sem esquecer das regras, a decifração do enigma. Ora, o texto ergue-se também como enigma que a leitura procura revelar, em razão de seus componentes se estruturarem como jogo: o mistério do texto patenteia-se à leitura, mas como mistério, não como decifração, e essa é que o leitor busca, enleado pelo enigma que pretende desvendar. Alheio pela entrega ao rito lúdico, o jogador põe entre parênteses a própria identidade, visto que o jogo não lhe permite que esteja "fora", porquanto significaria a nulidade do jogo. Embora obedeça às regras, o sujeito deixa de jogar quando se lhes coloca à margem, isoladamente se as desrespeitar, repudiando-lhes a hegemonia.

9. E ASSIM RETORNAMOS À IDEIA da leitura como neurose. O próprio Huizinga, ao conceituar o jogo como "ação livre, sentida como 'fictiva' e situada fora da vida corrente, capaz todavia de absorver totalmente o jogador; ação destituída de interesse material e de utilidade; que se realiza num tempo e num espaço expressamente circunscritos, se desenrola em ordem segundo regras pré-estabelecidas, e suscita na vida relações de grupo cercadas de mistério ou que acentuam, pelo disfarce, sua estranheza perante o mundo de todo o dia"[17] – confirma que tal alienação, fuga do mundo, é sinal de neurose. Decerto, uma interrogação se impõe: se os ritos religiosos são jogos, enquadram-se no plano das neuroses? Apenas para nos restringirmos ao circuito que pretendemos abranger, diríamos que a resposta, na sequência do raciocínio que vimos percorrendo, só pode ser afirmativa: no momento do rito, oficiante e fiéis se desligam do mundo, criando um tempo e um espaço autônomos, como demonstram os estudos de Mircea Eliade. Tal alienação, necessária para que o jogo do ritual se cumpra e se renove o tempo absoluto que implica o espetáculo religioso, é neurótica, ou, se se

[17] J. Huizinga, *op. cit.*, p. 35.

preferir, de caráter neurotizante. E se considerarmos o aviltamento dos ritos por meio de superstição e outras formas no gênero, como a magia, os bruxedos etc., teremos mais argumentos para supor neurotizantes os ritos. Assim os ritos religiosos, quando o fiel "lê" o texto do espetáculo sagrado por meio da contemplação interessada e obediente às regras litúrgicas; assim o rito literário, que se efetiva no ato da leitura.

A esse respeito, ao comentar a assertiva de C. Levi-Strauss segundo a qual a neurose é um mito individual (*Antropologie Structurale*. Paris: Plon, 1974, p. 253) Eliseo Verón e Carlos E. Suzki (op. cit, p. 265) dizem, grifadamente: "como o mito, a neurose é um sistema de significação gerado como intento de solução – ilusório e destinado ao malogro – de uma contradição objetiva existente nas relações sociais". Ora, a leitura pode ser encarada como um processo de montagem, voluntário, de uma situação análoga, dado que se instaura na interação leitor-texto, um autêntico mito; transcende-se o plano da realidade histórica para se criar uma realidade mítica, consentida ou pressuposta pelos dois polos em presença. Ao ler, o leitor ingressa num mito, põe-se fora da realidade circundante.

Do mesmo modo que, ao terminar o rito litúrgico o fiel recuperou o sentido do sagrado, no encerramento do rito literário há de haver um só vencedor e este será o texto, para que a leitura se realize. Se vitorioso o leitor, a leitura se adiou e a vitória é pirrônica, já que o leitor deixou de beneficiar-se do que o texto lhe ofertava sob uma condição: a rendição total. "Ao vencedor as batatas!", diz Machado, e o leitor a si próprio quando se dá conta da vitória estéril que alcançou.

A leitura torna-se, consequentemente, ambígua: a derrota do crítico ou do leitor é a condição para que se efetue o conhecimento do texto. Ocorre, porém, que a submissão do leitor ou crítico ainda pode assumir caráter negativo, na medida em que configura a situação alienante da neurose; afinal, a consciência do leitor/crítico sujeita-se, voluntariamente, à implícita no texto. Mas o reverso da medalha mostra que a momentânea alienação se realiza tendo em vista a meta positiva: se a crítica consiste, em última instância, na interpretação e julgamento de cosmovisões, a neurose crítica permite que o leitor/crítico enriqueça a própria visão do mundo com vistas a assimilar a visão a que se veicula pelo texto, e, assim, ter acesso à realidade pela via indireta, mas enriquecedora, do texto. A neurose ergue-se, desse modo, como estágio imprescindível no conhecimento da visão do mundo expressa no texto e, portanto, de aspectos da realidade que de outra maneira escapariam à consciência do crítico/leitor.

10. O CONFRONTO ENTRE O LEITOR e o texto ainda pode ser divisado do prisma da hermenêutica, entendida em sentido amplo. Nesse caso, a leitura seria interpretada como apropriação, fruto de, reconhecida a alteridade do texto, ou do sujeito que nele e por meio dele se exprime, o leitor compreender que o texto pode dizer-lhe algo novo e especial: superadas as prevenções e preconceitos com que o leitor se avizinha do texto, este desenrola o discurso de sua ipseidade, e o leitor pode captá-lo.[18] O entregar-se de que falávamos corresponde ao arredar das preconcepções ou descobri-las arbitrárias e inconsequentes. E a apropriação do conteúdo do texto, mercê do ultrapassamento dos preconceitos, equivale, no plano da hermenêutica, à neurose: a da apropriação, interpretação (hermenêutica) ou a neurose (psicológica) se instalam apenas quando a identificação se opera, e o leitor, despojado de seus prejuízos, pode aceder ao texto como tal, sem distorções apriorísticas.

11. CLARO, AS DUAS FORMAS PODEM apresentar vários graus, de acordo com um feixe de possibilidades polares, ou, noutros termos, de acordo com o texto e o leitor. O mesmo texto pode gerar respostas de nível diverso em diferentes leitores, e o mesmo leitor pode reagir de várias maneiras conforme o texto selecionado para exercitar a sua percepção. Seja como for, é preciso estabelecer-se uma dessa relação para se afirmar que se processou, realmente, a leitura.

Como bem observou Augusto Meyer: "Ler um livro é desinteressar-se a gente deste mundo comum e objetivo para viver noutro mundo" (*A Sombra da Estante*. Rio de Janeiro: José Olímpio, 1947, p. 11.) As variações infinitas decorrem de numerosos fatos que intervêm no ato de "representar

[18] Hans-Georg Gadamer, *op. cit.*, pp. 103ss.

mentalmente" o conteúdo de um texto, de circunstâncias ambientais (luz, som, lugar aberto ou fechado etc.) a condicionantes intelectuais (estado de espírito do leitor, visão específica da realidade etc.). Por outro lado, é possível visualizar nessas gradações do convívio com o texto o embrião de um critério de valor: o texto será tanto mais "rico", tanto mais valioso, quanto mais aguda for a percepção do leitor, ressalvadas as injunções mencionadas. Assim, um poeta como Lamartine desencadeará menos (ou menos intensas) respostas que um Baudelaire; um António Nobre, menos que um Fernando Pessoa; um Olavo Bilac, menos que um Jorge de Lima, e daí por diante, exceto a conjuntura em que o leitor preferir a mensagem recebida dos primeiros poetas aludidos. Mas nesse caso provavelmente sucedeu que o leitor, não tendo superado o estágio inicial, selecionou os poetas do primeiro grupo por motivos de sensibilidade ou identificação sem nenhuma emoção, não por motivos críticos.

12. Aqui se colocaria um problema lateral e complexo – a estética ou psicologia do gosto. Visando tão somente equacioná-lo, comecemos por uma interrogação: a fase do *gostar*, supondo-a anterior à do *espírito crítico*, configura a permanência do afastamento psicológico citado? À primeira vista, sim, pois indica a continuidade das analogias entre o "eu" do leitor e a semântica do texto. Por outro lado, o mesmo crítico/leitor não pode, a um só tempo, nutrir preferências e pôr em funcionamento o espírito crítico em relação a um autor? Parece imediato concluir pela resposta positiva, mas tal concomitância não significa que o crítico tenha ultrapassado a fase do gostar, significa mais propriamente ter separado os dois momentos da leitura, o de gostar e o de criticar. Entretanto, o gostar não pode ser entendido como passo inicial na direção do espírito crítico? Já não implica uma ideia de valor, ainda que subjetiva, ou à mercê de provas? A neurose da leitura constitui uma identificação por sobre qualquer avaliação, inclusive a primária, pressuposta no ato de gostar. O gostar envolveria, digamos, um juízo embrionário, que o "eu" do crítico, temendo mudar de opinião, eventualmente se recusasse a desenvolver; na verdade, um julgamento que receia exprimir-se, provavelmente por não ter como sustentar-se. Por que gostamos mais do

autor A que de B? Tirante o fato de que gosto não se discute, se alguma razão crítica houver para a escolha, significa que o ato crítico se exerceu, embora precariamente. Se não, estamos perante opções gratuitas, neuróticas. Mas se o raciocínio é válido para autores "menores", que dizer quando se tratar de autores tidos por "maiores"? Talvez se delineie uma das seguintes situações: 1) opera-se a separação apontada, ou 2) o crítico oculta o receio de não se referir a um autor "maior". Ainda: o ato crítico não pode, em princípio, firmar ou revelar o gosto? Não podemos apreciar mais um autor quando o julgamos? Resta ver, nesse caso, se por gostar estamos compreendendo não a identificação, mas a admiração crítica: o crítico pode achar Fernando Pessoa o mais alto representante da poesia portuguesa sem lhe descortinar as ressonâncias que encontra, por exemplo, em Mário de Sá Carneiro, e vice-versa, pode saber criticamente como é o caso de sua figura na Presença que este é menos vigoroso que aquele, mas preferir este ao outro.[19] Ou pode asseverar que "dará" prova de escassa sensibilidade para a poesia em geral e para a poesia *brasileira* em particular, quem não for capaz de perceber e avaliar a *qualidade* poética de "Caçador de Esmeraldas",[20] sem nos oferecer os argumentos em que alicerçou a sua opinião.

Evidentemente, todo crítico, ainda o mais arguto, erudito ou frio, tem preferências, secretas até, e nada a ver com os grandes nomes da Literatura, mas além de evidenciar que, no circuito de tais predileções, se pode ainda estar na fase do gosto, a sua intuição crítica somente se exerce em plenitude quando as opções não se tornam parâmetro crítico ou módulo para aferir os demais textos que vier a conhecer, ou já conheceu.

13. Em suma, o estágio inaugural ainda não é crítico, mas imprescindível à consumação do ato crítico: sem a fase inicial, não pode haver fase final, e permanecer na primeira significa não realizar todo o percurso crítico, ou não descrevê-lo, pura e simplesmente. Daí que os textos em que o

---

[19] José Régio. *Pequena História da Moderna Poesia Portuguesa*. 2ª ed. Lisboa: Inquérito, s.d.

[20] Wilson Martins. *História da Inteligência Brasileira*. São Paulo: Cultrix/EDUSP, 1978, vol. V, p. 190.

crítico fixa as impressões colhidas no estágio inicial não conterem senão o produto da neurose, não do ato crítico. Ainda não se apresenta como crítico, embora ostente os elementos que irão servir para o ato crítico. É a subjetividade (intuitiva) do crítico que fala, não a inteligência; daí que o texto elaborado pelo "crítico" semelhar paráfrase ou resenha, em que o texto primitivo (o do criador de arte) tão somente se reproduz, transversalmente, se refrata na mente do leitor de modo que este, assimilando a matéria textual acaba acreditando que lhe pertence e não ao escritor. A logomaquia, o impressionismo crítico e demais debilidades congêneres espreitam esse momento em que o crítico, julgando-se apto a emitir juízos porque sente o intelecto enriquecido pelo texto alheio, se dispõe a construir o texto crítico. Tudo não passa de opinião, que deixa transparecer o vínculo psicológico com o texto, a necessária relação com o texto, mas ainda não deu lugar ao estágio seguinte, em que o ato crítico se totaliza. Impõe-se aguardar a dissipação daquele estágio, a fim de a distância se interpor entre o crítico e o texto: a subjetividade do texto assume então a objetividade que lhe é inerente e havia sido suprimida na fase precedente, quando a subjetividade do texto predominasse sobre a subjetividade do crítico.

Somente então, pelo distanciamento, pela superação do transe inicial, o percurso crítico chega ao término e se completa. O crítico pode, nessa altura, enxergar objetivamente o que antes se lhe insinuara na consciência como corpo estranho, desencadeando-lhe abalo nas estruturas: agora sente não só que a subjetividade do texto se aderiu definitivamente à sua realidade interior, mas também que pode interpretá-la e julgá-la serenamente, porquanto se tornou objeto, situado no texto, o que dantes era parte de si como sujeito. A inteligência pode, nesse momento, efetuar o ato de conhecer, de investigar, o objeto e, por fim, julgá-lo. E o crítico pode ser "objetivo" e até nutrir veleidades científicas, não antes, envolvido que estava, emotivamente, no texto escolhido para análise.

14. T. S. Eliot, referindo-se à fruição poética, tece considerações análogas às que vimos fazendo acerca dos nexos entre crítica e neurose. Para ele, "o terceiro estágio do prazer poético ocorre quando cessamos de

identificar-nos com o poeta que estamos lendo; quando nossas faculdades críticas permanecem despertas; quando estamos atentos ao que um poeta pode oferecer ou não (...). Apenas nesse estágio é que o leitor está preparado para distinguir graus de grandeza em poesia: antes desse estágio não pode admitir-se capaz de discernir entre o genuíno e o falso – a capacidade para estabelecer a última distinção que deve ser praticada antes.[21] Verdadeiramente, porém, o terceiro estágio a que alude o poeta e ensaísta, não pressupõe que "nossas faculdades críticas permanecem despertas", mas sim, que despertem: antes dessa fase, as faculdades críticas então congeladas no próprio ato de identificação; em vez de permanecerem vivas, despertam quando, ao sobrepujar a identificação neurótica, o crítico atinge o distanciamento que lhe permite, objetivamente, julgar o texto poético.

Dois estágios foram, portanto, necessários para perfazer o circuito crítico: um dos dois seria insuficiente, quer o primeiro, quer o segundo. Se, por qualquer motivo, a consciência do crítico, sabendo que os dois estágios compõem forçosamente o circuito, opta por deslizar para o segundo sem percorrer o primeiro, é fatal que a trajetória crítica se interrompa, simplesmente porque a leitura não se processou. E o resultado se evidencia pela falsa objetividade do produto, o catálogo frígido dos aspectos formais do texto, detectáveis independentemente da leitura (tomada esta, bem entendido, como absorção do texto pela consciência).

A própria crítica ideológica, ou engajada, localiza-se no primeiro estágio de contacto com o texto, pois que se produz como identidade subjetiva (ou suprasubjetiva, mas isso não altera os dados do problema): o crítico projeta no texto um sistema de pensamento. Ainda que se possa visualizar nessa projeção um trajeto inverso, resultante de a subjetividade do crítico pretender guiar o diálogo com o texto, ainda estamos no primeiro momento da equação crítica. Uma leitura que se proponha orientada por uma ideologia ou sistema doutrinário fechado, fatalmente divisará a si própria; no ato de ler, o crítico atribui ao texto os princípios ideológicos ou

---

[21] T. S. Eliot. *The Use of Poetry and The Use of Criticism*. Londres: Faber and Faber, 1968, p. 34.

sistêmicos que perfilha, sem levar em conta se o texto os repudia. Conforme o grau de ortodoxia, o crítico poderá detectar a ideologia, ou filosofia ou religião que preconiza, de modo a transformar distorcidamente o texto num epifenômeno: no caso, qualquer texto serviria, e não se trataria de ato crítico, mas de mero exercício topográfico, a exigir menos sensibilidade ou dotes intelectuais que paciência de contador ou arquivista. Pouco tem a ver com o ritual crítico, simplesmente porque a objetividade do texto, mantendo-se exterior, escapa à consciência: esta trabalha, na situação focalizada, como máquina de calcular, ou computador, aplicável indistintamente a todos os textos, uma vez que não se respeitou a fase da subjetividade ou neurose.

Por outro lado, a crítica engajada caracteriza-se pela desconfiança: parte da hipótese (ou certeza absoluta) de haver por trás de qualquer texto uma intenção de poder, de domínio, de repressão etc., ou seja, que o texto serve a uma classe como porta-voz e suporte. Mas paradoxalmente não exerce a mesma desconfiança em relação ao seu engajamento maniqueísta, porquanto não admite que haja por trás dele a mesma ânsia de poder, de domínio, repressão etc., divisada nos textos alheios. Se é certo que os governantes de todos os tempos se amparam em determinada ideologia para exercitar seu poderio, também é verdade que os críticos engajados pretendem substituir a ideologia que denunciam por outra; vale dizer, propõem-na como sustentáculo ou espelho do poder. E se, em determinadas épocas, os direitos humanos estiveram postergados, reduzindo-se o indivíduo a mero escravo do poder dominante, não foi porque faltasse quem se lhe opusesse, mas precisamente porque havia quem defendesse – supostamente com a melhor das intenções – a ideologia em voga: os engajados na ideologia do momento garantiam o poder, e este os alimentava, num autêntico círculo vicioso. Não foi por existirem Galileu e Giordano Bruni que a Inquisição se manteve no poder, mas porque teve a sustentá-la críticos engajados, ideologicamente dirigidos e defensores acérrimos do seu maniqueísmo. Assim, a crítica engajada volta-se contra si própria: encalacrada na fase neurótica da leitura, acusa a intenção "oculta" no texto, mas apenas vê a imagem tautológica de sua ideologia, sem perceber que o argumento acusador vale também para o texto, neurótico, que segrega.

Esse equívoco, que ameaça permanentemente a crítica, volta assim que o crítico porfia em atribuir foros de cientificidade à sua tarefa. E os exemplos de críticos autênticos mostram que, regra geral, no caso deles há o suporte de uma sensibilidade apurada, capaz de absorver os conteúdos textuais, e uma inteligência rigorosa, apta a interpretá-los e julgá-los objetivamente. Com outras palavras, os críticos também poderiam classificar-se de acordo com a habilidade para reagir a textos de diferentes categorias (poéticos, prosísticos, dramáticos etc.): quanto mais diversificada fosse a maleabilidade do crítico, quanto maior a capacidade para assimilar o conteúdo de textos de vária natureza, e vencer o transe inicial, maior plasticidade crítica demonstraria e mais amplas probabilidades ofereceria de os seus escritos conterem validade ou verdade. Sabemos que, geralmente, um bom crítico de poesia não alcança no tratamento da prosa os mesmos resultados, e vice-versa; sabemos ainda haver críticos de poesia que desempenham melhor o seu ofício perante textos herméticos, enquanto outros preferem os poemas arquitetados com o máximo de rigor formal etc. E, por fim, um crítico de poesia lírica pode atingir elevados pontos na consideração dos pares e dos leitores. Mas é inegável que o crítico-paradigma seria aquele capaz de adaptar a sua mente a cada tipo de poesia, de prosa e de teatro, com o mesmo senso analítico, percorrendo em cada texto as duas etapas referidas. Evidentemente, trata-se de quimera, ou abstração, que funciona como norte virtual ou eixo comparativo, mas sempre que enfrentamos a realização de um crítico e pretendemos avaliar-lhe o fruto da labuta raciocinante – o problema se põe.

III. CRÍTICA E DOGMATISMO

1. O EXERCÍCIO DA CRÍTICA LITERÁRIA fundamenta-se numa série de pressupostos, esboçados a seguir: alguém redige um texto dotado de características literárias, e este será avaliado por um crítico, especialista que é na arte ou ciência da leitura, capaz de trazer à luz todas as virtualidades e latências da narrativa ou do poema. Supõe-se que seja também do seu ofício preceder o leitor comum, já que desempenha uma atividade específica. Supõe-se, pois, que o crítico leia o texto, narrativo ou poético, antes do presuntivo leitor, que somente o fará se o crítico disser que vale a pena, convencendo-o por a+b que disso resulta algum benefício. E se o leitor, movido pela curiosidade e guiado pelo faro, intuição ou coisa que o valha, dispensar o crítico? Embora acerte na escolha ditada pelo gosto pessoal, ainda dependerá do crítico se quiser ampliar o espectro da sua experiência de leitor.

É que, no geral, o leitor comum busca entretenimento, sem ter consciência de que o crítico poderá auxiliá-lo a usufruir das benesses do conhecimento que o texto lhe oferece. E, a respeito da narrativa ou do poema, emite opiniões, baseadas puramente no gosto, enquanto o crítico enuncia julgamentos, abrindo espaço para o entendimento dos significados implícitos nas várias camadas textuais. Ali, é o reino do "eu acho que...", ou da subjetividade; aqui, da técnica e apuro da argumentação, vale dizer, da objetividade. Daí que os críticos possam discordar entre si no seu julgamento, mas sempre deverão apresentar os argumentos que o sustentam.

Espera-se, portanto, que tais divergências se escorem na razão, mas outros fatores podem concorrer para sustentar a eleição deste ou daquele processo crítico. Por outras palavras, os críticos divergem por assumirem, como se fossem absolutos, os fundamentos das suas opções, que são de ordem filosófica, sociológica, política, religiosa etc. Ou seja, na medida em que a objetividade alcançada é de ordem ideológica. Evidentemente, as opções dos críticos não se confundem com opiniões, mas acabam parecendo máscaras que os ajudam a enfrentar os problemas levantados pelos textos. O resultado é fácil de prever: não raro, os fundamentos falam mais alto, pelo fato de o crítico se inclinar a projetá-los na matéria do texto, fazendo pensar que o resultado é sempre o mesmo, por mais diferença que haja entre os fundamentos.

2. Uma corrente crítica atinge o limite e enfrenta o perigo da inoperância quando teoriza com rigor e amplitude. E assim principia um novo ciclo, decorrente do fato de, ao ser alcançada a situação-limite, instalar-se o processo revisionista. A sensação de engessamento suscita um balanço que conduz a outra saída crítica. É que a saturação dos módulos críticos obedece a um ritmo semelhante ao dos programas estéticos: insatisfeitos com a visão do mundo romântica, os escritores da segunda metade do século XIX engajaram-se no realismo e no naturalismo, norteados pela crítica científica então em voga, defendida por Taine, Zola e outros. Com o seu esgotamento, simultâneo ao advento do decadentismo e do simbolismo, entra em cena, já no século XX, a crítica impressionista, calcada na reação espontânea ao texto. Logo a seguir, a crítica linguística, preconizada por Croce, e mais adiante a "nova crítica" anglo-saxônica, voltada para a leitura rigorosa dos elementos constituintes dos textos, contemporânea da filosófica ou existencialista. Esta, ao chegar a um impasse, deu azo a que o estruturalismo dominasse o cenário literário com a sua fé absolutista na forma, em detrimento do conteúdo. Após o seu declínio, ao fim do século passado, nenhuma vertente inovadora lhe tomou o lugar.

Qualquer teoria crítica serve ao propósito de leitura do texto, para analisá-lo, interpretá-lo e valorá-lo. Serve, portanto, à crítica que se faz ao texto, isto é, para que se exerça o ato crítico em todas as suas etapas. E uma vez estatuída a teoria, aceita como defensável e coesa, a sondagem do texto apenas levará à sua confirmação, ao contrário do que seria de esperar: a teoria se organiza tendo em vista fundamentar o entendimento do texto e, ao mesmo tempo, para se testar como doutrina, a fim de confirmar-se ou não.

Partindo-se da ideia de que uma teoria crítica supera as demais, quando prevalece na opinião dos interessados, há de confirmar-se ao ser posta a serviço da perquirição textual, por uma simples questão de lógica. O crítico verá no texto em estudo apenas a confirmação da teoria que elegeu; se nele vislumbrasse outros ingredientes, a sua escolha sofreria abalo. Nesse caso, repete-se a teoria preconcebida, não se adianta um passo na crítica do texto, e o desempenho teórico paralisa-se numa função meramente tautológica. Uma teoria não pode ser aceita como um todo monolítico, sob pena de induzir à miopia ou no estreitamento do campo visual. E em razão disso está em ser a soma de conceitos extraídos ou abstraídos, da investigação dos textos e de achegas doutrinárias oriundas de outras propostas teóricas e disciplinas afins como a Linguística, a Psicologia, a Filosofia etc. Nem um código de lei que se há de aplicar cegamente, nem um ponto de chegada: parte-se da teoria para pesquisar o texto e levantar inferências outras, tudo dentro de um circuito que principia no texto e a ele retorna, passando pela teoria. Assim: (textos) → teoria → textos → teoria → textos etc.

Daí mecanizar-se o trabalho crítico sempre que se adota uma doutrina fechada e exclusiva, por mais procedente e funcional que seja: se não for acompanhada do intuito de rever a teoria, ou de discuti-la previamente, a sua aplicação conduz à logomaquia, e à sensação de que o trabalho crítico tão somente se exerce com o fito de empregar uma teoria qualquer. O resultado não se faz esperar: os estudos elaborados a partir da adoção de um método se parecem entre si: ler um é ler quase todos, mercê da circunstância de a teoria funcionar, no caso, para se enxergar a si própria, num narcisismo estéril, e para que os seus praticantes se sintam amparados pela mística de uma teoria conclusa e irretocável. Observa-se, em consequência, o estancamento da teoria, porquanto deixa de autorrefletir-se para se manter íntegra e coesa, embora à custa da razão que propala; e ainda se processa o esclerosamento da sua aplicação, uma vez que os seus adeptos a consideram definitiva, como se os textos se reduzissem a meras abonações de uma teoria absoluta e indiscutível.

3. No exame da situação redundante que se cria quando o crítico aplica mecanicamente uma teoria, bom será que possamos distinguir metodologia de ideologia: entenda-se a metodologia como a soma de normas ou métodos visando à prática de uma teoria, e nesse caso teríamos teoria e método como algo homônimos. As ideologias seriam sistemas de compreensão do mundo ou da totalidade do real, que são também um método ou implicam um método mas dele se diferenciam por serem um conjunto de dogmas ou axiomas a partir dos quais a realidade é analisada e compreendida. Assim, o Estruturalismo se movimenta na área dos métodos, e quando muito se oferece como uma metodologia, ou reunião de métodos destinados ao conhecimento da realidade, enquanto o Tomismo ou o Marxismo são ideologias, a visão do mundo na sua ampla diversidade.

Assim conceituada, a metodologia deixa margem ao imprevisto; somente se mostrará válida quando adequada ao objeto em causa, e mesmo assim sujeita a não abraçar a totalidade dele, salvo nas mãos de radicais ou neófitos. Como, aliás, ocorreu com muitos dos seguidores do Estruturalismo e do Formalismo[1], ao tomar ao pé da letra postulados que eram, quando muito, hipóteses de trabalho, sujeitas à experimentação e consideradas etapas de um processo praticamente sem-fim. Uma coisa é a metodologia assumida com inteligência e rigor, e outra o seu emprego faccioso; no primeiro caso, dá origem a uma visão "liberal", "aberta", permitindo as surpresas e a descoberta de ângulos novos do objeto escolhido; no segundo, inflete na direção de posições ideológicas, "totalitárias" e, por isso mesmo, insensíveis à mobilidade do real. Enquanto a posição pode ser alterada ao

[1] José Guilherme Merquior denunciou-o lucidamente em *O Estruturalismo dos Pobres e Outras Questões*. Rio de Janeiro: Tempo Brasileiro, 1975.

longo de sua prática, por envolver procedimentos tidos como úteis, mas passíveis de serem corrigidos pela realidade dinâmica do objeto em causa, a posição ideológica é imobilista, não admite que o objeto escape do apriorismo em que se fundamenta: a realidade é que tem de subordinar-se para os seus crentes ao esquema prévio, não este àquela.

Daí ser inflexível a visão ideológica, impondo ao objeto do conhecimento uma dimensão que até pode ser-lhe estranha: vê-se a si própria em qualquer objeto que escolhe para análise, chegando mesmo a prescindir dele, numa técnica de mascaramento e ocultação já apontada pelos especialistas no assunto. Quando um dos próceres do Estruturalismo, na fase incandescente do movimento, afirmava em alto e bom som que os livros existentes não lhe interessavam, mas os livros possíveis, estava compondo uma frase de espírito que não resiste ao menor exame. E sonhava transformar o método numa ideologia, uma vez que a teoria se apresenta sozinha, independentemente de qualquer realidade, como se num mundo confuso de ideias puras. Na verdade, anelava que a Literatura desaparecesse para que restasse apenas o monólogo do teórico num deserto sem-fim. Felizmente, o seu devaneio niilista voltou-se contra o próprio método, seja porque os escritores continuaram a criar o incomodo objeto em que se consomem, seja porque a realidade dos fatos evidenciou que não passava de um método útil, mas frágil como todo método, em espécie, quando, ao exorbitar de suas funções, aspira a erigir-se em ideologia.

Paradoxalmente, em vez de as técnicas formalistas chamarem a atenção para o texto, chamavam para si. Exatamente como a crítica impressionista que repudiavam, tomadas de indignação: não era o texto que importava (na verdade, podia tratar-se de qualquer texto, pois as técnicas se autojustificavam), senão o ensaio metalinguístico gerado por ele. A contradição era tanto maior quanto mais se sabe que tais técnicas proclamavam que o conteúdo do texto se transmitia por intermédio do que o crítico tinha em mira com o seu instrumental óptico. E logo se desmitificava essa estratégia pretensamente rigorosa quando pretendia convencer o leitor de que essa leitura era a única merecedora da credibilidade. Em que se baseavam? Simplesmente nos pressupostos, acatados como indiscutíveis, a fim de atingir o alvo desejado. As técnicas assumiam, desse modo, o papel de um ritual, accessível apenas aos eleitos, além de repetir-se enfadonhamente, à custa de observar no texto a confirmação da estratégia tida como científica, não a sua identidade própria.

Ritual de iniciados, o emprego das técnicas visava menos ao desvendamento do discurso que julgavam inerte sem o assédio crítico, que à demonstração de autossuficiência: cedo se cristalizou num sistema que se recusava ou se aceitava como preliminar. Mas a recusa significava mediocridade, para os seus adeptos. Pensar fora do círculo, era, para eles, sinônimo de heresia ou de inaptidão: pensar dentro do círculo, sintoma de talento crítico. Ora, deu-se precisamente o oposto do que pregavam: a heterodoxia é que contém a liberdade e o respeito ao texto e ao próprio pensamento. E pensar segundo aquelas técnicas correspondia a não exercer o direito de pensar com a própria cabeça, uma vez que os princípios dominavam: "não é o sujeito que pensa, mas o Sistema por ele".[2]

Passou a moda, e novos métodos foram propostos, enquanto as ideologias tendem a petrificar-se, pois seus adeptos se negam a pensá-las criticamente; fazê-lo significa encontrar-lhes frestas por onde pode entrar uma brisa de heterodoxia e, portanto, de possível demolição do organismo laboriosamente arquitetado e cegamente assumido. Daí a mecanização dos procedimentos críticos à luz das ideologias, das teológicas às econômicas, passando pelas políticas ou filosóficas. E a redundância de sua prática, decorrente de a ortodoxia apenas pressupor que a realidade as espelhe, não que as questione: não passa pela cabeça de nenhum adepto de qualquer ideologia que se deva questioná-la, ou que a realidade a questione. Mas sim que a ideologia questione a realidade quando esta a desmente, acusá-la de inverdadeira ou falsa, por não confirmar os preceitos basilares perfilhados.

Não parece necessário dar exemplo: os que alguma vez lidaram com a crítica, em qualquer de seus formatos, terão exemplos à saciedade, da redundância das ideologias e da precariedade dos métodos quando se

---

2 Vergílio Ferreira. "Questionação a Foucault e a Algum Estruturalismo", pref. a *As Palavras e as Coisas*, de Michel Foucault, tr. portuguesa. Lisboa: Portugália, pp. XXIss.

arvoram como tais ou quando se aplicam indistintamente aos objetos, sem cuidar da sua adequação. Mas para que não passe em julgado, lembre-se de que um estudo da poesia de Camões à luz de uma filosofia medieval pode ser tão intolerante e cego em relação às antinomias que o texto da poesia oferece, quanto um estudo que projete situar a ficção machadiana à luz do estrito materialismo histórico. Isso não quer dizer que não se possa aplicar uma ou outra ideologia a qualquer um dos prospectivos autores e obras, – até invertendo os pares dialéticos –, mas sim que a sua aplicação mecânica deforma o objeto em causa de uma ou outra ótica: que haja aspectos da obra camoniana e machadiana suscetíveis de serem visualizadas sem veracidade não há dúvida, mas também não é pertinente reduzir a totalidade do poema de Camões e da narrativa de Machado a uma ou outra ideologia, sem distorcê-los e mascarar os focos de contradição ou ocultar os dados contrários aos que a se tenciona mostrar.

4. Apesar de a crítica definir-se como exercício equilibrado e livre da inteligência, voltado para a análise, interpretação e julgamento da obra literária, nenhum procedimento há, no setor literário, mais eivado de (auto) coação e desequilíbrio. Pode-se até dizer que existe um tipo de crítica identificada pelo dogmatismo, ou pelo emprego distorcido e preconceituoso da mente. Um tipo de crítica que, em verdade, constitui o seu reverso – anticrítica –, tão mais lastimável quanto mais seus adeptos disso não se apercebem, numa atitude antagônica, por definição, à atividade que desempenham.

Capítulo da sociologia ou psicologia da Literatura, o exercício questionável da tarefa crítica se manifesta sempre que se valoriza um escritor tendo por base, não suas qualidades estéticas, nas quais se implica uma visão do mundo que pretende contribuir para o aperfeiçoamento do ser humano, mas a sua filiação a qualquer credo intelectual. Orientado por um monismo intolerante, um crítico de linhagem sociológica enaltecerá as obras que defendam, ou simulem defender, os postulados de certa linha de pensamento, enquanto um crítico formalista situará no ponto mais alto da escala valorativa as obras de cunho experimentalista, ainda que, nos dois casos, possa haver carência de méritos literários. Claro, os críticos desse tipo, bem como qualquer outro disposto a lutar pelo *seu* modelo crítico, silenciarão o nome do autor ou da obra que não se enquadrar em sua tendência intelectual.

Mais ou menos na mesma linha se localiza o crítico que atende às expectativas de certo tipo de leitor, cuja adesão alcança ao oferecer-lhe as "verdades" que deseja ouvir e não as que o incomodem. Regra geral em dia com o fluxo dos acontecimentos literários, tais críticos fornecem ao leitor um ópio narcotizante, receitando-lhe o "moderno", o de "vanguarda", o "alinhado ideologicamente", as "novidades técnicas" ou os temas da ordem do dia etc. Tal crítica aplaude, não porque as obras encerram valor, mas porque atendem aos reclamos de certo grupo ou camada de leitores. E estriba-se no exame preconceituoso dos fatos, tanto mais berrante quanto mais esses "críticos" se intitulam anti-impressionistas, científicos etc. É que, ocultando a veracidade de certos fatos, mostram ao leitor apenas uma de suas facetas, pois temendo contradizer-se, negam-se a vasculhar outros aspectos da questão.

Nessa mesma ordem de raciocínio, observa-se falsa adequação entre o discurso literário e o momento histórico-social quando o crítico ou historiador de Literatura assevera que determinadas obras rejeitam o padrão ideológico do momento, como se houvesse rígido paralelismo entre as duas realidades. Com efeito, admitir que obras pessimistas vindas a público após a Segunda Guerra Mundial repeliam a euforia que sucedeu à hecatombe, é acreditar, por ingenuidade ou má-fé, que os escritores estão atrelados passivamente à História, sem curar de saber se suas obras vinham sendo pensadas e redigidas desde antes, e sem levar em conta que a historiografia também envolve essas obras. Se a Revolução Francesa não resultou do enciclopedismo como fator exclusivo, negar-lhe influência na gestação daquela metamorfose é tapar o sol com a peneira. Por outro lado, pressupor que o discurso literário está condicionado ao contexto histórico assim como a causa e o seu efeito é desconhecer o quanto de pessoal e intransferível há na criação literária, e reduzir os escritores a instrumentos servis das conjunturas, como se fossem universos estanques. Não se põe em dúvida que haja influência do meio e do momento histórico e que não poucos autores vendem a pena a regimes e ideologias dominantes, – mas isso mesmo não autoriza a supor que sistematicamente deva exibir um nexo de determinação, partindo do momento histórico para os escritores. Sobretudo quando pertence ao lugar-comum crítico que certas obras literárias encerram forças de transformação do meio: do contrário, a censura e outros meios de repressão não seriam empregados contra "inocentes" ficções.

Daí a mencionada recusa somente se configurar em face de uma conjuntura mineralizada, quando as obras são elaboradas em resposta. Divisar recusa em obras dadas à estampa na quadra histórica em que se instala um tipo de domínio político é assumir a data de publicação como critério, o que, em sã consciência, não pode ser levado ao pé da letra sem deformar os fatos. A essa luz, seriam antagônicas as obras impulsionadas pela reação contra um estado de coisas, não aquelas que, geradas antes dele, se publicam durante o *status quo*.

Falsa e enganadora, por conseguinte, a assertiva de que certos escritores, em dado lapso histórico, publicam obras que recusam o contexto emergente: uma coisa é publicar uma obra abolicionista numa sociedade escravocrata; outra, quando a causa da libertação dos escravos é vencedora; ou publicar uma narrativa escravagista após a libertação dos escravos. Uma coisa é dizer (o que é inteiramente indiscutível) que tudo o que acontece numa sociedade é, por definição, um fenômeno social: "Minha premissa básica é que a literatura... é parte integrante" da sociedade na qual é produzida. Mas é outra coisa totalmente diferente, que só pode ser aceita se for acompanhada de provas cabais, dizer que os produtos literários sempre contêm informações acerca das sociedades em que são produzidos: "os escritores necessariamente refletem o seu tempo". Talvez seja assim. Talvez seja impossível mesmo para os melhores romancistas históricos ou de ficção científica esconder os vestígios da sua origem local. Mas certamente que mostrar isso não é suficiente para apelar para a verdade quase definicional de que a produção da literatura é um fenômeno social.[3]

[3] Antony Flew. *Pensar Direito*, tr. brasileira. São Paulo: Cultrix/EDUSP, 1979, p.40. Esse fragmento, luminosamente sintético das contradições em que se atolam os dogmáticos, voltará a ser citado em outro contexto, no capítulo referente à perspectiva retórica.

Se a realidade inscrita no contexto literário não é totalmente *reflexa* ou totalmente *inventada* como já vimos noutra passagem, não se segue que uma esteja desconectada da outra: na verdade, a porção inventada é simétrica da refletida, como espelhos paralelos. A reflexa seria a realidade como tal existente no mundo físico e não conceptual, e a inventada, a resultante da outra como reprodução simétrica. Ao inventar, o poeta não extrai realidades do nada; apenas desentranha os "possíveis" do real "concreto", de modo que, no texto, contemplamos as duas faces do real, a que se oferece como tal e a projetada. Reciprocamente, a realidade inventada transforma a outra realidade, graças ao intercâmbio que estabelecem. Sabemo-lo bem pelo fato de a realidade "em si" do universo literário constituir tão somente uma dimensão do imaginário, nunca o reflexo direto.

5. Crítica Literária e dogmatismo, consequentemente, se repelem. Admitindo que o dogmatismo guarda "fundamental confiança na razão humana", enquanto o ceticismo desconfia de "todo conhecimento determinado"[4] a crítica não pode ser nem cética nem dogmática, visto que as duas orientações por serem diamentralmente opostas, se confundem:

> A crítica não se opõe a que a razão siga um *método dogmático* no seu conhecimento puro como ciência (pois a ciência não pode ser senão dogmática, ou seja, estritamente demonstrativa a partir de princípios *a priori* seguros); mas opõe-se ao *dogmatismo*, isto é, à pretensão de avançar apenas com um conhecimento puro (o conhecimento filosófico) extraído de certos conceitos com ajuda de princípios tais como os que a razão desde há muito emprega, sem indagar como e com que direito chegou a eles. Dogmatismo é, pois, o procedimento dogmático da razão sem uma crítica prévia de seu poder.[5]

---

4 J. Hessen. *Teoría del Conocimento*, tr. argentina. Buenos Aires: Losada, 1947, p. 51.

5 E. Kant, pref. da 2ª ed. de *Critique de la Raison Pure*, tr. francesa, 2 vols. Paris: Flammarion, 1944, vol. I, p. 31.

Situada no meio-termo, a crítica ou o *criticismo*, "comparte com o dogmatismo a fundamental confiança na razão humana", mas aproxima-se do ceticismo (em qualquer de seus desdobramentos: subjetivismo, relativismo, pragmatismo) ao unir a confiança no conhecimento humano em geral à desconfiança em relação a todo conhecimento determinado. Em suma: "sua conduta não é nem dogmática nem cética, senão reflexiva e crítica. É um meio-termo entre a temeridade dogmática e a desesperação cética".[6]

Do ponto de vista histórico, são os dogmatismos em matéria de julgamento literário o processo que mais público alcançam: pelo próprio caráter imperativo e fechado, as teses absolutistas encerram mais apelo às mentes desavisadas, fracas ou distorcidas, que as teses relativistas ou céticas. Enquanto aquelas parecem ofertar o elixir da tranquilidade, da ordem, da harmonia do cosmo, estas prometem os sintomas de anarquia, imprevisto, caos. E ao passo que as primeiras anunciam resultados "positivos" de suas incursões textuais, as outras frustram com a "suspensão de juízo" em que se fundamentam e em que correm o perigo de naufragar. Se, como vimos, a crítica é, por definição questionadora, reflexiva, nem há de ceder ao fascínio anestesiante das soluções fechadas, ainda que brilhantes no seu intuito, na fé inquebrantável em seus princípios – nem há de perder-se no vazio que sobrevém às posições céticas assumidas. E a crítica admite o conhecimento de seu objeto, o texto literário, mas não como absoluto e definitivo. Acolhe o conhecimento do texto literário como possível e necessário, mas rejeita, ou ganha em rejeitar, a toda solução integral, oclusa, do conhecimento de determinado texto.

O conhecimento do texto pulsa, assim, entre a desconfiança e a confiança, num movimento que nega o conhecimento absoluto do objeto dado à análise, mas não o conhecimento em geral de qualquer texto literário. O conhecimento de um texto é um horizonte que se afasta à medida que a investigação progride, não porque o crítico negue o conhecimento do texto literário em geral, mas porque o conhecimento do texto em causa jamais se dá por terminado ou completo: *n* leituras são possíveis em um texto, ao contrário do

---

[6] J. Hessen. *op. cit.*, p. 51.

que pretende a tendência dogmática. E jamais se dá por terminado e completo, por ser da natureza intrínseca da crítica desconfiar do resultado que atinge em uma ou mais leituras, "embora confie no processo cognoscitivo, que o leva a realizá-la". Para o crítico, o aqui e agora não existe, senão como um norte que se distancia à proporção que avança o seu olhar analítico.

Entretanto, a prática crítica, exercendo-se sobre determinados objetos e não sobre os paradigmas dos gêneros parece evidenciar uma tendência para o ceticismo: a crítica desempenha o seu ofício em relação aos textos individualmente considerados, quando muito agrupados por autor ou corrente estética numa esfera de conhecimento em que cessa o dogmatismo para dar espaço ao ceticismo. A crítica ostenta, na verdade, duas faces: uma *teórica*, algo como a criticologia, e nesta é (ou pode ser) afirmativa; outra *prática*, e nesta é cética. Por isso as teorias dogmáticas da crítica – se justificáveis no universo metafísico ou idealista em que se movem – na prática podem revelar-se inoperantes, pela ausência de relatividade, que faz da crítica o que é. A inclinação ao dogmatismo parece mais afeita à crítica como teoria que a sua prática.

Daí a contradição paralisante de toda práxis crítica no gênero. O dogmatismo da crítica é anterior à efetivação sobre o texto, preside-lhe o ato crítico textual como premissa básica, mas que não pode transformar-se num sistema monolítico sem compreender o próprio estatuto da crítica.

Compreende-se assim, por que os axiomas críticos envolvem contrassenso, por vezes fruto da ingenuidade, má-fé ou ignorância a respeito do ser da crítica. Oposto à crítica, o dogmatismo origina-se de uma visão fora do texto, a descortinar nela a própria crença no absoluto e no universal do conhecimento. À semelhança do religioso, o dogmático é um crente de evangelhos intelectuais ou filosóficos, que procura nos textos literários, não a sua identidade ou "verdade", ainda que relativa, senão a Verdade que aceita como *a priori*. Em síntese, é tão infenso à crítica quanto estéril é o cético. Nem dogmático, nem cético, o crítico é fiel a um propósito que leva a efeito com cuidado e zelo. Seu ofício termina ou perde o sentido, quando perde a certeza no conhecimento, ou a pratica sem desconfiança.

Sucede, no entanto, que o grande adversário do espírito crítico é o dogmatismo, não o ceticismo, pois a crítica de índole cética ainda pode levar avante a sua tarefa analítica e reflexiva visto que somente se aventura a exercê-la por nutrir a fé no conhecimento. Quanto ao dogmático, nega-se como crítico por deslocar-se no interior de um círculo vicioso. Numa palavra: o cético, ao praticar o ato crítico, é acionado pela crença no conhecimento, enquanto o dogmático pratica a sondagem textual como a mirar-se no espelho. A contradição do cético ainda lhe garante a função reflexiva e crítica; a não contradição do dogmático é paralisante e antirreflexiva.

6. Quando as coisas se põem nesses termos, a crítica se defronta com o seu limite e com o enigma de sua razão de ser: para que destrinçar o texto, desmontar-lhe as partes constituintes, interpretá-lo e finalmente julgá-lo, se de antemão sabemos que vamos confirmar a teoria adotada? E para que serve, no caso a teoria, se apenas suscita a comprovação dogmática? Residirá aí o papel da teoria? Estará na sujeição a postulados axiomáticos, referidos a qualquer texto, o destino da crítica?

Que as indagações procedem, parece óbvio. Figuremo-nos o seguinte raciocínio, a título de verificação do caráter deste questionamento: se o estudioso submeter um método qualquer ao escrutínio da razão, antes de o assumir na investigação do texto, forçosamente lhe encontrará pontos falhos ou passíveis de ressalvas. Ao descobri-los, toma consciência a um só tempo de que não poderá jurar sobre a totalidade do método sem correr o risco de cometer enganos proporcionais àqueles aspectos merecedores de reparo. Noutros termos: não deverá perfilhar maciçamente o método sem resvalar num absolutismo crítico, que a mínima indagação desmonta com facilidade. Abdicará, enfim, do seu direito ao livre exame dos problemas se acolher monoliticamente um método, por melhor que seja ou lhe pareça, pois qualquer método constituirá um processo relativo de perquirir uma ou mais facetas das várias que compõem o poliedro literário.

Em suma, passando o método pelo crivo da razão, não o aceitará na totalidade e, se o aceitar, estará revelando uma tendência que comprometerá o trabalho de prospecção textual: manifestará partidarismo intelectual, que somente produzirá efeito salutar quando ocorrer, por obra do acaso, congruência entre o método e a obra escolhida para estudo. A teoria existe para fornecer implementos necessários à indagação do texto, não para ser tomada como um elenco de dogmas a partir dos quais se examine o objeto do conhecimento crítico: a teoria é também um texto passível de restrição, à semelhança do texto criativo que o crítico se dispõe a investigar. Daí o primeiro estágio no exercício de tal função ser precisamente o conhecimento dos textos em que as teorias se corporificam. Munido dessa fundamentação reflexiva, não sem a certeza de navegar em águas revoltas, o crítico poderá tentar a exploração do seu objeto.

A história da crítica fornece-nos numerosos casos de relatividade dos métodos. Sirva como exemplo o estruturalismo, corrente em voga na segunda metade do século XX, que considerava a literatura no espaço da língua, sob a égide da semiótica (ciência dos signos). Nada aparentava ser mais próximo da arte literária. Ledo engano: o que estava em causa era o texto narrativo ou poético do estrito ponto de vista da sua estrutura e da sua forma, ou seja, da sua "gramaticalidade". Ainda assim, avançou-se um bom passo, visto que tinha como objeto o próprio fundamento que distingue a literatura no concerto das artes: a expressão por meio da linguagem. Contudo, o fato de os aspectos propriamente literários terem ficado à margem limitou o alcance da teoria e do seu resultado prático. Daí esgotar-se em poucos anos, tornando-se equivalente às tendências críticas que giram em torno de uma equação tida como irretocável, de natureza sociológica, ou filosófica, ou religiosa, política, econômica, científica etc.

Num caso e noutro, ergue-se o fantasma da redundância, pois a teoria que alimenta o método se considera absoluta. E a obra literária serve apenas para atestar a sua identidade, de tal modo que o crítico, ao percorrer o texto, nele enxergue, acima de tudo, a equação que assimilou como fidedigna e inequívoca. Puro círculo vicioso, como se vê, que cerceia a teoria, a ponto de fazê-la correr o perigo de, congelando-se, mascarar seus aspectos positivos. E também contamina a poesia e as formas em prosa, cuja múltipla valência se exaure, mercê de um processo redutor, empregado sem a devida vigilância. Como escapar do impasse?

7. Como é sabido, a metáfora constitui o instrumento expressivo por excelência do texto literário. Porque dual, a metáfora desenvolve várias conotações que justificam as *n* interpretações possíveis do mesmo texto. Signo polissêmico, a metáfora abriga ou aponta as numerosas modalidades do real, do concreto ao abstrato, passando pelo antropológico e até derivar para o teológico. A intertextualidade, que uma crítica moderna de inflexão linguística ergueu como bandeira, não passa, ao fim e ao cabo, da convergência de textos anteriores no circuito do texto novo.

A pluralidade do registro literário determina que os vários métodos se tornem pertinentes para o deslinde do rosto proteico do texto. Cada método se destina a certas obras, ou aspectos delas, sem esquecer que outros métodos podem ser mobilizados no exame da mesma obra.

Pluralismo, portanto, entendido como 1) no exame das aproximações textuais que um crítico pratica em nome da interpretação total de uma obra, 2) pluralidade das posições adotadas por diferentes críticos, segundo específicas orientações. No primeiro caso, o pluralismo crítico parece norteado pelo desígnio metacrítico, segundo o qual cada crítica pode explorar a multidão de aspectos e ângulos de um texto. Os obstáculos que se levantam para os adeptos dessa visão globalizante do texto foram apontados por Wayne Booth (1979).[7]

No segundo caso, o crítico assume uma orientação específica, na generalidade dos textos ou diante de cada tipo de texto (com base nos gêneros etc.), mas está consciente de que a sua opção não pode ser dogmática, ou seja, nem fechada, nem exclusiva, nem terminante: há de admitir outras opções válidas, quer para os textos escolhidos, quer para os demais. Desrespeitá-las, sob pretexto de a *sua* opção ser *a* opção, equivale à renúncia da própria tarefa crítica, o exercício reflexivo e analítico.

---

[7] Wayne C. Booth. *Criminal Understanding. The Powers and Limits of Pluralism*. Chicago/Londres: The University of Chicago Press, 1979.

Se vários obstáculos rondam o pluralismo assimilativo de Kenneth Burke, ou o dialético de R. S. Crane, ou o histórico de M.H. Abrams, como demonstra Wayne Booth, que se dirá das opções tomadas com base em princípios inflexíveis, que nem foram submetidos a exame? Como sustentar que a crítica deve examinar em todos os casos as relações entre o texto e o meio social, ou, ao contrário, simplesmente focalizar o texto fora do seu contexto sem desvitalizá-lo, sem agredir a matriz do desempenho crítico e sem que o crítico renegasse sua função? O crítico e não o *erudito* com vocação de arquivista voltado para o arrolamento de documentos ou *repetidor* de ideias alheias ou *parafraseador* de textos, há de ser desconfiado, inclusive das próprias opções. O menor sinal de dogmatismo em suas proposições deve ser-lhe motivo de reexame, sob pena de abdicar da sua atividade de crítico. A própria tendência dos métodos pluralistas para a circularidade deve ser objeto de análise a fim de evitar-se o fascínio da tautologia, exercida pelas opções dogmáticas. É bem verdade que "ninguém mais deve preocupar-se por cometer circularidade", mas também não deve perder de vista que "há uma grande diferença, como Burke e Crane já nos haviam ensinado, entre as jornadas circulares à Abrams, conduzindo até os princípios, que agora se mostram radicalmente alterados porque a jornada ocorreu, e o tipo de circularidade genuinamente viciosa,[8] que deve ser evitada.

No exame do pluralismo convém partir de uma distinção fundamental: o pluralismo como processo e o pluralismo como teoria. No primeiro caso, o crítico procura defender e praticar uma crítica pluralista, escolhendo um dentre os pluralismos possíveis, uma vez que, como à saciedade mostra Wayne Booth na referida obra, temos de pensar em várias soluções pluralistas, praticamente uma para cada adepto. Na segunda alternativa, o crítico preconiza o pluralismo crítico, as *n* leituras do mesmo fenômeno ou objeto literário, como possíveis e defensáveis, no encalço não de *uma* ou *da* verdade singular, mas de uma verdade plural, composta da soma das verdades relativas entrevistas em cada crítica – e pratica uma das opções críticas,

---

8 *Idem, ibidem*, p. 153.

convicto de sua relatividade e de, portanto, ser tão válida quanto outras. Num caso e noutro, o inimigo a vencer é o *dogmatismo*, de um lado, e o *ecletismo*, de outro. Aquele por fechar, num absolutismo intransigente, a porta a outras aproximações críticas. Este, por reduzir-se a um feixe de justaposições niveladas pela ausência de (...) suporte reflexivo.

No entanto, não é fácil estabelecer a diferença entre o pluralista e o eclético. Pelo contrário, a fronteira entre as duas atitudes é extremamente difícil de determinar, e seria preferível pensar simplesmente em um *continuum*, vindo dos ecléticos integrais, que deliberadamente trituram outras obras críticas em fragmentos, resgatando tudo o que lhes pareça útil – até os pluralistas integrais, que pretendem pelo menos abraçar duas empresas em sua plena integridade, sem reduzi-las a uma. Talvez nenhum se descrevesse como pertencente ao extremo eclético desse *continuum*, e muitos que se intitulam pluralistas negariam as possibilidades extremadamente pluralistas.[9] Respeitadas, portanto, as zonas intermediárias, de coloração indecisa, e os extremos, pode-se admitir que o eclético estrito, ortodoxo, trabalha por redução, agregando, como sintetiza o *Vocabulário* de Lalande, "teses conciliáveis tomadas de empréstimo a diferentes sistemas filosóficos, e que são justapostas, negligenciando pura e simplesmente as partes inconciliáveis desses sistemas".

Enquanto o pluralista admite que qualquer texto pode ter várias leituras e/ou a sua leitura pode convocar o auxílio de outras ciências ou formas de conhecimento, na razão direta do seu *background* e das exigências do texto, – o eclético tem como fundamental a justaposição das várias possibilidades de leitura. Enquanto o pluralista julga possível a multiplicidade de leituras, o eclético postula que se devam somar os seus pontos conciliáveis, num sistema redutor: o pluralista respeita os métodos, ainda quando os aplica na interpretação do mesmo texto, e tais métodos se mantém íntegros, embora associados: o eclético os transforma num só, por vezes correndo o risco de mergulhar num puro sincretismo ou construir um mosaico de cor baça.

---

9 *Idem, ibidem*, p. 21.

O pluralista seleciona as leituras possíveis de uma obra e empreende-as, caso possa, ou suspende a sua tarefa no instante em que novas leituras requerem correspondentes instrumentos, fora de seu alcance. Sabe haver leituras mais adequadas que outras leituras "desfocadas", enquanto o eclético dispensa sua capacidade de julgar bem antes de iniciar a tarefa crítica, admitindo serem necessários todos os métodos, em sistema e ao mesmo tempo, para analisar uma obra. Um pluralista diria ser possível a leitura da obra machadiana à luz da Bíblia, embora não a efetuasse por lhe carecerem dados a respeito, e o estético a executaria juntamente com outras, menos procedentes, ou conflitantes, como por exemplo, uma leitura de base científica.

Acrescente-se que o pluralista colhe a "verdade" onde estiver, tenha a cor que tiver – é, um despreconceituoso, um liberal – ao passo que o eclético não busca a verdade, mas a soma das alianças ainda que duvidosas. Ali, o reino do pode ser, decorrente da multiplicidade metodológica; aqui, o do deve ser, mercê da reunião de sistemas nem sempre compatíveis. O pluralista considera válidas as leituras de um texto, contanto que este as suscite, ao contrário do eclético, para quem trabalho de conhecimento textual somente se realiza pela adoção de todas as leituras, num amálgama que, à custa do sistemático, pode tornar-se monótono e inconsequente. Uma coisa é o pluralismo como virtualidade; outra, como sistema: entre os dois extremos balançam pluralistas e ecléticos.

8. Não se trata, pois, de propugnar um mero ecletismo, a anexação de enfoques metodológicos, ainda que com todos os sinais de legitimidade, mas de observar uma evidência, a de a multiplicidade do texto literário ou a sua intertextualidade pressupor a aplicação de vários métodos na medida em que a obra os sugerir como necessários à sua elucidação e julgamento. Nenhum método será, dessa perspectiva, o método mais indicado, e todos podem, cada um a seu tempo, ser aplicados, segundo uma escala de adequação sugerida pela obra, não pelas indiossincrasias do crítico.

Não se trata, por outro lado, de postular uma neutralidade absoluta, consoante a qual ficaríamos afastados dos compromissos subjetivos e uma objetividade de grau 10: não há como escapar de certa subjetividade, se não na escolha do método, ao menos no modo como o empregamos. Dois críticos que investigarem a um só tempo o mesmo texto, de acordo com idêntico método, hão de discrepar, posto que em minúcias, no modo como o praticam. E em tempos diversos, qualquer um deles oscilará no rigor como faz uso do método.

Por conseguinte, trata-se de uma objetividade relativa. Mas não significa que as pré-opções sejam admissíveis ou desejáveis, sob pretexto de ser impossível a neutralidade ou de a subjetividade ainda presidir a seleção metodológica. As pré-opções, ditadas por ideologias religiosas, políticas, filosóficas, etc provocam distorção no objeto antes de a mente encarar como alvo de conhecimento, pela antecipação de padrões que residem mais na escolha do método do que no objeto em causa.

O que se pretende em suma, não é a inexistência de escolhas, senão a liberdade das escolhas, determinada pelo objeto: o crítico se define como um especialista em análise, interpretação e julgamento de textos que, livremente, enfrenta no seu ofício e desconfia das preconcepções, por mais sedutoras e brilhantes que sejam. Ser crítico é ser desconfiado, e quando sucede de aceitar qualquer método como *o* método, inevitavelmente, a sua condição de crítico se vê ameaçada, na razão direta de sua perda de liberdade de eleger o método adequado ao objeto em exame. Crítica e liberdade constituem inalienável função, rompida sempre que o dogmatismo, em nome de qualquer propósito, ainda o mais generoso e altruísta, se instala na consciência do crítico. Crítica e dogmatismo se repelem do mesmo modo que se atraem liberdade e crítica. Venha de onde vier, o dogmatismo é desserviço que mina o labor do crítico, roubando-lhe a liberdade de optar, analisar, interpretar e julgar. Evidentemente, deixa de ser crítico para assumir outras funções, menos incômodas, mas menos livres e dignificantes: uma coisa é ser porta-voz de cartilhas, catecismos, manifestos, outra é erguer a própria voz com liberdade.

Divisado como a própria voz da liberdade, o pluralismo dá margem quando levado às últimas consequências, a uma situação crítica que lembra uma torre de Babel – ou, quando seduzido ao *perspectivismo* de que

René Wellek foi defensor,[10] a "difundida convicção entre os críticos literários de que a mais correta interpretação é a mais 'inclusiva', de vez que nenhuma interpretação isolada pode exaurir o rico sistema de potencialidade semânticas representado pelo texto".[11] Por sua vez, o crítico que se deseja livre para assimilar novas propostas (Kenneth Burke), bem como torná-las semelhantes a dialetos (R. S. Crane) ou regressar às fontes (M. H. Abrams), não com o intuito de integrá-las num todo eclético, mas aplicá-las quando o objeto textual o reclamar – "pode ser, é claro, dependendo do ponto de vista, chamado cético, monista, eclético ou pluralista (...); cético, radicalmente cético, acerca da possibilidade ou desejo de encontrar uma resolução final para os debates acerca de poemas e modos críticos. Quer o conceito de 'poema', quer o de 'instrumento correto de criticar o poema' são *essencialmente* contestáveis (...); mas não cético, na verdade, e dogmaticamente monista, acerca de tais questões, se a discussão crítica pode ter sentido ou se as pessoas podem entender-se mutuamente se o tentarem".[12]

A própria ideia de pluralidade fica, assim, preservada de extremismos: um pluralismo a todo custo acabaria sendo tão intolerante e inócuo quanto os dogmatismos mais fanáticos. Corrigido pelo ceticismo, pelo relativismo e pela aceitação de um conhecimento do objeto com base na razão pensante, o pluralismo se estrutura como possibilidade real, e serve como norte de todo crítico voltado para algo mais do que a glosa escolar das obras literárias, para todo crítico que visa ao conhecimento do ser humano e da Natureza não por meio do espelho textual. Em suma, "vitalidade, justiça, entendimento, aceitos como bens-em-si para toda a Humanidade, conduzem-nos ao pluralismo como críticos, tanto quanto levaram cada um de nós, não muito tempo atrás, do nosso inicial ideocentrismo infantil para o

---

[10] René Wellek e Austin Warren. *Theory of Literature*. Middlesex, Inglaterra: Penguin Books, 1976, cap. XII *in fine*.

[11] E. D. Hiersch Jr. *Validity in Interpretation*. New Haven/Londres: Yale University Press, 1967, pp. 226-227.

[12] Wayne C. Booth, *op. cit.*, p. 345-346.

reconhecimento de um mundo construído em torno de vários centros, irredutíveis a um só".[13]

9. Decerto, mal se esboçam nessas considerações "os poderes e os limites" do pluralismo, que Wayne Booth lucidamente equacionou em seu livro. Mas tendo-as em vista e pressupondo todo o minucioso exame efetuado pelo ensaísta, conclui-se que somente o pluralismo crítico pode vencer as limitações das teses monistas, geralmente dogmáticas ou céticas. E se, como evidencia esse estudioso, todo pluralista disfarça, sob o guarda-chuva de paradoxos pluralistas, um monismo, não significa que o pluralismo seja uma impossibilidade radical: antes de mais nada, é uma questão de integridade assumi-lo. Não se trata de acender uma vela a Deus e outra ao Diabo, mas de clarividência e honestidade. E também não se trata, como preconiza o ecletismo, de estabelecer uma conciliação diplomática entre contrários, mas de respeito às posições alheias como tais, ou seja, (não redutoramente, como procede o ecletismo). Se um fato literário tem merecido várias interpretações, segundo perspectivas conflitantes, pede o bom senso profissional que sejam consideradas na interpretação global ou desejadamente inovadora.

Dado que o pluralista respeita as opções alheias, assumirá a posição antidogmática que deve caracterizar o exercício crítico. É menos o monismo subjacente que a intolerância para com os demais "sistemas" o grande mal de que enfermam os críticos dogmáticos. A correta opção evita-a: o confesso monista ou o pluralista fechado é que estão em causa, por desembocar em dogmatismo e na intransigência. Em nome de sua fé, são capazes de levar à fogueira todos os adversários, esquecidos de que se queimarão mortalmente ou negarão o compromisso crítico em favor de um ritual teocrático.

À semelhança da independência do filósofo, a do crítico está em que não deixe cair suas ideias como dogmas, submetendo-se a elas, mas em chegar a ser o senhor de seus pensamentos,[14] independência que não se há

---

13 *Idem, ibidem*, p. 348.

14 Karl Jaspers. *La Filosofía*. México: Fondo de Cultura Económica, 1957, p. 93.

de entender como intensa relatividade: ser independente no mundo significa, antes de tudo, uma relação peculiar com o mundo: estar nele e ao mesmo tempo fora dele, portanto não se inscrever em nenhuma escola (crítica), não ter nenhuma verdade anunciável como única e exclusiva, tornar-se senhor dos próprios pensamentos.[15] A liberdade pressupõe ideias em progresso, em busca de um limite que se dilata em paralelo com a investigação: não repousando sobre nenhuma ideia feita, não acreditando ter a sondagem no conhecimento um fim, após o qual a pesquisa deixasse de ter sentido, o crítico assume o seu papel no cenário dos julgamentos, cônscio de suas convicções serem provisórias, fases de um vir a ser que jamais termina.

Trabalho de Sisifo, a forja crítica jorra continuamente, de modo que o crítico enxerga as obras que compulsa, ainda que de superior inventividade, como degraus de uma escada sem-fim. É da própria natureza dos juízos que sejam substituíveis, dado que o tempo flui sem parar, assim como a interpretação do passado é um labor infindável. Eis porque a atividade crítica igualmente se sujeita às revisões históricas. Cada crítico, senão cada geração interpreta o passado segundo critérios que mudam com o transcurso do tempo. Por isso, é discutível que se encontrem juízos perenes. E mesmo quando alguns pareçam resistir à erosão do tempo, convém reafirmá-los ou negá-los com nova leitura. Nesse caso, a persistência do juízo se deve à prova da reiteração. E também se comprovou que o conhecimento do texto guarda certo limite, em razão de a prova da validade do juízo se encontrar nele, não na teoria perfilhada pelo crítico. Assim não surpreende que o mesmo texto suscite leituras críticas análogas, sobretudo quando revelam aspectos que tenham caído no esquecimento, ou divergentes, ao exibir pormenores que escaparam à observação.

Portanto, se a crítica se condiciona ao texto, alguns juízos serão recorrentes, de acordo com dois movimentos mutuamente influentes: 1) a mudança, resultante de novos juízos com base em novos instrumentos analíticos; 2) a persistência, decorrente de algumas afirmações serem comprovadas no fluxo do tempo, graças não só ao emprego dos instrumentos

---

15 *Idem, ibidem*, pp. 95 e 97.

como também à evidência de um resíduo (que foi objeto de exame em *A Criação Literária*) determinar a semelhança dos juízos. Daí a surpresa do crítico ao descobrir que o juízo em torno de uma obra fora exposto por outrem antes dele, surpresa essa que o tolhe apenas uma vez. A partir de então, estará de sobreaviso, e não mais estranhará a coincidência, nem será acusado de plagiário. Afinal, todos os que se dedicam à crítica sabem como são frequentes as redescobertas. Nem por isso as descobertas se tornam inválidas, especialmente se levarmos em conta que novos argumentos foram aduzidos, à luz de outra perspectiva.

Exigente por definição e função, o crítico repele as ideias feitas, por atentarem contra a liberdade de julgar com a própria cabeça, e não da alheia. Ao transferir o direito de pensar a outros que repetem o mesmo decálogo, estará abdicando de ser crítico, por identificar-se com aqueles que trocam a inquietação da mente pela tranquilidade opaca, estatuída pelas cartilhas. Daí que crítica e *status quo* se antagonizam, assim como dogmatismo e crítica se rechaçam. O crítico autêntico recusa o "já-feito" ou o "já-pensado" por não solicitar o seu empenho, e sim dos adeptos dos programas cerrados que pregam a imobilidade e a onipotência dos métodos.

Segunda Parte

Perspectivas

IV. A PERSPECTIVA LÓGICA

1. Embora tenham ficado delineados os fundamentos, convém retomar a questão do conhecimento: se o conhecimento é a apreensão do objeto pelo sujeito, numa correlação em que "o objeto é o determinante, o sujeito o determinado", ou seja, uma *determinação do sujeito pelo objeto.*[1] Problema complexo, pressupõe que o objeto se representa no sujeito ou este o representa. Daí a *representação* consistir no veículo que atesta a posse do objeto e a sua conversão em *imagem*. Por outros termos, o sujeito *nomeia* o objeto: "o ato de dar nome às coisas constitui a fase preliminar e a condição indispensável para chegar a determiná-las, ou seja, para o que constitui a função peculiar e específica da ciência".[2] E assim, desembocamos nas relações entre o conhecimento e a linguagem, já que o ato de nomear participa, a um só tempo, do pensar filosófico e da investigação linguística: conhecer é um ato linguístico, manifesto na apreensão do objeto pelo sujeito, vocábulo que o nomeia.

---

1 Johann Hessen. *Teoría del Conocimiento*. tr. argentina. Buenos Aires: Losada, 1947, pp. 27ss.

2 Ernst Cassirer. *Las Ciencias de la Cultura*, tr. mexicana, 4ª reimp. México: Fondo de Cultura Económica, 1975, p. 26; e *La Philosophie des Formes Symboliques*, tr. francesa, 3 vols. Paris: Minuit, 1972, vol. III, pp. 133, 472, 496.

Enquanto o linguista ou o lexicógrafo se ocupa com os dados referentes ao mecanismo de nomeação, o filósofo ou o pensador examinam problemas do setor conceptual. Uma das funções, porventura a capital,[3] da linguagem é a *referencial, cognitiva, denotativa* ou, mais simplesmente *nomeativa*. O percurso cognitivo não se completa, no entanto, pela nomeação do objeto, salvo se a função denotativa implicar a hermenêutica ou a interpretação. Sem isso, obviamente, a hermenêutica se orienta dentro do pensamento filosófico, que se propõe como reflexão sistemática em torno do ato de nomear. Fosse este autossuficiente, pouco espaço haveria para a meditação, e o próprio conhecimento acabaria por estancar. Na verdade, o nomear e o interpretar são atos concomitantes e indispensáveis, pois o caso em que os conceitos se reduzissem a signos arbitrários, ainda que unívocos, é uma impossibilidade lógica. E a interpretação mergulharia no vácuo se pudesse prescindir do nome das coisas.

O ato de conhecimento implica, por conseguinte, duas tarefas simultâneas, a de *nomear* e a de *interpretar*, Solidárias como o verso e o reverso de uma folha de papel – metáfora empregada por Saussure para designar o significante e o significado – tornam o conhecer um processo em que está implícito dar nome aos objetos, quer como tarefa última, quer como tarefa inicial: a denominação pode ser o ponto de chegada ou de partida da investigação cognoscitiva. Na primeira alternativa, realizou-se o percurso mais rápido, e mais coerente, entre o "desconhecido" e o "conhecido". Inocente à primeira vista, porquanto supõe que em face de um objeto desconhecido a mente lhe procura o nome e assim passa a conhecê-lo, tal equação logo patenteia seus alçapões: se o "conhecido" é um nome, não significará que o conhecimento do "desconhecido" (objeto) já se efetuou? Sem reeditar disputas acerca dos Universais, nesse caso o nome precederia a coisa? Que consciência anterior a nós, mas em nós, se incumbiria da tarefa de cunhar os "modelos" de linguagem em que se depositam os objetos como o líquido num recipiente, ou estes encontram sua expressão?

---

3 Jean Dubois *et alii*. *Dicionário de Linguística*, tr. brasileira. São Paulo: Cultrix, 1978, *passim*.

Mas não recorramos a mitologias ou magias que projetam o nosso problema para um espaço em que, decerto, a poesia se gesta, mas também em que a lógica possível cede vez à crença ou à superstição. Fiquemos com a ideia de que, em face do objeto até então desconhecido, a mente *procura-lhe o nome*, e assim considera que passa a conhecê-lo. Sucede, no entanto, que o nome não pré-existe à *res* nem à consciência; esta pode empregar nomes já conhecidos, alterando-lhes o significado a fim de casar-se com o novo objeto, ou pode cunhar um nome que seja adequado ao objeto e por ele condicionado. Entenda-se por "nome" não só uma palavra, como também uma expressão ou mesmo todo um livro, a fim de nomear um conceito ou uma série deles. Para tanto, descreve-se um percurso reflexivo que culminará na denominação do objeto. Em suma, o processo transcorre em duas direções: nomear para conhecer e conhecer para nomear. Quem nomeia *Os Lusíadas* de poema épico faz pensar que conhece a diferença entre um poema e um poemeto, assim como entre a lírica e a épica. E vice-versa, quem conhece poesia épica logo se lembra de *Os Lusíadas*.

O ato cognitivo subentende, pois, o nomear, mas também envolve uma disciplina que agora surge no horizonte que vimos descortinando: a hermenêutica ou interpretação. Com ela, entra em cena a pertinência do nome em relação ao objeto, levada a efeito por uma investigação que opera no espaço abrangido pelo conteúdo do nome. Após conhecê-lo graças ao nome e à reflexão que o gestou, pode a mente impressionar outras áreas do saber, segundo um movimento de fluxo e refluxo. A seguir, repensa-se a terminologia, a fim de observar sua razão de ser e percorre-se o túnel do que ainda não se conhece, para chegar ao designativo de novos objetos. Ou seja, o investigador faz da terminologia assente o ponto de partida na incursão em terreno desconhecido. E ao atingir o auge em tal cenário, a denominação será o ponto de chegada. Que, por sua vez, se transforma num ponto de partida de nova sondagem, e assim por diante, numa espiral sem-fim; o saber pressupõe sempre um saber anterior, que é preciso examinar para substitui-lo ou para enriquecê-lo de novas camadas de saber pela incursão no que não se sabe. Compreende-se por isso, que o ato de conhecer carregue no bojo o nomear e o interpretar.

Ato que faz surgir mundo e coisas, o nomear estará adstrito a que ciência ou arte? Alquimia que transmuta o incógnito em revelação, o abscôndito em evidência, trazendo à luz do meio-dia o ser que dorme nas trevas das coisas, o ato de nomear parece tarefa de uma disciplina ou arte: a Retórica. Além de arte da eloquência e de persuasão a retórica se destina à empresa de moldar o nome das noções e objetos que a mente desvenda e analisa. Dos mais simples metaplasmos às intrincadas situações propostas pelos vários processos de comover e convencer processos não exclusivos da oratória, como poderia parecer à primeira vista, a retórica consiste em dar nomes: como se chama o artifício da *indireta*? *A comoção* por meio de palavras? O ato de persuadir o interlocutor por meio de duplo sentido? – são perguntas retóricas, ou de nomeação. Se a Retórica não interfere diretamente no sistema de nomeação empregado nas ciências, dado o caráter denotativo da sua nomenclatura, nem por isso deixa de ser retórico o processo de nomeação vigente naquele setor de conhecimento: quando um cientista cria um termo novo para uma velha noção, ou descobre algo de novo e o designa, está procedendo retoricamente. O nomear científico obedece a certas normas, digamos, do processo nomeativo, que deriva da Retórica. Se no terreno das ciências se pode notar a estratégia retórica, com mais razão em outras áreas do saber: todas as vezes que pusermos a questão do nomear, estaremos tratando de Retórica.

Quanto ao interpretar, parece tão corriqueiro quanto o fato de haver inteligência em todo ser humano. Entretanto, se admitirmos a interpretação como ato de rigor, ou *teoria*, pertencente ao mundo do pensamento objetivo[4] assumido em qualquer província do saber, veremos que há uma disciplina dedicada a esse mister: a Filosofia.

Para bem equacionar o papel da Filosofia, é necessário abrir um breve parêntese a fim de situá-la no universo do conhecimento. Se considerarmos uma escala vertical para a tipologia do saber, segundo o critério da exatidão, na sua base colocaríamos a Matemática, seguida pela Física, pela

---

4 Karl Popper. *Conhecimento Objetivo*, tr. brasileira. São Paulo/Belo Horizonte: Itatiaia/EDUSP, 1975, p. 158

Química, Biologia, Arquitetura, Escultura, Pintura, Balé. Música, Literatura, tendo de permeio outras manifestações do saber, como, por exemplo, a Sociologia, a Antropologia, a Psicologia, que seriam mais propriamente linguagens ou modalidades do saber histórico que buscam, graças ao emprego do rigor em matéria de conhecimento, o estatuto de ciência.

Paralelamente a essa escala corre outra, de caráter metodológico: Filosofia, Ciências, História, constituem métodos a que o saber, disposto na escala anterior, recorre para se efetivar. O método filosófico pode ser aplicado a qualquer extrato da pirâmide, gerando a Filosofia da Ciência, a Filosofia da Arte (ou Estética), assim como a História pode voltar-se para a Matemática, dando origem à História da Matemática, ou ao estudo da Música, quando se converte em História da Música, ou da atividade literária, produzindo a História da Literatura, etc. Analogamente, as linguagens, ou submétodos, engendram os grupos binários de Sociologia da Arte, Sociologia Médica, Sociologia Urbana (ou Antropologia Urbana), Sociologia Arquitetônica, Sociologia da Literatura, etc. O método científico parece constituir o fundamento dos outros dois e respectivas bifurcações, a ponto de fazer pensar num único método de alcançar o conhecimento, o *científico*, de que os outros seriam meros desdobramentos. Tirante a observação de o método científico poder aplicar-se autonomamente na área do saber ocupado pelas Ciências, estabelecendo um nexo de necessidade intrínseca entre método e objeto de conhecimento, a primeira hipótese parece mais exequível, na medida em que sugere adequação entre o método (um deles) e o saber não científico. Do contrário, se o método científico fosse o método, de que os demais seriam compartimentos, seria difícil estendê-lo às áreas não científicas: como conciliar método científico e poesia?

No *Tractatus*, ao preconizar o silêncio como decorrência natural de se calar aquilo de que não se pode falar, Wittgestein "não quis dizer apenas que deve haver o silêncio científico. Pretendia significar que qualquer tentativa de colocar em palavras verdades não científicas necessariamente implicaria distorção por forçar-se aquelas verdades a se acomodarem aos moldes dos discursos científicos".[5] Por outro lado, sabe-se que todas as tentativas

---

[5] David Pears. *As Ideias de Wittgenstein*, tr. brasileira. São Paulo: Cultrix/EDUSP, 1973, p. 99.

de associação entre os métodos empreendidas no terreno da crítica literária, por mais sedutoras e brilhantes que tenham sido, não passaram de generosas e utópicas propostas. Claro, que de tempos em tempos ressurgem, por idealismo dos críticos, ou complexo de inferioridade, causado pelo fato de se aplicarem aos produtos da imaginação ou de tais produtos carecerem ainda de um método próprio, caso nos assista alguma razão a admitir aqueles métodos como os possíveis na obtenção do saber.

Por conseguinte, o método científico, dado o seu caráter específico – o propósito de suma objetividade – fornece regras de procedimento que os demais empregam a fim de realizar a contento a sua tarefa: quando o rigor na determinação do objeto é chamado à baila, comparece o método científico, pois a Ciência lida com o experimento, a experiência verificável e repetível, ao passo que as demais configurações do saber, mesmo tendo a realidade como seu objeto, não lutam por adquirir a veracidade empírica. Se o positivismo é mais do que uma proposta, é porque a Ciência trabalha a realidade de molde a convertê-la num conhecimento positivo. Marcado pela univocidade, o saber científico busca exibir rigor e precisão alojados na base de todo conhecimento, em qualquer de seus quadrantes. Daí espraiar-se para todos os lados sempre que o conhecimento se pretenda rigoroso e preciso.

Quando o rigor pressupõe a diacronia, apela para o método histórico; quando a sincronia, seria a vez das linguagens, espécie de História do presente ou de presentificação do método histórico. Se parece inadequado pensar em Sociologia do Renascimento, título, aliás, de um magnífico ensaio acerca da Renascença europeia, de Alfred Martin, é porque a Sociologia procede com os dados aqui e agora. E se a História do presente é quase ficção ou simples formalismo, é porque a História se efetiva como visão do passado. Não podendo fazer-se no presente, sob pena de trair-se, a História gerou de suas entranhas a Psicologia, a Sociologia, a Antropologia, enquanto ela própria eclodiu depois que o Tempo se coagulou num Espaço sem-fim, confundindo-se com o início das coisas: têm pouco mais de cem anos esses avatares da História que hoje ameaçam perturbar-lhe o milenar sossego, enquanto ela se identifica com a própria marcha do ser humano no curso do tempo e do saber acumulado. Nascidas da História, aquelas linguagens procuram tornar-se autônomas, arrimando-se no método científico, quando sabemos que, caso se pudesse falar em genética dos grupos humanos, entendida como o estudo de suas relações, não haveria condições para o surgimento da Sociologia e o método científico seria comum à célula genética e à célula social: linguagem tanto quanto a Psicologia e a Antropologia, a Sociologia balança entre a História, de que proveio, e a Ciência, em que pretende, inutilmente transformar-se.

Intrinsecamente hermenêutico, o método filosófico torna os demais descritivos: a tarefa interpretante, que o ato de conhecer abarca, é preenchida pelo método filosófico, não pelo científico ou pelo histórico. Sucede, porém, que o método filosófico não é estanque, alheio aos demais: entre eles se observa permanente interação, mas de um modo que o método filosófico permeia os outros, pois a descrição, característica deles, não prescinde da interpretação; antes, supõem-na. Sempre que, na aplicação dos métodos científico e histórico, o investigador se dispõe a interpretar o objeto descrito, está presente o método filosófico, como se, na verdade, a descrição pura não passasse de uma utopia, limiar inalcançável, visto que a descrição implica interpretação. Pondo de parte a persistência da subjetividade no ato do conhecimento, e portanto, na descrição, o que se tem é uma descrição--interpretação; ou seja, a descrição somente se completa como interpretação. Ao descrever, o estudioso interpreta, seleciona os dados a descobrir, e seleciona-os não apenas como um sujeito que pode usufruir de liberdade perante o objeto, mas de um sujeito que se sabe limitado pelo objeto, no seu afã descritivo. É impossível a descrição total do objeto, pois, se fosse exequível, uma descrição o definiria para todo o sempre. E a razão está no fato de o sujeito não ignorar que a descrição é um processo evolutivo. Processo evolutivo que não engloba nem o movimento nem o tempo, mas estádios, *no tempo*, em que o mesmo objeto aparece para a visão do sujeito ou para outros sujeitos diante dele. A série de descrições, num processo sem-fim, daria a descrição definidora do objeto: D' + D" + D"' ...D$^{\infty}$.

O ápice da fusão entre os métodos se manifesta nos binômios já referidos: Filosofia das Ciências, Filosofia das Artes, ou mesmo noutros, cruzando métodos ou linguagens, como Filosofia Antropológica, História da

Filosofia. Nesses casos, o segundo termo funciona como objeto, e o primeiro como método: em História da Filosofia, adota-se o método histórico, a descrição segundo o fluir do tempo (descrição na sucessão cronológica como a sucessão de momentos desconectados, para investigar o objeto filosófico. Verdadeiramente, tudo se passa como a história de um método (o filosófico), do mesmo modo que é possível a História da História ou a Filosofia da Filosofia ou a Filosofia da História. Uma reflexão sistematicamente filosófica acerca do método filosófico desencadeia a Filosofia da Filosofia, e uma descrição diacrônica do método de fazer História (de estudar, escrever a História = Historiografia) corresponde a um díptico redundante, História da História, ou, caso se queira, História do Método Histórico.

Paralelamente, o interpretar pressupõe o nomear, de modo que o método filosófico recobre os outros dois: quando exerce o seu ofício de investigar conceitos, o filósofo não dispensa o nomear como ponto de partida ou/e de chegada de sua reflexão. Desenhada uma sinergia metodológica, observa-se que os métodos científico e histórico, sendo descritivos, se aproximam da Retórica. E nesse caso estariam presentes sempre que o nomear se impusesse, e, portanto, apelássemos para a Retórica. Como vimos, o nomear, que significa dar nome às coisas, das materiais às abstratas: do apelativo de um objeto material a uma relação conceptual nova, é tarefa retórica. O objeto pode ser concreto ou abstrato; importa que num caso ou noutro instala-se a questão retórica. Por outro lado, o ato do conhecimento implica nomeação, no começo ou no fim. Daí o ato retórico instalar-se todas as vezes que se pretende nomear o resultado do percurso cognitivo. Em suma, todo ato de conhecimento encerra, no princípio ou no fecho, um *momento retórico*, um momento nomeativo.

Nomear e interpretar, por conseguinte, são atos correlativos mutuamente determinantes. Toda nomeação é precedida de reflexão, e nesse caso a interpretação consiste em retomar a reflexão que se transformou em nome, para confirmá-lo ou substituí-lo; e, ato contínuo, dar seguimento à investigação a partir da pesquisa no território do nome. Do contrário, o conhecimento se petrifica, estaciona no horizonte que o nomear desvendou. O nome constitui, por isso, o núcleo da indagação quando o saber se pretenda prospectivo e perspectivo, ou seja, impondo-se reexaminar os conceitos que validaram o nome, ou evoluir para novos estágios do conhecimento.

A esse percurso iniciado pelo nome e concluído na reflexão segue-se outro, de sentido inverso: a reflexão se organiza para chegar ao nome, sem o que o ato de conhecer não se efetua. É o nome, ou a sua atribuição, um ato de ordem retórica. Saber se o nome é adequado ou não à reflexão, é problema posterior: o nome há de ser compatível com a reflexão, e vice-versa, ou há de mudar o nome ou a reflexão. A empresa do filósofo se situa no itinerário entre a nomeação e a reflexão que lhe deu causa, ou seja, ao longo da reflexão voltada para o nome. Ao nomear o produto ou o resultado da reflexão, o filósofo adota a postura retórica.

Assim entendida, a Retórica não deve ser identificada com o texto de Quintiliano, Aristóteles e outros: estes são *corpora* que codificam alguns dos aspectos do procedimento retórico, por natureza infinito, pois o nomear é ação persistente, à proporção que evolui o conhecimento. Desse modo, a Retórica é a disciplina geral do nomear, não só do científico, mas do estético etc. Quando o cientista nomeia o seu objeto está em ato retórico, assim como o artesão da sapataria, da moda etc. Na verdade, o nomear via de regra se instaura na companhia do interpretar, e este do nomear; daí a íntima relação entre Filosofia e Retórica, e sua fusão, nem sempre pacífica, já na Antiguidade greco-latina. A *Retórica* e a *Poética*, de Aristóteles, são exemplos dessa simbiose, rompida à medida que a exegese textual se foi especializando e o pensar adquirindo autonomia. O nomear e a interpelação constituem o parentesco que, todavia, se manteve implícito[6] no fato de a Retórica enfeixar a designação de recursos de linguagem, própria e figurada, e de a Filosofia supor a interpretação dos fenômenos como tarefa capital – ambas ligadas pela hermenêutica.[7] A interpretação da palavra

---

6 Mas quando um professor de Filosofia chega a declarar que "a Filosofia é um exercício de Retórica" (A. J. Ayer. *O Problema do Conhecimento*, tr. portuguesa. Lisboa/Rio de Janeiro: Ulisséia, s.d., p 28), a velha fusão parece ainda presente.

7 Wilhelm Dilthey. "The Rise of Hermeneutics." *New Literary History*. Charlotesville, Virginia, vol. III, inverno 1972, nº 2, pp. 229ss.

logo se transforma na origem do conhecimento, em interpretação do pensamento, e continua presente no âmago da cognição: a análise linguística, que se pretende positiva, científica, encontra-se com a Filosofia ao aceitar o repto semântico. E o pensar filosófico que ostente rigor, não pode prescindir da análise dos signos. Afinal, tanto linguistas quanto filósofos laboram sobre o mesmo material, com a diferença de que, enquanto uns discutem o mecanismo estruturador do pensamento, outros procuram investigar o pensamento como expressão do conhecimento. Fruto da especialização historicamente verificada no âmbito da Retórica, a Linguística regressa às fontes sempre que anseia tocar o seu limite como disciplina a investigar as regras do jogo da elocução. E a Filosofia, cedo desligada da irmã siamesa, torna-se tanto mais precisa (Lógica) quanto mais se debruça sobre os sinais de que se vale para descrever e interpretar os fenômenos abrangidos pelos contextos.

Assim, quando o filósofo se vale de uma informação linguística relativa ao tratamento de *pai* nas línguas indígenas dos Mares do Sul e a coteja com informação semelhante do indo-europeu, ainda não exerce seu ofício: este principia na informação e cresce por abstração, por dedução, pela reflexão em torno da informação. Esta, por sua vez, quando pura e simples, é tão somente um nome, cuja sustentação reflexiva deve ser desvendada a fim de justificar-se. Informação pela informação ainda não é conhecimento; ou se processa a prospecção de seus andaimes reflexivos, ou a dedução do seu significado enquanto conhecimento.

Note-se que o ato de nomear não precisa ser consciente, isto é, saber quem nomeia que está assumindo postura retórica. Basta que saibamos que o faz quem dá nome ou pensa em realizá-lo, da mãe que escolhe o nome do filho ao filósofo a braços com uma nova relação conceptual; do cientista ao enfrentar um experimento de Física ao alfaiate perante uma solução de moda. No instante em que o biólogo chama de *mitose* o processo de multiplicação celular, o nome deve implicar a ideia que deflagrou, e vice-versa, em face de uma ideia ou reflexão, deveria caminhar para o nome que a designa sob pena de se paralisar ou não se efetivar o conhecimento. Equívoco seria se o termo *mitose* não desse ideia de multiplicação celular, ou se esta fosse nomeada de uma forma inadequada, digamos "mitrose". Ou muda o nome, ou a reflexão, nesses casos em que o mal-entendido ronda a especulação.

Por fim, não se deve estranhar que a Retórica seja tida como máquina de persuasão: persuadir consiste em transferir para a consciência alheia um nome, juntamente com a reflexão que comporta, de modo que, fazendo outrem assimilar a nomeação que empregamos, acabe aceitando a ideia que defendemos; quando o outro absorve nossos nomes, nossas palavras, é porque acolheu aquilo que lhe queremos transmitir. Vieira almeja no "Sermão da Sexagésima", que seus ouvintes saiam desconsolados do templo, por esperar que a palavra de Deus se translade para a consciência deles; e nesse momento, tê-los-á persuadido da verdade bíblica exposta. E quando o sacerdote de *As Pupilas do Sr. Reitor*, de Júlio Dinis, manobra as demais personagens à custa de sua estratégia retórica, significa que lhes empresta os nomes que confere às coisas, não importa se noções morais: suas crenças teologicamente éticas se projetam nos semelhantes por meio de suas palavras. Sempre que num escrito qualquer, um nome é atribuído a um objeto, manifesta-se o ato retórico.

Na sequência desse raciocínio, é compreensível que um filósofo da craveira de Wittgenstein, impelido por uma avassaladora ebulição interior, descortine intuitos de persuasão no cerne do pensamento, na medida em que o filosofar consiste em fazer que as pessoas mudem o seu estilo de pensar.[8]

Configurada a interdependência dos métodos e linguagens, consideremos em particular o método filosófico. Focalizando esta questão e seus vínculos, Popper admite a existência de um "método de Filosofia", mas não o tem como exclusivo; "é, antes, o método de toda *discussão racional* e, consequentemente, tanto das Ciências Naturais como da Filosofia". E acrescenta, a modo de remate e esclarecimento: "o método que tenho em mente é o de enunciar claramente o problema e examinar, *criticamente*, as várias

8 Ludwig, Wittgenstein. *Estética, Psicologia e Religião*, tr. brasileira. São Paulo: Cultrix, 1970, p. 55.

soluções propostas".[9] Ora, tratando-se de "método de toda *discussão racional*", que mal há em considerá-lo peculiar à Filosofia, sem embargo de ser usado no terreno das Ciências e, mesmo no das Artes? A *discussão racional* parece mais adstrita à Filosofia que às Ciências e Artes, embora se lhes possa aplicar, quando for o caso. E, nessa hipótese, estaríamos diante do binômio Filosofia das Ciências, a aplicação da discussão racional do domínio das Ciências, ou Filosofia das Artes (ou Estética), ou a discussão racional dos problemas da série estética. Por outro lado, o exame crítico das "várias soluções propostas", ou é uma tautologia ou não é um método, mas simples acidente do método: um método não crítico não seria filosófico, mas propriamente científico ou histórico, na medida em que esses dois métodos se caracterizam pela descrição de fatos – e/ou de documentos. E a descrição como descrição (a utopia de que falamos anteriormente) se supõe acrítica, pois supô-la crítica, ou mesmo, interpretativa, como o fizemos, já é admiti-la repassada pelo método filosófico.

Finalmente, se a discussão racional é de fato um método, estará presente quando houver interpretação, ou crítica, e nesse caso os termos se equivalem: método filosófico = discussão racional = crítica. E, portanto o método filosófico seria universal, presente sempre que se procedesse à análise e exegese das "várias soluções propostas". De qualquer modo, da perspectiva da investigação do objeto literário, o método filosófico assim concebido fornece os instrumentos que a interpretação requer. E, por conseguinte, pode ser adotado sem perigo de comprometer a relatividade inerente ao ato de conhecimento: a relatividade perpassaria o objeto e o método escolhido para conhecê-lo, numa procura interminável, que é a própria meta do pesquisador, como reiteradamente sublinha Popper.

Entendido, porém, como discussão racional, o método filosófico pode confundir-se com a Lógica, visto que examina os fundamentos do raciocínio. E se admitirmos, segundo a óptica cassireriana do problema, que a intuição e a percepção se equivalem, constituindo um estágio no

---

9 Karl Popper. *The Logic of Scientific Discovery*, 8ª ed. Londres: Hutchinson and Co., 1975, p. 16.

rumo do conhecimento, é lícito concluir pela vigência do método lógico. Intuição ou percepção, e determinação lógica se pressupõem, numa díade cujo primeiro termo merece esclarecimento: que papel representa a intuição, ou percepção? Tomando como pertinente a assertiva de que em todo ato de conhecimento, mesmo o científico, presumivelmente exato e positivo, participa um "elemento irracional", uma "intuição criadora",[10] nem por isso a intuição se confundirá com o processo do conhecimento: na verdade, o "conhecimento intuitivo" não passa de uma fase do conhecimento, anterior à representação – fase das percepções. Por certo implica o concurso do intelecto, do qual recebe "uma determinação lógica geral",[11] pois do contrário seria impossível provar a existência das percepções, mas não define o conhecimento: o conhecimento, ou melhor, o ato de conhecer se processa quando as percepções sofrem a redução lógica ou conceptual, ou discussão racional. Método lógico e discussão racional aproximam-se, pois, como sinônimos. A travessia da percepção até a discussão racional corresponde à marcha entre duas subjetividades, uma pessoal, particular, uma vez que um investigador realiza o ato de perceber; e uma universal, uma vez que a percepção adquire, por meio da discussão lógica, significado objetivo, tornando-se acessível às outras consciências. Se o critério para avaliar a efetivação do conhecimento é a objetividade, esta se patenteia no segundo momento, quando a Lógica reduz a percepção a dados universalmente inteligíveis.

E nesse caso a objetividade corresponderia à intersubjetividade, e a percepção seria compreendida como mera subjetividade: a certeza que um sujeito tem do conteúdo de suas percepções ainda não se tornou conhecimento porque não foi validada por outros sujeitos, não foi objetivada, embora "o simples ato de perceber (*Warhnehmen*) implica ser tido por verdadeiro (*Für-wahr-nehmen*) e que se possua, consequentemente, uma norma e um critério de objetividade.[12] O sujeito da percepção, querendo

[10] *Idem, ibidem*, p. 32.

[11] E. Cassirer. *La Philosophie des Formes Symboliques*, vol. II, p. 50.

[12] *Idem, ibidem*, p. 56.

validá-la como conhecimento e não como impressão, há de submetê-la ao teste da objetividade, processado no "outro", após reduzi-la, mediante a discussão racional, ou o desentranhamento do seu implícito critério de objetividade, a elementos suscetíveis de serem compreendidos por outros sujeitos. Tudo se passa como se os demais sujeitos devessem reproduzir em si a situação original, mas essa reprodução somente se efetua *in natura* de modo lógico, racional: submetido à crítica, o conhecimento se confirma, uma vez que a nomeação e a hermenêutica que lhe servem de fundamento se mostram adequadas ao objeto conhecido. A reprodução é produção segunda de uma percepção primeira que depende dessa prova para se validar, e por ser de segunda ordem, esbarra com o nome por meio do qual a percepção original se comunica. Parte, assim, de um sinal que nomeia para verificar-lhe, ou não, a procedência e, portanto, do objeto do conhecimento. Ao passo que a percepção primeira desencadeou o nome, a segunda enfrenta-o; daí a prova ser, a um só tempo, do nome e do objeto. Convalidados pela interpretação, o conhecimento se processa; refutada a adequação do nome ao objeto, o conhecimento se diz falso ou inexistente. Por certo, de novo assoma a ideia da arbitrariedade do signo, mas, nesse percurso entre a percepção e o desdobramento do critério de objetividade ou a prova no "outro", entremostra-se o limite da arbitrariedade, visto que um elo de necessidade entra a vincular o nome ao objeto no momento em que o conhecimento desata.

Entendido o conhecimento como a redução à Lógica dos conteúdos da percepção, podemos regressar ao ponto de partida e assentar que o método filosófico preside todo esforço na direção do conhecimento: o método lógico, conferindo plausibilidade e universalidade às percepções, é que permite ao conhecimento realizar-se.

Admitida a discussão racional, ou o método filosófico, como fundamento de toda investigação que se pretenda objetiva, resta considerar os caminhos, que podem ser tomados para examinar o binômio em causa: forma literária e cosmovisão. Quais as relações de bilateralidade entre forma literária, tomada como a soma de recursos materiais (versos, rima, estrofe, cesura, personagens, tempo, espaço, ação, metáfora, símbolo, etc), e visão de mundo? Uma dada cosmovisão se manifestará pela escolha de certos expedientes formais? Estes, quando referidos a um poema, poderão revelar a visão do mundo do poeta? Seria possível uma tipologia das visões do mundo a partir dos recursos formais? Por outro lado, que aspectos da realidade podem ser apreendidos no interior de certos expedientes formais? Haveria uma bipolaridade entre realidade e formas? No plano da metáfora, como se evidencia a realidade? Haveria alguma recorrência no modo como a realidade se imprime no âmago da metáfora? Considerando os recursos formais como instrumentos ópticos, por meio deles que fragmentos, ou tipos, de realidade seria possível captar? Se os gêneros literários equivalem a visões do mundo, o mesmo se poderia afirmar dos recursos materiais? Haveria, na eleição do soneto, por exemplo, o indício de uma mundividência? E nesse caso, dois sonetistas se aproximariam pelo uso da forma, embora se distinguissem pelo modo como a empregam?

Tais dúvidas, e outras que poderiam ser-lhes acrescentadas, nem sempre terão resposta límpida e unívoca, mas nem por isso serão ociosas ou comprometedoras da investigação. Contrariamente, mesmo quando sem resposta, justificam-se pela luz que podem lançar ao melhor conhecimento do fenômeno literário.

Posto o quê, pergunta-se: entendida a cosmovisão como a totalidade das percepções (forças-motrizes) que se objetivam na forma, que instrumentos do método filosófico devem ser empregados para a perquirição da dicotomia que integram? As considerações anteriores, se corretas, induzem à Lógica e à filosofia de Dilthey, naquilo que se interessou pelo problema da visão do mundo. Entre ambas, porém, parece haver incompatibilidade radical: a Filosofia da Vida parece refratária à sondagem lógica, já que a vida é enigma, aparentemente insuscetível de conhecimento, ou objetivação. Como conciliar, por conseguinte, Lógica e Filosofia da Vida? Embora correndo o risco de não divisar problemas circundantes e adjacentes, pode-se admitir que a Lógica não interroga os enigmas, mas o produto do pensar, ou das percepções, em torno deles. Por outro lado, o pensar a Vida (e o Mundo) é restrito por não se transmutar em Lógica (como em Dilthey). Então, o esforço metodológico deve orientar-se no rumo de um possível enlace entre Lógica e Vida e Mundo. E a explicação desse consórcio depende do díptico Forma e Cosmovisão, e este se condiciona àquele. Se a lógica se vê impossibilitada de sondar os enigmas Vida e Cosmos, provavelmente aí resida o desafio maior. Desde já é possível saber, como uma premissa necessária, que pensar os enigmas da Vida e Cosmos resulta em conhecimento quando se articula em Lógica; e não se transforma em conhecimento quando se imobiliza nas percepções intermediárias. Na primeira alternativa, deu-se o fenômeno da *expressão* (ou da *expressão lógica*); na segunda, configura-se o *inefável*, esfera das percepções vagas, ou a *expressão não lógica* (ao menos parcial e/ou aparentemente, como nos textos surrealistas). Em suma, a indagação da parelha forma *versus* cosmovisão poderá dizer até que ponto conhecemos o segundo termo pelo primeiro, e até que ponto este alcança objetivar aquele.

2. A LINGUAGEM COMO SE SABE, constitui o objeto da Retórica. Somente na filosofia moderna é que passou a interessar de perto aos pensadores, dentre os quais se destaca Wittgenstein. A sua preocupação fundamental, pelo menos na fase marcada pelo *Tractatus Logico-Philosoficus* (1921) é de lidar com os possíveis limites da linguagem. A relevância do filósofo para o que temos em mira não resulta apenas do seu empenho para com a linguagem, mas, sobretudo, de encará-la em relação com o mundo. Obra de passagem, como a designou um estudioso,[13] o *Tractatus* é indispensável, em nosso caso, para situar a investigação do discurso literário. Se Wittgenstein põe ênfase na linguagem, nosso escopo é perquirir a linguagem como o lugar onde a consciência se interroga e se manifesta, ao mesmo tempo que detecta e inventa o real. Nosso problema consiste em examinar os modos como a linguagem desempenha a função de identificar o mundo real; ou, antes, inventar a linguagem como mediação entre o sujeito e a realidade do mundo, ou veículo de cosmovisão.

---

[13] José Arthur Gianotti, pref. a. L. Wittgenstein. *Tractatus Logico-Philosophicus*, tr. brasileira. São Paulo: Nacional/EDUSP, 1968, p. 45.

Efetivamente, o filósofo germânico pretende "estabelecer um limite ao pensar, ou melhor, não ao pensar, mas à expressão do pensamento",[14] examinando a correlação entre pensamento, ou figuração, e o mundo, ao longo de sete proposições, ou de seis proposições e uma inferência. Firmando-se em que "o mundo é tudo o que ocorre" (proposição inicial), acrescenta que "o que ocorre, o fato, é o subsistir dos estados de coisas", (proposição 2), etc., até chegar à conclusão de que "o que não se pode falar, deve-se calar", desfecho negativista, decorrente de 6.54: "minhas proposições se elucidam do seguinte modo: quem me entende, por fim as reconhecerá como absurdas, quando graças a elas – por elas – tiver escalado para além delas. (É preciso por assim dizer jogar fora a escada depois de ter subido por ela".)

Tomadas as duas pontas do raciocínio, nota-se que um travejamento lógico cerrado, aparentemente irrefutável, preside o discurso de Wittgenstein em torno da proposição inicial, de que as demais são desdobramentos necessários e imediatos. Para os fins que objetivamos, cabe indagar: que nos ensina, que pretende um discurso montado logicamente, com um rigor sem frinchas aparentes, para culminar numa negativa, logo após declarar que a escada, erguida a duras penas, deveria ser retirada por quem a ergueu? Valeu a pena?

Primeiro de tudo, valeu a pena escrever o *Tractatus* e valeu a pena estudá-lo, porque a tarefa de escrevê-lo, para o autor, e de lê-lo, para nós, era absolutamente necessária: impunha-se tecer o discurso lógico para saber que se tratava de uma escada a ser posteriormente retirada. Sem isso, sem o *Tractatus*, nem Wittgenstein nem nós saberíamos, de um "saber de experiência feito", que era imprescindível organizar todo um discurso para chegar à ilação de que se tratava de mera escada para ser posta de lado. Sem isso, impossível rumar no encalço de conhecer as realidades porventura desvendáveis pelo pensamento lógico: o *Tractatus* permaneceria uma necessidade a cumprir, um livro que teria de ser escrito cedo ou tarde. Foi o que, humildemente praticou Wittgenstein, e por isso lhe ficamos devedores,

[14] L. Wittgenstein, *ibidem*, p. 53.

tanto mais que sabemos, e ele o soube, não sem inquietação que o denso raciocínio se destinava ao esquecimento depois de ser absorvido, a fim de montar o outro, contrário e/ou complementar, as *Investigações Filosóficas* (1953). "Tormento necessário", algo como uma "doença", a fase de *Tractatus* deveria ser percorrida para que não houvesse o que o filósofo denominava "perda de problemas".[15]

Em segundo lugar, o *Tractatus* ensina o que desde sempre se conhece e se esquece: um discurso, um pensamento logicamente encadeado, propõe suas bases, premissas, regras: aceitas estas, podemos continuar a leitura; se rejeitadas, a leitura se torna inútil. Naquela alternativa, estamos aptos a acompanhar o fluxo da logicidade que sustenta o discurso, e, quem sabe, acolhê-lo na sua totalidade ou rechaçá-lo, se conseguirmos surpreender contradições que ponham em risco a sua coerência interior. Na outra alternativa, a leitura está irremediavelmente prejudicada, e chegaríamos ao fim como iniciamos, convictos de havermos refutado o pensamento alheio.

Em terceiro lugar, admitida a premissa em que se fundamenta o autor do discurso podemos estar abraçando um ponto de vista errôneo, um sofisma, e nesse caso sermos conduzidos por pensamentos logicamente concatenados até inferências supostamente coerentes. O sofisma pode ser lógico do ponto de vista formal, e conceptualmente falso, do ponto de vista conceptual, assim como pode ser conceptualmente lógico e formalmente falso. De modo que não precisa ofender as regras de ordem lógica para se instaurar: pode, e nas mãos daqueles que enganam por meio de palavras, os dogmáticos, os políticos, os demagogos, os pregadores de verdades feitas, *slogans* e chavões pode ser organizado com toda aparência lógica, chegando a confundir os que se deixam embair pelo brilho da articulação formal e não atentam para a falácia inscrita na proposição original.[16]

À vista desse quadro, o rigor e a cautela nos sussurram que temos de duvidar do *corpus* discursivo, não só no seu arranjo lógico, mas também, e

---

15 D. Pears, *op. cit.*, pp. 125ss.

16 Veja-se, a esse respeito, o livro de Antony Flew. *Pensar Direito*, tr. brasileira. São Paulo: Cultrix/EDUSP, 1979.

acima de tudo na premissa em que se sustenta, a premissa inicial, uma vez que as demais lhe são decorrentes. Mas a primeira pode ser falaciosa e não as outras, vinculadas que estão por um nexo lógico. É a premissa de que se inicia o momento mais importante do discurso lógico, pois podemos arquitetá-lo sobre sofismas ou silogismos. Um problema, no entanto, emerge nesse ponto, delongando sobre o prosseguimento da análise: como saber se em fase de um ou de outro? Sofisma ou não? Pela logicidade do discurso, parece que não: como vimos, a equação epistemológica pode armar-se com exatidão lógica independentemente do sofisma de base. Resta-nos considerar que a aferição se torna possível, e há de ser possível, examinando a proposição em si: se logicamente estruturada, conterá a totalidade do enunciado, pois uma proposição ambiciosa de ser ponto de partida do discurso não pode conter ao mesmo tempo a afirmativa que enuncia e a negativa que pressupõe. E espera-se coerência entre o enunciado e a enunciação. Portanto, lógica formal e ideativa. Havendo discordância, configura-se o sofisma. Daí este avultar como uma impossibilidade lógica, decorrente de o enunciado ser desarticulado, incompleto ou ideativo, falto de coerência.

Ora, temos de convir que, dessa perspectiva, a proposição inicial do *Tractatus* ostenta caráter de sofisma: Wittgenstein parece querer dizer que durante centúrias o pensamento apenas se ocupou com os silogismos, e com estruturas raras conceptualmente, esquecendo-se de que os sofismas podem conter facetas da realidade impermeáveis ao pensamento lógico. E, por isso, resolveu enfrentar o problema: que deve acontecer ao pensamento arquitetado sobre um falso silogismo ou sofisma? *A priori*, é impossível dizê-lo, porquanto o pensamento não pode, em sã consciência, saber o que manipula sem se manifestar, sem pensar o sofisma até esgotá-lo. Descartando-o, pura e simplesmente, não há como saber por que deve ser repelido e por que, no decurso dos séculos, o foi: provavelmente razões alheias ao pensamento tenham ditado a recusa, assim adiando a eclosão de uma verdade que o (aparente) sofisma guardasse ciosamente. O saber dependeria, em suma, também de pesquisar com base na lógica e não em qualquer ideologia (religiosa, filosófica, política) o conteúdo dos sofismas. E havendo um sofisma primordial, de que os outros constituem desdobramentos ou modulações parciais, impõe-se analisá-los a fim de justificar-lhe a marginalidade e extrair-lhe os ensinamentos implícitos.

Parece que Wittgenstein tinha plena consciência disso ao propor o teste do pensamento lógico em torno do sofisma coagulado na proposição básica: "o mundo é tudo o que ocorre". O sofisma reside no fato de pôr de lado as *coisas*, como se declara na posição 1. "o mundo é a totalidade dos fatos, não das coisas". Por que não das coisas? A inclusão das coisas, tornaria lógica a proposição inicial, e nesse caso, o texto pretendido pelo filósofo, o apontar os confins do pensamento, não se realizaria, já que, à luz da lógica convencional, lhe era vedado fazê-lo, e acabaria articulando um discurso lógico, com base numa proposição lógica, à semelhança do que todos os filósofos precedentes realizaram ou quiseram realizar. E, desse modo não haveria progresso na investigação filosófica ou lógica.

Precisamente nisso demora a invulgar posição assumida por Wittgenstein: a coragem, a honestidade de apoiar-se num sofisma para ver como funciona o pensamento, e concluir pelo silêncio, visto que a escada, levantada com todo o esforço, deveria ficar de parte, porque inoperante, e vicioso seria o pensamento que se construísse sobre premissas falsas. Praticou por todos nós o teste que faltava e a que ninguém se arriscara antes, ou por extremo cuidado, que induzia ao vazio lógico, ou por demasiada filiação ao milenar pensamento lógico, encetado na Antiguidade Clássica, quando os sofistas foram escorraçados por pretenderem algo análogo. Dando as costas às coisas, dirigiam-se para o ser ("O homem é a medida de todas as coisas", Protágoras), para o homem político que há em cada cidadão, tendo em vista ensinar as regras do bem falar e do bem pensar. Daí a inflexão para a Retórica: propondo métodos de persuasão, virtuosismo da linguagem, vale dizer, do jogo dialético sobre a verdade.

Como vimos, Wittgenstein admite que a filosofia implica persuasão, mas a diferença entre o seu procedimento e o dos sofistas está, acima de tudo, no fato de os antigos empregarem a técnica de convencer para fins nem sempre legítimos ou positivos, ao servir para persuadir os ouvintes de ideias que poderiam ser, e muitas vezes eram, mero ludo verbal. Por outro lado, a sofística não apresentava o rigor lógico de Wittgenstein: sofística literária, mais arte que ciência, situava-se numa lógica – psico-lógica, graças à ênfase nas sensações – anterior ao rigorismo matemático em que Wittgenstein, na esteira de Frege e outros, se coloca. "Doutrina da arte pela arte, em todo rigor" era, no entender de um historiador da Filosofia,[17] a sofística de Protágoras, Górgias e seguidores. Ao passo que Wittgenstein visava, não à persuasão enganosa, mas a que se estriba na lógica irrefutável dos conceitos fundamentais, analisados à exaustão. Tenha-se presente, por fim, que o filósofo, contrariamente aos sofistas, está voltado para as relações entre linguagem e mundo. No entanto, sabia necessário iniciar sua reflexão por um sofisma a fim de, prevenindo questões residuais, levar a bom termo a discriminação do seu objeto.

Delineado o caráter de proposição fundamental, que deflagra o discurso do *Tractatus*, impõe-se verificar se a conclusão a que chega Wittgenstein somente é possível com a premissa escolhida: mudada a proposição sofística, alterar-se-ia a conclusão final? Nessa hipótese, haveria uma solução que evitasse o silêncio? Como não inferir que o silêncio há de coroar tal empresa? Não seria contraditório supor uma premissa falaciosa conduzindo a diverso resultado? Nesse caso, por que aquela, eleita pelo filósofo entre outras exequíveis, desencadeou a conclusão negativista? Por que exatamente aquela e não outra?

Decerto, o leque de indagações não cessa aí: várias outras poderiam ser adicionadas, mas de modo algum comprometeriam o quadro que se esboça. E sem questionar uma a uma, por ocioso, além de repetir o próprio discurso do *Tractatus*, parece imediato, que, permutado o sofisma inicial, a conclusão nem por isso se modificaria. Qualquer sofisma conduz à pregação do silêncio, determina um discurso lógico que finaliza por enaltecer o silêncio, em consequência de ser o erguimento de uma escada que se deve retirar ato contínuo. Inconcebível um sofisma que não arrastasse ao silêncio derradeiro, que culminasse numa ilação lógica, oposta ao mutismo preconizado, que previsse a continuidade da expressão (lógica), do falar (lógico). Por outros termos, uma premissa alógica não poderia desembocar

[17] Albert Rivaud. *Histoire de la Philosophie*. Paris: PUF, 1948, vol. I. p. 112.

numa conclusão lógica (contrária ao silêncio) sem se transformar, ela própria, em premissa lógica. A rigor, revelaria que a consciência falhou ao julgá-la sofística, tendo de aprender com o conteúdo do discurso que a sua impertinência era antes fruto do mau entendimento do sujeito que de uma limitação ou deformação do objeto. Em síntese, a proposta inicial deixaria a condição de sofisma ou a conclusão final se tornaria falsa.

Por outro lado, se Wittgenstein incluísse as coisas no seu discurso acerca do diálogo entre mundo e linguagem, acabaria montando um discurso paralelo (paródia? paródia "lógica"? paródia como simetria entre universos de linguagem?) ao que elaborou, ou mesclaria os dois, o que redundaria, não no silêncio, mas num discurso sem-fim. Para saber como trabalha o pensamento, para conhecer-lhe as fronteiras, Wittgenstein teve de alicerçar-se num sofisma. E desenrolando-o segundo um critério lógico, em determinado instante é possível chegar à conclusão, de resto implícita na proposta básica, conforme a qual o melhor é o silêncio para encerrar o discurso. A ilação, todavia, culminou após um longo percurso lógico, justamente o *Tractatus*, que o filósofo acaba de compor e acabamos de ler. O discurso, ali, monta-se a cada leitura, como se renascesse a cada olhar, a cada intelecto. Sem o discurso lógico que se converteu, necessariamente, no *Tractatus*, jamais o saberíamos, senão como um *a priori* – jamais saberíamos onde se move o pensamento, premissa do inteligível. Ou seja, sem pensar, é impossível conhecer as balizas do pensamento, "ou melhor, não ao pensar, mas à expressão do pensamento" – é o que nos comunica Wittgenstein. Mas pensar não a partir de uma premissa lógica, porquanto tal procedimento tem sido milenarmente adotado pelos filósofos, e, sim, a partir de uma premissa "absurda", que permite ao "puro" pensamento, à articulação verbal do pensamento, organizar-se como um espaço autógeno, assim oferecendo, ou procurando oferecer, os limites em que se movimenta. O sofisma inicial permite questionar a logicidade do pensamento, ou antes, se o discurso do pensamento é necessariamente lógico. À luz do que o *Tractatus* descortina, para além dos próprios aforismos em que se organiza, como sinais de uma Lógica que se estruturasse pelo desenvolvimento dessas matrizes lógicas, o sofisma corresponde ao não pensamento, ou falso pensamento, ou pensamento falso, embora lógico o discurso em que se desdobra, pois este, sendo lógico, acusa o sofisma inicial: fosse absurdo, desenvolver-se-ia noutros sofismas, o que reforçaria ainda mais a sofística da proposição inicial.

Que Wittgenstein reconhece proceder por absurdo, o próprio *Tractatus* o diz, nas proposições finais, notadamente 6.54: "minhas proposições se elucidam do seguinte modo: quem me entende, por fim as reconhecerá como absurdas, quando graças a elas – por elas – tiver escalado para além delas". Fecha-se assim, o círculo aberto com a proposição 1. Na verdade, o círculo recomeça ao encerrar-se com o que já sabemos ser absurdo. Todo reinício, no caso, sendo baseado em sofisma terminará na mesma conclusão, pois reabrir o circuito é retomar o discurso lógico no ponto de partida o que já sabemos ser absurdo e levá-lo, num eterno jogo de Sísifo, ao epílogo já conhecido. O *Tractatus* não tem continuidade, salvo para se repetir, num moto contínuo, ou círculo vicioso, que é a própria natureza (tautológica) das sequências lógicas armadas sobre o absurdo de base. Daí, ou o filósofo mergulhava no silêncio assinalado na proposta 7, ou, já erguida a escada para abandoná-la ao fim, singrava outro discurso lógico, agora fundado em premissas lógicas.

3. Despontava, assim, depois de um silêncio de anos, o segundo, o novo Wittgenstein, o das *Investigações Filosóficas*, escritas em 1929 e 1930 e publicadas em 1953. Contrariamente ao *Tractatus*, que se apresenta como um universo unitário, coeso, monolítico, um tanto hermético, as *Investigações Filosóficas* constituem uma soma de anotações mais ou menos desestruturadas, à guisa de prolongar/refutar o *Tractatus*. Nessa obra, cada proposição se prende à anterior, numa cadeia rígida, ininterrupta, de tal modo que se torna impossível saltar qualquer uma sem comprometer o entendimento, já de si escasso, do conjunto. Em *Investigação Filosóficas*, defrontamos com uma série de fragmentos, aparentemente descontínuos, e que podem ser lidos isoladamente, e a partir de qualquer um. A entropia, de que falam os físicos modernos, se realiza nitidamente, ao passo que no *Tractatus* a anentropia, considerada fortuita no mundo da realidade física,

encontra o seu símile lógico. Como se liquidasse, no *Tractatus*, com o cartesianismo da filosofia clássica, Wittegenstein instaura, nas *Investigações Filosóficas* o reino assistemático da filosofia moderna.

A dualidade, porém, não cessa aí: como no *Tractatus* cada proposição se enlaça à seguinte, esquecemos das proposições à medida que vamos lendo e interpretando, e chegamos ao fim com a sensação de que todas deverão convergir para a proposição 7. Agrupadas na ordem linear das páginas, vão sendo progressivamente apagadas da memória, quando, a rigor, devem ser consideradas em círculo ou em esfera, uma ao lado da outra, não uma após a outra. Por que esquecemos? Por que todas hão de comparecer no epílogo? Esquecemos, é o que parece, porque o processo de tautologia norteia as proposições: em razão de um resíduo (correspondente à recorrência da proposição inicial) se manter ao longo das proposições, segue-se que vamos perdendo a memória das precedentes no encalço do epílogo. As proposições não valem em si, mas como degraus que conduzem à ilação final. Perante as proposições uma a uma, a inteligência age como se aguardasse o desfecho.

Em segundo lugar, estamos em face de um organismo lógico ocluso, divisável somente como um todo, não como partes somadas, nem mesmo uma a uma. Parece incrível que perdemos a lembrança de um organismo logicamente estruturado, e temos facilidade em adentrar a série de observações fragmentárias que compõem as *Investigações Filosóficas*. A explicação talvez resida em que a organização lógica deve ser apreendida, ao passo que a percepção fragmentária parece inata, resultante da própria atomização das percepções, que decorrem, ou podem decorrer, autonomamente do estímulo dos sentidos. Preparada para captar a realidade como uma rede infinita de estímulos parcelados, a inteligência é convidada a proceder a um esforço de adaptação e superação de seus limites, por meio da apreensão de mecanismos lógicos, geradores de organismos coesos, unitários e indevassáveis. Vemos a árvore, que foi, mas não enxergamos a floresta, e temos de nos acomodar à circunstância de visualizá-la como um todo impenetrável.

Tomando a questão por diverso ângulo, o organismo lógico, o *Tractatus*, resulta de leis próprias, estrutura-se distanciando-se da realidade do mundo, já que concede primazia aos fatos em detrimento das coisas. Em contraposição, as *Investigações Filosóficas* se estruturam nas vizinhanças da realidade do mundo. Tudo se passa como se, estabelecida a homologia entre linguagem e mundo, agora pudesse ultrapassar a malha linguística interposta ao assédio do sujeito e perquirir a realidade *em si*. Numa palavra, as *Investigações Filosóficas* se articulam junto à/no interior da realidade do mundo, buscando ser não a expressão dele nos confins da linguagem, mas a própria realidade. Daí a mudança na relação sujeito/objeto: no *Tractatus*, divisamos o progresso de um pensamento que se pensa a si próprio, de modo a tornar-se sujeito e objeto a um só tempo, e propor-se como lógica cerrada, ou tautologia.

Nas *Investigações Filosóficas*, presenciamos o pensamento de um objeto situado na esfera do mundo, identificado com a realidade do mundo, pois agora estamos fora do circuito epistemológico. Em contrapartida, no *Tractatus*, para alcançar qualquer entendimento, temos de aceitar a dissolução do nosso "eu" no sujeito que pensa as proposições. Aqui, a realidade está ausente, pelo fato de o pensamento se pensar como objeto. Ali, a realidade é convocada para dentro do pensamento, de modo que este se manifesta por meio de seu objeto específico, interno. Enquanto nas *Investigações Filosóficas* sujeito e objeto coincidem, o sujeito do pensamento é a um só tempo objeto, no *Tractatus* o sujeito afasta-se do objeto, por sua vez inscrito na realidade concreta ou a ela referido. Eis por que as duas obras se configuram antagônicas: em uma, o pensamento que se pensa, realiza a suprema abstração, que conduz à lógica; na outra, o pensamento voltado para os objetos do mundo põe em prática o seu habitual dinamismo.

À vista dessa dicotomia fundamental, cabe indagar: o mundo lógico do *Tractatus* em nada se parece com o das *Investigações Filosóficas*? O cotejo de ambos faz pensar que haja, para além do assunto comum, terreno em que se interseccionam. Nenhuma semelhança haverá entre a coesão interna do primeiro e o caráter disjuntivo do segundo? Sem ingressar na vasta discussão a esse respeito, parece óbvio que a coesão seja inerente ao lógico, a disjunção ao não lógico, mas tal dualidade não significa a inexistência de algum ponto de contacto. Vimos que o *Tractatus* se apoia num sofisma para arquitetar um silogismo e que o método lógico foi usado para garantir a ordem do texto. Ora, tal método há de estar presente nas *Investigações Filosóficas*. Do contrário o pensamento talvez não se configurasse: o cruzamento do monolitismo do *Tractatus* com a pulverização das *Investigações Filosóficas* ocorre na área do método, lógico ou filosófico, uma vez que este não é exclusivo dos organismos logicamente encadeados, à semelhança do *Tractatus*. No primeiro caso, por conseguinte, o método preside à construção de um edifício lógico no todo, e é o todo que importa divisar; no segundo, preside à criação de fragmentos. Quer na totalidade unitária do *Tractatus*, quer na desuniforme das *Investigações Filosóficas*, o método é o lógico. A diferença é que, no *Tractatus*, está em o método se pensar como método, e nas *Investigações Filosóficas* serve para detectar a realidade, entendida como o universo das coisas. Pensar em como pensamos significa produzir um discurso lógico, ordenado como um silogismo. Pensar objetos do mundo real obriga ao método lógico, não no todo, mas em cada fragmento.

Consequentemente, o método se emprega não só como filtragem do saber das várias ciências, reduzindo-o a fórmulas universais e absolutas (é o caso do *Tractatus*, e da lógica pura, ou matemática, ou logística), mas também ao conhecimento da realidade fragmentária (como nas *Investigações Filosóficas*.) Do contrário, não haveria pensamento. Uma inteligência privilegiada, capaz de prever os passos futuros da análise, pensou antes o método lógico a partir de uma premissa falsa – e gerou o *Tractatus*. E depois o aplicou à realidade, não de modo sistemático, pois a realidade se mostra caótica, mas de modo que cada fragmento, ou grupo de pensamentos apresente o mesmo rigor lógico do *Tractatus* como um todo. Admitir o reverso equivaleria a observar que tais células expressivas não resistem como pensamento. Porque prodigiosa a inteligência, seguiu a marcha oposta à natural (derivar da percepção real para a lógica que a representa em abstrato), e com isso nos evidenciou que o processo utilizado no *Tractatus* pode ser transposto para as *Investigações Filosóficas*: o método para erigir um edifício lógico rigorosamente estruturado pode, e deve, ser transferido para a análise do real, manifesto como desarmonia. Sem a primeira tentativa, ou sem o *Tractatus*, ser-lhe-ia impossível tentar a transposição, a não ser pressupondo, como de hábito na tradição filosófica, um modelo (ou teste) lógico; imanente nas propostas epistemológicas ou fixo na consciência como tábua de referência anterior à sondagem do real.

Wittgenstein nos adverte, graças à inversão do processo *nele*, que falha toda tentativa de abranger o real que não implicar uma experiência, a do *Tractatus*. Partisse ele do real para o edifício lógico, talvez jamais chegasse ao término; a indagação lógica a partir da realidade é infinita, mas pode ser finito o mundo lógico que se constrói a partir de uma premissa, ainda que/ou porque falsa. A precariedade e a falência dos sistemas filosóficos resultam de se organizarem sem o teste que Wittgenstein empreendeu com o *Tractatus*; quer dizer, desencadear-se pensamentos com base em premissas que não sabiam se eram falsas ou menos pertinentes. O teste lógico do *Tractatus* pôde efetuar-se por ter abstraído (ao menos na aparência) a realidade do mundo dos fenômenos. Mas depois de praticá-lo, havia que remontar à realidade: e nesse trânsito a entropia do real desfruta o seu momento de glória: o discurso deixa de ser lógico como um todo, para esfacelar-se numa série de retalhos de uma totalidade, infindável como a própria realidade, mas cada fragmento possui em si mesmo organização lógica, visto nele palpitar um pensamento (lógico).

Eis por que é o método que nos interessa no momento, menos do que o próprio pensamento de Wittgenstein, mas a depreensão do método somente se tornou possível porque um filósofo resolveu experimentar as duas soluções, a do método lógico "puro" e a do método lógico empregado no desvendamento do real. Evidentemente, o método nos interessa como apetrecho para a investigação ao texto literário: seria absurdo o texto literário? Ou só *O Alienista*? *A Terceira Margem do Rio*? A prosa surrealista? Ionesco? Beckett? À luz do método, método lógico, como se oferece o texto literário?

Antes de encaminhar uma resposta, sujeita a correções futuras, impõe-se lembrar que o *Tractatus* colocou ênfase na linguagem, e não na consciência nem na realidade. Assim, o filósofo pressupunha o mundo lógico como autorregido ou autoagente, de modo a segregar as próprias leis sob que se movimenta e a desdobrar-se em proposições solidárias por um nexo de causalidade: o termo aferidor do universo lógico está dentro dele, repousa nas proposições que se vão organizando num todo coeso e harmônico, não na realidade, nem na consciência. Arrancando a partir de Frege e Russell, Wittgenstein descortina o verdadeiro e o falso como categorias lógicas que remetem à unidade lógica do *Tractatus;* a verdade das proposições é determinada pelo mecanismo que as regula como enunciados autossuficientes.

Nesse contexto, a exposição filosófica de Wittgenstein, tomada como texto paradigma em que o pensar lógico se configura, pode servir-nos para, pelo lado negativo, situar o espaço em que se move a linguagem literária. Se o universo lógico se organiza pondo entre parêntese ou elidindo o mundo da realidade concreta, ou seja, como universo de coisas, não de fatos, o universo literário será, consequentemente, não lógico, já que suas proposições se referem ao mundo concreto (de coisas e fatos) e pressupõe um objeto real, cuja existência denota e conota ao mesmo tempo, como vimos no capítulo introdutório. Dessa perspectiva, o universo literário se assemelha ao das *Investigações Filosóficas*, mas a sua coesão factual ou mesmo (psico) lógica lembra a unidade lógica do *Tractatus*. A coesão do texto literário seria lógica "por dentro", enquanto a do *Tractatus* é lógica integralmente.

Por outro lado, o mundo fictício da Literatura é lógico na medida em que o verdadeiro e o imaginário também se estruturam como categorias internas: o verossímil interno do universo literário seria lógico por secretar o próprio critério que lhe justifica a veracidade. Por conseguinte, também o mundo literário obedece a leis próprias, inerentes à ficção ou imaginação, do mesmo modo que o mundo lógico é regulado por leis imanentes. Encarada desse prisma, a linguagem literária seria a um só tempo lógica e não lógica, coerentemente, aliás com as duas faces da metáfora: lógica enquanto estrutura, ficção, construção fora do espaço real e não lógica por vincular-se à realidade concreta. Lógico enquanto autogerador do critério de verdade e falsidade, o universo literário corresponderia ao lógico ou matemático. E não lógico por ser referido a objetos fora das proposições em que se exprime – e nesse caso o verdadeiro e o falso seriam categorias não fictícias, mas "reais". Assim, ao passo que a lógica pode abstrair o mundo, localizar-se fora dele, embora lhe seja o modelo (lógico), a linguagem literária situa-se na encruzilhada, pois abstrai o mundo ao mesmo tempo que o espelha e o transforma. Espelha-o nos dados fundamentais e dele se afasta quando cria, com tais dados, um universo fictício, imaginário, com leis próprias, semelhantes, nessa autogenia, ao universo lógico.

Sucede no entanto, que a logicidade do mundo literário ainda se conecta com os objetos reais pelo fato mesmo de usar os componentes do mundo real, numa ordem hipotética, ou semi-hipotética, se admitirmos as ponderações de Gilbert Ryle,[18] calcadas no comportamento como norma de aferição do que se chama "mente", "estados mentais", etc. Ao passo que a lógica "pura" ou matemática, gira numa órbita própria, fora do mundo da realidade concreta, insusceptível de verificação empírica, redundante por natureza. A lógica fictícia (literária) ainda reflete o mundo nos seus objetos, sem prejuízo do caráter factual que pode ligá-los e sob os quais se mostram, enquanto a lógica matemática se organiza como abstração do mundo, a soma de puros "entes da razão". Nos ingredientes, nos "sinais" pelos quais se distingue, o universo literário é não lógico, uma vez que se refere ao concreto. Todavia, nos elementos de composição, na transfiguração e desenvolvimentos dos componentes de base, provindos do real, numa nova estruturação, segundo princípios internos – é lógico.

Em contrapartida, o universo lógico é, tanto nos ingredientes como na organização, autógeno. Uma personagem é inventada, fictícia, portanto, é um ser "lógico", e ao mesmo tempo reproduz dados da realidade concretamente humana: dúbia por natureza e função, reflete o mundo real ao mesmo tempo que só existe no mundo da ficção. Real como ficção, e, portanto lógica: irreal como reflexo do mundo, e, portanto, não lógica, a personagem é uma dualidade que não se resolve, mas nisso mesmo reside a sua grandeza e força que servem de desafio para os críticos. Uma equação lógica, do tipo "p+q=z" ou "se p, então p", não existe no mundo da realidade, menos ainda a série de silogismos, que se armam em torno dela. Em suma, sua lógica fictícia, na qual se incluem todos os ingredientes do universo literário, sempre postula *valores de verdade*,[19] ao passo que a lógica matemática

[18] Justus Hartnack. *Wittgenstein y la Filosofía Contemporánea*, tr. espanhola. Barcelona/Caracas/México: Ariel, 1977, pp. 153ss.

[19] J. A. Gianotti. Pref. ao *Tractatus*, pp. 6 e 14.

dispõe de recursos para cunhar signos sem valor de verdade. Semiautógeno, porque dividido em face do real, o cosmo literário é semilógico, construído que é num limiar ambíguo, em que a realidade se patenteia e ao mesmo tempo se deixa inventar, o cenário em que o caos do mundo adquire ordem sem perder a ilogicidade primordial.

Dos vários problemas levantados, abrindo para um horizonte em que pelas *Investigações Filosóficas*, importam-nos mais de perto, em virtude da estreita relação com o núcleo dessas considerações, "a teoria dos jogos" (§§ 66ss) e as "semelhanças de família (§ 67), tendo como auxiliar o § 96, espécie de síntese, atualizada e corrigida, do *Tractatus*: "o pensamento, a linguagem aparecem-nos como o único correlato, a única imagem do mundo". Tomando-os na sequência em que se apresentam ao longo da obra, comecemos por indagar: que pretende Wittgenstein com a *teoria dos jogos*? Voltado então para a consciência, ou para a realidade, antes elidida no percurso do *Tractatus*, o filósofo promove o regresso às coisas, o retorno a um estágio em que o contacto com a realidade se processava diretamente, sem a mediação da linguagem, ou do pensamento, que, mercê da sua condição de ponte entre a consciência e o mundo, acaba sendo o obstáculo a transpor pela consciência a fim de acessar livremente a realidade. E indagar livre e diretamente a realidade significa desobstruir o caminho não só do pensamento formulado perante a realidade que se deseja assimilar, mas também, e sobretudo, a vastidão de pensamentos acumulados no decurso da História. Pensamentos esses geralmente desenvolvidos, não a partir da realidade a conhecer, senão dos pensamentos anteriores, formando uma cadeia, constituindo metapensamentos que se geram reciprocamente, numa interminável cadeia, autoestimulada e autossuficiente. Daí interpor-se entre a consciência e a realidade uma espessa camada de pensamentos desligados do real, e que cumpre afastar, neutralizar ou esclarecer, para atingir frontalmente a realidade.

Por certo, o regresso às coisas, como se o pensamento refluísse milagrosamente aos objetos de origem, arma-se como a suprema miragem, acariciada por todos os filósofos, notadamente os mais lúcidos e insatisfeitos com o fato de serem obrigados a pensar o pensamento dos seus predecessores, acrescentando, se possível, um que outro dado novo. Acontece que o filósofo está enredado na própria linguagem que busca alijar para apoderar-se da realidade: imerso num paradoxo sem-fim, procura um contato "ingênuo" com a realidade, sem a mediação da linguagem, mas a um só tempo usando-a para propor e tentar o desejado assédio. Por meio da lógica ou do pensamento, prega uma relação não lógica sem a mediação da linguagem, com a realidade, num dilema que, sendo o próprio cerne da Filosofia, tornou-se, como se sabe, a matriz do "espanto" de Alberto Caieiro perante a "naturalidade" das coisas e o afã de captá-las sem a interferência do pensamento, no poema XXIV.

> O que nós vemos das coisas são coisas.
> Por que veríamos nós uma coisa se houvesse outra?
> Por que é que ver e ouvir seria iludirmo-nos
> Se ver e ouvir são ver e ouvir?
>
> O essencial é saber ver.
> Saber ver sem estar a pensar,
> Saber ver quando se vê,
> E nem pensar quando se vê,
> Nem ver quando se pensa.
>
> Mas isso (triste de nós que trazemos a alma vestida!),
> Isso exige um estudo profundo,
> Uma aprendizagem de desaprender,
> E uma sequestração na liberdade daquele convento
> De que os poeta dizem que as estrelas são as freiras eternas
> E as flores as penitentes convictas de um só dia,
> Mas onde afinal as estrelas não são senão estrelas
> Nem as flores senão flores
> Sendo por isso que lhes chamamos estrelas e flores.

O silêncio preconizado no fecho do *Tractatus* constituiria, nesse caso, a resposta à quimera, mas conduziria, simultaneamente, ao Nada, por repelir o conhecimento, gerando um niilismo próximo ao Zen, por sua vez afogado na mesma contradição, já que a filosofia oriental se apresenta como tal por meio da palavra que tenta anular. Enleado no silogismo que armou, o filósofo não tem saída senão buscar, por meio do instrumento que deseja banir (neutralizar ou pôr entre parênteses a linguagem), o acesso direto à realidade. Mais uma vez, a extrema lucidez de Wittgenstein parece tê-lo atraído a um beco sem saída, e mais uma vez o seu mérito reside na sondagem epistomalógica, para só nos atermos a esse aspecto, de haver equacionado o problema referente à volta às coisas, sem dúvida um dos objetivos dos filósofos, especialmente os mais agudos.

No entanto, o intuito de pensar numa zona rarefeita não podia realizar-se sem despertar múltiplas analogias, uma das quais com o universo mítico, entendido como aquele em que a distância do ser e do mundo ainda não se panteara, fazendo crer que a consciência e a realidade eram uma só coisa: a proposta de Wittgenstein parece insinuar a retroação a um estágio que se diria pré-lógico, anterior ao irrompimento do Logos no mundo, estabelecendo a fissura entre a consciência e a realidade, e tornando a linguagem a mediação entre as duas esferas. O filósofo sugere que se vejam os jogos, não que se pense neles ("Como disse: não pense, mas veja!"), mas para o dizer, como não podia deixar de ser, recorre às palavras, à linguagem, a um só tempo, mediadora e obstáculo. Aconselha-nos a não pensar, mas pensa, para o dizer: o "isto", que considera a suprema proposição, não pode erguer-se sem apelo à linguagem, visto que ainda/já é linguagem.

Uma única palavra que se empregue basta para acusar a presença incômoda da linguagem, e se os gestos podem substituí-la por momentos, ainda assim seria de duvidar houvesse gestos puros, isentos de linguagem verbal. Quando o discípulo zen pergunta ao mestre o que é um carneiro, e o mestre lhe aponta o animal sem usar palavras, ambos *sabem* que o vocábulo "carneiro", qual um *a priori*, designa determinado animal. Do contrário, nem a pergunta poderia ser articulada, ou seria outra, do gênero "que animal é este?". Mas o Zen não cuida desses casos, o que confirma que o nome cujo significado se pretende esclarecer preexiste ao gesto, designando, portanto, um objeto previamente conhecido, ou pelo mestre, ou pelo discípulo: este não indagou como se chama o animal, mas o que é um carneiro, a que o mestre responde indicando o animal, como se não coubesse a resposta adequada para a dúvida relativa ao ente, ou como se uma tal questão apenas encontrasse réplica numa indicação primária. A pergunta não tem razão de ser, assim como a resposta. Esta é assim porque aquela não procede. A interrogação levanta-se no universo da linguagem, e a réplica, no da realidade, mas o ensinamento zen pressupõe a mediação verbal, ainda que a dissimule com o gesto pretensamente natural e direto.

Wittgenstein sugere, por conseguinte, que se vejam as coisas, os jogos, sem pensar. Mas como ver uma série de jogos e ler ao mesmo tempo o fragmento em que o filósofo trata de sua teoria? Impossível: terá de ocorrer antes ou depois da leitura. No primeiro caso, a teoria virá a ser tida como inócua, de modo que não tem cabimento pensar nisso. No segundo, para que a teoria, se praticada a leitura, é preciso ir diretamente à realidade e observar como os jogos se desenrolam? Se a consciência pode realizar a sugestão contida no fragmento, para que a teoria? Não teríamos, uma vez mais, a imagem da escada que se dispensa após ser erguida? E, no final, o que a mente saberia? Saberia o mesmo que o fragmento, ou seja, que é preciso ver sem pensar, ou o que é o jogo? Se já sabemos que é preciso ver os jogos, para que ler o texto de Wittgenstein? Porém, ao ver os jogos, que aprendemos? Podemos, contemplando os jogos, dispensar o fragmento das *Investigações Filosóficas*? Resultado: não basta ver sem ler, como atos excludentes: que fazer?

Como se sabe, Huizinga fundamenta o seu *Homo Ludens* na ideia do jogo como universal e constante na história do ser humano: o ser humano é um animal lúdico por excelência. Por meio do jogo, recupera a perdida dimensão mítica, do mesmo modo quando aceita os totens, os ritos culturais, e com eles se identifica. No jogo, seja qual for, retoma a identidade com o objeto, à semelhança do que sucede no espaço mítico, isto é, sem a mediação da linguagem: o jogo descarta a linguagem. Ao mesmo tempo, o jogo é uma "linguagem", um universo lógico, pois inventa as regras e desdobra-se segundo uma cadeia solidária, como o *Tractatus*. Sem invocar a relação mítica, Wittgenstein optou pelo jogo como *exemplum*, modelo do assédio à realidade sem a intervenção da linguagem.

Ocorre, porém, que as *Investigações Filosóficas* preconizam a recusa do pensar (assim renegando o *Tractatus*) em favor do *ver*, um "ver" originário, anterior à floração do pensamento na tela da História, um "ver" mítico, em que se fundem as duas dimensões enlaçadas pelo impulso óptico, imune à contaminação lógica, análogo ao observar um jogo de xadrez com o fito de aprender as regras que o regem. Mas por que ver? O quadro desenhado por Wittgenstein nos compele a divisar a máscara de um sofisma: ao mandar ver e não pensar, obviamente o filósofo propunha-se a recolocar o pensamento na trilha certa, a que regressa às coisas, a fim de colher uma percepção direta. Mas tudo faz crer que as fundações de um resultado desejadamente positivo radicam pelo menos em terreno equívoco.

Quando aconselha a ver e não pensar, Wittgenstein despreza a hipótese, de todo verdadeira, mesmo como dado empírico, que somente podemos ver os jogos, sem pensar neles, ou sem pensar no que seja um jogo, se soubermos de antemão o que vem a ser *jogar, jogo* e cognatos. Sabemos que o xadrez é um jogo assim como o tênis, o dominó, etc., por conhecermos que atendem a requisitos que fazem deles jogos e não outra coisa. Por outras palavras: sabemos o que os distingue de uma guerra (jogo também?), um aperto de mãos ou a mudança de sinais no cruzamento de ruas, etc. A distinção é que faz que os primeiros pertençam a uma família (a dos "jogos") e os segundos a outra ou outras famílias. Quem confundisse o xadrez com a troca de cores nos sinais de trânsito estaria ignorando uma coisa e outra, dando margem a supor uma patológica limitação de inteligência ou o emprego do *nonsense* para fins estéticos como a exemplo do universo surrealista. Aquilo que os separa permite dizer que o primeiro se inscreve no mundo dos jogos, pois se assemelhará a outros esquemas de relacionamento entre coisas e seres, e o segundo, a diversa categoria.

Entretanto, a diferenciação somente é possível por sabermos quais os integrantes da série dos jogos, assim facultando colocar de parte a dissonância do padrão comum. Portanto, a ideia de "jogo" preexiste como um dado cultural ou convenção universal, ao ato de ver "jogos". Se não, 1) podemos ver outras combinações que não jogos, e nesse caso nada aprendemos dos jogos, ou admitiremos como integrantes da categoria "jogos", com suas leis e normas, o que não for jogo: não se dará a Cesar o que é de Cesar, mas o que pertence a outrem, e vice-versa. Ou 2) podemos não ver os jogos como tais e por conseguinte acolher "leis", "regras", "normas", ou semelhança peculiares a outra família que não a dos jogos. Em suma, quando pretendermos atender ao pedido formulado pelo filósofo centrando a nossa atenção no ato de *ver*, ou já sabemos de que se trata, ou temos de passar a saber; contudo, num caso e noutro se patenteia que o ver sem pensar é uma equação incompatível, uma impossibilidade prática. Tudo isso, sem considerar que o *ver* pode ser entendido como ato perceptivo que carrega no âmago um pensamento, ou ao menos, um vetor, uma flecha epistemológica: *ver* não é uma percepção neutra, mas um ato natural, cobrindo aprendizado e impulso cognitivo. Conquanto mais adiante voltaremos ao assunto, podemos assentar que o *ver* implica não apenas recortar o contorno das coisas, senão divisar as camadas culturais, inclusive o tempo que nelas se depositam. Em suma, vê-se o objeto como *coisa e valor*.[20]

Por outro lado, o "etc" com que Wittgenstein fecha a relação de jogos (§ 66):

> Considere, por exemplo, os processos que chamamos de "jogos". Refiro-me a jogos de tabuleiro, de cartas, de bola, torneios esportivos, etc.

autoriza-nos a pensar em uma infindável cadeia de situações marcadas pelo mesmo sinal que se podia surpreender por meio da simples observação. Mas como saber quais as situações cobertas pelo "etc", sem que saibamos reconhecer que estamos em face de jogos? Pela semelhança com os demais, alinhados pelo filósofo, incluindo o jogo da linguagem? Nesse caso, porém, já no primeiro não estará implícita a ideia que se presume depreender do exame dos

---

20 R. L. Gergory. *Eye and Brain. The Psychology of Seeing*, 2ª ed. Nova York/Toronto: McGraw-Hill, 1973, pp. 220ss.

vários exemplos? Como encontrar semelhança entre conhecidos e desconhecidos sem saber que aqueles atendem a uma noção subjacente de "jogo"? Como assegurar que todos, conhecidos e por conhecer, se inserem no contexto dos jogos, se não soubermos, previamente, que obedecem a certas leis, inerentes ao que se denomina "jogos"? Se admitirmos, consequentemente, que "o quadro que tenho em mãos somente posso chamá-lo de rosa porque o conheci como rosa"[21] parece que se repete o dilema do *Tractatus*: um sofisma funciona como escada, e esta se atira de lado quando se sobe por ela.

Apesar da contradição interna, a teoria dos jogos encerra uma ideia de suma relevância, não apenas para a teoria em causa: a "semelhança de família". Permitindo que se delineie um quadro de objetividade, posto que relativa, a "semelhança da família" liga-se ao conceito de "jogo", pois caso estivesse ausente a semelhança entre as várias situações semelhantes, não seria possível pensar e falar em "jogos". E ainda permite extrapolar para outros campos do saber. Antes do mais, importa assinalar que por "semelhança de família" se entende a soma de recorrências, redundâncias, constantes, lugares-comuns, invariâncias – (forças motrizes) – entre uma série de objetos pertencentes à mesma família. Trata-se de uma família precisamente porque seus membros se assemelham de uma maneira ou de outra, e tais constantes equivalem a "semelhança de família". É óbvio que a ideia de família careceria de pertinência se os seus membros não se parecessem num aspecto ou noutro. E vice-versa inexistem semelhanças que não constituam famílias; designam, por definição e natureza, famílias ou que se encaminham para elas. E estas agrupam objetos semelhantes.

4. Conquanto radicada em pesquisas anteriores, de Dewey e Urban,[22] a teoria dos jogos, com as reservas apontadas, se mostra útil no perímetro da criação literária. Claro, a transferência não se faz sem perda de nitidez:

---

[21] L. Weisgerber. *Von den Kräften der deutschen Sprache*, 2 t. Düsseldorf, 1962, t. I, p. 55, cit. por Hans Hörmam. *Psicología del Lenguaje*, tr. espanhola. Madri: Gredos, 1973, p. 407.

[22] Warren Shibles. *Wittgenstein, Linguagem e Filosofia*, tr. brasileira. São Paulo: Cultrix/EDUSP, 1974, pp. 9ss.

embora jogo, o texto literário apresenta uma complexidade de elementos que nenhum jogo, em particular, ostenta. Tudo se passa como se, em verdade, o texto literário constituísse uma miríade de jogos, ou um jogo múltiplo, com vários sistemas de leis, conjugados num hipersistema, que as aglutina e ordena. Assumindo, porém, as recorrências de uma obra literária como a soma de ingredientes semelhantes, a obra toda de um poeta seria uma família, e portanto, dotada de semelhanças; os poemas de um autor, independentemente de fase, data, filiação estética, forma, etc., apresentam análogos constantes. Idêntico postulado sustentaria a visão de um ficcionista ou de um teatrólogo. Aqui, a tautologia de que fala Wittgenstein se reinstala no raciocínio, pois não cabe admitir que a obra A de um autor X ostente características ausentes nas outras: uma obra *totalmente* diversa é miragem, sobretudo quando nos lembramos de que mesmo as obras de adeptos de uma tendência se assemelham. Entre os primeiros poemas de Fernando Pessoa e os que a crítica vem revelando após sua morte se descortina uma semelhança patente.

Admitindo, portanto, que as obras de um autor são atravessadas pelas mesmas constantes, um poema isolado, um conto, um romance, etc. há de apresentar pelo menos uma dessas recorrências e jamais poderá representar toda a família: somente o todo, a família (a obra na sua totalidade), é que dará ideia do poeta na sua plenitude. Entretanto, a reiteração pode ser aferida num só poema: num soneto camoniano, por exemplo as palavras se organizam segundo a lei das semelhanças internas, ao redor da palavra-chave, ou da metáfora-chave, como se verdadeiramente uma mesma ideia, ou palavra, refluísse ao longo do poema e espelhasse, no seu movimento, a constância que se observa na família: no poema recorre uma metáfora, uma força-motriz, à maneira das constantes que permanecem ao longo da família de textos de um poeta.

A análise da semelhança de família pode transcender o poeta e discernir outros poetas da mesma época, e resultar na semelhança entre as famílias de uma comunidade cultural: um ar de família – o *Zeitgeist* – percorre os poetas de uma quadra, no interior de uma língua, ou literatura. E a análise pode subir ainda mais, para enfeixar os poetas de uma língua ou literatura, e neles vislumbrar a reincidência de forças-motrizes, que identificam uma literatura ou um povo. E ascender ainda mais, para um ciclo de cultura ou época cultural (círculo hebraico-cristão, Romantismo europeu, ou sul-americano, *Belle Époque* etc.) Em síntese: a ideia de semelhança de família pode ser aplicada em vários graus, de uma composição lírica de um poeta a um vasto ciclo de cultura. No entanto, o objetivo do crítico será, como crítico (não como historiador, teórico, etc.), analisar e interpretar as semelhanças de família que identificam individualidades estéticas. Mas concederá privilégio às diferenças, que distinguem, não às semelhanças com outros, que despersonalizam. Enfim, terá como escopo a visão do mundo expressa na obra dos escritores considerados um a um, as recorrências internas das obras de cada um.

V. A PERSPECTIVA RETÓRICA

1. As observações acerca da Retórica, expostas no capítulo precedente, foram equacionadas em relação com o método filosófico e apontaram os seus limites em função do problema nuclear deste livro. Tendo-as em vista, passaremos ao seu exame, naquilo em que se vincula ao ensaio que temos em mãos.

Tomando a Retórica como a arte de bem-dizer, ou que trata das regras de bem-dizer, o texto em que se explicitam, se discutem ou se desenvolvem os recursos teóricos – ou em que se codificam as suas "leis" – denomina-se discurso retórico, entendendo "discurso" no sentido do texto (escrito). Um exame da anáfora, por exemplo, se chamará discurso retórico caso a reiteração vocabular no início de cláusulas ou versos constitua o seu objeto. Em tais circunstância, ou o sentido da palavra está obliterado, ou demanda revisão esclarecedora, e num caso ou noutro o texto retórico visa devolver ao termo "anáfora" a precisão original ou implícita. Da mesma maneira receberá o apelativo de discurso retórico o texto em que se organizam as normas que a Retórica propõe aos interessados em bem-dizer. Podendo ou não incluir no título a denominação da arte que investigam, os tratados de Aristóteles, Quintiliano, Horácio, Fontanier, Dumarsais, Lausberg, etc., exemplificam o discurso retórico.

Em ambas as hipóteses, o discurso retórico se identifica por distinguir a Retórica, no todo ou em parte, como seu objeto: pondo a hermenêutica a serviço do esclarecimento semântico das noções que lhe fundamentam o estatuto de ou arte de bem-dizer, a Retórica se dobra sobre si, fazendo alvo da sua crítica a instrumentação verbal que propõe. Pensada à luz do seu objeto, a Retórica se realiza como teoria, especulação em torno dos recursos verbais destinados à persuasão. Como envolve a prática do conhecimento veiculado, deixa de ser meramente arte contemplativa, mas não se perca de vista que, nesse trânsito, abandona seus domínios próprios, autônomos, para se transformar em suporte das atividades que reclamou expressão verbal, escrita ou não. Aqui talvez resida o conflito de base que acabou levando a Retórica ao desprestígio: justificando-se apenas enquanto servia a outros discursos, acabou perdendo independência e razão de ser quando disciplinas afins (poética, estética, linguística) foram emergindo e ocupando o seu lugar. Nesse quadro, é até surpreendente que permanecesse atuante ao longo dos séculos. De qualquer modo, seja durante o fastígio, seja após o declínio com o Romantismo (e a ressurreição presenciada na segunda metade do século passado, fogem dos quadrantes retóricos os textos em que se aplicam, por motivos críticos, uma noção retórica: um estudo da poesia barroca sob o prisma do oximoro não constitui discurso retórico, pois a figura em vez de ser objeto de especulação, funciona como lente analítica, meio de um fim que pode variar à vontade.

Ademais, se a Retórica é a arte de bem-dizer, sempre que o ato de dizer se manifesta, estará empregando soluções retóricas, dado ser impensável o ato de elocução sem instrumentos retóricos. Mesmo que o crítico ignore estar analisando textos montados sobre recursos retóricos, ou desconheça os nomes dos mecanismos que detecta na leitura, a Retórica estará presente: texto, discurso, Retórica são termos de uma cadeia cujo elo derradeiro está subjacente nos anteriores, a ponto de se tornar pleonástico. Inimaginável, dessa perspectiva, a análise de uma personagem de romance sem apelo à *descrição* como instrumento retórico, para não referir outros mais complexos: a "sugestão" de personagem, bem como de Natureza, cenário etc., somente se efetiva graças ao arsenal retórico. Acautelando-nos contra a ideia simplista de reduzir a personagem a uma teia de implementos retóricos para revestir uma abstração, é a retórica que permite construir a imagem que "vemos" como equivalente a um "ser" fictício e virtual. Sem abrir espaço a controvérsias estéreis, não passe em julgado que a personagem, compreendida como ser fictício, ultrapassa a soma de recursos empregados para sugerir-lhe a presença: desfeita a malha retórica, algo de vivo, que o conjunto de formas ecoa, mas não produz, se perdeu, exatamente porque uma coisa é o recurso retórico isolado, descrito e classificado, outra a sinergia estabelecida com os demais expedientes na montagem do ser da ficção. Mal comparando, corresponderia à diferença entre a anatomia humana, exposta em livro ou nas lições acadêmicas, e o ser vivo. A mais exaustiva topografia sempre deixa em branco uma zona imperscrutável, transcendente à descrição morfológica, assim como a perspectiva retórica não capta o grande imponderável que o texto, como um todo, pode suscitar.

Por isso, o advérbio "bem" é dispensável, e apenas se justifica por extensão da própria natureza da Retórica. "Bem-dizer" significa o emprego da palavra exata (e não da "adornada", excluída a hipótese de o adorno constituir a exatidão desejada) para designar um objeto, ou seja, a adequação da *coisa* e da *palavra*, ou da *coisa* e da *razão*. Tal congruência é que gera a persuasão, para não falar dos efeitos propriamente estéticos. Como sabemos, o termo próprio, unívoco, é raro ou tarefa interminável, mas se acreditarmos ser possível a exatidão do vocábulo para designar determinado objeto, a persuasão se tornará decorrência natural. Exata, ao menos no contexto em que se inscreve, a palavra convence, persuade: quem a possui, ou a engendra, está apto a persuadir as consciências alheias. A persuasão é um ato em que está subentendida a ideia de exatidão verbal, relativa ao cenário formado pelos interlocutores. Convence quem fala com exatidão, incute na mente do ouvinte o seu pensamento (opinião, juízo, etc.). Persuadir nem sempre significa demonstrar (como procede a ciência), mas fazer que o interlocutor acate como verdadeira a ideia apresentada, ainda que, como no entimema, recorra ao silogismo imperfeito ou incompleto.[1] Invariavelmente,

---

1 Heinrich Lausberg. *Manual de Retórica Literaria*, tr. espanhola, 3 vols. Madri: Gredos, 1966-1968, pp. 371, 875 e 879; Roland Barthes. "A Retórica Antiga", *in* Jean Cohen *et alii*. *Pesquisa de Retórica*, tr. brasileira. Petrópolis: Vozes, 1975, pp. 188ss.

no entanto, a posse do Verbo assinala o domínio do que se tem por desejado ou o melhor: no princípio era o Verbo e também será o fim.

O fascínio que Vieira exercia sobre o público, ainda os mais requintados, provinha de empregar os vocábulos, adequados para designar a verdade que buscava instilar na consciência dos fiéis. Pois, se já a tivessem assimilado, dispensava-se o orador, a este como que inspirado pela palavra divina, restava esforçar-se por transmiti-las aos circunstantes. Não estranha que o proselitismo seja decorrência da posse do Verbo que desnuda o mundo. De tal modo que o silêncio, no caso um contrassenso, ou o cético desenlace de quem passou a vida a pregar no deserto, esquecido de que, antes de procurar o alheio, o verbo que o habita se dirige para dentro de sua interioridade. Não é o caso, evidentemente, de um pregador como Vieira: exata, ou tida como tal porque emanada do Demiurgo, texto bíblico, a palavra dotava-o de poder carismático, que lhe conferia a aura de transmissor da Verdade, tornada acessível à plateia por meio do sermão. Encarnada no Logos, a Verdade se faz presente e convincente por meio do Verbo, das palavras do orador, por sua vez inflamado pela exatidão dos vocábulos que profere. Palavra-coisa, persuade, convence por identificar-se com a própria Verdade transmitida.

Eis por quê, como bem assinala um dos mais lúcidos críticos de seu tempo, "*the Rethoric* must lead us through the Scramble, the Wrangle of the Market Place, the flurries and flare-ups of the Human Bamyard, the Give and Take, the wavering line of pressure and counterpressure, the Logomachy, the onus of ownership, the Wars of Nerves, the War, (...) Rhetoric is concerned with the state of Babel after the Fall. Its contribution to a sociology of knowledge must often carry us far into the lugubrious regions of malice and the lie".[2]

Assumida como arte da persuasão, não no sentido de "engano", "ilusão", mas no de convencer o interlocutor por meio de mensagens de sinais (contextualmente) unívocos, embora repousando sobre elipses ou "lacunas", pode-se divisar a Retórica como arte voltada precipuamente para as

---

2 Kenneth Burke. *A Rhetoric of Motives*. Barkeley/Los Angeles/Londres: University of California Press, 1974, p. 23.

figuras de pensamento.[3] Aliás, a primitiva aliança com a Filosofia pressupunha algo mais do que uma "teoria do ornamento": o discurso filosófico, substancialmente conceptual, mesmo quando debruçado sobre o seu instrumento expressivo, a linguagem, buscava no discurso retórico as "fórmulas", a *techné*, para se comunicar de modo inequívoco, ferir a consciência do interlocutor por meio de regras apropriadas de elocução. Tais regras não diziam respeito apenas ao revestimento dos conceitos, mas à sua lógica interior (a *Retórica* de Aristóteles é sobretudo um tratado de argumentação[4]), o filósofo desempenhava o seu ofício cônscio de que executava, simultaneamente, a tarefa de procurar, se assim se pode dizer, a expressão mais adequada ao pensamento. Verdadeiramente, ao buscar exprimir com nitidez as ideias, estava, a um só tempo, nas funções de *rhetor*: num único gesto linguístico se lançavam as duas "artes", estágios inextrincáveis de um processo rompido no curso dos séculos até que, com o declínio da Retórica, pareceu que a Filosofia prosseguia sozinha o seu compromisso cognoscitivo. Todavia, rechaçada ou inconsciente, a remota aliança persistia, e o método retórico se mantinha na raiz do conhecimento, e não apenas do filosófico.

Daí que entender a Retórica como a arte de bem construir frases seja reducionismo ou mutilação; se por "bem-dizer" quisermos significar "bem exprimir o pensamento", estaremos devolvendo à Retórica a intenção que de resto jamais repudiou. Os usos e abusos de suas franjas ornamentais, a frase pela frase, é que a conduziriam ao descrédito e, por fim, à falência como disciplina de eleição. Se a hermenêutica clássica envolvia dois valores fraternos, "um mental, outro proferido", de modo que "este *logos* é que é o *hermeneus* daquele",[5] é porque a Retórica se pretendia mais do que arte de ornamento

---

3 Dan Sperber. "Rudiments de Rhétorique Cognitive." *Poétique*. Paris, nº 23, 1975, pp. 389ss.

4 Paul Ricoeur. *La Métaphore Vive*. Paris: Seuil, 1975, p. 17:"O grande mérito de Aristóteles foi de elaborar o liame entre o conceito retórico de persuasão e o conceito lógico de verossimilhança, e construir sobre esse nexo o edifício inteiro de uma retórica filosófica".

5 Jean Pépin. "L'Herméneutique Ancienne." *Poétique*, 1975, p. 292.

ou da ilusão: queria-se, na origem, a arte universal da palavra pública.[6] Recolocada no palco do saber, talvez ganhe em regressar à fonte, enriquecida das novas conquistas filosóficas e linguísticas, como a disciplina que cuida das palavras e/ou do pensamento, oral ou escrito – arte/ciência do nome.

2. Dicotômica, a Retórica é uma disciplina que encampa uma série de regras e normas relacionadas com a arte de bem-dizer e de persuadir, e, ao mesmo tempo, destinada a preparar o interessado em aprimorar seus conhecimentos em matéria de bem-dizer e de persuadir: a Retórica é a faculdade de ver teoricamente o que, em cada caso, pode ser capaz de gerar a persuasão. Nenhuma outra arte tem essa função, porque as demais artes têm, sobre o objeto que lhes é próprio, a possibilidade de instruir e de persuadir.[7] Cada codificação retórica (os textos de Aristóteles, Quintiliano, Horácio, etc.) visa compediar as normas do discurso retórico. E nesse caso podem ser avaliadas em si e, a um só tempo, servir de instrumento, de práxis, aos que estão voltados para a persuasão e a arte de bem-dizer ou o filósofo. Enquanto práxis, a Retórica é uma pedagogia, ou mesmo uma *psicagogia*, condutora de almas: não estranha, a essa luz, que Isócrates distinguisse a poesia como imprescindível à educação dos príncipes, ou Platão divisasse o tribuno como um psicagogo.[8] Nisso a Retórica diverge da Filosofia, irmã de nascença, e da Poética, com que se fundiu no início.

No primeiro aspecto do par dialético, a Retórica consiste no esforço de sistematizar os processos de persuadir e de bem-dizer, propondo nomes para distinguir as etapas do percurso retórico organizando-as dentro de chaves sinóticas. No segundo, serve como instrumento de precisão no ato de nomear. Se *páthos* se entende como *afeto, emoção* e considera-se existente no poeta, mercê dos reptos da fantasia criadora ou de enfrentar público, mas inerente

6 Paul Ricoeur, *op.cit.*, p. 14.

7 Aristóteles. *Arte Retórica e Arte Poética*, tr. brasileira. São Paulo: Difusão Europeia do Livro, 1958, p. 24.

8 Werner Jaeger. *Paideia. Los Ideales de la Cultura Griega*, 3 vols., tr. mexicana. Mexico: Fondo de Cultura Económica, 1949, vol. III, pp. 134 e 247.

ao público, que sofre a recepção dos versos ou do discurso. E o *ethos* ou ética, como adstrito ao poeta ou pregador – num caso e noutro estamos em ato nomeativo. E se denominamos *entimema* o silogismo "retórico" ou incompleto, a sua função se exerce quando, diante de um raciocínio não rigoroso ou truncado, sabemos que pode ser chamado daquele modo; o vocábulo "retórico" designa, nesse caso, um processo que reconheceríamos assim na situação em que o mesmo se depara. Sem o conhecimento prévio, o reconhecimento se torna impossível, à semelhança da ideia de "jogo" na filosofia de Wittgenstein. O nome seria algo como um significante "vazio" no primeiro caso, e íntegro no segundo, quando encontra o seu significado, concretizado no exemplo proposto pela experiência.

Compreende-se, assim, por que razão a dúvida/apelo de Roland Barthes, referente ao trajeto indutivo, que deriva do exemplo para o nome – "se eu leio '*tanto mármore tremendo sobre tanta sombra*'", que livro poderá dizer-me que se trata de uma *hipálage*, se eu ainda nada sei sobre ela? Falta-nos um instrumento indutivo, de utilidade para analisarmos os textos clássicos, segundo sua própria metalinguagem"[9] – pode ser invertida: sem o conhecimento do nome como atentar para o exemplo? Como saber que as palavras enfileiradas no texto são exemplos de mecanismos retóricos sem os conhecer previamente? Em que horizonte do saber existem pontos, estanques, mas correlacionados, como reservatórios à espera do "milagre" da efetiva coligação, o exemplo e o nome? E se existissem tais compartimentos, a sua organização não teria decorrido de um processo de rotulação de objetos dados – precisamente o trabalho da Retórica? Daí que, ao localizar um polo – o exemplo ou o nome, o nome ou o exemplo – como não implicar o outro? Que dicionário analógico poderia incluir, a não ser por obra do acaso, o fragmento que o texto X nos oferece como exemplo de *sinédoque*? Além de utópico seria imaginar que o empenho retórico pudesse converter-se num rol terminológico estático e definitivo, espécie de imensa enciclopédia de textos exemplares. E que dimensão teria esse vocabulário para abranger a totalidade do material literário?

---

[9] Roland Barthes, *op. cit.*, p. 215, 1975.

A persuasão consiste, por conseguinte, no encontro dos vocábulos que bem designam os objetos: a "fome de nomes" se identifica, em última análise, com a fome de formas, que irrompe da tendência a uma apreensão da "essência", numa correlação dinâmica, visto que "o ato de nomear significa uma nova organização dos fenômenos: a designação linguística vai de mãos dadas com a transformação interna do mundo percebido.[10] Tal "fome de nomes" adquire na criança características de autêntica mania de denominação, como assinala Cassirer, fundamentado em experiências no setor. E dadas as modalidades infantis de relacionamento com o mundo, a mania de denominação parece ato mágico. Na idade adulta, dissipa-se a auréola mágica: "se você está em dificuldade e pede socorro, não significa que seja praticante de magia primitiva: apenas emprega o recurso primário da fala humana de uma maneira inteiramente realista".[11] Decerto, não se trata de magia primitiva, mas o realismo do apelo é um indício de que o ato retórico, entendido como nomeativo, guarda resíduos mágicos: a palavra de socorro denota um poder, exercido sobre outras pessoas, a fim de induzi-las à ação num dado sentido, que evoca os domínios da magia.

Ato mágico, o de nomear: torna as coisas visíveis, mesmo a distância, presentes na consciência ou na memória, como se a imagem lhe aprisionasse o contorno e a essência – e a um só tempo as cria, as inventa, retirando-as do limbo em que jaziam à espera do chamado ao plano existencial. Vara de condão, o nome desperta os seres que dormem nas trevas e lhes empresta a identidade para circular à luz do sol. Gosto cosmogônico, o nomear se confunde com a própria gênese das coisas na manhã do mundo: "Disse Deus: Haja luz; e houve luz".

O nome, todavia, não encerra a tarefa demiúrgica: é promessa de futuro, livre-conduto para o dinamismo gerador das coisas. E como o nome aponta o ser, e sela-lhe o destino, representando-o, não apenas na aparência, mas também na sua potencialidade oculta. "É Pedro, e Pedro ficou", diz

---

[10] Ernst Cassirer. *La Philosophie des Formes Symboliques*, tr. francesa, 3 vols. Paris: Minuit, 1972, vol. III. 143 e 472.

[11] Kenneth Burke, *op. cit.*, p. 41.

o poeta Mário de Andrade, traduzindo no patronímico a fatalidade mineral de um ser nascido entre humilhados e ofendidos.

Daí a posse do nome corresponder à do ser: quem denomina, constrói o ser e anuncia-lhe o porvir; quem nomeia – quem é detector da palavra, possui as coisas e seres que designa. Eis por que temem a palavra alheia todos os que ambicionam, discricionariamente, fazer uso dela, isto é, os tiranos, em todas as formas que podem, assumir: por saber que a sua autoridade provém da força que as palavras desencadearam ou preservam, apavoram-se ante os que podem, esgrimindo o nome, ameaçar-lhe a hegemonia. Quem tem a palavra, tem o mundo. E não aprecia que o "outro" disponha do mesmo direito: "pedir a palavra", "cassar a palavra", em todas as múltiplas configurações, são expedientes universais para exercer ou proibir o direito, ainda que relativo, de nomear. Pois nomear é sinônimo de acusar, denunciar, desmascarar, reagir, repelir – exercício de liberdade que déspota nenhum respeita ou permite.

A Retórica que instrumentaliza, codifica, tal posse, torna-se, por isso, arte diabólica, porquanto confere aos iniciados, por meio do bem-dizer que conduz à persuasão, o controle das vontades alheias. Não surpreende que entrasse em decadência com o advento da era industrial – transferindo para o produto tecnológico o poder mágico e decisório – e renascesse das próprias cinzas em nossos dias, quando a luta de interesses econômicos e políticos entre sistemas e regimes se propõe como autêntico jogo retórico. A ONU que o diga: o emprego da comunicação escrita e visual, com intuitos de propaganda, que o diga. Se nunca antes a linguagem mereceu tanta atenção de filósofos, linguísticos, semiólogos, etc., a ponto de ocupar o centro da especulação intelectual, é porque se redescobriu que o velho saber inaugurado pela Retórica permanecia entre nós como um conviva silencioso, mas atuante – com o seu poder catalítico.

É sabido que no *Crátilo*, "a mais remota tentativa conhecida de discutir a origem da linguagem",[12] Platão questiona a "justeza dos nomes", não o

[12] H. N. Fowler. Introdução a *Crátilo*. Londres/Cambridge (Mass.): William Heinemann Ltd./ Harvard UNiversity Press, 1953, 4.

nomear, mesmo porque sua intenção, expressa no subtítulo do diálogo, era investigar o ato de conhecimento: "o diálogo é antes de tudo o esboço de uma teoria do conhecimento: o estudo da linguagem que apresenta não é senão o seu invólucro e pretexto".[13] Daí terminar em aberto o debate entre Sócrates, Crátilo e Hermógenes: estava em causa a *dialética*, não a *linguagem* (ou a *linguística*). No entanto, ao fazê-lo, Sócrates tinha plena consciência, de que apenas adiava a controvérsia em torno do *nome* das coisas.

Gesto que lembra a alquimia, a persuasão decorre de o vocábulo sugerir a posse do objeto designado, numa escala que principia nas coisas próximas da mão e do olhar e finaliza nos raciocínios complexos. Ou pedra, ou ideia, o termo que os nomeia se afigura, para quem o emprega e conhece ter o domínio dos objetos "pedra" e "ideia". "Bem-dizer" significa denominar coisas, bem como enunciar conceitos, dado que a persuasão dependerá não só dos substantivos "naturais", senão dos "culturais", se for admitida tal binomia. Ora, designar coisas, simples ou complexas, consiste em nomear: o nome dos objetos, em qualquer nível, eis a suprema tarefa da Retórica. Mas também o seu calcanhar de aquiles: prefigurando "uma linguística da palavra (diferente da estatística), o que constitui uma contradição em termos, ela se empenhou por manter numa rede necessariamente cada vez mais fina as 'maneiras de falar', o que era querer dominar o indomável: a própria miragem".[14]

Compreende-se, pois, que a Retórica possa definir-se como a arte de nomear: antes de persuadir, ou tendo em vista persuadir, a Retórica se propõe a oferecer os instrumentos que permitem a nomeação. Na verdade, nomeação e persuasão constituem pratos da mesma balança, ou faces da mesma moeda. Aristóteles, ainda precursor nesse terreno, entreviu tal movimento pendular, ou ao menos, que a persuasão em sentido estrito não consiste no objeto capital da Retórica: "sua tarefa não consiste em persuadir, mas em discernir os meios de persuadir a propósito de cada questão,

---

13 Louis Méridier. Prefácio a *Crátilo*. Paris: Société d'Édition "*Les Belles Lettres*", 1931, p. 30.

14 Roland Barthes, *op. cit.*, p. 214.

como sucede com todas as demais artes".[15] E que vem a ser "discernir os meios de persuadir" senão oferecer os meios de nomear com exatidão? E quando frisa que a Retórica e a Dialética, de que a primeira faria parte, "são apenas faculdades de fornecer" argumentos,[16] não estará o filósofo sugerindo que ambas devem ser divisadas como artes da nomeação? Por fim, ao considerar que a Dialética "parte do que precisa de ser estabelecido pelo raciocínio, ao passo que a Retórica se estriba em fatos que já estamos habituados a pôr em deliberação", isto é, os *lugares-comuns* ou *tópicos*,[17] não estará sublinhando o fato de a nomeação anteceder a persuasão?

Se percorrermos outros conceitos de Retórica, notadamente os modernos, lá encontraríamos o mesmo germe, que somente não vem à luz porque embaraçado pela velha ideia de persuasão. Lawsberg julga que a Retórica é "a arte do discurso em geral", (...) "exercida por qualquer indivíduo ativamente participante na vida de uma sociedade",[18] enquanto Kenneth Burke, movido pela inflexão dualista de sua crítica, adverte que "a função básica da Retórica é o uso de palavras por agentes humanos para gerar atitude ou induzir ações em outros agentes humanos".[19] Nesse conceito, a ideia de persuasão parece mascarar a de nomeação, insinuada na primeira parte da assertiva. I. A. Richards, um dos pioneiros contemporâneos na matéria, pondera que a Retórica "deve ser o estudo dos mal-entendidos e seus remédios", ou melhor, "quanto e por quantos meios pode a comunicação definir-se boa ou má?",[20] não sem permitir que se vislumbre, implícita em suas palavras, a ideia de nomeação: a comunicação se mostrará boa ou má consoante a nomeação for correta ou não.

---

15 Aristóteles. *Arte Retórica e Arte Poética*, p. 23.

16 Aristóteles. *Arte Retórica e Arte Poética*, p. 25.

17 *Idem, ibidem*, p. 27.

18 Heinrich Lausberg. *Elementos de Retórica Literária*, tr. portuguesa, 2ª ed. Lisboa: Fundação Calouste Gulbenkian, 1972, p. 75.

19 Kenneth Burke, *op. cit.*, p. 41.

20 I. A. Richards. *The Philosophy of Rhetoric*. Nova York: Oxford University Press, 1965, p. 3.

Quando dois falantes aceitam o nome dado a um objeto, em princípio a comunicação se processou; e a sua falta denunciará a ausência de acordo na denominação do objeto comum: estabelecido o entendimento no estágio nomeativo, a comunicação decorre naturalmente, e o entendimento se aloca para esferas mais altas. Ocorrendo, porém, equívoco na etapa de nomeação, torna-se inócuo, se não impossível, manter o contato: todas as polêmicas e controvérsias nascem de os litigantes empregarem nomes diferentes para as mesmas coisas, ou o mesmo apelativo para objetos diversos. Ou, na terminologia aristotélica referente à Dialética, partirem de "quaisquer premissas ao acaso, pois há premissas que até loucos podem admitir".[21] No momento em que um dos interlocutores apresenta o vocábulo ou a expressão para nomear o objeto em causa e a sua proposta é acolhida pelo oponente, suspende-se a discussão, e o segundo se curva, persuadido, ao primeiro: desde que há controvérsia e que os métodos "lógicos-experimentais" não podem restabelecer o acordo dos espíritos, encontramo-nos no campo do irracional, que será o da deliberação, da discussão, da argumentação da comunicação.[22] Em suma, comunicação e persuasão dependem da nomeação.

A compreensão da Retórica como arte de nomear se faz ainda mais transparente se regressarmos à ideia de "bem-dizer" e recordamos o seu vínculo com a audição. Arte da audição, a Retórica mesclava-se a outras manifestações auditivas (Oratória, Poesia, etc.) e pressupunha uma cultura em que a percepção acústica ocupava lugar proeminente, ou seja, a expressão oral ("bem-dizer") precedia a expressão por escrito. O saber se transmitia por via oral, a exemplo da Filosofia, ensinada nos Jardins de Academus, em preleções ou diálogos nem sempre convertidos em texto escrito: as palavras *rhetor* e *orator* designavam funções exponenciais, em razão de os valores culturais apontarem como horizonte ideal a capacidade de elocução oral. Durante a Idade Média, em que pese o desequilíbrio da Retórica

---

21 Aristóteles. *Arte e Retórica e Arte Poética*, p. 27.

22 Ch. Perelman e L. Olbrechts-Tyteca. *La Nouvelle Rhétorique. Traité de l'Argumentation*, 2 vols. Paris: PUF, 1952, t. II. p. 679.

clássica,[23] o "bem-dizer" permanecia como um de seus fundamentos: os *lentes*, como evidencia a etimologia do vocábulo, eram os que na Universidade, liam os textos antigos para a edificação dos discípulos, que aprendiam de ouvir, não de ler. Saber de oitiva tem longa tradição, como se vê, e ainda hoje dá frutos, não raro insatisfatórios. A cultura tanto se eregia sob o signo da oralidade que "escrever" era, para o estudante medieval, não só oral como inseparável do que agora se chama oratória e então *pronunciatio*, a qual era e continuou a ser a quinta grande divisão do estudo regular de Retórica.[24] Mas à medida que a cultura ocidental veio ganhando caráter visual, graças à invenção da tipografia,[25] a Retórica perdeu terreno, até que encarada pejorativamente, entrou em colapso no século XIX.

Restaurados os seus créditos em nossos dias, o discurso retórico se defronta com o cerne da sua função – nomear – escamoteada durante os séculos em que a persuasão, numa cultura eminentemente auditiva constituia o seu principal objetivo. Não significa que a persuasão deixou de interessar à Retórica, mas que, adquirindo roupagem visual, permitiu o desabrochar da função nomeativa. Daí a "nova retórica", proposta como "uma semiótica dos discursos, de *todos* os discursos"[26] com vistas a "fundar uma verdadeira ciência do geral",[27] ou como, na esteira do grupo de Liége, um reexame dos nomes (e noções implícitas) da "velha" Retórica. Nem poderia ser de outro modo, pois uma "nova retórica" só é possível se os termos da "velha" forem revistos e passarem a designar novos objetos, ou se os velhos objetos forem divisados à nova luz, dada pela visão. Uma reformulação da Retórica implica o concurso da visão, já que tal sentido se tornou,

---

23 Gérard Genette. "A Retórica Restrita", *in Pesquisas de Retórica*, cit., p. 130.

24 Istuan Kajna. *L'Enseignnement de l'Écriture aux Universités Mediévales*, p. 74, cit. por Marshall McLuhan. *A Galáxia de Gutenberg*, tr. brasileira. São Paulo: Nacional/EDUSP, 1972, p. 138.

25 Ver, a respeito, o livro de McLuhan referido na nota anterior, todo ele dedicado à metamorfose desencadeada pelo invento da tipografia.

26 Gérard Genette, *op. cit.*, p. 146.

27 A. Kibedi Varga. *Rhétorique et Littérature*. Paris: Didier, 1970, p. 138.

nos últimos séculos, preponderante. E graças a isso novo entendimento se processa no que tange aos recursos retóricos, gerando, inclusive, o apelo aos grafismos esclarecedores: a elocução é suscetível de ser vista, por meio de esquemas gráficos. Daí ser tão importante, ou mais, quanto definir as palavras "metáfora" e "metonímia", é mostrar, graficamente, o entrelaçamento de ambas a ponto de nenhuma explicação por mais completa e complexa, pretender substituir o gráfico. Além disso, propõem-se termos para cunhar velhas noções, ainda mais pertinentes. Em suma, a diferença entre a "velha" e a "nova" Retórica consiste na revisão dos remotos vocábulos, a fim de esclarecê-los, ou em propor novas denominações para os conceitos tradicionais. Num caso e noutro, todavia, a nomeação persiste como processo de base.

E a nomeação recobre, como já vimos, a persuasão, por induzir o ouvinte a absorver a ideia expressa. E retomando a imagem da balança na segunda metade do século passado, observamos a subida do prato da nomeação em detrimento da persuasão. De qualquer modo, são correlatas e mutuamente implícitas: a persuasão resulta do bem nomear, assim, como, pela rigorosa nomeação, persuadimos quem nos ouve ou lê. E persuadimos mesmo a seu pesar: sugestionados pela palavra exata, ou com foros de, podem ser levados a admitir o oposto do que pensavam antes, ou a mudar suas convicções. O emprego sistemático e maquiavélico desse aspecto do discurso retórico explicaria em parte o desapreço no século XIX, mas não lhe elimina a presença: políticos, prelados e professores fazem uso constante dessa acomodação dialética, em que a "verdade" se reduz não ao acerto comprovado entre a palavra e a realidade, mas ao emprego "brilhante", ornamental ou astucioso, da palavra que talvez designe a realidade.

O emprego da afirmação do positivo pelo negativo chega ao leitor, de que fala Roland Barthes ao tratar do discurso político, além de exemplo do uso faccioso da Retórica, atesta-lhe o vigor e resistência às modas. Outro exemplo, tomado de empréstimo a um livro destinado a mostrar os alçapões que se camuflam por trás das palavras, podem ilustrar, na área propriamente literária, a distorção retórica para fins não raro escusos. Uma coisa é dizer (o que é inteiramente indiscutível) que tudo o que acontece numa sociedade é, por definição, um fenômeno social. "Minha premissa básica é que a literatura (...) é parte integrante" da sociedade na qual é produzida. Mas é outra coisa totalmente diferente, que só pode ser aceita se for acompanhada de provas cabais, dizer que os produtos literários sempre contêm informação acerca das sociedades em que são produzidos: "os escritores necessariamente refletem o seu tempo". Talvez seja assim. Talvez seja impossível, mesmo para os melhores romancistas históricos ou de ficção científica, esconder os vestígios de sua origem local. Mas certamente que mostrar isso não é suficiente para apelar para a verdade quase definicional que a produção da literatura é um fenômeno social".[28]

3. Persuasão, ornamentação – objetivos retóricos, ou "matéria" da Retórica – comparecem no texto literário (poesia, prosa) como destino: um poema ou uma narrativa, seja *Divina Comédia*, ou seja *A Montanha Mágica*, visam persuadir o leitor da "verdade" que exprimem, por meio de ornamentos, ou recursos de expressão (metáforas, etc.; as figuras) segundo estratégias (deliberativa, judiciária, demonstrativa) armadas sobre regras ou leis de efeito. A beleza do poema ou da narrativa – sua validade estética – resulta de sua eficácia retórica, tenha o autor consciência ou não disso.

Independentemente de ter sido escorraçada ao longo do Romantismo e movimentos subsequentes, e tornado à praça nas últimas décadas do seu passado, a Retórica está presente sempre que o escritor desempenha o seu ofício: arte de elocuções ou arte de escrever, a Retórica identifica-se com a linguagem, do mesmo modo que esta e o pensamento se entrelaçam. "Base de todo discurso, a Retórica é a *fortiori* a base de toda literatura."[29] Entre, porém, inocente, ingênuo, desmotivado, neutro – a linguagem da comunicação social – e a linguagem estética vai a distância entre a Retórica que se desconhece como tal, e se desenvolve conforme propósitos utilitários – a Retórica pragmática, cega – e a que se propõe como soma de estratégias para persuadir (e convencer) com ornamentos estudados. Lançada

[28] Antony Flew. *Pensar Direito*, tr. brasileira. São Paulo: Cultrix/EDUSP, 1979, p. 40.

[29] A. Kibedi Varga, *op. cit.*, p. 131.

como flecha ao alvo, para fins pragmáticos ou estéticos, objetivos, a Retórica é sempre linguagem oracular: de diálogo mais corriqueiro, com ares de possuir um só sentido, ao desafio à esfinge, tudo é retórico.

Dado ser inconcebível uma expressão verbal destituída de figuras, tropos, imagens, o perfil retórico é inerente a toda investigação da linguagem. Por certo, as trocas linguísticas cotidianas se processam também por meio de recursos extrarretóricos, mas se as considerarmos, ainda que incipientemente, marcadas pelo signo da persuasão, é imediato que empreguem expedientes retóricos: sempre que há persuasão, há retórica. E sempre que há "significado", há "persuasão". Alimento, comer e digerir não é retórico, mas no *sentido* de alimento há muita retórica, sendo o sentido suficientemente persuasivo pela ideia de alimento a ser usado, como as ideias de religião, enquanto recurso retórico de tecnocratas.[30]

Quando a "Análise Transacional" chama de "transação cruzada" a resposta que não corresponde à pergunta, por decorrer de um estado de *ego* diverso do que era esperado, aponta para a irracionalidade do diálogo, mas não pode negar que o intuito retórico persiste, quer no emissor, ao pretender assenhorear-se da informação, quer no receptor, ao fulminar o parceiro com a suposição de uma falha estrutural na indagação que lhe foi dirigida. Num de seus "Contos Descartáveis", Carlos Drummond de Andrade ilustra, com um flagrante extraído do cotidiano, a linguagem cruzada, em que os interlocutores ao fugir às respostas diretas e simétricas, travam um saboroso combate retórico:

> – Alô, quem fala?
>
> – Ninguém. Quem fala é você que está perguntando quem fala.
>
> – Mas eu preciso saber com quem estou falando.
>
> – E eu preciso saber a quem estou respondendo.
>
> – Assim não dá. Me faz o obséquio de dizer quem fala?
>
> – Todo mundo fala, meu amigo, desde que não seja mudo.
>
> – Isso eu sei, não precisava me dizer como se fosse novidade.

---

[30] Kenneth Burke, *op. cit.*, pp. 172-173.

Eu queria saber é quem está no aparelho.
– Ah, sim. No aparelho não está ninguém.
– Como não está, se você está me respondendo?
– Eu estou fora do aparelho. Dentro do aparelho não cabe ninguém.
– Engraçadinho. Então, quem está ao aparelho?
– Agora melhorou. Estou eu, para servi-lo.
– Não parece. Se fosse para me servir, já teria dito quem está falando.
– Bem, nós dois estamos falando, né? Eu de cá, você de lá. E um não conhece o outro.
– Se eu conhecesse não estava perguntando.
– Você é muito indiscreto. Note que eu não lhe fiz a mesma pergunta.
– Nem tinha sentido fazer. Pois se fui eu que telefonei.
– Não perguntei nem vou perguntar. Não estou interessado em conhecer novas pessoas.
– Mas podia estar interessado pelo menos em responder a quem telefonou.
– E eu não estou respondendo?
– Pela última vez, cavalheiro, e em nome de Deus: Quem fala?
– Pela última vez, e em nome da segurança, por que eu sou obrigado a dar esta informação a um desconhecido?
– Bolas!
– Bolas, digo eu. Bolas e carambolas. Por acaso, você não pode dizer com quem deseja falar, para eu lhe responder se essa pessoa está ou não está aqui, mora ou não mora neste endereço? Vamos, diga, de uma vez por todas: com quem deseja falar?
Silêncio
– Vamos, diga: com quem deseja falar?
– Desculpe, a confusão é tanta que eu nem sei mais. Esqueci.
Chau.[31]

Presente onde quer que o sujeito pensante se exprima verbalmente, a Retórica é, por excelência, arte nomeadora, E se recordarmos que o ato de

[31] Carlos Drummond de Andrade. "Contos Descartáveis". *Folha de São Paulo*, 26/1/1980.

nomear significa nova organização dos fenômenos: a designação linguística vai de mãos dadas com a transformação interna do mundo percebido,[32] compreenderemos a razão por que se encontra, na segunda metade do século XX, no âmago das investigações acerca da linguagem. Mas a Retórica, além de nomear, se incumbe de classificar: Aristóteles praticou-o em sua *Retórica* com a pertinácia de quem entendia que conhecer é conhecer a espécie e suas propriedades e notar essas propriedades no indivíduo. O conhecimento resume-se, pois, finalmente, numa classificação. Mas é uma mescla de experiência, de opinião, de raciocínio.[33] Que a postura aristotélica parece constituir o achado de uma evidência, imanente no ato de conhecimento, atestam-no observações de linguistas modernos de vária tendência, ora chamando a atenção para o fato de que "a maioria dos problemas intelectuais são, em última instância, problemas de classificação e de nomenclatura",[34] ora acentuando que a opção taxionômica implica opção ideológica.[35] Obviamente, não há quem se manifeste hoje em dia a favor da volúpia classificatória que tomou conta da Retórica clássica em seu crepúsculo, mas ninguém se recusará a crer que a empresa taxionômica faz parte intrínseca da Retórica e, quiçá, de todo saber que se pretenda consequente.

4. TANTO QUANTO O NOMEAR, o classificar ganha em ser entendido como etapa de conhecimento: o conhecer não se estanca na classificação, porém depende dela para realizar-se. A árvore taxionômica, embora não constitua o ponto de chegada da pesquisa epistemológica, é imprescindível à sua efetivação, mesmo porque o nomear pressupõe o classificar, e vice-versa. Do ângulo metodológico, e tendo em vista as coordenadas deste livro, a classificação importará menos que o nome e sua hermenêutica.

---

[32] Ernst Cassirer, *op. cit.*, vol. III, p. 472.

[33] Albert Rivaud. *Les Grands Courants de la Pensée Antique*. Paris: Armand Colin, 1929, p. 129.

[34] S. I. Hayakawa. *A Linguagem no Pensamento e na Ação*, tr. brasileira. São Paulo: Pioneira, 1963, p. 180.

[35] Roland Barthes, *op. cit.*, p. 179.

Assumida a Retórica como método, a sua história não vem ao caso, nem os múltiplos usos que dela têm sido feitos no curso dos séculos. Considerando que o método filosófico serve ao nosso propósito, a persuasão e a ornamentação invadem o território da análise como forasteiros, trazendo achegas por vezes relevantes, mas não se assentam constantemente à mesa.

Visto que pretendemos examinar como os poetas e ficcionistas "veem" a realidade – a visão do mundo que estampam em seus poemas e narrativas – o método retórico aparece quando colabora para tal empreitada, uma vez que, sem os utensílios retóricos, seria impossível exprimir pensamento ou visão da realidade. Historicamente, a Retórica implicava a construção de textos visando à persuasão. Daí a crítica de base retórica se dirigir à análise, interpretação e julgamento dos textos, bem como ao público. No primeiro caso, aproxima-se das tendências modernas que concedem primazia ao texto, do *close reading* de *New Criticism* ao Estruturalismo: o segundo, dispensa atenção ao receptor da mensagem. Forma-se, desse modo, uma tríade – autor, texto, público – não do autor civilmente considerado, senão do implícito na rede verbal, o "eu" que comanda a enunciação. Daí a biografia do autor somente interessar na medida em que esclarece o diálogo com o público. Assim compreendida, a crítica retórica se pronunciaria diante de qualquer texto escrito, não apenas dos que objetivam manipular públicos,[36] pois tal restrição conduziria as formas literárias híbridas ou didáticas, como a sátira, ensaios e poemas didáticos, peças de tese, romances de propaganda, parábolas, *exempla*.[37] Trata-se, como se nota, de uma visão estática da

[36] Gene Montague. Citado por Cobertt (1963: 168). *Rhetorical Analyses of Literary Works*. Nova York/Londres/Toronto: Oxford University Press, 1969, p. XXVII, define a crítica retórica, em seu estudo "Rhetoric in Literary Criticism". *College Composition and Communication*, vol. XIV, out. 1963, p. 168, nestes termos: "quando falo em método crítico retórico, quero referir-me à investigação do uso de recursos tradicionais para produzir efeito sobre um público, à presença de materiais num poema, romance ou conto que podem ser postos na conta de intuitos pragmáticos – noutras palavras, à presença numa obra de elementos que estão lá por uma específica e superior razão: manipular um público".

[37] Edward P. J. Cobertt. *op. cit.*, p. XXII.

crítica retórica, que exclui praticamente a maior parte da produção literária, como se ela, por não se destinar a persuadir, rejeitasse os expedientes retóricos. Um entendimento mais liberal da Retórica e do método crítico que nela se apoia, levaria a englobar toda a atividade literária, dirigida ou não, panfletária ou não.

Se o texto expressa e comunica uma visão da realidade, e se expressão (estilo) e comunicação (público) implicam um repertório retórico, não há como examinar o primeiro sem levar em conta o segundo: analisar o recurso empregado é analisar um artifício formal e, ao mesmo tempo, a realidade que nele se projeta ou que, por meio dele, se deixa ver. Descortinada a constelação de mecanismos formais que organizam o texto como estrutura, e a realidade como evento, e admitindo que "a relação entre estrutura e acontecimento é incalculável (...) a Retórica está fadada, como o nome dessa incalculável textualidade, a ser simultânea e alternativamente o discurso da estrutura e do evento".[38] Aqui, mais uma vez, a bifocalidade da metáfora se impõe: o leitor a vê, e a um só tempo, vê *através* dela o mundo captado em suas malhas. Sem ela, a realidade não se manifesta (ao menos do ponto de vista literário); por meio dela, a realidade se manifesta e segrega uma "imagem" que se oferece, à uma, como espetáculo e instrumento óptico.[39] Desse prisma, a ideia de Paul Ricoeur segundo a qual a metáfora "*re-descreve*" a realidade[40] ainda que brilhante, não pode passar sem reparo. Ora, se a metáfora "re-descreve" a realidade, significa que antes dela a realidade teria sido descrita, ou, tomando o prefixo como duplicador da função exercida pela metáfora, esta teria previamente descrito a realidade e agora, ao constituir-se, voltaria a fazê-lo. Num caso e noutro, há que partir de uma descrição anterior, seja literal (primeiro sentido de (re-descrever"), seja metafórica (segundo sentido de "re-descrever"). Ressalvada a hipótese, de

---

38 Jonathan Culler. "On Trope and Persuasion". *New Literary History*. Baltimore, vol. IX, nº 3, primavera 1978, p. 608.

39 No *Crátilo*, Sócrates admite que "o nome é um instrumento" (388 b), imitação, como a pintura, da *essência* das coisas (431a, 431d, 436a).

40 Paul Ricoeur, *op. cit.*, p. 32.

resto insustentável, de a realidade se apresentar (auto) descrita na linguagem do relevo, cor e forma algo como – "linguagem natural" – não há como defender que a metáfora "re-descreva" a realidade.

O termo "literal" ou "referencial" da metáfora não descreve a realidade, senão lhe aponta o ser ou objeto que, por semelhança se presta à comparação implícita ou explícita na metáfora, Em "Fulano é um leão", os termos "Fulano" e "leão" podem ser literais, mas não a realidade percebida e captada na metáfora que ambos deflagram. O conceito que a metáfora exprime, o enunciado da comparação, não existe como um dado que a metáfora "re-descrevesse", mas como uma conquista da metáfora: esta *descreve* a relação nova que a intuição desvenda na realidade, mais do que a "re-descreve", porquanto o sintagma "Fulano é um leão" não refere uma realidade preliminarmente descrita (à maneira de uma descrição literal ou não figurada), senão uma realidade emergente *na* e *em consequência* da metáfora. Assim configurada, a metáfora descreve e descobre uma relação nova entre objetos ou seres existentes, mas desvinculados: é a metáfora que lhes revela o nexo latente ou secreto, ou lhes desvela a oculta, inarticulada analogia. Antes da metáfora, tal semelhança é para empregar filosofemas aristotélicos, potência à espera do ato. Entretanto, não se pode dizer que a potência equivale a uma descrição primeira sem comprometer, pela deformação, o sentido da palavra "descrição": a potência é uma virtualidade de cuja existência tomamos conhecimento precisamente pelo ato. Antes disso, navegamos no mar das pressuposições, atribuindo a correntezas pré-verbais o caráter inerente à expressão ou ato.

VI. COSMOVISÃO

1. PARA UNS FÁCIL DE TRADUZIR, para outros difícil[1], o vocábulo alemão *Weltanschauung* propõe algo mais do que um problema de transliteração. Independentemente das possíveis traduções, o que por meio dele se pretende designar constitui, há mais de um século, o grande enigma. O debate se inicia pelo sentido que cada investigador empresta ao termo e prossegue não só pelo seu deslinde, como também pelo desdobramento de funções e acepções. Em razão de se apontarem diferentes objetos pelo mesmo signo linguístico, um acordo terminológico seria o primeiro passo no rumo do esclarecimento. Para embaraçar ainda mais a questão, insinua-se um vocábulo de semântica contígua – "ideologia" – que não raro se confunde com o outro, gerando complexas identificações ou suscitando distinções passíveis de controvérsias.[2]

---

1 João Paulo Monteiro situa-se entre os primeiros em seu ensaio "Uma Palavra Infeliz: Ideologia". *Jornal da Tarde*, São Paulo, 25/11/1978; enquanto Henri Gouhier considera intraduzível o vocábulo, em *L'Histoire et as Philosophie*. Paris: J. Vrin, 1952, p. 146.

2 Jan Mukaloský entrevê, em seus *Escritos de Estética y Semiótica del Arte*, tr. espanhola. Barcelona: Ed. Gustavo Gili, 1977, pp. 302ss., três sentidos para a expressão "concepção do mundo", o poético, o ideológico e o filosófico. A esse respeito, ver o referido artigo de João Paulo Monteiro.

Ao situar o problema nesse prisma, dois estudiosos, além de usar o vocábulo na forma original notam que uma *Weltanschauung* não se deixa definir com facilidade. É a um só tempo uma perspectiva do mundo, um modo de emprestar sentido à vida humana segundo uma escala de valores, uma aproximação do que é o fundamento de toda realidade e a justificação de todo valor, a transcendência. É o conjunto dos pressupostos por meio dos quais um indivíduo se afirma. Por outro lado, não possui sentido senão para aquele que, renunciando a considerá-la de fora, "se encontra no interior dela".[3] De certo modo, nessa observação se anuncia a relatividade do conceito de *Weltanschauung*: a sua compreensão e extensão dependem, ao fim e ao cabo, e sem intuitos de humor ... da *Weltanschauung* de quem manipula o vocábulo, pelo fato de a sua ductibilidade estar condicionada ao emprego que dele fizer o pesquisador. Como veremos ao longo deste capítulo, Dilthey oferecerá, no espaço da Filosofia, análises específicas e pioneiras; Lucien Goldmann, movendo-se no interior da Sociologia e na cola de Georg Lukács, vinculará a ideia de *Weltanschauung* à de classe social. Conquanto os antropólogos e etnólogos divisam no vocábulo "o modo característico de um povo encarar o universo,[4] a ponto de admitir que, por exemplo, "quando Weber (...) analisa a ética protestante, quando Mannheim (...) estuda as ideologias e as utopias, todos estão se ocupando da cosmovisão". Em suma, constitui um conjunto de orientações cognoscitivas dos membros de uma sociedade.[5]

Aqui assoma uma das traduções do vocábulo – "cosmovisão" – tão válida apesar de seu hibridismo, quanto outras propostas por Antonio Caso usadas em vernáculo e demais línguas latinas: "concepção do mundo",

---

3 Mikel Dufrenne e Paul Ricoeur. *Karl Jaspers et la Pholosophie de l'Existence*. Paris: Seuil, 1947, p. 101.

4 Robert Redfield. *The Primitive World and Its Transformations*. Ithaca, Nova York: Cornell University Press, 1953, p. 85. Ver, também do mesmo autor, *The Little Community. Viewpoints for the Study of a Human Whole*. Chicago: The University of Chicago Press, 1955, pp. 81-95.

5 Anthony F. C. Wallace. *Cultura y Personalidad*, tr. argentina. Buenos Aires: Paidós, 1963, p. 126.

"visão do mundo", "mundividência".[6] "O termo original aparece pela primeira vez na filosofia da linguagem de Wilhelm von Humbold, depois em Hegel e em Schleiermacher (...) mas sem dúvida é em Dilthey que encontramos a questão mais bem desenvolvida até agora, porquanto os que o seguiram na discussão do tema ou são discípulos seus ou soferam o impacto de seu legado filosófico, como Scheler, Spranger, Litt, Jung, Jaspers, Nohl, etc".[7] Em sentido análogo, o pensador alemão também usou os vocábulos *Weltkon-zeption* e *Weltansicht*.

2. FRAGMENTÁRIO, INCOMPLETO, O PENSAMENTO DE Dilthey se desenvolveu sob a égide de um permanente vir-a-ser, que nem a morte interrompeu. Rebelde aos sistemas, nutrido de sólida erudição, fruto de um intelecto sensível a todas as formas de saber, Dilthey escapa a interpretações unitárias e coerentes. E as várias províncias da sua especulação justapõem-se em forma de mosaico, dificultando ainda mais a investigação "descritiva e analítica" que sugeria para a Psicologia, como se, em verdade, a sua obra reflexiva continuasse em processo após reduzir-se a letra de forma e a cada assédio hermenêutico. O elo final da cadeia de perplexidades que seus estudos levantam, pode ser representado pela impressão de serem apontamentos para uma(s) obra(s) jamais levada(s) ao fim, porque o seu constante recomeço parecia rejeitar a hipótese de um livro acabado, definitivo, uma vez que era filosofia aberta, em progresso, mesmo após a suspensão da vida que animou, como se seus núcleos semânticos prosseguissem a autognose preconizada pelo filósofo. Daí deixarem margem ao engano por parte daqueles que se proponham a delimitá-la ou delinear-lhe as linhas de força centrais, em consequência de seus escritos parecerem condizentes ou degraus de um edifício interminável.

---

6 Segundo informa Luís Washington Vita, em "Mundividência Filosófica". *Miscelânea de Estudos a Joaquim de Carvalho*. Figueira da Foz (Portugal), nº 6, 1961, p. 648, o termo "cosmovisão" foi proposto pelo mexicano Antônio Caso, e "mundividência" por Joaquim de Carvalho.

7 *Idem, ibidem, loc. cit.*

Filosofia da Vida tem sido o rótulo empregado para identificar o pensamento de Dilthey: vida como enigma, o lugar onde o "eu" imerge, estabelece uma teia de relações com os semelhantes e as coisas, adquire consciência de si e de flutuar no tempo, o tempo histórico, em face do mundo, que existe não como objeto cartesiano, mas como participante de uma complexa interação. Em síntese "o *enigma da vida*, que constitui o único, obscuro e espantoso objeto de toda filosofia. Não o enigma do mundo, que não constitui mais que a metade objetiva desse obscuro novelo de problemas, senão o rosto da vida, com seus olhos que miram ansiosamente o mundo ou o contemplam serena e sonhadoramente, com a sua boca sorridente ou que se contrai numa máscara de dor: a esfinge de corpo animal e rosto humano".[8]

Entendida como "a ciência do real", que visa ao conhecimento mais amplo da realidade, a Filosofia busca descrever, analisar e interpretar (Hermenêutica) todo o complexo que principia no indivíduo em face do mundo e finaliza na História, "a elevação de nossa totalidade, de cuja obscuridade brotaram todas as grandes manifestações espirituais, à consciência de sua unidade e, portanto, de todas as suas exteorizações",[9] num progresso ondular, incessante, em que as partes refluem a cada arremesso e se iluminam mutuamente, tendo como cerne o problema da vida E as vivências se comportam como os motivos no andamento de uma sinfonia: são desenvolvidas (explicação) e o desenvolvimento é concentrado (implicação).[10] Daí as categorias "espírito do tempo" (*Zeitgeist*), "visão do mundo" (*Weltanschauung*) "intuição" ou "experiência interior" (*Erlebnis*), seja quando a autognose filosófica ascende ao plano das sumas temporais, seja quando procura discernir a experiência do "eu".

---

8 Wilhelm Dilthey. *Teoría de la Concepción del Mundo*, tr. mexicana. México: Fondo de Cultura Económica, 1945, p. 93.

9 *Idem, Ibidem*, pp. 291, 293 e 436.

10 *Idem. Psicología y Teoría del Conocimiento*, tr. mexicana. México: Fondo de Cultura Económica, 1945, p. 423.

Antikantiano na recusa a admitir princípios *a priori*, "eu transcendental" e tudo o mais que lhe andava à roda, antipositivista na recusa ao dogmatismo, entendendo por metafísica aquela forma da filosofia que trata cientificamente da conexão cósmica concebida em relação com a vida como se fosse uma objetividade independente desta vida,[11] Dilthey opera com categorias emprestadas da Psicologia, Antropologia, História e outros ramos do saber. A partir deles, entregou-se, dentro do seu projeto de uma *Ciência da Razão Histórica*, à tarefa de pensar a questão das visões do mundo, mas não terminou o edifício, projetado. É que, à semelhança do que se observa nos demais setores de sua produção intelectual, deixou somente fragmentos, esboços de aulas, ensaios parcelares.

Partindo de que o "eu e o mundo são correlativos, tanto quanto o ideal da vida e a visão do mundo", e de que "o mundo como magnitude independente é mera abstração; é objeto, unicamente, por referência ao sujeito, como seu correlato (...) sempre é o mundo nada mais que correlato do eu", e a "forma de nossa captação é sempre o interior que se manifesta no exterior: por isso vivemos sempre em símbolos"[12] – o filósofo considera que o "religioso, o artista, o filósofo se distinguem dos homens comuns e até dos gênios de outra espécie, porque fixam na memória os momentos da vida, elevam o seu conteúdo à consciência e combinam as experiências particulares com a experiência geral acerca da própria vida (...) desse modo surgem a cada instante interpretações da felicidade: as concepções do mundo (...) formas espirituais que incluem o conhecimento do mundo, ideal, legislação e determinação superior de finalidades, pois jamais se lhes emprestou a intenção de ações determinadas, isto é, não compreende nunca uma atitude prática determinada".[13] Antes preocupado em descrever e analisar as visões do mundo, Dilthey não se detém num conceito definido,

---

[11] *Idem. Teoría de la Concepción del Mundo*, p. 52.

[12] *Idem, ibidem*, p.17.

[13] *Idem. La Esencia de la Filosofía*, tr. argentina, 4ª ed. Buenos Aires: Losada, 1968, pp. 101 e 102.

ainda que provisório, decerto convicto de investigar um universo conceptual tão movediço quanto o próprio filosofar, com que se identificava. Um de seus discípulos mais insignes se incumbiria disso, à entrada de uma obra inteira dedicada ao problema: segundo Jaspers, a concepção do mundo é algo total e universal, quando se fala, por exemplo, do saber, não do saber particular, senão do saber como uma totalidade, como um cosmo. No entanto, a concepção do mundo não é meramente um saber, mas uma manifestação de valores, conformação da vida, destino, na hierarquia vivida dos valores. Ou ambas as coisas em distintas formas de expressão. Quando falamos de concepções do mundo, queremos dizer ideias, o último e o total do homem, tanto subjetivamente, como vivência e força e reflexão, quanto objetivamente, como mundo externamente conformado.[14]

Posto diante da tarefa de sondar o enigma da vida, procurar um sentido na História e compreender as manifestações do saber a partir da experiência, Dilthey divisa a Arte, a Religião e a Filosofia como formas de concepção do mundo e da vida. E ao fazê-lo, propõe que a *Filosofia deve converter-se, como fato histórico humano, em objeto de si próprio*, ou seja, em Filosofia.[15] Deixando de lado, por ora, as antinomias ocultas sob tal identificação, acompanhemos o itinerário do filósofo no deslinde do seu objeto. Reconhecendo a consciência como plasmadora e reformadora, pois sua última atitude consiste nos ideais, o bem supremo e os princípios supremos com os quais a concepção do mundo alcança sua energia prática, assim como a ponte que penetra na vida humana, no mundo exterior e nas próprias profundidades da alma – infere que a estrutura da concepção do mundo reside num plano de vida que tudo abarca, um bem supremo, normas supremas da ação, um ideal para plasmar a vida pessoal e a sociedade. Daí, nesse esforço por captar a gênese das visões do mundo, considerar que "não são produtos do pensamento. Não nascem da pura vontade de

14 Karl Jaspers. *Psicología de las Concepciones del Mundo*, tr. espanhola. Madri: Gredos, 1967, p. 19.

15 W. Dilthey. *Teoría de la Concepción del Mundo*, p. 13. Itálicos do autor.

conhecer. A captação da realidade constitui um fator importante na sua formação, mas não mais que um. Surge das atitudes visuais, da experiência da vida, da estrutura de nossa totalidade psíquica. A elevação da vida, a consciência no conhecimento da realidade, a estima que a vida e a realização de vontade representam o árduo e o lento trabalho empreendido pela Humanidade com o desenvolvimento das concepções do mundo.[16]

Não obstante empírico, historicamente determinado, o pensamento de Dilthey levanta dúvida de base começar pelas distinções em que se fundamenta: quando diferencia o enigma da vida do enigma do Universo e, pondo ênfase na consciência, não vislumbra enigma no rosto do mundo, está, ao menos aparentemente, estabelecendo uma discriminação em que o inanimado (Mundo), por ser o *Dasein, o dado, o objeto*, não constitui o problema da consciência que conhece, mas o animado (Vida), por ser o palco em que a consciência se indaga como ser e indaga os seres (ou o ser, o Ser) como ente animado.

Ora, quando situamos o Homem no (Ser) na realidade, que constitui o enigma, pretendemos que o sujeito que interroga, interrogue-se a si como sujeito e aos demais seres como objetos ou sujeitos-objetos. Desse modo, o enigma não é só o mundo animado (vida) como o inanimado (cosmo), ao contrário do que faz pensar Dilthey. Se o enigma decorre da mobilidade existencial, ou do dinamismo que anima a Vida, não há como recusar ao Mundo a mesma característica (por mais generosa que seja a ideia de sondar a Vida e os homens imersos nela): foi por derivar da ideia de um mundo como objeto, inerte, opaco, igual a si próprio, "correlativo do eu", à frente do qual diferentes sujeitos promoveriam seu modo de ser, ou à frente do qual o mesmo sujeito se colocaria de modo distinto – que Dilthey elidiu o Mundo como enigma e, portanto, como problema filosófico. Na verdade, a Vida é apenas uma parcela, ainda que a mais relevante, do enigma cósmico: colocando-nos na perspectiva diltheyana, o Mundo será tão enigmático, tão problemático para a Filosofia, quanto a Vida.

---

[16] *Idem, ibidem*, pp. 138-139.

Mais ainda: o mundo é um corpo em perpétuo movimento, tão dinâmico quanto a Vida, uma *concrescência*[17] ou *construção:*[18] *concrescência*, o Mundo se expande cumulativamente (*con+crescere*), é uma massa em perene movimento e crescimento; daí sua imagem na consciência do sujeito, expressa por meio de símbolos, ser *construção*, não cópia, que pressuporia realidades estáticas. A mimese aristotélica assinala a construção, implica a concrescência, não a reprodução fiel do mundo.

É certo que, ao refletir acerca do enigma da Vida, Dilthey não perde de vista sua relação com a visão do mundo:

> Todas as concepções do mundo contêm, quando tratam de oferecer uma solução completa do enigma da vida, a mesma estrutura. Esta estrutura consiste sempre em uma conexão na qual se decide acerca do significado e sentido do mundo com base numa imagem dele, e assim se deduz o ideal, o sumo bem, os princípios supremos da conduta.

mas também é verdade que "vida" e "mundo" acabam por equivaler-se à proporção que "têm lugar, nessas concepções do mundo, os intentos de solução do enigma da vida".[19] Esta, consequentemente, prevalece sobre aquela: as "concepções do mundo" seriam instrumentos para desvendar o "enigma da vida". E o privilégio concedido à complexidade anímica encerraria o quadro de subalternidade do mundo do pensamento diltheyano.

Armado desses e outros pressupostos, Dilthey pretende "demonstrar também que os sistemas filosóficos, como as religiões ou as obras de arte, encerram uma visão da vida e do mundo que se baseia, não no pensamento conceptual, senão na vida das pessoas que as produzem. E, portanto, os

---

[17] Ernst Cassirer. *La Philosophie des Formes Symboliques*, 3 vols., tr. francesa. Paris: Minuit, 1972, vol. II, pp. 43 e 88.

[18] Como declara no prefácio a *Nosso Conhecimento do Mundo Exterior*, tr. brasileira. São Paulo: Nacional/EDUSP, 1966, Bertrand Russell adota o termo proposto por Whitehead.

[19] W. Dilthey. *Teoría de la Concepción del Mundo*, pp. 134 e 135.

sistemas devem poder ordenar-se segundo os diversos tipos de concepção do mundo, essas concepções que têm de encontrar o seu paralelo na religião e na poesia, e serão tipos autênticos de concepção do mundo somente aquelas que sejam invencíveis". Aqui, a primazia do pensar filosófico, e do pensar filosófico enquanto sistema, não pode passar em branco: quando Dilthey enfatiza que será preciso "buscar os tipos de concepção do mundo nos sistemas filosóficos,[20] não só concede à Filosofia a relevância de ciência matriz como situa a religião e a poesia (ou a Literatura) em relação de dependência.

Todavia, o privilégio à Filosofia é uma premissa que o enigma do mundo rejeita: enigma só para o filósofo? Dilthey não chega a tanto, obviamente, e faz por alargar seus horizontes, estudando poetas e ficcionistas a par de pensadores, mas não dissimula que tem a Filosofia como "ciência do real", "*ciência fundamental*", "*teoria do saber*", "*teoria das teorias*",[21] espécie de limiar para onde flui todo o saber humano acerca do enigma da vida e do mundo e que afigura sempre novo à proporção que adquire novas formas e se altera a relação que com ele estabelece a consciência.[22] E no curso dessas transformações, além de o enigma se manter como tal, perpetua-se uma "forma" ou "formação" no dizer do filósofo, uma "estrutura" de correlação que, em decorrência de repetir-se, conflui para um "tipo".

Idêntico a si próprio e sempre mutável, o mundo dialoga com um ser também idêntico a si próprio e sempre mutável, dando origem ao enigma que desafia as concepções do mundo. Estas, por sua vez, não se confundem com os sistemas filosóficos, embora neles encontrem referencial de apoio e os integrem em uma tipologia mais ampla.

Dilthey consagra atenção à Arte que não dispensou às Ciências Exatas, e volta e meia busca nos poetas o exemplo para suas reflexões. Todavia, ao declarar, que a "Arte é, com respeito às visões da vida e do mundo, a forma mais neutra de expressá-las", e que "a criação artística nada tem de

---

20 W. Dilthey. *Teoría de la Concepción del Mundo*, pp. 31, 103 e 105.

21 *Idem. La Esencia de la Filosofía*, pp. 132 e 133.

22 *Idem. Teoría de la Concepción del Mundo*, p. 137.

comum, considerada em si própria, com uma concepção do mundo",[23] não deixa margem a dúvidas quanto a sua ideia feita ou resvala numa antinomia, que põe em xeque a coerência possível de seu pensamento a respeito das visões do mundo. E no tocante à Religião, a seu ver, "a concepção religiosa do mundo representa a preparação da concepção metafísica, porém jamais se descobre nela".[24]

Não obstante Dilthey aceite que uma consciência tenha gerado uma visão do mundo e, por conseguinte, "os sistemas filosóficos são criações de uma individualidade",[25] causa espécie restringir aos construtores de sistemas o dom que não parece exclusivo de ninguém. Resultado que é do enigma da vida, e este assedia toda consciência, da menos informada a do filósofo mais lúcido, é de supor que todos gozem da faculdade de erguer uma concepção do mundo, ou antes, todos possuem um modo de encarar o enigma do mundo e da vida. A diferença está em que o filosófo lida apenas com as consciências que lograram expressar, num texto filosófico, ou religioso, poema, escultura, tela, pauta musical, etc, a sua visão do mundo. O que, pois, não surpreende: o filósofo não indaga, nem pode indagar, cada consciência individual, mas as consciências-padrão, que representariam as outras ou as informariam. O problema não reside nessa escolha forçosa, imposta pela Vida como dado básico, senão em o filósofo conceder primazia aos seus pares num assunto que a sequência do raciocínio acaba refutando. Uma coisa seria admitir que os filósofos sistemáticos estariam mais aptos a propor uma visão *explícita* do mundo, e os demais produtores de saber apenas uma visão *implícita*, mas daí a concluir que somente os primeiros ostentam concepções do mundo vai um grande passo, em que ou a Lógica sai malferida ou o pensador evidencia deformação profissional.

E se, na esteira de Dilthey, limitarmos o raciocínio ao campo dos produtores de Arte, Religião e Filosofia, podemos verificar que não depende da atitude filosofante, senão do simples ato de pensar o enigma do Mundo e

---

23 *Idem, ibidem*, pp. 27 e 144.

24 *Idem, Ibidem*, p. 143.

25 *Idem, ibidem*, p. 92.

da Vida, o aparecimento de uma *Weltanschauung*: filósofos, poetas, escultores, religiosos, pintores, etc., todos guardam uma visão do mundo; o seu alcance é já um problema de valor, de escala tipológica, e Dilthey complica desnecessariamente o seu pensamento ao divisar a questão de acordo com uma teoria dos valores e não com uma ideia substantiva, vinculada imediatamente à ideia de enigma da vida e do mundo.

Daí os tipos de concepção do mundo, entrevistos nos sistemas filosóficos:

> *Naturalismo* – partindo de que "o processo da natureza é a única e inteira realidade; fora dele não há nada; a vida espiritual se distingue tão só formalmente, como consciência, em razão das propriedades nesta contidas, com respeito à natureza física, e esta determinação vazia da consciência resulta da realidade física segundo a causalidade natural, o Naturalismo, representado por um fio histórico que se inicia em Demócrito e se estende até Hobbes, passando por Lucrécio, Epicuro, Hume e outros, postula o sensualismo como teoria do conhecimento, materialismo como metafísica e uma atitude prática bilateral: a vontade de gozar e a reconciliação com o curso onipotente e estranho do mundo submetendo-se-lhe na contemplação"[26]
>
> *Idealismo da Liberdade* – "a criação do espírito ateniense", preside o pensamento de Anaxágoras, Sócrates, Platão, Aristóteles, Cícero, Kant, Fichte, Bergson, fundado na rejeição tanto do naturalismo como do panteísmo em favor do "idealismo da personalidade", que implica "a independência do espiritual frente a todo dado; o espírito sabe que sua natureza é distinta de toda causalidade física", assim desvendando "nos fatos da consciência um fundamento de validez universal. É indestrutível como consciência metafísica do homem heroico: reaparece em todo caráter ativo de grande envergadura" (...)

[26] *Idem, ibidem*, p. 153.

"Schiller é o poeta desse idealismo da liberdade enquanto Carlyle é seu profeta e historiador";[27]

Idealismo Objetivo – não raro em polêmica com os sistemas anteriores, representado por Xenófanes, Heráclito e Parmênides, e tudo que os rodeia, bem como o sistema estoico, Giordano Bruno, Spinoza, Shaftesbury, Herder, Goethe, bem como Schelling, Hegel, Schopenhauer e Schleiermacher, guiados pela "complexão anímica na qual o indivíduo se sente uno com a conexão divina das coisas e aparentado, assim, a todos os membros dessa conexão"; "essa disposição de ânimo encontra a resolução de todas as dissonâncias da vida em uma harmonia universal de todas as coisas", pois que "todos os fenômenos do Universo são duais; vistos de um lado, na percepção externa, se nos oferecem como objetos sensíveis e, como tais, se encontram em um contexto físico, enquanto que, vistos de dentro, levam consigo uma conexão vital, a qual é vivida na que é própria ao nosso interior", dessa atitude "se origina, no geral, a concepção determinista; porque o singular se encontra determinado pelo todo e a conexão dos fenômenos se concebe como a determinação interna, quaisquer que sejam os atributos que se lhe reconheçam".[28]

No instante em que Dilthey identifica concepções do mundo e sistemas filosóficos, entra em conflito lógico ou corre o risco de esvaziar o sentido da expressão "concepção do mundo"; o seu fragmentarismo, a recusa a organizar seu pensamento, colide com o espírito de sistema e, portanto, com a ideia de visão do mundo. Mas não pode negar que seja capaz de pensar, ou de possuir uma concepção do mundo, sem contradizer-se, pois a sua visão do mundo o impulsionaria a um sistema ou ao pensamento que o estruturasse. Por outro lado, se se admitir que a análise dos sistemas em três tipos não elimina a individualidade dos seus proponentes, permitindo

---

[27] *Idem, ibidem*, pp. 160, 161, 163 e 164.

[28] *Idem, ibidem*, pp. 165, 167 e 169-170.

que se continue a preconizar a identidade dos sistemas filosóficos e concepções do mundo – é fatal o esvaziamento dessa expressão, visto não identificar senão sistemas, deixando de lado os pensamentos fragmentários ou alheios àqueles três tipos, incluindo o de Dilthey – realizado à margem do seu tempo: "separa-o do século XIX sua preferência pelas ciências do espírito, e do século XX sua negação da metafísica".[29]

Tomada a concepção do mundo como resultante de uma *visão* da realidade, nela se incluindo a análise, interpretação e julgamento dos fenômenos que integram a vida e o mundo, os escritos filosóficos comportarão visão do mundo, assim como os religiosos, científicos e literários, aos quais se acrescentarão as manifestações estéticas não verbais. Codificadas em sistema ou não, tais expressões do conhecimento carregam uma óptica da realidade naquilo que indagam o enigma da vida e do mundo, tendo em vista, conscientemente ou não, um saber de validez universal que se afasta à medida que a investigação progride.

A essa luz, os sistemas, pessoais ou provenientes das reduções tipológicas praticadas por Dilthey e outros historiadores da Filosofia, não passam de propostas, fragmentárias e hipotéticas, do conhecimento da realidade: as diferenças entre o sistema de Hegel e a poesia de Baudelaire, sejam de que ordem for, desaparecem perante a verificação de que as move análogo intuito de compreender o enigma da vida e do mundo. E é em função desse objetivo que podem ser visualizados. Ocorre, porém, que as divergências, sendo de método, objeto e materiais, reclamam que situemos Hegel no espaço da Filosofia e Baudelaire no da Poesia (ou Literatura), e dentro deles examinemos as respectivas propostas. Mas mesmo na relatividade de cada esfera de conhecimento, é em relação ao grau de captação do real que hão de ser apreciadas e valorizadas: a "verdade", ou "validade", do sistema de Hegel se dimensionará pelo grau de aproximação da realidade – vida e

29 Eugenio Pucciarelli. Introdução a *La Esencia de la Filosofía*, 1944, p. 9; as aspas secundárias cobrem pensamento de A. Korn, em "La Filosofía de Dilthey", conferência pronunciada na "Sociedad Kantiana de Buenos Aires", em 4 de dezembro de 1933.

mundo – e os poemas de Baudelaire deverão ser lidos e avaliados pelo nível de revelação do mundo que ao poeta foi dado presenciar.

Desse ângulo, a visão do mundo não tem como deixar de ser individual, porquanto "toda imagem do mundo que tem o homem é uma *perspectiva* individual, uma envoltura individual que pode ser generalizada como tipo, mas não como a imagem do mundo absolutamente geral":[30] fala no sistema e na poesia um ser diferenciado – não o da biografia civil de cada um –, inconfundível com outro. Decerto, numa etapa posterior tais semelhanças poderão levar a uma tipologia transpessoal, mas como de resto Dilthey reconhece, não têm a ver apenas com os ingredientes relativos (*Zeitgeist*, a estética, etc), senão também com um modo de ver transcendente às fronteiras da língua, do tempo e do espaço.

Ao reduzir a três tipos as concepções do mundo (Naturalismo, Idealismo da Liberdade e Idealismo Objetivo) ou a três formas (religiosa, poética ou literária e filosófica), Dilthey estabeleceu uma tipologia que somente se aceitaria como ponto de chegada, pois como ponto de partida acabaria por negar-se: se a classificação final, obtida pela análise e hermenêutica exaustiva de casos particulares, discrepar da inicial, como entender a discordância senão como paradoxo? E se, afinal, concluir pela inicial, para que todo o trabalho de análise e interpretação? Tão somente para confirmá-la? E não se correrá o risco de prejulgar, de constranger a análise, ao assumir uma tipologia, ainda que provisória? Para funcionar, como provisória, não deverá submeter-se a testes contínuos, e sofrer modificações paulatinas, conforme as evidências mostradas pela análise? Mas isso mesmo não corresponderia a rechaçar a classificação como um *a priori*? Dir-se-ia que Dilthey realiza análises "em silêncio", cujo resultado fosse registrando nos escritos, mas não é bem isso que revelam. A visão histórica, proporcionada pela inflexão *exemplificativa* da teoria, impedia-lhe o à-vontade para libertar-se dos sistemas e pensar a concepção do mundo a partir de *sua* experiência, não a experiência relativa aos sistemas, senão a que *cada* filósofo, bem como cada artista ou teólogo, expressa em consequência de

---

30 K. Jaspers. *op. cit.*, p. 193.

seus liames com o enigma da vida e do mundo. A generalização, congelando a teoria das concepções do mundo e mergulhando-as num círculo vicioso, torna-a inaplicável ou tautológica, como testemunham as investigações de um discípulo, Hermann Nohl (*Cosmovisão dos Pintores*, 1908; *Estilo e Cosmovisão*, 1920),[31] determinando que os seguidores a transferissem para experiências do cotidiano sem vinculação com os sistemas filosóficos, conquanto atraídos para classificações sujeitas a reparos, por se inclinarem a reduzir a complexidade existencial a padrões rígidos, ora como "formas de vida" (Spranger), ora como "tipos psicológicos" (Jung), ora como "atitudes psicológicas" (Jaspers). Mesmo a tentativa que Wundt levou a efeito no sentido de aplicar à ciência literária as propostas de Dilthey resultou insatisfatória, porque fundada, embora criticamente, numa tipologia; entretanto, arremata seu estudo com muita pertinência: "não se chega a compreender em toda a profundidade uma poesia quando não se compreende também a concepção do mundo que a anima. Tal é a última e decisiva razão por que a ciência literária não pode prescindir em suas investigações da teoria da concepção do mundo".[32]

O próprio fato de abrigarem poetas, a par de filósofos e pensadores, sob a rubrica de Naturalismo e Idealismo (da Liberdade e Objetivo) significa a possibilidade de haver uma identidade de modo de ver superior às dissonâncias expressivas, fazendo supor analogia de visões do mundo particulares, independentemente de serem religiosas, filosóficas ou literárias, e de os poetas empregarem diferentes técnicas, "compreendidas como a expressão de diferenças individuais e históricas do modo de interpretar a vida".[33] Do contrário, a classificação negaria a individualização que as técnicas pressupõem. A rigor, portanto, as visões do mundo, a estarmos situando corretamente o pensamento diltheyano, não dependeriam de serem

---

[31] Eugenio Pucciareli, *op. cit.*, pp. 47-48.

[32] Max Wundt. "La Ciencia Literaria y la Teoría de la Concepción del Mundo", *in* E. Ermatinger (org.). *Filosofía de la Ciencia Literaria*, tr. mexicana. México: Fondo de Cultura Económica, 1946, p. 452.

[33] W. Dilthey. *La Esencia de la Filosofía*, p. 120.

poéticas, filosóficas ou religiosas, mas da identidade do modo como poetas, filósofos e religiosos veem a realidade.

Sucede, no entanto, que a classificação somente pode ser encarada como provisória e precária. Dilthey sabia-o plenamente: ao adiantar que "não existe outro recurso para se chegar a semelhante classificação senão a comparação histórica", conclui que sua proposta "reveste caráter inteiramente provisório".[34] Tanto mais provisório quanto mais se baseia em categorias (Naturalismo, Idealismo), em vez de, pela análise e descrição, partir da realidade empírica e singular, como pedia a "filosofia da Vida". A classificação lhe surge como "intuição", embora inspirada nas "vivências" pessoais e extrapessoais; a *Erlebnis* lhe sugere e sustenta o avanço no rumo da *Weltanschauung*, mas o percurso acaba reduzindo a intuição fundamental a um contraponto, uma "ideia prévia", como assinala um comentarista do filósofo: "com essa 'ideia prévia', proporcionada pela vida, e não pelo intelecto, Dilthey se dispôs a examinar o panorama histórico para descobrir, com efeito, que as simpatias e antipatias dos filósofos, sua consciência de parentesco e afinidade e de serem estranhos se repartia entre a atitude naturalista, a idealista subjetiva e a objetiva".[35] E o enigma da vida acaba assumindo um lugar mais na consciência – "consciência metafísica" – que no mundo, traduzindo-se num "aprofundamento da autognose que nos leva a identificar nos três tipos provisórios de concepção do mundo os reflexos dos três 'modos de atitude' fundamentais de nossa consciência".[36]

Ora, admitida a expressão "visão poética do mundo" como sinônimo de "poesia", restaria sondar as suas várias modalidades do que foi escrito a partir dos textos poéticos historicamente considerados, e tendo em vista técnicas empregadas, uma vez que se correlacionam com o que foi expresso e, por isso, são mais do que expedientes aleatórios. Eis porque Dilthey acrescenta: "as formas de visão poética do mundo possuem multiplicidade

---

34 *Idem. Teoría de la Concepción del Mundo*, p. 152.

35 Eugenio Imaz. *El Pensamiento de Dilthey*. México: El Colegio de México, 1946, p. 302.

36 *Idem, ibidem*, p. 303.

e dinamismo ilimitados".[37] Ilimitados em relação a quê, senão aos poetas e às técnicas? Por outro lado, o filósofo acredita em tipos fixos de concepção do mundo religiosa e filosófica: "a relação religiosa que forma comunidades e cria tradições, o caráter do pensar filosófico que se manifesta na continuidade da formação rigorosa de conceitos circunscrevem a visão do mundo a tipos fixos"; ao contrário do poeta, no qual "o influxo de diversos aspectos da vida é demasiado forte, sua sensibilidade para seus matizes é demasiado grande para que se conforme em todos os momentos com um tipo circunscrito de visão do mundo para tudo o que a vida lhe sugere".[38]

E a concepção religiosa do mundo, em que difere da poética e da filosófica? A não ser por abstração, podia-se falar em concepção religiosa do mundo? Ou seria mais adequado falar em concepções religiosas do mundo? A dificuldade está em generalizar para sistemas ou formas de conhecimento o que é individual: os sistemas ou formas de conhecimento talvez equivalessem menos a concepções do mundo que a "ciências" ou "técnicas" de conhecimento do real, implicando menos uma *concepção*, ou *visão* do real, que uma fragmentação deste em setores do conhecimento. Ressalve-se a hipótese de, no plano do indivíduo, as religiões serem concepções do mundo: o "eu" vê o mundo de acordo com determinadas premissas religiosas, mas nesse caso a religião, por predeterminar a visão do mundo, assume estatuto de ideologia. É que "1) na base da cosmovisão encontramos a *Weltbild*, ou seja, um corpo de conhecimento e crença acerca do mundo real; 2) sobrepõe-se-lhe uma estrutura de valores-julgamentos, expressando a relação do sujeito com seu mundo e o significado (*Bedeutung*) que encontra nele; 3) isso, por sua vez, suporta um sistema de fins, ideais, e princípios de conduta, que são o ponto de contacto entre a *Weltanschauung* e a vida prática, disso fazendo uma força no desenvolvimento do indivíduo e, por meio dele, da sociedade".[39]

---

37 W. Dilthey. *La Esencia de la Filosofía*, pp. 120-121.

38 *Idem, ibidem*, p. 121.

39 H. A. Hodges, *The Philosophy of Wilhelm Dilthey*. Londres: Routledge and Kegan Paul, 1952, pp. 85-86.

Daí toda concepção do mundo encerrar uma parcela de ideologia por conter o equipamento conceptual de que a consciência se vale para divisar o mundo, mas uma coisa é um instrumental "operatório", flexível e submisso à prova de eficácia no próprio ato de permitir ver o mundo, e outra, assumi-lo como premissas fixas, que tão somente conduzem a ver no mundo as suas projeções. Contrassenso seria o religioso divisar na realidade o oposto de sua crença, e quando isso ocorre, é inevitável a conversão ou reversão: o imobilismo ideológico da religião não faculta a liberdade de escolha e de visão precisamente por arquitetar-se sobre premissas irremovíveis, dadas como verdades categóricas, dogmas de fé.

Conquanto menos fechadas, porque menos estribadas na crença que se recusa a autoanalisar-se, as concepções filosóficas do mundo se tornam tautologias, ou ideologias, em consequência de se erigirem em sistemas, a partir dos quais se enfrenta a realidade. Não está em causa o pensar que conduz ao sistema, porquanto, segundo Dilthey, ainda não alcançou seu objetivo: a investigação do filósofo reserva surpresas. Entretanto, paralelamente à estratificação das premissas vai-se impondo o espírito de sistema e a consequente mineralização em ideologia.

Para o entendimento, posto que resumido, da teoria das concepções do mundo, cumpre registrar a dicotomia na qual Dilthey assenta seu pensamento, entre *Ciência da Natureza e Ciência do Espírito*, conforme deixou expresso na *Introdução às Ciências do Espírito* (1883). A visão do mundo semelha pertencer, como autêntica metáfora, aos dois universos, por deixar ver a realidade de que se origina ao mesmo tempo que lhe acrescenta um contingente pessoal de interpretação. A rigor, enquanto *Ciência do Espírito*, segundo propõe o filósofo, a concepção do mundo se define como superestrutura, ou modelo ideológico, projetado na realidade num impulso de explicação, hermenêutica, avaliação e, mesmo, de transformação. Enquanto *Ciência da Natureza*, a visão do mundo se deixa determinar pela Psicologia, "descritiva e analítica", resultante das percepções da realidade imediata do Cosmos. Em suma, dicotômicas por natureza e definição, "as concepções da vida e do mundo se encontram em contradição, nenhuma pode ser demonstrada efetivamente e cada uma pode ser refutada assinalando-se-lhe a insuficiência frente à realidade, frente às antinomias implicadas em sua expressão intelectual".[40]

Apesar de correlatas, as duas dimensões permitem compreender por que a visão do mundo, no pensamento de Dilthey, oscila entre o indivíduo e uma categoria genérica, o saber da Filosofia, que se postula de validez universal, e o saber da Ciência, e porque as próprias concepções do mundo filosófico ostentam a tensão básica entre Espírito e Natureza. Dilthey busca a síntese, ou a conciliação dos contrários, visto serem correlatos e mutuamente necessários:

> Chamo experiência da vida ao complexo de processos em que provamos os valores da vida e os valores das coisas. [41]

mas o esforço não esconde a frustração ante a irredutibilidade dos mundos da Natureza e do Espírito a uma síntese, evidente no binômio "valores da vida e valores das coisas", em que o vocábulo "valores" está longe de unívoco, e "vida" ocupa o lugar de "espírito" perante a reificação das "coisas". Ressalve-se que a síntese pode malograr em decorrência de inclinar-se para o extremo ideológico – espiritual – da antinomia; nesse caso, a concepção do mundo e da vida resultaria antes da experiência interior – intuição – que da experiência da Natureza, posto que a experiência da vida "pressupõe o conhecimento do que é, vale dizer, nossa interpretação dos objetos e nossas volições".[42]

Conquanto pertença ao grupo de filósofos voltados antes para a produção estética (e histórica) que para a científica, Dilthey está longe de ser crítico ou historiador literário. Acionado pelo dispositivo teórico que foi engendrando pela vida afora, distinguia a Poesia (ou a Literatura) como laboratório de provas das doutrinas esposadas; a rigor, interessava-lhe como produção cultural, campo de testes, ainda que privilegiado, de sua pesquisa filosófica. E como tal, menos lhe importavam os textos poéticos que seus autores, e estes

---

40 W. Dilthey. *Teoría de Ia Concepción del Mundo*, p. 8.

41 *Idem. La Esencia de la Filosofía*, p. 95.

42 *Idem, ibidem, loc. cit.*

como sujeitos de uma experiência vital em que o pensador reconhecia a confirmação de suas ideias acerca do enigma da vida e do mundo.

Literariamente, aqui se projeta um dos pontos de estrangulamento da filosofia diltheyana, ou, quando pouco, suscetível de reparo: em Goethe, Lessing, Novalis e outros que enfeixou em *Das Erlebnis und die Dichnung* (Vida e Poesia) (1905), Dilthey entreviu antes a dimensão biográfica, psicológica e histórica, que a estética, ou, melhor, preferiu a vida à obra, ou esta como reflexo daquela e do contexto histórico. Assim, referindo-se a *Nathan*, peça teatral de Lessing, diz:

> Mas *Nathan* é algo mais do que um mero poema dramático e didático. Uma obra de arte viva brota da totalidade da natureza humana: o novo que transluz nela é a vivência; ao tentar captar agora em toda a sua extensão a experiência vivida que se expressa em *Nathan*, não temos mais remédio que remontar-nos à exposição que viemos fazendo da relação de Lessing com a ilustração alemã. (...) E o espírito do Século das Luzes e de seu autor o que em *Nathan* imprime seu caráter especial à forma do drama de ideias.[43]

Certo, o biografismo, que vai de par com o psicologismo e o historicismo, harmoniza-se com as postulações acerca da Vida, – "o título *vivência e poesia* é designação justa da intenção que anima Dilthey ao estudar a poesia como expressão especial, *típica*, da vivência humana comum às três grandes atitudes do espírito: filosofia, poesia e religião"[44] – mas não deixa de ser, do ângulo literário, redução, ainda que defensável a muitos títulos (como trataremos de ver no final deste capítulo).

Por outro lado, estudando aqueles escritores à luz da visão do mundo, Dilthey poderia fornecer-nos algo mais do que coerência de pensamento se o seu intuito fosse de ordem literária: os textos servem-lhe, haja

---

[43] W. Dilthey. *Vida y Poesía*, tr. mexicana. México: Fondo de Cultura Económica, 1945, pp. 105 e 113.

[44] Eugenio Imaz. Pref. a *Vida y Poesía*, p. IX.

vista o caso de *Nathan*, como expressão da concepção do mundo, tornando-os desde logo um vasto e fecundo campo de sugestão, mas antes ao filósofo que ao crítico. Para erguer a mundividência de Lessing, recorre a toda sorte de argumentos, sejam os extraídos das obras do dramaturgo, sejam de outras fontes, como uma página recordatória de Jacobi, uma notícia biográfica, o estado da cultura no tempo, etc. A visão do mundo como um todo, não a que se desentranha da obra literária de Lessing, é o que Dilthey se propõe a equacionar, situando de vez o seu projeto no âmbito da Filosofia, ou da História das Ideias. E se, por vezes, aspectos estritamente literários, como o emprego de versos jâmbicos em *Nathan*, lhe chamam a atenção, interpreta-os ligeiramente, decerto por não entrever qualquer nexo entre eles e a cosmovisão. Ou, quando se detém a examinar a forma externa da poesia de Hölderlin, nela divisa "o ritmo interior do processo anímico" (...) "os movimentos da alma",[45] numa indeterminação que, nem por ser coerente com a ideia central do pensamento diltheyano, deixa a desejar. E a visão do mundo, entendida em sua globalidade vital e intelectual, tanto o absorve que, ao tratar de Jean Paul, analisa "sua concepção do mundo e a expressão desta no conteúdo de sua poesia", como se gravitassem em órbita estanques, tendo por base o pressuposto de que "as condições sociais e científicas de vida e a estrutura de seu espírito, ao combinar-se, fazem surgir o ideal de vida e a concepção do mundo de Jean Paul".[46] Não surpreende que, instalado nessa perspectiva, explique o tom acidamente satírico assumido, na juventude, por essa figura cimeira do Romantismo alemão como fruto de sua "miséria pessoal".[47] Já de si um tanto simplista e primária, a correlação entre vida e obra é contestada pelo próprio filósofo ao assinalar que Jean Paul pertencia a um círculo de pessoas irmanadas pela "consciência da enfermidade do mundo e da missão da sátira como recurso para sua cura".[48]

---

45 W. Dilthey. *Vida y Poesía*, p. 487.

46 *Idem, ibidem*, p. 318.

47 *Idem, ibidem*, p. 330.

48 *Idem, ibidem*, p. 333.

Virado para o biográfico, o psicológico e o histórico em busca das visões do mundo que se imprimem na vida e na obra dos escritores alemães de fim do século XVIII, Dilthey não raro perdia de vista a especificidade *literária* dos textos. Para nossas exigências atuais, o texto deveria pulsar mais como expressão de mundividência, independentemente do biográfico, do psicológico e do histórico, salvo quando a obra o determinasse. Pedimos a concepção inscrita no texto, não raro à revelia do autor, mas é inegável que Dilthey abriu amplos horizontes para a evolução da ciência literária: não estranha que fizesse discípulos de monta e ainda hoje seu pensamento tenha de ser revisitado para se equacionar, de modo mais adequadamente literário, o problema das relações (estéticas) do "eu" com o mundo, que ele foi o primeiro a registrar, discutir e investigar.

3. Dos múltiplos ângulos de análise que oferecem as incursões de Lucien Goldmann, no terreno da criação literária, avulta o que diz respeito à visão do mundo. Ao destacá-lo para exame, procuraremos evitar o transbordamento para temas vizinhos, mas não deixaremos de considerá-los quando necessários ao esclarecimento daquele aspecto: não poucas vezes o entendimento dependerá de focalizar a metodologia adotada pelo estudioso; todavia, embora correndo o risco de pôr de lado questões relevantes para a crítica literária, limitaremos nossa área problemática à visão do mundo.

Praticamente fazendo tábua rasa de Dilthey e seguidores, Lucien Goldmann limita-se a citá-los de passagem, ora para assinalar que as tentativas desse filósofo e de Jaspers no encalço da *tipologia das visões do mundo* lhe "parecem inteiramente insuficientes",[49] ora para, reconhecendo que o conceito de visão do mundo "não é de origem dialética, Dilthey e sua escola o empregaram abundantemente", julgar que "infelizmente o fizeram de modo muito vago, sem jamais conseguir dar-lhe um estatuto *positivo* e *rigoroso*. O mérito de o haver empregado com a precisão indispensável para fazer dele um instrumento de trabalho, deve-se, em *primeiro lugar*, a

[49] Lucien Goldmann. *Sciences Humaines et Philosophie*. Paris: Gonthier, 1966, p. 138n.

George Lukács, em várias obras de que nos esforçamos, algures, por desentranhar o método".[50]

Questão de método, consequentemente, que passa em julgado toda a investigação levada a efeito pelos discípulos de Dilthey na trilha aberta por seu pioneirismo. E como questão de método, o sociólogo põe-lhe em relevo o caráter *positivo, rigoroso e dialético*.[51] Estatuído o método, volta-se para pensar o seu objeto: *a visão do mundo*. E, para pensá-lo dialética, positiva e rigorosamente, não havia como fugir de conceituá-lo, delimitando-lhe o espaço semântico em que se move. E à questão de base – "que é uma visão do mundo?" – responde que constitui "o *principal aspecto concreto* do fenômeno que os sociólogos tentam descrever há dezenas de anos sob a expressão de consciência coletiva", porquanto "*o sujeito da ação* é um *grupo*, um 'Nós'(...)," "a coletividade como sujeito real". E conclui: "uma visão do mundo é precisamente o conjunto de aspirações, de sentimentos e de ideias que reúne os membros de um grupo (geralmente uma classe social) e os contrapõe a outros grupos".(...) "Concepção dialética da vida social", acrescenta, "que difere das concepções tradicionais da psicologia e da sociologia", na medida em que "a 'consciência coletiva'" não é uma entidade estática supraindividual que se opõe do exterior aos indivíduos. A consciência coletiva não existe senão nas consciências individuais, mas não é sua soma". Preferindo, inclusive, falar em "consciência de grupo", com as especificações, "consciência familial, profissional, nacional, consciência de classe, etc.", Goldmann admite, contudo, que a "tomada de consciência varia de um homem para outro e não atinge seu *maximum* senão em certos indivíduos excepcionais ou na maioria dos membros do grupo em certas situações privilegiadas (guerra pela consciência nacional, revolução pela consciência

---

[50] *Idem. Le Dieu Caché, Étude sur la Vision Tragique dans les "Pensées" de Pascal et dans le Théâtre de Racine*. Paris: Gallimard, 1955, p. 24. Goldmann refere-se ao seu ensaio acerca do "Matérialisme Dialectique et Histoire de la Philosophie", publicado em *Revue Philosophique de France et de l'Étranger*, 1948, n° 46, e republicado em *Recherches Dialectiques*, 2ª ed. Paris: Gallimard, 1959; e a *Sciences Humaines et Philosophie*.

[51] *Idem, ibidem*, pp. 14-15.

de classe, etc.)", e sem hiato desliza para as ilações: "daí resulta que os indivíduos excepcionais exprimem *melhor* e de maneira mais precisa a consciência coletiva que os outros membros do grupo e, por conseguinte, é preciso alterar completamente a maneira tradicional de os historiadores colocarem o problema dos vínculos entre indivíduos e sociedade".[52]

Já aqui, se chegamos a detectar com nitidez o pensamento do sociólogo, irrompem algumas dúvidas: se, por exemplo, consciência familial corresponde a visão do mundo familial, não sucederá de intervirem no discurso em causa noções estáticas, que não levam em conta algo como uma tipologia das consciências familiais? Não seria mais rigoroso falar em determinada consciência familial, em determinado contexto ou situação? E ao considerar 1) "indivíduos excepcionais" que 2) *melhor* expressam a consciência do grupo – não estará o autor organizando seu universo lógico a partir de uma tábua de valor preestabelecida, duvidosamente positiva e rigorosa? Por que "excepcionais"? Por que "melhor"? Em relação a que se distinguem como "excepcionais" e "melhor"? Pode até ocorrer, e não raro ocorre, que os epígonos expressem melhor, porque ortodoxos e sectários, as linhas de força de uma estética literária – noção que não escapa a todos quantos procurem divisar a história literária com isenção. Um método *rigoroso* e *positivo* não derivaria dos textos para a doutrina, em vez de partir desta para aqueles? De resto, Goldmann o reconhece, ao verificar a precedência de Kant quanto ao método que postula. Mas ao enfocar a relação entre "visões do mundo e classes sociais", declara-se, contraditoriamente, a favor do percurso oposto; em face do dilema, "saber se é mais fácil ir do indivíduo e da consciência individual à consciência de classe, ou inversamente", afirma: "em princípio – e salvo exceção – é a segunda eventualidade que nos parece geralmente válida".[53]

Recluso no método que elegeu, a antítese brota-lhe espontaneamente do raciocínio, antítese honesta, mas nem por isso menos digna de nota:

---

[52] *Idem, ibidem*, pp. 25, 26 e 27; e *Pour une Sociologie du Roman*, ed. rev. e aum. Paris: Gallimard, 1964, p. 222.

[53] *Idem. Le Dieu Caché*, pp. 29 e 107n.

"a história da filosofia não pode *partir* senão de uma soma de escritos, de uma obra individual".[54] Ao empregar o método dialético, Goldmann se vale de dois registros: parte da homologia entre indivíduo/criador de arte e grupo social, e quando algum fato pudesse infirmá-la, apela para a figura da hipótese, pesquisa em curso, etc., ou para explicações que, sem negar a referida homologia, pelo menos lhe abalam as estruturas. Assim, ao longo de seus estudos, a mesma situação ou evento pode merecer diversa interpretação, em consequência das diferentes claves analíticas. Racine pertence ou não ao século XVII e à sua classe? A resposta afirmativa, que sustenta a análise de seu teatro em *Le Dieu Caché*, cede passo à contrária, no estudo final de *Pour une Sociologie du Roman*.[55]

Aqui já se espelha a dualidade básica em que navega o pensamento de Goldmann; sua pesquisa não raro se inclina a assumir o "caráter especulativo, arbitrário e metafísico" que condena nas postulações anteriores ao seu método: da teoria à prática vai a distância entre um método que se propõe como rigoroso e positivo e os exemplos de sua aplicação, entre a intenção de positividade e rigor e a realização antitética dos preceitos fundamentais. Goldmann respira, justiça lhe seja feita, a liberdade analítica que a própria dialética pressupõe, mas ao pôr em prática o discurso que a efetiva, insensivelmente resvala, mercê do espírito de sistema, de uma coerência obstinada, para inferências dogmáticas.

Enleado na própria teia que vai tecendo, o pensamento de Goldmann tende a perder-se em contradições. Ora afirma, ora nega, num jogo conceptual que, se é índice de lucidez ou de sincera procura da "verdade", também é sinal de uma mobilidade intelectual que se autossatisfaz na busca de um alvo implícito nos postulados e no método que adota: o dinamismo do real não o perturba, e o sociólogo reconhece-o, mas empregando ora o "sim", ora o "não" de sua dialética, e de um modo alternativo, paredes meias com a incoerência. Acredita que "as classes sociais constituem a infraestrutura

---

[54] *Idem, ibidem*, p. 109.

[55] *Idem. Pour une Sociologie du Roman*, p. 229.

das visões do mundo e tendem à sua expressão coerente nos diversos domínios da vida e do espírito" e que "o caráter *social* da obra reside, sobretudo, no fato de que o indivíduo jamais seria capaz de estabelecer por si próprio uma estrutura mental coerente correspondente à que se chama 'visão do Mundo'",[56] assim conferindo primazia à classe social sobre o indivíduo, de modo a retirar deste qualquer veleidade no sentido de construir uma cosmovisão. Sucede, no entanto, que não pode dispensar a noção de indivíduo sem comprometer, pelo menos, a intenção de rigor que empresta ao seu projeto analítico; afinal de contas, um fator que "não é negligenciável, e que os sociólogos do saber deixaram, em geral, na sombra: esse fator é o indivíduo".[57]

Por outro lado, parece que a equação pode ser invertida sem prejuízo, salvo dos pressupostos nos quais se estriba Goldmann. Não ser a classe social que detém a posse da visão do mundo e a transfere para seus componentes, podemos inferir com base no fato de a classe social ser uma abstração e o indivíduo um fato: pode-se discutir qual seja o conceito de "classe" ou "grupo social"; é insofismável, porém, que cada um de nós é uma entidade *real*, de existência empiricamente verificável, de uma fisicalidade sem contestação, e de uma vida mental correspondente. Pode-se arguir a classe social de ser mera palavra, instrumento cultural necessário à representação de uma ideia, a de coletividade, mas não se pode arguir o indivíduo de ser abstração ou mero vocábulo sociológico.

Decorre daí que atribuir à classe social o direito de gerar visões do mundo parece uma soma de abstrações, logo tornadas dogmáticas à custa de repetidas ou de axiomatizar as bases em que se fundamentam: como imaginar que o coletivo possa ter *visão do mundo*, se a própria expressão implica um ato, físico e mental, que o grupo social não pode realizar, a não ser figuradamente? Como, na linha do materialismo dialético, pressupor o que o grupo vê? Ressalve-se a hipótese de o ensaísta romeno estar tomando a expressão "visão do mundo" de modo muito específico, mas os seus

---

[56] *Idem. Sciences Humaines er Philosophie*, p. 134; *Pour une Sociologie du Roman*, p. 28.

[57] *Idem. Sciences Humaines et Philosophie*, p. 58.

textos não deixam transparecer tal especificidade. Pelo contrário, evidenciam que o empregam no sentido usual, ainda que polêmico.[58]

Portanto, menos do que fonte geradora da visão do mundo, o grupo social se valeria da cosmovisão de um (ou mais) de seus membros para encontrar a identidade que lhe falta ou pela qual custa a decidir-se. Desse prisma, a consciência de classe não parece atributo do grupo como tal, mas resulta da adesão de todos às propostas de um ou mais indivíduos, que pensam pelo grupo, ou, refletindo melhor do que os demais integrantes, podem emprestar-lhe uma doutrina elaborada nos confins de sua inteligência e perspicácia. O sujeito-indivíduo arquiteta, no curso de sua existência, uma cosmovisão, e sendo capaz de transmiti-la, a converte em escrito, se possível norteado pela retórica da persuasão. O sujeito-coletividade, persuadido que está de seus argumentos, se apodera de sua proposta e torna-a comum a todos os membros (por sua vez persuadidos um a um), que passam a agir como se a mundividência fosse sua; posteriormente, cada um, individualmente, é capaz de jurar que pensou tudo quanto defende como verdadeiro, o que, além de ser ilusório é a rendição da capacidade de pensar ao totalitarismo do grupo, só pois fica a evidência de que a tônica reside no indivíduo, não na coletividade. Esta apropria-se da visão do mundo de um escritor por encontrar nela uma solução para suas dúvidas, ou antes, para as perplexidades que agitam cada membro do grupo. Evidentemente, um deles pode tornar-se escritor e reproduzir a "receita" que o grupo herdou, dando assim a impressão de o grupo pensar por ele; nesse caso, o indivíduo abdicou do direito de raciocinar em favor do grupo, ou seja, da cosmovisão de um indivíduo que se transformou em expressão do pensamento coletivo. Assim se compreenderia o *melhor* a que se refere Goldmann ao tratar dos jansenistas.

É fato corriqueiro ao longo da história do pensamento e das instituições que o indivíduo elabora, no silêncio de seu gabinete, uma doutrina

[58] *Idem*. *Le Dieu Caché*, p. 107. Ver a extensa nota a respeito das diferenças e semelhanças entre *Weltanschauung* e *visão do mundo*, segundo o próprio Goldmann e Henri Gouhier, *op. cit*.

que a maioria adota como sua. Daí nos parecer estranha a inferência, apresentada em itálicos, de que "*um comportamento ou um escrito somente se tornam expressão da consciência coletiva na medida em que a estrutura que exprimem não é particular a seu autor, mas comum aos diferentes membros que constituem o grupo social*".[59] Se a estrutura é "comum aos diferentes membros que constituem o grupo social", não significará que cada um, individualmente, gerou um pensamento (uma estrutura, uma visão do mundo) particular, intransferível? Não será forçoso admitir que o indivíduo, gerando estruturas, encontra noutros membros do grupo social a comunidade de pensamento? Nesse caso, o grupo não corresponderia justamente à soma dos pensamentos individuais, aproximados por semelhança ou analogia? A prevalência do grupo social, em tal conjuntura, não o tornará estático, imprevistamente oposto à "liberalização"?

Note-se, de passagem, que não estamos tratando da questão do *Zeitgeist* ou estilos de época, visto que se identificam pela adoção de um programa estético ou estético-ideológico, mas os seus membros se diferenciam à medida que, por sobre a identidade programática, expressam uma visão do mundo particular. Um exemplo nos bastaria para ilustrar a ideia: embora simbolistas, Verlaine e Mallarmé, Cruz e Sousa e Alphonsus de Guimaraens, Camilo Pessanha e Eugênio de Castro, distinguem-se por sua visão do mundo (afora as divergências de fatura estética, por via das quais se pode detectar a oposição no modo de ver a realidade). O serem simbolistas apenas os aproxima no plano estético, mas não os identifica no da cosmovisão, que é individual. Outro problema a equacionar seria o dos epígonos, que assimilam uma visão do mundo e a reproduzem canhestramente, sem atinar para o fato de o emprego de certos recursos poemáticos estar intimamente relacionado com a visão do mundo do escritor; empregá-los é assumir a máscara de uma visão da realidade que não a própria; daí a condição de imitadores. Aqui, a identidade funciona como a adoção de uma mundividência pelos membros do grupo incapazes de a gerar por conta própria: uma corrente literária se definiria como um grupo social em que uma visão

---

[59] *Idem. Sciences Humaines et Philosophie*, p. 135.

do mundo, tornando-se moda, é repetida maquinalmente, em detrimento da própria individualidade.

Retomando o fio da análise, se a visão do mundo for da classe social, não do indivíduo, segue-se que os indivíduos se identificam pela visão do mundo da classe a que pertencem, e, portanto, ostentam semelhante cosmovisão. Mas Goldmann, percebendo o perigo do reducionismo, confessa não estar preconizando "o esquema pobre de uma sociologia mecânica e simplista"; vale dizer, "no conjunto, uma maneira de pensar e de sentir-se encontra naturalmente, sobretudo entre os membros dos grupos sociais aos quais corresponde, mas o indivíduo é um ser muito complexo, múltiplas suas funções no conjunto da vida social, numerosas e variadas as mediações entre seu pensamento e a realidade econômica, para que se possa reduzi-lo ao esquema pobre de uma sociologia mecânica e simplista". Diante disso, cabe perguntar: por que diluir o indivíduo, complexo que é, na classe social? Não seria mecânico e simplista? E ao se dar conta de que, afinal, se referia à obra literária, afirma que "antes de procurar os vínculos entre uma obra literária e as classes sociais do tempo em que foi escrita, é preciso ainda compreendê-la em sua própria significação e julgá-la no plano estético, como universo concreto de seres e de coisas criado pelo escritor que nos fala por meio dela".[60]

A última observação, correta em si, caso fosse desenvolvida conduziria o raciocínio a amortecer, se não a negar, a relação simétrica entre visão do mundo e classes sociais. Eis porque, com abrir as portas escancaradas do autobiografismo e da falácia das intenções, que a crítica moderna do *close reading* havia reduzido à justa proporção, indaga:

> Isso corresponde a negar a função do indivíduo na criação literária ou filosófica? Decerto que não. Acontece que tal função, como toda realidade, é dialética, e é preciso que nos esforcemos por compreendê-la como tal.[61]

---

60 *Idem. Recherches Dialectiques*, p. 48.

61 *Idem, ibidem*, p. 50.

Mas que se poderia compreender por "função dialética"? Depreende-se que seria, 1) de um lado, o fato de que as obras "*têm lógica própria* e não são criações arbitrárias". Não sem estranhar a expressão "criações arbitrárias", prossigamos: "*uma obra é tanto maior quanto mais for pessoal*", e, por conseguinte, dispensa a biografia e as intenções, noção hoje mais do que assente. Mas, 2) de outro lado, seria, negando a biografia e as intenções, declarar que "a personalidade mais poderosa é a que se identifica melhor com a vida do espírito, isto é, com as forças essenciais da consciência social no que ela tem de mais ativo e criador".[62] Se bem entendemos, o que há de pessoal não o é; identifica-se com a "consciência social", etc. Onde o *pessoal*? E "consciência social", o que seria? Entidade abstrata, metafísica? "De modo algum", responde-nos o sociólogo, "é o sistema de pensamento que, em determinadas condições, se impõe a um grupo de homens em análogas situações econômicas e sociais, isto é, a certas classes sociais".[63] Soma das consciências individuais? Precederá cada indivíduo? Ou dela nos damos conta *a posteriori*, ao verificar que a irmandade de consciências particulares é a chamada "consciência coletiva"?[64] E ainda que admitíssemos a "consciência

---

[62] *Idem, ibidem*, pp. 50 e 51.

[63] *Idem, ibidem*, p. 47.

[64] Repudiando a ideia de consciência supraindividual, defendida pelos emanatistas, o sociólogo afirma, sublinhadamente, que "a consciência coletiva, consciência de classe, por exemplo, *não é senão o conjunto das consciências individuais e de suas tendências tais que resultam da influência mútua dos homens uns sobre os outros e de suas ações sobre a natureza" (Sciences Humaines et Philosophie*, p. 133), sem definir o vocábulo "conjunto", e, a seguir, perfilha o materialismo dialético que "não crê que o conjunto de consciências individuais seja uma soma aritmética de unidades autônomas e independentes, mas pensa, ao contrário, com Pascal, Kant, Hegel e Marx, que cada elemento não pode ser compreendido senão pelo conjunto de suas relações com os outros elementos, isto é, com o todo, pela ação que exerce sobre o todo e as influências que este exerce sobre ele", sem distinguir "conjunto" de "soma aritmética". Parece inegável a interação consciência individual e consciência coletiva, mas inferir que "em termos globais e estatísticos as classes sociais constituem a infraestrutura das visões do mundo e tendem à sua expressão coerente nos diversos domínios da vida e do espírito" (p. 134), não parece compatível com a idéia de interação. Tanto assim,

coletiva" como a imposição de um sistema de pensamento que pensa pelo indivíduo, transcrevamos a explicação dada por Goldmann a seguir: "é, ao contrário, quando se trata de compreender e explicar as inconsequências e as fraquezas de uma obra que somos, as mais das vezes, obrigados a recorrer à individualidade do escritor e às circunstâncias exteriores de sua vida".[65] Afinal, pergunta o leitor, perplexo ante o ziguezague dialético: – a biografia e as "circunstancias exteriores da vida" servem ou não para explicar e compreender a obra? A resposta, privilegiando as "inconsequências e fraquezas da obra", faz pensar que, para o autor, as obras-primas não ostentam componentes passíveis de explicação pela biografia, ou as obras menores não apresentam "lógica própria". Não obstante, simultaneamente à diatribe contra a falácia do biografismo (no que, de resto, acertava em cheio) empregava argumentos de ordem biográfica para distinguir os gênios do tipo Goethe, Dante e outros.

Os pressupostos nos quais Goldmann fundamenta suas incursões mal dissimulam o argumento totalitário que os anima: "nas épocas de grande entusiasmo coletivo", diz ele, "quando existe uma unidade orgânica e viva entre os organismos e a classe social que representam, o artista pode exprimir, no quadro desses organismos, uma visão que reflete a classe e a mentalidade coletiva"; e acrescenta, como a examinar o reverso dialético da medalha, "mas nas épocas de estagnação ou retrocesso, quando o organismo se torna, em certa medida, organização burocrática e autônoma, quando as relações com a classe social não se efetuam senão mediante todo um conjunto de mediações complexas, a criação literária torna-se difícil e, muito frequentemente, é o franco-atirador, o escritor independente que

---

que, Goldmann termina seu raciocínio, ainda em itálicos, do modo seguinte: "*toda manifestação é obra de seu autor individual e exprime seu pensamento e sua maneira de sentir, mas tais maneiras de pensar e sentir não são entidades independentes em relação às ações e comportamentos dos outros homens. Somente existem e podem ser compreendidos em suas relações interindividuais que lhes emprestam todo conteúdo e riqueza*" (p. 134).

65 *Idem, ibidem*, p. 51.

pode, muito mais do que. o escritor engajado, encontrar a trilha do pensamento coletivo".[66]

Em suma: épocas vivas, fecundas = escritor engajado; épocas de estagnação ou retrocesso = escritor francoatirador, independente. Preconiza-se o escritor submisso à classe, servo do grupo? Mas nesse caso, como explicar a grandeza das obras de Goethe que revelam um espírito independente, francoatirador? Parece que estamos em face de um contrassenso: nega-se a liberdade criadora, a recusa de padrões decretados pelo Sistema, sob o pressuposto de que seus adeptos caracterizam fases de estagnação – em favor do alinhamento classista, com o argumento de que assim se realizam as obras magnas – mas ao mesmo tempo se criticam as obras menores precisamente por vergar-se ao império das circunstâncias históricas ou dos governantes. Sem dúvida, não há "como separar Racine ou Pascal de Port-Royal", mas daí a inferir que é nas "formas inferiores, quando a comunidade se torna coletividade, o fervor, instituição, quando o indivíduo se empobrece e se singulariza, que a oposição se aprofunda",[67] vai um grande passo em que a Lógica dificilmente evitará de sair abalada. Estudar Racine ou Pascal no contexto de Port-Royal é medida preliminar indispensável, mas não autoriza inferir que sua grandeza decorre desse ajuste, pois envolveria os demais componentes de Port-Royal. Tanto assim que, mais adiante, conclui que "é no momento em que dissentiam de Port-Royal que Racine e Pascal elaboravam a mais alta expressão filosófica e literária do grupo e da classe que este exprimia".[68] O sociologismo mecânico e simplista, expulso pela porta da frente, penetra sorrateiro pela dos fundos, comprometendo o edifício laboriosamente construído sobre premissas dialéticas.

Transponhamos, à guisa de exemplo, o raciocínio de Goldmann para o nosso espaço cultural do século XVII: ninguém negará que o Pe. Antônio Vieira não pode ser desvinculado da Companhia de Jesus, mas em sã consciência ninguém atribuirá a tal fato sua estatura de tribuno e homem de ação.

---

[66] *Idem, ibidem*, p. 54.

[67] *Idem, ibidem*, p. 51.

[68] *Idem, ibidem*, p. 55.

Foi precisamente por ter sido um heterodoxo – independente, singularizado que se ergueu como a figura exponencial da cultura luso-brasileira do tempo. E os vários sacerdotes de algum talento, que puseram suas armas intelectuais a serviço do *status quo*, perderam-se nas sombras que o autor do *Sermão da Sexagésima* projeta ao longo do Barroco. O exemplo poderia ser multiplicado por todas as épocas de nossa evolução literária, até desembocar em dois tipos de visão histórica, a que concede privilégio aos heterodoxos – independentes, singularizados – e a que põe em relevo os ortodoxos, adaptados ao Sistema. E, em que pese às ideias de Goldmann, a primeira modalidade de história seria a dos gênios, do tipo Antônio Vieira, e a outra, dos escritores menores, epigonais, do gênero Antônio de Sá. Como explicar, portanto, as *dissonâncias* dentro de certa classe social? Pertencerão, por isso, a outros estratos sociais? Mas nesse caso a classe social não resultaria da soma de atitudes individuais semelhantes ou análogas? A que classe pertenceriam Graciliano Ramos, Jorge Amado, Raquel de Queirós, Octavio de Faria, Érico Veríssimo, Lúcio Cardoso, Cornélio Pena?

Se o grupo falasse pela voz de um autor, não falaria sempre igual? Sabemos que dois escritores pertencentes à mesma classe ou grupo social não são idênticos. Mas dir-se-ia haver entre eles pontos de contato que podem ser aferidos à classe comum. Como saber que tais coincidências dizem respeito à classe social e não à moda cultural ou ao programa estético da geração? Se as semelhanças derivassem da classe social, não teríamos de admitir inconsciência sistemática nas opções dos autores considerados individualmente? Dizer, por exemplo, que Verlaine, Mallarmé e Rimbaud se assemelham por pertencer à burguesia francesa dos fins do século XIX não é pressupor que careçam de identidade própria e sejam caudatários de um padrão fixo? Sem considerar o quanto suas vidas mostram indivíduos nem sempre enquadrados nos perímetros da classe média, bastava examinar-lhes as obras para se verificar que se caracterizam, para além da aceitação de postulados estéticos em voga no tempo, pelo modo como os encaram, vale dizer, pelas discordâncias, que são individuais. Do contrário, impunha-se admitir que tais discrepâncias seriam da classe social, mas nesse caso teríamos de fabricar *n* classes para abranger todas as diferenças entre os autores de uma geração, o que, sem dúvida, significa repudiar a ideia-matriz.

Para além das antinomias que pontilham os estudos de Goldmann, e deixando de lado a vaguidade que lhe ronda o estruturalismo genético preconizado, na medida em que o vocábulo "estrutura" resiste a todo rigor e positividade, o seu método, quando aplicado à visão do mundo, ainda suscita reparos. De um lado, parece menosprezar o *fator subjetivo*, esquecido "das 'representações' que não são simples cópias e reproduções de impressões anteriores, mas implicam uma 'produção', ainda que modesta, de impressões novas", ou seja, "a multiplicidade das impressões implica um tipo de 'forma interior' – um modelo de encadeamento que nos permite não somente ordenar no interior dessa multiplicidade o 'real' com o 'real', uma impressão atual com uma outra, mas também passar do real ao 'possível'. Somos capazes de preencher de um conteúdo determinado, por uma estrita operação da 'imaginação', os espaços de uma totalidade sensível que nossa experiência deixou vazios".[69] De outro, despoja o sujeito-individuo do *fator crítico*, transferindo-o para a classe social, ou, pelo menos, para os que advogam o mesmo pensamento: ao conceder precedência à classe dominante, ou na qual se inscreve o prosador ou teatrólogo, não leva em consideração as motivações subjetivas nem a possível independência em relação aos ditames da classe, tornando o escritor mero reprodutor passivo das veleidades do grupo. Fosse tão mecânica a relação entre o escritor e a classe, como explicar a crítica, indireta ou velada, que Balzac fez à Burguesia, na qual se inseria e de cujas benesses se aproveitava? E o caso de Lima Barreto não será o de um ficcionista destinado a representar o proletariado e que mergulha em conflito por lutar com armas "burguesas"? Não se sentiria ele, como escritor, nos quadros burgueses, mas lutando para não se deixar submergir pelas expectativas da classe? Fosse burguês, seria idêntica sua literatura? Fosse proletário, faria o que fez? Seu conflito não proviria, em princípio, da má consciência? Ou da consciência dividida? Como, diante desses casos, pensar numa relação mecânica entre classe e produto literário?

---

[69] Ernst Cassirer, *op. cit.*, vol. III, p. 471.

Dessas e outras limitações de um sociologismo que se deseja isento, rigoroso e positivo, nos dá testemunho outro sociólogo da arte, igualmente dialético na sua concepção da Sociologia. Ao tratar da Arte, estabelece distinções que não podem ser desprezadas sem comprometer pela base o organismo que acabamos de examinar. Trata-se de Arnold Hauser; em seu *Fundamentos da Sociologia da Arte*, ao propor, à entrada do livro, uma distinção entre "totalidade vital e totalidade artística", oferece reflexões de uma indiscutível lucidez, que fala por si:

> Chamaremos aqui totalidade vital à conexão imediata entre a ideia e o ser, na qual se encontra imerso o homem com todas as suas aptidões, afeições, interesses e aspirações; com todo o seu pensamento e toda a sua vontade. Duas vezes aparece essa totalidade no curso do existir humano: uma, no conjunto multicor, turvo e indissolúvel da prática cotidiana habitual, e outra, nas formas artísticas individuais, homogêneas, reduzidas a um denominador comum. Nas demais relações – isto é, nas formas de objetivação e organização sociais, morais e científicas – a vida perde seu caráter de totalidade, sua interdependência constante e sua concreta peculiaridade, que é imediatamente sensorial e qualitativamente inconfundível em cada uma de suas manifestações. Comparadas com a continuidade interrompida da vida cotidiana, inarticulada e desordenada, ou com a significação concreta e a imanência autárquica da arte, essas formas produzem sempre um efeito mais ou menos fragmentário e abstrato, alheio ao homem vivo e a suas vivencias pessoais.[70]

4. Dilthey concebe a *Weltanschauung* como o sistema de conhecimento, de natureza contemplativa, que desemboca na Arte, Religião e Filosofia,[71] enquanto Goldmann privilegia a classe social. Ambos se voltam,

---

[70] Arnold Hauser. *Fundamentos de la Sociología del Arte*, tr. espanhola. Madri: Guadarrama, 1975, p. 13.

[71] Martial Gueroult. "Histoire de la Philosophie, Métaphysique et Weltanschauungen d'après W. Ditlhey". *Revista Brasileira de Filosofia*. São Paulo, vol. 2, no 1, jan.- mar. 1952, p. 15.

consequentemente, para a *Weltanschauung* como expressão de coletividade no primeiro caso, a coletividade categorial, ou sistêmica, engendrada pela forma de conhecimento; no segundo, pelo grupo social. E ao passo que Dilthey especula o fenômeno da concepção do mundo a partir da sua experiência filosófica e histórica, considerando-se o sujeito da ação cognoscitiva que se amplia até abranger os sistemas (Arte, Religião, Filosofia), Goldmann concede ao sujeito do grupo a primazia de pensar o mundo. À primeira vista, a "fenomenologia empírica"[72] do pensador alemão cede vez a um sociologismo materialista, enraizado na experiência "cientifica", positiva, das modalidades de conhecimento a partir da noção de que o sujeito individuo é, no geral, epifenômeno do sujeito coletivo. O especulativo parece dobrar-se ao empírico, o que de pronto empresta às postulações de Goldmann uma aura de verificabilidade e positividade mais resistente à prova crítica que a reflexão em torno da Vida e dos sistemas, Ocorre, porém, que na travessia entre os dois momentos epistemológicos se perde uma das conquistas mais relevantes, embora sujeita a toda sorte de ressalvas, de Dilthey, nesse particular: ao rechaçar o indivíduo, Goldmann repudia a História em nome de um aqui e agora estáticos, visualizando-a não como um *continuum* apreensível pela consciência, e dado na consciência como a imersão na própria interioridade, senão como uma série de compartimentos estanques, habitados por classes sociais.

Entretanto, não compartilhamos da ideia de Jaspers segundo a qual "somente se pode falar de psicologia da concepção do mundo na época da individualização. Para épocas comprometidas, em que uma concepção do mundo é a mesma para todos como algo lógico, somente pode ocorrer uma psicologia social da concepção do mundo. Onde grupos de homens têm uma concepção do mundo comum, não se faz manifesto o caráter e a vivência do indivíduo nessa esfera de expressão. Nessas circunstâncias, apenas podemos analisar a ação caracterológica e psicológica de uma concepção do mundo autoritária. Somente quando surge a liberdade individual, converte-se também a concepção do mundo em expressão caracterológica

---

72 Eugenio Pucciarelli. Pref, a Dilthey. *La Esencia de la Filosofía* p. 39.

do indivíduo".[73] Compreende-se que nas épocas autocráticas a individualização da concepção do mundo tende a reduzir-se, mercê de prevalecer uma ideologia imposta de cima para baixo, mas não se seguirá que somente em liberdade (por mais generosa que seja a proposta do filósofo) o indivíduo elabora sua visão do mundo: sob os regimes de opressão, as forças de resistência apontam para uma visão do mundo divergente, evidenciando que o contexto não condiciona totalmente a visão do mundo, salvo se, no caso das minorias resistentes, se pensar em condicionamento negativo, ou se, no caso das maiorias triunfantes, se pensar em massificação das consciências.

Goldmann torna-se parcial ao recusar papel à consciência (individual), tomando-a como mero reflexo da classe social ou noção despicienda. Por outro lado, Dilthey expõe-se ao propugnar uma "consciência metafisica", posto que conectada à Vida e à História, e, rejeitando a Sociologia (no sentido em que, à luz dos ensinamentos de Comte, Stuart Mill e Spencer, era conhecida na época),[74] a empobrecer seu pensamento com a ausência de uma dimensão social, de resto implícita na ideia da Vida como experiência integral. Ao psicologismo que Dilthey desenvolveu após aderir parcialmente à filosofia positiva, corresponde o reducionismo sociológico de Goldmann: um, "humanista liberal", contemplativo;[75] o outro, humanista "científico"; a ambos parece faltar o teste capaz de corrigir os excessos de psicologismo ou de sociologismo. Em suma, "uma concepção *histórica* do mundo",[76] em confronto com uma concepção *sociológico-marxista*; uma, ansiosa de contemplar enciclopedicamente as múltiplas facetas do real; a outra, codificando numa equação redutora as relações do ser com o mundo – as duas parciais, *individuais*, conquanto em busca da totalidade do saber.

Por outro lado, ao identificar visão do mundo com a própria Filosofia, Dilthey descuida do sujeito como promotor da concepção do mundo (não obstante pensar a Vida e o Mundo a partir do "eu" individual), e procura

---

73 Jaspers, *op. cit.*, pp. 66-67.

74 H.A. Hodges, *op. cit.*, pp. 187-190.

75 *Idem, ibidem*, p. 358.

76 Eugenio Imaz, *op. cit.*, p. 304.

uma tipologia que acaba sendo identificada com a Filosofia em suas modalidades nuclearmente atemporais (Naturalismo, Idealismo), ao passo que Goldmann esbarra com o sujeito-indivíduo e admite-o, confusamente, possuidor da força capaz de gerar visão do mundo, e não esconde que o seu projeto visa a uma tipologia, mas no final de pesquisas análogas às que efetuou. Nesse aspecto, Goldmann se nos afigura mais próximo, graças a optar pelo processo indutivo (ainda que *depois* de assentar premissas rígidas), de uma tipologia mais solidária, enquanto Dilthey já a encontra pronta no espaço filosófico em que se move, e nela poderia fundamentar-se para reexaminar o enigma do Mundo e da Vida.

Em suma: o espírito de simetria, apesar do fragmentarismo da investigação diltheyana, coarta os dois pensadores, com a diferença de a dicotomia sujeito-indivíduo/sujeito-coletivo encontrar diversa interpretação. Dilthey reflui para uma sistematização do saber – já no fim de sua trajetória – partindo da consciência do "eu" na História, enquanto Goldmann deriva de um sistema para as incursões na realidade, em busca de uma tipologia livre dos pressupostos em que se apoia.

Sem negar que tal dicotomia continua a presidir o debate, parece que este ganha se a pesquisa da visão do mundo se processar, tanto quanto possível, no espaço propriamente literário. Para isso, comecemos por focalizar um ângulo do problema, e não o menos relevante, que tem provocado, desnecessariamente, discussões apaixonadas: a da biografia dos autores. O método diltheyano favorece, como vimos, a ideia de que a obra espelha uma cosmovisão genericamente manifesta fora dela, não raro na vida do escritor e no contexto histórico. A Vida explicaria a Obra – eis, numa síntese grosseira, a noção que se colhe nos escritos de Dilthey. Como já supomos equacionadas as limitações desse procedimento gnosiológico, podemos adiantar que grande parte da querela reside nos extremismos maniqueístas ou na ausência de clareza terminológica.

No discurso literário, analisado segundo a perspectiva da visão do mundo nele expressa, o sujeito não é o autor civil e biograficamente considerado, senão o agente que se revela por meio do texto, em oposição ou não à possível identidade do sujeito/autor. E o sujeito do enunciado (e/ou enunciação) – *alter ego* a quem o escritor delega a função de representar sua visão do mundo, sujeito sem biografia, ou, por outra, com a biografia que o texto proporciona, pois nele se desenrola – que importa. Não entra em causa se tal agente é virtual, ou fictício, mas que sua identidade sai mais definida na rede textual que todo o esforço por traçar a biografia do autor civil. Esta não logra senão a exterioridade *histórica* do sujeito, enquanto aquela se patenteia no texto como corporeidade "visível"; e enquanto a primeira se dissipa com o tempo pela morte do autor, esta se atualiza a cada leitura. No final, sobra o sujeito do discurso como interlocutor do diálogo que por intermédio do texto o leitor trava: espécie de heterônimo "natural", expressa-se no texto para outro sujeito/leitor, por sua vez *alter ego* do homem civil que nela existe. Nunca é demais lembrar, à guisa de reforço argumentativo, os casos de biografias inexistentes ou nebulosas, como de Homero, Shakespeare e outros. Nem por isso suas obras deixam de veicular uma concepção do mundo.

Visão do mundo entendida, por conseguinte, não como expressão da biografia civil do escritor, mas de sua biografia interior: o modo como vê a realidade, o ser civil do escritor decerto exprime-o de várias formas, das soluções individuais de vestimenta às ideias que expende, passando pelas reações ao meio ambiente ao longo de sua carreira existencial – mas não são tais indícios externos ou históricos que vêm ao caso, senão os que, incapazes de encontrar vazão completa nesses acidentes materiais ou sociais, procuram a palavra escrita para definir-se. A essa luz, o escritor *descobre* a visão que tem do mundo, e elabora seus textos precisamente para conhecê-la: objetivando-a na superfície do papel, animando personagens ou congeminando situações líricas, tem a seu alcance o retrato de seu modo de encarar a face enigmática do mundo. O modo é seu, não do Narrador ou das personagens; tais entidades narrativas constituem expedientes de que se vale para corporificar a visão do mundo; doutra maneira, esta permaneceria como virtualidade, latência, à espera de concretizar-se e, portanto, desconhecida.

O modo é o do escritor, porque o distingue dos outros: não há dois escritores com a mesma visão do mundo, e todas as obras de um escritor guardam a mesma cosmovisão, por sobre todas as variantes que possam ostentar. Não se pode atribuir, sem falsear os dados da realidade, a cosmovisão de Machado de Assis escritor a Aluísio Azevedo, ou de Flaubert a Maupassant; e ainda constitui *a priori* admitir que uma classe social fala na visão do mundo de um escritor. Supô-lo válido equivaleria a possuir nítida ideia do que seja classe social, e afirmar que Machado e Aluísio exibem a mesma cosmovisão, oriunda da classe média brasileira oitocentista: a despeito de haver pontos de contato entre a mundividência de ambos, decorrente de aceitarem semelhantes postulados estéticos, nem por isso se identificam. Suas diferenças resultam justamente de cada um divisar a *mesma* realidade (já que contemporâneos e habitantes do Rio de Janeiro finissecular) de modo específico: cada um enxerga-o a seu modo, inconfundivelmente, e tal modo é que interessa detectar, interpretar, julgar.

Por outro lado, o receio de ver o autor por trás do texto, como se este nascesse *ab ovo* e pairasse num firmamento utópico, tem induzido a extremos maniqueístas. Trata-se de uma concepção como outra qualquer, fruto da ideia segundo a qual o sincrônico prevalece sobre o diacrônico, por sua vez derivada não de um exame minucioso da questão, mas simplesmente da inversão de papéis: obedecendo ao conhecido movimento de ação e reação histórica, em que, durante decênios, se punha o autor, sua psicologia, biografia e tudo o mais, agora se coloca o reverso, pela eliminação da autoria e cognatos, como se o texto brotasse por geração espontânea e sem relação alguma com as "miudezas" biográficas e históricas.

Ora, sem ressuscitar os preconceitos românticos e realistas, é lícito perguntar: por que ignorar, para os fins da crítica textual, que Balzac (com tudo que o nome evoca, do seu retrato à sua biografia) seja o autor da *Comédia Humana*? Porventura falar dele como o cérebro inventor da massa romanesca seja, necessariamente, pressupor um vínculo biunívoco entre a obra e a biografia? Mais ainda: não haverá aspectos que promanem desse vínculo, e, portanto, requerem exame da biografia? Por que rejeitar *in limine* um nexo que o próprio texto pode autorizar e suscitar?

Ademais, o autor da obra não é, como temos frisado, o autor civil, contanto que se reconheça a dualidade criador/ser civil, mas o sujeito cognoscente que nela comparece, obviamente mais preso ao autor civil que qualquer outro escritor ou intelectual do seu tempo. Assim, quando falamos em autor do texto, referimo-nos à entidade que se exprime nele e tem parentesco, embora não de natureza estritamente biográfica, com o seu autor material.

O texto não é, por conseguinte, peça anônima, a-histórica; e o argumento de que as obras de autoria incerta ou duvidosa prescindem do autor para existir como tais, somente procede na parte biográfica, já que se pode, no texto, determinar como o seu autor (implícito) e, obliquamente, o autor (material) veem o mundo. Escapa-nos o nexo biográfico, mas na obra se patenteia a expressão de uma mundividência, que ao próprio autor virtual assoma como imprevista. Quando se diz que a crítica pode revelar ângulos da obra insuspeitos ao seu criador, está-se observando que este conhece melhor o significado simbólico de sua linguagem graças à mediação daquele: podendo ser lúcido quanto à estrutura do texto, o escritor raramente ultrapassa a consciência parcial dos conteúdos de sua fantasia. O criador literário, como se sabe, não é o melhor juiz de sua obra: se o fosse, estava decretada a inutilidade dos críticos.

Descartemos, porém, a hipótese de se confundir a permeabilidade relativa do texto à biografia civil do autor com o problema das "intenções": patentes ou difusas, não importam ao exame da obra como um pressuposto rígido – convergindo para o que a crítica, desde W. K. Wimsatt (*The Verbal Icon,* 1954), tem denominado a "falácia das intenções" – mas hão de ser levadas em conta no caso (e somente no caso) de servirem à melhor interpretação do texto. Tão inadequado refutá-las por princípio quanto preconizá-las como fundamento de método.

Estampada no texto, a visão do mundo parece nem ser produto da classe social nem de sistemas filosóficos, porém da interação de indivíduo e contexto, representado este não apenas pelas classes sociais, mas também pelos valores e padrões culturais dominantes, neles se incluindo as formas do passado que permanecem vivas: a interação se processa entre o "eu" e o "não eu", mediatizada pelos instrumentos de visão postos ao alcance do "eu" ou que este elege para sua tarefa cognoscitiva. Formas que, por sua vez, carreiam vestígios, formais e não formais, do passado, e acabam influindo, diretamente ou não, sobre a visão do mundo.

Não cabe, nessa perspectiva, supor que a cosmovisão seja um absoluto individual, diferençado e *ab ovo* a ponto de nada dever ao contexto "o indivíduo isolado é pura abstração"[77] – nem admitir, como dogma, que o "eu" é um reflexo do contexto, como se este falasse por meio do indivíduo, de molde a torná-lo boneco de um ventríloquo onipotente. As coerções "naturais" do meio se defrontam com a liberdade que cada indivíduo pode usufruir em face delas, e é do jogo entre os dois polos que surge a visão do mundo: sendo frequente que o contexto emplaste o "eu" com seus valores e ditames, também não é menos frequente que o "eu" possa rompê-los e adicionar-lhes aspectos insuspeitados a ponto de operar profunda transformação no *status quo*.

Assim entendida, a cosmovisão lembra – e nela parece encontrar confirmação, ao menos da perspectiva psicológica – a ideia junguiana de *individuação*, "processo de constituição e particularização da essência individual, especialmente o desenvolvimento do indivíduo do ponto de vista psicológico, como essência diferenciada do geral, da psicologia coletiva. A individuação é, pois, um *processo de diferenciação* que tem por objeto o desenvolvimento da personalidade individual. A necessidade da individuação é algo natural, ao passo que um impedimento da individuação por uma normatividade – exclusiva ou preponderante – de acordo com cânones coletivos, seria prejudicial à atividade vital do indivíduo. Ora, a individualidade é algo física e fisiologicamente dado, que também há de expressar-se, como natural, de modo psicológico. Um impedimento essencial da individualidade supõe, portanto, uma atrofia artificial. É, pois, evidente que um grupo social composto de indivíduos mutilados não pode ser uma instituição saudável nem apta para a vida, pois somente aquelas sociedades capazes de manter sua conexão íntima e seus valores coletivos, dando ao indivíduo, simultaneamente, a máxima liberdade, podem ter probabilidades de uma vida duradoura. Desde o momento em que o indivíduo não é apenas um

---

77 W. Dilthey. *La Esencia de la Filosofía*, p. 97

ser singular, visto que se pressupõem na sua existência relações coletivas, o processo da individuação não leva ao *isolamento*, mas a uma intensa e geral conexão coletiva".[78] Aqui, como que se especifica a generalização historicizante de Jaspers, tornando-a plausível e evidenciando a bipolaridade estabelecida pela mundividência, expressão do indivíduo, e o meio social. Almada Negreiros, *enfant terrible* do Modernismo português, compreendeu-o e exprimiu-o com fina ironia no interior de um romance experimental, anarquizante, dos pontos altos da ficção portuguesa deste século (*Nome de Guerra*, 1938): "o papel da sociedade é imediatamente mais evidente sobre cada pessoa do que o atropelado movimento das gerações que a antecederam e lhe determinaram o seu sangue, mas aquela não vale esta. Que uma pessoa tome a seu cargo dirigir o próprio destino que lhe coube, é com ela. Que seja a sociedade quem se proponha dirigi-lo, é ingenuidade. O mais que neste caso poderá a sociedade é eliminar esse destino pessoal. A sociedade só tem que ver com todos, não tem nada que cheirar com cada um! (...) A sociedade é uma mediania a transpor pessoalmente. Muitos sinceros caem-lhe nas malhas, não por terem sido sinceros, mas por incapazes de fazer frente à opinião pública, que acha destoante tudo o que é pessoal. Começa por achar destoante, depois irrita-se e acaba por odiar. E esse ódio cegou-a e fê-la inventar uma nova ciência chamada patologia, onde tudo o que é pessoal é doença, e à cura de todas as doenças do mundo chama-lhe mediania".[79] O texto, como se vê, fala por si, escusando qualquer comentário.

Somente de modo relativo, generalizante, se pode aplicar o vocábulo "cosmovisão" a comunidades ou países. Empregá-lo sem levar em conta que o grupo ou determinada cultura em certo momento histórico encampou a cosmovisão de um indivíduo, parece equívoco. Já pertence ao arquivo das generalizações tão inócuas quanto apressadas afirmar, por exemplo, que o homem brasileiro é "o homem cordial", ou que o Realismo em Portugal assinala a vitória da mundividência científica, agnóstica e

---

[78] C.G. Jung. *Tipos Psicológicos*, tr. argentina, 6ª ed. Buenos Aires: Sudamericana, 1954, p. 53

[79] Almada Negreiros. *Nome de Guerra*, 2ª ed. Lisboa: Ática, 1956, pp. 11 e 239.

racionalista. Nem o homem brasileiro, admitindo-se que a expressão designe algo mais ou menos diferenciado, possuidor de características exclusivas, é cordial, como atesta nossa história, nem a corrente realista portuguesa perfilha, como um todo, os postulados culturais vigentes no tempo. Um corte transversal em nossa história oitocentista evidenciaria, nos estratos representados pela escravidão e a Guerra do Paraguai, aspectos que não poderiam ser postos na conta da cordialidade. E uma investigação no Realismo português, conquanto sem atingir-lhe os subterrâneos, mostraria não só contradições simultâneas à crença na ortodoxia doutrinária como também a beligerância entre facções ou indivíduos, mais apostados em fazer vingar sua visão do mundo que em assinar, pelo diálogo, um acordo de cavalheiros.

Se remontarmos, ainda à guisa de exemplo, a um espaço histórico mais amplo, como a Idade Média, o resultado parece invariável: as múltiplas "visões" que se têm dos mil anos, desde um milênio de trevas até neles descortinar a lenta gestação do mundo moderno, incluindo um renascimento (o carolíngio) e a preservação dos valores antigos, – apenas confirmam que tomar uma delas como exclusiva e definitiva é tão falacioso quanto atribuir à cultura de qualquer de seus segmentos cronológicos uma única fisionomia. Bosch retratou-a como o reinado de Sodoma e Gomorra, ao mesmo tempo que, sabemos todos, o misticismo lavrava em toda a Europa (outra generalização falaciosa?) e as primeiras conquistas marítimas e a invenção da imprensa preparavam o advento da Renascença. E se fôssemos aos contemporâneos de Bosch na pintura européia, veríamos que sua "visão" somente foi compartilhada pelos discípulos ou epígonos, que estilizaram, transformando-a em modismo (ou cosmovisão de grupo) uma visão pessoal do mundo, com marca registrada: a visão boschiana.

Eis porque custa a aceitar que haja relação homológica entre comunidades e concepção do mundo, entendendo pelas primeiras os agrupamentos humanos que empregam o mesmo idioma.[80] Por mais pertinente que seja a correlação entre *língua* e concepção do mundo – como já se observou

---

80 Hans Hörmann. *Psicología del Lenguaje*, tr. espanhola. Madri: Gredos, 1973, p. 398ss.

a respeito da tese de Whorf/Sapir – interessa-nos a seleção – *fala* – realizada pelos falantes nas categorias da língua: decerto, uma noção de número baseada no tempo limita o usuário da língua, mas, sob pena de nos fixarmos no uso etnológico da expressão "visão do mundo" e de aceitarmos a duvidosa ideia segundo a qual o sistema (língua) pensa pelo indivíduo, do ponto de vista literário interessa menos o idioma da comunidade que o seu emprego particular. Importam as relações novas que o escritor formula, pois que a escolha e modulação da categoria comum exprime uma visão do mundo (individual). Por outro lado, o equipamento idiomático de um povo sofre variações no curso do tempo, que seriam objeto de uma psicolinguística diacrônica virada para o *espírito do tempo*.[81] Em síntese, uma coisa é a língua como veículo de comunicação, outra como expressão literária: para o escritor, o idioma é sempre um reservatório de virtualidades expressivas, que suas obras ao mesmo tempo descortinam e enriquecem, com os dados intransferíveis e inconfundíveis de sua sensibilidade estética.

Se o fluxo da história literária – para apenas nos cingirmos a essa área – se desenvolve por ondas, em que a continuidade e a ruptura se alternam, se cruzam e se imbricam, não raro as mudanças radicais resultam da inapetência de um escritor em face dos padrões em voga e o anseio de algo novo, ainda que empregando os mesmos recursos expressivos – ópticos – da tradição. Os *inventores*, de que fala Ezra Pound, são os insatisfeitos, à procura de rumo por entre a indiferenciação reinante, praticada por *diluidores* de sistemas.

A arte literária é, nos tempos modernos, uma mitologia, espaço em que flutuam os mitos dos povos, projeção de suas aspirações, figuração de suas utopias – enfim, tudo aquilo que desejam ser, ou extravasa de seu íntimo sentimento das coisas. Dessa perspectiva, a cosmovisão dos escritores, individualmente concebida, acaba refletindo, no seu conjunto, a mitologia do povo e língua nos quais se movimentam. Mais necessária, por isso, que as expressões plásticas, a Literatura permite a projeção das volições mais recônditas, submersas no inconsciente sem palavras, o flanco obscuro dos

[81] *Idem, ibidem*, p. 435.

seres. No que o escritor "vê" se exprime não só a realidade "que é", mas também a "que deseja ser" – a realidade literal e a virtual, aquela reproduzindo mimeticamente o relevo do mundo; esta, transfigurando-o, emprestando-lhe nova e inesperada dimensão. Uma vez mais, é a dicotomia metafórica o universo desse encontro entre a "visão realista" do mundo e a "visão utópica": simultaneamente ao acesso à realidade circundante, o leitor toma consciência de seu oculto anelo pelos mitos, nos quais expressa suas vagas aspirações. Daí, ao contrário da ideia de que o escritor reflete sua classe ou grupo social, é ele quem lhe molda (ou pode moldar) a consciência de suas virtualidades e desejos.

Em contrapartida, quanto mais a obra é realista, mais atenta para a face do "que é", e quando mais mítica, do que "pode ser": na primeira alternativa, o valor aproxima-se do nulo à medida que a obra se assemelha a cópia ou reportagem; na segunda, pode mergulhar no plano utópico, falta de maior apoio na realidade. O equilíbrio entre as duas dimensões é que gera as obras superiores. Mas atendendo a que a Literatura corresponde, em nossos dias, à Mitologia entre os Antigos, o desequilíbrio, se houver, semelha pender para o lado mítico. De qualquer modo, Zola exemplifica o primeiro caso; a "ficção científica" do Simbolismo (por exemplo, *O Reino de Kiato* / 1922 /, de Rodolfo Teófilo), o outro; e Guimarães Rosa, a fusão de ambos.

É que somente sabemos do mundo por meio dos testemunhos da consciência cognitiva, expressos nos objetos culturais; sabemos do mundo pela Cultura, no espelho da Cultura, entendida esta como a tensão entre o indivíduo e o coletivo, e entendido o mundo não apenas como realidade em perpétuo dinamismo, mas também como um sujeito sem voz que necessita do "eu" humano para se exprimir. Ao falar em mundividência, pretendemos dizer que apenas conhecemos do mundo a visão oferecida pelos objetos culturais (tirante, é óbvio, o conhecimento direto, fornecido por nossas percepções), de modo a se confundir o mundo com a visão que dele se tem. Impossível, nesse quadro, ser a visão uma cópia; a identidade do mundo não é um "em si", ainda que inestático, mas um "para si" pirandelliano: *cosí* è (*se vi pare*). Postas de lado as controvérsias que possam arrastar a um ceticismo integral ou a um relativismo inibidor do conhecimento, estamos em face de um perspectivismo gnosiológico, cujo teste/conteste somente pode ser levado a efeito perante a realidade: uma nova tensão se organiza, entre o saber e o mundo; este se comunica e se deixa revelar à medida que aquele, superando a prova de verificação, se mostra correto ou plausível. A aproximação do mundo nos é facultada pelo saber que dele temos, numa circularidade que apenas causa apreensões para os anelantes de absolutismos ou conhecimentos dogmáticos. Aí a relevância da visão do mundo, como instrumento, ao menos, de captação do conhecimento: tangidos pelo enigma da vida e do mundo, recorremos às visões que dele já se apresentaram para iluminar o nosso caminho, particular ou não, de acesso à realidade: contemplamos, na visão do outro, o mundo que nele se reflete e se refrata, suspeitosos ou crentes de ali encontrar, quando pouco, o farol que ilumina o atalho que nos conduz à realidade do mundo. Ou seja: à nossa concepção do mundo.

Expressão de um "eu" que se manifesta no universo do texto, a visão do mundo refere-se, pois, a um indivíduo. Individual, substancialmente expressão de um "eu", a cosmovisão põe ênfase no polo *Anthropos* da equação triádica, mas implica o Cosmos, alvo para o qual se dirige o olhar, por meio do *Logos*, numa oposição mediatizada.[82] No próprio ato da linguagem o mundo atinge sua representação: o mundo se diz por intermédio da linguagem, como linguagem, porque desconhece outro meio de representar-se, adquirindo a condição de ser. A presença do mundo à consciência é, desse ponto de vista, um objeto no sujeito, ou objeto enquanto sujeito; o ser do mundo não constitui um "em si" que se presentifica ou se realiza como linguagem. O mundo acederia à sua condição ao representar-se, ao ganhar a linguagem: "a língua não é somente uma das faculdades de que está equipado o homem situado no mundo, mas é sobre ela que repousa, é nela que se mostra o fato de os homens possuírem *um mundo*. Para o homem o mundo está aí, enquanto mundo, e, para nenhum outro ser vivo no

---

82 Jean-Marie Klinkenberg. "Rhétorique et Spécificité Poétique", sep. de H. Plett (org.). Rhetorik, Munique: Wilhelm Fink Verlag, 1977, pp. 88-89; Jacques Dubois *et alli*. *Rhétorique de la Poésie*. Bruxelas: Ed. Complexe, 1977, pp. 74ss.

mundo, o mundo tem essa forma de existência. Mas o ser do mundo tem uma constituição de linguagem. Eis o verdadeiro núcleo da frase enunciada com outra intenção por Humboldt, quando diz que as línguas são "visões do mundo"; "na língua, é o próprio mundo que se apresenta (*darstellt*). A experiência verbal do mundo é "absoluta". Ultrapassa toda relatividade na posição do ser, por englobar todo 'ser em si', quaisquer que sejam as relações ou relatividades nas quais se mostra. O caráter linguístico de nossa experiência do mundo precede tudo que se reconhece e se considera como ser. Eis porque o *vínculo fundamental entre a língua e mundo não significa que o mundo se torna objeto da língua.* Ao contrário, o que é objeto de conhecimento e de enunciado está desde sempre compreendido no horizonte mundano da linguagem. O caráter linguístico da experiência humana do mundo não significa que o mundo seja em si próprio transformado em objeto". Daí "*o ser que pode ser compreendido é língua*", pois "ingressar na linguagem não significa receber uma segunda existência. O aspecto sob o qual uma coisa se apresenta faz antes parte do ser próprio dessa coisa".[83]

A linguagem, por conseguinte, não molda a realidade, é a realidade. Entretanto, as ideologias, mesmo as que se pretendem materialistas ou coladas à realidade, se apresentam como elaborações, à margem de qualquer verificação de realidade. Antes, moldariam a realidade acabando por impor uma confirmação de realidade *a posteriori*: a realidade segregada pela ideologia prova-lhe a existência, como se a doença provocada pelo medicamento lhe convalidasse a prescrição. Nesse contexto, a linguagem literária é parcialmente ideológica, por inventar a realidade que a justifica, independentemente de veicular esta ou aquela ideologia específica, de qualquer coloração política, religiosa ou filosófica. Ideológica por submeter-se, como toda linguagem, à "lei" da precedência do ideológico ao real, mas a um só tempo reveladora do real como universo diferencial, extralinguístico.

E com ser reveladora não significa a posse do mecanismo modelador das ideologias e das linguagens, senão o desvelamento de uma realidade

---

[83] Hans-Georg Gadamer. *Vérité et Méthode. Les Grandes Lignes d'une Hermeneutique Philosohique*, tr, francesa. Paris, 1976, pp. 295, 303 e 330.

"anterior" à modelização da linguagem. Se se puder falar em *neologismo*, a linguagem literária não é neológica quando aponta o real existente como um dado, e é-o quando lhe inventa uma dimensão nova, aderida à outra como prolongamento de um jorro de luz em atmosferas obscuras. Inventar e mostrar – mimese e transfiguração – eis a dupla articulação da linguagem literária, oposta à linguagem propriamente ideológica, que apenas engendra, escamoteando a realidade a fim de instaurar a (nova) realidade pretendida. O reino dos Céus ou o paraíso totalitário são promessas que a realidade recusa e não autoriza a construir senão em nome de projetos de domínio, enquanto o território da ficção literária se situa entre a fantasia, que pervaga o real como latência, e a própria realidade. No espelho da ficção vemos, simultaneamente, a promessa do que escapa ao nosso olhar despreparado e o relevo da realidade que corremos o risco de mascarar com nossas pretensões ideológicas.

Eis porque as ficções literárias resistem ao tempo, enquanto as ideologias, por mais argutas que possam ser, apenas cumprem o périplo do engano: uma vez erguida, a ideologia "sabe" que seu cronograma é o da instauração da nova modelização, por sua vez substituída pela seguinte e assim por diante; e as ficções literárias, por seu turno cruzam as modas doutrinárias, o Inferno dantesco não desaparece com a morte dos sistemas de repressão da consciência, e os "paraísos artificiais" de Baudelaire continuam disponíveis às mentes lúcidas ou ávidas de certezas menos afeitas a programações do Alto ou de cérebros maquiavélicos. Não surpreende, a essa luz, que a ficção literária seja tão temida pelos donos do poder e manipuladores de sistemas: em razão do apelo declarado à fantasia, o *quantum* de ideológico que apresenta pode ser mais eficaz do que os textos doutrinários propriamente ditos. Expurgos, saneamentos, censuras, ou que outro rótulo ostentam, são tentativas de impedir que a imaginação literária exerça seu papel – subversivo – de reveladora do real existente e anunciadora de outro, julgado melhor. Realidade e utopia, no mesmo gesto de análise e profecia.

Nesse limiar, a teoria da cosmovisão se encontra com a Retórica, uma vez que a individualidade da visão do mundo corresponde à ênfase que a Retórica põe nos processos de que o demiurgo, o criador da arte literária, se vale para persuadir o público. Se os recursos retóricos pressupõem, como se nota, a psicologia do público, igualmente englobam a psicologia do criador. Nessa conjuntura, a obra literária desempenharia o papel de lugar no qual se exprime a visão do mundo do criador, ao mesmo tempo que funciona como instrumento manuseado pelo escritor para ver e captar o mundo: o esquema triádico – *Anthropos, Cosmos, Logos* – sustentáculo do texto, transforma-se no termo inicial de um esquema binário que culmina no público, base de uma crítica denominada "pragmática" ou "retórica".[84]

Nunca é demais frisar que não se trata do autor civilmente considerado, dono de uma biografia historicamente verídica, passível de ser psicanalisado, mas do criador, manifesto nos artefatos que produz, podendo ter ou não vínculo com o autor civil. Fique bem claro, porém, que não se está postulando a crítica psicológica, à romântica, voltada para o autor como ser dotado de "gênio", "entusiasmo", "frenesi", etc., nem a psicocrítica que reduz o texto a mero registro linear da interioridade do escritor; mas a crítica que procura divisar no texto – o *Logos* – a voz de um criador que não se exprime doutro modo, menos ainda na biografia civil. Voz de um ser, não de um espectro, ou abstração, ser porventura ínsito na pessoalidade do autor, e que somente se manifesta nos textos, determinado e determinável pelas coordenadas retóricas do texto; um ser mais persistente que o autor, a ponto de lhe emprestar cidadania e perpetuidade. Quando muito, o desdobramento do autor civil pode constituir uma modalidade do seu todo, mas única modalidade que produz arte, e por isso a única que interessa.

E como o é à medida que usa os meios da comunidade linguística em dado momento histórico, sua visão do mundo encerra representações de ordem transpessoal. Se, na sua especificidade, a cosmovisão é particular, permitindo classificações a partir do nome dos escritores – cosmovisão balzaquiana, goetheana, machadiana, queirosiana, etc. – na sua transpessoalidade se estruturam informações comuns a vários estratos, de

---

[84] Edward P.J. Corbett. (org.). *Rhetorical Analyses of Literary Works*. Nova York/ Londres/Toronto: Oxford University Press, 1969, prefacio; M.H. Abrams. *El Espejo y la Lámpara*, tr. argentina. Buenos Aires: Nova: 1972, Introdução.

forma a língua, passando pelos estilos de época, classes sociais, etc. Evidentemente, a transpessoalidade não distingue o escritor de *per si*, apenas facultando a topografação em grupos ou subgrupos de variável contorno, segundo a perspectiva do crítico. Ainda mais: a descrição, interpretação e avaliação da transpessoalidade não constitui maior problema, visto ser praticamente acessível a todo crítico a posse do instrumental adequado a tais fins.

Daí uma tipologia fundamentada nessa afinidade periférica estar longe de embaraçar o crítico, quando resolvido a adotar modelos fixos, de natureza sociológica, filosófica ou psicológica. A questão de uma tipologia se levanta como fantasma para toda especulação em torno das concepções do mundo se se desejar montá-la sobre a especificidade: se os textos do autor A veiculam específica visão do mundo, como encontrar semelhanças com as obras de B, C, etc.? Aqui se localiza o maior desafio nessa questão: haveria que elaborar *n* análises específicas – como, aliás, Goldmann preconizava, com justa razão – para se chegar a uma resposta e, eventualmente, a um esboço de tipologia.

Uma tipologia, se possível, que atendesse às determinantes do evoluir histórico, tarefa tanto mais espinhosa quanto mais nos advertirmos de que "a redução diltheyana das concepções do mundo a tipos fundamentais representa uma des-historificação da realidade histórica. Toda tipologia nas ciências do espírito tende a uma ordenação intemporal das obras da cultura".[85] Uma tipologia tão dinâmica que acompanhasse o fluxo do tempo corre o risco de negar-se como tal, mas ainda assim se justificaria, ao menos como modo de evitar o ceticismo suicida em que poderia despencar a prospecção de textos literários como se croceanamente únicos e infensos às classificações. Tipologia como classificação, por conseguinte, contanto que assumamos o termo definidor menos estreitamente: "as classificações históricas descansam em conceitos de orientação articulados segundo uma

---

[85] Arnold Hauser. *Introducción a la Historia del Arte*, tr. espanhola. Madri: Guadarrama, 1961, p. 200.

ideia preliminar da finalidade do desenvolvimento histórico, a qual é preciso verificar e corrigir constantemente".[86]

Eis a empresa e o norte do crítico. Enquanto não se dispõe a operar nesse sentido – fazê-lo indiretamente não basta – somente lhe resta admitir como hipótese de trabalho que, 1) as visões do mundo específicas se assemelhariam, para além das coerções do tempo, espaço, língua, grupo social, etc., de modo a não causar surpresa a analogia entre um poeta medieval, como Villon, e um barroco, como Gregório de Matos, 2) a semelhança entre os autores se explicaria pela analogia na ação conjunta do sujeito do conhecimento, instrumentos de análise e a realidade; ao optar por determinado arsenal expressivo, dois poetas, de qualquer tempo ou literatura, precondicionariam sua visão do mundo e, portanto, se aparentariam.

Mas em tal circunstância, não caímos na transpessoalidade? As duas alternativas pressupõem a tensão do escritor com o meio, mediatizada pelo instrumento – *Anthropos, Cosmos, Logos* – de sorte que a tipologia poderia armar-se sobre as várias modalidades assumidas pela interação. A especificidade implica um modo pessoal de focalizar a realidade, empregando o equipamento comum de formas, e a transpessoalidade despreza o específico.

Dois poetas, como, por exemplo, Olavo Bilac e Alberto de Oliveira, podem assemelhar-se porque parnasianos e sonetistas, mas tirante essa afinidade, que sem dúvida os aproxima, se diferenciam, não apenas por exibir características particulares, senão também pelo modo como foram parnasianos e sonetistas. Raciocinando com evidências, não há meio de refugir à observação de que cada qual foi parnasiano à sua maneira, a ponto de se poder falar num soneto à Bilac e num à Alberto de Oliveira, reconhecíveis por qualquer leitor atento da poesia brasileira.

Aqui, teríamos o específico de um lado, e o transpessoal de outro. Se a análise ultrapassar as fronteiras do tempo e da estética, acabará encontrando analogia entre o soneto bilaquiano e o camoniano, e não somente por influência do poeta português sobre Bilac, mas ainda porque este infundiu em suas composições um sopro lírico mais próximo de Camões que

---

86 *Idem, ibidem*, p. 202.

de Alberto de Oliveira. E se, transcendendo a língua – na chamada "crítica comparada" – alongarmos o olhar até a Itália, em Petrarca encontramos um vate da mesma família lírica (embora, é óbvio, de valor desigual).

Ao ponderar tal congenialidade, certamente estamos pressupondo um labor analítico prévio, que tem sido levado a efeito pela crítica, conquanto em nome de outros objetivos que não a cosmovisão. De qualquer modo, com estabelecer as aproximações precedentes, visamos sugerir uma semelhança que, além de respeitar a específica visão do mundo individual, permite agrupá-los numa rubrica comum. Teríamos, assim, uma espécie de transpessoalidade relativa, contraposta à absoluta, que abstrai o específico em favor de uma classificação desejadamente universal.

Porém, à medida que o campo visual se amplia, num gradualismo que ascende do específico "puro" até o transpessoal absoluto, mais o crítico corre o perigo de afastar-se de suas estritas funções para invadir o território da historiografia literária e/ou cultural e da Teoria da Literatura. Por outro lado, se a tarefa do crítico se realiza na esfera das cosmovisões, isso não significa que a tipologia esteja fora de seus desígnios, nem que dispense todo o suporte lógico oferecido por aquelas disciplinas no conhecimento do contexto no qual se inscrevem as visões do mundo.

Terceira Parte

Polaridades

VII. REALIDADE E COSMOVISÃO

1. Equacionadas que foram, no capítulo introdutório, as relações entre realidade e crítica, e delineada uma análise da teoria da cosmovisão nas páginas anteriores, podemos agora enfrentar o binômio formado pelos dois conceitos. Na verdade, ambos se inscrevem no vocábulo "cosmovisão", pois o termo inicial de que este se compõe – "cosmos" – designa a realidade. Bastaria, por conseguinte, reexaminar a ideia de cosmovisão em seus elementos constituintes para chegarmos a idêntico resultado. Sucede, no entanto, que as duas noções se revelam diversas à luz nova que sobre elas se projeta quando as investigamos em conjunto. E se a ideia de realidade se pode julgar esboçada, ao menos parcial e provisoriamente, a de cosmovisão deixará o espaço filosófico-sociológico em que se movia para singrar as ondas psicológicas e estéticas, numa gradativa especificação funcional que, procurando aclarar o diálogo esfíngico com a realidade, descortinará outros ângulos da ideia de concepção do mundo.

2. Seja *fisis*, na visão aristotélica, seja *noesis*, na platônica, as duas vertentes por onde flui, historicamente, a noção de realidade – se por elas se entender o universo de objetos dados (à consciência), o real se confudirá com o existente. E nas múltiplas relações entre a consciência e o ser se localizaria, segundo Husserl, a problemática do conhecimento. Sem ingressar nos

debates provocados por suas reflexões no afã de conceder à filosofia o estatuto de "ciência de rigor" (*Philosophie als strenge Wissenschaft*, 1910-1911), pode-se admitir que o ser, como objeto do conhecimento, se situa tanto na realidade física do mundo quanto na consciência do "eu" cognoscente, e no "outro", na medida em que se transforma em sujeito-objeto. Para a empresa gnosiológica, o dado a conhecer se encontra na *fisis* como na *noesis*, insuladas ou não, conforme o tipo de conhecimento objetivado. Husserl predica a separação entre Natureza e psiquismo, fundado na ideia de que o ser psíquico é fenômeno e não Natureza, enquanto "a Natureza se manifesta nos fenômenos das coisas".[1]

Ora, se a Filosofia, pretendendo-se ciência ou não, se articula como linguagem (texto filosófico) em torno das coisas e dos conceitos – os fenômenos – assim tornando-se linguagem primeira, resultante do diálogo sem mediação (salvo da própria linguagem verbal como instrumento) entre a consciência e o ser, a crítica literária (em amplo sentido) elabora uma linguagem a respeito de outra linguagem (o texto literário) que, além de não constituir seu objeto último, funciona como intermediária entre e sua especulação e a realidade do mundo, ao mesmo tempo que interceptadora de toda diligência no rumo do fenômeno "puro". A Filosofia pode aspirar, de acordo com a investigação de Husserl, a pôr entre parênteses a realidade a fim de sondar os fenômenos em sua essência, mas a crítica literária é por natureza impura ou ambígua. A um tempo opaco e transparente, o texto literário participa simultaneamente da Natureza e do psiquismo, Natureza enquanto fenômeno das coisas manifesto na transparência; fenômeno "puro" (?) do mundo psíquico, enquanto realidade opaca. Dificulta, porém, essa geometrização do texto literário o fato de a realidade opaca poder ser naturalizada; mas quando o é, coloca-se no início de um processo, ou de uma escala, que termina no opaco "puro". A naturalização do nível opaco debilita o texto literário, por envolver a naturalização do fenômeno "puro". O texto literário guarda, portanto, uma tensão dialética entre Natureza e

---

1 Edmund Husserl. *La Filosofía como Ciencia Estricta*, tr. argentina. 3ª ed. Buenos Aires: Nova, 1973, p. 72.

psiquismo: quando pende para aquele polo, confunde-se com o fenômeno das coisas, e torna-se transparente, suscetível de análise como as coisas da Natureza. A ficção de Zola serve, em larga medida, de exemplo para essa tendência. Quando transborda para o segundo polo, distancia-se da Natureza e dirige-se para o fenômeno "puro". Naquele, processou-se a naturalização dos fenômenos psíquicos; neste, analogia entre o texto e os fenômenos psíquicos, como na literatura surrealista.

Não cessam, evidentemente, nesse ponto as divergências entre o texto filosófico e o crítico (literário). Para o que temos em mira, no entanto, basta-nos identificar a "realidade" ou o "cosmos" com as várias modalidades do ser. Por modalidades do ser entendemos suas manifestações concretas, sem as quais a consciência não pode encarar a realidade (ou o ser), e por manifestações concretas compreendemos não as "essências" husserlianas – "a essência 'fenômeno da coisa', a essência 'coisa visível'...", etc.,[2] – senão suas representações, já que o texto literário se exibe como um tecido simbólico de captação da realidade.

Tornado concreto pela simbolização verbal, mesmo o abstrato adquire caráter de objeto para o conhecimento, o que equivale a dizer que o termo "abstrato" remete a um espaço permeável à invasão da consciência: o próprio fato de podermos lidar com o vocábulo "abstrato" e, *ipso facto*, com sua denotação (e possíveis conotações), é suficiente como indício de que nos referimos a um objeto determinado, ainda que incorpóreo ou não físico. A sequência da reflexão nesse domínio conduziria ao problema da linguagem como núcleo do pensar filosófico (Urban), ou como a morada do ser (Heidegger). Nas duas alternativas, impunha-se discernir entre a linguagem oral e a linguagem escrita: embora se possa admitir que a linguagem oral considera os objetos da/ou para a consciência como "reais", é na linguagem escrita que sua "realidade" assume plenitude. Não só por se dissipar no fluxo do tempo, mas também por dar margem a toda sorte de distorções na mente do interlocutor, a linguagem oral não faculta que a consciência se volte para os dados eleitos com a segurança (relativa

---

2 *Idem, ibidem*, p. 79.

embora) oferecida pela linguagem escrita (ou gravada). O caso de Sócrates é ilustrativo: decerto ensinou infinitamente mais do que registram os diálogos platônicos, e o que estes contêm não autoriza a julgar-lhe categoricamente as ideias, mas, sim, quais e como Platão as recolheu. No fim de contas, são ideias socrático-platônicas. Por sua vez, os textos platônicos sugerem que se levante tal questão precisamente porque, sendo linguagem escrita, permitem à consciência enfrentar seu objeto como objeto, ou manifestação concreta.

Assim, a palavra – o símbolo – no texto ostenta realidade (concretude) semelhante à dos objetos físicos no texto do mundo: somente nos é dado indagar das palavras e sua significação como representação, ou recriação, do mundo físico quando as vemos manifestas no texto escrito. O documento em que se converte equivale aos "documentos" ofertados pelo mundo concreto no seu multiforme relevo. A linguagem simbólica, que veicula o acesso à realidade (Urban), e a um só tempo a encobre, torna-se, ela própria, realidade, incorporando-se às mil facetas que o ser assume ao exprimir-se, num devir interminável. A relação entre a linguagem e a realidade, o velho problema da Filosofia (*Crátilo*, Platão), mostra-se polivalente não só porque a linguagem desvela e camufla simultaneamente a realidade designada, ou de que se forma, como porque se volve, ela própria, componente da realidade. O eterno vir-a-ser, ou estar-sendo, que marca o ser, inclui a linguagem usada, ou desencadeada, para expressar-se: na imagem, no símbolo, que gera para se revelar, o ser encontra uma nova face, a qual, somada às precedentes, engendra um novo compósito que vai determinar nova formulação, ou símbolo, por seu turno aglutinado aos demais, assim organizando um novo conjunto, num movimento sem-fim.

Daí o acesso à realidade primordial, ou o mito de uma realidade originária e idêntica a si própria no curso irreversível do tempo, consistir na tarefa de eliminar, do percurso entre a consciência e o espaço da realidade primigênia, as aderências de linguagem que se foram agregando ao longo da História do Homem. Utopia, sonho de genuinidade, quimera, busca do "paraíso perdido", essa viagem de regresso se processaria por meio da linguagem, que, por sua vez, pretendendo desobstruir o caminho para a realidade primordial, acaba criando outro véu entre a consciência e o ser. Trabalho de Sísifo, esse de remontar ao núcleo originário do ser, porquanto a consciência desconhece outro meio, senão o da linguagem, para tentar a sondagem de seu objeto. O silêncio zen? Possivelmente. Mas, nesse caso, como já observamos, seria exclusiva de uma consciência a presunção de haver conquistado sua meta: como provar o acerto se o silêncio, a incomunicabilidade, é condição para se realizar o movimento zen? Como admitir o *conhecimento* numa relação meramente hipotética? Ou fruto da ilusão? A não objetivação comprometeria, pela base, o suposto assédio à realidade primordial, e de um não objeto temo que não se possa falar, à semelhança do que nos ensina Wittgenstein quando nos aconselha a calar quando não podemos falar.

Retornamos, desse modo, ao ponto de partida, quando consideramos que a consciência labora seus conceitos, seus objetos, como manifestações concretas do ser: no espaço do texto escrito – pouco importa aquilo que ficou perdido no tumulto interior antes do ato de redigir – é que os juízos adquirem "realidade", ou melhor, se manifestam como modalidades do ser.

Antes de passar adiante, talvez seja necessário fazer uma reflexão: a noção de realidade radica, ou pode radicar, numa metafísica, de tal modo que, caso nos movêssemos por uma concepção metafísica do Universo, o problema estaria resolvido. Para o gnóstico, para o rosa-cruz, para quem concebe o Ser como início e fim das coisas, a realidade se afigura simples emanação sua, e tudo se esclarece. Para quem não se estriba em metafísica, o problema está sempre aberto, do mesmo modo que não poderiam chegar a acordo dois pensadores voltados para metafísicas específicas.

Nessa perspectiva, a noção de realidade mergulha raízes no dualismo sujeito-objeto. Pondo de parte a noção ontológica e lógica de objeto, focalizemo-lo do prisma axiológico. Se a realidade é a constelação dinâmica de objetos dados (à consciência), é-o na medida em que há um sujeito para os conhecer,[3] o objeto em si, independente do sujeito, seria uma

---

3 "As coisas não *são* sem mim, necessitam-me para *ser* – no sentido rigoroso desta expressão –; mas são elas as que são. Em outros termos, o ser, pelo seu caráter efetivo de

impossibilidade gnosiológica, pois a condição de objeto se preenche quando um sujeito se formaliza como tal perante ele. E vice-versa: a condição do sujeito se realiza quando em face de um objeto. Mas o sujeito pode situar (ou situar-se perante) falsos objetos, numa falsidade que é acusada pelo enunciado no qual o objeto se mostra: um falso enunciado seria um enunciado carente de objeto, embora com a aparência de. O falso conhecimento equivaleria a enunciar um falso objeto, ou apresentar um enunciado em que um falso objeto deseja ser conhecido. Os falsos problemas, ou os absurdos lógicos, exemplificam a situação em que o enunciado declara falsidades, sob aparência contrária, como nos sofismas.

Do ângulo do sujeito-objeto, visto de fora ou quando se pensa a si próprio, o sujeito converte-se em objeto, e nesse caso integra a realidade do conhecimento: é sujeito/objeto, enquanto as coisas inanimadas são meramente objetos, mas nem por isso o sujeito deixa de ser objeto quando entrevisto naquela equação. Como sujeito, o sujeito se desconhece; e se, porventura, alega conhecer-se, transforma em objeto a própria interioridade, senão como psicologia ao menos como "eu" conceptual, lógico, o "eu" que pensa. Em tal circunstância, o "eu" conheceria não a própria identidade, já que fazê-lo seria admitir a introspecção como possível, mas os símbolos, as imagens, do conhecimento gravadas no seu intelecto. Somente o Ser se conheceria como ipseidade; afirmá-lo, entretanto, pressupõe metafísica ou teologia, que escapa aos quadrantes de nosso raciocínio.

Assente que a realidade corresponde às modalidades do ser, ou de objetos dados à consciência, resta arguir a noção de *ser*. De etimologia dual, no vocábulo "ser" se fundem a ideia de *ser*, originário de *esse* latino, e de *estar* (ou *sentar*), que provém de *sedere* latino. Nele confluem, portanto, duas ideias correlatas, a de *essência* e a de *estado*, a primeira emprestada pelo étimo *esse* (e seus múltiplos derivados) e a segunda, por *sedere*. Considerável parte das dificuldades em discernir o emprego unívoco de *ser* e de *estar* em vernáculo decorre da própria etimologia. Os linguistas e gramáticos interessados

---

ser das coisas, não é 'construído' por mim mas sim *descoberto*" (Julián Marías. *Introdução à Filosofia*, tr. brasileira. São Paulo: Duas Cidades, 1960, p. 285).

no assunto fornecem argumentos e exemplos vários que revelam até que ponto é insatisfatória toda distinção entre o *ser* e o *estar* simplesmente baseada na dicotomia essência/transitoriedade, permanência/estado, mudança/não mudança, e outras no gênero. Se a discriminação se mostra válida para casos corriqueiros, do tipo "Fulano é triste"/"Fulano está triste", quando se trata de orações como "A neve é branca"/"A neve está branca", deixa muito a desejar.[4]

Carregando essa dualidade, o plano do Cosmos é o do ser: ser/coisa, ser/sujeito, ser/ação. O vocábulo "ser", tomado como nome ou verbo, implica questões mais amplas, de cunho ontológico. E aqui penetramos na questão matriz do *ser*, com toda a complexidade que encerra, do *ser* como problema filosófico, reservado à Ontologia, assumida como teoria das modalidades do ser. Limitando-nos ao espaço propriamente literário, a pesquisa do ser envolve uma ontologia literária, não no sentido de indagação do *ser* literário, do que se compreende pelo *ens* literário, mas no de uma forma de conhecimento, ou de captação da realidade do ser.

Dois momentos se cumprem no processo gnosiológico do ser detectado pelo texto literário: 1) o ser na realidade do mundo (espécie de latência à espera do ato de conhecimento), 2) e o ser expresso na realidade do texto, por meio da malha simbólica. Na verdade, o primeiro ser não se dá a conhecer sem o outro; necessita da voz do símbolo para manifestar-se: o gesto axiológico direto, sem mediação do símbolo, sucumbe ante a impossibilidade de exprimir-se. Quer dizer que somente nos é dado conhecer a realidade ("em si") por meio do símbolo que, por si só, já exprime seu conhecimento? Parece não haver outra alternativa, senão recorrer ao símbolo para aceder à realidade e regressar ao símbolo para modificá-lo, caso não satisfaça como nomeação: volta aqui a circularidade da nomeação, que estudamos noutro ponto deste livro. Sem nomeação, o conhecimento se paralisa ou se esteriliza por vaguidade ou indeterminação.

---

4 John Robert Schmitz. *A Ocorrência de Ser e Estar em Orações Predicativas e o Ensino de Português para Falantes de Inglês*. São Paulo: Pontifícia Universidade Católica de São Paulo, 1974 (tese mimeografada).

Por outro lado, indagamos a realidade do ser expresso no texto literário tendo em vista o ser do mundo: o texto interpõe-se entre a consciência e a realidade, mas é a mediação escolhida para o encontro com a realidade primeira. Como o ser do mundo não se manifesta senão por intermédio de sua representação no espelho do texto, o ser do texto não pode constituir a meta do crítico, em que pese as pretensões, até há pouco tempo, de correntes críticas encorajadas pelo avanço da Linguística. Abolir o mundo para ficar com o símbolo, é perder este e aquele; na sondagem deste, buscando aquele, alcançamos os dois, dado que coexistem como faces da mesma moeda, numa tensão dialética que pende para o ser do mundo à proporção que o símbolo se apresenta como mero instrumento de acesso, e não fim em si próprio.

No termo "cosmos" que integra "cosmovisão", ou no vocábulo "mundo" de "visão do mundo", se inscreve o ser, patente nessa dualidade dialética, estampada no texto por meio da metáfora, bifronte de raiz, e no fato de os verbos empregados nos textos literários, sobretudo os poéticos, visarem exprimir a complexidade do ser, assim transformado no objeto último do escritor: representar o ser em todas as suas facetas. Daí, quando o verbo *ser* é convocado para dentro da tela expressiva, não significa que o escritor alcançou a meta, senão que explora uma das infinitas potencialidades do *ser*, a primeira das quais é ele próprio, na sua conotação primeira. Ao empregá-lo predicativamente, compondo equações metafóricas – "O teu silêncio é uma nau com todas as velas pandas..." – o poeta (Fernando Pessoa) transcende a simples adição: o verbo redescreve o objeto como tal, definindo-lhe a identidade.[5] Se o *ser* se configurasse só com o ser enunciado, tornava-se tarefa amena imediata exprimir-lhe toda a natureza polivalentemente esquiva. Não: o ser é o problema que todo poeta, ou romancista, coloca mesmo quando não o deseje, ou disso não tenha plena consciência, e todo o seu empenho consiste em reproduzir, com os demais verbos, as virtualidades entrevistas no *ser*.

---

5 Paul Ricoeur. *La Métaphore Vive*. Paris: Seuil, 1975, p. 311, com fundamento no *Trabalho da Interpretação*, de Aristóteles.

O próprio fato de a predicação implicar uma comparação (explicita ou não) afirma a dicotomia metafórica, a um só tempo, entre ser e não ser:[6] ao relacionar dois objetos por meio da copulativa (*ser*), o poeta determina o primeiro pelo segundo, mas sem elidir a evidência de que se trata de uma analogia contextual. O silêncio equivale a "uma nau com todas as velas pandas" no contexto do poema, e concorrentemente, repudia a equivalência quando referida ao mundo da realidade sensível: plano do *ser* enquanto realidade textual, mas do *não ser* em relação ao mundo, e vice-versa, a equação metafórica é *não ser* no plano da realidade física, em razão de se pressupor a categoria *ser* que ostenta na esfera do poema. Em suma, plausível no contexto dos versos, a relação predicativa se torna absurda – algo como as "figuras impossíveis" de que falam os psicólogos – quando posta em face da realidade concreta. Na verdade, lemos (vemos, conhecemos) no corpo do poema a predicação simultaneamente como *ser* e *não ser*, porquanto apenas nos é facultado ler (ver, conhecer) um dos polos dialéticos por esforço raciocinante e, ao fim de contas, mutilador: quando admitimos, no universo do poema, que "o teu silêncio é uma nau com todas as velas pandas ...", ao mesmo tempo lemos (vemos, conhecemos) que se trata de uma impossibilidade empírica ou conceptual. Qualquer uma das leituras, isolada, salvo para fins didáticos, é atentatória à integridade da metáfora e do ser que nela se plasma.

O mistério do *ser* é, pois, a fonte e alimento de todo escritor, sobretudo poeta: para dizê-lo, ou tentar decifrá-lo, busca os demais verbos, que nele se incorporam formando um todo que não se define como a soma das partes, mas como unidade indestrutível e indevassável, a não ser pelas vias indiretas da metáfora e dos outros verbos. A sensação de um limiar que se dilata à medida que o poeta sonda o enigma, decorre precisamente de indagar o mistério do *ser*, único mistério que, afinal, lhe preenche os dias de alguma luz e de muita sombra. Fosse o *ser* desenigmático, o poeta não teria razão de ser, assim como o romancista, etc.

---

6 *Idem, ibidem*, p. 376.

O inesgotável paradoxo em que a arte literária se embaraça, mas do qual se nutre, encontra, no confronto com o ser, a sua mais cabal definição: o ser do mundo, entendido como *alétheia* heideggeriana,[7] logra dizer-se, dizer da sua estrutura, da sua identidade, no espaço literário. A Filosofia fala do ser, questiona-o, indaga-o, classifica-o, porém o ser não se mostra, senão como virtualidade suposta, de acordo com o código tácito entre o pensador que elabora o texto em torno da problemática do ser e o leitor que o percorre. Ambos se referem a uma entidade ausente do texto que estabelece o vínculo dialógico entre os interlocutores, e satisfazem-se com uma referência oblíqua ao seu objeto. Pensa-se o ser, em suma, sem desvendá-lo, embora o pensá-lo tenha como meta precisamente pô-lo à mostra: dá notícias de como descobri-lo, argumenta em favor do giro intelectivo capaz de consumar o desvelamento do ser, mas não o realiza. As artes plásticas, porque não significativas, se contentam com oferecer uma imagem parcial, restrita, do ser; uma imagem linear, "fotográfica" da realidade, na medida em que não alcança as reverberações "imateriais", ou ideais, da realidade. Da Escultura à Música, descreve-se uma curva ascendente no encalço de apreender significações e camadas conceptuais da realidade, que se furtam à posse desejada à proporção que as artes se realizam como tais. Signo que não se converte em símbolo, eis o que seria, dessa perspectiva, a sua malha expressiva.

Em contrapartida, o texto literário expõe o ser na sua plena diversidade, compósito enigmático que a repartição em categorias ou estratos – objetos reais, objetos ideais, valores, etc. – apenas denuncia: o ser como múltiplo e uno a um só tempo se manifesta no espelho do texto, superfície privilegiada porque tecida de linguagem verbal, onde a realidade do mundo encontra o seu reflexo total. O signo torna-se símbolo: desse modo, indaga-se o ser do mundo, não no horizonte fugidio onde se encontra "ao natural", mas num plano accessível à consciência. Mal comparando, o texto corresponde à visão que se tem, ao microscópio, de uma realidade que a olho nu pertence ao reino da virtualidade. Nota-se, porém, que a linguagem do texto literário

7 Julián Marías, *op. cit.*, p. 285.

não substitui nem dispensa as outras linguagens (filosófica, estética, científica, religiosa), mas ergue-se como o cruzamento delas todas com a que é inerente à Literatura. O complexo semântico da linguagem literária decorre, como se sabe, precisamente dessa multiforme linguagem que para ela conflui, permitindo à totalidade do mundo espelhar-se, condensadamente, na rede textual.

Eis porque, quando falamos em ser do mundo, do prisma literário, apontamos não o ser do mundo como tal, "em si", à mercê de nossa vivência cotidiana, mas o ser do mundo como se manifesta no texto. As incongruências possíveis entre uma e outra dimensão podem constituir a tarefa de uma linhagem crítica – a sociológica – e podem não raro perturbar a visão da realidade com um duplo instigante (o literário e o "real"), mas em verdade está menos em causa a homologia entre ambas que a realidade vislumbrada no texto. Mesmo porque a homologia pode prestar-se a objeto de teorias (Goldmann) que a própria realidade desmente: que sabemos da sociedade barroca que não tenha, bem ou mal, o concurso da interpretação literária? Que saberíamos da "belle époque" brasileira se desaparecessem os registros literários coevos? É óbvio que outros documentos servem ao conhecimento de uma sociedade em certo momento histórico, mas é inegável que o texto literário fornece dados que acabam sendo preponderantes, e são dados fictícios (conquanto elaborados a partir da realidade viva).

Conhece-se o Rio de Janeiro dos fins do século XIX por meio dos romances e contos de Machado de Assis, não porque fotografassem a realidade (o que, a ser possível, os inutilizaria para sempre), senão porque a captam de um modo intransferível a qualquer outro veículo de conhecimento, inclusive a fotografia. Em consequência, vamos à ficção machadiana para conhecer a realidade que de outra forma se desvaneceria, ou se mostraria parcialmente, não porque existisse como tal e determinasse que a ficção no-la revelasse idêntica a si própria: por que a ficção, no caso? Não bastaria a realidade? Se conhecêssemos qualquer momento histórico plenamente, a Literatura deixaria de ter razão de ser; porque o risco não existe, porque o texto literário surpreende as latências do real e o inventa, é que a literatura persiste e a ela recorremos para o conhecimento do ser do mundo.

Nunca é demais repetir que o alvo do leitor (e do crítico) reside no ser do mundo como tal, não no texto como realidade intransitiva. Visto, porém, que o ser do mundo (Cosmos) apenas se oferece em plenitude categorial e semântica no texto literário (microcosmos), dele nos valemos para realizar o almejado trajeto cognitivo na direção da realidade "em si".

3. Ao assentar que a realidade do mundo, representada no texto literário, constitui o norte da investigação crítica, movemo-nos para o segundo termo da cosmovisão: a visão. No texto, vemos um duplo que a metáfora, sustentáculo da expressão literária, denuncia – formado pelo corpo verbal que as palavras estruturam e pela realidade nele e por ele simbolizada. O Cosmos se franqueia à nossa visão, visão armada, como preconizavam os adeptos do "new criticism", no texto em que ganha condição de símbolo. Através da/na rede simbólica, vemos a realidade cósmica, e assim nos habilitamos a conhecê-la, interpretá-la e julgá-la.

Ser e *ver* compõem, desse modo, inextricável binômio, cujos membros se implicam mutuamente: o ser do mundo é-o para o olhar que o vê, e o ver pressupõe a *res* submetida ao olhar. Tanto ver nada parece uma impossibilidade física (e psicológica) quanto haver ser fora do alcance do olhar semelha objeto de especulações metafísicas. Mesmo os seres ideais (conceitos, valores, etc) se oferecem ao olhar, na roupagem simbólica que envergam para adquirir identidade. Modalidades da visão, simetricamente a modalidades do ser? Nem por isso o ver se processa no vazio: pertença à *fisis* ou à *noesis*, o ser submete-se ao olhar, ou, noutros termos, o ver se processa onde o ser se manifesta, no espaço da realidade física, accessível aos sentidos, ou no espaço da realidade conceptual, accessível ao intelecto. Visão extrínseca ali, visão intrínseca aqui, em ambos os casos se organiza a equação com o ser, em ambos a visão se propõe como inalienável ao conhecimento do ser.

Que sempre foi assim, di-lo a própria trajetória do saber no curso da História, a sondagem permanente do Homem no mundo circundante e no seu psiquismo. O fato de a visão ter demorado para ganhar direito de cidade não significa que sua importância tenha passado despercebida. Pelo contrário, desde os primórdios do pensamento filosófico e teológico se fazem observações que denotam uma espécie de pré-ciência do fenômeno. A relatividade do ver já se manifesta na fórmula pré-socrática "o igual somente é conhecido pelo igual", e Platão notava que "o olho não é o sol, mas é o mais parecido com o sol dentre todos os instrumentos da percepção", enquanto Plotino assinalava, na mesma linha de pensamento, que "o olho jamais teria visto o sol se não fosse da natureza solar".[8] Na Biblia (Mateus, 6,22), sentencia-se que "são os olhos a lâmpada do corpo", pois que "se teus olhos forem bons, todo o teu corpo será luminoso". Para os gregos, todo conhecer é uma forma de ver, manifesta no plasmar, no configurar.[9] Ao expulsar o poeta da República, Platão recusava a velha *paideia*, baseada na transmissão oral do conhecimento, em prol da nova, fundada na *ideia*, "imagem", conceito fundado na percepção visual: o filósofo como que vê o mundo inteligível e faz que o vejamos, de modo a transformar as ideias em seres concretos.[10] Que a proposta platônica não vingou, diz claramente o ideal pedagógico vigente no mundo clássico, em torno do *rhetor*, ou *orator*, a preparação para os combates orais e públicos, estado de coisas que perdurou até o fim da Idade Média.[11]

Outros sinais indicativos da relevância da visão podem ser colhidos no vasto mundo das crenças orientais, como o "olho frontal", "o terceiro olho de Shiva", a identificação dos olhos com duas luminárias, no *Bhagavad-gitá*, nos *Upanishads*, ou no Taoísmo, um deles representando o sol, o outro a lua, o direito correspondendo à atividade e ao futuro (sol), o esquerdo, ao passado e à passividade (lua), ambos simbolizados no caráter chinês *ming* (luz), numa função unitiva que o terceiro olho desempenha. Olho da

---

8 Citados por Karl Jaspers. *Psicología de las Concepciones del Mundo*, tr. espanhola. Madri: Gredos, 1967, pp. 195-196.

9 Wilhelm Dilthey. *Teoría de la Concepción del Mundo*, tr. mexicana. México: Fondo de Cultura Económica, 1945, p. 106.

10 Walter J. Ong. S. J. "World as View and World as Event". *American Anthropologist*. Lancaster, Pennsylvania, vol. 71, nº 4, ag. 1969, p. 642, 2ª col.; Carmelo M. Bonet. *El Realismo Literario*. Buenos Aires: Nova, 1958, p. 11.

11 Werner Jaeger, *Paideia*. 3 vols., tr. mexicana. México: Fondo de Cultura Económica, 1953, vol. 1, p. 8.

sabedoria para os budistas, "é um órgão da visão interior, e por isso *exteriorização do olho do coração*". Símbolo da Essência e do Conhecimento divino, quando único e sem pálpebra, inscrito num triângulo, o olho é símbolo cristão e maçônico, ao passo que o olho único de Ciclope denota condição sub-humana. Os egípcios, com desenhar dois olhos nos sarcófagos, pretendiam sugerir que os mortos continuavam a ver o espetáculo do mundo, e os árabes designavam por *'ayn* não só o olho como uma essência, uma fonte, "a supraexistência da mais profunda Essência de Deus"; e na tradição maçônica, simboliza a suprema clarividência, a visão superior ao tempo e ao espaço, a onisciência do Grande Arquiteto do Universo. Na linguagem esotérica, "o terceiro olho de Shiva" corresponde ao "olho aberto de Dangma", por meio do qual se designa a intuição, a visão interior e espiritual do vidente.[12] A própria etimologia de *ver* é tanto mais significativa como sinal da importância da visão no curso do tempo quanto mais se vincula à ideia de *saber* ou *conhecer*: deriva do latim *videre*, por sua vez ligado à raiz indo-europeia **weid-*, com o duplo sentido de "ver" e "conhecer", que aparece no sânscrito *veda*, "eu sei", e no grego *oida*, "eu vejo" (e cognatos: *eidos*, "aparência", *idein*, "ver", *idea*, "aparência", "forma", "categoria", "espécie", "forma ideal"). À mesma raiz pertence o alemão arcaico *weizen*, "fazer ver, mostrar", e o alemão moderno *wissen*, "saber, conhecer".[13]

4. Remontando aos gregos, a história da visão[14] inicia-se pela discussão do problema à luz da Filosofia (Aristóteles, *De Anima*) e, sobretudo, da Geometria (Euclides, *Óptica, Catóptrica*). Na Idade Média, ressaltam os

---

12 Jean Chevalier e Alain Gheerbrant. *Dictionnaire des Symboles*, 4 vols. Paris: Seghers/Jupiter, 1974, s.v. "oeil"; H. P. Blavatsky. *A Doutrina Secreta*, tr. brasileira. São Paulo: Pensamento, 1980, vol. I, pp. 108-109.

13 A. Ernout e A. Meillet, *Dictionnaire Etymologique de la Langue Latine*. 4ª ed. Paris: Klincksieck, 1959, pp. 733-734. Agradeço ao Prof. Izidoro Blikstein, colega na Universidade de São Paulo, as preciosas informações acerca da etimologia de *ver*.

14 Colin Murray Turbayne. *The Myth of Metaphor*. Columbia, Carolina do Sul: University of South Carolina Press, 1971, pp. 101ss.; R. L. Gregory. *Eye and Brain. The Psychology of Seeing*. 2ª ed. Nova York/Toronto: McGraw-Hill, 1973, *passim*.

estudos do astrônomo árabe Ibn al-Haitham (*Livro de Óptica*, ca. 1000), mas somente nos tempos modernos a pesquisa em torno da visão adquire caráter sistemático, mercê do progresso operado no campo do saber em geral. E a par de investigações puramente científicas, notadamente no setor da Física, a questão passa a interessar a filósofos e psicólogos. Com Kepler (*Dióptrica*, 1611), Descartes (*Dióptrica*, 1637), Newton (*Óptica*, 1704) e, sobretudo, Locke, o século XVII ergue-se como época-chave na matéria. O último discutiu, em seu *An Essay Concerning Human Understanding* (1690), o problema colocado por William Molyneux, autor da *Nova Dióptrica* (1692), em carta de março de 1693:

> Suponha um homem cego de *nascença*, agora adulto, instruído por seu *tato* a distinguir entre um cubo e uma esfera do mesmo metal, e aproximadamente do mesmo tamanho, a nos informar, após sentir um e outro, qual é o cubo e qual é a esfera. Suponha ainda o cubo e a esfera colocados sobre uma mesa, e o homem cego convidado a enxergar: *quaere*, como pode ele, *senão pela visão, antes de tocá-los*, distingui-los e dizer-nos qual é o globo, qual é o cubo?[15]

O "problema Molyneux", como passou a ser conhecido, tornou-se fundamental para a epistemologia e a psicologia do século XVIII, e ainda hoje desafia a lucidez dos especialistas. Com *An Essay Toward a New Theory of Vision* (1709) e, mais adiante, com *The Theory of Vision Vindicated and Explored* (1733), George Berkeley engaja-se na discussão: admitindo "que *ideias* ou *sensações* acompanham a visão", propugnava por uma interpretação linguística do fenômeno visual ("as figuras visuais desempenham em Geometria o mesmo papel que as palavras"), mas acabou resvalando num teologismo tanto mais decepcionante quanto mais antagônico às suas aspirações de cientificidade ("os objetos próprios da visão constituem uma linguagem universal do Autor da Natureza, por meio da qual somos instruídos

[15] John Locke. *An Essay Concerning Human Understanding*, 2 vols. Nova York: Dover, 1959, vol. I, pp. 186-187.

acerca do modo que temos de operar para a preservação e bem-estar de nosso corpo, assim como para evitar tudo que possa ser-lhe prejudicial ou destrutivo").[16] Em 1749, Diderot participa da querela em torno do "problema Molyneux" com uma *Lettre sur les Aveugles*, marcada por um racionalismo que busca situar o problema na interioridade do cego de nascença, atribuindo-lhe matizes filosóficos: o pensador enciclopedista intuía, na sua dialética enformada de ciência e mistificação, atravessada por uma saudável ironia, que a visão se alojava no centro das questões filosóficas, a partir do problema levantado por Molyneux. Com Herman von Helmholtz, autor de um *Manual de Óptica Fisiológica* (1867), o assunto logrou a estatura científica que não cessou de ostentar daí por diante; ao mesmo tempo, alargava-se em experimentos de toda ordem, graças à teoria da percepção, da Gestalt, etc. Quando, na segunda metade do século XIX, Dilthey cunhou sua teoria acerca da concepção do mundo, provavelmente não estaria pensando na visão *stricto sensu*, mas o fenômeno óptico, em razão dos antecedentes, dentre os quais se inclui, em destaque, o advento da Fotografia, essa arma diabólica que capta a realidade como um olho humano, estava no ar, – e o filósofo decerto o percebeu. Efetivamente, por mais discutível que possa ser a ideia da *Weltanschauung* na filosofia diltheyana, radica num díptico em que a visão (ou equivalente) entra como termo inalienável.

Porém, a consciência da bipolaridade *ser/ver* levou séculos para se tornar patente: o "espanto" original, assumido como a marca do filósofo segundo a tradição helênica, cedeu aos poucos a um conhecimento mais agudo da realidade, como se, realmente, a visão fosse ganhando acuidade à medida que ultrapassava os véus que recobrem a superfície do mundo. Na verdade, o "assombro" filosófico longe estava de ser ingênuo, pelo menos no interior do pensamento platônico, para o qual os olhos permitiam que se "participasse do espetáculo das estrelas, do sol e da abóbada celeste".[17]

---

[16] George Berkeley. *Ensayo sobre una Nueva Teoría de la Visión y Tratado sobre los Príncipios del Conocimiento Humano*, tr. argentina. Buenos Aires/México: Espasa-Calpe, 1948, pp. 33, 106 e 108.

[17] Karl Jaspers. *La Filosofía*, tr. mexicana. México: Fondo de Cultura Económica, 1957, p. 15

Não obstante, na história da cultura ocidental a visão foi o derradeiro sentido a ser explorado: até o século XVIII, empregava-se mal, ou distorcidamente, a visão, e ainda em nossos dias, pode-se dizer que o ser humano vê mal, literal e figuradamente; é o sentido que mais tardiamente se desenvolveu no homem, quer na sua vida individual, quer ao longo de sua evolução histórica. No século XVI, a audição é o sentido primordial: da religião hebraico-cristã, centrada no Verbo a presidir o Gênesis e a propagar a Fé, ao culto da Música, tudo indica o predomínio da audição sobre a visão.[18] Com o Renascimento e séculos posteriores, começam a mudar as relações entre os sentidos, numa lenta inversão de papéis, que acabará colocando a visão em lugar da audição. Os vários sentidos, entretanto, ainda prevalecem sobre o da visão. As Artes servem como contexto no qual a metamorfose se operou de modo patente: até o século XVIII, os parâmetros eram oferecidos pela Arquitetura, no seguinte foi a vez da Pintura, e mais tarde, com o surgimento da Fotografia, deu-se o sincretismo de vários estilos e formas de Arte.[19] Enquanto predominam as artes plásticas, verifica-se que os objetos são antes colhidos no mundo da ideologia que da realidade coeva, e mesmo os retratos (em que pese a relevância do olhar dos modelos, como bem observou Jean Paris em *L'Espace et le Regard*, 1965) parecem ressoar outros sentidos, como se se tratasse de pintura ou escultura musical ou auditiva. A tela "cantava" através das cores harmoniosamente submetidas a coesão, segundo princípios "de ouro" julgados eternos. "Moisés" era talhado como se um cego pudesse "vê-lo", pelo tato; "ouvida" ou "sentida", a pedra "cantava", e sua visão menos impressionava pela beleza do que por uma como harmonia "musical" ou tátil, que um carente de visão perceberia pelo simples contato físico. Eis porque a escultura clássica, tendente ao excesso da forma, deixa inerte a sensibilidade óptica para estimular os outros sentidos. Pintam-se Vênus, Madonas, Santos, etc., com base na memória,

---

18 Lucien Febvre. "O Homem do Século XVI". *Revista de História*. São Paulo, ano 1, nº 1, jan.-mar. 1950, pp. 14ss.

19 Mario Praz. *Mnemosyne, The Parallel Between Literature and the Visual Arts*. Princeton/Londres: Princeton University Press, 1974, *passim*.

ou no testemunho literário, e a paisagem é não raro suposta ou idealizada, rebento da fantasia e não da observação, chegando mesmo a sugerir a transposição pictórica da Música, como em "O Concerto Campestre", de Giorgione.[20] E os retratos de fidalgos ou potentados deviam ao quadro ideológico sua aura ou significação: *pintura ideológica*, fixava antes os valores éticos, culturais ou sociais, que os físicos; estes, simbolizavam (*pintura simbólica*) aqueles; daí a pintura religiosa e mesmo a pagã registrarem estados de espírito de uma cultura.

Idêntico fenômeno se descortina na Arquitetura, gótica ou manuelina, não como resposta ao *ver*, mas ao *imaginar*, que decorre da ideologia, regiocêntrica/teocêntrica no primeiro caso, antropocêntica/geocêntrica, no outro. E se o manuelino, no gigantismo horizontal da armação, transpira euforia visualista, é porque entrava a circular a perspectiva. No teatro, o cenário não importava, simples pano de fundo ou suposto que era, pois o núcleo da representação residia nas falas, destinadas ao ouvido. Não significa que em tais modalidades artísticas inexistisse a notação visual, mas que esta se rendia aos traços auditivos e táteis.

Na poesia e na ficção sucedia análoga tendência: a sinestesia barroca implica o concerto dos sentidos, como se o "ver" estivesse despontando, embora ancorado nos demais sentidos. A Vênus camoniana, bem como as amadas do Poeta, são descritas com o máximo decoro, de resto exigido pelas regras clássicas, não como se fossem vistas, senão lembradas por uma auréola, que se diria antes musical, auditiva ou tátil, que visual:

> Um mover de olhos, brando e piedoso,
> Sem ver de quê, um riso brando e honesto,
> Quase forçado; um doce e humilde gesto,
> De qualquer alegria duvidoso.

Com o advento do Romantismo, a visão passou a ser largamente utilizada, e toda a cultura refletia o novo estádio: cultura visualista por excelência,

---

[20] Jean Paris. *L'Espace et le Regard*. Paris: Seuil, 1965, pp. 128ss.

a que domina os últimos 200 anos. Agora, a suprema obsessão não é pintar de memória, como até o século XVIII, mas tendo a realidade concreta diante dos olhos; e se um Delacroix ainda insiste em refugiar-se na torre de marfim de seu ateliê para pintar cavalos de mármore, Courbet e os impressionistas descobrem o milagre da luz no instante em que empresta relevo à Natureza.

Em parte devido ao impacto da Fotografia, a Pintura se torna cada vez mais visual (se assim se pode dizer), a ponto de evoluir, já nos começos do século XX (Kandinsky, 1910), para o abstracionismo, arcádia de cores puras, destinada a ser imagem óptica plena, sem as velhas aderências da Música ou da audição, e sem impregnações ideológicas (foi preciso restaurar a figura humana para que a Pintura readquirisse, nas mãos de Picasso e seguidores, ou do Surrealismo, sentidos ou "mensagens" ideológicas). Mais para os nossos dias, a pintura *op* ou *pop*, no seu anseio de introduzir no plano da tela elementos esculturais ostensivos, evidencia o intuito de uma pintura concretamente visual e desarmônica, se interpretada como "música" ou pelo tato (aliás, repelente como tal), mas que se apresenta válida como proposta óptica. A poesia experimental no pós-guerra de 1939, levando a toda sorte de "concretismos", ao mesmo tempo que reinstaurava os *Caligramas* de Apollinaire, nascidos na época em que a Pintura buscava impor-se como visão pura, prolongava os remotos e heterodoxos exercícios visuais da Antiguidade, os *carmina figurata*. Sinal dos tempos, em que a comunicação visual (propaganda, cinema, televisão, etc.) alcança espantoso desenvolvimento, a ponto de fazer pensar no crepúsculo da era de Gutenberg, como propõe McLuhan.

O desenvolvimento da Música na atualidade, sobretudo na vertente *pop* (para apenas nos restringirmos às manifestações populares de uma explosão musical que nas camadas eruditas dá origem a vários experimentalismos, da música dodecafônica à eletrônica, atonal, etc.), equivalente sonoro da *pop art*, poderia induzir à ideia de que, ao contrário de visual, atravessamos uma quadra de paroxístico musicalismo. Nada mais enganoso: além de esse gênero de música usar e abusar de recursos plásticos, já no vestuário dos aficionados, já nos instrumentos empregados em sua execução, já no apelo à luminosidade teatralmente desgrenhada, psicodélica, e outros acessórios no gênero – a própria música, na sua estridência neurotizante, não parece propor-se a ser ouvida, mas a ser "vista". O espetáculo é o da música enquanto cor, espetáculo para os olhos mais do que para os ouvidos, uma vez que, tirante a opinião (sectária) dos fãs, pode ser considerada um torvelinho de ruídos selvagens, simples proliferação de sons inarticulados em alto volume, barulheira infernal, ao invés de harmonia e ritmo sonoramente encadeados para deleite auditivo. O melômano cede lugar ao visiômano: salvo se a audição desempenhar, no caso, funções entorpecedoras, inebriantes, não se justifica, senão pelos detalhes ópticos – nisso refletindo a tendência visualista (e até voyeurista) do atual estágio de cultura – tal gênero de eletricidade sonora, difusamente paranoica.

Do mesmo modo, a Escultura, parcialmente roubada pela Pintura no seu empenho de novos "materiais" expressivos, busca ser óptica, engendrando objetos carregados de pormenores ou enigmas que a visão deve degustar ou desvendar: um Moore, ou um Giacometti criam peças cuja intimidade refoge ao olhar distraído, e que desse mesmo jogo de captação/repulsa da vista fazem a razão de ser do impulso escultórico. Realmente para ser admirada, a escultura fala menos ao tato que à inteligência, pressupondo um olhar inteligente a vasculhá-la e compreendê-la. Idêntica explosão se observa no teatro: hierático durante centúrias, movimentando-se num espaço que o tablado separava do público, agora se transforma num espetáculo visual, de que a expressão verbal constitui ingrediente, posto que o mais importante, e de que a plateia participa diretamente, como se personagem do drama representado. E a prosa de ficção parece fazer coro com a poesia experimental quando lança mão de elementos plásticos para "fingir" o universo inventado, como se o romance se destinasse também a ser visto, ou se dependesse da visão para se mostrar inteiramente; a narrativa que apenas se conta agora é substituída, não raro, pela narrativa que se vê fluir, como se as palavras se iconificassem no retângulo da página, procurando ainda na montagem voluntária dos eventos, numa comutação ilimitada, isomorfia com a pintura abstrata, caracterizada pelas infinitas combinações de formas e cores a partir daquelas que o artista propõe como matrizes de pigmentos e volumes.

Nesse processo gradativo de visualização, o irrompimento da perspectiva exerce papel fundamental. Descrita inicialmente por Leonardo da Vinci em seus *Cadernos de Notas*, a perspectiva entrou a ser usada no século XV pelos pintores da Renascença italiana (Canaletto, Crivelli e outros), após séculos de ausência, reduzida que era a representação plástica a um variado elenco de convenções. A rigor, os mestres do Renascimento italiano antes inventaram a perspectiva que a descobriram, porquanto passaram a representar, não a realidade vista mas sua imagem retiniana: a representação tridimensional da realidade não correspondia à verdade, "pois não retratam o mundo tal como é visto, mas, sim, as imagens (idealizadas) na retina".[21] Com a perspectiva, adicionava-se à realidade um dado novo, de transcendental relevância, não só na história da Pintura como das outras formas de conhecimento.

Se a perspectiva é a da retina, como crer no que se vê? Que relações há entre a visão e a percepção ou o conhecimento? Assim como a consciência relativa à importância do ato de ver remonta à Antiguidade, seus vínculos com a percepção cedo chamaram a atenção dos estudiosos. Plínio, autor de uma *Óptica* (ca. de 150ª.C.), considerava que "a mente é o real instrumento da visão e da observação, e os olhos agem como um tipo de vaso recebendo e transmitindo a porção visível da consciência". E na Idade Média (1038), o árabe Alhazen ensinava que "nada visível é entendido pelo sentido da visão sozinho, salvo luz e cores".[22] Enquanto o problema do conhecimento ou da percepção constituir objeto de psicólogos e filósofos, o debate estará longe de se considerar encerrado.

"O estudo da percepção é, *primordialmente*, psicológico", afirma um estudioso do assunto,[23] buscando apontar a verídica importância da percepção no estágio atual de conhecimento psicológico. E se o conhecimento é figuração, segundo Wittgenstein, ou ideia, ou imagem, o liame com o sentido visual decorre da própria natureza do conhecimento: a visão

---

21 R. L. Gregory, *op. cit.*, p. 176.

22 Citado por E. B. Gombrich. *Art and Illusion*, 3ª ed. Princeton: Princeton University Press, 1969, p. 15.

23 Julian E. Hochberg. *Perception*. Englewood Cliffs, New Jersey: Prentice-Hall, 1964, p. 4.

constitui o lugar geométrico das percepções, espécie de filtro das percepções, objetivando facultar à mente gerar a imagem ou ideia que represente o objeto do conhecimento. Não ignoramos que tal vínculo entre visão e imagem ou ideia, ou representação, comporta matizes, assinalados mais adiante; por ora, basta-nos situar o nexo entre visão e conhecimento, expresso na ideia, imagem ou representação. É, pois, na área semântica da (imagem, ideia, representação, figuração) que se move o conhecer: visão e conhecimento se mostram indissociáveis, assim como *ser* e *ver* se organizam num díptico inextricável. Distingamos, porém, os dois movimentos possíveis entre os termos da parelha, já que não são recíprocos: pode-se ver sem conhecer ("olhar ingênuo" ou "inocente"), mas o conhecer implica o ver, diretamente ou em alguma de suas formas simbólicas, primária ou derivada.

Sabemos somente o que vemos; não podemos saber se não virmos, e a própria informação auditiva transforma-se em visual para adquirir *status* de verdadeiro conhecimento. Acedemos ao nosso subconsciente por via do sonho, que nos autoriza vê-lo, ou melhor, ver os símbolos por meio dos quais nos diz de sua interioridade. E porque símbolos, deformados: nunca imagem direta, fotográfica, senão a imagem distorcida, simbólica, mesmo quando os pormenores possam exibir veracidade mimética. Não há, nem pode haver, linearidade na expressão do subconsciente, formado que é de imagens recalcadas, desenvolvendo imprevistas imagens retinianas produzidas em vigília. Dupla simbolização, por conseguinte, mas é a única ponte de acesso à vida profunda: fora daí, nosso subconsciente escapa ao conhecimento, salvo por intermédio de outras manifestações simbólicas, do gênero lapso de linguagem, a expressão pictórica, tom de voz, etc. Ocorre, porém, que tais índices, em nós, passam geralmente fora do nosso alcance, contrariamente aos sonhos rememorados, que nos enviam mensagens exclusivas e ostensivas.

Mesmo os números, representações de formas "ideais", inexistentes na Natureza, são símbolos visuais, ou desdobramentos de símbolos originais, como o 1, que denotava o homem de pé, ou o 4, carregado de significação simbólica relacionada com o quadrado e a cruz.[24] A numerologia, ou

---

[24] Jean Chevalier e Alain Gheerbrant, *op. cit.* Verbetes correspondentes a 1 e 4.

o simbolismo dos números, abre-se, é sabido, como um vasto mundo de reflexões alquímicas, ocultistas, cabalísticas, que remontam ao princípio da história do conhecimento; e as matemáticas eram tidas, desde os gregos antigos, como a ciência-matriz, de que as outras derivariam.

Ora, ainda que correndo o risco de simplificar, pode-se assentar que a percepção é um mecanismo de captação da realidade marcado pelo signo da relatividade: experiências no terreno da Psicologia e da Física mostram que a percepção não é universal, que cada sujeito capta os objetos à sua maneira, e de modo diferente em momentos distintos, de acordo com fatores ambientais (luz, posição e distância dos objetos, etc.), predisposição, repetição do ato perceptivo, personalidade, memória, etnia e cultura do agente perceptivo, motivação (sede, fome, dor, medo, prêmio, emoção), atenção, condições gerais de saúde, etc. As próprias "constâncias" de forma, cor, brilho e volume dos objetos se sujeitam a variações de toda ordem.[25] As figuras abaixo:[26]

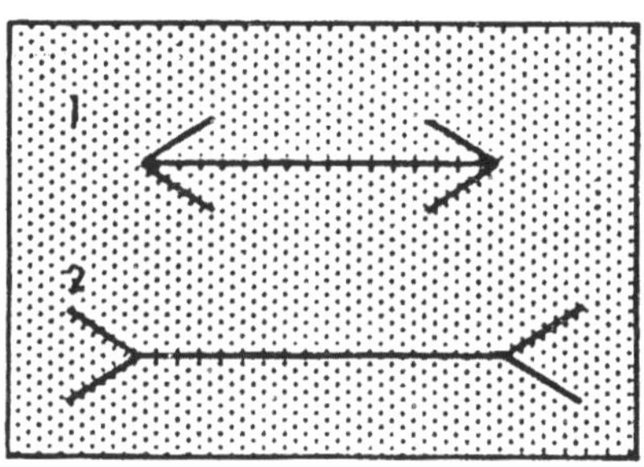

[25] Considerem-se, à guisa de amostra da relatividade em matéria de percepção, as informações e comentários aduzidos, do prisma psicológico, por Julian E. Hochberg (*op. cit.*) e M.D. Vernon (*Percepção e Experiência*, tr. brasileira. São Paulo: Perspectiva, 1974), e, do ângulo filosófico, por M. Merleau-Ponty (*Phénoménologie de la Perception*. Paris: Gallimard, 1945, especialmente os capítulos iniciais).

[26] A primeira figura, à esquerda, denomina-se "ilusão de Müller-Lyer"; a outra, segun do E. G. Boring, "A New Ambiguous Figure". *American Journal of Psychology*, 1930, vol. 42. p. 444, citadas por Julian E. Hochberg, *op. cit.*, pp. 3 e 4.

podem induzir à ideia de que as linhas 1 e 2 não têm quase o mesmo comprimento, e de que somente vemos uma moça (ou uma velha) de lenço à cabeça: iludidos no primeiro caso pela forma dos ângulos que fecham as linhas, não percebemos que apresentam relativamente a mesma medida, e no outro podemos não detectar a figura de uma velha (ou vice-versa, tendo percebido a velha, elidir a figura da moça). Ilusória ou deformante, a percepção tem, no entanto, limite, que é dado pelo objeto: no caso da "ilusão de Müller-Lyer", a tendência seria considerar a segunda linha mais extensa que a primeira, e no seguinte, o limite seria 2/3: duas hipóteses, em separado (uma moça ou uma velha), e uma terceira, a coexistência das duas (depois que se faz o teste em separado), mas que o olhar não capta ao mesmo tempo. Insere-se, assim, no ato de ver um componente subjetivo. Em condições normais, a deformação ou ilusão resultaria do próprio contorno do globo ocular e do movimento do olhar,[27] como na representação de um átrio sustentado por colunas, que se pode fazer esquematicamente, em linhas retas, ou de acordo com a deformação "subjetiva", em curva:[28]

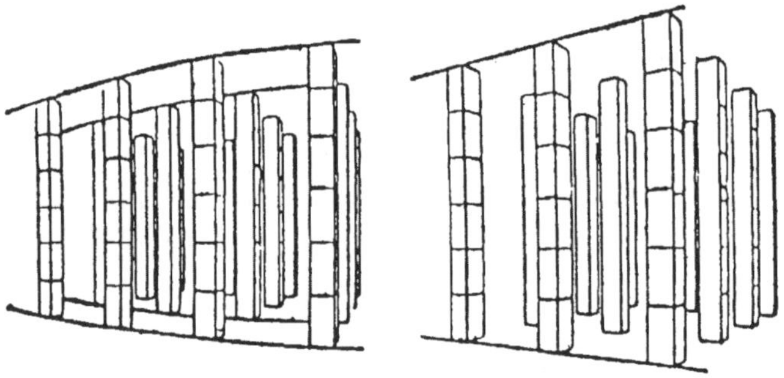

A visão "real" do átrio seria a subjetiva, em curva, e não a outra, esquematizada para fins profissionais, e no primeiro caso a deformação é patente.

[27] "Vemos com dois olhos em constante movimento e não com um olho fixo, o que confere ao 'campo visual' uma forma esferoide" (Erwin Panofsky. *La Perspectiva como "Forma Simbólica"*, tr. espanhola. Barcelona: Tusquets, 1973, p. 11).

[28] Desenho de Guido Hauck, cit. por Erwin Panofsky, *op. cit.*, p. 13.

Equivalente ao diafragma ocular, a Fotografia sofre, apesar das aparências, de análoga limitação: a subjetividade, ou a relatividade, preside à fixação dos objetos na película, uma vez que não há, em princípio, duas fotografias iguais. Uma câmara voltada para o mesmo panorama não lograria duas fotos idênticas, pela simples razão de ser outro o momento da exposição. Por outro lado, a fotografia significa olhar sem enxergar, como no famoso conto de Cortázar, "Las Babas del Diablo", em que um fotógrafo capta, sem querer, um cadáver semioculto atrás de uma moita. Pela simples razão de o operador da câmara centrar sua atenção num ponto da paisagem, acaba registrando minúcias que literalmente não divisava no instante de acionar a objetiva.

Evidentemente, nos casos de neurose, a distorção visual é levada a um grau patológico, em que a realidade do objeto cede à imagem gravada nos labirintos da mente doentia, que se sobrepõe às possíveis imagens "reais" do objeto. No plano estético, essa deformação/limite pode caracterizar o visionário, que mergulha no caos à custa de ver a profundidade do mundo, alheio ao seu relevo superficial, numa espécie de misticismo sem religião, caótico.[29] Antropocêntrica, portanto, a perspectiva: assinala o "triunfo da vontade de poder humana por anular as distâncias" (...) "a expansão da esfera do 'eu'".[30] Sucede, no entanto, que o predomínio da perspectiva do olhar humano redunda no aumento da distância entre o "eu" e os objetos, ao contrário do que ocorria na arte anterior ao Renascimento, quando o espectador se acreditava situado dentro do universo da tela.

A hipótese de interpretação, que os filósofos tendem a considerar inalienável ao conhecimento,[31] parece adaptar-se ao fenômeno ilusório ou deformativo da percepção. Nesse caso, o conhecimento consistiria numa

---

[29] Javier del Amo. *Literatura y Neurósis*. Madri: Nacional, 1974, pp. 75ss.

[30] Erwin Panofsky, *op. cit.*, p. 51.

[31] Karl Jaspers. *La Filosofía*, p. 65: "todo conhecimento é *interpretação*". Ludwig Wittgenstein (*Investigações Filosóficas*, tr. brasileira. São Paulo: Abril, 1975, p. 192), comentando o fato de o texto que acompanha a figura de um paralelogramo falar cada vez de coisas diferentes, "de um cubo de vidro, de uma caixa aberta virada, de uma armação de arame com essa forma, de três tábuas que formam um canto", arremata

percepção sempre interpretativa, implicando um significado. A psicologia gestaltista, que se ocupou do fenômeno, qualifica tal hipótese de insuficiente, por explicar muito pouco ou explicar demais, optando pela ideia de que "as coisas parecem o que são por causa da organização do campo a que a distribuição do estímulo proximal [diretamente ligado à nossa percepção] dá origem".[32] Ora, seja a interpretação empregada filosoficamente, seja gestaltianamente, é preciso levar em conta "a enorme diferença que existe entre 'a imagem visual' psicologicamente condicionada, através da qual aparece ante nossa consciência o mundo visível, e 'a imagem retiniana', que se esboça mecanicamente em nosso olho físico (porque nossa consciência, devido a uma peculiar 'tendência à constância', produzida pela atividade conjunta da vista e do tato, atribui às coisas vistas uma dimensão e uma forma que provêm delas como tais e se nega a reconhecer, ou ao menos a fazê-lo em toda a sua extensão, as aparentes modificações que a dimensão e a forma das coisas sofrem na imagem retiniana); e, enfim, descura de um fato importantíssimo: o que nessa imagem retiniana – prescindindo totalmente de sua 'interpretação' psicológica e do fato da mobilidade da vista – essas formas são projetadas, não sobre uma superfície plana, mas sobre uma superfície côncava, com a qual, num nível inferior e também pré-psicológico, se produz uma discrepância fundamental entre a 'realidade e a construção'".[33]

Na verdade, a ênfase na imagem retiniana, decorrente da noção de perspectiva, casa-se perfeitamente à ideia gestaltiana de campo, como, aliás, propugna Koffka: após identificar a imagem retiniana com a chapa fotográfica, inclui o sistema oculomotor num sistema mais amplo, de que faz parte o campo.[34] Num caso ou noutro, fica patente que a visão, assim como

---

dizendo que "podemos também *ver* a ilustração ora como uma, ora como outra coisa. Portanto, nós a interpretamos e a *vemos* como a *interpretamos*".

[32] K. Koffka. *Principles of Gestalt Psychology*. Nova York: Harcourt, Brace and Co., 1935, p. 75ss.

[33] Erwin Panofsky, *op. cit.*, pp. 11-12.

[34] K. Koffka, *op. cit.*, pp. 77, 311ss.

a percepção, está condicionada a uma série de fatores, cuja mensuração parece escapar a critérios rígidos e definitivos: porque ainda sujeitos a experimentos, ou a teorias, a visão e a percepção deixam margem a especulações, nucleadas ao redor da observação inicial que relativiza o ato de ver, sobretudo quando articulado à cognição.

Dentre as investigações mais recentes nesse terreno, ressaltam as que Rudolf Arnheim levou a cabo e relatou em livros hoje clássicos na matéria. O fulcro de suas investigações reside na "colaboração entre perceber e pensar", segundo a qual, "somente porque a percepção reúne vários tipos de coisas, ou seja, conceitos, pode o material perceptível ser usado para o pensamento; e inversamente, a menos que o estofo dos sentidos permaneça presente, a mente não tem nada a ver com isso".[35] A partir dele, o estudioso se entrega a uma série de experimentos no território da psicologia da Arte, em que se tornou mestre aposentado de Harvard. Na esteira de Koffka, admite que a visão dos objetos implica o contexto espaço/tempo, e que a continuidade, em vez da constância, presidiria a relação entre os elementos envolvidos no campo perceptivo: em suma, a continuidade pressupõe mudança.

Ora, a variação de cor, luminosidade e forma, que acompanha os objetos em dado contexto visualmente perceptivo, não corresponderá à multiplicidade conotativa da metáfora, na medida em que esta procura, e realiza, por meio de sua polivalência, surpreender os vários graus que os objetos da realidade do mundo assumem para a retina do poeta ou prosador? O primeiro, na imediatez da captação, como se lograsse fixar a "inconstância", a continuidade na mudança, a dinâmica permanente dos objetos, submissos à mudança do contexto em que se localiza a retina do espectador; o prosador, na mediatez da percepção, como se, "distraído" ou impessoalizado ante os objetos que detecta, adiasse para mais tarde, para o término da obra que produz, a consciência, embora relativa, da polivocidade semântica dos componentes da realidade.

---

35 Rudolf Arnheim. *Visual Thinking*. Berkeley/Los Angeles/Londres: University of California Press, 1969, pp. 1ss.

Num caso e noutro, reproduz-se o contexto dos objetos, incluindo a visão que os capta, e a obra germinada em consequência da expressão desse conjunto perceptivo se projeta, no seu todo, como um contexto novo, equivalente (mas não idêntico), simétrico (mas não redundante), àquele. Não altera substancialmente o resultado o fato de a poesia diferir da prosa pelo "momento" ou intensidade da visão: idênticas na captação da mudança contínua dos objetos reais, a poesia e a prosa divergirão no "tempo" da captação, imediata, no primeiro caso, mais lenta, no segundo. Tudo se passa como se, naquele gênero, o diafragma óptico demorasse um infinitésimo de segundo para flagrar a instantânea mobilidade dos objetos, enquanto no segundo despendesse o máximo de tempo: ali, os objetos se expõem um átimo à câmara visual; aqui, um tempo indeterminado, de modo a refletir-se na concentração de efeitos (primeiro caso), e na dispersão, ou distensão (segundo caso).

Concebidos simetricamente, o mundo da realidade e o da arte literária (para nos restringirmos ao perímetro de nossa indagação) se articulariam conforme a mimese, entendida como a reprodução ou recriação da realidade por meio de processo equivalente: no espelho do texto, funcionando qual poderosa retina, reflete a realidade do mundo no seu dinamismo contextual; o contexto literário (o texto e as suas implicações) se estruturaria simétrico ao contexto "real", não apenas nos objetos que o integram, mas, sobretudo, no modo dinâmico como se apresentam, na variedade que ostentam aos olhos do espectador.

Porém, a semelhança entre o discurso estético em geral e o literário se atenua quando os examinamos mais de perto. Se a distorção que participa do processo perceptivo implica abstração,[36] nem por isso se pode afirmar que haja identidade entre a percepção plástica de um cubo e a sua percepção literária: a imagem do cubo, na superfície da tela ou na massa da escultura, não é a mesma do vocábulo "cubo" ou da descrição verbal de suas peculiaridades. Pense-se, à guisa de exemplo, no ovo da poesia de João Cabral de Melo Neto, ou nos "poemas figurados", que buscam representar a estrutura do objeto numa forma fixa e, portanto, pretendem fundir as

[36] *Idem, ibidem*, pp. 51ss.

perspectivas plástica e literária. Sem menosprezo pelas artes plásticas, pode-se depreender que a expressão da percepção plástica tende à estaticidade (embora ainda variável o campo perceptivo que lhe deu causa), enquanto a expressão literária do mesmo campo perceptivo tende ao movimento, como se esta se aproximasse cada vez mais da "realidade" do contexto perceptivo, e aquela o imobilizasse à proporção que se tornasse análoga à fotografia.

Examinado o problema do ângulo da verossimilhança, podia-se admitir que a percepção plástica se move ao longo de um eixo que começa na Música e termina na Fotografia, de modo que tanto mais reduzisse a mobilidade inerente ao real quanto mais se avizinhasse do seu extremo oposto. Em contrapartida, a percepção literária pressuporia uma verossimilhança de tipo virtual, graças ao concurso da fantasia, não só no ato de criar como no ato de ler. Eis porque se empobrece a percepção literária na razão direta de suas veleidades fotográficas – poesia parnasiana, romance realista e naturalista, poesia concreta – se enriquece quando busca desvendar os implícitos nos contextos perceptivos, como na ficção introspectiva, ou na poesia "transcendental". Semelhante variação ocorre na pintura que se pretende fotográfica – e aí está a pintura acadêmica para o dizer com toda a ênfase – e a que emprega recursos próprios para visualizar e exprimir campos perceptivos inidentificáveis, senão com o apoio da inteligência e da sensibilidade em nível apurado (pintura abstrata), ou campos perceptivos definíveis, mas detectados nas suas implicações quase invisíveis, ou apenas patentes ao olhar equipado (pintura figurativa dos grandes mestres).

As distorções de Van Gogh assomam, por isso, como "o equivalente pictórico de seu conceito perceptual, sua materialização como forma tangível, mais tradução por meio pictórico que reprodução".[37] Se a imagem pictórica autoriza a estabelecer tal homologia, com mais razão a imagem literária: o que na Pintura é o auge da habilidade e talento perceptivo, deve ser o lugar-comum na arte literária. A Pintura pode vingar sem os requintes de um Van Gogh, mas a arte literária não sobrevive sem a imagem polivalente.

---

[37] *Idem. Toward a Psychology of Art.* Berkeley/Los Angeles: University of California Press, 1966, p. 35.

Se a metáfora encerra um componente modificador do objeto representado, infere-se que o texto literário apresenta *sempre* a deformação semelhante à do pintor flamengo. Nesse caso, a imagem literária é menos a reprodução do real que o equivalente a um conceito perceptual: a metáfora não reproduz objetos; corresponde, mais propriamente, à materialização das percepções proximais desencadeadas por elas na retina do escritor.

Dois momentos, por conseguinte, podem ser divisados na marcha entre os objetos (ou as percepções) e a a representação: 1) entre os objetos e os conceitos perceptuais, 2) entre estes e as representações. Admitindo que os conceitos perceptuais equivalem a representações conceptuais ou mentais, deduz-se que o circuito se estabelece entre duas formas ou modalidades de representação, a textual, que constitui representação de segundo grau, e a mental, ou conceito perceptual, de primeiro grau. Da perspectiva da hermenêutica, teríamos a *imagem* (*Darstellung*) e a *representação propriamente dita* (*Vorstellung*), aquela dotada de um referencial externo, situado na Natureza ou no Cosmos, esta, produzida pela especulação da mente ao dobrar-se (re-flexão) sobre a própria interioridade.[38]

Às duas representações corresponderiam "dois tipos extremos de representação artística, uma formalizada, estilizada, geralmente geométrica, a outra, naturalística, próxima da fidelidade fotográfica. Max Verworn considera a primeira arte 'ideoplástica', baseada que é no conhecimento ou pensamento, a outra, arte 'fisioplástica', cópia mecânica da projeção 'retiniana'". Ainda se denominam representação "óptica" e representação "conceptual", segundo proposta de Miriam Bunim.[39] Como bem acentua Rudolf Arnheim, a diferença não pode ser aceita senão em casos extremos, uma vez que "o elemento forma, tão proeminente na arte abstrata, é indispensável e exatamente da mesma qualidade em qualquer representação naturalística que mereça o nome de arte".[40] Por outras palavras, podemos

---

[38] Hans-Georg Gadamer. *Vérité et Méthode, Les Grandes Lignes d'une Hermeneutique Philosophique*, tr. francesa. Paris: Seuil, 1976, pp. 28-29, 64ss., 68, 80, 98-99 e 259.

[39] Rudolf Arnheim. *Toward a Psychology of Art*, p. 38.

[40] *Idem, ibidem*, p. 39.

admitir dois lances, em espiral, no percurso representativo, um que procede da coisa, no mundo natural, até a retina, e o segundo, que deriva desta para a abstração desenvolvida pela fantasia; não há, contudo, representação retiniana "pura" nem representação mental "pura". Entretanto, se a crítica literária for considerada "segunda linguagem",[41] linguagem de segundo grau, e se a representação original é tanto fisioplástica quanto ideoplástica, a representação literária igualmente conterá as duas dimensões representativas ou dois momentos da representação.

A visão descreveria, consequentemente, um circuito em dois segmentos conexos, quando não superpostos a ponto de empanar a distinção entre eles: o "eu" do criador vê a realidade, não só fisiológica como ideopaticamente, e a seguir, engajado no ato expressivo, transfere para uma forma a representação original.[42] Tudo se passa como se dois atos visuais concorressem para que o texto literário adquirisse a estrutura final. Sucede, no entanto, que o escritor trabalha com a imaginação, autorizando supor que prefere às percepções fotográficas as percepções conceptuais, ou, por outros termos, não dispensa percepções conceptuais (nas quais se imbricam as outras), sob pena de trair os objetivos últimos de sua arte. Dado que há sempre na imagem ou representação mental uma dose de referencialidade, é de admitir, como premissa, que a metáfora, veículo da imagem ou sua expressão também contenha sinais de realidade fotográfica

Mas pelo fato de ser representação de segundo grau, a realidade física ou concreta surge transmutada em conceito, transfigura-se de acordo com o modo de o escritor divisar o mundo. Trata-se, pois, de realidade física de segundo grau, visto que o correspondente referencial da representação mental é de primeiro grau. Se, porém, admitirmos como dado assente que

---

41 Michel Foucault. *Les Mots et les Choses*. Paris: Gallimard, 1966, p. 95.

42 Conquanto o texto possa sugerir o contrário, subentenda-se que a forma e o conceito perceptivo não são "momentos" sucessivos do ato de conhecimento, mas simultâneos: é tão impensável uma forma oca, na qual se vazasse uma percepção, quanto um conceito perceptivo desprovido de forma. Mais do que correlatas, forma e percepção se unificam, como o significante e o significado dos signos.

as percepções são conceptuais – na linha de Rudolf Arnheim – segue-se que a parcela de real físico, por assumir-se em dois níveis, atinge o mais alto grau de abstração e, portanto, de determinação. Extremando-se do fotográfico, a representação metafórica permite à realidade liberar toda a sua potencialidade, precisamente por alçar-se à plena abstração. Se o fotográfico é redutor à custa de ser "idêntico" ou homólogo "perfeito", o abstrato enfeixa as várias possibilidades do real, a começar de sua ambiguidade. A própria circunstância de as percepções tenderem a criar formas regulares, simétricas, estáveis, sujeitas a leis específicas, "as leis da organização perceptiva",[43] denuncia a intervenção de uma força centrípeta no interior da forma, decorrente do processo de abstração, imaginação ou fantasia.

Deformada como processo perceptivo, ao longo desses dois estágios, e deformada ainda como núcleo da expressão que se coagula em forma, a visão nem por isso fica salvaguardada de outras interferências, que enfatizam o grau de metamorfose inicial. A memória faz sua aparição nesse momento, supondo-se que "o que uma pessoa vê agora (...) é simplesmente a revelação, a respectiva do que viu no passado,[44] vemos a realidade atual

---

[43] Rudolf Arnheim. *Toward a Psychology of Art*, p. 44.

[44] *Idem, Art and Visual Perception. A Psychology of the Creative Eye*. Berkeley/Los Angeles: University of California Press, 1974, p. 48. Discutindo a ideia segundo a qual vemos "através dos 'óculos' da memória", M. Merleau-Ponty (*op. cit.*, pp. 27-28) considera que a "'projeção das lembranças' é somente uma má metáfora que esconde um conhecimento mais profundo e realizado". E acrescenta que "a experiência passada somente pode aparecer mais tarde como causa da ilusão; foi preciso que a experiência presente assumisse inicialmente forma e sentido para reclamar justamente essa lembrança e não outras". À vista dos argumentos aduzidos, parece razoável acreditar que o psicólogo e o filósofo não discordam radicalmente: na verdade, se não se trata de "projeção das lembranças", mas de algo como "irrupção das lembranças", o resultado fundamentalmente não se altera, uma vez que a metáfora continua a participar do ato perceptivo. Se não é o passado que se atualiza, é com ele que a percepção se efetiva e adquire identidade. De resto, Arnheim semelha querer dizê-lo ao asseverar (*ibidem, loc. cit.*) que "se percebemos os quatro pontos da figura 26:

com a totalidade do nosso ser, incluindo as imagens do passado. Significará que o olhar (o olhar "interior") retém um estoque de imagens em progresso, atualizadas à medida que encontram na realidade concreta, presente, o estímulo associativo com o passado?

Limitando-nos à arte literária, o raciocínio parece afirmativo, considerando-se que tanto o poeta quanto o prosador constroem suas ficções em torno de imagens depositadas na memória. Se o trajeto criativo principia na percepção fisiológica e passa pela imaginação e sensibilidade (ou percepção conceptual), termina pela intercessão da memória. Daí os poetas e prosadores expressarem não o presente do ato de criar, pois laboram com a memória, mas o presente em que se converteu o passado *visto* na imagem que o reteve, e no qual é possível recuperá-lo ou revê-lo. Por outro lado, imersos no processo criador, veem no presente do ato de criação o passado de sua memória, a qual, por seu turno, age duplamente: 1) no próprio ato de germinação no universo mental do poeta, 2) no ato de conferir forma, expressão, aos conteúdos da história individual. Se a percepção e a lembrança são atos complexos por si sós, com mais razão o ato criativo, para o qual confluem infinitas forças armazenadas na mente do criador de arte.[45]

É que "o ato de percepção nunca se apresenta isolado, é apenas a fase mais coerente de um manancial de atos similares, realizados no passado e sobrevivendo na memória".[46] Assim, a realidade registrada no texto literário sempre é da memória, ou do passado, ainda que se mostre como do presente: o presente do texto é, verdadeiramente, a presentificação do passado submerso na memória, presente configurado não como instante, mas como *duração*, no qual se inscrevem o passado e o futuro.[47] O processo por meio

---

como quadrado agora, é porque vimos muitos quadrados no passado". E. M. Merleau-Ponty não diz o contrário ao assinalar que "toda percepção supõe um certo passado do sujeito que percebe" (*op. cit.*, p. 326).

45 *Idem. Art and Visual Perception*, p. 64.

46 *Idem. The Visual Thinking*, p. 80.

47 Alfred North Whitehead. *El Concepto de Naturaleza*, tr. espanhola. Madri: Gredos, 1968, p. 81.

do qual a realidade se manifesta pode assumir caráter de presente, mas o seu conteúdo é o da memória, ou passado como duração, que emerge na fímbria da consciência como presente a ela no momento da captação. Ao dizer "eu vejo", "eu sinto", "a personagem abre a janela e fita o horizonte enevoado", o poeta e o ficcionista não se reportam ao presente atual, contemporâneo à ação que dizem praticar, mas ao pretérito, uma vez que no ato de transcrever no papel as percepções se estabeleceu um distanciamento temporal e físico entre o objeto da percepção e o ato de trazê-lo à superfície da memória e exprimi-lo verbalmente. O presente expresso constitui, assim, um disfarce à consciência do leitor o passado (presente) do criador, como se, em realidade, se operasse um retorno ao presente gravado na memória e, por isso mesmo, a um tempo que somente existe na memória. Quer encaremos como presentificação, quer como reingresso, pela memória, no tempo perdido – trata-se não de comunicar o presente da percepção *enquanto ocorre*, mas de fingi-lo ocorrendo: a realidade é, desse modo, a fixada pela memória e volvida presente como se fosse o presente *atual, contemporâneo* ao ato da escrita/ato perceptivo e não o que a escrita desencavou da memória.

A ficção proustiana é exemplo acabado dessa mecânica temporal, em que se finge presente o tempo pregresso, como se o escritor anulasse sua corporeidade e o tempo de elaboração material do texto, para se tornar pura *duração*. Dessa perspectiva, o foco de narração na prosa ficcional é sempre o da terceira pessoa, constituindo-se a primeira pessoa mero estratagema para sugerir a presença/o presente e a objetividade que ela/ele implica. Simetricamente, a realidade coagulada no texto poético é presente, em decorrência de a subjetividade do poeta assumir-se como tal: fingidor por natureza, dispensa a máscara da terceira pessoa – como na prosa de ficção –, já que se encontra no próprio cerne da equação perceptiva. A realidade poética situa-se num tempo perpetuamente presente, não o do ato da escrita, mas o da memória, como se o passado jamais se expusesse como tal, senão como presente que é/foi, o que não implica o distanciamento sistemático, próprio do narrador de ficção. Se neste a terceira pessoa predomina, em razão de o passado ser o do "outro" (oculto na pessoa) e a história não lhe pertencer como vivência real, no poeta a primeira pessoa triunfa, pois o passado é o seu próprio, ou melhor, do "eu" a quem transfere o comando da ação criadora, Enquanto no romance o passado se presentifica, assim denunciando o abismo entre as duas dimensões do tempo, na poesia o passado é o presente da memória; daí a realidade estar distante do narrador (e do leitor) e, no caso da poesia, ser a presente, a que o leitor tem acesso, interiorizando-a, como fração de sua consciência.

Num caso e noutro, opera-se a deformação, já sabida, dos objetos da realidade ao invadir o universo do texto, seja porque caldeada pela imaginação criadora, seja porque o ato de percepção envolve distorção. Alterado pelos sentidos, notadamente a visão, e transfigurado pela fantasia, o objeto da realidade não surge *como é* na tela mental do poeta ou prosador, mas como *imagem, representação, sinal* da realidade original. Um exame mais atento mostraria dupla ou tripla distorção, não apenas porque interferem os mecanismos apontados – o da percepção e o da fantasia, mas porque subordinados ao plano da memória. Admitida a dupla deformação (a primeira, da percepção; a segunda, da fantasia), uma terceira se manifestaria, a da memória: distorcida pela percepção/fantasia, a realidade ainda se deforma pela memória e, impossibilitada de se mostrar como tal, se expressa por meio do símbolo. Vemos, no espelho do texto, a representação ambígua da realidade vista num passado longínquo e tornado presente por um novo ato visual (memória): dupla visão, por conseguinte. Vemos, não a realidade primordial "esquecida" que foi pelo próprio criador de arte, mas o seu simulacro ou sucedâneo imagético, gerado pela memória; não a realidade, mas a gravação de computador em que se retêm os vestígios da passagem do tempo e das coisas. E-nos vedado, no entanto, aceder à realidade primeira, sejamos criadores, sejamos leitores: a realidade soterrada apenas "renasce" *graças à distorção* efetuada pela percepção e pela memória. O dualismo da metáfora reproduz a/e reproduz-se na dicotomia intrínseca do processo criador/realidade.[48]

---

[48] Rudolf Amheim. *The Visual Thinking*, p. 84.

Ao contrário dos pintores impressionistas, os prosadores e os poetas não escrevem *sur le champ*, mas de memória: a realidade vista transmuta-se em matéria de memória, e é sobre esta que arquitetam ficções e tensões líricas ou épicas. A visão convertida em memória, ou as percepções ópticas que a memória alcança gravar e transfundir: a visão nunca é do aqui e agora, senão de um pretérito cristalizado em interioridade. O presente no qual se manifesta, trazendo à tona as latências subjacentes, constitui o presente do ato narrativo. Quando dizemos que o escritor "vê" a realidade, verdadeiramente queremos dizer que "viu", e o que "viu" não pode ser tomado como ato puro de "ver", ou porque o "ver" implica os demais sentidos e os valores que comparecem no ato perceptivo da visão, ou porque, e sobretudo, o "ver" é o da memória: identificado com as recordações, o "ver" é um resíduo, o depósito que o tempo vai deixando na mente. "Ver" confunde-se, desse modo, com o próprio tempo: *ver* e *viver* (vi+ver) se equivalem. O regresso proustiano somente pôde ser tentado porque o ficcionista se recordava do que vira, já que a reminiscência não visual parece uma impossibilidade radical. A memória é do que o autor "viu", na qual se concentram as demais percepções; a associação olfativa, por meio da qual Proust ingressa no funil do tempo, é apenas componente (ou estímulo) da memória.

Ainda opostamente aos impressionistas, Picasso dizia pintar o que pensava, não o que via, numa flagrante contradição, à primeira vista, com o seu ofício. A uma análise mais demorada, verifica-se que a primeira parte da ideia não antagoniza a segunda; na verdade, porque é autosuficiente dispensa-a: pintar o pensamento é pintar a visão já transfigurada pela memória, dado que a visão presente está fora de cogitação. Pintava não o que via (no ato de pintar, como procediam Van Gogh e outros), mas o que pensava, os seus pensamentos eram a condensação dos depósitos de suas percepções, notadamente visuais, como evidencia sua condição de pintor.[49]

---

[49] Um historiador e crítico da Arte chega a dizer que "a Pintura é uma atividade, e por isso o artista tende a ver o que pinta, mais do que a pintar o que vê" (E.B. Gombrich, *op. cit.*, p. 86).

O gênio de Guernica já identificado com o tempo, não estranha que o "ver" alargue o seu universo de ação até recobrir o próprio ser onticamente considerado. Assim, funde-se com o momento em que a consciência – essa como visão interior, na qual se filtram as percepções de todos os gêneros – pode aceder à intimidade do ser, num limiar que se dilui à medida que dele tomamos posse, como se a palavra para enunciá-lo o desmantelasse com a simples elocução: porque símbolo, a palavra, típico instrumento visual que é, aponta, sem aprisionar, o ser que mal se mostra. Visão e símbolo acabam por unificar-se, permutáveis e reciprocamente dependentes: "a visão não é um certo modo de pensamento ou presença a si própria: é o meio que me é dado para estar ausente de mim próprio, assistir de dentro à fissão do Ser, ao término da qual somente me encerro em mim".[50] Por meio da visão, presenciamos a fissão do Ser, e também podemos estar em toda parte, perto ou longe, abranger o infinitamente pequeno e o infinitamente grande, num movimento parabólico que acaba transformando a visão num instrumento mágico, apto a surpreender o incógnito ou o oculto por trás das aparências. Instrumento mágico, mas nada inocente, ou ingênuo; instrumento visionário, mas não desarmado: "se cada sentença é a tela ou forma espacial no 'olho' multissensível da mente, a verdadeira leitura é experiência visionária (não meramente visual). Se toda tela é uma sentença, a verdadeira visão não reside no olho inocente ou ignorante, mas a leitura de uma mente informada".[51]

Não obstante/porque armada, a visão pode pretender-se em vão objetiva, e assim regressamos ao ponto em que se assentou que, no universo da percepção, a objetividade não é o estado natural do conhecimento, mas a subjetividade. Ser objetivo na percepção é um ideal, que a Ciência se esforça por (e se aproxima de) realizar; ser objetivo nas percepções significa que as percepções captam os objetos como "em si", sem sofrer distorção de qualquer natureza. A objetividade seria a percepção em que o sujeito não interviesse, reduzindo-se à fonte de onde emana o impulso no rumo da

---

50 M. Merleau-Ponty. *L'Oell et l'Esprit*. Paris: Gallimard, 1964, p. 81.

51 W.J.T. Mitchell. "Spatial Form in Literature: Toward a General Theory." *Critical Inquiry*. Chicago, vol. 6, nº 3, primavera 1980. p. 565.

percepção. Como que neutralizado após a vibração projetiva, o sujeito cessaria de agir em favor do mecanismo que põe em funcionamento para capturar o objeto "fora"; deflagrada como produto de um sujeito, a percepção se moveria na direção do seu objeto como vetor autônomo alimentado por energia autógena. Divisada a partir do objeto, a percepção se definiria como o estímulo orientado para o sujeito capaz de recebê-lo: determinado no percurso objeto-sujeito (como o fora na trajetória inversa), o processo da percepção cumpre-se, enquanto objetividade, quando o objeto se pronunciasse íntegro na percepção. Idealista, teórico, o itinerário objetivo pressupõe uma neutralidade utópica: essa própria objetividade, caso se realizasse conforme os percursos aduzidos, implicaria um sujeito (posto que externo ao movimento da percepção) para registrá-lo. E nessa hipótese, a subjetividade estaria presente e modificando o trajeto da objetividade da percepção, tornando-a, consequentemente, subjetiva.

A rigor, pois, a percepção é um processo em que o sujeito participa desde o estímulo original, pela própria razão de que "na psicologia da percepção não descrevemos, por exemplo, coleópteros e mariposas, mas ocupamo-nos de percepções ópticas e acústicas, de qualidades e intensidades, da percepção do movimento, do espaço, da temporalidade".[52] Percepção e subjetividade constituem, assim, polos da mesma equação: admitindo-se que a percepção objetiva se localiza num horizonte virtual, a subjetividade constitui a condição das percepções. No ato da percepção se manifesta o sujeito dela, não apenas como fonte geradora do processo perceptivo, mas como mecanismo sem o que a percepção deixa de realizar-se. Sendo a percepção um movimento do próprio "eu", não uma de suas metástases que se tornasse "neutra" ou "emancipada", é o próprio sujeito que se arremessa, gnosiologicamente, para o objeto que o reclama.

A objetividade consistiria, portanto, num horizonte ideal para o qual se orienta o conhecimento que se pretende científico. Atingi-la é a grande quimera. Mas, sendo impossível no campo da percepção, sê-lo-á também no domínio do conhecimento: este, tanto quanto as percepções, é marcado

---

[52] Karl Jaspers. *Psicología de las Concepciones del Mundo*, p. 206.

pelo timbre da subjetividade. Porém, como desistir da objetividade se ela é o norte de todo conhecimento? Como admiti-la exilada ou inexistente? A objetividade possível é função do número: a quantificação a fundamenta; a soma de percepções "idênticas" daria a objetividade possível, sempre relativa ao número. Quando o máximo de percepções se identificassem, contra o mínimo de respostas dispersas ou equívocas, ter-se-ia a objetividade possível. E, nesse caso, a objetividade se conceituaria como o lugar de encontro da intersubjetividade, ou, nas palavras de Popper, organizadas à luz do pensamento kantiano, "a *objetividade* dos enunciados científicos reside no fato de poderem ser *intersubjetivamente submetidos* a teste".[53] O critério de aferição repousaria não no objeto nem no sujeito, tomando um e outro insuladamente, mas na sua relação: a objetividade é uma relação, evidencia-se como relação, numa relação. Obedece, pois, a um critério estatístico, ou frequentativo (se quisermos respeitar a proposta de Popper), o da quantidade predominante das mesmas respostas perceptivas diante do mesmo objeto, o que significa a persistência da subjetividade, embora situada em *n* sujeitos.

A objetividade é, por outro lado, função do contexto: é em determinado contexto, ou sob determinadas condições, que o critério de objetividade se exerce. Mudado o contexto, a equação pode variar, e também o resultado da experiência: o contexto alteraria o resultado da percepção tanto quanto as imagens multiformes que pululam na mente dos seres implicados no processo perceptivo. A mesma ponte modifica-se, gerando imagens diversas na mente dos espectadores, conforme a hora do dia. Aqui se descortina o vasto mundo da teoria das probabilidades, uma das traves mestras das investigações de Popper,[54] cuja análise obviamente extrapola as nossas considerações. Assente-se, porém, que o cálculo das probabilidades, amparado numa *série de ocorrências*, ou subordinado à *frequência relativa* de eventos, quando se trata de ciências exatas, pode sofrer, em se tratando de Arte, e arte literária em particular, profunda distorção; conquanto

---

53 Karl R. Popper. *The Logic of Scientific Discovery*, 8ª ed. Londres: Hutchinson and Co., 1975, p. 44.

54 *Idem, ibidem*, pp. 148ss.

a objetividade crítica seja uma estrela polar para todos os praticantes da análise e interpretação literária, parece de toda evidência que constitui utopia, alentadora, não há a menor dúvida, porém irrealizável, como bem demonstra a história da crítica.

Nada mais falacioso que o cientificismo de Taine e sequazes, e o dos missionários do Estruturalismo, a enxergar impressionismo crítico em toda parte, sem perceber que também o praticavam. E não o percebiam simplesmente porque se olvidavam do componente subjetivo do ato crítico, para não dizer de todo ato cognitivo. O mais grave dessa atitude não está em pretendê-lo científico – o que é pelo menos saudável –, mas em assumi-lo definitivamente cientifico (como se fosse possível) e descartar todo enfoque que não compartilhasse do mesmo amor à ciência pela ciência. Tudo isso num tempo em que o mesmo Popper, apesar de/ou graças a todo o seu empenho logicista, declarava como universal, e grifadamente, "o problema de compreender o mundo – inclusive nós próprios e nosso conhecimento como parte do mundo", e confessava interessar-se "por Ciência e Filosofia apenas porque desejava aprender algo acerca do enigma do mundo em que vivemos e do enigma que é o conhecimento do homem acerca desse mundo".[55]

Será forçar demasiado a nota ver aqui ressurgir o pensamento de Dilthey? Partindo de premissas diferentes, e cada um situado num universo epistemológico particular, ambos se voltam, ao fim de contas, para o mesmo objeto, com a diferença que favorece o filósofo alemão, de que para este o enigma do mundo assomava como evidência problemática, matriz de suas reflexões, enquanto para o outro acabaria por se mostrar como suporte implícito (ou meta final) de suas investigações na esfera da filosofia da Ciência. Um, parte de uma evidência "intuída"; o outro, deriva para ela após o deslinde racional do seu objeto; ambos, todavia, se irmanam no afã de conhecer o enigma do mundo.

5. Intimamente correlatas, a visão e a percepção ainda se condicionam a outros mecanismos, conscientes ou não, que permitem o assédio à

[55] *Idem, ibidem*, pp. 15 e 23.

realidade. Da simples vontade animal, ligada ao instinto de sobrevivência, às opções ideológicas, nas quais se incluem as filosóficas e religiosas, um largo painel de motivações intervém no ato de ver e perceber. Nada inocente – ao menos nas instâncias derradeiras, a visão/percepção/visão implica um destino para além do "eu" que o protagoniza: implica o "outro". A alteridade impõe-se, desse modo, como estrutural à visão, que deixa de ser o monólogo passivo de uma consciência detectadora do real para se erigir como um diálogo ativo em que o interlocutor desempenha, com efeito, papel de suma relevância: a rigor, sem o "outro", a visão amortece a ponto de estanhar-se num olhar morto de pupilas abertas para o vazio.

Vemos para nós, é certo, é em nós que o ato de ver se consuma, vemos do ponto de vista do nosso corpo, "textura comum de todos os objetos e (...) pelo menos em relação ao mundo percebido, o instrumento geral de minha 'compreensão'" (...), "inseparável de uma visão do mundo",[56] somente sabemos que é possível ver porque o praticamos, vemos para conhecer o mundo circundante, para nos mover dentro dele e superar ou evitar os obstáculos que nos impedem de realizar nosso projeto existencial – mas a visão se nos propõe como uma seta que se dirige para o "outro". Do contrário, volta-se para o recesso do "eu", gerando as neuroses que sabemos, discurso de uma reversão de processo e pontaria do olhar: acolhendo a interferência da visão alheia em nós, tornamo-nos o "outro" para a seta que afilamos. Seja ele o Inferno sartriano seja ele o semelhante que é preciso amar como a nós próprios, o "outro" é o alvo da flecha animada de nossa visão. Para odiá-lo ou para amá-lo é que nossa visão se arma ou se desarma, para atraí-lo à nossa certeza ou repeli-lo como o adversário mortal é que assestamos sobre ele nosso olhar indagador.

Força do olhar, fraqueza do olhar, olhar sem brilho, olhar terno são algumas das inúmeras variações de nossa visão para fora, no rumo do interlocutor, seja uma pessoa em particular, o "tu" sujeito/objeto, seja uma multidão, o "eles", "vocês" sujeitos/objeto: o diálogo processa-se entre olhares, entre

---

56 M. Merleau-Ponty. *Phénoménologie de la Perception*, pp. 272 e 445; *L'Oeil et l'Esprit*, pp. 16ss.

visões que se chocam furiosamente ou se irmanam cristãmente. Ambas as situações extremas, incluindo toda a gama intermediária, definem o olhar como recurso de posse, instrumento de domínio, o domínio do "outro", pelo olhar que dobra e cega, ou pelo olhar que deslumbra e hipnotiza. Numa palavra, visão que persuade ou convence, segundo a energia que a sustenta.

Assim, o binômio visão/percepção, ou percepção/visão, logo reduzido a uma unidade irredutível, firma com a persuasão uma dicotomia dialética que, explicando-lhe a complexidade, traz de novo à baila a Retórica como método de nomeação e persuasão. A visão é, efetivamente, uma maneira de persuadir, ou antes, as infinitas distorções do ver resultam de um empenho no sentido de persuadir (convencer) o leitor. O modo como vemos pressupõe, na individualização que o garante, um intuito de persuadir, voluntário ou implícito: as modulações da expressão visual assomam como formas de persuadir, de persuadir acerca da veracidade do real captado e mostrado. Vemos (e expressamos) realidades negativas ou positivas conforme as lentes que empregamos, tendo em vista persuadir-nos e, sobretudo, persuadir o "outro", afinal de contas a modalidade mais eficaz de autopersuasão.

A Luneta Mágica (1869), de Macedo, constitui, nesse aspecto, exemplo frisante do tragicômico que acompanha as deformações (coloridas) da realidade com vistas à persuasão: a realidade não seria nem uma coisa nem outra, senão aquilo que as lentes revelam. No interior da narrativa, o herói vale-se de "lunetas mágicas" para mostrar a relatividade universal e persuadir (convencer) o leitor a respeito disso; e o autor emprega a ficção romanesca para persuadir (convencer) o mesmo destinatário, quer ganhando-lhe a atenção para o relato com a verossimilhança que ostenta, quer conquistando-lhe a adesão para o pensamento ali veiculado.

Romance-fábula, romance-emblema, parece escrito para ilustrar a ideia da instabilidade do mundo (notadamente do prisma moral), segundo a visão que dele se tem. Fragmenta-se em duas partes, a "visão do mal" e a "visão do bem", de acordo com a "luneta mágica" utilizada. Tudo começa quando o protagonista central (Simplício...), dotado de "senso comum", aceita o repto de um "mágico armênio", e passa a ver a sociedade com a lente do mal. Em pouco tempo, fica "sem família, a *visão do mal* rompeu os laços que me ligavam aos meus três e únicos parentes", e suspira pelo tempo d'antanho; "*como é bom não ver*!!!," e culmina por se achar "o mais infame caluniador e inimigo dos meus parentes!". A lente do bem, contudo, arrasta-o para experiências opostas, mas igualmente pesarosas, como amar várias moças a um só tempo. Até que conclui, derrotado:

> A *visão do mal* me expôs a ser trancado por doido no hospício de Pedro II; a *visão do bem* expõe-me a ser declarado néscio, ou idiota, ou por muito favor apenas dissipador da minha fortuna, e como tal confiado, entregue absolutamente ao domínio de um *curador*, de um dono e árbitro da minha pessoa, de um senhor de quem serei quase escravo!

Como toda fábula que se preza, a saga dos azares de Simplício, a boiar entre os males do Bem e os bens do Mal, termina pelo reencontro do herói (à beira do suicídio) e o armênio que lhe fornecera as "lunetas mágicas", no qual o segundo esclarece a moralidade da história:

> – Eu o conheço pelo *armênio*, o mais sábio dos mágicos, e sei que recebi na pia batismal o nome de Simplício.
> – Erro duplo! Não há aqui armênio nem Simplício.
> – Então como nos chamamos?
> – Eu me chamo Lição,
> – E eu?
> – Tu te chamas Exemplo.
> – Ah!
> – Escuta-me.

e explica que:

> Dando-te a primeira *luneta mágica*, eu fui o que sou – Lição; observando pela *visão do mal*, tu foste o que és – *Exemplo*.[57]

---

[57] Joaquim Manuel de Macedo. *A Luneta Mágica*. São Paulo: Melhoramentos, s.d., pp. 56-57,93, 128, 228-229, 257-258 e 259.

Moralismos à parte, o instrumento escolhido para a empresa de visualizar o "outro", no caso a sociedade carioca da segunda metade do século XIX, preconceituosa e frívola, está longe de inocente ou casual. E o que por meio dele se vê e se patenteia ao leitor igualmente se deixa presidir pelo anseio de persuasão. Claro, a "luneta mágica" deve ser entendida alegoricamente (e a narrativa como um *divertissement* a sério, algo como um "elogio da loucura" mais propenso ao riso que à lágrima), mas nem por isso perde sentido retórico: o ser que vê emprega, querendo ou não, "lunetas mágicas" ao enfrentar o próximo. O que se vê, como se vê, por intermédio de que lupa se vê – são atos simultâneos, interagentes, destinados a persuadir (convencer): temos aí a retórica do olhar, dir-se-ia, ainda que correndo risco de tautologia, uma vez que a Retórica, apesar de originariamente se propor a sugerir regras de persuasão por meio dos ouvidos, torna-se eminentemente visual no momento em que aplica recursos ópticos e pressupõe a adesão visual do interlocutor.

E já que falamos em texto literário, não há como fugir da retórica do olhar: a visão do mundo é um ato retórico, não só porque se expressa com os expedientes retóricos de longeva extração, como porque visa persuadir. Quem exprime o que vê (para o "outro"), necessariamente busca socorrer-se de mecanismos adequados, tendo em mira não a simples comunicação, mas a persuasão do interlocutor. Dessa perspectiva, custa crer em visão "pura", despojada, pois no abismo de cada expressão verbal – para não incidirmos na semiótica dos gestos, do vestuário, etc., entrincheira-se um dínamo retórico acionado na trilha da persuasão. Mera questão de tentar *ver* nas entrelinhas, ou por trás das expressões orais ou escritas, como, aliás, praticam os psicanalistas, técnicos que são na leitura de textos orais no encalço do significado oculto, ou das molas retóricas que os desencadeiam. Reinvestido na sua identidade o sujeito asfixiado na massa do texto oral, expulso o olhar do "outro", que esmagava o "eu", a neurose dissipa-se como por encanto. Restauração do eixo óptico na linha do "eu" para o "outro", ou reformulação da bipolaridade retórica – o resultado é o mesmo: a Psicanálise quer-se magia, decálogo de passes secretos para aceder ao subsolo da mente e devolver-lhe a ordem (retórica) perdida.

Por isso – diga-se de passagem – o texto psicanalítico assemelha-se ao texto literário, sobretudo se admitirmos que a neurose é a ficção real(izada), e a ficção é a invenção da neurose (ou sua catarse por manifestação): o caráter não científico da Psicanálise, de resto inultrapassável, resulta precisamente de trabalhar as ficções que, comandando o indivíduo, o neurotizam, enquanto o crítico literário forceja por cientificizar sua tarefa, simplesmente porque a neurose, no texto literário, está à vista, conta sua história sempre com as mesmas palavras.

A essa luz, a crítica literária aproxima-se da Ciência mais do que a Psicanálise, já que os escritos de Freud são metatextos, e o discurso do paciente, texto: os metatextos de Freud equivalem aos do crítico, com a diferença de se debruçar sobre um texto que desmorona à medida que se constrói e acaba por volatilizar-se quando o paciente morre ou é "curado", enquanto o crítico tem à sua frente sempre o mesmo texto, segregado por um escritor vivo ou não (o texto se lhe desliga como objeto concreto, enquanto o texto do neurótico só existe como registro nas palavras do psicanalista). Por sobre as discrepâncias, que certamente não se esgotam nesse diagrama de cotejo, as semelhanças retóricas são palpáveis: se não retórico o texto do mago que sonda a fala do "outro" em busca da secreta rede semântica, é-o do "eu" que se desnuda a fim de quebrar o nó górdio da sua neurose. Rechaçada a visão que o perturbou, convencendo-o malignamente daquilo que o deprimiria a ponto de transformá-lo em interlocutor passivo, derrotado nas pugnas do olhar – o "eu" reapossa-se do movimento na direção do "outro", para persuadi-lo ou convencê-lo. A "cura" é de um mecanismo retórico desajustado em tempos imemoriais, agora posto a funcionar ativamente; é de uma visão distorcida, agora corrigida pela adoção de lentes apropriadas.

Pondo de parte a hipótese de enquadrar-se no perímetro da neurose pura e simples, a via mística obedece a um dinamismo de idêntica natureza: "místico" deriva do grego *myo*, que significa *fechar* (*os olhos*), com o que se aponta a cegueira para o mundo real, concreto, em nome dos "mistérios", já que "o anelo secreto de toda mística não é outro, com efeito, senão sumir pura e exclusivamente na essência do 'eu', para descobrir nela a essência de

Deus. (...) O místico sabe e está profundamente convencido de que todo *conhecimento* gravita no círculo dos símbolos".[58] O "outro", agora identificado com Deus, absorve o "eu" a ponto de roubá-lo do mundo terreno e atraí-lo para as esferas transcendentais, o que corresponde a sugerir-lhe a imersão na própria interioridade, como se o "eu", inflado pela autoespeculação (no duplo sentido de se pensar e se espelhar a si próprio), se visse Deus ou O discernisse no espaço que projeta:

> Já viram Deus as minhas sensações...[59]
>
> * * *
>
> Veem saudades de ter sido Deus...
>
> ....
>
> E doente-de-Novo, fui-me Deus
> No grande rastro fulvo que me ardia.[60]

dizem dois poetas-irmãos, Fernando Pessoa e Mário de Sá-Carneiro – como místicos que recorressem à estesia para alcançar o seu desígnio máximo.

Situação análoga à do místico vive, por conseguinte, o poeta *visionário*, cego para a realidade circundante à custa de ver utopias ou transcendências, nas quais se filtram as visões interiores levadas ao paroxismo.[61] Um poeta, precursor da consciência do ser visionário, e ele próprio trabalhando para se tornar visionário (*voyant*), define-o como o esforço por "atingir o desconhecido pelo desregramento de *todos os sentidos*". Daí sentir que "decididamente estamos fora do mundo. Som algum. Meu tato desapareceu". Obcecado pela "alquimia do verbo", que lhe permitisse exprimir as visões, entrega-se a

---

58 Ernst Cassirer. *Las Ciencias de la Cultura*, tr. mexicana, 4ª reimpressão. México: Fondo de Cultura Económica, 1975, pp. 160 e 161.

59 Fernando Pessoa. *Obra Poética*. Rio de Janeiro: Aguilar, 1960, p. 56.

60 Mário de Sá-Carneiro. *Poesias*. Lisboa: Ática, 1946, pp. 54 e 73.

61 As observações acerca dos vínculos entre o místico e o poético, analisados em sua mecânica, não devem ser confundidas com as propostas, hoje arcaicas, de Henri Bremond em sua *Prière et Poésie* (1926), cap. IX.

"alucinações simples", como "ver francamente uma mesquita em lugar de uma fábrica, fanfarras de anjos, carruagens sobre estradas do céu, um salão no fundo de um lago; monstros, mistérios; um cartaz de *vaudeville* amedrontava-me". Mas o visionário, insiste Rimbaud, tomado pela ideia, não nasce, faz-se, da mesma maneira (diríamos nós) que o místico se disciplina gradativamente no labor de ascender para as alturas: "é preciso ser *visionário*, tornar-se visionário (...); o poeta se faz *visionário* por meio de um longo, imenso e ordenado *desregramento* de *todos os sentidos*".[62] Roça-se, aqui, a própria questão do ato criativo, na sua relação intima com a visão distorcida ou cega para as platitudes do concreto e apenas vidente para a "beleza" imaginária.[63]

Místico ou visionário, porém, o ser que anseia por Deus ou por utopias sempre vê algo que julga a sua realidade prenhe de sentidos, e sonha com persuadir o "outro" da sua visão privilegiada. Como o sabemos? Pela expressão: o místico que não o declarasse por escrito, o visionário que não elaborasse versos ou prosa, sem dúvida negar-se-iam, pois ambos pretendem, de algum modo, que o "próximo" se torne cúmplice ou parceiro da sua arremetida para o "outro" transcendental. Se optarem por não se exprimir, o místico e o poeta visionário não entram em linha de conta, posto chegassem à condição que almejam; as Santas Teresas e os Rimbauds simbolizam, cada qual a seu modo e na esfera própria, o anelo recôndito na alma de todo místico ou visionário sem voz.[64]

---

62 Rimbaud. *Oeuvres Complètes*. Paris: Gallimard, 1951 ("Bibliothèque de la Pléiade"). *Une Saison em Enfer, Correspondance*. Para as relações entre o visionário e a neurose, ver Javier del Amo, *op. cit.*, pp. 22, 73ss.

63 Javier del Amo, *op. cit.*, p. 22.

64 Examinando a poesia "ao divino" de San Juan de la Cruz, Dámaso Alonso (*Poesía Española*. Madri: Gredos, 1950, pp. 229ss.) sublinha "a inefabilidade da experiência mística", acrescentando logo a seguir que, "por ser inexpressável, a vivência mística é só pintada, mentada, por meio de imagens, em especial imagens de amor profano". Ora, se é expressável por tais imagens, parece que não se pode considerar inefável a experiência mística; do contrário, como saber que os versos de San Juan contêm êxtases místicos? Ainda que obliquamente, ai temos poesia mística. Muito diverso é o

Transparece, assim, o isomorfismo entre significado e persuasão: admitida a conotatividade universal das expressões verbais – escritas ou não – torna-se igualmente universal a retórica subjacente, o impulso de persuadir (convencer) por meio da visão que cada um tem da realidade circunstancial.

Visão, percepção e retórica constituem trindade indissociável, voltada para o objeto como o dardo e o círculo: vemos com os olhos, bem abertos, mas vemos, na totalidade de sentidos da visão, inclusive o mental, graças ao equipamento retórico empregado. Vemos por que possuímos instrumentos *retóricos*, vemos mais ou vemos menos, vemos melhor ou pior, à medida dos nossos apetrechos retóricos. Desde a *agnosia óptica* até a extrema lucidez abre-se um largo espectro de possibilidades de ver, intimamente relacionadas com a câmara óptica: vemos as coisas que sabemos nomear; discernimos o mundo concreto num movimento que integra a visão e a retórica, como se víssemos apenas por meios retóricos, ou víssemos retoricamente.

Se do lado da visão o panorama se estende pelas imensas planícies retóricas, do ângulo da realidade presencia-se uma analogia à primeira vista paradoxal: dependente do arsenal retórico de quem a divisa, a realidade é função da Retórica. Provavelmente seria abusivo inferir que a Retórica inventa o mundo, mas não surpreende que a porção da realidade e o modo como se nos apresenta condiciona-se aos recursos retóricos para captá-la e exprimi-la. As possíveis alterações na Retórica, provenientes da ignorância, falta de habilidade no seu manuseio, ou má-fé deliberada, acabam modificando a realidade, como, por exemplo, nos casos em que os dogmas ideológicos preconcebem a realidade, impingindo-lhe categorias fixas e perenes. A Retórica, que serve para nomear a realidade e persuadir o "outro", também funciona para imobilizá-la, tudo dependendo de quem a manipula. Realidade e cosmovisão se entrelaçam numa unidade perfeita em razão dos utensílios retóricos, assim fechando o circuito que, principiando naquela, regressa ao ponto de partida depois de visitar, compulsivamente, os domínios da Retórica.

---

caso de vocações místicas cerradas num silencioso diálogo com Deus e que não deixam traço, mesmo que longínquo, de seu percurso ascético.

VIII. ESTILO E COSMOVISÃO

1. INGRESSAMOS, ASSIM, NO ESPAÇO LITERÁRIO propriamente dito: como se houvéssemos atravessado uma floresta, onde lianas e cipós a um só tempo embaraçavam os passos e sinalizavam o caminho para fora das penumbras oscilantes, agora desembocamos num estuário, návegável com a instrumentação colhida na longa travessia pelos labirintos da folhagem.

Fundidos, confundidos, faces complementares, os métodos filosófico e retórico guardam no seu bojo o ser literário, e este se lhes articula como desdobramento natural, numa ordenação que parece respeitar as exigências da Lógica. Imantados por um nexo de mútua causalidade, uma espécie de secreta filiação genealógica, entre eles esboça-se um entrelaçamento nada aleatório, em dois movimentos simultâneos, o dos métodos filosófico e retórico afluindo para o discurso literário, e o deste, pressupondo aqueles. Ao nos aproximarmos do objetivo – o solo onde floresce o enigma da Literatura – impelem-nos, por conseguinte, as matrizes epistemológicas derivadas desses métodos: o tratamento crítico do objeto literário não pode prescindir de seu concurso, numa interação dinâmica que torna por vezes imperceptível a colaboração de cada um dos agentes.

Na sequência do raciocínio, visão e realidade mostraram-se polos de um binômio em perpétuo dinamismo: no espelho do texto, a realidade se manifesta e se inventa, como se o mundo impressionasse uma película que ao mesmo tempo o retém e lhe confere existência "real". Documento e transcendência, o discurso literário, sendo o lugar onde o Cosmos aparece em sua multiplicidade, é também o lugar onde a ficção mais aberta se instaura. O modo como se opera esse trânsito/transfiguração nos situa de pronto no cerne do universo em que se realiza: o estilo.

2. Pertence hoje ao patrimônio de consensos a extrema ambiguidade e labilidade do vocábulo "estilo".[1] Fazendo dele a pedra de toque de uma disciplina – a Estilística, por sua vez de estatura e geografia longe de unívocas, mercê da própria flexibilidade do radical, ou mesmo negando-lhe qualquer importância e validade,[2] os estudiosos não têm como esquivar-se à discussão do problema nuclear, representado pela interrogativa: que é estilo? A resposta, seja qual for, determinará o encaminhamento da análise sobreveniente, que, por seu turno, tende a revelar-se insatisfatória, ainda quando coerente com a ideia perfilhada. Uma espécie de incompletude parece inerente a todas as escaramuças no sentido de preparar o assalto à cidadela do estilo, dando a impressão de que todas juntas – em sincretismo, ecletismo, ou simbiose – ainda não ofereceriam resposta cabal. A indeterminação do estilo corresponde, provavelmente, à perene controvérsia em torno do ser da Literatura e problemas cognatos, como o dos gêneros, espécies, etc. Desse prisma, além de não causar estranheza, a

---

1 Para se ter uma ideia das intermináveis controvérsias acerca do conceito e área semântica do estilo, considerem-se, à guisa de amostra bibliográfica, as seguintes obras, de caráter genérico: Thomas A. Sebeok (org.). *Style in Language*, 6ª ed., Cambridge, Massachusetts: The M.I.T. Press, 1975; Seymour Chatman (org.). *Style in Language*, 6ª ed., Cambridge, Massachusetts: The M.I.T. Press, 1975. Seymour Chatman (org.). *Literary Style: A Symposium*. Londres/Nova York: Oxford University Press, 1971; Nils Erik Enkvist, John Spencer e Michael J. Gregory. *Linguística e Estilo*, trad. brasileira. São Paulo: Cultrix, 1970; Pierre Guiraud. *La Stylistique*. Paris: PUF, 1954; Pierre Guiraud e Pierre Kuentz. *La Stylistique. Lectures*. Paris: Klincksleck, 1970; Graham Hough. *Style and Stylistics*. Londres: Routledge and Kegan Paul, 1972.

2 É o caso de Richard M. Ohmann (*Style in Prose Fiction*, p. 2), cit. por Graham Hough, *op. cit.*, p. 5.

instabilidade conceptual e semântica do termo "estilo" confirmará a exuberância de uma expressão multívoca de arte, a literária, proporcional à polivalência do mundo que espelha.

Remontando à Antiguidade clássica (Aristóteles, Quintiliano e outros), quando se inseriu na esfera da Retórica, a noção de estilo passou a constituir problema constante desde Buffon e a célebre frase que se lhe atribui – "o estilo é o homem" – e foi no século passado, não notadamente naquele em que viveu, que ganhou vulto, em consequência do progresso nas investigações linguísticas.

Inumeráveis propostas de conceituação têm sido apresentadas, alguns congressos têm sido efetuados para analisar a questão (como, por exemplo, os que geraram as obras citadas de Sebeok e Chatman), e pode-se dizer que os debates estão longe de esgotar-se. Ora se admite que o estilo é "uma disposição da existência, uma maneira de ser" (H. Morier),[3] ou "sistema de expressão de uma obra, de um autor, de uma época" (Dámaso Alonso), ou mergulho "na mitologia pessoal do autor" (Roland Barthes), ou "é a própria obra" (R.A. Sayce) – conceitos alinhados na herança buffoniana, constituindo o que Guiraud e Kuentz chamam de *estilística genética*. Quando, à luz da Retórica, o estilo se concebe mais adstrito ao pensamento que às formas linguísticas – "é o próprio pensamento" (Rémy de Gourmont) – constitui a *estilística literária*, na qual se incorporam as pesquisas de Gaston Bachelard e do estruturalismo antropológico. Ora o estilo é divisado como "qualidade do enunciado, resultante de uma escolha que faz dos elementos constitutivos de uma língua dada, o qual se emprega numa determinada circunstância" (J. Marouzeau), ou como "desvios de um indivíduo em relação às normas relativas às situações nas quais a mensagem é codificada, desvios estes consistindo nas propriedades estatísticas dos traços de estrutura por meio dos quais há uma margem de escolha no código" (Charles E. Osgood), "organização individualizante da enunciação"

[3] Este e os demais conceitos se encontram compendiados por Pierre Guiraud e Pierre Kuentz, *op. cit.*, pp. 4ss.

(V. Skalicka), "sistema linguístico individual de uma obra ou de um grupo de obras" (Warren e Wellek) – constituindo a *estilística linguística*.[4]

O simples enunciar de alguns desses conceitos e a sua distribuição em famílias, evidencia até que ponto o estilo é campo fértil à indagação e à polêmica:[5] o máximo que se pode assegurar é que nenhum dos conceitos satisfaz plenamente; sujeitos a ressalvas – que os especialistas têm levantado uns para os outros, numa interminável cadeia dialógica – por vezes contraditórios, condicionam-se inapelavelmente à perspectiva assumida pelo estudioso, quando não ao seu... estilo. Evidentemente, não vamos participar dos debates, porquanto, além de extrapolarem nossas considerações, não constituem problema que reclame atenção em si: interessam-nos os liames entre o estilo e a cosmovisão, não a discussão de cada um dos conceitos relativamente à cosmovisão, nem a redução deles a um só, mas a pesquisa do díptico que formam.

Para tanto, impõe-se a tarefa de estabelecer os limites (relativos, instáveis) da área semântica em que se move o estilo, ou as condições para que se efetive. Primeiro que tudo, estamos tratando de estilo literário, o que significa eleger as obras escritas em que a imaginação se manifesta por meio de metáforas polivalentes. Excluem-se, assim, as obras escritas não literárias, num espectro que se inicia nos textos científicos e termina nos contíguos ao setor literário, como o biográfico, o jornalístico, o filosófico, etc., constituindo as manifestações híbridas.[6] De imediato se depreende a

---

4 Em seu volume de iniciação aos estudos estilísticos, hoje um clássico no assunto (*La Stylistique*), Pierre Guiraud considera duas modalidades de Estilística, a *descritiva* ou *da expressão*, propriamente linguística, e a *genética* ou *do indivíduo*, articulada à crítica e historiografia literária. Na verdade, a estilística genética e a literária se confundem, reduzindo a matéria a duas modalidades fundamentais.

5 Pierre Guiraud, *ibidem*, p. 44, assim culmina seu arrazoado em torno das origens da estilística moderna: "seja simples aspecto do enunciado, seja arte consciente do escritor, seja expressão da natureza do homem, o estilo é uma noção flutuante, que transborda sem cessar os limites em que se pretende encerrá-la, um desses vocábulos caleidoscópicos e que se transforma no próprio instante em que nos esforçamos por fixar".

6 Ver *A Criação Literária. Prosa*. 10ª ed. São Paulo: Cultrix, 1982.

existência de *n* estilos, conforme o tipo de saber que se veicula, o que, quando pouco, identifica estilo e expressão linguística: onde por meio deles a linguagem se/articula, instala-se o estilo. Em razão das armadilhas que a ideia de "desvio" e "norma" levantou para os seus cultores,[7] não parece conveniente admitir que os vários estilos acusam desvio, uma vez que a norma é abstração, ou o grau zero, de que os estilos seriam os graus divergentes, incluindo o estilo científico, pretendidamente neutro, impessoal, objetivo. Compreende-se, à luz da universalização do estilo, que o vocábulo possa ser tachado de inútil, e, por outro lado, que, transcendendo o próprio plano da expressão linguística escrita, possa servir ao conhecimento não verbal (estilo de moda, de pintura, etc.). Como quer que seja, se por estilo se entende o que distingue, a *diferença*[8] (independentemente de ser em relação a uma norma), não há como fugir de encará-lo. E se for escorraçado por desimportante, outros virão a ocupar-lhe o espaço, a fim de representar os traços que projeta simbolizar, e com isso regressaríamos ao ponto de partida, mudando apenas o vocábulo para designar o mesmo fenômeno.

---

7 Em seu ensaio "Linguistics and the Study of Poetic Language", inserto em Sebeok, *op. cit.*, pp. 69ss., Edward Stankiewicz postula que "a linguagem poética não precisa violar quaisquer regras da linguagem para permanecer o que é; vale dizer, um modo de expressão verbal altamente padronizado ("patterned") e organizado", e acrescenta: "a linguagem poética tem pleno conhecimento das regras do sistema linguístico, e se admite 'desvios', estes serão condicionados pela linguagem ou pela tradição poética. Ver, ainda, Henri Meschonnic. *Pour la Poétique*. Paris: Gallimard, 1970, vol. 1, pp. 32-35; Michael Riffaterte. *Essais de Stylistique Structurale*. Paris: Flammarion, 1971, *passim*.

8 Convém frisar que não se trata da *diferença* segundo o entendimento de Jacques Derrida (*L'Ecriture et la Différence*. Paris: Seuil, 1967, pp. 44 e 47): "O estruturalismo vive na e da diferença entre seu voto e seu fato (...) "O diferendo, a *diferença* entre Dionísio e Apolo, entre o impulso e a estrutura, não se apaga na história pois não há *na* história"; "A *diferença* não pertence simplesmente nem à história nem à estrutura". Assumida como a *diferença* que define o indivíduo (Gilles-Gaston Granger. *Essal d'une Philosophie du Style*. Paris: Armand Colin, 1968, p. 204), parece mais adequado entendê-la não em relação à língua, o que implicaria a aceitação da idéia de "desvio", mas de um autor para outro, de uma obra para outra. Ver, ainda, Michel Foucault. *Les Mots et les Choses*. Paris: Gallimard, 1966, *passim*.

Em segundo lugar, porque se trata de texto literário, no território do estilo cabem discussões acerca do remetente e do destinatário da mensagem literária, incluindo os acidentes fonológicos, morfológicos, sintáticos, rítmicos, etc., mas não os acidentes da exposição oral do texto escrito, por implicarem fatores incontroláveis, que alteram a matéria "original".

Em terceiro lugar, como a expressão dos conteúdos da imaginação não parece realizar-se no mero emprego de formas linguísticas, segue-se que por estilo literário entendemos não só a expressão como o expresso, a enunciação e o enunciado, de modo que a *diferença* se mostraria pela união inextricável das duas instâncias do texto: nem estilo como ornato, segundo as retóricas decadentes do Barroco, nem estilo como pensamento, perspectiva adotada pelos filósofos. Noutras palavras, "não se pode conceber a semântica desligada da sintaxe", ou seja, "*a organização do sentido começa com a sintaxe* voltada para o modo das estruturações rígidas e termina com a semântica", em suma, "um estilo não é outra coisa senão a organização *latente* das significações".[9] Estilo literário como expressão de visão do mundo, eis a síntese que norteia nossa análise, tendo em vista o conceito de Literatura que perfilhamos. Dir-se-ia que, eliminando vocábulo "literário", podemos empregar o estilo com idêntico destino em áreas não literárias. É possível que sim (confirmando, desde já, a pertinência daquele binômio), e até apropositadamente,[10] mas trata-se de questão que cabe aos especialistas discutir. Quanto a nós, o estilo distingue obras, autores, etc., e não apenas

---

9 Gilles-Gaston Granger, *op. cit.*, pp. 130, 143 e 174. Corresponde ao *monismo* de Henri Meschonnic, *op. cit.*, p. 177, entendido como "homogeneidade e indissolubilidade do pensamento e da linguagem, da língua e da fala, da fala e da grafia, do significante e do significado, da linguagem e da metalinguagem, do viver e do dizer" – em oposição à velha dualidade *forma/conteúdo*, hoje relegada à condição de arcaismo metodológico, ou como homogeneidade e indissolubilidade de língua e estilo, sentido e estilo, etc. Ver, ainda, pp. 32ss. da mesma obra. É importante assinalar que a proposta crítica de Jean Rousset (*Forme et Signification*, 5ª ed. Paris: Corti, 1970) repousa sobre a mesma ideia de homogeneidade da forma e significação.

10 Gilles-Gaston Granger, *op. cit.*, p. 11, no encalço de uma *estilística geral*, admite não só uma estilística estética mas também "uma estilística da obra científica, uma estilística

por suas marcas sintáticas, mas, sobretudo, por uma íntima aliança entre a expressão e o modo de ver a realidade. Aliás, o redator do *Larousse Século XIX* incumbido de elaborar o verbete acerca do estilo, decerto navegando nas águas de Buffon,[11] já o percebera, ao dizer que "todo escritor tem seu estilo, estilo mais derivado da natureza que do estudo, dependente de suas faculdades, de sua maneira de ver".[12] Ainda que noutro contexto, e sem tirar todas as ilações possíveis, aí reside o fulcro do problema.

Estilo como *individuação*,[13] como *sinais* (índices, signos) particulares de uma visão do mundo, eis o norte a perseguir na análise dos autores e obras. Como bem disse um prosador que levou o instrumento verbal ao nível do paroxismo, "o estilo, para o escritor, tanto quanto a cor para o pintor, é uma questão não de técnica, mas de visão:[14] embora o símile de Proust constitua paráfrase do velho *ut pictura poesis*, não deixa de ser valioso como reforço da ideia de que se deve encarar o estilo como expressão de uma visão do mundo individual. Leo Spitzer preconizara-o como núcleo de seu método estilístico, ao asseverar que "*estilo* e *alma* são dois dados imediatos e, no fundo, dois aspectos, artificialmente isolados, do mesmo fenômeno interior",[15] mas pondo ênfase na interioridade do escritor, em vez de localizar o cerne da

---

da ação política...". Tal pan-estilisticismo, além de evoluir para uma *semiótica geral*, não acabaria dando argumento para os adeptos da ideia da inutilidade do vocábulo "estilo"?

11 Ou, quem sabe, reproduzindo pensamento de Flaubert, para quem o estilo era "uma maneira absoluta de ver as coisas" (cit. por Stephen Ullmann. *Meaning and Style*. Nova York: Barnes and Noble, 1973, p. 92, que por sua vez encontrou a referência em Walter von Wartburg, *Évolution et Structure la Langue Française*, 5ª ed., Berna, 1958, p. 226). Ver também J. Middleton Murry. *El Estilo Literario*, tr. mexicana. México: Fondo de Cultura Económica, 1951, pp. 18-19.

12 *Apud* Pierre Guiraud e Pierre Kuentz, *op. cit.*, p. 7.

13 Gilles-Gaston Granger, *op. cit.*, pp. 7ss., 200ss.

14 Proust. *À la Recherche du Temps Perdu*, 111, p. 895, cit. por Stephen Ullmann, *op. cit.*, pp. 40, 128 e 175. V. Jean Rousset, *op. cit.*, p. XVIII, 15 Leo Spitzer. *Romanische Literaturstudien*. Tubingen, 1959, p. 329, cit. por Jean Rousset, *op. cit.*, p. XVIII.

15 Leo Spitzer. *Romanische Literaturstudien*. Tubingen, 1959, p. 329, cit. por Jean Rousset, *op.cit.*, p. XVIII.

questão na realidade. Tomado ao pé da letra, o pensamento spitzeriano pode confundir-se com mero psicologismo, ou mesmo biografismo, pois, buscando o indivíduo/alma expresso no estilo, dá as costas à realidade que nele se configura. Na equação estilo *versus* realidade (cosmovisão), não é o estilo que importa, senão a realidade; não o estilo em si, mas o tecido linguístico como veículo e agasalho da realidade. Nem é o indivíduo na sua biografia (interior) mas o que se determina pela visão que tem do mundo: estilo como expressão de uma visão do mundo individual. Daí não virem ao caso as análises que tendem a tornar o estilo fim em si próprio, por meio de estatísticas, tão inócuas quanto mais completas e minuciosas, ou análises descritivamente gramaticais, com esquemas rebuscados, que interessam mais ao linguista que ao crítico literário. Em suma, estilo como expressão de uma visão do mundo.

Por outro lado, falecem de objetividade as análises estilísticas que convergem para opiniões em torno do ser psicológico do autor, esquecidas de que não é a pessoa de Proust que está em causa, senão o escritor Proust. As classificações e vinculações caracterológicas,[16] ainda que movidas do mais saudável intuito científico, padecem de indeterminação: o texto literário, embora de um indivíduo, não pode ser reduzido a um temperamento ou a uma inclinação de caráter. A ser correto tal reducionismo, estava definitivamente liquidada a crítica literária; as observações em torno do temperamento, caráter e mesmo outros dados biográficos podem ser, nalguns casos, até imprescindíveis à hermenêutica e julgamento dos autores, mas daí a fazer delas o método de análise vai um abismo que não pode ser transposto sem comprometer mortalmente o trabalho crítico.

Em capítulos precedentes, a investigação mostrou-nos que a obra literária exprime uma cosmovisão, não do autor civilmente considerado, mas do autor do texto; daí o estilo em que este se apresenta ser do indivíduo-no-texto, ou deste revelando aquele, não do indivíduo-civil: "o autor, ser real, não toma, nem pode tomar parte, em situações imaginárias. Entre

---

[16] Maurice Grammont. *Essai de Psychologie Linguistique*. Paris: Delagrave, 1950; Henri Morier. *La Psychologie des Styles*. Genebra: Georg, 1959; Pierre Guiraud e Pierre Kuentz, *op. cit.*, pp. 214ss.

autor e obra, medeia o abismo que separa o real do imaginário".[17] Se o escritor é *alter ego* do homem civil, o estilo é do *alter ego* expresso na obra: se se quiser, é do escritor manifesto na obra (evidentemente, um escritor que não escrevesse seria um absurdo lógico; e vice-versa, quando falamos em Proust, estamos a referir-nos ao autor de *À la Recherche du Temps Perdu* e não, exclusivamente, ao homem de sociedade, asmático e hipersensível). O estilo encontra-se, assim, no texto, é a obra, e aponta-a como um universo autônomo e coeso e, a um só tempo, o autor que a produziu: o estilo ou a cosmovisão é do autor do texto, sobrevivente ao autor/real, e que a este revela a sua visão do mundo: o autor civil descortina – ou pode descortinar – a sua visão das coisas por meio do texto que elaborou, por sua vez comandado por um *alter ego*, opõe-se a Buffon: o estilo é a obra. E eis porque apto a algo.

Analisada por outro ângulo, a questão patenteia as mesmas facetas; queremos referir-nos ao fato de, a par dos vários estilos correspondentes aos vários tipos de conhecimento, pode-se falar em vários estilos em nível pessoal, conforme as situações que o indivíduo enfrenta, e os papéis desempenhados em sociedade.[18] O Proust que se dirigia ao criado não empregava o mesmo estilo culto dos saraus aristocráticos do tempo, menos ainda ao redigir as suas memórias dos outros. Conquanto se possa aceitar que tais estilos se assemelham por ser o mesmo indivíduo que os manipulou, transferindo recursos expressivos de um para outro, ou empregando os mesmos estilemas em todos os casos, interessa-nos apenas o *estilo literário*, encontrado nas obras escritas, no sentido de texto que veicula imaginação por meio de metáforas polivalentes.

3. Confluímos, desse modo, para o estilo como expressão escrita de uma cosmovisão, manifesta, consequentemente, nos textos de um autor. Estilo individual, em suma. Analisado o binômio, verificamos que o adjetivo

---

17 Félix Martínez Bonati. *La Estructura de la Obra Literaria*. Barcelona: Seix Barral, 1972, p. 136.

18 R. H. Robins, cit. por Pierre Guiraud e Pierre Kuentz, *op. cit.*, p. 9. Corresponde ao que alguns linguistas chamam de *estilo situacional* (Sebeok, *op cit.*, pp. 293-296, 330 e 333-335).

"individual" poderia ser dispensado se outro estilo não pudesse ser conhecido: fosse individual todo e qualquer estilo, ao referi-lo estava-se pressupondo o caráter individual e individuante. Não é, porém, o que sucede: os Antigos postulavam uma classificação do estilo em *genus humile*, ou *subtile*, *genus medium* e *genus grande*,[19] retomada por Boileau em "baixo", "médio" e "alto" (*Arte Poética*, 1, 101-102), de nítido caráter linguístico, mas implicando uma noção de valor absolutista, que parece externo ao aspecto substantivo da questão. Não obstante, há quem modernamente lhe ache justificativa, sustentado no argumento de que "o estilo é aqui concebido como uma característica interna de um tipo de discurso, e como uma categoria abstrata, não como uma única configuração de propriedades a serem encontradas numa obra individual. Além disso, nenhum dos três estilos é visto como 'desvio' em relação a qualquer outro, embora cada qual seja, obviamente, diferente dos outros".[20]

Em que pese a recusa da noção de "desvio", a tripartição do estilo, além de não nos informar acerca da natureza do estilo, supõe uma caracterização que não se pode aceitar sem ressalvas: a que serve tal hierarquia? Para rotular os estilos e nada mais? E a ideia de valor que as enforma, prejudica-as definitivamente, visto que uma estilística axiológica ou uma axiologia estilística apenas procederia como arena de experimentação, "jogo" analítico, exercício de inteligência, sem nexo com a prática: o estilo da ode é elevado porque de ode, ou é ode porque é elevado o estilo? Num caso ou noutro, a que serve sabê-lo? Idêntica, se não mais acentuada gratuidade, permeia a minudente discriminação dos vários subtipos de estilo que os clássicos respeitavam: *abruptus, abundans, acutus*, etc.[21]

Os linguistas e críticos propendem, atualmente, a divisar alguns níveis de estilo, equivalentes a "níveis hierárquicos de contextos".[22] *Estilo*

---

19 Heinrich Lausberg. *Manual de Retórica Literaria. Fundamentos de una Ciencia de la Literatura*, tr. espanhola, 3 vols. Madri: Gredos, 1966-1968, vol. II, pp. 392-401.

20 Tzvetan Todorov, *apud* Seymour Chatman, *op. cit.*, p. 32. V. também p. 42.

21 Heinrich Lausberg, *op. cit.*, vol. III, v. "stilus" e "style".

22 Nils Erik Enkvist, John Spencer e Michael J. Gregory, *op. cit.*, p. 55.

individual seria o primeiro deles, espécie de ponto de partida de uma espiral, correspondente à impressão digital,[23] símile que não pode ser aceito sem reparos, entre os quais implicar a ideia de estaticidade e a ausência de interpretação, mas que pode ser adotado como indício de um nível básico de estilo: qualquer que seja o conceito de estilo, refere-se a um indivíduo, "é o *principium individuationis*".[24] *Estilo de grupo*, o de alguns escritores contemporâneos, pertencentes à mesma geração, irmanados por análogos princípios de arte e utilizando, por isso, recursos expressivos idênticos ou semelhantes (sem prejuízo, é óbvio, da identidade de cada um). Quando se reporta a grupos aparentados por traços linguísticos que os transcendem, propostos pela moda cultural imperante num momento histórico, o estilo se torna *de época*. Com o impacto das postulações de H. Wölfflin (*Conceitos Fundamentais da História da Arte*, 1915), procurou-se discernir os estilos de época, ou períodos, como o Barroco, o Rococó, o Maneirismo, identificados ou não com os lapsos históricos, conforme a perspectiva do crítico. Assumido sem estrito respeito à História, o estilo de época ultrapassa as fronteiras do idioma e país, propiciando estudos panorâmicos como o de Van Tieghem para o Romantismo da Europa, ou o de Curtius para a tópica medieval, ou, mais recentemente, o de Zumthor para a poesia lírica medieval (no volume coletivo, dirigido por Seymour Chatman). Preso a uma fração de tempo, o estilo de época pode limitar-se a um país e língua, como, por exemplo, o Simbolismo francês, ou o brasileiro.

Forcejando por substituir os "ismos" pululantes em história literária, ou tomando-os como estilos de época, assim expulsando outros aspectos que não podem ser reduzidos ao estilo sem uma análise minuciosa da própria noção de estilo – o estilo de época não chega a ser considerado um conceito, "nem sequer a possibilidade de um conceito", entre outras razões porque "toda época representa a coincidência das mais diversas classes de idade. Basta examinar, para que nos convençamos disso, o quadro cronológico

---

[23] Roger Brown, *apud* Sebeok, *op. cit.*, pp. 378-380.

[24] Josef Nadler. "El Problema de la Historia del Estilo", *in* E. Ermatinger (org.). *Filosofía de la Ciencia Literaria*, tr. mexicana. México: Fondo de Cultura Económica, 1946, p. 404.

de qualquer época rica em acontecimentos literários. Pois bem, com as idades mais incompatíveis, toda época encerra o conteúdo mais incompatível e o estilo mais incompatível".[25] Seja como for, se o rótulo "parnasiano", por exemplo, designa algo mais do que um *flatus vocis*, por meio dele se aponta uma comunidade estilística que ultrapassa o indivíduo e abraça uma geração ou mais, ou vários membros da comunidade literária em dado momento histórico (momento este flexível, balizado precisamente pelo tempo em que determinadas soluções estilísticas se tornam predominantes).

Tendo como horizonte a língua – espécie de estilo de um povo, por meio do qual expressa uma realidade global, ou o modo como ela se lhe afigura – o estilo parece individual em qualquer dessas modalidades. Com efeito, seja do grupo, geração, corrente literária, seja de época, o estilo não perde as marcas individualizantes: é sempre de *uma* entidade, posto coletiva, que se manifesta por intermédio de traços comuns de estilo. Tudo se passa como se, transferidas as características de um só indivíduo para o grupo, este se comportasse como indivíduo. Evidentemente, se isolamos um membro da geração e o confrontamos com os demais, ainda aglutinados, notar-se-ão diferenças individuais que os distinguem, mas visto como um todo, o grupo assoma com a integridade correspondente à de um indivíduo examinado insuladamente. Sendo o grupo, por natureza e definição, uma soma de individualidades aproximadas pela adoção de semelhantes armas estilísticas, não cabe, enquanto grupo, divisá-los um a um. Assim se explica o anonimato, e a decorrente indiferenciação, dos grupos quando entrevistos a essa luz: a individualidade do grupo sobrepõe-se à dos indivíduos, mesmo quando este lhe emprestou as matrizes. Daí se pensar, erroneamente, que o grupo tem consciência; tem-na seus membros, tem-na à proporção das diferenças pessoais, ou em que há líderes e seguidores.

Do ângulo da cosmovisão, análogo fenômeno se observa: sendo individual, também se difunde pelo grupo, que a absorve e a faz pertença de todos, indistintamente, mas não a ponto de obnubilar as diferenças entre eles, dadas justamente pelo modo como manuseiam as estratégias estilísticas

---

25 *Idem, ibidem*, pp. 418-419.

em voga: o mestre cria-as, desenvolve-as, e pratica-as em alto grau de inventividade; os epígonos repetem-na mecanicamente. A visão do mundo do corifeu se translada, por mimetismo, para aqueles, que passam a crer na posse de uma mundividência pessoal e ao mesmo tempo grupal, mas que, na verdade, tem origem num deles e torna-se da comunidade por identificação. Aqui, o grupo não pensa: pensa um por todos, ou pensa com tal originalidade que se torna acessível a todos, fazendo-os crer que o pensamento é geral: como pertence ao grupo, o mestre é aceito por seus méritos e por seus defeitos, e no jogo entre mestre e discípulos o grupo se mostra com ideias que parecem comuns (ou seja, todos pensam do mesmo modo a partir de reflexão profunda, autônoma, em torno de problemas na ordem do dia), mas que derivam da expansão de um pensamento original. Eis porque falar em consciência coletiva é um abuso terminológico: o grupo não tem consciência como grupo; tem-na os indivíduos que o integram, um a um, e diversamente, já que são indivíduos diferenciados. Os pontos de contacto que os torna participantes dos grupos não anulam a consciência individual, nem constroem uma coletiva: o que os aproxima não é uma consciência, mas exatamente a suspensão de suas exigências para que o grupo se organize, e se organize como extensão de uma consciência privilegiada, predominante, que empresta seu conteúdo aos demais.

4. Por outro lado, no estilo individual se encontram embricados, superpostos, miscigenados, os vários estilos, de gênero, de grupo, de época, e da própria língua em que se vaza. O texto literário exibe vários níveis linguísticos, ou *sistemas de expressão* (de uma língua, de um gênero, de uma tendência literária de um autor, de uma obra),[26] ou *sistemas semióticos*, entendidos como *formas estilísticas* (verso, prosa ou sua mescla), *estilos* (criativo, imitativo), *estilos axiológicos* (elevado, médio ou neutro, baixo ou vulgar), *meios* (fala, escrita, gestos, códigos de sinais), *tons* (iracundo, alegre, etc), *idiomas* (línguas vulgares, ou gírias, línguas nacionais, línguas regionais, dialetais, fisionomias [concernentes à expressão, "vozes" ou

[26] Pierre Guiraud e Pierre Kuentz, *op. cit.*, pp. 35-36.

"órgãos"]).[27] Solidários em qualquer dos casos, constituindo um todo homogenizador das partes, tais sistemas, ou níveis estilísticos, ou planos linguísticos, são, a um só tempo, externos e internos: situam-se no texto e referem-se a códigos fora dele.

Estabelece-se, assim, uma tensão dinâmica entre o texto como universo coeso e fechado, e os contextos externos, representados naqueles sistemas, tensão essa que é também sinônimo de capilaridade entre texto e contextos: ainda à semelhança da metáfora, ao defrontarmos o texto estamos divisando os contextos externos que nele comparecem para lhe conferir identidade. Vemos, simultaneamente, o texto e os contextos. Com toda a evidência, os contextos não se configuram senão no espaço do texto, e este, por sua vez, tão somente se estrutura com o auxílio dos contextos. Tão impensável quanto supor os contextos como "ideias" puras, formas primordiais, é admitir que possa haver texto literário sem a implicação dos contextos: estes constituem parte integrante, inalienável, da natureza do texto, como se este fosse o reservatório para onde convergissem mananciais de várias fontes, apenas visíveis no magma que a mistura vai desencadeando.

O problema fulcral da relação que temos procurado investigar se levanta exatamente neste ponto: como falar em estilo individual se o texto é uma confluência de estilos e/ou de planos ou sistemas? Abstraídos estes, que restará? Na verdade, a resposta somente pode ser negativa. Todavia, essa possibilidade, meramente hipotética, não há de ser coibitiva a ponto de impedir que se considere o texto *x* do autor *y* marcado por exclusivos sinais estilísticos identificadores. Do contrário, cairíamos numa indiferenciação simplificadora que redundaria em banalização da análise literária e pá de cal nos estudos crítico-estilísticos.[28]

---

27 Louis Hjelmslev. *Prolegómenos a una Teoría del Lenguaje*, tr. espanhola, 2ª ed. Madri: Gredos, 1974, pp. 161-162.

28 Há quem repudie, em nome de uma "linguística da fala", a ideia "da imediatez e absoluta individualidade da expressão", pois que "língua e gêneros [literários], estruturas comunitárias, são o meio necessário de toda comunicação (sejam estruturas herdadas ou criadas no próprio ato comunicativo)" (Féliz Martínez Bonati, *op. cit.*, pp. 10 e 147). Já vimos que tais categorias estão implícitas no ato expressivo, e a elas

Se dois autores brasileiros, por serem românticos e ficcionistas, não oferecem nada que os distinga, bastaria classificá-los como tais para dar por finda a tarefa crítica. Sabemos todos que a rotulação classificatória é medida preliminar, de caráter propedêutico, a fim de evitar problemas ociosos, nascidos de não se resolver a questão nesse nível elementar. A diferença entre ambos começaria onde acaba a semelhança, dada por manipularem o idioma português, serem românticos e autores de romances: pelo *modo* como cada qual foi romântico e romancista é possível identificá-los. E tal *modo* é assinalado pelo *modo* como os sistemas semióticos ou de expressão se conjugam no interior do texto. Cada autor procede de maneira particular na articulação, dentro do texto, dos contextos: não há, desse prisma, dois autores idênticos, nem duas obras idênticas do mesmo autor. Cada ficcionista romântico é-o à sua maneira, como se houvesse tantos tipos de romance romântico quanto os seus praticantes. Obviamente, é *como se houvesse*, pois, se de fato ocorresse tal atomização, como falar em romance ou em Romantismo enquanto categorias contextuais, ou, mesmo,

---

voltaremos nos capítulos seguintes, mas daí a repudiar a individualidade do estilo, no universo dos escritores, vai um enorme passo, que não pode ser dado sem prejuízo da própria inteireza do raciocínio. É óbvio que "não pode haver uma ciência de Dante, de Shakespeare ou de Racine, mas somente uma ciência do discurso", e que "tal ciência terá dois grande territórios, segundo os signos de que tratar: o primeiro compreenderá os signos inferiores à frase, como as antigas figuras, os fenômenos de conotação, as 'anomalias semânticas', etc, em suma, todos os traços da linguagem literária no seu conjunto; o segundo compreenderá os signos superiores à frase, as partes do discurso de que se pode induzir uma estrutura da narrativa, da mensagem poética, do texto discursivo, etc." (Roland Barthes. *Critique* e *Verité*. Paris: Seuil, 1966, pp. 56-63, *apud* Pierre Guiraud e Pierre Kuentz, *op. cit.*, pp. 51-52). Entretanto, parece difícil pensar numa "*ciência* do discurso", assim entendida, que, além de não negar um *estilo* de Dante, Shakespeare ou Racine, já não se inclua no perímetro da Retórica ou da Teoria da Literatura (ou mesmo da Semiologia). Evidencia tal filiação a ideia preconizada por outro estudioso, de que "essa ciência, que seria de inspiração linguística, não poderia ocupar-se das obras" (Tzvetan Todorov, *apud* Pierre Guiraud e Pierre Kuentz, *op. cit.*, p. 53). Ocupar-se-ia de quê? Pode-se falar em "estrutura da narrativa, da mensagem poética, do texto discurso, etc.," *em abstrato*?

vocábulos significativos? É certo, por outro lado, que os contextos – quando entendidos fora do texto – são categorias abstratas, generalizantes, que não levam em conta as particularidades empíricas, mas é igualmente verdadeiro que não há outro modo de lidar com eles. E mesmo que nesse aspecto vejamos o litígio entre abstração dos contextos e concretude do texto, essa concretude é que encerra marcas pessoais, irredutíveis e intransferíveis: o modo como os contextos se concretizam, se atualizam no texto define o estilo de um autor, numa escala que principia, teoricamente, na aceitação passiva dos contextos e finaliza na luta contra eles. Combate de morte entre o poder dos contextos e a rebeldia do autor, entre o sistema discricionário e o indivíduo insubmisso.

Compreende-se, assim, que se possa ver no estilo algo mais do que expressão, "qualquer coisa que ultrapassa o fato da expressão",[29] universo de traços comuns que comportam "os três valores estilísticos da expressão: nocional ou de língua, expressivo ou de estilo, impressivo ou de escrita",[30] representam o gênero, a tendência, a época, a língua, e nos quais se filtram dados de cultura provenientes da Sociologia, Psicologia, Filosofia, Antropologia, etc. Cruzamento semiótico, o texto é uma unidade expressiva que reflete, ou pode refletir, a totalidade significante em certo momento histórico. O modo como se dá o espelhamento – reflexo e refração – da totalidade é que identificaria o estilo do texto e/ou do autor. Teríamos, de um lado, a *língua do autor*, "parole", ou idioleto, ou estilo individual e, de outro, a *Língua*, entendida como sistema linguístico supraindividual; entre os extremos, os contextos de gênero, época, tendência. Tendo presente que os polos se intercomunicam em permanente dinamismo, ponhamos de parte a Língua, já que constitui *fato linguístico*, contraposto a *fato literário*,[31] a fim de analisar os contextos intermediários.

---

[29] M. Cressot. *Le Style et ses Techniques*. Paris: PUF, 1947, p. 3, *apud* Pierre Guiraud e Pierre Kuentz, *op. cit.*, p. 26. V. Sebeok, *op. cit.*, p. 147.

[30] Pierre Guiraud. *La Stylistique*, pp. 47 e 98-98.

[31] A. Juilland, *apud* Pierre Guiraud e Pierre Kuentz, *op. cit.*, p. 38.

Adiando para o capítulo seguinte as considerações acerca do gênero, observamos que a tendência e a época literária se identificam por características comuns, não importa se oriundas de uma plataforma estética seguida à risca ou de uma prática consensual, evidente nas obras produzidas. Em qualquer hipótese, verifica-se que uma tendência ou uma época literária se erige como tal quando, precisamente, apresenta recorrências identificadoras, que a distinguem de outras, coevas ou não. Evidentemente, não fosse possível o levantamento de sinais reiterativos, como falar em tendência ou época? Tais identificadores assumem, quando vistos a distância temporal, o caráter de formas estereotipadas ou clichês,[32] uma vez que seu emprego universal e constante os reduz a moedas gastas: moedas de troca, acabam por trivializar-se e perdendo o seu valor original, como se aviltadas pela inflação.[33]

Ora, os clichês, apresentados "como uma evidência imutável, cujos elementos fundamentais formam um todo indissociável, uma unidade temática inanalisável",[34] não permitem que se discriminem os membros de uma corrente literária. No seu todo, a tendência se distingue pelos clichês, mas seus integrantes somente podem identificar-se pelo modo como os empregam: os estereótipos são instrumentos de diálogo entre os participantes de uma comunidade, senhas, códigos de passagem que garantem o entendimento do grupo e os irmana – mas a um só tempo os afasta, à proporção que cada um os maneja a seu talante. Os clichês contextuais

---

32 Aqui tomamos um fenômeno por outro, embora reconheçamos que podem ser discriminados, como aliás, procedem os linguistas em geral ao considerar, por exemplo, "bem-te-vi" um estereótipo e "lágrimas de jacaré" um clichê.

33 Como o que está em causa no momento é o registro de lugares-comuns estilísticos entre membros de um grupo ou tendência literária, parece-nos desavisado entrar em considerações acerca da funcionalidade do clichê, à maneira de Michael Riffaterre (*op. cit.*, pp. 161ss.). Reconhecemos que simplificamos a questão a fim de examiná-la genericamente, mas não cabia proceder doutro modo sem perturbar, desnecessariamente, o desenvolvimento do raciocínio.

34 Anne Herschberg-Pierrot. "Problématiques du Cliché". *Poétique*. Paris, nº 43, set. 1980, p. 336.

enformam os textos de cada um, ganhando nessa trajetória configuração nova, específica e intransmissível. Eis porque, genericamente, no autor de primeira plana (os *inventores*, ou *criadores*, no dizer de Ezra Pound), os clichês ainda não o são. Fosse, no entanto, o caso de admitir que já nessa fase ostentam os distintivos que os tornarão dominantes numa geração ou grupo, verificar-se-ia que se justificam pelo nexo de necessidade que estabelecem com as ideias veiculadas. Decorrentes das inovações conceptuais, evidenciam o enlace indestrutível entre forma e conteúdo, numa perfeita interação: o conteúdo (novo ou renovado) somente se expressa daquela e naquela forma, e esta apenas reveste aquele conteúdo. Nos escritores menores, os clichês são empregados por si próprios, o que os esvazia, transformando-os em significantes sem significado (ou, quando muito, com significado latente ou residual): forma pela forma, como ornamento, forma como fim último do fazer estético. Doença dos epígonos, volve-se lugar-comum (in)expressivo (ou falsamente expressivo), pois os imitadores restringem-se a mimetizar as palavras, as aparências da realidade diríamos platonicamente, faltos de poder reconstituir as ideias que lhe deram razão de ser na mente dos criadores, ou, melhor, de reproduzir os mecanismos geradores de ideias/formas, porquanto, se possuíssem tal dom, não se curvariam à subserviência de imitadores.

Dessa perspectiva, em qualquer estilo de época ou tendência, ou grupo, notamos que alguns autores empregam soluções estilísticas pela primeira vez, no intuito de exprimir com roupagem nova ideias velhas, assim reativando-as, ou de revestir adequadamente ideias originais. Seus imitadores copiam-lhes as fórmulas/ideias novas, e a repetição gera a estereotipia ou clichê. Os epígonos transformam em clichês a novidade estilístico-ideológica, e são epígonos precisamente por fazê-lo: intercambiáveis, as duas noções se iluminam mutuamente; saber dos clichês é localizar os epígonos de uma geração, e apontar os epígonos é reconhecer uma série de lugares-comuns geracionais.

É o caso, por exemplo, de Camões e a extensa família de epígonos ou seguidores praticamente até os nossos dias. A análise de tal longevidade estilística faz pensar em que os clichês não correspondem simplesmente a um modismo de mero sentido lúdico. Ao contrário, ligado que está a um complexo de causas profundas, é preciso operar-se toda uma revolução nos modos de sentir e compreender as coisas para que a sua mudança se processe. Dessa perspectiva, o ciclo camoniano equivale antes à perpetuação de modos de ver que a estereotipias formais. Resistindo no curso dos séculos, foi preciso que outro criador genial trouxesse novos clichês para que seu fastígio entrasse no caso: Fernando Pessoa. Nesta centúria, presenciamos o início de um ciclo pessoano, cujo término resiste a qualquer profecia. Vários poetas de sua geração lançaram mão dos mesmos estereótipos, e até pode ser que algum secundário o fizesse antes dele; mas o certo é que sua genialidade cunhou, ou desenvolveu, às raias de fórmulas emblemáticas, soluções que se tornaram bandeira do grupo e ponto de arranque para não poucos poetas modernos, portugueses e brasileiros. Um dos membros do *Orpheu* (1915-1916), revista com que a geração, sabemos todos, encetou sua reforma modernista em Portugal, deixou escassa obra poética, na qual é possível entrever alguns dos clichês da época. Trata-se de Alfredo Guisado. Um de seus poemas, "Sonho Egípcio", põe-nos frente ao seguinte espetáculo:

> No palácio, os pavões são apenas dizê-los...
> As asas cor do longe, erguidas sobre mim.
> Existem os pavões... O meu sentir-me é vê-los,
> E o meu sonhar-te, são lagos no jardim.
>
> Quando passei no parque eu encontrei Nitókris.
> Vi-a, Fitei-lhe as mãos para poder senti-las.....
> Meus olhos foram naus em águas intranquilas,
> Meus sentidos, aneis nos dedos de Nitókris.
>
> Labirinto de sons. Adormeço-me oiro.
> Ânsia apagada. Deus desce minha Alma em oiro.
> Meus olhos pra te ver, arcadas nos espelhos.

Rezas que nunca ouvi. Hálitos de Saudades.
E as tuas mãos, ao largo, ungindo divindades,
Cismam íbis, pagãos, sobre tapetes velhos![35]

Para os leitores de Fernando Pessoa e Mário de Sá-Carneiro, nenhuma novidade oferece o soneto, mercê da recorrência dos mesmos chavões de época, como a indistinção entre o real e o irreal, os maneirismos sintáticos, as sinestesias imprevistas, o esteticismo pré-surrealista. Mas basta cotejar o poema com alguns passos daqueles poetas para se inferir que estamos perante os mesmos clichês em registros diferentes. Na tantas vezes citada primeira estrofe de "Hora Absurda":

O teu silêncio é uma nau com todas as velas pandas...
Brandas, as brisas brincam nas flâmulas, teu sorriso...
E o teu sorriso no teu silêncio é as escadas e as andas
Com que me finjo mais alto e ao pé de qualquer paraíso...

Fernando Pessoa recorre à mesma imagem da segunda estrofe de Alfredo Guisado, porém de um modo que evidencia, à simples leitura, um nível mais alto de cerebração poética: pobre, linear, na pena do primeiro, a imagem se volve densa, polissêmica, na do segundo, como se este a descobrisse necessária à ideia comunicada, e o outro a empregasse fora de seu contexto, portanto como fórmula vazia, preenchida com matéria poética inadequada, ou pobremente adequada. É irrecusável que o poema de Alfredo Guisado emite forte cintilação plástica, mas nenhum exame objetivo de suas imagens permitirá que o coloquemos a par de "Hora Absurda", pois neste os clichês vibram ainda de uma inquietação que torna as metáforas carregadas de um sentido resistente ao tempo e às modas, enquanto "Sonho Egípcio" se apresenta mortalmente datado: no clichê pelo clichê, o calor anímico da poesia (se houve) esfria com o tempo; na fórmula que o uso transmutou em clichê, a temperatura permanece. Verdadeiramente, na

[35] Alfredo Guisado. *Tempo de Orfeu*. Lisboa: Portugália, 1969, pp. 138-139.

primeira alternativa, o clichê se define como tal justamente porque empregada a frio a solução expressiva que acabaria sendo timbre da geração – forma sem conteúdo, dir-se-ia; na segunda, por ser a fonte do clichê, a solução formal casa-se à ideia que veicula, indissoluvelmente.[36]

Criador quando inventa a solução inusitada; imitador quando a reduz a estereótipo inerte: tal distinção implica uma noção de estilo como sinônimo de expressão de mundividência, ou linguagem de um escritor em todos os níveis, do gramatical ao que engloba a totalidade da obra (análise microscópica e análise macroscópica). O estilo, e *ipso facto* a cosmovisão que hospeda, se evidencia quando o trabalho analítico percorre as várias etapas do circuito linguístico até chegar ao todo da obra. O exame dos pormenores gramaticais, ou expressivos, torna-se esclarecedor quando remonta, por estágios de sucessiva e ascendente complexidade, até as últimas linhas do texto. Cada pormenor contém, sinteticamente, a totalidade, como se uma frase correspondesse à redução microscópica da polissemia macroscópica. Por outros termos, o autor repetiria, forçosamente, as mesmas estruturas (filosofemas, forças-motrizes) por meio das variações linguísticas, entendendo-se as forças-motrizes como redundâncias, obsessões filosofêmicas ou semânticas, A análise progressiva do texto revelaria, em camadas cada vez mais profundas e ampliadas, a permanência das mesmas forças-motrizes. Quando chegássemos ao final da análise, estaríamos contemplando a cosmovisão do autor, identificada com a totalidade constelar das forças-motrizes e, por conseguinte, como estilo, equivalente à globalidade da obra e não apenas aos recursos gramaticais.

Aqui se impõe deter a atenção uma vez mais sobre a questão das forças-motrizes, núcleo que é do conceito de mundividência que vimos tentando esboçar. Partimos da ideia segundo a qual vários significantes podem exprimir o mesmo significado, ou, nas palavras de um mestre em assuntos de Estilística: "a estilística da expressão é o estudo dos valores expressivos e

---

36 Aproveitamos, para essas considerações acerca do clichê, artigo que publicamos no suplemento literário de *O Estado de S. Paulo*, de 17/9/1960, com o título de "Os 'Clichês' Literários".

impressivos peculiares aos diferentes meios de expressão de que a língua dispõe; tais valores estão ligados à existência de variantes estilísticas, isto é, diferentes formas para exprimir a mesma ideia; de sinônimos que exprimem um aspecto particular da comunicação".[37] Em se tratando de obra literária, os significantes se encontrariam não só nos recursos gramaticais (fonéticos, morfológicos, sintáticos) mas também, e sobretudo, nos expedientes narrativos ou poéticos, conforme se trate de prosa ou de poesia. Tais expedientes, variáveis, guardariam as mesmas forças-motrizes, equivalentes ao significado inscrito nos significantes. Personagens, ação, enredo, descrição, estrofação, cadência, etc., exprimem forças-motrizes, constantes semânticas, por meio da variação (ou não) de expedientes narrativos ou poéticos. Mal comparando, os dois níveis equivalem à *estrutura de superfície* e *estrutura profunda*, conforme a gramática gerativa, desenvolvida por Noam Chomsky, Morris Halle e colaboradores: a *estrutura profunda*, ou de significado, corresponde às forças-motrizes. Algumas diferenças, porém, devem ser enfatizadas a fim de evitar mal-entendidos: a estrutura profunda refere-se, na gramática gerativa, a frases, enquanto as forças-motrizes se relacionam com 1) estruturas contextuais, 2) não raro mais vastas do que uma frase. A semântica das forças-motrizes assume, por isso, polissemia mais ampla que a estrutura profunda, e se a univocidade possível da estrutura profunda é dada pela equivalência entre ela e a estrutura de superfície, as forças-motrizes constituem estruturas profundas que recorrem ao longo da variação dos expedientes narrativos e poéticos. Daí que as possíveis divergências de leitura interpretativa de um texto resultem de as forças-motrizes serem constâncias semânticas polivalentes, já que sua reiteração não significa univalência de sentido. Por outro lado, a recorrência das estruturas superficiais num texto ou num autor pode esconder estruturas profundas; daí a análise linguística que se ativer à camada superficial interessar tão somente ao linguista, e a que invade o recesso da estrutura profunda aproximar-se do terreno propriamente literário, com a ressalva de o crítico se prender a contextos e não a frases. Seja como for, as forças-motrizes são

---

[37] Pierre Guiraud. *La Stylistique*, p. 48.

núcleos semânticos recorrentes, como estruturas subjacentes aos mencionados instrumentos expressivos: dir-se-ia, para acompanhar por um momento o jargão linguístico em moda, que as forças-motrizes constituem semantemas, enquanto os expedientes narrativos e poéticos são morfemas.

À guisa de concretização, podia-se tomar a metáfora, cerne que é da linguagem literária: as mudanças que ostenta no interior de um texto em prosa ou verso remetem às constantes semânticas polissêmicas. Pode até suceder de a metáfora gravitar ao redor esquemas mais ou menos fixos, transformando-se em clichês: quer na mudança, quer na reiteração, a metáfora implica uma estrutura profunda de significado, que somente se reduz ao grau 1 quando ocorrer o empobrecimento de sua carga conotativa. Mesmo o clichê, como demonstrou Riffaterre (*Essais de Stylistique Structurale*, 1971), pode ser estilisticamente eficaz.

Quer revitalizando os clichês, quer empregando-os segundo os padrões da geração ou grupo, o estilo de um autor seria identificado com sua visão do mundo, de modo a confundir sua escrita e sua mundividência: aqueles seriam eleitos em razão de/ou denotariam uma cosmovisão.[38] O modo como cada membro do grupo se distingue assinala as *diferenças* (não se trata de "desvio", que pode sugerir insubordinação em face das regras estatuídas), e as diferenças indicam, por seu turno, uma visão do mundo particular. Pode-se falar, como previramos anteriormente, em cosmovisão de um grupo ou de época, mas por extensão de sentido, e tomando por base o denominador comum. Na verdade, é ainda do indivíduo que se trata nesse vínculo entre estilo e cosmovisão; por mais indiferenciado que seja, epígono secundário, sua obra guarda inalienável e específica visão da realidade.

Assim, *ver, dizer* (lat. *dicere*, raiz **deik-/dik-*, "mostrar") e *escre-ver* (lat. *scribere*, traçar caracteres", "gravar, desenhar") se correspondem: o escritor

---

[38] Fidelino de Figueiredo já o dissera em suas *Últimas Aventuras* (Rio de Janeiro: A Noite, s.d., pp. 86ss.): "um estilo é isto: uma visão simplificadora e deformadora do mundo e da vida. Um estilo literário é a expressão de um estilo de vida ou de uma visão interpretativa", não sem "deslocar a noção de estilo – do campo restrito da técnica linguística para o da personalidade do autor", o que torna sua proposta algo diferente da nossa.

procuraria enxergar a realidade com reduzi-la às palavras a seu alcance. E vice-versa, a escolha delas, formando a malha estilística, proviria de uma opção prévia ou imanente, que implica a história pregressa do indivíduo e mesmo as virtualidades geradoras do futuro; equivale à ideia de que o escritor escreve para saber como vê o mundo; e paralelamente, o texto desvenda a realidade que espelha. Por desconhecer, no nível consciente e pleno, como vê a realidade, produz o texto a fim de o saber. E a obra segregada acaba sendo a própria realidade concentrada e exposta ao olhar: revela o mundo para o autor e oferta-nos o modo como ele o divisa. Assim, temos a realidade como se lhe afigura, e a maneira como a encara, uma vez que a realidade ali espelhada pressupõe um modo de ver o mundo.

Texto e realidade armam, por conseguinte, uma equação dialética: o dinamismo da realidade articula-se dialeticamente com o dinamismo do texto, numa interação de mútua influência. A rigor, o dinamismo de um exerce influxo sobre o outro, mas não como fator de dependência: cada dinamismo se apresenta vetorizado autogenamente, movendo-se em resposta a forças internas. O dinamismo da realidade, tanto quanto o do texto, é autorregido, impulsionado pelas próprias forças que o estruturam. Entretanto, exercem influência recíproca; o dinamismo da realidade se enriquece do dinamismo do texto, e vice-versa, como um jogo de espelhos. Por isso, admitir que o dinamismo do texto tenha chegado ao limite significa que o mundo correspondente igualmente se petrificou, em razão de este somente se manifestar na interioridade do texto. Fosse mensurável seu dinamismo, poder-se-ia erguer uma tipologia baseada nele. De qualquer modo, as obras menores são-no à medida que, com paralisar-se, paralisam a realidade, ou oferecem uma imagem próxima do estático, ou imobilizam o mundo que refletem. O extremo dinamismo se mostraria na extrema polivalência, enquanto o seu oposto se manifestaria como inclinação para a univocidade: o dinamismo mais intenso se expressaria por meio de metáforas, símbolos, etc., carregados de polivocidade, de grau 10, enquanto seu oposto se evidenciaria no amortecimento do tecido metafórico até avizinhar-se de 0, ou melhor, de 1.

Claro, não é a *omnitudo realitatis* que se (re)produz no âmbito do texto, mas uma dada realidade, fração ou aspectos dela. Contemplar a realidade espelhada no texto nos reenvia, a um só tempo, para aquela porção do mundo que foi divisada, e para o modo como o autor a viu. Do prisma do signo, o que se vê é visto *por meio do signo* (mediador entre a realidade e o sujeito do conhecimento) e *no signo* se revela: enfrentando o signo no universo do texto, vemos 1) a realidade que ali se aprisionou, e 2) o instrumento empregado para o realizar. Vemos 1) o já visto, e 2) o instrumento de ver; gera-se, assim, uma espécie de *superposição de visões*; e, o signo – ou o estilo que dele se forma – se torna realidade segunda, mediadora da primeira, a que acedemos por meio da outra. Vemos o que o autor viu e a lente que usou para o fazer: nosso instrumento óptico é o signo – o estilo – empregado pelo autor para ver. Daí uma noção implicar a outra: o estilo, mesmo assumido como repertório de formas sintáticas, morfológicas e fonéticas, constitui o lugar em que um modo de visão se mostra ao leitor (e ao próprio autor); o estilo é um modo de ver, que os recursos gramaticais evidenciam ou comportam; e todo modo de visão se patenteia no estilo com que se representa. A circularidade do raciocínio, por ser da própria natureza das categorias em jogo, não perturba; ao contrário, a ideia de estilo somente se define e se configura plenamente na relação com o norte para o qual se dirige: a visão do mundo. E esta somente se identifica, ganha corpo e estabelece o diálogo com o "outro", que somos nós, os leitores, quando se plasma na carne do estilo. Modo de ver, modo de escrever, modo de dizer: estilo. Aquilo que se escreve, aquilo que se deixa ver, aquilo que se deixa traduzir em palavras: a realidade. Ambos, mutuamente implícitos.

Com efeito, o fragmento, ou "totalidade" do mundo que o escritor vislumbra apenas se justifica como um modo de ver, porquanto a opção depende de uma vontade latente em processo de atualização na medida em que enfrenta a realidade, ou melhor, que o escritor vai construindo sua obra. Ao revelar o mundo, o autor se nos revela (e se revela a si): a realidade que nos desvenda na obra permite-nos, à uma, aceder ao seu próprio ser interior, ou/e às matrizes mentais com que descortina a realidade. Dando a conhecer o mundo (ou segmentos dele), descobre a realidade e descobre-se a nós próprios. Daí que um estilo corresponda a uma cosmovisão, e esta, àquele.

5. E ASSIM DESEMBOCAMOS NA RETÓRICA: o estilo, compreendido menos como a simples eleição de esquemas gramaticais que como expressão de uma mundividência, nunca é inocente, ou ingênuo. Não significa que o escritor tenha completa noção dos efeitos determinados pelos recursos estilísticos na consciência do leitor, mas, seja qual for o grau de intencionalidade, o estilo visa convencer ou persuadir, consoante use a argumentação capciosa ou a justa razão. Desse prisma, o estilo se definiria como a orquestração de argumentos com objetivo de aliciar o leitor; estilo como visgo, canto de sereia, melodia encantatória, que subleva a alma do leitor, alienando-a em favor do escritor, ao menos enquanto dura o transe neurótico da identificação. Estilo como rede, teia, radar, ímã, que atrai, prende, adere; estilo como entorpecente, que inebria com a antevisão dos "paraísos artificiais" emboscados em suas malhas. Estilo como oráculo, enigma, que seduz e aniquila, recusa fingindo ceder, engana com promessas de acesso ao "mistério"; estilo como chave alquímica, condão mágico que abre as portas da realidade tão somente para quem nele se engolfa e se perde. Estilo como arma e conduto, arma virada contra o leitor sob o disfarce da utopia, passe de magia sem o qual o mundo continua inatingível, mas com o qual ficamos cativos do mundo que nos desvenda. Estilo como rito retórico recorrente, que instaura o mundo e o coloca à mercê de nossa fome de certezas, estilo como dom délfico, dádiva/anátema, que resgata/condena o escritor, o leitor, mas sem o qual a superfície do Cosmos permanece opaca. Estilo como esgrima entre o "eu" do mundo, esforço retórico por decifrar, no qual agoniza o "eu" à custa de jamais alcançar a palavra exata – o *Logos* primordial – para dizer toda a complexidade que entrevê. Estilo que ludibria ou persuade conforme seu criador se deixe ludibriar ou persuadir no combate singular contra as trevas da ignorância e do preconceito. Estilo-confissão, autodesvendamento, atração da consciência do leitor para que o diálogo com as sombras ultrapasse a solidão irremediável em que se processa. Estilo que, comunicando um modo de ver, dizer, escrever, se destina a ganhar a companhia do "outro", sem voz, a fim de, persuadindo-o ou embaindo-o, absorvê-lo no círculo de giz que as palavras descrevem em torno do "eu" a debater-se entre a cegueira mortal e a lucidez olímpica. Estilo-apelo,

chamado, embuste, emboscada, em busca de transformar em ludo coletivo o embate, tragicamente solitário, contra o fascínio esfíngico da Literatura. Estilo como Retórica, expressão de visão do mundo, lance de transcendentalização, em que o *homo faber* da palavra transita para o seu interlocutor, sem o que a chama votiva se apaga, tornando ainda mais inútil o gesto de compreensão do mundo. Estilo, Retórica, Cosmovisão.

Estilo como mimese, "representação das coisas do mundo", "discurso mimético", visto não "como estrato *linguístico*" senão "*como mundo*; desaparece como linguagem. Sua *representação* do mundo é uma 'imitação' deste, que o leva a confundir-se, a identificar-se com ele. *O discurso mimético se mimetiza como mundo. Alheia-se em seu objeto*".[39] Mimese entendida como re-produção da realidade, imitação dos modos de articulação das coisas do mundo num universo organizado, de sorte que o cosmos engendrado pela Arte se apresenta como um *heterocosmos*, "relacionado com o mundo real por analogia".[40] Estilo como linguagem simbólica, teia de símbolos, que representam/apresentam a realidade, testemunhando-a e testemunhando-se: "o mito e a arte, a linguagem e a ciência constroem e impõem o ser: não são simples cópias de uma realidade já dada, mas as linhas diretrizes gerais do movimento do espírito, do processo ideal por meio de que o real se constitui para nós como unidade e pluralidade – como uma diversidade de configurações que são, em última instância, unificadas pela atividade significante".[41] Estilo como linguagem cujo referente se encontra no regaço do mundo, no contexto externo, Mimese como ritual de emergência da realidade do mundo à consciência do criador de arte e do seu fruidor. Estilo como fixação da linguagem do rito para que a realidade ressurja ao

---

39 Roman Ingarden. *A Obra de Arte Literária*, tr. portuguesa. Lisboa: Fundação Calouste Gulbenkian, 1973, capítulos 6 e 7; Félix Martínez Bonati, *op. cit.*, p. 72; Maria Luiza Ramos. *Fenomenologia da Obra Literária*. Rio de Janeiro/São Paulo: Forense, 1969, pp. 86ss.

40 Graham Hough. *An Essay on Criticism*. Nova York: W. W. Norton and Co., 1966, p. 44; o termo "heterocosmos", citado pelo mesmo autor, foi proposto por Baumgarten.

41 Ernst Cassirer. *La Philosophie des Formes Symboliques*, tr. francesa, 3 vols. Paris: Minuit, 1972, vol. 1, p. 51.

leitor a cada contato com o texto, assim como a liturgia remete sempre de novo o crente ao espetáculo primordial do contato com a transcendência temporal e espacial (Mircea Eliade). Estilo como rito mimético, por meio do qual a realidade adquire corpo, figuração, e representa-se, o que corresponde a mostrar-se e permanecer, idêntica a si própria (e entretanto diversa, numa infinita mutação), no transcurso da História.

A linguagem, já o sabemos como um cansado truísmo, cria a realidade ao mesmo tempo que a espelha, e cria-a não só positivamente, na medida em que uma teoria ou hipótese científica modela a realidade à sua maneira, agregando-lhe ou desvendando-lhe facetas insólitas, como também negativamente: a infâmia, o perjúrio, a mentira, a falsidade igualmente podem criar realidade, bastando que se repitam insistentemente e logrem, por isso, foros de credibilidade. A sugestão é um mecanismo psicológico que tanto pode acompanhar a hipótese científica quanto a mentira; a diferença é de qualidade (ou valor) e de compromisso com a "verdade", uma vez que metodologicamente se identificam.[42] Ora, a metáfora literária, de origem mágica,[43] parecendo assemelhar-se à mentira,[44] já que aponta para

---

[42] *Idem, ibidem*, vol. III, p. 316: "essa confiança absoluta na realidade das coisas se deixa abalar e sofre o primeiro tremor desde que o problema da *verdade* entra em linha de conta. A partir do instante em que o homem, descontente de situar-se no real e de viver em tal conjuntura, deseja atribuir-lhe um *conhecimento*, estabelece com ele um vínculo radicalmente novo. Sem dúvida, a questão da verdade não parece de início dizer respeito senão às partes isoladas e não à totalidade do real". Ver, ainda, pp. 319 e 353-354.

[43] Heinrich Lausberg, *op. cit.*, vol. II, p. 62.

[44] Recordando que Sólon (640-560 a.C.) já afirmava que "muito mentem os poetas", assertiva retomada por Nietzsche em *Assim falava Zaratustra* ("os poetas mentem demasiado"), Emil Staiger procurou responder à questão – "Mentirão os poetas?" (*Humboldt*. Munique, nº 41, 1980, pp. 82ss.), concluindo que "perguntar se os poetas mentem vem (...) a despropósito. Com efeito a literatura não aparece aqui aferida por uma realidade misteriosamente autônoma – que não existe ou, o que vem a dar no mesmo, é inatingível por essência; afirma-se, sim, que ela instaura verdade, verdade como contexto lógico no qual uma comunidade se compreende. (...) E é isso justamente que importa reconhecer! Por que só a lembrança da essência criadora da poesia pode aliviar a má consciência suscitada pela pergunta 'Mentirão os poetas'?".

a morada da ficção, circula, verdadeiramente, entre as duas esferas: inventa e reflete a realidade não propriamente como a teoria científica, mas como criação sem compromisso, pois que seu desiderato não consiste em conhecer a "verdade" do mundo, mas, espelhando-o parcialmente, adicionar-lhe aspectos ocultos ou inexistentes como experiências positivas. E inventa e espelha a realidade não como perjúrio, que abastarda a "verdade" no gesto de inverter-lhe os vetores, senão como a teoria científica, que, ao criar a realidade, não visa enganar. A metáfora literária pulsa de uma tensão dinâmica que provém de ser um fingimento eticamente dirigido para o polo positivo, a saber, a produção da estesia, o conhecimento (é[sté]tico) do mundo. Diverge, assim, da metáfora (ou teoria) científica, que se propõe o domínio positivo da realidade, e da mentira, destinada a encobrir a realidade positiva por uma outra que se pretende verdadeira. A literatura engajada, em qualquer ideologia, seja de que natureza for, exprime, como arte da propaganda, a utilização deformada da metáfora literária, por inocular-lhe gérmens da mentira, que visam oferecer da realidade não o seu retrato ambiguamente "real", mas o que se deseja que tenha: embora acionada pelos motivos mais generosos, a Literatura volve-se mentira, e o seu grau de conhecimento do mundo se empana; torna-se panfleto, arma da mentira ou do ludíbrio, negando-se como instrumento de persuasão e tomada de consciência. Aqui regressamos ao tópico das relações entre crítica e dogmatismo, objeto de um capítulo anterior.

6. Divisada dessa perspectiva, a pesquisa do estilo inscreve-se no âmbito da crítica literária. Se Cressot propunha, a par de uma *estilística histórica* ou *diacrônica*, uma *estilística comparada*,[45] incumbida de colocar frente a frente duas ou mais línguas, o estilo de um autor se define em relação ao de outro, sobretudo se o enfoque se pretende literário e sem curvar-se à ideia de *escolha* ou de *desvio* relativamente a uma *norma* abstrata. O *tertium comparationis*,[46] conquanto necessário, não residiria na abstração

45 M. Cressot, *op. cit.*, p. 6.

46 Josef Nadler, *op. cit.*, p. 422.

do Código, do idioma encarado genericamente, nem mesmo de um estilo-paradigma (ao contrário das fôrmas, romance, conto, novela, soneto, etc.).

Quando eminentemente linguística, pode a análise do estilo implicar uma *norma* ou *sistema*, de que as soluções individuais participam, conferindo-lhes inflexões particulares. Em se tratando de estilo como expressão de mundividência, e tendo em vista os antecedentes, o *tertium* somente poderá situar-se na realidade: assim como é a realidade, ou como é vista pelo escritor, assim será o estilo; e as diferenças nesse plano refletem as diferenças naquele. "A análise literária", diz um renomado teórico da Literatura, e com justa razão – "começa onde termina a análise linguística", e conclui: "a estilística literária deve concentrar-se no propósito estético dos recursos linguísticos, os modos como serve à totalidade, e evitará o atomismo e isolamento que é a armadilha de muita análise estilística. Há que distinguir o estilo de uma obra de arte e derivar daí para problemas como o estilo de um autor, estilo de um gênero, estilo de uma época. O estilo é um fenômeno histórico; evolui e muda com a sociedade, na História".[47]

A comparação, fundamento explícito ou não do labor crítico, pressupõe o contexto da obra e os vários contextos externos que se mesclam no interior do texto. A análise do estilo, entendida como tarefa indispensável da empresa crítica, se orienta para a realidade – contexto externo – que se representa no contexto interno: *por meio do* estilo, *no estilo*, vemos a realidade, assim como o autor empregou seus recursos estilísticos para ver a realidade do mundo. Comparar estilos é, portanto, comparar modos de ver, de dizer, de escrever a realidade do mundo.

A essa luz, a análise do estilo não deve confundir-se com a análise linguística, posto que imprecisos os limites entre ambas e esta forneça dados relevantes ao processamento daquela. Uma coisa é a análise da fonologia ou morfologia de um texto, ou mesmo da sintaxe, outra a análise centrada nos recursos propriamente literários (como personagens, etc.) sem negligenciar, é óbvio, os aportes trazidos por aquelas achegas. Não perdendo de vista que se trata de um limiar frágil, oscilante, as "gramáticas"

---

[47] René Wellek, *apud* Sebeok, *op. cit.*, pp. 417 e 418.

de autores, laboriosamente compendiadas com o objetivo de caracterizar-
-lhes a linguagem, não equivalem a estilo, ao menos na perspectiva em que nos situamos: as "gramáticas" individuais não passam de gramáticas, mesmo que se atribua ao vocábulo a conotação mais estética possível, com aspas e tudo.[48] E como gramáticas, pertencem ao setor da pesquisa linguística, por sua vez útil à investigação literária por carrear elementos de base para a interpretação dos fatos especificamente literários: que função desempenham os recursos gramaticais – juntamente com os outros, de ordem estética – para que a obra literária exerça seu papel no reino da mimese? Fora desse quadro funcional, tais "gramáticas" continuam gravitando no cosmos linguístico não literário, ainda que voltadas para textos literários. O tipo de discurso verbal eleito para análise não altera o resultado – linguístico – do inquérito textual, uma vez que poderia voltar-se para textos de natureza diversa, da jornalística à filosófica: podemos falar em "gramática" do jornal, ou de um Hegel, Bachelard, etc.

À guisa de exemplo, selecionamos dois romancistas vernáculos, contemporâneos e adeptos da mesma linhagem estética: Eça de Queirós e Machado de Assis.[49]

A

> Tinham dado onze horas no *cuco* da sala de jantar. Jorge fechou o volume de Luis Figuier que estivera folheando devagar, estirado na velha *voltaire* de marroquim escuro, espreguiçou-se, bocejou e disse:
>
> – Tu não te vais vestir, Luísa?
>
> – Logo.

---

48 *Idem, ibidem, loc. cit.*; Pierre Guiraud e Pierre Kuentz, *op. cit.*, pp. 38, 39 e 40.

49 Como não se trata de crítica estilística, senão de análise do estilo em função da mundividência, não se pode esperar do confronto entre os dois ficcionistas o estudo comparativo que a Estilística, nos tempos áureos, suscitou. Veja-se, a respeito, Helmut Hatzfeld. *Bibliografia Crítica de la Nueva Estilistica*, tr. espanhola. Madri: Gredos, 1955, *passim*.

Ficara sentada à mesa a ler o *Diário de Notícias*, no seu roupão de fazenda preta, bordado a *soutache*, com largos botões de madrepérola; o cabelo louro um pouco desmanchado, com um tom seco do calor do travesseiro, enrolava-se, torcido no alto da cabeça pequenina de perfil bonito; e sua pele tinha a brancura tenra e láctea das louras; com o cotovelo encostado à mesa acariciava a orelha, e, no movimento lento e suave dos seus dedos, dois anéis de rubis miudinhos davam cintilações escarlates.

Tinham acabado de almoçar.

....

Luisa espreguiçou-se. Que seca ter de se ir vestir! Desejaria estar numa banheira de mármore cor-de-rosa, em água tépida, perfumada, e adormecer! Ou numa rede de seda, com as janelas cerradas, embalar-se, ouvindo música! Sacudiu a chinelinha: esteve a olhar muito amorosamente o seu pé pequeno, branco como leite, com veias azuis, pensando numa infinidade de coisinhas: – em meias de seda que queria comprar, no farnel que faria a Jorge para a jornada, em três guardanapos que a lavadeira perdera...

Tornou a espreguiçar-se. E saltando na ponta do pé descalço, foi buscar ao aparador, por detrás de uma compota, um livro um pouco enxovalhado, veio estender-se na *voltaire*, quase deitada, e, com o gesto acariciador e amoroso dos dedos sobre a orelha, começou a ler, toda interessada.[50]

B

No mais, tudo corria bem. Capitu gostava de rir e divertir-se, e, nos primeiros tempos, quando íamos a passeios ou espectáculos, era como um pássaro que saísse da gaiola. Arranjava-se com graça e modéstia, Embora gostasse de joias, como as outras moças, não queria que eu lhe comprasse muitas nem caras, e um dia afligiu-se tanto que prometi não comprar mais nenhuma; mas foi só por pouco tempo.

---

[50] Eça de Queirós. *O Primo Basílio*. Porto: Lello, s.d., pp. 5 e 13.

A nossa vida era mais ou menos plácida. Quando não estávamos com a família ou com amigos, ou se não íamos a algum espectáculo ou serão particular (e estes eram raros) passávamos as noites à nossa janela da Glória, mirando o mar e o céu, a sombra das montanhas e dos navios, ou a gente que passava na praia. Às vezes, eu contava a Capitu a história da cidade, outras dava-lhe notícias de astronomia; notícias de amador que ela escutava atenta e curiosa, nem sempre tanto que não cochilasse um pouco. Não sabendo piano, aprendeu depois de casada, e depressa, e daí a pouco tocava nas casas de amizade. Na Glória era uma das nossas recreações; também cantava, mas pouco e raro, por não ter voz; um dia chegou a entender que era melhor não cantar nada e cumpria o alvitre. De dançar gostava, e enfeitava-se com amor quando ia a um baile, os braços é que... Os braços merecem um período.

Eram belos, e na primeira noite que os levou nus a um baile, não creio que houvesse iguais na cidade, nem os seus, leitora, que eram então de menina, se eram nascidos, mas provavelmente estariam ainda no mármore, donde vieram, ou nas mãos do divino esculptor. Eram os mais belos da noite, a ponto que me encheram de desvanecimento. Conversava mal com as outras pessoas, só para vê-los, por mais que eles entrelaçassem aos das casacas alheias. Já não foi assim no segundo baile; nesse, quando vi que os homens não se fartavam de olhar para eles, de os buscar, quase de os pedir, e que roçavam por eles as mangas pretas, fiquei vexado e aborrecido. Ao terceiro não fui, e aqui tive o apoio de Escobar, a quem confiei candidamente os meus tédios; concordou logo comigo.

– Sanchinha também não vai, ou irá de mangas compridas; o contrário parece-me indecente.

– Não é? Mas não diga o motivo; hão de chamar-nos seminaristas, Capitu já me chamou assim.

Nem por isso deixei de contar a Capitu a aprovação de Escobar. Ela sorriu e respondeu que os braços de Sanchinha eram mal feitos, mas cedeu depressa, e não foi ao baile; a outros foi, mas levou-os meio vestidos de escomilha ou não sei quê, que nem cobria nem descobria inteiramente, como o cendal de Camões.[51]

Para o bom entendimento da análise, recorde-se que os trechos selecionados apenas evidenciam toda a sua complexidade semântica quando referidos ao contexto geral da obra a que pertencem. Sendo, ademais, uma análise ilustrativa, basta-nos ressaltar que as narrativas de Eça e Machado giram em torno do mesmo nódulo dramático, ou tema: o adultério feminino, ostensivo na ficção do romancista português, duvidoso na pena do brasileiro. Burguesas as heroínas, burguês o quadro social. E os escritores, inseridos nos confins do Realismo, permitem uma comparação visando *às diferenças*, para além do denominador comum linguístico, estético e temático. *Diferenças*, como vimos, no modo de focalizar a realidade, ou, nas palavras de Auerbach, de "captação da realidade da época".[52] Sucede, no entanto, que a expressão "captação da realidade da época", salvo se entendida também como invenção da realidade, ou antes, visão da realidade, deixa margem a dúvida, fazendo supor que seja previamente conhecida a realidade do tempo e que aquela seja a única realidade conhecível, e contemporânea, do escritor.

Ora, a realidade se nos faz conhecida também, quando não principalmente, por intermédio do texto que elegemos para análise. Daí, ao falar em "captação da realidade" estamos querendo dizer "invenção", ou "visão". Por outro lado, sabemos que um texto grego ou latino não apresenta a realidade estampada num romance de Zola, simplesmente por não haver na Grécia ou Roma antiga a sociedade que o prosador francês descreve, e sabemo-lo pelos textos que nos chegaram daquele tempo (além de outros documentos, evidentemente). Daí que "captar" significa, na verdade, espelhar e criar, espelhar porque não podemos captar outra realidade senão a que nos é

[51] Machado de Assis. *Dom Casmurro*. Rio de Janeiro: Civilização Brasileira/MEC, 1977, pp. 209-210.

[52] Erich Auerbach. *Mimesis: Representación de la Realidad en la Literatura Ocidental*, tr. mexicana. México/Buenos Aires: Fondo de Cultura Económica, 1950, p. 484.

contemporânea (uma das que coexistem frente à nossa consciência), e inventar porque somente sabemos dela por meio do texto: veracidade do testemunho é dada pela coerência do texto e semelhança com outros, voltados para a mesma realidade, ou conjuntura. O componente criativo, no sentido de um *ego* que detecta a realidade, está presente no ato de espelhar: não há espelhamento neutro, impessoal, "científico", universal, em se tratando de arte literária. Tanto assim que, reportando-se a Zola, Auerbach assevera que "alcançou gravidade pela mescla de estilos, permanecendo mais além do realismo meramente estético da geração precedente", e acrescenta que "é um dos pouquíssimos escritores do século [XIX] que criaram sua obra baseando-se nos grandes problemas da época".[53] Ninguém, em sã consciência, tomará um texto de Zola por um de Balzac ou vice-versa, nem *Germinie Lacerteux* pelo *Germinal*, ou confundirá os fragmentos de Eça e Machado.

O fragmento A corresponde às linhas iniciais de *O Primo Basílio*, quando o Narrador surpreende uma cena corriqueira entre Jorge e Luísa, casal burguês lisboeta que não dissimula o tédio reinante após três anos de casamento realizado "um bocado no ar!". Numa atmosfera emoliente, que os verbos "folhear" (mais o advérbio "devagar"), "estirar", "espreguiçar-se", "bocejar" denunciam, é-nos oferecido o retrato da heroína, num parágrafo de um só período, como a marcar, pelos sinais de pontuação que hierarquizam os segmentos sintáticos, os momentos da descrição.

E que vemos? Que vê o Narrador? Luísa ainda veste seu "roupão de manhã de fazenda preta, bordado a *soutache*, com largos botões de madre pérola". Cabelo, cabeça: "louro um pouco desmanchado, com um tom seco do calor do travesseiro, enrolava-se, torcido no alto da cabeça pequenina, de perfil bonito". Pele: "tinha a brancura tenra e láctea das louras". Cotovelo, orelha, dedos: "com o cotovelo encostado à mesa acariciava a orelha", etc. Coerentemente, o Narrador descreve a heroína como lhe (a) parece, uma vez que está sentada e coberta pelo "roupão de manhã". O foco de luz incide sobre a cabeça, que mais se destaca, em *close up*, e nela os acidentes plásticos dominam nitidamente: o jogo de claro-escuro, formado

---

53 *Idem, ibidem*, p. 481.

pela negridão do *peignoir* em contraste com a *soutache*, os botões de madrepérola, a cor dos cabelos e da pele, tudo culminando no detalhe dos rubis, que emprestam ao claro-escuro uma nota vivaz e lhe acentuam a dualidade. Note-se que Luísa ostenta dois anéis da mesma pedra, a denotar, pelo menos, a obsessiva predileção pelo rubi e, desde já, uma falta de criatividade, que traduz mau gosto ou personalidade monolítica.

O todo da descrição mostra-nos, aliás, uma beleza vulgar, sem brilho e desamparada de inteligência, a ser verídico que "a cabeça pequenina", além de índice de massa cinzenta diminuta, não seria mais do que suporte para um "perfil bonito". Nada sugere vida interior, e próprio ato de ler o jornal trai despreocupação ou curiosidade mundana, voltada para o dia a dia miúdo. O retrato esboça-se sobre um figurino em que todos os matizes contraditórios são alijados em favor de uma estereotipia, como se pintado mais com base em *a prioris* doutrinários do que perante a realidade viva. Quando pouco, o Narrador descreve o que vê (mentalmente) e se recusa a ultrapassar a epiderme da retratada, ou porque esta se lhe afigure corpo sem alma (necessário, diga-se de passagem, à sua *tese*), ou não consegue ir além das aparências, ou acredite que a psicologia não passa de manifestação fisiológica. Pelo sim, pelo não, Luísa é vista como estátua, dotada de um único movimento – "acariciava a orelha", etc. – e este, denuncia uma sensualidade primária, cega, ressaltada pelos anéis de pedra semipreciosa.

O retrato não pode ser mais despojado, reduzido às linhas fundamentais, e como tal, preconcebido: é de uma figura irreal, fruto de premissas estéticas, redução do ser humano a seu lineamento plástico, sob o pressuposto de respeito à "verdade" da descrição. Não se trata apenas de inexistir alguém como Luísa – afinal todos sabemos quão pueril esperar da ficção tal compromisso fotográfico – mas de seu retrato não convencer literariamente falando: é como personagem que não convence; sua irrealidade se patenteia quer em face da realidade concreta de qualquer tempo, quer dos próprios códigos literários. Mal comparando, ninguém é crédulo a ponto de admitir que o inseto de Kafka equivale a algo da realidade histórica, mas nenhum leitor inteligente deixará de observar a superior verossimilhança interna da narrativa em que a metamorfose se opera. A irrealidade de Luísa resulta menos de ser criação insólita que de lhe faltar espinha dorsal como personalidade imersa no mundo do romance: irreal como personagem e como imagem do ser humano.

É de notar que o retrato mais chama a atenção para as minúcias quanto mais nos damos conta de que o Narrador se coloca na posição onisciente, habilitando-se, por conseguinte, a invadir o recesso do "eu" da protagonista. Ao negar-se a fazê-lo, em nome da estética realista ou por convicção pessoal, mostrava divisar a realidade humana como exterioridade plástica, assim minimizando-lhe as demais facetas. Visão superficial, que a trivialidade da personagem somente justificaria caso nos socorrêssemos dos princípios estéticos do Realismo. Visão redutora[54] e preconceituosa, desfaz qualquer intuito de verossimilhança, ainda que estética: a personagem não é aferida à realidade do seu tempo, senão à estereotipia "cientifica" sugerida pela estética realista e perfilhada sem espírito crítico. Como o sabemos, se a realidade nos é dada a conhecer pelo próprio texto que analisamos? Sabemo-lo pela narrativa na sua totalidade, pelo contexto em que aquele fragmento se inscreve, e pelo cotejo de *O Primo Basílio* com outras obras do autor e com as de ficcionistas coetâneos.

Na impossibilidade de examinar a globalidade do romance queirosiano, recorramos a outra personagem, Leopoldina, igualmente arrasada pelos valores burgueses, mas nem por isso invertebrada: mulher de muitos amantes, sem rebate algum na consciência, como se praticasse atos sancionados pelo grupo social, é muito mais verossímil que Luísa, em razão de seu comportamento jovialmente contraditório, enquanto o da outra é infantilmente estereotipado. O seu retrato o diz inequivocamente:

> Leopoldina tinha então vinte e sete anos. Não era alta, mas passava por ser a mulher mais bem feita de Lisboa. Usava sempre os vestidos muito colados, com uma justeza que acusava, modelava o corpo como uma

---

54 Ver um objeto é sempre realizar uma abstração, porque ver consiste em captar aspectos estruturais, mais do que a fixação indiscriminada de detalhes" (Rudolf Arnheim. *Visual Thinking*, Berkeley/Los Angeles/Londres: University of California Press, 1969, p. 68.

> pelica, sem largueza de roda, apanhados atrás, Dizia-se dela, com os olhos em alvo: é uma estátua, é uma Vénus! Tinha ombros de modelo, de uma redondeza descaída e cheia; sentia-se nos seus seios, mesmo através do corpete, o desenho rijo e harmonioso de duas belas metades de limão; a linha dos quadris rica e firme, certos quebrados vibrantes de cintura faziam voltar os olhares acesos dos homens. A cara era um pouco grosseira; as asas do nariz tinham uma dilatação carnuda; na pele, muito fina, de um trigueiro quente e corado, havia sinaizinhos desvanecidos de antigas bexigas. A sua beleza eram os olhos, de uma negrura intensa, afogados num fluido, muito *quebrados*, com grandes pestanas.[55]

Não é preciso forçar a nota para entrever nessa figura um respeito maior à realidade, quer a histórica (Leopoldina convence-nos, por sua "humanidade", de ser imagem possível de alguém real, ou, pelo menos, copiada de pessoas vivas), quer a literária (a sua ninfomania em momento nenhum parece caricatura ou desfiguração: pode ser, até, contraponto de Basílio; sua conduta, no entanto, jamais cai no inverídico). Anote-se, porém, a sensualidade do conjunto, que o estilo transmite à feição de uma pintura realista, e o emprego dos vocábulos "belo" ("belas metades de limão") e "beleza": no contexto da descrição, equivalem a "bonito" e "boniteza", em que pese à/ou graças à lembrança de Vênus e à analogia com metades de limão (reminiscência camoniana?); prevalece, nitidamente, a notação plástica.

E na impossibilidade de focalizar todas as heroínas pecaminosas que Eça agrupou ao longo de sua carreira, recordemos que, salvo circunstâncias específicas, todas são recortadas pelo mesmo molde: Amélia, Gracinha..., irmãs gêmeas de Luísa, senão seus avatares.[56] A própria Leopoldina, não obstante sua personalidade, obedece ao mesmo estereótipo, que vê na mulher burguesa uma adúltera e no casamento, um contrato de conveniência.

---

55 Eça de Queirós, *op. cit.*, p. 21.

56 Note-se, de passagem, que idêntica estereotipia marca as personagens masculinas que contracenam diretamente com Luísa e seus múltiplos: Primo Basílio, Pe. Amaro, Cavalheiro, Carlos da Maia, etc.

Eis porque falar de Luísa corresponde a falar de todas. Na estrutura profunda, ou imanente (na esteira da Glossemática), ou nas forças-motrizes, se identificam como uma só personagem, ou *typos*, e suas *n* variantes, reprodução de um molde, à semelhança do artesão que cunha imagens a partir da matriz.[57] E a estrutura profunda nos informa que Luísa (Leopoldina, Gracinha e outras) é fatalmente adúltera, oca e inconsequente; podem diferençar-se na estrutura superficial (cor dos cabelos, corpo, etc.), mas na profunda não passam de uma só. Assim, no que observa, Eça vê sempre o mesmo estereótipo, porque falto de imaginação ou rendido ao preceituário realista: a recorrência do padrão nos alerta, contudo, que esse quadro pode suceder com os outros escritores, ainda que mais atentos à conjuntura e à variedade psicofisiológica das pessoas.

O segundo trecho do romance queirosiano amplia o retrato de Luísa, e no mesmo diapasão, de modo que o detalhismo funciona antes como mecanismo comprobativo, não como insinuação de complexidade: preguiçosa até para se vestir; e desejaria estar numa banheira de mármore cor-de-rosa, em água tépida", etc. Aqui, a voz do Narrador cala-se para que se ouça, em discurso indireto livre, a própria heroína a exclamar seus devaneios escapistas de mulher apática. Na verdade, retratada como foi no primeiro trecho, a personagem não poderia ter pensamentos diferentes sem comprometer a coerência objetivada pelo Narrador. A futilidade caracterológica que o retrato acusa é confirmada pelas exclamações de fuga irresponsável. E como se não bastasse, ei-la "a olhar muito amorosamente o seu pé pequeno", etc. Reflui o pormenor plástico da cor ("branco como leite, com velas azuis") e de volume ("pé pequeno"), acrescido "do olhar muito amorosamente". Vaidadezinha tola, sem dúvida, infantil, de mulher-*bibelô*, cujos "pensamentos", centrados numa "infinidade de coisinhas", confirmam: "meias de seda que queria comprar", etc.

O parágrafo final mostra-nos a personagem novamente a espreguiçar-se, e a repetir "o gesto acariciador e amoroso dos dedos sobre a orelha", enquanto ocupava, felinamente, o lugar do marido na *voltaire*: não só continua de

---

57 Heinrich Lausberg, *op. cit.*, vol. II, p. 289.

"roupão de manhã" como agora substitui o jornal pela *Dama das Camélias*, cuja leitura terminará "com duas lágrimas a tremer-lhe nas pálpebras".

Se a personagem, ou antes, sua descrição, é uma metáfora, inegavelmente o romancista labora com um clichê de época, resultante mais de uma redução que da transposição viva de alguém que representasse, emblematicamente, um *caráter*. Infere-se do retrato que o ficcionista atribui à personagem o papel de índice da realidade social, como se Leopoldina, ou Juliana, a criada *alter ego* da consciência social, não integrassem a sociedade coeva e não a simbolizassem com mais pertinência. Fundamentando-se na heroína (ou, realmente, anti-heroína), brandindo-a como instrumento óptico, ou *exemplum*, o Narrador (Eça) divisa a realidade como uma multidão de sonâmbulos, à mercê dos sentidos, sem outros desígnios que espreguiçar-se, bocejar, mergulhar em "banheira de mármore cor-de-rosa" (!) e pensar em "coisinhas". Visão redutora e, por conseguinte, empobrecedora, qualquer que seja a época que lhe sirva de referência, visão de gabinete, tanto mais preconcebida quanto mais desatenta às contradições intrínsecas à narrativa como um todo. O estilo, de uma limpidez e fluência a que a adjetivação empresta um brilho picante, denuncia uma visão *estética* da realidade, como se o ser humano fosse tão somente cores e volumes. O predomínio da descrição minuciosa trai o compaginamento com a "escrita artística" dos irmãos Goncourt e a crença de que a realidade aparente, "positiva", seria toda a realidade. Os complexos fenômenos da realidade se concentram, desse modo, na superfície accessível à descrição, sem deixar espaço a qualquer intervenção de natureza hermenêutica e afugentando toda hipótese de oposição entre aparência e realidade profunda. Na descrição externa dos seres e objetos visíveis mora toda a "verdade" do mundo – parece esse o conceito "científico" que norteia a noção queirosiana de realidade. Numa palavra: mimese fotográfica, imitação das aparências, não das ações.

Ilustra, desse modo, o gênero epidítico do discurso – o *genus demonstrativum* – assinalado pelo intuito de censurar (*vituperatio*) ou de louvar (*laus*). Eça elege a primeira alternativa, num maniqueísmo primário: Luísa é "má", deve ser punida, como se o escritor fosse, paradoxalmente, o juiz que, em nome da comunidade burguesa (precisamente a que ele tencionava demolir com o ataque ao casamento "no ar"!), dita a sentença de morte à contraventora. Ainda como característica do gênero demonstrativo, o culto da *arte pela arte*, o virtuosismo, e a passividade do público: "a oratória exibicionista se converte em objeto do discurso. O *genus* cultiva a *arte pela arte*: o orador faz ostentação de sua oratória ante um público ao qual convida não a tomar decisão prática relativa ao conteúdo, mas a emitir um juízo artístico (e admirativo)". Daí *a descriptio*, "concretização poética da definição, aplicável aos apelativos e aos indivíduos",[58] com vistas a exemplificar uma modalidade de ser a fim de servir à tese que se preconiza: o estereótipo brota não da realidade, mas de pressupostos dela, segundo leis de verossimilhança irreal, que hão de ser encontradas antes na doutrina esposada que na realidade do mundo. Mimese primária, reflexo não do mundo, senão da doutrina, elimina a persuasão que acompanha a argumentação, em favor do ludíbrio, que consiste em apresentar o plausível como norma absoluta do ser humano e da ação social.

O estilo, opacificando-se, chamando atenção sobre si, camufla a pobreza da visão: anelando persuadir com seu despojamento esquematizador, seu mecanismo psicofisiológico, somente pode enganar o leitor que não atina com a oligofrenia da retratada. Oligofrenia que deriva menos dela (na medida em que sua irrealidade lhe rouba aspectos de personalidade que ostentaria fosse outro o padrão descritivo) do que da óptica do Narrador, a recalcar o desenho para a protagonista se adaptar às suas preconcepções, pois retratá-la do natural – como pedia a estética de Flaubert e de Zola – seria colher a diversidade, a multiplicidade, a antinomia inimiga dos preconceitos. Estilo e visão de um esteta, que (pre)julga ao retratar, embora se imagine isento de preconceito por extirpar da linguagem os cambiantes analíticos por meio dos quais descortinaria na personagem algo mais do que revela sua aparência. Retórica como embuste, que, visionando empolgar o leitor com presságios de eldorado romanesco, se volta contra quem o manipula: para tanto, basta comparar o retrato de Luísa com o das demais

---

[58] Heinrich Lausberg, *op. cit.*, vol II, p. 289.

protagonistas femininas do romance, e de outros contemporâneos, dentre as quais escolhemos uma de Machado de Assis.

Correlatos, mutuamente implicados, visão e estilo são isomorfos: uma tal visão da realidade, centrada em seus rasgos plásticos, somente poderia exprimir-se por intermédio de tal estilo; e vice-versa, tal estilo inevitavelmente expressaria tal visão da realidade. Fosse possível uma tipologia dual dos estilos – em plásticos ou estéticos e introspectivos ou éticos – estaríamos ante o exemplo acabado de estilo plástico. E a este, corresponderia uma visão do mundo; por mais que se lhes queira atribuir profundidade, as farpas sarcásticas que[59] Eça atira contra a sociedade do tempo, não escamoteiam, apesar de/ou mercê de sua graça irônica, uma visão plástica da realidade portuguesa do último quartel do século XIX. Suas motivações éticas de escritor engajado nas fileiras do Realismo, por mais seriamente declaradas em artigos, conferências cartas, ou disseminadas na matéria ficcional de seus romances e contos, cediam invariavelmente aos propósitos estéticos, não só no universo íntegro de cada obra de per si, como na evolução geral do autor: a gravidade acusatória de *O Primo Basílio* ou de *O Crime do Padre Amaro* se dobra ante o próprio meio expressivo utilizado, a ponto de este permanecer na memória do leitor quando tudo o mais se dispersou num museu literário dedicado às generosas intenções que o estilo mumificou. E é sabido que, ao conceber *A Cidade e as Serras*, como extensão do conto *Civilização*, e já no poente de sua caminhada, Eça não era mais o mesmo fanático da revolução realista. Antes pelo contrário, regressava ao ponto de partida, representado pelas *Prosas Bárbaras*: o esteticismo, transposto numa "tese" rousseauniana que parecia Júlio Dinis requentado, vergara-o definitivamente, exibindo-lhe a verdadeira face, que a ortodoxia taineana ocultara por alguns anos. Visão de pormenor, esteta de pormenor; visão esquemática e mecanicista, estilo ornamental, brilhante; visão epidérmica da problemática social, estilo plástico, semanticamente unívoco; estilo de esteta, cosmovisão de esteta.

---

59 Releve-se que a sátira se configura, independentemente de preconceitos clássicos (A. Kibedi Varga. *Rhétorique et Littérature*. Paris: Didier, 1970, p. 55), em solução "fácil", contaminada que é, desde a raiz, pelo veneno da superficialidade e da efemeridade.

O fragmento B corresponde ao capítulo CV de *Dom Casmurro*, pouco depois que os protagonistas centrais, Capitu e Bentinho, se haviam casado. Pondo de parte a divergência cronológica do fato, em relação ao desposório de Luísa e Jorge, e de o retrato de Capitu solteira já se haver desenhado, posto que em breves traços, o momento histórico, sendo praticamente o mesmo, permite uma fecunda comparação de procedimentos.

E que vemos? Que vê o Narrador agora situado no foco narrativo da primeira pessoa, a rememorar os acontecimentos que o tornaram casmurro? O foco de luz – ou da memória[60] – banha principalmente Capitu, a heroína, "Arranjava-se com graça e modéstia", lembra Bentinho, acrescentando: "Embora gostasse de joias, como as outras moças", etc. Aqui já se patenteia notável discrepância relativamente a Luísa: gostava de joias, mas quais? Somente sabemos que não desejava "muitas nem caras", o que meramente nos informa da quantidade e qualidade. E chega a afligir-se, mas o Narrador cala o porquê, apenas ressaltando que "foi só por pouco tempo".

Que sabemos, ao fim das contas, do caráter de Capitu? Que gostava de joias, poucas e baratas, o que está longe de caracterizá-la univocamente: o enigma de sua personalidade e conduta (houve adultério ou não?), de resto adensado nos capítulos precedentes, não só se confirma nesse trecho como vai ganhando temperatura de anticlímax. E desde já o estilo se mostra supinamente metafórico, embora lançando mão da metonímia: que significado se dissimula por trás da linguagem com que se vai esboçando o retrato de Capitu adulta? A polivalência da metáfora é notória; múltiplos sentidos podem ser detectados na estrutura profunda das informações:

---

60 Enquanto Luísa nos é retratada como de corpo presente, num tempo que corresponde ao da própria narrativa – o passado histórico –, Capitu é rememorada. Ali, temos a visão míope, pois depende do tempo; aqui, a visão do mundo se realiza plenamente, já que os objetos do presente se encontram imersos na luz da memória. Ali, sem a memória, a realidade é uma superfície colorida mas opaca; aqui, graças ao concurso da visão-memória-percepção, a realidade, constituída do passado a continuar no presente memorizado como um eterno-presente, se mostra através de esvoaçantes transparências. Ver, a respeito, Rudolf Arnheim, *op. cit.*, p. 90; M. Merleau-Ponty. *Phénoménologie de la Perception*. Paris: Gallimard, 1945, p. 384.

enquanto a superficial se encadeia aparentemente sem ambiguidades, em orações que se ordenam segundo uma lógica irrepreensível, a profunda lhe parece antinômica. Tudo se passa como se a isomorfia houvesse sido rompida, e entre as duas camadas textuais se operasse uma cisão suicida. Ocorre, porém, que a homogeneidade sintática da estrutura superficial é ilusória (para não dizer... superficial): à primeira vista, sentir-se "como um pássaro que saísse da gaiola" parece congruente com "arranjava-se com graça e modéstia", mas, na verdade, dizem respeito a universos psicológicos diversos, antitéticos, em razão de a primeira ideia colidir com a segunda. Ou se tratava de falsa modéstia, ou Capitu sabia, maquiavelicamente, que assim atrairia mais a atenção quando fosse posta em cotejo com as Luísas de rubi no dedo. O gosto por sair está longe de se compatibilizar com a modéstia da indumentária, a não ser que Capitu gostasse de exibir-se, chamar os olhares para si, pela graça e modéstia da vestimenta. Nesse ponto, a estrutura de superfície guarda uma estrutura profunda coerente, isomórfica.

A rigor, nem o Narrador percebe ao certo a congruência secreta entre o apreciar poucas joias e "nem caras" e o sair a passeios ou a espetáculos. A estrutura superficial não diz tudo, e o que diz é dúbio, posto que sintaticamente cristalino, ao contrário da linearidade de minúcias na descrição de Luísa, pois a estrutura profunda não transparece de modo unilateral. O estilo comunica uma visão da realidade, e vice-versa, como vimos: Bentinho recorda e relata suas memórias de acordo com o desenrolar dos fatos, aparentemente sem interpretá-los, decerto levado pela intuição de que enfrentava o "mistério" de uma personalidade naturalmente esfíngica.

A prossecução do retrato de Capitu corrobora-o: que mais vê o Narrador? Os braços, que "eram belos", "os mais belos da noite". Que significa serem belos? A dúvida, que flutua sem resposta, exceto apelando para noções subjetivas, salta ao leitor bem como ao Narrador, ao adjetivá-los de um modo que, recusando o pormenor descritivo, não os identifica. O adjetivo, de caráter axiológico, qualifica uma espécie de beleza recôndita, ínsita na desnudez, beleza ultraplástica, se quisermos, ou simplesmente beleza, e não boniteza (como na descrição de Luísa e Leopoldina), a evocar algo mais do que harmonia plástica, cor e volume, algo como a espiritualidade aninhada no interior da matéria.

Novamente, a estrutura profunda assinala a indeterminação que a sequência do quadro reafirma: Capitu cedeu à vontade do marido, "e não foi ao baile", não sem antes sorrir (enigmaticamente, como o desenvolvimento do romance mostrará) e menosprezar, astuciosamente, os braços de Sanchinha. Todavia, acabou indo a outros bailes, levando os braços "meio vestidos de escomilha ou não sei quê, que nem cobria nem descobria inteiramente, como o cendal de Camões". Decerto aplacados os ciúmes do esposo, Capitu volta a sair da gaiola, expondo/escondendo os braços, à maneira das joias poucas e "nem caras". A metáfora do cendal de Camões (*Os Lusíadas*, II 37):

> Cum delgado cendal as partes cobre
> De quem vergonha é natural reparo;
> Porém nem tudo esconde nem descobre
> O véu, dos roxos lírios pouco avaro

confirma a dualidade do procedimento, onde mais uma vez o enigma avulta: mais atrai com a meia promessa que com o desnudamento dos braços, por sua vez metonímia ligada à metáfora da personagem. A mesma estrutura profunda, conexa do véu camoniano, se manifesta nesse jogo ardiloso de fingir conceder para manobrar as coisas a seu modo, assim alcançando, numa gradação diabólica, seu oculto desiderato.

O que fica por dizer, ou o que se subentende – estrutura profunda – é, sem dúvida, muito mais do que se declara: o enunciado prevalece sobre a enunciação, e esta se exaure sem que aquele se defina ou exiba as várias máscaras semânticas que lhe cobrem a face. No caso de Luísa, enunciação e enunciado estabeleciam rígida isomorfia; a informação se transmitia univocamente às palavras. Aqui, a isomorfia é polívoca: a estrutura de superfície pode não ser homóloga da profunda, mas é inegável que à polissemia imanente corresponde uma estrutura nada linear, embora guardando todo o respeito à lógica e à sintaxe mais apurada. Nesse aspecto reside, diga-se de passagem, um dos núcleos de força da ficção machadiana: linguagem ática, de frases nítidas em seu recorte sintático, exprime sempre conteúdos polêmicos, que autorizam várias leituras interpretativas. *Escrita reflexiva*, conceptual, silogística, ou antes, parasilogística, pretere os silogismos lógicos em favor dos silogismos retóricos, ou literários, dentre os quais releva o *epiquerema*: "uma proposição não é imediatamente seguida de outra, mas de um comentário destinado a 'ilustrá-lo', para o prazer do espírito dos sentidos".[61] Contrariamente a Eça, cujo estilo, brilhante e sensual, obedece a uma direção única, dada pela tese realista: é impossível deixar de traduzir a descrição de Luísa pelo mesmo sintagma, "burguesa oca e bonita", enquanto Capitu repudia toda síntese redutora, em razão de o Narrador focalizá-la como parte de contextos, única forma de se praticar integralmente o ato de ver, pois que "tirar alguma coisa de seu contexto significa negligenciar importante fração de sua natureza".[62] Enquanto a redução segue preceitos de impessoalidade "científica", a contextualização é de ordem individual, precisamente como todo ato de (cosmo)visão. Capitu é divisada como estrutura,[63] ou integrante de um contexto estrutural, ao passo que Luísa resulta de uma soma de pormenores "em situação", por seu turno limitada a um elenco de minúcias articuladas por justaposição.

A metonímia/metáfora dos braços inscreve-se, como se observa, numa constelação de fatores ambientais e minudências de personalidade que lhe aguçam, explicativamente, o sentido capital. O enigma da heroína se expande para todos os lados. Bentinho relembra que ela "escutava atenta e curiosa", decerto quando se tratava da "história da cidade", e talvez "cochilasse um pouco" quando o tema deslizava para os astros; mais adiante, Capitu aprende a tocar piano, entra a cantar e toma gosto pela

---

61 A. Kibedi Varga, *op. cit.*, pp. 60-61 e 65.

62 Rudolf Arnheim, *op. cit.*, p. 71.

63 "A captação dos aspectos estruturais é o pré-requisito básico da percepção e de qualquer outro comportamento inteligente". (Rudolf Arnheim, *op. cit.*, p. 73). "Ver é entrar num universo de seres que *se mostram* e não se mostrariam se pudessem esconder-se uns atrás dos outros ou atrás de mim" (M. Merleau-Ponty, *op. cit.*, p. 82; v. pp. 345ss., 423ss.).

dança, "e enfeitava-se com amor quando ia a um baile". A pouco e pouco, a personagem alarga o círculo de sua ação social – foge da gaiola – como se buscasse, movida por uma intuição tanto mais eficaz quanto mais sutil, o espaço em que realizaria seu desígnio.

E o estilo em que a expansão se produz, com ser inflexivelmente límpido e "lógico", guarda no subsolo o mesmo sentido enigmático que os demais aspectos já anunciavam. Estilo argumentativo, *genus deliberativum*, intimamente conectado com o *genus judiciale*, visa persuadir ou dissuadir o público, orientado pelo princípio da *aequitas*:[64] quem julga é o ouvinte, ou o leitor, à vista dos argumentos aduzidos. O objetivo – a *utilitas* da argumentação – é dirimir a dúvida, o dilema: houve afinal adultério da Capitu e Escobar? Ezequiel, filho espúrio? O tempo do *genus* é o futuro, de modo que o passado é consultado pelos *exempla* que fornece antecipação do porvir: a ação se prefigura no pretérito, ganhando plausibilidade convincente. Perante o corpo de jurados – os leitores – põe-se *o estado da questão*, "a questão da denominação da ação cometida": adultério? Mas a denominação já é a medula do problema: saber como nomear já é interpretar o fato que motivou o discurso, o mórbido retrospecto de Bentinho. Eis porque, ainda na esfera desse gênero, trata-se da semântica da ação, o *factum*, praticado por um *auctor*, que deve ser descoberto: Escobar? Acontece que o acusador – Bentinho – está submetido à *translatio*, a dúvida acerca de sua competência no papel que assume, um tanto contrafeito, pois é parte interessada. Narrador suspeito, dir-se-ia, segundo a terminologia proposta por Wayne Booth. De qualquer modo, *Dom Casmurro* funciona como um discurso deliberativo, em que toda a argumentação é aduzida para que o leitor julgue se houve ou não adultério, nome e cerne da ação que motiva o discurso narrativo. Ao passo que aqui o enigma da heroína envolve o *auctor* (ou co-*auctor*) do crime (de onde a vizinhança com a narrativa policial, apontada por Lausberg), ficando a cargo do leitor culpá-la ou inocentá-la, numa decisão que se adia perpetuamente, pois o tribunal se reinstala a cada

64 Heinrich Lausberg, *op. cit.*, vol. I, pp. 203ss.; A. Kibedi Varga, *op. cit.*, pp. 55ss.

leitura – no *O Primo Basílio* o adultério é insofismável e o julgamento é óbvio, anterior mesmo à narrativa.

Estilo deliberativo, o de Bentinho/Machado, persuade o leitor ainda o mais distraído ou o mais exigente. A verossimilhança exterior é patente, não somente em relação à mulher burguesa do tempo, mas também, e sobretudo, à mulher casada de sempre. Fruto cultural ou não, a adúltera parece agir mais como Capitu que como Luísa, notadamente quando a infidelidade tem visos de encobrir, tal o caso da primeira, uma espécie de instintiva procura de realização maternal: a maternidade é que guiaria a heroína a buscar em Escobar o filho que o consórcio legal com Bentinho lhe negara, enquanto Luísa se entregou à aventura extraconjugal por mero desfastio ou debilidade moral. A verossimilhança interna de Capitu não poderia ser mais compacta: em momento nenhum atua como joguete, nem das circunstâncias, nem do Narrador, ao contrário, ostenta liberdade olímpica, acima de todo constrangimento, ético ou social. Seu drama convence-nos, sua conduta convence-nos até o desfecho, ainda que não houvesse atentado contra o juramento de fidelidade. Entre sua meninice e sua morte estabelece-se um nexo de coerência evidente até para o Narrador, coerência enigmática, expressa num estilo despistativo, falsamente unívoco, isomorfo de uma visão do mundo como enigma. Para o Narrador/Machado de Assis, a vida, as trocas sociais, a realidade cósmica é uma esfinge a devorar continuamente o interlocutor, seja Bentinho, encouraçado em sua tragédia anônima, seja Capitu, levando para o túmulo o segredo inviolável de seu comportamento ambíguo. Estilo oblíquo, tanto quanto a heroína tinha "olhos de cigana obliqua e dissimulada", estilo metafórico, como se nenhuma expressão unívoca fosse possível, guarda uma visão ética do mundo: a linguagem, despojada, concisa, quase lapidar, de frases sibilinamente curtas, sem apelo ao brilho plástico enganador, estilo substantivo, de parcos ou imprescindíveis qualificativos, fluindo serenamente, a veicular uma concepção ética do mundo. Do mesmo modo que a beleza dos braços de Capitu persiste nas reminiscências obsessivas de Bentinho, tudo o mais é ético. Estilo ático, visão ética, realismo interior: as aparências enganam.

Um olhar, posto que de relance, por *Dom Casmurro* e demais romances machadianos, o confirmará plenamente. Ao invés de Eça, que somente visualiza personagens femininas talhadas à feição de Luísa, Machado descobre-as também honestas, a par de adúlteras efetivas ou presuntivas. Em todas, porém, avulta o componente enigmático. O estereótipo machadiano é a mulher-enigma, a mulher-sibila, resultante mais da observação direta do psiquismo feminino que e redução apriorística, como em Eça, de uma decantada complexidade a um molde fixo e preconcebido. Flora oscila, como se sabe, entre dois gêmeos, impulsionada por um mecanismo que parece transcender-lhe o controle, e ainda arrasta para o cemitério o enigma que a vitimou. Sofia entretém-se num dúbio jogo amoroso, que não chega a resolver-se. Fidélia envolve-se de uma aura de mistério que lhe empresa não só o passado – viúva – mas um decoro que semelha estratégia de ocultação. E mesmo as personagens românticas, como Helena ou laiá Garcia, amoldam-se ao estereótipo que encontrou em Capitu sua mais perfeita definição.

Para além da identidade linguística e de participarem, cada qual a seu modo, da estética realista, as *diferenças* entre Eça e Machado saltam à vista: o estilo particular e inconfundível de cada um é a porção aérea de um *iceberg*, caracterizado por uma visão do mundo. Discrepam no estilo e na cosmovisão: um não vem sem o outro. A rigor, bastaria apontar a divergência estilística; a outra que lhe está implícita; ou, inversamente, assinalar a diferença medular no modo de ver a realidade, porquanto seria inconcebível que não se revelasse, a um só tempo, no instrumento de expressão. A indissolubilidade do binômio forma/conteúdo pode ser lida como indissolubilidade de estilo/cosmovisão. Assim, se se pudesse aplicar aos dois romancistas as categorias hermenêuticas que a historiografia literária tem usado na interpretação do Barroco, ao estilo/visão do primeiro, em razão do gosto pela metáfora plástica, se atribuiria o rótulo de gongorino, enquanto o do outro, assinalaria pela metáfora ideativa, se diria conceptista.

Dizer gongorizante o estilo de Eça é dizê-lo expressão de uma mundividência centrada na ideia de a realidade do mundo ser um espetáculo de cores, volumes e movimentos perpetuamente estático, submetido à lei da redundância. Eça vê o mundo como superfície, fenômeno ou relevo plástico, sem ocultar outro "mistério" (à Alberto Caeiro, mas um Alberto Caeiro satisfeito com as informações recebidas pelos sentidos) que o da própria aparição à consciência. Pretensamente objetiva, científica, sua visão do mundo não pressupõe dilema ou problema na realidade: tudo é visível e sujeito a análise; nada escapa ao olhar indagador, como se o mundo e a realidade social (esta, em destaque) fossem regidos por leis mecânicas e inflexíveis. Competindo à Arte comprová-lo, e mostrá-lo, não estranha que o estilo, em Eça, se converta em fim próprio, já que por meio dele se exprime o lugar-comum das percepções ou as "verdades" inamovíveis da Ciência. O estilo floral, pinturesco, pressupõe absolutos numa realidade perenemente idêntica a si própria, sem possibilidade nenhuma à contradição: partindo de que a Ciência lhe fornecia um saber incontrastável acerca da realidade do mundo, sentia-se livre para o cultivo do estilo pelo estilo, da estética pela estética.

Contrariamente, o estilo de Machado veicula uma mundividência cética, relativista, para a qual a realidade é uma caixa de surpresas sempre a jorrar, e todo saber – mesmo o de "evidências" feito – submete-se à lei das mudanças perpétuas reinante no Cosmos. O estilo diz, no seu intelectualismo microscópico, analítico e desencantado, de uma visão em que a realidade do mundo é problemática, de modo a fazer da Arte a expressão dessa permanente incerteza e o lugar em que é possível contemplá-la sem o perigo de tombar num ceticismo integral ou suicida. Machado não descarta o estético, obviamente, porquanto elegeu a via literária para se comunicar com a realidade e os semelhantes, mas o estético se lhe afigura meio de um fim jamais alcançado, na razão direta do enigma que palpita no âmago das coisas e das relações humanas.

Eça vê o mundo como um realista ingênuo, crente de uma fé que não compreende e, por isso, não problematiza – a Ciência. Machado divisa a realidade como um realista cético, para quem o único meio de "salvação" é a Arte. Num, apesar do namoro com a Ciência, a Arte se entronizou como rito absoluto – a *arte pela arte*; no outro, recusando-se a ser fim em si própria, a Arte se erigiu como o espaço onde se trava o conflito ético do homem com o seu destino e a realidade circundante – *arte como forma de conhecimento*. Paradoxalmente, mas compreensivelmente, pois que nesse paradoxo reside a força de cada um, – ao fazer que o estilo se autofletisse narcisisticamente, Eça resgatava sua literatura do niilismo como Arte (perigo inerente à sua fusão com a Ciência do tempo), e ao assumir atitude filosoficamente com c(ética) perante a realidade, Machado impedia que a Arte, em suas mãos, mergulhasse no vazio ou num esteticismo nefelibata.

IX. GÊNERO E COSMOVISÃO

1. O ESTILO IMPLICA, COMO VIMOS, uma visão do mundo, na razão direta de encerrar traços de linguagem que caracterizam um escritor e, a partir daí, uma época, uma tendência, um gênero. Na verdade, pode-se armar uma teia de combinações entre as várias modalidades ou níveis de estilo, ou divisá-los insuladamente: estilos de época, de grupo ou tendência, estilos de gênero. Fixando-nos nesta última equação, pois as demais extrapolam as balizas em que se move o presente estudo, parece imediato admitir que cada gênero pressupõe um estilo, ou uma configuração dele, embora o tomemos como expressão de um desvio.[1] Se estilo e gênero são categorias solidárias – os registros estilísticos passam pelos gêneros e, por seu turno, os gêneros envolvem estilos –, com mais pertinência gênero e cosmovisão mutuamente se determinam. Razão por que, ao investigarmos esse binômio, estará subentendida a noção de estilo.

Não vamos repor a questão dos gêneros nem recapitular a discussão a respeito que procuramos efetuar n*A Criação Literária*. Basta-nos ressaltar que o vocábulo "gênero" – bem como as outras denominações dos

---

1 P. Larthomas. *Le Français Moderne*. Paris: Ed. d'Artrey, 1964, *apud* Pierre Guiraud e Pere Kuentz. *La Stylistique. Lectures*. Paris: Klincksieck, 1970, pp. 71-74.

eventos literários ("espécies", "formas", "fôrmas", "retórica", "poética", "versificação", etc.) – se incluem no rol de arbitrariedade, mas até certo ponto. Examinadas da perspectiva histórica, poderíamos discernir um momento em que as designações (por exemplo, um soneto é um poema de 14 versos em 2 quartetos e 2 tercetos) consistiam em propostas terminológicas para sinalizar os fenômenos literários e torná-los reconhecidos pelos críticos e leitores. A partir desse instante, transformaram-se em convenções e deixaram de ser arbitrárias (o nome deixa de ser arbitrário, sujeito a variações emocionais, ilógicas, quando se torna convenção: a convencionalidade é indício de universalidade). É bem verdade que no decurso da História algumas nomeações caíram em desuso ou foram substituídas por outras, julgadas mais aptas a representar os objetos em causa, mas o processo persiste. De onde os vocábulos em circulação ("poesia", "prosa", "ode", "balada", etc.) nomearem objetos específicos, sob pena de serem tomados como rótulos anódinos, suscetíveis de mudança por qualquer motivo de gosto ou de capricho.

Um exemplo poderá iluminar o ponto: se pelo vocábulo "conto" não designarmos um objeto com específicas atribuições, será impossível reconhecer no seu emprego qualquer constância ou coerência: o crítico, ou o organizador de concursos literários, poderá utilizá-lo sem que o leitor saiba a que se refere. Se não for manuseado com uma denotação assente num acordo entre os usuários, a palavra acusará imprecisão de sentido ou subjetividade operacional, que redundará em não se realizar o entendimento entre o critico e o leitor. Se o crítico assumir, na esteira de Mário de Andrade, que o conto é tudo que o autor assim designar, estará no campo do arbítrio e gratuitamente drenando a carga semântica do vocábulo. Por certo, há termos mais sensíveis que outros a tal descaracterização, mas a levar a extremo o procedimento, todos os vocábulos técnicos da Literatura poderiam ser manejados indiscriminadamente, ao gosto de cada um. E seria o caos absoluto, nova Babel (como, em certa medida, ocorre); daí um consenso no uso do vocabulário ser o primeiro passo na direção de um entendimento fecundo em matéria literária.

Entendendo por "gênero" as grandes famílias literárias, com suas ramificações ("espécies" e "fôrmas"), nele se manifesta a tradição, a convencionalidade resistente às provas históricas, o cabedal de recursos à disposição do escritor de hoje ao pretender ingressar na correnteza literária.[2] Respeitá-la ou transgredi-la, cabe-lhe a escolha; em qualquer hipótese, tem à mão um repertório de soluções expressivas, a partir do qual pode encetar sua aventura pessoal no reino da criação literária. Estruturas macroscópicas, fragmentadas em estruturas menores, os gêneros se oferecem como ritual por meio de que o neófito, ingressando na tradição, passa a empregar os sinais de código com seus pares e leitores. Trata-se, porém, de um rito paradoxal, pois que em perpétua transformação; cada novo adepto lhe injeta germes de mudança, tão mais eficazes quanto mais sutis: a consciência que cada escritor tem de poder enriquecer o patrimônio tradicional com seu talento é suficiente para aceitá-lo ou repeli-lo. Num caso e noutro, a tradição ainda se faz presente, porquanto o iniciante não tem como escapar-lhe à presença, salvo se, por desespero, abandonar o projeto literário. Virar as costas ao gênero – não à sua teoria, sendo à sua existência empiricamente verificável, por intermédio do contato com outros escritores – é desertar do universo literário. Por outro lado, não se trata de o principiante dizer "amém" ao legado tradicional: tanto o repúdio sistemático arrasta para fora do território literário quanto a sua aceitação ingênua significa submissão mediocrizante. Na recepção crítica da herança descansaria, provavelmente, o meio-termo entre as duas soluções letais; na rebeldia que implode a tradição, renovando-a, se possível, a partir das raízes, pode residir a terapia adequada à neurose do criador insatisfeito. Na metamorfose visceral, não na fuga ou na

---

2 Hans-Robert Jauss. "Littérature Médiévale et Théorie des Genres". *Poétique*. Paris, nº 1, 1970, pp. 79ss.: "toda obra literária pertence a um gênero, o que significa afirmar pura e simplesmente que toda obra supõe um horizonte de expectativa, vale dizer, um conjunto de regras preexistentes para orientar a compreensão do leitor (do público) e permitir-lhe uma recepção apreciativa"..."o novo texto evoca para o leitor (ouvinte) o horizonte de uma expectativa e regras que ele conhece graças aos textos precedentes, e que sofrem variações, retificações, modificações, ou são simplesmente reproduzidos".

subserviência, na reformulação das regras do jogo estético – situar-se-ia o compromisso desejável de cada escritor novo.[3]

Ao receber, ou conquistar, os gêneros da tradição, o escritor incipiente herda, *ipso facto*, determinados modos de ver a realidade, pois cada gênero, sendo uma estrutura abriga uma dimensão peculiar do mundo. Com a estrutura, ganha um instrumento óptico, e com este, o poder de perquirir e detectar a realidade. Menos camisa de força que a alavanca do filósofo, o gênero constitui uma estrutura conceptiva que permite ver, sem a qual o escritor é um cego que finge ver, ou um vidente que se recusa a enxergar: no instante em que a pena desliza sobre o papel, ou as teclas da máquina o golpeiam freneticamente, sabe muito bem que segue um código, mas como senhor, não como escravo. Mesmo que precariamente consciente, ao praticar a taquigrafia ditada pela memória, estará manifestando a acolhida de um modo de ver a realidade, inerente a cada gênero. Um seguidor da Estilística, na vertente espanhola, diz isso com as seguintes palavras: "Toda obra de arte é essencialmente criação de uma estrutura, de uma construção, de uma forma; mas estrutura de alguma coisa, construção com alguma

---

[3] Num ensaio que se tornou famoso, "Tradition and the Individual Talent", T. S. Eliot (*Points of View*, 5ª ed., Londres: Faber and Faber, 1951, pp. 21-34) faz as seguintes observações a respeito do assunto: "se a única forma de tradição, de herança, consiste em seguir os caminhos da geração imediata à nossa, numa cega ou tímida adesão aos seus cometimentos, a 'tradição' deve ser positivamente desencorajada". Por outro lado, "nenhum poeta, nenhum artista de qualquer arte, tem sentido completamente isolado. Seu significado, seu apreço decorrem da relação com poetas e artistas falecidos" (...) "Os monumentos existentes formam uma ordem ideal para os artistas, que é modificada pela introdução de nova (realmente nova) obra de arte entre eles. A ordem existente é completa antes de chegada a nova obra de arte, para que a ordem persista após a sobrevinda da novidade, a ordem existente deve na sua *totalidade*, ainda que ligeiramente, ser alterada; assim, as relações, proporções, valores de cada obra de arte são reajustados tendo em vista o todo; e aí se realiza a conformidade entre o novo e o velho". Ver, também, na mesma linha de raciocínio, mas fundado em perspectiva diversa, Arnold Hauser. *Introducción a la Historia del Arte*, tr. espanhola. Madri: Guadarrama, 1961, p. 309.

coisa, forma de alguma coisa. (...) Mas o ato singular da criação poética implica apresentar viva e atuante uma visão do mundo".[4]

Assim, ao instilar modificações no gênero, a um só tempo estará exprimindo sua visão do mundo individual dentro de uma macrovisão. A mundividência inscrita no gênero se depreende, evidentemente, da recorrência de lugares-comuns em *n* obras, enquanto a do escritor se mostra particularizada nos seus textos. Ao eleger um gênero, insere a cosmovisão pessoal numa comunidade formada pelos aderentes ao mesmo gênero, ao mesmo código. Com isso, sua linguagem adquire sentido conceptual, manifesto numa estrutura, acessível ao crítico e ao leitor. Eis porque se pode visualizar o gênero como "uma perspectiva, uma estratégia que o crítico pode usar para organizar significativamente o fenômeno da arte", ou "uma perspectiva para o artista. Não é uma estratégia por meio da qual organiza o seu trabalho entre outros trabalhos, porém, mais relevantemente, como organiza o fenômeno do mundo. O gênero, para o artista, é o agente transformacional. É um alambique no processo criador".[5]

Os gêneros constituem, desse modo, um instrumental limitado de expressão de mundividências. As formas ou estruturas de representação do cosmos não são infinitas, ainda que a realidade se caracterize pelo extremo dinamismo e, portanto, pela infinitude de situações ou faces. Se nos propusermos ao levantamento dos gêneros, com suas repartições internas, veremos que, apesar da multiplicidade e possibilidade de expansão e cruzamento, esbarram numa fronteira, que tende a manter-se praticamente estacionária, pois novas formas emergentes acabam estabelecendo novo limite visível.

Tal assintonia entre os gêneros e a realidade revela, desde logo, que os primeiros determinam a porção da outra neles captada; e vice-versa: a realidade, qualificada e quantificada em possíveis categorias, determina o gênero, a espécie, a fôrma e cognatos. A dissimetria inicial cede lugar à

---

4 Amado Alonso. *Materia y Forma en Poesía*, 2ª ed. Madri: Gredos, 1960, pp. 86 e 87.

5 Donald F. Castro. "Tragedy, The Generic Approach: A Metacritical Look." *Genre*. Plattsburgh: Nova York, vol. 7, nº 3, set. 1974, p. 252.

homologia; a contensão dos gêneros (entendidos como aparelhos visuais) implica relativa limitação da realidade: não conheceremos *toda a realidade* enquanto não dispusermos de *todo o instrumental* para vê-la. E inversamente: a dinâmica do mundo propõe novas formas; equivale a dizer que ainda restam imprevisíveis facetas da realidade por conhecer, ocultas até que inéditas formas (instrumentos) as desvelem. Ou melhor, até se manifestarem por meio de novas formas: ao descobri-las, estaremos ao mesmo tempo desocultando o fragmento de realidade que se lhe aglutina intrinsecamente.

Se, por exemplo, reduzirmos a categoria "gênero" à prosa, nas fôrmas romance, novela e conto, – a personagem, a ação, o tempo e o espaço, integrantes da realidade bem como do universo literário, se distinguirão de acordo com as fôrmas. Assim, o conto seleciona da realidade um tipo específico de homem, ou uma modalidade do ser humano em sociedade, adaptável à sua estrutura própria.[6] Simetricamente, um tipo de ser humano é que se converte em protagonista de conto. O raciocínio se reproduziria no caso da novela e do romance, e, com adaptações, no caso da poesia, suas espécies e formas. Haveria, desse modo, uma tipologia do real homóloga da tipologia literária, e vice-versa, num duplo e intercomunicante percurso.

E se nos centrarmos na ideia de espaço, havemos de observar que o espaço da realidade aprisionado no conto é determinado pela estrutura da fôrma; analogamente, o espaço descrito no conto é determinado por um tipo de espaço no mundo real. O espaço variará segundo a forma e, portanto, a realidade que busca exprimir-se, condicionando a forma na qual ingressa. Dois fragmentos, um de conto:

---

[6] Hans-Robert Jauss corrobora esse ponto de vista (*op. cit.*, p. 84): "a diferença de estrutura entre o conto de fadas e a novela não se deixa captar unicamente nas oposições entre irrealidade e cotidianeidade, entre moral ingênua e casuística, entre o maravilhoso que semelha natural num conto de fadas e 'evento excepcional'; aparece também na diversidade de significação das personagens: 'Basta pôr a princesa de um conto de fadas em face da princesa de uma novela para se sentir a diferença'"* [A. Jolles. *Einfache Formen: Legende, Sage, Mythe, Rätsel, Spiel, Kanus, Memorabile, Märchen, Witz.* Halle, 1930 (2ª ed., Halle, 1956), p. 196, cit. em rodapé].

> Nesta baixada, o sol desaparece antes. A luz esponjosa reflete-se nas nuvens, infiltra-se nos ramos das velhas laranjeiras sob as quais eu e a poldra estamos escondidos. Começou a noite e as primeiras estrelas logo poderão ser vistas entre as folhas.[7]

um de romance:

> No pátio em frente há um toldo de glicínias que começam a florir, e, debaixo, bancos de madeira apodrecendo. Sob os beirais da casa há sempre um frêmito de asas: as primeiras andorinhas. Ao lado, para lá de um caminho rústico, um alto pano de velho muro abre-se em ruínas, mostrando no interior as pedras brancas de sombra. Atrás há um quintal semeado que não arrendei e onde crescem favas novas, uma mesa de pedra e bancos junto à casa, para os grandes calores de Verão.[8]

evidenciam, no despojamento telegráfico do primeiro, e no *adagio* do outro, a relação bipolar entre o espaço e a fôrma. O próprio espaço mental da ficção introspectiva reflete o da realidade conforme os vínculos de transitividade que acabamos de assinalar: o espaço físico no conto é motivado pela realidade extratextual, tanto quanto a geografia interior (da mente) reproduz o espaço físico. Seja nos confins da mente, seja como fruto da mimese, o espaço ficcional é sempre determinado pelas relações que comandam os gêneros e o mundo da realidade.

2. Estabelecidas tais premissas, a que retornaremos no capítulo subsequente, podemos examinar mais de perto o binônimo gênero/cosmovisão. Se se pode considerar assente que os gêneros se limitam a dois – poesia e prosa – teremos duas cosmovisões principais: a poética e a prosística. Tomando a realidade como a constelação de Natureza, Homem e Cultura (cf. capítulo introdutório), a poesia, porque centrada no "eu", consistirá

---

7 Osman Lins. *Nove, Novena*, 2ª ed. São Paulo: Melhoramentos, 1975, p. 166.

8 Vergílio Ferreira. *Aparição*, 6ª ed. Lisboa: Portugália, 1968, p. 199.

num diálogo com a Natureza, refletida ou não no universo do "eu", de modo que a Cultura via de regra não aparece como tal, mas difusamente: o "eu do poeta" funciona como espelho em que a Natureza se reflete e se refrata, e em que a Cultura se difunde; enquanto a primeira se transforma em *imagem*, quer no sentido plástico, quer no intelectivo (representação), a outra se mostra por meio de *símbolos*.[9] Pela imagem, a Natureza se revela e se deforma, pela imagem a Natureza se diz, se comunica com o sujeito pensante, transformando-se em objeto "real"(o que era objeto "virtual", ganha ou revela significado o que antes semelhasse campo inerte, "morto", à espera do sopro demiúrgico do "espírito". E pelo símbolo, a Cultura se insinua

[9] "Em se tratando de Cultura, estamos assumindo o vocábulo "símbolo" no sentido cassireriano de "forma simbólica" (cf. Erst Cassirer. *La Philosophie des formes Symboliques*, 3 vols., tr. francesa. Paris: Minuit, 1972), na qual se inscreve tanto o Mito e Religião, Linguagem e Arte, como Ciência e História. Contrapomos "símbolo" a "imagem", assim como poderíamos diferençá-lo, ainda na esteira de Cassirer, de "signo" ou "sinal": "um sinal é parte do mundo físico do ser; um símbolo, do mundo humano do significado" (*An Essay on Man*, 27ª ed. New Haven/Londres: Yale University Press, 1976, p. 32). A propósito de "signo" e "símbolo", ver ainda: Oswald Ducrot e Tzvetan Todorov. *Dictionnaire Encyclopédique des Sciences du Langage*. Paris: Seuil, 1972, pp. 131ss., Tzvetan Todorov. "Introduction à la Symbolique". *Poétique*. Paris, nº 11, 1972, pp. 273-308; e *Théories du Symbole*. Paris: Seuil, 1977. Ver também: Wilbur Marshall Urban. *Languaje y Realidad*, tr. mexicana. México: Fondo de Cultura Económica, 1952. Susanne K. Langer. *Philosophy in a New Key*, 15ª ed. Nova York/Toronto: The New American Library, 1951; *Problems of Art*. Nova York: Charles Scribner's Sons, 1957; *Philosophical Sketches*, 5ª ed., Nova York/Toronto: The New American Library, 1964. *Feeling and Form*. Nova York: Charles Scribner's Sons, 1953. Charles Sanders Pierce. *Semiótica e Filosofia*, tr. brasileira. São Paulo: Cultrix, 1972. Charles W. Morris. *Fundamentos da Teoria dos Signos*, tr. brasileira. Eldorado/EDUSP, 1976. Philip Wheelwright. *The Burning Fountain*. Bloomington: Indiana University Press, 1964. *Metaphor and Reality*. Bloomington/Londres: Indiana University Press, 1962. Carlos Bousoño. *El Irracionalismo Poético* (*El Símbolo*). Madri: Gredos, 1977. Estas sumárias indicações são suficientes para denunciar o generalizado interesse pelo assunto e dar uma ideia de sua complexidade. Não podemos, em vista dos limites deste ensaio, enveredar por sua análise, mas é evidente, como se nota nas obras indicadas, a relação direta com a ideia que vimos tentando configurar.

na consciência e adquire forma "real", em razão de sua forma material igualmente se mostrar inerte e, mesmo, "morta", se não se transmutar em símbolo. No entanto, enquanto a imagem é simétrica da realidade da Natureza, o símbolo é-lhe oblíquo; enquanto a imagem declara o *hic et nunc* da Natureza, o símbolo o mascara, ao mesmo tempo que pretende revelá-lo. A imagem, sendo dialógica, aponta o "mistério" imanente no mundo das coisas, enquanto o símbolo, com ser polívoco, o esconde, ou melhor, simultaneamente oculta e revela. Imagem de segundo grau, o símbolo atua sobre a imagem que a Cultura apresenta da Natureza, do mesmo passo que a imagem é de primeiro grau, por atuar sobre a Natureza, matriz e interlocutora.

Convergência da imagem e do símbolo, a Poesia é a expressão do Homem: é o Homem que fala, fala à Natureza, aureolado pela Cultura, mas fala de si, de modo que o semelhante, ou se identifica com a imagem que o poeta extrai da Natureza, ou com o símbolo que lhe fornece a Cultura. No primeiro caso, o semelhante acaba sendo o próprio poeta: sua voz é a do Homem, na qual ecoa a de toda a Humanidade; no segundo, é ainda a voz do Homem que se expressa por meio indireto, a Cultura, e repercutindo ou ampliando a do Homem que fala no âmago da Poesia. Diálogo com as "representações", a Poesia somente não se torna monólogo por intervir continuamente o "outro", em forma de imagem ou de símbolo, mas nunca em forma própria: o semelhante como tal, duplo do "eu do poeta", não comparece, pois, se o fizesse, seria outro poeta, e assim os discursos de ambos se equivaleriam, sem poder, entretanto ocupar o mesmo lugar no espaço. O "outro", por isso, surge difuso na Cultura: o poeta dialoga com seus pares no livro da Cultura, quando as palavras que inventaram já se converteram em símbolo, agora símbolo de uma voz que realizou o mesmo percurso em face da Natureza e da Cultura. E tudo recomeça, num eterno retorno: o produto do diálogo do Homem com a Natureza e a Cultura se torna símbolo de Cultura, que por seu turno integrará a massa cultural que rodeia os outros poetas no seu intercâmbio com a Natureza. Gera-se, assim, um perene moto-contínuo entre o Homem e a Cultura, passando pela Natureza, ou, se se quiser, entre a Natureza e o Homem, cruzando pela Cultura. Como o Homem participa a um só tempo da Natureza e da Cultura, o processo pode iniciar-se ou terminar nele, não na Cultura, que funciona como dimensão geradora de símbolos, como se, em verdade, tivesse a incumbência de "traduzir", simbolicamente, o conteúdo dos diálogos que não só os poetas, mas todos os seres humanos, travam com a Natureza.

Dessa perspectiva, a Prosa, centrada no "não eu", abrange os três componentes da realidade. Como que expulsa da realidade, a Prosa visualiza o Homem (as personagens) em contacto direto com a Natureza (cenário natural) e com a Cultura (cenário artificial, as ideias, etc.), Distante, porque focaliza as três entidades em confronto, a Prosa, bem vistas as coisas, situa-se mais próxima da realidade: enquanto a Poesia gira em torno do processo de conhecimento num estágio em que o Homem convive com seus fantasmas, suas representações; portanto, *depois* de ultrapassar a fase de convívio com a Natureza e a Cultura, a Prosa desenrola-se nos momentos em que o diálogo se efetua. A Poesia como que se realiza ao telescópio, e a Prosa, ao microscópio. Daí o pormenor crescer no visor do romancista, e diminuir aos olhos do poeta; este condensa, abstrai, anula; aquele, desce a minúcias, inclui, sonda os intervalos. A Prosa pretende abarcar a totalidade do real, como bem se pode observar no romance, enquanto a Poesia, não. Em consequência, o real constituído daquelas três entidades como que se opacifica: o núcleo continua a ser o Homem, mas o Homem situado fora do criador de arte, visto no seu diálogo com a Natureza e a Cultura, não na sua condição de poeta, senão na de homem "comum", incapaz de transpor em imagem plasticamente deleitável o produto do diálogo, e por isso o destrói à medida que o elabora (pela fala oral, não escrita). A Natureza, por outro lado, se apresenta como relevo físico, destituída da imagem que assume no plano da poesia, enfim a Natureza como aparece aos sentidos – transparente, corpo inerme, "morto", exterior à consciência. E a Cultura pode surgir diretamente, seja nos diálogos que as personagens (o Homem) trocam entre si, seja nas intervenções do Narrador, impossibilitado de calar sua voz de Homem para assumir a de completo demiurgo. A Prosa surpreende a realidade tridimensionada em estado bruto, como se apresentaria à consciência mais desprevenida; daí parecer imagem de primeiro grau e só mostrar sua carga simbólica no desenlace, quando se concluir que o romancista não viu opacidade, mas transparência, ou opacidade à primeira vista e transparência ao fim de contas. Recorrendo ao auxílio de símiles tomados de empréstimo à técnica, diríamos que a Prosa se aproxima da fotografia, que fixa momentos da realidade e desvenda, sem querer, detalhes secretos nas dobras das coisas ou esquivas ao olhar mais agudo; contrariamente, a Poesia radiografa a realidade, condensa, abstrai e seleciona.

Paradoxalmente, a Prosa a um só tempo significa alargamento do espectro e retrato de perto; e a Poesia, enquanto significa redução do espectro, oferece imagem longínqua. O paradoxo desaparece se admitirmos, no primeiro caso, o perto fotográfico ou cinematográfico, e no segundo, o longe da radiografia: o perto como dimensão "externa" da realidade, e o longe como dimensão "interna"; a fotografia se aproxima da realidade mas fica na sua exterioridade (como se se afastasse da essência da realidade), ao passo que a radiografia aborrece a realidade exterior, ou antes, o exterior da realidade, à medida que lhe invade a interioridade. Por certo, o recurso à fotografia e à radiografia deve ser considerado auxiliar metafórico da situação em exame, já que a complexidade da poesia e da prosa não pode ser reduzida, sob pena de empobrecimento, àquelas dimensões mecânicas, do mesmo processo, de captação da realidade. Entretanto, o expediente permite acercar-nos mais concretamente do problema.

As considerações precedentes evidenciaram que, se a poesia é a expressão do "eu", não significa que o "não eu" (assumido como a vária realidade enfrentada pelo "eu") se dissipa como por encanto, mas que as determinações da Natureza, do Mundo da Cultura se acomodam no espaço do "eu", são filtradas por ele e com ele identificadas. O "eu" absorve e transforma os impulsos do Cosmos, sem diluí-los: o referente permanece – pois é inconcebível o mergulho no "eu" como um vácuo ou universo autorregido, mas traduzido em "eu", quando não na forma como aparece à consciência. Na verdade, as distinções possíveis entre a poesia e a prosa decorrem do modo como cada gênero exprime a relação com o mundo: diferentes estruturas que são (embora semelhantes pelo fato de serem literárias), apontam para modalidades específicas de realidade; ou, antes, de representação assumidas pela realidade. Cada gênero representa a realidade à sua maneira:

quando a tônica é o "eu", a realidade o atravessa ou nele adquire identidade, como se o mundo se manifestasse por meio do "eu"; quando a tônica é o "não eu", não significa que o "eu" se eclipsou, porém que afluiu para a realidade no encalço de fazê-la exprimir-se diretamente ao interlocutor (leitor). Diferença de grau, ou de mecanismo, é o que se observa, por conseguinte, entre prosa e poesia, diferença que conota uma outra, no modo de visão: cada gênero faculta ver (e a um só tempo vê) a realidade de uma maneira especial. Daí a cosmovisão da prosa – ao redor do "não eu"–, e da poesia – centrada no "eu".

Num caso e noutro, o diálogo se desenvolve entre visão e realidade, entre um instrumento óptico e o seu objeto; a variação do diálogo se condensaria em gêneros. Desse prisma, não evoluiríamos para a ideia segundo a qual o poeta e o prosador, numa palavra, o homem de letras, é um *vidente* (no sentido fundamental do vocábulo)? E, nesse caso, não seria necessário estabelecer distinção entre *vidente poeta* e *vidente prosador*? O primeiro, porque voltado, sobretudo na vertente lírica, para dentro de si, vê a própria interioridade, na qual se reflete/refrata o mundo; e o segundo, porque dirigido para fora de si, visualiza a exterioridade como realidade objetiva, mas ativada pela imaginação transfiguradora. Assim, com base na semântica do *ver*, teríamos: *vidente, visionário* → *voyant.* E no universo do poeta depararíamos a seguinte cadeia: *introvisão* (ver), *introspecção* (observar, olhar), *intuspecção* (observar, olhar), *introversão* (voltar/-se/, virar/-se/); e no prosador: *extrovisão* (ver), *extrospecção* (observar, olhar), *extroversão* (voltar/-se/, virar/-se/). O poeta vê a própria interioridade (na qual representa a realidade), enquanto o prosador vê a realidade (na qual se pode refletir sua subjetividade). Aquele seria o introvertido, segundo a classificação junguiana, esse, extrovertido: os extremos admitem, obviamente, gradações intercalares; nenhum poeta é apenas introvertido, e nenhum prosador está virado inteiramente para o exterior. Pode-se, no entanto, imaginar uma escala que principia na captação da realidade "em si" (como pretendiam os naturalistas) e finda no máximo distanciamento dela (como na poesia surrealista), mas nem os naturalistas alcançaram seu objetivo de positividade plena (e quando o fizeram, produziram obras panfletárias, marginais aos quadrantes da arte literária), nem os surrealistas lograram alijar a realidade concreta de seu projeto onírico (e quando, porventura, o conseguiram, despencaram no caos e no sem sentido).

Equacionada a diferença entre o poeta e o prosador da perspectiva da visão, resta sublinhar que a ideia de visionário (*voyant*) se adapta antes ao primeiro que ao segundo. Ao fletir-se para dentro de sua interioridade, o poeta avizinha-se da fronteira com o irreal, o fantástico, o onírico, o alógico, em razão mesmo de o "eu", nas camadas mais profundas, hospedar imagens cada vez mais simbólicas da realidade: o mundo introverte-se em símbolos. O poeta lida com fantasmas, pesadelos, volições, anseios, vaguidades d'alma, lampejos de realismo e ausências do mundo, em suma, vagueia, visiona, vaticina, numa clarividência tanto mais aguda quanto mais nebuloso o objeto da visão. Vidente pelo fato de reduzir à visão sua presença no mundo: nem o tempo, nem a geografia lhe interessam; o que vê pode não ser necessariamente a realidade física. Na verdade, é menos a concretude do mundo que sua transplantação simbólica para a interioridade: o poeta vê o mundo refletido nas imagens que lhe povoam a interioridade, imagens essas que perdem a razão de imediata detecção do mundo na medida em que se volvem símbolos. A visão, no caso do poeta, é antevisão, previsão, como se o mundo, posto entre parênteses, fosse redescoberto a cada ato contemplativo: profetiza um mundo sempre passado, pois o tempo de ontem se transmutou num símbolo que, se não aponta para o devir perene, sonha com o futuro. Por isso, quando um crítico fala da estética do olhar em Vitor Hugo, admitindo que "não há em sua obra imagem mais essencial, mais obsedante e mais fascinante que a do olhar", e que "*ver* a sombra, *ver* na noite todos os prestígios da Noite, descobrir nela a própria fonte da vida que desliza, rio obscuro e profundo, sob a claridade superficial, eis aí uma das constantes da obra hugoana",[10] parece confundir as várias acepções possíveis da ideia de ver: uma coisa é o poeta ser um vidente mesmo sem empregar obsessivamente o verbo *ver, olhar* e cognatos; outra, é manejar o

---

[10] G. E. Clancier. "Note sur la Poétique de l'Oeil chez Hugo." *Cahiers du Sud.* Paris, nº 368, 1962, pp. 87-96.

verbo *ver* e similares, sem mergulhar no visionarismo. Tudo questão de matizes: entre Vitor Hugo e Rimbaud vai a distância entre o poeta que vê compulsivamente e o que vê ..... visionariamente. Aquele emprega *imagens plásticas* ou apenas *imagens*; este, *imagens difluentes*, ou *símbolos*.

Chegados a este ponto, assalta-nos a dúvida que morava no interior das reflexões precedentes: 1) se é tal o nexo entre gênero e estilo, gênero e cosmovisão, 2) se a distinção entre poesia e prosa não é formal, 3) como admitir que haja uma cosmovisão poética e uma prosística? Noutros termos, como admitir uma relação entre a poesia e um tipo de realidade, e a prosa e uma correspondente feição da realidade? Se considerarmos *forma* como sinônimo de estruturas arquitetônicas (versos, estrofes, capítulos, etc.), a resposta somente pode apontar para a indistinção formal entre poesia e prosa, e, consequentemente, entre as cosmovisões que exibem. Se entendermos *forma* no sentido de expediente de linguagem (metáfora, ritmo, etc.), a diferença se manifestará como *tonalidade formal*, não como *tipo de forma*, uma vez que nenhum dos recursos é exclusivo da poesia ou da prosa: não é o verso que distingue, mas a tonalidade do ritmo ou da metáfora. Certamente, a tonalidade modifica o tipo, de modo que uma tonalidade *x* acaba emprestando halo poético (ou prosístico) ao verso, mas não é o verso como tal que identifica a poesia, senão a tonalidade do ritmo e da metáfora. Teríamos, assim, versos de tonalidade poética (em que o ritmo e a metáfora fossem de caráter poético) e prosística (quando o ritmo e a metáfora assumissem fisionomia de prosa). Paralelamente, teríamos contos, novelas e romances poéticos se a inflexão poética prevalecesse; e não poéticos, na situação oposta.

Se falamos, pois, em ritmo de poesia e ritmo de prosa, ou em metáfora poética e metáfora prosística, podemos dizer que, por intermédio de um ou de outro, um aspecto da realidade se deixa capturar, assim denunciando a existência de um liame entre o expediente formal (ritmo e metáfora) e a visão do mundo: liame de reciprocidade entre ritmo, metáfora e cosmovisão, segundo as duas correntezas em que os gêneros podem repartir-se (poesia e prosa). Daí, duas cosmovisões, genericamente consideradas, a da poesia e a da prosa, com recursos comuns (ritmo, metáfora), diferentemente empregados;

ou com recursos mais adequados à poesia (versos, etc.) ou à prosa (narração, etc.), a se adotar o critério estatístico. Assim se explica que "um estudo estilístico completo dos gêneros literários (...) nos obrigaria a não estudar um procedimento de estilo fora do gênero que lhe justifica o emprego: não basta (...) estudar a imagem por ela própria...".[11]

Se tomarmos a metáfora para núcleo de nossa análise, dado ser consubstancial à própria ideia de Literatura, verificamos que o texto em que predominam as metáforas de nível 1 (nível I isoladamente, encarando as metáforas uma a uma, e de nível *n* quando referidas à totalidade da obra) representa a *prosa*; e o que ostenta metáforas de nível *n* (isoladamente ou no conjunto da obra), inscreve-se no perímetro da *poesia*. Ter-se-ia, assim: *poesia* – metáforas de nível *n; prosa* – metáforas de nível 1 (*n*). Aceita essa distinção, ao binômio correspondem duas visões do mundo: *poesia* – cosmovisão por meio de metáforas de nível *n; prosa* – cosmovisão por meio de metáforas de nível 1 (*n*). Daí as cosmovisões, consoante o instrumento de captação: na primeira alternativa, a subjetividade é o objeto do sujeito, gerando a labilidade imediata da metáfora (poesia); na outra hipótese, o objeto descansa fora do sujeito, provocando a variação mediata da metáfora (prosa). Em síntese: *poesia* – expressão do "eu", o objeto do conhecimento é a subjetividade, o "eu" se inflete para dentro, exprimindo-se mediante metáforas de largo espectro (reina a conotação); a cosmovisão é função desse mecanismo subjetivante; *prosa* – expressão do "não eu", o objeto do conhecimento é a objetividade, o "eu" se volta para a realidade do mundo, expressando-se por meio de metáforas de nível 1 (denotação) à primeira vista e de nível *n* (conotação) quando considerada a globalidade do discurso literário (ou mesmo o microcontexto); a visão que se procura ter é de um mundo como se nos (a)parece, translúcido na sua ipseidade física, histórica, empírica.

À guisa de exemplo, pensemos nos poemas homéricos, marcados pelo equilíbrio instável entre as duas cosmovisões, próprio de um tempo em que ainda se mantinha a integração do ser no Cosmos; não existia clara

---

[11] P. Larthomas, *op. cit.*, p. 72.

a distinção entre o sujeito e o objeto. Operada a dicotomia entre ambos, processa-se a ruptura da integridade primordial e o aparecimento da prosa, destacada da poesia. Decorrente da instalação do pensamento lógico, a prosa descreveu um percurso paralelo à poesia até o século XVIII. Com o advento do romance, desvanecem-se os últimos vestígios da antiga poesia épica. À semelhança da osmose, o romance a pouco e pouco assumiu as funções da velha epopeia: ambiciona a reintegração do ser na realidade circundante, mercê de voltar-se para objetivos que a poesia épica foi perdendo ao longo do tempo (personagens, história). Daí a poesia, enquanto pura subjetividade, estar mais próxima da Lógica que o romance, por sua vez mais apto a promover a remota identificação. Entretanto, à medida que o realiza, avizinha-se da poesia e, com isso, de seu canto de cisne.

3. A ESCOLHA DA POESIA OU da prosa – incluindo suas espécies e fôrmas – pode resultar de uma compulsão que avassala todo o ser do criador literário, mas não é inocente ou ingênua: por mínima que seja, preside-a uma dose de intencionalidade, entendida como eleição de mecanismos expressivos com vistas a determinados fins. No capítulo destinado a situar as relações entre estilo e cosmovisão, tivemos oportunidade de ver até que ponto a intenção de persuadir governa a seleção de recursos retóricos. Com efeito, o raciocínio vale não só para a prosa realista mas também para qualquer texto, de poesia ou prosa. O intuito, confesso ou não, é atingir o leitor, persuadindo-o ou convencendo-o da "mensagem" que por meio do texto se veicula: a técnica empregada, a espécie ou forma literária eleita, o expediente retórico posto em funcionamento, tudo converge para o mesmo objetivo: persuadir ou convencer. Tanto quanto os expedientes retóricos, os gêneros são instrumentos ópticos e de persuasão: com apoio em sua mediação, vê-se a realidade (cosmovisão) e busca-se persuadir ou convencer (retórica).

É evidente que não estamos considerando apenas os textos preconcebidos com intuitos proselitistas, ideologicamente orientados, mas quaisquer textos, mesmo os segregados na penumbra de uma "torre de marfim". O autor de textos literários, posto que devastado pelo mais turbulento narcisismo, tem como norte atingir a consciência do leitor: convencê-lo ou persuadi-lo ainda seria causa e alimento da egolatria. O mais egocêntrico dos poetas é ainda um ansioso por diálogo, por comunhão, pois a razão de ser de seu projeto expressivo é precisamente estabelecer com o interlocutor uma ponte de acesso – uma ponte de convencimento e persuasão.

Todavia, se o impulso não é inocente ou ingênuo, é porque a persuasão ou convencimento somente se realiza, ou pode realizar-se, por implicar um ato de conhecimento: conhecimento da realidade, mediado pela Retórica, visando envolver o leitor. Os nexos retóricos que sustentam os gêneros seriam incapazes, por si sós, de completar o intuito persuasivo. Graças ao conhecimento que transmitem, adquirem a eficácia que deles se espera, alcançando, assim, o escopo de todo criador de arte.

A Retórica e os gêneros estariam, por conseguinte, a serviço das cosmovisões, e estas dependem intimamente deles para se manifestar: ao persuadir o leitor com determinados implementos retóricos e a eleição de um gênero, o escritor comunica-lhe sua visão do mundo. Persuade-o ou convence-o graças ao enlace profícuo de uma mundividência e os instrumentos adequados da expressão. Desde um poeta panfletário – que arremessa seus versos como incitação à rebeldia – até um poeta nefelibata – remoendo eternamente o mesmo sonho alienado –, todos visam, por intermédio das opções retóricas, atrair o leitor para sua "verdade", persuadindo-o ou convencendo-o da procedência e validez de sua cosmovisão. Ao exprimi-la, idealizam que o leitor a assimile e passe a ver a realidade à sua imagem e semelhança assim retornaremos a questão de leitura. Conhecer, no caso, é persuadir ou convencer, por meio do espetáculo retórico. Este, inerente ao propósito gnosiológico, alcança aqui seu lugar, sua máxima aspiração – fazer-se necessário, e não simples ornamento frívolo. Cosmovisão, Retórica, conhecimento, gêneros – eis a inextricável cadeia que se nos impõe sempre que nos abeiramos do enigma literário.

Se os gêneros constituem macroestruturas – "formas interiores" primordiais – enfeixando grandes famílias de textos, suas divisões obedecem a semelhante esquema: assim como a existência dos gêneros – poesia e prosa – se conecta a duas visões fundamentais do mundo, as espécies se definem como "formas interiores" relacionadas a específicas mundividências. Espécie e cosmovisão se articulam por um elo de necessidade, de modo que a estrutura da espécie serve para ver e persuadir no âmbito próprio, e uma certa visão do mundo dela depende para exprimir-se. Teríamos, desse modo, subgêneros e subcosmovisões, não no sentido valorativo, mas no taxionômico: as espécies são modalidades do gênero, da mesma maneira que as respectivas cosmovisões se movem no horizonte de uma cosmovisão mais ampla.

Como se sabe, a Poesia se bifurca em lírica e épica, segundo a inflexão assumida pelo "eu" na autossondagem, isto é, segundo a cosmovisão que exibem. Se a lírica se caracteriza pela investigação dos estratos superficiais do "eu", em tonalidades "musicais" não raro tangenciando a sentimentalidade egolátrica, lírica, a visão do mundo nela plasmada segue um roteiro em que a subjetividade epidérmica se autossatisfaz narcisistamente. O mundo é visto à luz do "eu", como espelho d'água: o fulcro do circuito anímico, residindo no *ego*, transforma o mundo em epifenômeno, extensão ou projeção. Um poema, como "Estátua Falsa", pode oferecer-nos ideia mais nítida da cosmovisão lírica:

Só de oiro falso os meus olhos se douram;
Sou esfinge sem mistério no poente.
A tristeza das coisas que não foram
Na minh'alma desceu veladamente.

Na minha dor quebram-se espadas de ânsia,
Gomos de luz em treva se misturam.
As sombras que eu dimano não perduram,
Como Ontem, para mim, Hoje é distância.

Já não estremeço em face do segredo;
Nada me aloira já, nada me aterra:
A vida corre sobre mim em guerra,
E nem sequer um arrepio de medo!

Sou estrela ébria que perdeu os céus,
Sereia louca que deixou o mar;
Sou templo prestes a ruir sem deus,
Estátua falsa ainda erguida ao ar...[12]

Sem uma referência direta a "ver", já que os "olhos" do primeiro segmento se caracterizam por inércia e vazio – olhos de estátua – nem por isso o poema todo deixa de evidenciar que o "eu" do poeta constitui a um só tempo espetáculo e espectador: o "eu" vê a si próprio, *como* se desdobrado em sujeito e objeto. O verbo "ser", adstrito, como vimos, ao plano da realidade, designa agora o "eu". Daí prevalecer, explicitamente ou não, em 7 dos 16 versos, e na primeira pessoa, em cinco segmentos: "sou esfinge", etc.

Mas ao nomear o sujeito, o verbo "ser" denomina a realidade em causa, que é precisamente o "eu": o "ser" é simultaneamente indício de subjetividade e de objetividade; as categorias "interior" e "exterior", "subjetivo" e "objetivo" de modo nenhum se encontram dissociadas na poesia lírica.[13] O "ser"/substantivo identifica-se com o "ser"/verbo; o ser das coisas é o mesmo ato que o nomeia: ao declarar "sou esfinge" ou "sou estrela ébria", etc., o poeta expressa sua condição de *ser* como objeto do ato cognitivo. O *mundo*, dir-se-ia, resume-se no *ser do poeta*, e em vez de situar-se fora do ego, agora nele demora: o mundo volve-se interioridade.

Que se trata do ser egótico, dizem-no limpidamente os segmentos em que o verbo "ser" coordena a ação: "sou esfinge", "sou estrela ébria", [sou] "sereia louca", "sou templo", [sou] "estátua falsa". Em nenhum caso estamos autorizados a pensar que o "eu lírico" – o "eu do poema" – se dirige a outro que não a si próprio, ou vislumbra no espaço que encerra outros "eus" ou mesmo um "eu" coletivo. É o "eu"/indivíduo que preside à sondagem interior: egolatria pura, introspecção doentiamente narcisista – eis o cenário

---

12 Mário de Sá-Carneiro. *Poesias*. Lisboa: Ática, 1946, pp. 66-67.

13 Emil Staiger. *Conceptos Fundamentales de Poética*, tr. espanhola. Madri: Rialp, 1966, p. 77. Ver, ainda, para este e demais aspectos da poesia lirica, Hegel, *Esthétique*, tr. francesa, 4 vols. Paris: Aubier, 1944, t. III, 2ª parte.

que o poema descortina. A tal ponto que "um 'tu'" lírico somente é possível quando a amada e o poeta não são "um coração e uma alma".[14]

Sucede, no entanto, que o mergulho egolátrico no "eu" não poderia realizar-se sem apelo à exterioridade do mundo, sem que a realidade física se mostrasse, de algum modo, associada ao gesto de autoanálise. O próprio verbo "ser" o denuncia quando funciona como ponte, sinal de adição – ou reflexo no espelho – condição para que o "eu" alcance manifestar-se como tal: o "eu" é uma identidade, uma unidade, ao bipartir-se para autodesvendar-se, mas é igualmente plataforma de acesso ao real, ou, nas palavras do poeta:

> Eu não sou eu nem sou o outro,
> Sou qualquer coisa de intermédio:
>   Pilar da ponte de tédio
>   Que vai de mim para o Outro.[15]

A metáfora, imprescindível ao discurso poético, brota justamente desse elançar-se do "eu" para o Outro, sem o que sua identidade se torna ilusória ou utópica. E o Outro é a Realidade, o Mundo. Espelho ou projeção, o Cosmos está em função do "eu" que se conhece ou se sente: ser é ser alguma coisa, alguma coisa que se encontra, originariamente, na realidade do mundo, ao menos como superfície de contraste ou similitude, visto ser o "eu" não uma folha em branco, tampouco um universo autônomo, autogerido, capaz de se configurar sem apelo ao mundo da realidade. Essa "alguma coisa" somente o é, todavia, como ingrediente do "eu", não como um "fora" simetricamente cerrado sobre si próprio, distinto, "positivo". Eis porque o poeta "é" uma série de "objetos" reais, "esfinge", "estrela ébria", "sereia louca", "templo prestes a ruir", "estátua falsa".

Cinco predicativos em órbita, pois, ao redor do sujeito, no mesmo circuito semântico, formando uma espiral de duplo movimento, de acordo

---

[14] Emil Staiger, *op. cit.*, p. 66.

[15] Mário de Sá-Carneiro, *op. cit.*, p. 94.

com o ponto de partida: "esfinge", primeira predicação a impor-se na tela sensorial do poeta, ou "estátua", última a insinuar-se, mas a suprema em grandeza metafórica, uma vez que o título do poema a selecionou para designar a metáfora-chave em torno da qual as demais gravitam. O enigma, núcleo do poema, tanto se manifesta num como noutro ponto de partida: o insondável de ser "esfinge" perdura nos demais predicativos, já que ser "estrela ébria" é apenas a transposição, para o plano cósmico, do enigma original. Do mesmo passo "sereia louca", "templo prestes a ruir sem deus" e "estátua falsa". Se descrito o itinerário de trás para frente, principiando em "estátua falsa", em nada se altera o resultado, pois "estátua falsa" corresponde, metaforicamente, a "templo prestes a ruir sem deus", "sereia louca" "estrela ébria" e "esfinge".

Essa analogia metafórica dos predicativos decorre de a poesia lírica caracterizar-se pela *repetição*,[16] repetição não só no sentido formal como no gnosiológico. A estrutura sintática em que o "eu" se mostra é regular, obedece a uma disposição fixa, elementar: sujeito + verbo + predicativo. Evidentemente, o paralelismo pode lançar mão de outros verbos, gerando os estribilhos de vária natureza, mas o resultado será idêntico, a recorrência formal produzirá o clima lírico, como um retorno que garante a melodia e propõe as soluções do ritmo. O consabido entrelaçamento da lírica com a música tem no fenômeno da repetição um de seus mais poderosos sustentáculos.

Tão importante, se não mais, é a recorrência metafórica: no caso, nota-se que a predicação do ser do poeta se organiza com oximoros, qualquer que seja o objeto da realidade do mundo escolhido para indício de predicação. Ser esfinge é uma impossibilidade (do ponto de vista real, é claro) tanto quanto ser "estrela ébria", "sereia louca", "templo prestes a ruir sem deus" ou "estátua falsa". Indubitavelmente, como se trata de metáfora, a impossibilidade logo se converte em plausibilidade no plano lírico, por se confundirem os universos do "eu" e do mundo. Mas o caráter oximorônico persiste no âmago da predicação, em razão de "estrela ébria" somente poder conceber-se como oximoro, assim como as demais predicações. O oximoro

[16] Emil Staiger, *op. cit.*, pp. 42ss.

repete-se, pois, como sinal de predicação, a assinalar que o "eu" se vê, ou vê o mundo, como ambiguidade: porque ambígua sua natureza (é um "em si" e, a um só tempo, uma relação com algo), o "eu" se metaforiza por meio de antíteses, interiorizando um mundo que é (ou pode ser, em virtude de ser convocado pelo "eu") um campo de oximoros sem-fim:... "esfinge"... "estátua falsa ainda erguida ao ar....".

A reiteração assinala, como se vê, a persistência de um único movimento cognitivo: o do "eu" para si próprio. O sujeito do conhecimento somente conhece do mundo a parcela determinada pelos próprios limites em que reside; o mundo se desenha à imagem e semelhança do "eu", numa interpenetração em que cessa, por ora, qualquer distinção entre sujeito e objeto. O "eu", ao reapossar-se da obsessão formal e metafórica, repete interminavelmente o mesmo sentimento, o mesmo estado de ânimo,[17] ou, às avessas, o mesmo estado do mundo. Compreende-se que não poucos teóricos pensem no poeta *tout court* quando se referem ao poeta lírico: a lírica se identifica com o movimento que o poeta (qualquer poeta) descreve para engendrar seu discurso. Diz o arqueólogo do saber: "o poeta é aquele que, sob as diferenças nomeadas e cotidianamente previstas, reencontra os parentescos subjacentes às coisas, suas similitudes dispersas. (...) sob a linguagem dos signos e sob o jogo de suas distinções bem demarcadas, põe-se à escuta da 'outra linguagem', a da semelhança, sem palavras nem discursos. O poeta faz vir a similitude até os signos que a dizem".[18] Parece estarmos a ouvir alguém a falar do poeta lírico, norteado pelo signo do Mesmo, da recorrência obsessiva, em sua aventura existencial. Veremos que o poeta épico difere do lírico na relação com o mundo, e somente se lhe assemelha enquanto o Mesmo permanece latente, ou em ilhas circunscritas, no discurso em que projeta sua cosmovisão. Assim como não há poesia lírica pura, a épica se entrelaça à lírica (e à dramática, ao ver de alguns críticos e teóricos), mas enquanto a épica se aproxima da fronteira com a prosa, a lírica preserva o ato poético de perder sua identidade básica. Daí a repetição,

---

[17] *Idem, ibidem*, pp. 46 e 78.

[18] Michel Foucault. *Les Mots et les Choses*. Paris: Gallimard, 1966, p. 63.

o Mesmo, não ser o horizonte épico, salvo como infiltração lírica, ou, se se quiser, para resguardar-lhe a natureza poética.

Ao assumir-se "eu sou", o ser do poeta/poema reencontra sua essencialidade fundamental, análoga à do primitivo ao repudiar a condição bárbara para assumir-se em humanidade.[19] E ao fazê-lo, o "eu" põe-se no âmago da História, soberano ao Mundo, como se este se desincumbisse de sua tarefa lírica naturante sendo o palco onde o ser se interroga e se conhece. Daí a identificação do ser processar-se com objetos da realidade física que semelham meras projeções do "eu", num gesto tautológico imanente à condição do ser: o "eu" é igual a si próprio; ao interrogar-se interrogando o mundo, busca neste os sinais concretos de sua identidade, como se mirasse num espelho. Visão antropocêntrica: o *ego* mora no espaço sobre que se fecha, por sua vez composto dos objetos do mundo selecionados a partir da redundância. O "eu" é idêntico a "eu", tanto como a "esfinge", etc., pois "esfinge", etc. está implícito no recôncavo do "eu". Por isso, com falar o "eu", o mundo se cala, ou fala este somente à proporção daquele. Se "a poesia diz o mundo", como postula Dufrenne,[20] no caso da lírica o Cosmos se manifesta na voz do poeta; este, com efeito, diz o mundo, mas o seu mundo; não o mundo como *dado*, anterioridade que cumpre conhecer, senão como nascente à medida que se eleva a música do poema.

Dir-se-ia que o lírico divisa o mundo schopenhauerianamente, como "vontade e representação". Mas para quem? A quem o poema se dirige? Ao próprio "eu"? Difícil admitir que "o lírico é um ser solitário, ignora a existência de um público, e poetiza para si".[21] Passe-se ao largo da compulsão que move o lírico a reunir num volume seus poemas "para si", não nos detenhamos no que há de discutível em asseverar que a declamação ou leitura de um poema lírico em público dá sempre uma penosa impressão,[22] e pense-se em que um dos mais altos momentos, senão o mais alto, da poesia

---

[19] *Idem, ibidem*, pp. 132ss.

[20] Mikel Dufrenne. *Le Poétique*. Paris: PUF, 1963, p. 67.

[21] Emil Staiger, *op. cit.*, p. 65.

[22] Idem, ibidem, loc. cit.

lírica de todos os tempos corresponde precisamente a uma época em que a poesia lírica era produzida para o consumo coletivo: a lírica trovadoresca visava precipuamente ao entretenimento comunitário, nos saraus e festins palacianos. E não consta que jamais provocasse penosa impressão. Poder-se-ia objetar que a poesia lírica medieval é uma atividade diversa da inaugurada pelo Romantismo, substancialmente egolátrica. O argumento, porém, não colhe: em vez de mostrar que a lírica é visceralmente infensa à transmissão pública, evidencia que deixou de ser praticada desde que a tipografia, permitindo a divulgação universal dos textos, encarecia a possibilidade do prazer solitário da leitura. Por outro lado, ninguém ignora haver declamadores de poesia lírica que estão longe de oferecer penosa impressão: tudo depende do leitor, não da natureza da poesia.

O lírico, por conseguinte, escreve para si como impulso inicial, tendo em vista o leitor, não simplesmente porque deseja que alguém compartilhe de sua *Stimmung* passageira, mas porque, e sobretudo, pretende conhecer-se, desvendar o mistério de sua ipseidade, e dar-se a conhecer ao interlocutor: um lírico que não o faça – e há-os muitos – prepara-se para criar obra superficial, mero espetáculo pirotécnico, diletantismo provinciano. Daí não se poder tomar à letra o fato de que "a ideia do lírico exclui todo efeito retórico,"[23] sem comprometer a temperatura da criação poética. A exclusão do efeito retórico não significa sua ausência, senão a recusa da exibição notória e predominante. Admitir um poema lírico sem recurso aos instrumentos retóricos, é votar-se ao silêncio (ressentido) de que fala Wittgenstein. Uma coisa é a lírica que se pauta pelo *decorum*, tomando de empréstimo à Retórica os implementos menos exibicionistas, ou aplicando-os discretamente: é o caso do poema de Sá-Carneiro, visivelmente oximorônico. Outra é o emprego festivo, ornamental, da Retórica – como não raro na poesia barroca. Diríamos, em suma, rememorando os postulados de Perelman e Olbrechts -Tyteca, no *Traité de l'Argumentation* (1953), que a Retórica ostenta duas faces, a da persuasão e a do convencimento. Aquela, argumenta com base na justa razão, visando a que o interlocutor adira ao

---

[23] *Idem, ibidem*, p. 67.

discurso que se lhe oferece; a outra, procurando demonstrar, dirige-se à inteligência; ali, a Retórica conquista pelo argumento, aqui, pela demonstração. "Estátua Falsa" persuade em razão de o arsenal retórico subentender um fim que é a comunicação de um saber – aquele que motiva o título do poema – e não fim em si própria. Por mal se perceber no fluxo musical dos versos não significa que inexista; destina-se a persuadir sutilmente o leitor de que o "eu" (lírico) é uma "esfinge", etc.

Tentar persuadir o leitor equivale a atrair-lhe o "eu" para o espaço do poema, engolfá-lo, submetê-lo, neurotizá-lo por empatia: o lírico é um egoísta incurável. Ao gestar os versos de suas entranhas emotivas, busca, verdadeiramente, nomear-se, saber quem é, descobrir o nome que lhe identifica o ser. Nomear-se é saber-se, responder à indagação que se ergue do seu íntimo num grito abafado: quem sou eu? Tudo o mais se degrada ou se ofusca ante a interrogação absorvente, egolátrica, do ser a si próprio. Se no percurso a fim de encontrar uma possível réplica à tormentosa dúvida, o poeta concluir ser esfinge, etc., nem por isso deixou de tentar o ato de conhecimento, ou retórico, que se fundamenta na procura do nome. Saber-se esfinge ou estátua já é possuir uma resposta, ainda que marcada pelo signo paradoxal do oximoro: o enigma radical do "eu" localiza, afinal, seu nome. Não o nome da decifração, tampouco a chave que a possibilitasse, porquanto essa quimera lhe é interdita, mas o nome do enigma. Por certo, nenhuma paz sobrevém ao encontro aflitivamente desejado, salvo a que acompanha o ato de, compondo os versos, transformar em canção, como sugeria Goethe, o sentimento desesperante. Ao menos, fica o nome, gravado num poema, onde o "eu" pode remirar-se para prolongar, num interminável diálogo com a própria imagem esfíngica, a dúvida primordial. Consciente, porém, de que não bastava deparar o nome, esculpi-lo para sempre em palavras, o poeta convoca o semelhante, quiçá fascinado pela mesma incógnita e, portanto, em busca de uma denominação que a identifique. A consanguinidade, pressuposta ou latente induz a uma retórica que se diria de conquista, de aliciamento quase subliminar; o argumento, a confissão ostensiva do paradoxo, se desenrola na atmosfera encantatória da musicalidade evanescente.

Escusado percorrer os outros segmentos do poema; tão somente confirmam o clima de *impossibilia* que preside à introspecção. Já no verso inaugural – "Só de oiro falso os meus olhos se douram" – se propõe uma estrutura que sustenta os demais: "A tristeza das coisas que não foram", "Gomos de luz em treva se misturam", "As sombras que eu dimano não perduram", etc. E o próprio tempo se dilui em espaço, não como par inalienável senão como impossibilidade, a de haver tempo: "Como Ontem, para mim, Hoje é distância". Note-se o "para mim", timbre do poeta lírico.

Centrado, assim, em seu universo dúbio, o lírico vê o mundo como um palco onde reina o oximoro: anulada a distinção entre plano objetivo e subjetivo, ambos se integram numa só realidade, a do "eu" emotivo, voltado, qual Narciso, para a sua imagem projetada no espelho que ele próprio cria para se ver. Quando esse movimento de introversão se aguça, o lírico se volve épico, ainda que sem abandonar de todo o impulso egolátrico. Um poema de Jorge de Lima pode auxiliar-nos a configurar esse instante em que o "eu poético" supera as barreiras da identidade pessoal para tornar-se épico:

> Qualquer que seja a chuva desses campos
> devemos esperar pelos estios;
> e ao chegar os serões e os fiéis enganos
> amar os sonhos que restarem frios.
>
> Porém se não surgir o que sonhamos
> e os ninhos imortais forem vazios,
> há de haver pelo menos por ali
> os pássaros que nós idealizamos.
>
> Feliz de quem com cânticos se esconde
> e julga tê-los em seus próprios bicos,
> e ao bico alheio em cânticos responde.

E vendo em torno as mais terríveis cenas,
possa mirar-se as asas depenadas
e contentar-se com as secretas penas.[24]

Observemos, inicialmente, que o poema integra uma mole épica de vastas proporções (*Invenção de Orfeu*), mais ampla que *Os Lusíadas*, com que se assemelha nalguns pontos. Sem levar em conta o conjunto no qual se inscreve, é impossível o entendimento do soneto em todas as suas implicações, sobretudo se admitirmos que, "com o Cristianismo (...), a 'autonomia de cada uma das partes' desapareceu em todos os sentidos".[25] Todavia, serve perfeitamente ao propósito a que visamos.

O confronto com o poema lírico, ainda que perfunctório, impõe-se à épica à simples leitura do soneto de Jorge de Lima. E a *diferença* logo salta à vista, por sobre a *semelhança*, mantida pela natureza *poética* de ambos. Lá tínhamos o "eu", aqui presenciamos o "nós", na sua forma própria ("devemos", "sonhamos", "idealizamos") ou camuflado na terceira pessoa, verdadeiro índice de impessoalidade ("... se esconde", "julga", "responde", "possa mirar-se"). O "nós" preside os quartetos, e o "ele" os tercetos, como a testemunhar o andamento gradativamente impessoal do "eu" em sua interioridade, em razão de o "eu do poema", quando posto em paralelo com o "eu" do poeta civil, ocultar um "ele".

Consequentemente, o verbo "ser", predominante no poema lírico, cede lugar a outros verbos, assim anunciando a superação do narcisismo em favor de um coletivismo resultante de o poeta descortinar no recesso do *ego* os "eus" de seus semelhantes: os arquétipos junguianos aflorariam nesse mergulho em que o "eu" se descobre disperso numa comunidade e, portanto, correlato de vários "eus" em análogas circunstâncias. O solipsismo lírico torna-se universalismo; o canto representa não o "sentimento do mundo" individual, mas de um grupo, uma cultura ou, mesmo, de toda a Humanidade. Dilatando-se, o "eu" transcende-se, solidariza-se com o "outro", em

---

[24] Jorge de Lima. *Obra Completa*. Rio de Janeiro: Aguilar, 1958, vol. I, pp. 650-651.

[25] Emil Staiger, *op. cit.*, p. 147.

razão de uma identidade radical: o "outro" é, efetivamente, um "eu", não um "objeto", mas um "sujeito", implícito naquele que se exprime por meio do poema. E o solilóquio lírico, ou monólogo interior em que o "eu" se dirige a seus fantasmas ou duplos, se converte num "canto geral", em que o poeta fala por todos, já que os encontra motivados por idênticos sentimentos.

Tudo o mais resulta dessa amplificação do "eu", da arquitetura do poema à visão do mundo que comporta. Formalmente, o soneto ordena-se como um silogismo: as duas premissas se concentram nos quartetos, separadas por uma adversativa ("porém") que, sendo apoética como tantas conjunções, sublinha o liame conceptivo das estrofes; e a conclusão, encetada no primeiro terceto, se define no último, não sem o nexo da aditiva "e". Ao contrário do poema lírico, precipuamente descritivo, imagético, o soneto de Jorge de Lima se pode dizer conceituoso, ou doutrinário. Ainda que desprovido da sentenciosidade classicamente camoniana, não dissimula a ênfase no conceito, subjacente ou explícito nos tercetos. Onde o lírico se manifesta quase pura emoção – sentir sem pensar – agora temos o sentir mais o pensar: o emblema pessoano, de fulguração épica – "o que em mim sente 'stá pensando" – permeia e conduz o poema. A emotividade do lírico, as mais das vezes cintilando em melopeia, transforma-se num consórcio entre o sentimento e a razão pensante; a tensão emotiva cede lugar à tensão conceptiva, a *dor de sentir* torna-se *dor de sentir e pensar*. O que no lírico era uma tendência ao exagero, à inquietude histerizante, no épico se mostra substituído por uma contensão olímpica. Ao desespero do lírico sucede a filosófica contemplação do épico: "os sentimentos e reflexões devem ser descritos como o são os acontecimentos e fatos exteriores, isto é, sob a forma de uma narrativa calma, impessoal, desenrolando-se naturalmente, numa ordem perfeita, sem efusão alguma, sem imagens hiperbólicas".[26]

Nesse quadro racional/universalista, o mundo já não é o mesmo: o poeta volta-se para "fora", sem perder, obviamente, as amarras com o "eu", pois este ainda agencia a ação verbal: "chuva desses campos", "estios", "serões", "ninhos", "pássaros", "asas", "penas". A figuração, agora basicamente

---

[26] Hegel, *op. cit.*, p. 132.

metafórica, centra-se no "pássaro", ponto de chegada de uma cadeia imagética formada por associação: de "chuva desses campos" até "penas", observamos o desdobramento de uma voluta em que o "eu" não mais procura surpreender-se nos objetos da realidade, senão detectar no espaço do mundo o vínculo obscuro entre os fenômenos naturais. O cenário, antes gerado pelo "eu" autocontemplativo, assume dimensões cósmicas. E para metáfora-chave, núcleo desse espetáculo, o poema elege o pássaro.

É sabido que o pássaro em geral, e nos vários tipos que pode exibir ("águia", "canário", "cegonha", "cisne", "faisão", "pavão", "pelicano", "pombo", "rouxinol", etc.), carrega desde sempre, e em todas as culturas, poderosa conotação simbólica. Símbolo das relações entre o céu e a terra, vincula-se à ideia de efemeridade das coisas, fragilidade e liberdade. Oposto à serpente, símbolo terrestre, representa o apelo celeste, espiritual ou angelical (no Islã), a ideia de *alma* (na Índia), ou *destino* (no *Corão*), encerra poder mágico de comunicação com os deuses (entre os Hopis), o próprio Deus cristão (*Gênesis*), a imagem da força, o *poder* e a *vida*, na arte africana. Na tradição esotérica, os pássaros, as cores e as pulsões psíquicas aproximam-se por correspondências secretas, e a oniromancia acreditava que o voo dos pássaros, anunciando o futuro, vinha cheio de presságios, *desvelava* o *incógnito*. E a mitologia encarnava na *fênix*, a ressuscitar das próprias cinzas, o símbolo de imortalidade e de ressurgência cíclica.[27]

Além de toda a simbologia inerente, o pássaro fornece ao poeta o símile para "quem com cânticos se esconde", etc., em que é patente a reminiscência camoniana da redondilha "Perdigão perdeu a pena": a metáfora assume, na poesia épica, toda a polivalência emprestada pela vária simbologia do pássaro. O mundo torna-se espaço mítico. E ao invés da visão subjetiva, do lírico, presenciamos uma visão cosmogônica, entendida a poesia épica não simplesmente como relato histórico em versos marciais, senão como resultante de um projeto que, avizinhando os extremos e os contrastes da realidade, busca uma síntese, ou compreensão unitária, semelhante

---

[27] Para essas informações acerca da simbologia do pássaro, servimo-nos de Jean Chevalier e Alain Gheerbrant. *Dictionnaire des Symboles*, 4 vols. Paris: Seghers/Jupiter, 1974.

à que a Filosofia se propõe alcançar. Construída não mais à roda do "eu", a metáfora deixa de ser a imagem da *impossibilia* para adquirir estatuto de signo conceptual, por meio do qual o "nós", meditando acerca do enigma cósmico, do "mistério" existencial, representa o congraçamento de todos os seres humanos: "Feliz de quem com cânticos se esconde", etc.

Mitificado o espaço cósmico, idêntica metamorfose sofre o tempo que nele transcorre. O tempo da visão épica não é mais o psicológico, ou a "duração" interior. Transindividual, eterno-presente que aciona o eixo do mundo, tempo mítico, o do "eterno retorno", manifesto no rito natural do dia/noite, primavera/verão/outono/inverno, sol/chuva, etc., a suceder-se ininterruptamente, para o infinito. A recorrência, agora, não é do "eu", ou do seu "estado anímico", senão dos fenômenos cósmicos, fixados numa cronologia que renasce, qual fênix, a cada dia. A *repetição* do lírico cede lugar, efetivamente, à *identidade*, à *continuidade*. Surpreendê-la, encarcerá-la nos limites do poema e coagulá-lo na precariedade do *Logos*, dizê-la, consequentemente, por intermédio da metáfora, eis "a tarefa própria da épica: vencer a rápida fugacidade do homem e das coisas".[28]

Sensível ao espetáculo do mundo, mais do que à própria interioridade, o épico pratica, direta ou indiretamente, o ato de "ver": no último terceto, além de "mirar-se", temos a forma gerundiva de "ver". É notório, aqui, o impulso visual, operado pela terceira pessoa (como se o poeta estivesse vendo ... ver), e no mais do soneto: a cena, descrita que é, subordina-se ao impulso óptico. Ademais, o "mirar-se", que poderia ter caráter reflexivo, designa o ato de ver ainda exterior; o nesse momento identificado com o pássaro, pode "mirar-se as asas depenadas/e contentar-se com as secretas penas". Determinado pela visão, o cenário cósmico se nos levanta como uma tela na qual o poeta diligenciasse registrar um episódio. Daí o contorno *apofântico*, de quem "põe diante dos olhos", da poesia épica e, por isso, seu parentesco com a arte figurativa. Sucede, porém, que a descrição implica a luz, o sol, os "estios": enquanto o lírico prefere a brumosa região

---

[28] Emil Staiger, *op. cit.*, pp. 106 e 107.

do "eu", o épico desfere seu hino à luz do "claro Sol, amigo dos heróis!", no dizer de um épico oitocentista (Antero).[29]

Tanto a visão implícita nas três primeiras estrofes, quanto a explícita no terceto final acusa o sentido grandiloquente, universalista, do poema: o poeta visiona toda a Humanidade no mesmo gesto de *ver*, expresso ou não, e procura abstrair das "mais terríveis cenas" um saber universal; ali não se trata da vivência pessoal do lírico, senão da experiência comum a todo ser humano. O mundo não mais se define à imagem e semelhança do "eu" para espelhar-se no "nós"; deixa de ser epifenômeno para se instituir no espaço que é preciso perquirir e conhecer. O mundo, agora, é o vasto mundo, de que fala Drummond, não mais o reduzido à dimensão narcisista do "eu": E o próprio "eu do poeta" (entendido civilmente) semelha dissipar-se de todo, em favor do sujeito coletivo ou impessoal em que toda a Humanidade se reflete. Hegel chega a dizer que, "em razão da objetividade do conjunto, o poeta (épico), como *sujeito*, deve apagar-se ante suas criações, deve mesmo desaparecer", mas acrescenta, sem hiato algum, que "somente o produto, não o poeta, deve ser aparente; entretanto, o que se exprime no poema é ele próprio, o produto de sua intuição, no qual pôs toda a sua alma, todo o seu espírito".[30]

Não menos persuasiva que a lírica é a retórica épica: se lá o "eu" fascinava com seus amavios de ordem emocional e musical, aqui é a razão que medeia o intercurso do "nós" poemático com os leitores. Persuasão racional, contraposta à emotiva: só agora, a rigor, nos damos conta de que a retórica lírica guarda um tudo-nada de engodo, à proporção que se vale do sentimento para alcançar a adesão do interlocutor. Seja como for, o soneto pretende dialogar num nível em que a inteligência atende aos reclamos da "verdade" conceptiva, ou, se quisermos, do impulso emotivo transmutado em conceito. Note-se, porém, que não se trata da conceptualização filosófica estrita, senão da que emana do liame poético entre o pensar e o sentir.

---

[29] *Idem, ibidem*, pp. 114ss. Quanto ao caráter apofântico, inerente a toda figura (metáfora), ver Paul Ricoeur. *La Métaphore Vive*. Paris: Seuil, 1975, pp. 49ss.

[30] Hegel, *op. cit.*, p. 100.

Persuasão decorrente de se franquear ao leitor o conhecimento imanente numa situação que, parecendo individual, é realmente universal: a retórica torna-se mais efetiva graças ao embate dialético entre as duas áreas de experiência. E difusa, uma vez que à monótona reiteração do oximoro – para exprimir, no poema lírico, um sentimento anímico exclusivo – sucede uma variedade silogística de procedimentos retóricos: a indeterminação espacial e temporal, o emprego da primeira pessoa do plural, a metaforização mítica em torno do pássaro, o jogo paronomásico com "penas" – tudo isso, lisonjeando a agudeza do leitor, o faz mais propenso a reconhecer na sua história individual a mesma inquietação cósmica. Adere-se, simultaneamente, pela emoção e pelo pensamento; ali, como fruto do individualismo da situação focalizada; aqui, do silogismo armado para expressar-lhe a universalidade. A eficácia retórica é deliberativa, comparativamente à (demonstrativa) do poema lírico; num caso e noutro, o leitor acaba transigindo (ou não entrando na correnteza do poema), em consequência de a retórica servir à poesia de primeira água, cada qual na esfera própria.

Concorrentemente, duas situações diversas se estruturam: no poema lírico, prevalece a ideia de fragmento, representado pelo texto como peça isolada, embora sugerindo, ao mesmo tempo, um todo que inexiste ou apenas existe como anúncio irrealizado. E prevalece na medida em que, exprimindo a realidade do sujeito que sente e pensa, converge sua atenção para o "homem". Em contrapartida, o poema épico atribui primazia às coisas, ao "quadro", às "representações", pressupondo o todo de que participa, de modo que os poemas isolados expressassem o Poema, as partes se combinassem numa Ordem. Ali, teríamos o "moderno", manifesto nesse desespero do homem que, pela primeira vez na série histórica, se vê ao espelho, entregue a si próprio, destituído de apoios externos; do homem que se vê insólito, disperso, carente da imagem unívoca que um dia, no pretérito longínquo, lhe teria conferido identidade ("sou esfinge", etc.). Aqui, o "clássico", a conceber-se imerso numa harmonia cósmica, nostálgico de um tempo em que reinava o "discurso" sobre a "linguagem".[31]

---

[31] Michel Foucault, *op. cit.*, *passim*.

4. Quando o movimento no rumo da realidade do mundo adquire a máxima velocidade, a ponto de o sujeito do discurso literário ser um ou mais "outros", a prosa faz sua aparição no horizonte dos gêneros. E a interação perdura: à semelhança do que verificamos na poesia, o gênero determina uma "totalidade" de mundo, e vice-versa, uma ordem real determina o gênero por meio do qual se exprime. Gênero e cosmovisão são congeniais, reciprocamente determinantes: tanto quanto há cosmovisões poética e prosística, pode-se falar em realidades poéticas, ou melhor, poetizáveis e prosísticas. Como o sabemos? A *posteriori*, examinando os textos e as realidades neles captadas. E conquanto sejam de condenar as tipologias imobilistas da realidade, observa-se a tendência de certos aspectos do mundo para se enquadrarem no perímetro da poesia, outros no da prosa, e vice-versa. Um fragmento de *Vidas Secas*, de Graciliano Ramos, poderá evidenciar essa homologia entre gênero e realidade, gênero e cosmovisão, nos quadrantes da prosa:

> A vida na fazenda se tornara difícil. Sinha Vitória benzia-se tremendo, manejava o rosário, mexia os beiços rezando rezas desesperadas. Encolhido no banco do copiar, Fabiano espiava a caatinga amarela, onde as folhas secas se pulverizavam, trituradas pelos redemoinhos, e os garranchos se torciam, negros, torrados. No céu azul as últimas arribações tinham desaparecido. Pouco a pouco os bichos se finavam, devorados pelo carrapato. E Fabiano resistia, pedindo a Deus um milagre.
>
> Mas quando a fazenda se despovoou, viu que tudo estava perdido, combinou a viagem com a mulher, matou o bezerro morrinhento que possuíam, salgou a carne, largou-se com a família, sem se despedir do amo. Não poderia nunca liquidar aquela dívida exagerada Só lhe restava jogar-se ao mundo, como negro fugido.
>
> Saíram de madrugada. Sinha Vitória meteu o braço pelo buraco da parede e fechou a porta da frente com a taramela. Atravessaram o pátio, deixaram na escuridão o chiqueiro e o curral, vazios, de porteiras abertas, o carro de bois que apodrecia, os juazeiros. Ao passar junto às pedras onde os meninos atiravam cobras mortas, sinha Vitória

> lembrou-se da cachorra Baleia, chorou, mas estava invisível e ninguém percebeu o choro.
>
> Desceram a ladeira, atravessaram o rio seco, tomaram o rumo para o sul. Com a fresca da madrugada, andaram bastante, em silêncio, quatro sombras no caminho estreito coberto de seixos miúdos – os meninos à frente, conduzindo trouxas de roupas, sinha Vitória sob o baú de folha pintada e a cabeça de água, Fabiano atrás, de facão de rasto e faca de ponta, a cuia pendurada por uma correia amarrada ao cinturão, o aió a tiracolo, a espingarda de pederneira num ombro, o saco de matalotagem no outro. Caminharam bem três léguas antes que a barra do nascente aparecesse.[32]

Se, na poesia, a pessoa da ação é a primeira, do singular ou plural, a figura do Narrador, a ser possível, se confunde com a do protagonista: o sujeito poético é, a um só tempo, o ator e o Narrador, da ação que pratica, como se, em verdade, transcorresse à margem de qualquer interferência exterior. Em se tratando de prosa, observamos a irrupção de um Narrador, entidade medianeira entre o texto e o leitor, que pode, como se sabe, ostentar várias máscaras ou disfarces, ser uma ou múltipla, esconder-se até diluir-se para que a narrativa se narre a si própria, etc. Como um olho mágico a percorrer todos os momentos da ação, o Narrador é ainda demiurgo: sem ele, a fabulação não se constrói, chegando mesmo a se tornar poética (prosa poética, poema em prosa). E como tal, o Narrador é um intruso permanente, uma consciência vigilante que registra os acontecimentos à sua maneira, dando-lhes feição relativa à sua visão do mundo (dessa perspectiva, o Narrador seria o poeta que relata conflitos alheios). Indiscreto, mas indispensável, é condição *sine qua non* para que o texto em prosa se estruture. Em consequência, pratica a ação de narrar, mas a ação narrada via de regra não lhe pertence (exceto quando personagem): o sujeito da enunciação e o do enunciado alojam-se em diferentes esferas. Outros sujeitos protagonizam a ação e mesmo na primeira pessoa nota-se qualquer

---

32 Graciliano Ramos. *Vidas Secas*, 6ª ed. São Paulo: Martins, 1960, pp. 145-146.

coisa como desdobramento; sem perder sua condição, o Narrador se transforma em protagonista para falar de si como sujeito da ação.

A emergência de outros "eus" protagonizando a narrativa põe grande distância entre o prosador e as criaturas que sua imaginação segrega, – em dois planos, o primeiro dos quais formado pelo Narrador, o segundo pelas personagens. E quando estas se corporificam, desaparece, ao menos momentaneamente, qualquer hipótese de não serem autônomas, ainda que desentranhadas da fantasia do escritor. Assim, a realidade do mundo passa a mostrar os "outros", não como projeção do "eu" ou componentes dos "nós", mas como sujeitos/objetos independentes, cada qual protagonista de sua história existencial. A descoberta do "outro" difunde por vários sujeitos a faculdade de captar e expressar a imagem do mundo; à visão egocêntrica sobrevém uma visão altruísta, ou heterocêntrica; a unicidade rendeu-se à alteridade.

Imprevistamente, porém, as personagens se revelam à uma integrantes da realidade expressa nas páginas da narrativa e os sujeitos que a trazem às margens do nosso olhar. Integram a paisagem não como "coisas" (a despeito de, no caso de *Vidas Secas*, o ficcionista denunciar precisamente a coisificação dos seres à mercê do autoritarismo e das intempéries), mas como sujeitos, graças aos quais as coisas do mundo se nos exibem: sem o homem a realidade do mundo se apresenta inerte, incolor e inócua. Vemos sinhá Vitória e Fabiano, escorraçados pelo flagelo, mover-se à nossa frente, e concomitantemente vemos animar-se as coisas ao seu redor, ganhar relevo: vemo-las porque as personagens as veem ("Mas quando a fazenda se despovoou, viu que tudo estava perdido", etc.), e agem, convocando os objetos do seu reino de sombras para o sol do meio-dia ("Sinhá Vitória meteu o braço pelo buraco da parede e fechou a porta da frente com a taramela").

Os protagonistas escolhem o mundo – segundo seu caráter e condicionamento mesológico – que passamos a ver, como se a ausência deles significasse a extinção das coisas. Cosmovisão antropocêntrica, tanto quanto a poética o é, mas deslocando o fulcro óptico para os protagonistas, seja em razão de se movimentarem à nossa vista, com seu drama de fome (opostamente ao enigma poético), seja de nos darem a conhecer a realidade circundante e as ações que exercitam.

Daí a prosa ser, por natureza, social: assim como não se pode falar em personagens destituídas de reação psicológica (em que pese às veleidades do *nouveau roman*), as tensões entre elas implicam a noção de sociedade. Da relação entre dois protagonistas (mesmo quando um deles, como na ficção introspectiva, apenas está presente no monólogo interior do outro) a um panorama amplo, como *Guerra e Paz* ou *O Tempo e o Vento* – a narrativa ficcional sempre focaliza situações sociais. Não estranha, por consequência, ser mais verossímil o romance social que a poesia de combate: enquanto a intencionalidade *pode* casar-se ao entrecho romanesco sem prejudicar-lhe a qualidade literária, a poesia tende ao panfletário se deseja fixar o social. Por envolver seres humanos (não importa que transfundidos pela imaginação), a mundividência da prosa é invariavelmente social (e pode, assim, suscitar tomadas de posição ideológica em face do estado real da sociedade), enquanto a poética, não. Resultaria ser esta, na essência, alienante, ao invés da outra? Assumida a dúvida sem matizações, a resposta seria positiva. Entretanto, nada impede que um romance, dadas as facilidades intrínsecas para manejar o contexto social, descambe no folhetim ou na mecanização das trocas sociais (como no romance naturalista à Zola ou neorrealista deste século), ou que a poesia social possa ser de superior gabarito (como *Morte e Vida Severina*), embora correndo o risco de tomar-se a versificação hábil de mundividências prosaicas.

É notório, pois, que as "coisas" penetram o texto, como referenciais transplantados com raiz e tudo para o universo verbal; é notório, ainda, que a transparência suplanta a opacidade, evidente no fato de que a realidade do mundo parece não sofrer metamorfose alguma ao migrar para o recesso da narrativa. A realidade é transposta "em si", como a experiência perceptiva mais elementar, não requerendo esforço de "tradução" ou "decifração": os referenciais são, à primeira vista, unívocos; os pormenores como "rosário", "folhas secas", "céu azul", "carrapato", "bezerro", etc. repelem a anfibologia. A sua carga metafórica apenas se manifestará quando, no término da narrativa e divisando-a em conjunto, cada um revelar novas conotações, para além do sentido fundamental. No instante, porém, em que surgem para o leitor, no fluxo da história, mostram-se desmetaforizados. Entronizando o "outro" e sua circunstância no cerne da fabulação, a prosa permite ao mundo da realidade franquear-nos sua multímoda diversidade e, por momentos, sua aparência univalente. Algures, aproximamo-la da fotografia, e agora já temos prova de que resulta precisamente desse poder de congregar na mesma "totalidade" do mundo os microcosmos de cada personagem. Vemos, em suma, a realidade em sua nudez primordial, como se tombassem os véus – poéticos – que barravam o acesso direto ao relevo do mundo. Na poesia, as coisas são evocadas para a intimidade do poema, quer na vertente lírica, quer na épica, e é como evocação que o leitor as presencia. Na prosa, são convocadas e mostradas ao leitor. Ali, fala-se de uma ausência magicamente tornada presença pelo "milagre" da evocação; aqui, de uma presença simultânea à consciência do Narrador e do leitor. Entre evocar e mostrar corre a diferença entre o modo como a poesia e a prosa enfrentam o mundo: na cosmovisão poética, o mundo é evocado, à maneira de prolongamento ou espaço refletor do "eu"; na prosística, o mundo abre-se como o palco imenso e contrastado onde o "nós" representa as peripécias de seu destino.

Como se as cortinas do mundo se descerrassem, o espaço aberto à retina do Narrador e do leitor limita-se com o infinito. Espaço fora do "eu", espaço do "não eu", distende-se até os confins do imaginário. Exterior, ainda quando introspectiva a trama romanesca, em razão de perdurarem os referenciais "concretos", o espaço organiza-se segundo a lei da objetividade: todos vemos os mesmos objetos, embora possamos dissentir na sua interpretação. Amplitude e objetividade se associam para que o real se ofereça, ou possa oferecer-se, em todas as suas dimensões, físicas, humanas, conceptuais, etc. A par do cenário trágico da seca, nota-se a referência a animais e à reação dos protagonistas: "Sinhá Vitória benzia-se, tremendo", etc.; "Fabiano espiava a caatinga amarela", etc. E o sertanejo resolveu largar-se "com a família, sem se despedir do amo. Não poderia nunca liquidar aquela dívida exagerada". Aqui, o detalhe socioeconômico, ocultando/revelando o sentido denunciativo subjacente à passagem, completa, na eloquência descarnada do estilo, a informação religiosa, assim compondo o quadro cultural e geográfico em que se desenrola o drama do retirante.

O Narrador pode vislumbrar todas as facetas e componentes da realidade, obrigando-se, contudo, a uma seleção. E a escolha dos aspectos da realidade, bem como sua pigmentação, obedece a intuitos ainda mais transparentes do prisma retórico. Persuadir ou convencer o leitor é tornar-lhe verossímil o mundo que se lhe descortina. Persuadi-lo ou convencê-lo de que o mundo é *real* – ou real sua representação num espelho – convencê-lo ou persuadi-lo de que é preciso conhecer o mundo, a fim de enriquecer-se sua visão pessoal com a que o texto exibe. Claro, o Narrador não mostra tudo (embora *possa ver tudo*), já por lhe ser humanamente impossível fazê-lo, já por se tornar dispensável: a realidade se repete, e não só no sentido antropológico (e, se se quiser, metafísico ou místico), como também no mais rasteiro. A multiplicidade do real não se organiza sem apelo a qualquer monotonia, ainda que de pormenor: para o caos se transformar em cosmos, impõe-se a recorrência, a simetria, a identidade. O dinamismo perpétuo, sabemo-lo até como um frêmito dos sentidos, subordina-se a um "eterno retorno", e as coisas físicas se reproduzem por toda a parte. O chão que abriga um minério igualmente pode ocultar outros, encontráveis alhures, e o mesmo sol que calcina o Nordeste abrasa todos os dias o Saara.

Selecionar e tingir o real, escolher o objeto e sua cor – eis o gesto capital do Narrador. Gesto nada inocente, ou inconsciente, como não o foi a eleição do romance, do conto ou da novela como estrutura óptica, salvo nos casos de miopia mental – ampara-se numa estratégia retórica para convencer ou persuadir, conforme se empregue a distorção premeditada ou a justa imagem do real. Como sabê-lo? Pôr o texto em paralelo com a realidade que forceja por representar seria um procedimento até certo ponto exequível; até certo ponto porque não existe, a rigor, na realidade concreta o espaço que o romance detecta. Não existe a fazenda de *Vidas Secas* (e nada mudaria se realmente existisse: *a fazenda do romance é outra*). Existe uma virtualidade, uma soma de impressões caldeadas pela memória e a fantasia: existem várias fazendas de sinhás e Fabianos dispersas pela imensa caatinga amarela. A verossimilhança pode ser externa, entendida, porém, como ponto de sugestão. Mais veemente do que existir a fazenda retratada no romance seria o resultado oferecido pela verossimilhança interna, a do próprio texto, que pode referir-se a um espaço totalmente imaginário, alheio à prova da verossimilhança externa.

Na descrição da fazenda de *Vidas Secas* salta à vista, inclusive pelo comedimento estilístico, que o Narrador busca convencer o leitor por meio de uma elocução serena e coerente, qual um silogismo. Nada ali parece de mais ou de menos; a sobriedade da linguagem amolda-se perfeitamente às coisas e fatos. O Narrador empenha-se em que nenhum movimento venha a perturbar a imagem correta do flagelo da seca. Sem melodramas, a descrição é de uma economia de meios que reflete a pobreza dos seres esmagados pelo calor inclemente. E os detalhes se aglutinam como se o Narrador pintasse: "caatinga amarela", "folhas secas", "garranchos se torciam, negros, torrados", "céu azul", etc. Mas pintasse elegendo cuidadosamente as minúcias e sua coloração, impelido pelo desejo de provocar impacto, indignação, no leitor, removê-lo de sua paz podre (o leitor *não é, nem pode ser*, alguém como Fabiano) para a consciência do crime de lesa-pátria que ali se comete, à sombra da autoridade e à mercê do *fatum* geográfico. Reflexo e refração do mundo, como denúncia: a retórica serve aos propósitos generosos do romancista, propósitos tanto mais ardentes quanto mais o Narrador proíbe que a facilidade, o óbvio, lhe roube ênfase às escassas palavras. Basta lembrar, à guisa de paralelo, o derramamento da ficção naturalista em torno do fenômeno da seca (como em Rodolfo Teófilo e outros) para se evidenciar que a Retórica logra ou não seus fins conforme seja correta ou maliciosamente empregada.

Eis porque, fosse o caso do romance introspectivo, não se alteraria o panorama: a intenção permanece – convencer ou persuadir da *verdade*, da *realidade*, do mundo que ali se patenteia, visando transmitir ao leitor não só o prazer estético de contemplar outros horizontes que não os seus, como também o conhecimento ético de um mundo fora de suas fronteiras naturais. Sem haver nisso veleidades moralizantes por parte do Narrador/Autor, a Retórica procura atrair o leitor, arrancá-lo de seu comodismo burguês e mostrar-lhe um "admirável mundo novo" – que é o de qualquer narrativa que valha a pena ler. Quando não, tenta persuadi-lo – como na ficção digestiva ou sensacionalista – mas nessa alternativa não tem como disfarçar suas frágeis garras retóricas, tão somente poderosas para o leitor desavisado ou ansioso de evasões narcotizantes.

Se, como se vê, do prisma técnico a prosa se exige livre para explorar a descrição e a narração, do ângulo óptico o texto em prosa faculta o acesso a todas as facetas da realidade, no encalço de oferecer dela um retrato tão completo quanto verossímil. Pelo descritivo, a prosa não diverge da poesia, mas pelo narrativo especifica-se: a prosa visualiza o mundo como teatro de ações, protagonizadas por seres humanos (ou seus avatares), em companhia da Natureza e da Cultura. O mundo se afigura espetáculo, animado, em movimento, protagonizado por indivíduos que vivem intensamente sua história e colaboram para a História. Daí implicar o tempo, que a poesia geralmente expulsa, por decorrer numa dimensão especial: o tempo interior, ou indeterminado, da poesia, volve-se exterior ou determinado: "Saíram de madrugada". Arte do espaço e do tempo, a prosa ficcional vê o mundo como um barco a vogar no tempo, que flui segundo as marcas do calendário, ou a "duração", ou um vir-a-ser contínuo e indemarcável.

Imerso num tempo e num espaço definidos (ou definíveis), o mundo se delineia à visão da prosa como exposto francamente à indagação e à prospecção. A realidade semelha in-ambígua, unívoca, por submeter-se ao "olho mágico" do ficcionista, capaz de perquirir-lhe, demiurgicamente, todos os recantos. O dentro e o fora do Cosmos sujeitam-se à retina indiscreta do Narrador; *prima facie*, o mundo parece não encerrar mistério: o enigma do mundo, que alimenta o tumulto do poeta, cessa como por encanto. A arte volve-se, dir-se-ia, realista, alcança, nesse gesto dominador que o ficcionista arremessa sobre as coisas, a plena posse de seu alvo supremo: apoderar-se da realidade em toda a sua magnitude e amplitude.

Decerto, estamos raciocinando com os extremos a fim de enxergar nitidamente o contorno das categorias "poesia" e "prosa" em relação à visão do mundo. Mas se a arte se acredita dotada de um destino realista – no sentido de apreensão da realidade – é na prosa que parece encontrar o instrumento mais apropriado. Entretanto, a univocidade é não só aparente como provisória: o enigma, ainda que a seu modo, se levanta quando, no encerramento da fábula, se dá conta o leitor de o todo e as partes da obra dependerem de uma interpretação para liberar sua potência gnosiológica. Somente a ingenuidade epistemológica admitiria não ser momentânea e relativa a univocidade; e somente uma visão maniqueísta, mal-intencionada, pode atribuir às partes, uma à uma, enquanto se desenrolam, sentido univalente. E reducionismo primário seria entrever o discurso todo de um romance (conto ou novela) como sequência denotativa: se nem mesmo em pormenores se torna fácil aceitar que estamos em face de denotações estanques, como desprezar as conotações que saltam aos olhos quando se põe o todo ante as partes? Se a polissemia se retarda até o fecho da narrativa, nem por isso está de todo ausente, ainda que de modo latente.

Desse ângulo, o realismo da prosa não pode ser considerado nem completo nem exclusivo, a ponto de dispensar o realismo da poesia: divisá-las como entidades complementares, solidárias na visão que oferecem, provavelmente atendesse mais à complexidade do real, sem prejuízo da especificidade particular. O real – assumido como um horizonte virtual, mas também como algo *hic et nunc* – se estadeia como um todo que se representa na poesia e na prosa, associadamente. Do contrário, mergulharíamos numa discriminação que não pode ser admitida sem ameaçar mortalmente a verdade dos fatos, e o próprio sentido da Literatura como forma de conhecimento.

5. Cada qual à sua maneira, de acordo com as leis internas que lhes regem a estrutura, a poesia e a prosa encerram visões diferentes da realidade, mas ambas, em conjunto, se propõem a uma visão integral (literária) do mundo. Como se repartissem fielmente em zonas de atuação o espaço entre o sujeito do conhecimento literário e o mundo, a poesia agoniza onde nasce a prosa: enquanto o "eu" se vê como superfície de reflexão e refração do mundo, podendo estendê-lo até o "nós" – percorre-se o território da poesia; e quando a visão atinge o "outro" e sua circunstância, como se engendrando a realidade "em si" oferta à expectação do "eu" criador, – franqueia-se a dimensão da prosa. No interstício, na faixa de encontro dessas águas que confluem para o mesmo oceano, as gradações entre as duas posturas fundamentais, que podem, inclusive, recorrer a expedientes formais comuns, híbridos. A macroestrutura dos gêneros corresponde, como vimos,

a determinadas "totalidades do mundo", do mesmo passo que as microestruturas do gênero, ainda quando miscigenadas pelo atrito das duas esferas de ação, instrumentalizam correspondentes mundividências: a forma não distingue, genericamente, a poesia da prosa, visto serem estruturas matriciais, transcendentes a limites precisos, mas pressupõe, a seu modo, uma visão da realidade.

X - FORMA E COSMOVISÃO

1. A MÚLTIPLA CORRELAÇÃO ENTRE *SER* e *ver*, que vimos tentando equacionar, não tem escapado à intuição dos escritores, notadamente poetas ou dotados de veia poética. Um deles, referindo-se ao "Nascimento do Poema"[1], confessa:

> Escrevo para ouvi-lo
> e vê-lo desenhar-se
> justificar-se abrir-se
> como eu próprio sou

A par da referência ao aspecto acústico, ganha realce o verbo *ver* seguido de "desenhar-se, que aponta, significativamente, para o flanco plástico do poema, e, no final, o verbo *ser*, agora vinculado ao próprio poeta. Nítida situação lírica e, a um só tempo, lúcida síntese do ato criativo: a escrita é uma revelação, um ritual alquímico, que se evidencia como tal no percurso mesmo em que se consome: o destino de escrever é uma incógnita que se desvenda (desvenda?) no instante de ver o poema "desenhar-se/ justificar-se abrir-se/como eu próprio sou".

---

1 Antonio Ramos Rosa. *Ocupação do Espaço*. Lisboa: Portugália, 1963, p. 35.

Como se percebesse a falta de uma etapa nesse périplo germinativo, o poeta acrescenta, num poema sintomaticamente intitulado de "Animal Olhar":[2]

> Meus olhos não fabricam
> a realidade ou tu:
> limpos barcos,
> novidade acesa como a terra vida,
> movimento de braços, amálgama
> exata dura.
> Meus olhos não fabricam mas encontram.

Aqui se instaura o polo faltante – a realidade – concebida como o interlocutor cósmico ou pessoal ("tu") que os olhos "não fabricam mas encontram". Correndo o risco de minimizar os versos, diríamos que, para o poeta, a poesia mora na realidade como latência que é preciso encontrar: a poesia não se fabrica, encontra-se. E, assim, a bipolaridade *ser* e *ver* se articula.

Restaria que o poeta coligasse os dois fragmentos de modo a identificar o "poema" de um e "meus olhos" de outro: afinal, é o poema que encontra a poesia, ou antes, é por intermédio do poema que o poeta realiza sua empresa em face da realidade; e os olhos constituem, por isso, o instrumento de acesso à realidade empregado pelo poeta/poema. Outro vate moderno, igualmente visitado pela consciência da visão, o diz de maneira lapidar:[3]

> Um momento há na vida, de hora nula,
> em que o poema vê tudo, viu, verá

Transferido o sujeito para o poema, a ação torna-se ilimitada: "o poema vê tudo, viu, verá". E a forma, quer como objeto estético – o produto do ato criativo – quer como instrumento – a mediação entre o criador e a

---

2 *Idem, ibidem*, p. 79.

3 Jorge de Lima. *Poesias Completas*. Aguilar/MEC, vol. III, 1974, p. 175.

realidade – faz sua aparição como instância necessária no circuito em que se plasma a cosmovisão.

2. Provavelmente tanto quanto o vocábulo "estrutura", com o qual se identifica as mais das vezes, o termo "forma" não é estável do ponto de vista semântico, dependendo, em princípio, da área de conhecimento em que é manuseado. Forma simbólica, quando implica o discurso, como nas ciências, religiões, filosofias, literatura; forma espacial, nas artes plásticas.[4] "Sistemática", no primeiro caso, segundo propõe Susanne K. Langer, "orgânica", no outro. Nesta acepção, a "forma" está mais próxima do sentido original, que pressupunha a ideia da *visibilidade* e *tangibilidade*. Em qualquer hipótese, porém, um princípio fundamenta o conceito de forma: a estreita relação entre as partes de um todo, constituindo uma unidade orgânica, autossuficiente, individualizada, uma unidade limitada contraposta ao ilimitado, determinada e consistente, contraposta ao caótico e fluente.[5]

Se no plano semântico o vocábulo forma levanta problemas e interpretações várias, não menos controvertido é seu emprego no âmbito literário. A começar dos gêneros – poesia e prosa – com suas peculiaridades, inclusive formais, a questão da forma literária não tem oferecido perspectivas de soluções unívocas. Tanto assim que Susanne K. Langer, após examinar a forma nas ciências e nas artes, conclui que "as formas logradas pela prosa de ficção não

---

4 De notar que a distinção entre forma simbólica e forma espacial se estabelece em seus aspectos extremos. Ao mesmo tempo que se pode divisar nas formas espaciais caracteres simbólicos, a espacialização condiciona a representação mental; os conceitos implicam noção de espaço, e a própria simbologia do "eu" está sujeita a espacialização (Ernst Cassirer. *La Philosophie des Formes Symboliques*, 3 vols. tr. francesa. Paris: Minuit, 1972, vol. I, pp. 154ss.

5 Além da obra de Cassirer mencionada na nota anterior, ver: Susanne K. Langer. *Philosophy in a New Key*, 15ª ed. Nova York/Toronto: The New American Library, s.d., pp. 83ss.; *Feeling and Form*. Nova York: Charles Scribner's Sons, 1953, *passim*; *Philosophical Sketches*. Nova York: The New American Library, 1964, pp. 77-78; Paul Guillaume. *Psicología de la Forma*, tr. argentina. Buenos Aires: Psique, 1975, pp; 21ss.; Karl Jaspers. *Psicología de las Concepciones del Mundo*, tr. espanhola. Madri: Gredos, 1967, p. 452.

são nem figuras ('shapes') nem sistemas lógicos",[6] com isso excluindo-as do universo científico bem como do artístico. A primeira exclusão não apresenta maior dificuldade, mas a segunda não pode passar em julgado sem abalar a teoria em que se fundamenta. É certo que as formas/fôrmas em prosa não são sistemas lógicos; por não serem, contudo, "figuras" envolve uma distinção prévia: a de a forma da pintura, escultura, arquitetura, e mesmo do balé, constituir figura, opostamente às da prosa de ficção. Ou a noção de figura está sendo tomada no sentido arquitetônico (que a estudiosa recusa[7]), e nesse caso possivelmente só as artes plásticas mereceriam o monopólio do vocábulo, ou teremos de admitir, após acurado exame, que, verdadeiramente, deve abranger o que rejeita. Por fim, escapando as formas em prosa do universo das figuras e dos sistemas lógicos, hão de constituir uma terceira entidade; e esta, não pressupõe uma forma, uma "figura"? E no que diferiria da forma nas artes plásticas a ponto de se repudiar sua inclusão no rol das "figuras"? Por outro lado, o texto poético, por que não foi considerado? Onde se localiza? Tanto quanto as formas/fôrmas em prosa, nem figuras nem sistemas lógicos?

Para bem situar a questão, convém não perder de vista que a exclusão do texto poético na mencionada referência se deve a que a poesia exibe-se por meio de várias formas/fôrmas, algumas fixas. E, por isso, implicaria contradizer o que se afirma da prosa de ficção.[8] Sem contar as tentativas de

---

6 Susanne K. Langer, *Problems of Art*. Nova York: Charles Scribner's Sons, 1957, p. 165. No seu clássico *Feeling and Form*, pp. 280ss., a autora parece orientada por um pensamento menos exclusivista.

7 *Idem, Feeling and Form*, pp. 72-73.

8 Diga-se, a bem da verdade, que noutro passo de seus *Problems of Art*, pp. 15ss., ao tratar da noção de forma, Susanne K. Langer começa por afirmar que o vocábulo "denota estruturas familiares, características, conhecidas como a forma do soneto, da sextina, ou da balada na poesia, a forma da sonata, do madrigal, ou da sinfonia na música, a contradança ou o balé clássico na coreografia, e assim por diante". Mas acrescenta, imediatamente a seguir: "isto não é o que quero dizer; ou melhor, é apenas uma pequena parte do que pretendo dizer". E ao longo de sua explanação, após examinar o sentido abstrato com que o vocábulo pode ser empregado, passa a referir-se à forma nas artes plásticas, deixando de lado as formas poéticas. O fato não surpreende

concretização formal – transpondo para os versos o contorno de figuras do mundo físico, como entre os praticantes clássicos das *carmina figurata*, ou enfatizando o aspecto espacial do poema, como nos *Caligramas*, de Apollinaire, ou no Concretismo – o poema é, historicamente, uma forma e, mesmo, uma fôrma. Com efeito, mais do que a prosa, a poesia se manifesta formalmente, a ponto de não poucos estudiosos sustentarem que o verso é a matriz da poesia. Genericamente, um soneto, uma ode, um hino, etc., veiculam poesia, e vice-versa, as mais das vezes, na ordem histórica, a poesia se exprime por intermédio de poemas como tais. Assim, a prosa parece menos figurada que a poesia, mas, se admitirmos que o conto, a novela e o romance são estruturas diferenciadas, havemos de concluir que ostentam formas, inclusive no sentido plástico do termo.

Se, de um lado, o contorno das fôrmas em prosa prima pela instabilidade, relativamente às fôrmas poéticas, de outro não se pode confundir *D. Quixote* com *Noite de Almirante*, ou *Madame Bovary* com *Memórias de um Sargento de Milícias* sem despencar em plena anarquia terminológica e conceptual. Por mais variação plástica que possa haver no interior dessas fôrmas – basta cotejarmos dois romances, como *Judas, o Obscuro* e *Contraponto*, para o evidenciar – um exame atento e despreconcebido observará a permanência de um núcleo estrutural que as identifica e as distingue entre si e de qualquer outro discurso híbrido ou não literário. Salvo se regressarmos à ultrapassada e ingênua distinção entre as fôrmas em prosa, fundada no critério do número de páginas, não há como negar que um conto é uma fôrma tão definível, configurável, quanto um soneto é plasticamente inconfundível.

Ocorre, porém, que tanto a poesia quanto a prosa se distinguem das demais expressões estéticas por serem formas verbais significativas, discursivas mas não lógicas, encerrarem proposições vocabulares, sintaticamente organizadas, constituindo "unidades perceptivas de alguma coisa vista,

---

se levarmos em conta a mobilidade semântica do vocábulo, mas o breve espaço concedido à poesia nas reflexões da referida estudiosa, quando não suas discutíveis simplificações (cf., por exemplo, *Feeling and Form*, p. 213 e *Philosophy in a New Key*, p. 214), pode dar margem a maiores perplexidades ainda.

ouvida ou imaginada, isto é, configuração, ou *Gestalt*, de uma experiência".[9] Estabelecida a distinção entre as artes plásticas e arte literária, compreende-se que as formas/fôrmas literárias – da poesia ou da prosa, mais notoriamente aquelas que estas – são ambivalentes, participam ao mesmo tempo da forma discursiva (não lógica), ou sistemática, e da forma plástica, ou orgânica. Na verdade, muito de sua força expressiva, e não poucos dos problemas que suscita, derivam dessa indefectível dicotomia.

À semelhança da perspectiva, as chamadas "figuras impossíveis":[10]

> são produtos da mente, mas podem existir, pelo menos no reino mineral, embora não à superfície (há que penetrar no mundo das rochas de quartzo, etc., para se ter acesso a formas da Natureza que "reproduzem" as "figuras impossíveis": mera coincidência, como se o subconsciente do artista "lesse o interior da matéria, sua "consciência" recôndita, sem voz).[11] A Natureza imita a Arte. Ora, a forma literária parece tão impossível quanto as "figuras impossíveis"; a Natureza não apresenta nenhuma delas, seja o verso simples, seja o poema épico, seja o romance, seja a crônica. Formas da mente, tão impossíveis quanto as que a Psicologia descreve, figuram conteúdos desconhecidos pela Natureza como tais, a não ser de modo difuso ou latente. A forma literária não existe no mundo da Natureza; é uma criação estética, para veicular conteúdos inéditos, ausentes do mundo natural. [12]

---

9 *Idem, Problems of Art*, p. 165. Note-se haver quem preconize serem a arte literária e certas expressões das artes plásticas "formas de arte livres de Gestalt" (Herbert Read. *Imagen e Idea*, tr. mexicana, 2ª ed. México: Fondo de Cultura Económica, 1965, pp. 184ss.).

10 L. S. Penrose e R. Penrose. "Impossible Objects: A Special Type of Visual Illusion". *British Journal of Psychology*, vol. 49, 1958, *apud* R. L. Gregory. *Eye and Brain. The Psychology of Seeing*, 2ª ed. Nova York/Toronto, McGraw-Hill, 1973, p. 227.

11 R. L. Gregory, *op. cit.*, pp. 175, 176, 221-222; M. D. Vernon. *Percepção e Experiência*, tr. brasileira. São Paulo: Perspectiva, 1974, p. 149.

12 A história das formas literárias revela até que ponto se beneficiaram do progresso em outros campos do saber, como, por exemplo, a invenção da tipografia, mudando

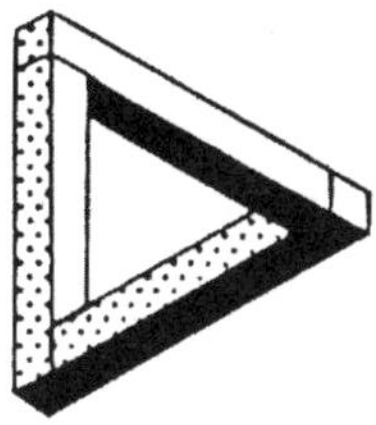

Por outro lado, em analogia com a metáfora, núcleo do texto literário, *a forma é uma estrutura que se vê e que serve para ver.* Metáfora, é o enlace entre duas entidades, a do mundo concreto e a do mundo imaginário; daí incluir o termo propriamente metafórico e o termo virtual. Ambígua, por natureza e definição, é a um só tempo o que mostra e o que esconde: vendo-se o que mostra, acabamos divisando o que oculta, e vice-versa, ao contemplar o plano do que sugere, estamos vendo o plano *material* que exibe. Opaca como realidade em si, descortinada na superfície da página, é transparente ao deixar ver a realidade do mundo nela incorporada ou por meio dela expressa. Tão bifocal quanto a metáfora, é simultaneamente intransitiva e transitiva: vemos a forma como tal, arquitetura, contorno, estrutura, e a realidade que nela se hipostasia. Autêntica metáfora, é o que revela e o que segreda. Molde inventado para exprimir certo conteúdo e lente para captar a realidade: expõe-se ao mesmo tempo como figura e instrumento que permite ver.

Se da perspectiva do leitor ou espectador assim se passam as coisas, semelhante fenômeno ocorre no universo do criador de arte: sem a forma, não consegue ver a realidade; "apenas pode transladá-la nos termos de seu meio expressivo". A tal ponto que "o artista plástico tende a ver o que pinta mais do que a pintar o que vê"; (...) "o artista, não menos que o escritor, necessita de um vocabulário antes de embarcar na 'cópia' da realidade".

---

radicalmente os hábitos, antes auditivos, para visuais. Daí a revolução cultural que operou. Ver, a respeito, *A Galáxia de Gutenberg*, tr. brasileira. São Paulo: Nacional/ EDUSP, 1972, na qual Marshall McLuhan visa "descobrir e descrever os modos pelos quais as *formas* de experiência e de visão e expressão mental foram modificadas, primeiro pelo alfabeto fonético e depois pela impressão tipográfica" (p. 18).

Em suma, "tudo aponta para a conclusão de que a expressão 'linguagem da arte' é mais do que uma frouxa metáfora e que mesmo para descrever o mundo visível em imagens precisamos de um desenvolvido sistema de *schemata*". Ou seja, "todas as artes se originam na mente humana, em nossas reações ao mundo mais do que no próprio mundo visível, e é precisamente porque toda arte é 'conceptual' que todas as representações são reconhecidas por seu estilo".[13]

Na medida, pois, em que a realidade se encontra concomitantemente fora e dentro do signo metafórico, este acaba sendo e não sendo a realidade. Daí a interpretação do signo ser a interpretação da realidade. A rigor, esta somente se manifesta, somente se abre à tarefa hermenêutica no espelho em que se reflete e adquire consistência: o signo verbal (e não verbal, tratando-se das outras artes). Não há, porém, como fugir à indagação: todo signo metafórico é sinônimo de realidade? Do mesmo modo que não é toda a realidade que se manifesta, permanecendo uma parte dela intransferível, muda ou latente, assim não é todo o signo que é realidade: em parte é signo, ícone, envoltório da realidade, matéria visual na qual a realidade se deposita. Mas pergunta-se, como se revela, no signo, a parcela da realidade? Se esta se mostra pela significação, a parte não-real (concebida a realidade ainda fora do texto) é pura forma, matéria de sustentação do significado. Encarado o segmento da realidade que não possui voz como *forma*, ou matéria destituída de significado, a fração do signo vazia de realidade é também *forma*; esta constituiria, assim, a camada do real e/ou signo carente de significação – o significante. Ao falar, por conseguinte, em *mundo das formas*, referimo-nos à dimensão do real e do signo desprovida de significado, embora sua portadora. E se as artes plásticas, a arquitetura e a dança são manifestações in-ambíguas do mundo das formas é porque ignoram a significação: reproduzem a realidade como forma ou signo meramente formal, de onde a significação foi desterrada para que a forma, tomando o espaço todo, pudesse representar a porção formal da realidade que emigrou. Desse prisma, a

---

13 E. H. Gombrich. *Art and Illusion. A Study in the Psychology of Pictorial Representation*, 3ª ed. Princeton: Princeton University Press, 1969, pp. 36, 86 e 87.

inércia da forma na realidade se mimetiza no signo plástico: uma tela reduplica a realidade naquilo em que esta é forma; daí, na superfície do quadro, vermos a realidade não como significação, mas como forma.

O fato de o signo verbal ser integrado por duas camadas, a significação e a forma, não quer dizer que a realidade, como significação e forma, se esgota: se perpetuamente novas relações se armam entre o signo ou forma e a realidade, vínculos de reciprocidade que anulam em certo limite a independência plausível de cada plano, é porque um dinamismo no interior da realidade e das formas promove novos enlaces e, portanto, novas significações captadas ou formuladas e novas dimensões inerentes à realidade representada no universo das formas. O *continuum* do mundo da Natureza se prolonga e se desdobra no *continuum* do signo e da forma, e vice-versa, a movimentação dos signos no recesso das formas se perpetua na extensão que projetam no rumo da realidade. Permanente intercâmbio se mobiliza entre as duas esferas, de maneira que a pulsação incessante da realidade ecoa na proliferação de signos que o sujeito constrói; e a dinâmica dos signos testemunha não só que a consciência permanece no seu ofício de conhecer, mas também que a realidade prossegue seu giro *ad infinitum*. Como se, olhando o signo/forma, víssemos uma espessura, a própria realidade assumindo existência; signo e realidade totalizam o mesmo objeto para o sujeito, situado fora dele a fim de conhecê-lo. Não obstante, a realidade existente na forma não é, nem pode ser, a realidade como tal, senão sua transfiguração, metamorfose em signo e forma: como tal, a realidade mantém-se longíngua, inacessivel; transformada, torna-se próxima e disponível à consciência.[14]

Por outro lado, a fôrma limita o mundo e a visão que dele tem o escritor: não só atribui (con)figuração à realidade, como fornece um módulo, por meio do qual se pode vê-la; esta se reduz ao espaço da forma não como seu espaço próprio, mas que lhe é imposto. Daí a (de)formação do espaço da realidade por intermédio da forma/fôrma, ao mesmo tempo que lhe empresta ordem, organização. Inventa, pois, a realidade como espaço

---

[14] Ernst Cassirer, *op. cit.*, vol. I, pp. 128ss.; vol. III, pp. 391, 454 e 457.

restrito e, à uma, serve de lugar em que a mesma se postula, e de instrumento sem o que o olhar não capta o mundo. Na forma, empregada como lente, escritor e leitor se encontram: além dos valores intrínsecos, nela "percebemos uma autêntica visão da estrutura da realidade".[15]

A "função" óptica da forma/fôrma se torna mais nítida quando observamos não haver homologia entre o vasto mundo das formas naturais – "espiras, orbes, meandros, estrelas"[16] – e o mundo das formas estéticas: aquelas, porque inertes, mudas, latentes, não alcançam exprimir-se diretamente, projetar suas significações e "dialogar" com a inteligência humana; dependem do mundo das formas de arte para se comunicar. Por seu turno, estas não copiam as outras, mas, sendo *formas segundas*, são mantidas para que a realidade possa dizer-se por meio delas, uma vez que, se as formas da Natureza[17] fossem suficientes em matéria de expressividade, as formas estéticas não teriam sentido algum e a própria Arte não teria provavelmente surgido. O soneto, a ode, a balada, etc. representam formas artificiais (= não naturais), "impossíveis", por meio de que o mundo das formas naturais se manifesta, e se manifesta diversamente, como se houvesse uma feição ou modalidade do real que se expressasse por meio do soneto, outra da ode, aqueloutra da balada, etc. Daí a recorrência da forma/fôrma não significar senão a repetição de um limite da realidade e, quem sabe, de um tipo de realidade: a realidade/soneto, ou seja, a realidade que se diz pelo soneto, diverge da realidade/ode, etc., mas todos os sonetos se assemelham por fixar realidades que se parecem justamente por empregar o soneto como forma/fôrma de manifestação. Mas divergem naquilo em que por seu intermédio uma visão sempre nova da mesma realidade se corporifica: a fôrma soneto seria o tema, com infinitas variações, em princípio previstas no próprio fato de se manifestarem dentro do soneto. Como se um elo de necessidade articulasse a realidade do mundo e a forma/fôrma, tudo segundo uma

---

15 Eliseo Vivas. *Creation and Discovery*. Chicago: Gateway, 1965, p. 286.

16 Henri Focillon. *Vie des Formes*, 3ª ed. Paris: PUF, 1947, p. 9.

17 "A própria natureza cria formas, imprime figuras e simetrias nos objetos de que é constituída e nas forças com que os anima" (*Idem, ibidem*, p. 9).

possível tipologia de visões do mundo: o gênero tipológico seria dado pela fôrma, e as espécies, pelas mutações possíveis no seu interior.[18]

Por isso, ao encarar a forma/fôrma, vemo-la *em* si, como entidade peculiar ao universo da Arte, mas simultaneamente vemos o mundo que nela se reflete, numa tensão dialética incessante, que é a própria razão de ser da forma/fôrma: opaca e transparente a um só tempo, oculta e desvela a realidade que abriga e inventa. Sua opacidade jamais é plena (e quando o for, estamos no reino do verso sem poesia, como nos poemas didáticos, parnasianos, etc.), de igual modo que sua transparência nunca se completa: sempre a espessura do opaco permanece, conquanto residualmente, para obstar a penetração do olhar desejoso de aceder à realidade ali coagulada; e sempre algo de transparente impedirá a visualização da opacidade integral. Imaginando a forma/fôrma como uma cortina, sempre uma luz lhe atravessará as malhas, por mais estreitas que sejam, e sempre uma nesga de tecido inibirá a total captação da luminosidade afinal desvendada.

A forma, ou fôrma, se imporia, assim, como um limite óptico, lente que facultasse ver segmentos da realidade, não apenas quantitativamente, mas qualitativamente. Se uma quadra permite divisar certo segmento da realidade, esta somente se expressaria por meio da estrofe, de modo a estabelecer uma fronteira: pela forma/fôrma A se pode ver a realidade A', e a realidade A' apenas se manifestaria por intermédio da forma A. Quando, ao perceber a relação simétrica entre forma e realidade, e por consequência, a delimitação implícita, o poeta busca ultrapassá-la, alterando-lhe as características, ou inovando-as, acaba incidindo noutro limite, o que equivale a compor uma nova forma para a realidade emergente. Uma quadra pode variar em rima, cesura e metro, e continuará sendo quadra se contiver quatro versos emparelhados. Aqui, o óbvio é absolutamente necessário, porquanto

[18] Wilhelm Dilthey. *Vida e Poesía*, tr. mexicana. México: Fondo de Cultura Económica, 1945, pp. 328-329, 477ss.; Max Wundt. "La Ciencia Literaria La Teoría de la Concepción del Mundo", *in* E. Ermatinger (org.). *Filosofía de la Ciencia Literaria*, tr. mexicana. México: Fondo de Cultura Económica, 1946, pp. 443 e ss; Félix Martínez Bonati. *La Estructura de la Obra Literaria*. Barcelona: Seix Barral, 1972, pp. 148-150.

assinala a univocidade do termo empregado: a não ser no teatro do absurdo, ou no universo surrealista, ou por mero ludismo, ninguém admitirá que três versos possam ser chamados de quadra. As mudanças formais têm limite, mesmo em se tratando de versos livres: pudéssemos submeter a uma quantificação computacional os versos livres produzidos desde 1922 entre nós e com muita probabilidade haveríamos de confirmar o que a experiência de leitura assinala: existe um limite na variação dos versos livres, como se, verdadeiramente, uma fôrma subjazesse a todas as mudanças, ou se uma estrutura profunda ou imanente persistisse ao longo das variações. Parece improvável que estas sejam infinitas e absolutamente desiguais: em determinados pontos hão de assemelhar-se e encontrar as bordas, ainda que fluidas, dentro das quais se movem. Ou seja, uma tensão interna impedirá que o caos se instale no mundo das formas.

A forma/fôrma corresponde a um universo de ordem, equilíbrio, relativamente à entropia, desordem, ou "efeito catabólico", que se supõe dominar o mundo da realidade. Ordem, equilíbrio, anentropia, "efeito anabólico",[19] não significa, contudo, inércia, estaticidade, paralisia. Pelo contrário, hospeda um movimento contínuo, impelido por forças que se digladiam em tensão permanente, a da atração, ou movimento centrípeto, e repulsão, ou movimento centrífugo; em suma, "a forma da obra literária deve ser entendida como dinâmica".[20] A ordem, o equilíbrio, a anentropia, o anabolismo, se realiza como um limite instável, numa expansão que imediatamente se converte em concentração, por sua vez dilatando-se até ceder à "película de sustentação" da forma, e assim por diante. Rompido o equilíbrio, instala-se a desordem, a entropia, como se a força de repulsão predominasse. Na verdade, a ruptura é relativa, pois um novo equilíbrio

---

[19] Rudolf Arnheim. *Entropy and Art: An Essay on Disorder and Order*. Berkeley/Los Angeles/Londres: University of California Press, 1974, *passim*. "As relações formais numa obra e entre as obras constituem uma ordem, *uma metáfora do universo*" (Henri Focillon, *op. cit.*, p. 8). Itálicos meu.

[20] Iouri Tynianov. *Le Vers Lui-Même*, tr. francesa. Paris, 10/18, Union Générale d'Editions, 1977, p.44.

interno tende a desenvolver-se, até que o anabolismo venha a prevalecer, e um novo ciclo recomeça. O contorno limitativo das formas seria essa espécie de "película de sustentação", impedindo que a liberdade expressiva se transforme em caos pleno; ou a ordem se torne mumificação: por mais amplos que sejam os confins, por mais longínqua que esteja a película do núcleo do sistema-forma, é no espaço abrangido por ela que a forma se movimenta. E se porventura a película se distanciar graças a uma inovação, nem por isso significará a extinção das fronteiras, mas a sua ampliação: sem limites, a própria ideia de espaço, ou estrutura, desmorona, torna-se inadmissível.

No universo literário, a forma/fôrma assinala o reino da ordem, do equilíbrio, do anabolismo, em permanente disputa com as forças da desordem, do desequilíbrio, do catabolismo. Entretanto, uma coisa é a forma fixa, estratificada, como o soneto, a sextina, o pantum, a oitava-rima, o decassílabo heroico, etc., portanto assinalando a cristalização das macroestruturas e subestruturas; outra, a forma livre, relativamente a tais níveis de estratificação, como na poesia moderna. Uma seria a *forma fechada*, outra a *forma aberta*, para usar as categorias de Wölfflin. Naquela, parece predominar a ordem; nesta, o desequilíbrio, mas na verdade, numa e noutra o sistema se garante por uma tensão de forças antinômicas. No primeiro caso a estratificação indica com precisão geométrica que a realidade neles detectada se amolda nos limites da forma; superada, porém, a impressão, verifica-se que tanto a força entrópica lateja no interior das formas fixas, como o anabolismo subjaz às formas livres. A geometrização da forma fixa é compensada pelo dinamismo do real nela recolhido, e a liberdade da forma aberta por uma contensão interna que a defende contra o perigo de transformar-se em má prosa com aparência de versos assimétricos, ou poesia enxundiosa e oca. Dir-se-ia que o poema de forma fixa é animado pela força de repulsão, ou centrífuga, a fim de compensar a limitação formal, e o poema livre, pela força de atração, ou centripeta, para contrabalançar a indeterminação de suas margens estruturais. O predomínio total de uma das forças decretaria a morte da forma e, consequentemente, da arte que nela procurasse instalar-se: "o texto artístico não é simplesmente a realização das normas estruturais, mas também a sua destruição. Age, pois, num duplo campo estrutural, formado pelas tendências de atuação das normas e das referentes à sua destruição. E se bem que nenhuma dessas tentativas tenda à completa supremacia e anulação da tendência oposta, a vitória de qualquer uma delas é mortal para a arte. A vida do texto literário é dada pela tensão recíproca entre essas duas tendências".[21]

Daí se poder falar em isomorfia (*Gestalt*) entre a forma e conteúdo, ou "campo perceptivo". Constituído de quatro estrofes de quatro e três versos, o soneto, por exemplo, predetermina, com a forma fixa, a realidade que por meio dela se expressa. Evidentemente, trata-se de uma predeterminação relativa; do contrário, saberíamos de antemão a realidade contida no soneto pelo simples exame de sua forma. É evidente que, se tomarmos à letra a correlação, resvalamos numa ideia universalista e absolutista de arte. O que seria, de resto, insustentável nos dias de hoje. Raciocinando, no entanto, com os dados históricos, verifica-se uma espécie de adequação inerente ao *momento* em que a fôrma despontou, adequação essa tornada automática no decurso do tempo a ponto de sugerir a mútua determinação da fôrma e do conteúdo. Na verdade, se não quisermos apelar para a estatística, movidos por um saudável ceticismo em relação às amostras numéricas, somente benefícios havemos de colher lançando mão da perspectiva histórica. Diacronicamente, observa-se que o tema x se presta à expressão por meio da forma y, e vice-versa. E não só no terreno literário: nas artes plásticas, decerto porque mais evidente a presença formal do objeto estético, igualmente se patenteia o influxo das formas sobre os temas, e vice-versa.[22] Assim, as exceções, além de esperadas, não alterariam a permanência de uma relação que, fixada pelo uso, induz a pensar numa predestinação.

---

[21] Jurij M. Lotman. *La Struttura del Testo Poetico*, tr. italiana. Milão: Mursia, 1976, p. 351.

[22] A propósito das relações entre forma e tema nas artes plásticas, L. Réau. "L'In fluence de la Forme sur l'Iconographie dans l'Art Médiévale", *in* Charles *Lalo et alii*. *Formes de l'Art/Formes de l'Esprit*. Paris: PUF, 1951, pp. 85-105. Para exame dos vínculos entre Arte e Pensamento, ver René Huyghe. *A Arte e a Alma*, tr. portuguesa. Lisboa: Bertrand, s.d., p. 62 e capítulo I da 2ª parte.

É o caso, por exemplo, do soneto, nascido sob a égide de um lirismo amoroso platonizante, fortemente impregnado de musicalidade.

A relatividade presente à correlação entre forma e conteúdo se manifesta entre extremos que, para fins de clareza, podem ser marcados do seguinte modo: no polo negativo, o soneto não pode exprimir o conteúdo do que não for soneto. Parece óbvio, mas não é tal exclusão de princípio. Basta fazer o teste de reduzir a soneto a famosa sextina de Camões, ou vazar a matéria de "Alma minha gentil que te partiste" em 8.816 oitavas-rimas. Por similaridade "intrínseca", e intrínseca por se implicarem mutuamente, segundo um indestrutível elo de necessidade, uma forma reclama certo conteúdo, e vice-versa.[23] A tendência de as formas se entrelaçarem a temas já havia sido apontada por Cassirer; não obstante, há quem advogue tese contrária, estribado em "causas ocasionais", como a moda e a época histórica.[24] As possíveis "dissonâncias" nessa atração "essencial" apenas confirmam a regra que aproxima forma e conteúdo "simétricos", quando não encerram obras frustes. Embora fatigada à custa de ser invocada nessas condições, a *Prosopopeia* falhou por pretender alçar-se ao nível de *Os Lusíadas*, ainda que modestamente, num canto de 94 estâncias, quando seu assunto encontraria melhor revestimento numa ode encomiástica, e decerto pedestre, como tantas que o Barroco inspirou. Por ignorar a forma (que supomos) adequada ao argumento escolhido, o poeta malogrou redondamente. É claro que, a rigor, falharia em qualquer circunstância, à vista do exemplo fornecido por sua inabilidade, mas, é de crer, talvez alcançasse diverso resultado

---

23 "Nas diferentes formas poéticas residem grandes e misteriosas influências. Se eu procurasse transpor o conteúdo de minhas *Elegias Romanas* para o tom e o metro do *Don Juan* de Byron, o resultado seria completamente ignóbil" (Goethe. *Conversações com Ackerman*, 1ª Parte, S. Petersburgo, 1905, p. 92, tr. francesa, p. 57, *apud* Iouri Tynianov, *op. cit.*, p. 157).

24 Ernst Cassirer. *Las Ciencias de la Cultura*, tr. mexicana, 4ª reimpressão. México: Fondo de Cultura Económica, 1975, pp. 176, 177, 182 e 183; Etienne Souriau. *La Correspondance des Arts*. Paris: Flammarion, 1947, capítulo XXXVI; Arnold Hauser. *Introducción a la Historia del Arte*. Madri: Guadarrama, 1961, pp. 297ss.

se, fosse ele bom poeta, soubesse casar forma e conteúdo, criando a ordem instável em que reina a poesia.

Mais evidente se torna a simetria assinalada se considerarmos que a forma, além de instrumento óptico, é geradora da realidade, visto parecer impossível caber nos limites de uma fôrma o conteúdo de outra: cada forma/fôrma segrega a própria realidade, não importa múltipla e plural. A prova desse poder gestador nos é oferecida pelo fato de as formas/fôrmas se recusarem a permutar-se, ou a intercambiar as realidades que captam e segregam: não devemos esperar que uma ode heroica se possa condensar num soneto sem transmutar sua realidade noutra, adaptada à forma/fôrma assumida. Mas ao transplantar-se, converte-se noutro poema e instaura outra realidade (o que nos reconduz ao ponto de partida), e inversamente: não surpreende que o conteúdo de um *haikai* rejeite a metamorfose em balada sem que a realidade transposta se torne diversa, peculiar à fôrma receptora, reenviando-nos ao mesmo ponto de arranque. As formas/fôrmas comportam realidades específicas, assim como as "totalidades" do real engendram a própria forma de que se revestem: na verdade, o surgimento de umas e outras, em qualquer direção, decorre do mesmo processo, no mesmo instante seminal; no âmago da criação, a História é ainda uma virtualidade; no díptico forma/realidade, ou realidade/forma, não se observa nem presente nem passado nem futuro.

A especificidade das formas/fôrmas corresponde, assim, à das realidades: ao manipular a forma fixa, o criador literário predetermina a realidade que almeja conquistar, qualquer que seja o seu conteúdo anímico; a eleição da forma implica a da realidade que lhe é consubstancial. Tudo se passa como se o criador de arte se tornasse submisso ao produto de sua fantasia ao optar por determinada forma/fôrma.[25] A liberdade criadora é um mito romântico

---

[25] Referindo-se à prosa de ficção, sustenta um estudioso que "a escolha da forma de narração, em razão do caráter criativo da ficção, tem direta consequência na ontologia do mundo representado. (...) a estrutura do mundo da ficção deve refletir a ordem racional da realidade" (Stanislaw Eile. "The Novel as na Expression of the Writer's Vision of the World." *New Literary History*. Charlottesville, Virginia, vol. IX, nº 1, outono 1977, pp. 118 e 119).

tanto mais verossímil quanto mais aponta para a consciência de a forma tecer a realidade, não ser livremente anárquica. Liberdade não como sinônimo de ausência de formas, o que seria impensável, mas como emprego livre das regras que as garantem. O cotejo entre um soneto clássico e um romântico poderia dizê-lo, atestando que a realidade, num caso e noutro, é predeterminada pela categoria "soneto": o soneto clássico é mais semelhante ao soneto romântico do que a ode clássica e a balada romântica (ressalve-se o parentesco entre as formas de uma mesma estética, elegias e sonetos clássicos, baladas e sonetos parnasianos, etc.). Por certo, os sonetos clássico e romântico diferem à medida que refletem concepções estéticas divergentes, mas no que toca à forma, se assemelham, ou, por outros termos, as discrepâncias se patenteiam no interior da forma comum, o que não só as atenua como induz a semelhanças, para além das dissonâncias. Compreende-se, assim, que os sonetistas modernos evoluam, até a contragosto, no rumo do estereótipo camoniano: ao imitar o grande poeta, têm em mira alcançar-lhe a perfeição formal, cônscios ou desconfiados de que, com fazê-lo, podem ter acesso à temperatura poética atingida pelo quinhentista. Daí o ar de família que a maioria dos praticantes do soneto em vernáculo tendem a exibir.

Assim como o sonetista clássico está mais próximo do sonetista parnasiano (ou moderno) que do autor de baladas simbolistas (e não apenas em razão das doutrinas *de época*, os contistas, romancistas e novelistas se organizam em agrupamentos. Cervantes se avizinha mais da novelística do século XIX, inclusive Balzac, que de Maupassant ou Katherine Mansfield, os quais, por sua vez, se vinculam antes a Boccaccio ou aos demais contistas medievais, que a Zola ou Joyce.[26] Similarmente, se há uma "Europa românica, uma Europa gótica, uma Europa humanista, uma Europa romântica",[27] haverá

[26] "Dizendo que a certa ordem de formas corresponde certa ordem de espíritos, somos necessariamente conduzidos à noção de famílias espirituais, ou antes, de famílias formais. (...) Cada homem é, antes de tudo, contemporâneo de si próprio e de sua geração, mas é também contemporâneo do grupo espiritual de que faz parte" (Henri Focillon, *op. cit.*, pp. 78 e 79).

[27] *Idem, ibidem*, p. 87.

também algo como uma Europa lírica, uma Europa épica, uma contística, uma novelística, uma romancística, uma dramatúrgica, etc.

O extremo positivo seria dado pelas numerosas possibilidades de conteúdo que se manifestariam na forma do soneto: sempre à beira do limiar que degenera em catabolismo, é possível vazar em soneto conteúdos vários, mas não infinitos, sob pena de romper os limites da forma, e, portanto, cair na entropia. Uma tipologia de conteúdo poderia erguer-se a partir dos conteúdos dos sonetos, resultante de serem urdidos numa determinada área semântica pela própria circunscrição da fôrma. Se o soneto predeterminar, relativamente, a realidade, predeterminará o conteúdo, segundo uma escala sugerida pela área semântica eleita. Assim, respeitada toda relatividade, haveria determinados conteúdos a se expressarem no soneto, e vice-versa, o soneto se prestaria bem para exprimir certos conteúdos. Conteúdo e soneto, ou temas e formas, unificados no mesmo ato criativo, não como entidades autônomas. Obviamente, o soneto, para apenas nos atermos ao exemplo, varia na sua fixação-matriz, incluindo-se o estrambote, o que lhe amplia a dimensão. Varia no metro, nas rimas, nos acentos, na ordem das estrofes, etc., e tais mudanças acusam isotópica variação no conteúdo. Se fosse possível tabular as alternativas da forma e colocá-las face a face com os temas ou conteúdos, é de supor que se verificasse a isomorfia assinalada.

3. A TEORIA DA ORGANIZAÇÃO DE campo (*Gestalt*) faculta compreender o fenômeno das relações entre a forma e a realidade, à proporção que as duas instâncias pressupõem uma dada organização para se deixarem definir como tais. A forma é uma organização de elementos (linguísticos) similar à de que partiu para se estruturar, situada no mundo da realidade concreta. Não parece demais insistir que a organização da forma não corresponde a uma réplica fotográfica da realidade, mas que a forma estabelece uma organização semelhante à do real quando divisado em sua totalidade: o aparente caos do mundo se organiza, as "coisas" se congraçam de maneira a compensar a diversidade e a fisionomia de contraste que ostentam por meio de uma organização homogeneizadora; organização cósmica, diríamos, de um lado, e linguística, de outro.

Fácil entender como se processa tal organização se não perdermos de vista que, para além do condicionamento sintático, etc., preexistente à elaboração de uma forma literária, é preciso considerar a mútua determinação dos ingredientes linguísticos em presença. Se o poeta se dispõe a enunciar os seguintes versos, encadeados por nexos sintáticos e de outra ordem – "Alma minha gentil que te partiste/tão cedo desta vida descontente" –, a sequência do poema nos vai exibindo um liame de necessidade entre o ponto de partida e o de chegada, graças à harmônica organização verificada no interior da forma.

Desconcertante seria que, iniciando com tal invocação, o poema entrasse a narrar um torneio entre cavaleiros, como soía acontecer na Idade Média. E a não ser que se empregasse o desconcerto deliberadamente, com fins satíricos ou humorísticos, o resultado seria, convenhamos, poeticamente inaceitável. Em suma: os primeiros versos, para não dizer os vocábulos, *condicionam, determinam*, os demais, como se objetivassem, todos em uníssono, uma organização harmônica, sinônimo de beleza. Por outro lado, tal condicionamento não significa, como lembra Dufrenne, *monotonia*, no sentido literal e figurado do termo. Perdura o "efeito de surpresa" no perímetro dos *microcontextos*,[28] e a associação entre os versos ou núcleos semânticos se estabelece por superposição. Mas o "efeito de surpresa" permanece sem romper a unidade, dado que se processa no interior de um circuito fechado: surpresa não desfaz a cadeia unificante nem interrompe o fluxo associativo; antes, impele-o, como se guiasse hipnoticamente o leitor para uma imprevisibilidade que se vai desmanchando à medida que se impõe a unidade (complexa) do poema. Unidade "manifesta ao mesmo tempo pelo que se impõe que integra e pelo que exclui"; portanto, faltando a unidade, "não temos senão objetos representados, interessantes ou tediosos, mas tão diversos que não compõem mais um mundo", pois "é preciso

[28] Michael Riffaterre. *Essais de Stylistique Structurale*. Paris: Flammarion, 1971, 1ª Parte, capítulos I e II.

dizer que o mundo expresso tem o volume de um mundo. Como o universo einsteiniano, é a um só tempo finito e ilimitado".[29]

Com efeito, uma tensão dialética se arma entre os dois tipos de forma: se a unidade, ou homogeneidade, fosse universal no mundo das formas, evidentemente não procederia nem distinguir umas das outras no que toca à sua organização interna. Somente podemos afirmar que certas formas padecem de uma desarmonia, ausência de nexo entre os seus componentes, tendo como ponto de referência uma organização que se presume possível e desejável. Do contrário, qualquer poema – qualquer objeto estético – se diria ostentar o mesmo requisito da organização. Assim, do mesmo modo que a organização poderia explicar o fenômeno da tridimensionalidade do cubo, a noção de profundidade e unidade da forma literária se deveria a uma feliz justaposição de ingredientes, no espaço de uma organização realizada conforme os princípios da interação dinâmica e homogeneizadora.[30]

A poesia erótica ou satírica fornece excelente campo de prova: o chocante nesse gênero de expressão poética é menos o palavrão ou a libertinagem que a distonia com a forma de que se revestem ou na qual se inscrevem. Uma obscenidade soa menos contundente na fala coloquial que numa sextina ou numa quadra, menos no diálogo teatral, supostamente reproduzido da linguagem cotidiana, que no soneto. Eis porque a literatura escatológica habita os infernos das bibliotecas do mundo: ignora o destino das formas, insuflando-lhes elementos de subversão, que não deve ser confundida com a tensão propriamente poética. Antes, a subversão compromete a tensão, por agregar à forma um componente estranho, incompatível. É o insólito que surpreende negativamente (ou não), assim como alguém vestido a rigor para o banho de mar. O imprevisto, o dissonante, pois, frustra as expectativas do leitor. O ridículo.

---

[29] Mikel Dufrenne. *Phénoménologie de l'Expériencie Esthétique*, 2 vols. Paris: PUF, 1953, vol. I, pp. 237-239.

[30] K. Koffka, *in* W. Kohler, K. Koffka e F. Sander. *Psicología de la Forma*, tr. argentina, 2ª ed. Buenos Aires: Paidós, pp. 47ss.

O raciocínio vale para outros casos em que o ridículo aparece por diversos motivos: a discrepância entre o vácuo das ideias e a solenidade da ode ou do idílio, ou a suntuária parnasiana[31], ou a verborragia gongórica. A paródia encontra, nesse quadro antitético, seu lugar ideal. E a conhecida distinção entre "inventores" e "diluidores", segundo Ezra Pound, radica exatamente no fato de os primeiros criarem um objeto estético íntegro, em que a forma e o fundo se aglutinam inextricavelmente, enquanto os outros apenas imitam a forma, preenchendo-a com matérias inadequadas ou inconsistentes. A proliferação de clichês desprovidos de carga expressiva nas mãos dos "diluidores" exemplifica tal divórcio entre a forma e o conteúdo. Com efeito, sempre que um intruso pretende hospedar-se no íntimo da forma imprópria, surge o ridículo ou, pelo menos, o chocante. A erótica vive melhor no clima da piada inconsequente, e apenas cabe no soneto quando almeja pô-lo em crise, ou por meio dele ferir de morte algum estatuto social veiculado por meio da forma hierática. Crise, pois, da forma com vistas a intuitos deliberados, em que a arte pode pender para o panfleto ou o simples ludo verbal. Nem está em causa que essa crise possa servir como fecundo pasto filológico ou cultural (à semelhança da cantiga de escárnio e maldizer), mas uma coisa é tal atributo, outra o abastardamento da arte em seus fins éticos, salvo se, pelo ridículo, se admite que o ser humano tome consciência de suas mazelas e hipocrisias e busque novas ordem de valores. Mas isso já é outro problema. No momento, importa-nos verificar que a crise da forma se instala por intermédio da subversão, mais surpreendente que a própria satírica ou erótica, por serem até aceitáveis ou deleitáveis, inclusive pela condição de subversivas.

A subversão se manifesta, por conseguinte, naquilo em que a unidade do mundo representado ou expresso se perde ou se adia: faltos de coesão, os componentes do texto não chegam a integrar um mundo, e com a des-integração (ou in-completude) do mundo se processa a subversão da forma, e vice-versa. Subvertido o mundo das formas, *ipso facto* perde unidade

---

[31] Para o fenômeno da *forma vazia* ou do *formalismo*, ver Rudolf Arnheim. *Toward a Psychology of Art*. Berkeley/Los Angeles: University of California Press, 1966, pp. 47-48.

o mundo real, dado que "a unidade do mundo não procede da unidade do real, mas da unidade do olhar que repousa no real, ou da unidade do saber quando se trata do mundo objetivo".[32] Assim, a relação entre forma e cosmovisão se estabelece não só pelo consórcio "natural" entre as categorias, mas também quando se distinguem por inadequação: num caso e noutro, parece evidente a simetria entre determinadas formas determinadas maneiras de ver o mundo.[33] Uma simetria, se não inflexível (porque, se o fosse, teríamos a estagnação de ambos os polos), pelo menos biunívoca; os extremos se procuram, num ajuste que é a própria razão de sua sobrevivência.

O problema está em que o espaço que vemos – a forma, o poema – é o veículo (ou expressão) do espaço visto pelo poeta: a correlação entre ambos constitui o supremo desafio. Dotado de uma certa "solidez", o poema inscreve-se sobre um "fundo", adquirindo o papel de "figura".[34] "Fundo" e "figura" se enlaçam por fortes nexos de reciprocidade, tal e qual a luz e a sombra; o "fundo" está longe de ser o cenário convencional sobre que se desenrola um drama ou se projeta um retrato: faz parte da "figura" assim como esta não se desenha no vazio; ao contrário de "meio" impessoal onde pairasse a "figura", é "a irradiação do próprio objeto, a aura de sua presença"; "assim se manifesta a ambiguidade da relação entre a figura e o fundo, e o caráter tentacular do objeto estético; ele esteticiza os arredores integrando-os em seu próprio mundo, fazendo-os províncias de seu reino, servidores de seu poder".[35] Ao mesmo tempo que circunda a "figura", associando-lhe uma aura que a ilumina silenciosamente, o "fundo" semelha o

---

32 Mikel Dufrene, *op. cit.*, vol. II, p. 649.

33 "As matérias comportam certo destino, ou, se se quiser, certa vocação formal. Têm consistência, cor, granulação. São forma (...) e por isso atraem, limitam ou desenvolvem a vida das formas da arte" (Henri Focillon, *op. cit.*, p. 52).

34 E, Rubin. *Visuellwahrgenommene Figuren*. Copenhague/Christiana/Berlim/Londres: Gyldendal, 1921, cit. por W. Kohler, *op. cit.*, p. 10. Ver, desse autor, *Psicología da Gestalt*, tr. brasileira. Belo Horizonte: Itatiaia, 1968, pp. 118-119; Paul Guillaume, *op. cit.*, p. 57; e K. Koffka. *Principles of Gestalt Psychology*. Nova York: Harcourt, Brace and Co., 1935, pp. 177ss.

35 Mikel Dufrenne, *op, cit.*, vol. I, pp. 203 e 204.

espaço que interliga a figura e o mundo. Na verdade, porém, o "fundo" opera uma separação entre a "figura" e o mundo, já porque lhe sofre o impacto esteticizante, já porque, com fazê-lo, se afasta do mundo: o espaço do "fundo", por ser esteticizante não se comunica com o do mundo, contrariamente ao que possa fazer supor à primeira vista. Como uma muralha que protegesse uma fortaleza, o "fundo" coopera para que a "figura" estética realize seu intento: "irrealizar o real esteticizando-o".[36]

A mútua implicação de "fundo" e "figura" não se estabelece sem dar margem a dúvidas: o "fundo" no poema corresponde ao "fundo" no espaço visualizado pelo poeta, na realidade concreta? Ou, analogamente à inexistência de isomorfia entre as formas de Arte e as formas da Natureza, o "fundo" do poema não é simétrico de nenhum "fundo" na realidade? No sentido de "reprodução", cópia ou "simetria fotográfica", a isomorfia não pode estar em causa, salvo quando o texto pretende ostentar função documental, reduzindo-se a mera representação, como preconiza Dufrenne.[37] Mas nesse caso, e admitindo que texto possa tornar-se mera representação (sem apelo à expressão, ainda na sequência do pensamento de Dufrenne), a "realidade" textual será avaliada na sua fidelidade a um campo dado, preexistente, o que não é bem o destino da arte literária. A (re)criação de uma realidade *similar* à do mundo é que constitui sua mais profunda razão de ser. E, assim, pouco importa que a isomorfia se realize ou não, e mesmo quando o "lugar" da realidade textual se desvaneceu por completo, é o percurso inverso que descrevemos: *deduzimos* da realidade textual a realidade do mundo; não, evidentemente, do mundo aqui e agora, mas do que suscitou o aparecimento da "figura" e depois se perdeu no vórtice do tempo, deixando vestígios (afinal *únicos)* de sua passagem; desse modo, no universo do texto, e somente nele, deparamos com a realidade extinta e mais a inventada pela fantasia do escritor.

A realidade procurada descansa tão somente no texto, não porque se elidiu o mundo – como desejavam críticos "formalistas" ou "estruturalistas"

---

[36] *Idem, ibidem*, vol. 1, pp. 206-207.

[37] *Idem, Ibidem*, vol. 1, p. 224.

de ortodoxa tendência linguística – mas porque o mundo se localiza no texto, como representação e expressão (ou fantasia) e apenas ali pode ser mirado de frente em sua complexidade, como num caleidoscópio. Pois é precisamente para isso que o texto se ordena: para captar no interior da forma a imagem fugidia do mundo, aprisionar nos limites de um universo que se deseja homogêneo o dinamismo incessante do Cosmos. Claro, se aqui, neste ponto, também se pretender atribuir ao texto função documental, nenhuma heresia se comete, bastando que não a afiramos a uma realidade que desapareceu. Porque sempre desaparece – quando de certa realidade se trata (quando não o é?) – a realidade apreendida nas malhas do texto: ao "buscar o tempo perdido", Proust fazia-o consciente de sabê-lo irrecuperável ("perdido", além de não ser simples metáfora, indica o reconhecimento de uma fatalidade que, de resto, acompanha todo criador de arte), mas também de possuir a única fórmula capaz de urdir a ilusão de alcancá-lo, resgatando-o do abismo em que despencara: pela palavra, que registra o transcurso das horas e dos lugares, dando-lhes a matéria, "solidez", "concretude", indispensável à sua preservação. E não se diga que o testemunho coevo o faria melhor, que uma série de fotografias ou/e reportagens estaria mais afinada com a empresa; são sucedâneos precários relativamente à memória, que conserva, no seu filtro involuntário, o que refoge à captação deliberada e coetânea. Do mesmo passo, a relação do poeta com uma mulher (Dinamene?) em sonetos inspirados, delineia uma chispa da memória num quadro que acaba sendo a própria imagem de um aspecto da realidade (est)ética do Quinhentismo português.

4. O SONETO, FÔRMA CRIADA NO século XIII, permanece até hoje: como explicar tal longevidade? Como se processa o uso e o desuso de certas fôrmas? Como se dá o seu nascimento, apogeu e morte? O encaminhamento da resposta obriga-nos a pensar, inicialmente, que as formas/fôrmas são produtos ou instrumentos culturais, subordinados às mesmas leis que norteiam a vida social: sua cidadania e seu desterro obedeceriam a fatores socioculturais. Assim, por exemplo, o *haikai* é uma fôrma tipicamente oriental, fruto de uma conjuntura peculiar ao Japão, enquanto o

soneto resulta de padrões ocidentais, admitindo-se que "o modo de vida de uma dada civilização condiciona a invenção das formas, tanto materialmente pelos acasos que as suas técnicas particulares sugerem à vista como intelectualmente pelas estruturas determinadas que impõe às concepções mentais".[38] Entretanto, não se sujeita apenas a tendências culturais, pois estas explicariam também a obsolescência das formas/fôrmas. Os padrões de cultura serviriam para esclarecer por que certas formas são empregadas numa época ou região e não noutras, e ainda por que agonizam e morrem (como a cantiga trovadoresca, enformada pelo mundo feudal). Mas não a permanência de determinadas fôrmas, como o soneto.

Como se sabe, a concepção sociológica da arte explica até certo ponto o declínio das fôrmas, e mesmo o seu advento, não, porém, a totalidade de sua agonia e desuso. As modas culturais ajudam a compreender a mudança, não a permanência; do contrário, a preservação das fôrmas equivaleria à de traços culturais correspondentes, o que é desmentido no caso do soneto, desabrochado na Idade Média e persistente, com altos e baixos até hoje. Salvo se, apressadamente, acreditarmos que a resistência do soneto se deve à manutenção, ao longo dos séculos, de valores medievais...

Para além das modas culturais que impõem as formas/fôrmas, e por meio delas ao mesmo tempo se exprimem, a perenidade dos modelos decorreria de a evolução da Literatura, assim como de arte em geral, seguir trajetória própria: paralelamente às injunções sociais, desenrola-se a tradição literária, de autor para autor, de geração a geração, de movimento estético a movimento estético, etc.; os escritores conhecem as formas/fôrmas disponíveis ao entrar em contato com seus contemporâneos e percursores. O poeta moderno aprende a artesania do soneto lendo os confrades anteriores que o manipularam, não porque a voga cultural lho sugere – e, se o fizesse, seria com base nos autores que praticaram a fôrma. Ocorresse diverso mecanismo de troca, não haveria sonetistas atualmente, e os poetas expressariam sua modernidade furiosamente iconoclasta e inovadora segundo um único molde. Não escapa a ninguém que o panorama literário é

---

[38] René Huyghe, *op. cit.*, p. 70.

bem distinto: par a par com experimentalistas, que decretam o fim do verso e do discurso, há quem cultue o soneto e outras estruturas "arcaicas". O poeta que principiasse no momento em que se redigem estas linhas teria aprendido nos "tradicionais" e nos de vanguarda, tornados esses, malgrado seu, iguais aos outros por oferecerem modelos à apetência dos neófitos. A novidade vanguardeira dura o espaço de uma manhã; basta repetir-se nas mãos dos seguidores para institucionalizar-se. Daí a persistência das fôrmas estar em função, primordialmente, da tradição literária. Restaria, contudo, saber por que algumas são abandonadas enquanto outras se recusam a envelhecer. Por que o *pantum*, somente para destacar um exemplo ao acaso, deixou de ser cultivado, e o soneto perdura até os nossos dias?

Uma resposta possível teria de considerar uma questão tangencial, discutida mais de uma vez desde os teóricos clássicos, mas imprescindível ao entendimento do problema em causa: do ponto de vista da "inspiração" (fantasia, imaginação, criatividade, etc.), as fôrmas literárias são limitadoras ou não? Tudo faz crer que sejam a um só tempo limitadoras e libertadoras. Para bem compreender tal ambivalência, temos de apelar para um raciocínio paralelo: historicamente, o mundo da fantasia tem limites, labora com moldes quantitativamente finitos; é limitada a capacidade da fantasia.[39] Ao procurar exprimir-se, a fantasia verte-se inevitavelmente numa das fôrmas existentes. Conquanto se possa, com razão, dizer que o elenco de formas/fôrmas admite acréscimos, num processo interminável, para a fantasia do poeta, focalizada num dado momento, há uma quantidade *x* de moldes à disposição. E se ela perseguir formas/fôrmas novas, não há como esquivar-se às previamente conhecidas, tornando-se praticamente improvável a criação *ab ovo*. Acontecida tal novidade, apenas se acresce o reservatório das formas/fôrmas de uma unidade, doravante parcela de um conjunto que se oferece aos praticantes da arte literária como os moldes em circulação. E o ciclo recomeça.

Além de historicamente confinada, a imaginação tem limite *em si*: o limite é dado pela forma/fôrma. Não havendo fantasia sem forma, nem esta

---

39 Fidelino de Figueiredo. *Últimas Aventuras*. Rio de Janeiro: A Noite, s.d. /1941/, p. 221.

sem aquela (em princípio), com exprimir-se a fantasia já é forma: esta se lhe adere, ou se lhe desentranha, assim como a palavra ao pensamento. Tanto quanto é inconcebível o pensamento sem palavras, é inimaginável a fantasia sem forma. Informe, a fantasia não constitui senão uma miríade de estilhaços em busca do associacionismo integrador, ou seja, da forma. E dela não se tem notícia, nem pode ser levada em consideração; latência, potência à espera do ato, ainda não é o objeto que intenta ser. Mesmo a linguagem automática surrealista, aparentemente caótica, se manifesta como fantasia enformada. Único meio que a fantasia possui para expressar-se, a forma é, concomitantemente, o instrumento que temos para aceder à fantasia, Razão porque não passa de utopia ou contrassenso admitir que a fantasia reside no poeta, não na forma: estaríamos falando de uma inexistência ou ausência (a fantasia reclusa na mente do poeta) em detrimento de um objeto "sólido", encerrado no âmago da forma.

Daí que, sendo a forma a expressão da fantasia, com ela estabelece uma relação análoga à do tempo e espaço: um não existe sem o outro. Um texto canhestro não o é porque seu autor deixou de captar nele a fantasia que lhe pulsava no íntimo, mas porque esta era de baixa voltagem. Com evoluir, no curso dos anos, um autor mostrará simultaneamente indícios de mudança na forma e na fantasia: a intensificação da consciência no rumo do aprimoramento técnico, redundando em progresso formal, acabará determinando modificações no âmbito da fantasia criadora; e vice-versa. Todavia, somente nos damos conta do progresso na fantasia por meio da forma assumida numa ininterrupta tensão dialética: a modificação na fantasia implica mudança na forma; e reciprocamente, toda alteração formal pressupõe metamorfose, ainda que sutil, no universo da fantasia. Em tese, um romancista que desconheça o complexo ficcional do *Ulysses* não possuirá meios de avançar naquela direção e produzirá obras sem o concurso da forma/fantasia ali coagulada. A atenção à forma nutre a fantasia; simultaneamente, esta desencadeia alteração na forma ao mudar de estágio: longe de serem compartimentos estanques, forma e fantasia se *transformam* a um só tempo, indissociavelmente.

Tal implicação se torna mais evidente se recordarmos que, tanto quanto o gênero e o estilo, a forma é uma estratégia retórica. Ao eleger uma forma no repertório em uso, o escritor pelo menos intui, se não o eleger plenamente, que efeito pode exercer sobre o leitor. Efeito persuasivo, ou conquista do "eu" alheio para a "doutrina" que a forma recolhe – eis a sua função primacial. O sentimento ante a "beleza" da forma – dada pela harmonia das linhas, como os teóricos da Estética têm sublinhado – já é uma adesão, confirmada pela empatia com as imagens e ideias expostas. Sabedor, ou suspeitoso, da expectativa que anima o público, o escritor manipula a forma que mais o satisfaça. Se, por isso, a escolha das formas atende a padrões difusos nos leitores, em contrapartida estes se deixam "educar" (*docere*) pelas novas formas, contanto que iluminadas pelo brilho da "beleza" (*movere*). O impacto da forma nova, ou das alterações introduzidas na forma em curso, é logo assimilado quando preenche aquele requisito. Mas ainda em tal circunstância o intuito retórico preside a eleição das mudanças: persuadir o leitor, atraí-lo para o seu universo, modificar-lhe a consciência da realidade, emprestar-lhe olhos para ver o mundo – eis a missão da forma, e do conteúdo nela plasmado.

Daí as interrogações: haverá nexos de causa e efeito entre forma e visão da realidade? O fato de se tratar de poeta ou prosador, de sonetista ou não, guarda alguma importância? Dois poetas, dois sonetistas, apresentarão, infalivelmente, a mesma visão do mundo? Se assentamos que forma e fantasia se correspondem, é de prever um liame de causalidade entre forma e visão; do contrário, a primeira equação se revelaria amorfa e, por conseguinte, a outra. Assim, dois poetas tenderão a apresentar uma visão da realidade mais próxima entre si que em relação a um prosador; e às avessas, dois prosadores ostentarão semelhanças entre si. Daí a "cosmovisão da poesia" e a "cosmovisão da prosa". Obviamente, para que tal binômio se estabeleça impõe-se menosprezar os casos em que um escritor sem inclinação para a poesia elege fôrmas poéticas, ou historicamente tidas como tais, para se exprimir, e ao revés, um poeta busca no conto ou no romance veículo de expressão. Então lá, apesar da aparência em contrário, a cosmovisão da prosa se mantém, aqui a visão do mundo poético engendra uma forma híbrida para exprimir-se. Um soneto ortodoxamente parnasiano, como os que perpetrou o esteticismo de Alberto de Oliveira, é tão prosaico quanto as narrativas de Mário de Sá-Carneiro se inscrevem nitidamente no espaço da poesia e comportam uma visão do mundo, poética. Escrevendo versos ou narrativas, Sá-Carneiro é sempre poeta; Alberto de Oliveira nem sempre instila poesia em seus versos escultóricos. Num caso e noutro, porém, a forma empregada se altera por abrigar conteúdo subversivo: da mesma maneira que o soneto se mineraliza, adquirindo fisionomia de prosa metrificada, as narrativas são agitadas por uma dicotomia de raiz; e assim como o poeta brasileiro varia conforme seus sonetos contenham ou não lirismo, há uma diferença, ainda que sutil, entre o Sá-Carneiro/poeta em versos e o Sá-Carneiro/poeta em prosa. Diríamos, simplificando, que Alberto de Oliveira esconde, no labirinto dos versos, um narrador que se desconhece, enquanto Sá-Carneiro procurou nos contos vencer o cárcere da egolatria que seus poemas bem representam.

Quanto à segunda indagação, multiplicável pelas várias fôrmas poéticas (balada, égloga, etc.), podemos observar, ainda em consonância com a equação forma/fantasia, certo paralelismo entre fôrma e visão do mundo: dois sonetistas se parecerão entre si mais do que com um autor de égloga, e dois bucolistas entre si, mais do que com um autor de baladas, e assim por diante. O cotejo entre dois sonetistas evidencia, no entanto, que a semelhança não é absoluta; contrariamente, para além das analogias, ganham relevo diferenças pessoais. Basta confrontar Camões, Bocage e Antero, ou Cláudio Manuel da Costa, Olavo Bilac, Vinícius de Morais, ou Jorge de Lima, para se verificar uma *tendência* para análoga visão do mundo, dada pela escolha da mesma fôrma. Note-se que estamos perante poetas que encontraram no cultivo do soneto adequação para sua mundividência. Ao leitor atento não escapam as divergências sensíveis entre um soneto de Camões e um de Antero, ou um de Cláudio Manuel da Costa e um de Cruz e Sousa, ao mesmo tempo que se pode registrar a *tendência* para um parentesco substancial, patente na fôrma eleita para veículo da imaginação: o soneto.[40]

---

[40] Se examinássemos a totalidade histórica de uma literatura, decerto chegaríamos a conclusões pelo menos dignas de nota, como a de Péricles Eugênio da Silva Ramos,

Imagine-se, por outro lado, a situação dos mestres e epígonos, ou criadores e diluidores: empregam não só a mesma fôrma, como seus recursos internos; os epígonos imitam a fôrma e ainda as soluções formais que a acompanham. Mas posto recorram aos mesmos clichês, o resultado varia conforme se pensa 1) nos criadores em si, ou 2) neles em confronto com os seguidores: nestes, percebe-se inadequação entre forma e visão, resultante de inábil manuseio dos recursos formais. Imitam os mestres, copiando-lhes a forma e a implícita visão do mundo; em vez de olhar diretamente a realidade, absorvem a cosmovisão transmitida pelos mestres, crentes de que, por imitação, lhes alcançam o nível, quando, verdadeiramente, apenas copiam a superfície, inimitável que é a mundividência espelhada no texto dos criadores. Caracterizam-se como epígonos precisamente por não conseguirem suplantar o aprendizado que fizeram com os mestres, assimilando-lhes os recursos de expressão e voltando-se para a realidade a fim de captá-la diretamente, com a própria fantasia. A semelhança de forma e visão do mundo se oferece por mimese primária, não em decorrência de empregarem a mesma fôrma: epígonos não porque sonetistas, mas porque imitam, com os sonetos, os mestres. Copiam, desde a fôrma até a cosmovisão nela expressa, ao contrário dos criadores e mestres, como alguns dos referidos, que *tendem* a assemelhar-se pelo uso da fôrma, mas nunca se nivelam por isso; cada um tem sua inalienável identidade.

Essa distinção abre espaço para as relações entre *forma* e *qualidade* e *valor*. Problema intrincado e à margem do objetivo deste livro, não nos permite senão esboçá-lo, a fim de completar o painel em que se insere o binômio forma e visão do mundo. Que faria de Camões e Pessoa poetas superiores a, digamos, Garrett e José Régio? Como afirmar, objetivamente, que Cruz e Souza transcende o lirismo de Olavo Bilac, que Drummond é o maior poeta moderno da Língua? Pondo de parte toda uma discussão em tomo do conceito de valor e de valor literário, e assumindo-o como a relação

---

ao verificar que a quadra predomina sobre as demais estrofes na Literatura Brasileira (cf. verbete "Estrofe", *in Pequeno Dicionário de Literatura Brasileira*, org. e dir. por José Paulo Paes e Massaud Moisés, 2ª ed. São Paulo: Cultrix, 1980).

entre sujeito e objeto, pode-se admitir que uma forma/fôrma ostentará maior valor que outra quando contiver mais (rica) fantasia e mais complexa e "profunda" visão do mundo; por outros termos, quanto mais diversificada e original for a imaginação nela contida, *ipso facto* mais diversificada e original será a cosmovisão. A qualidade ou valor está em função da fantasia e da visão da realidade: uma forma/fôrma será tanto mais valiosa quanto mais encerrar de imaginação e de visão da realidade; e inversamente, menos valiosa à medida em que a fantasia se mostra débil ou convencional e, por consequência, a visão do mundo se caracteriza por estreiteza e linearidade. Para o bom esclarecimento da questão, é de notar que o confronto se torna mais eficiente em primeira instância, quando se processa entre cultores da mesma fôrma. A seguir, o paralelo pode ser entre o soneto e a balada, o conto e o romance, etc., a ver se tais fôrmas (incluindo as mistas, ou livres, etc.) obedecem a uma tipologia. Com base em dados empíricos que cada leitor pode manipular à vontade, parece positiva a resposta: o romance marcaria o apogeu da prosa, assim como a épica da poesia.

Problema simétrico é o dos precursores: valem mais do que seus contemporâneos somente por prenunciar o futuro? Naquilo, por exemplo, em que a poesia simbolista pressagia o Surrealismo, tem mais valimento que as demais correntes da época? Se não rebuscarmos demasiado e nos contentarmos com uma definição redonda, a resposta é não: a precedência não constitui valor em si, salvo como precedência... Se pensarmos no valor que ultrapassa as barreiras do tempo, tanto faz ser precursor ou não: do contrário, poetas menores acabariam ofuscando poetas mais talentosos, simplesmente por preludiarem tendências vindouras. Por fim, não se perca de vista que, fluindo a história da arte literária segundo um ritmo em espiral, certas atitudes recorrem no fio do tempo e tornam-se moda. Os gregos antigos já cultivavam a literatura fantástica, mas nem por isso é de Antônio Diógenes ou de Luciano que nos lembramos quando nos reportamos à Antiguidade clássica. [41]

---

41 Carlos García Gual. *Los Orígenes de la Novela.* Madri: Istmo, 1972, pp. 73ss.

5. Toda essa complexa problemática, aqui apenas delineada, pode tomar-se mais acesível se recorrermos ao auxílio que nos pode oferecer um soneto de Camilo Pessanha:[42]

Desce em folhedos tenros a colina:
– Em glaucos, frouxos tons adormecidos,
Que saram, frescos, meus olhos ardidos,
Nos quais a chama do furor declina...

Oh vem, de branco, – do imo da folhagem!
Os ramos, leve, a tua mão aparte.
Oh vem! Meus olhos querem desposar-te,
Refletir-te virgem a serena imagem.

De silva doida uma haste esquiva
Quão delicada te osculou num dedo
Com um aljôfar cor de rosa viva!...

Ligeira a saia... Doce brisa impele-a...
Oh vem! De branco! Do imo do arvoredo....
Alma de silfo, carne de camélia...

Do prisma da macroestrutura e para além do caráter genético (origem do soneto) e esotérico (4-4-3-3 = terra-terra-perfeição-perfeição; 14 versos = 1+4= 5 = karma = cruz; 14 versos = 2 × 7 = número perfeito, etc.), notamos: três espaços em branço, entre as estrofes, afora os espaços acima, em baixo e dos lados, pressupondo uma quebra no tempo e na forma de captação do espaço físico, mas que pode ser contornado pela ligação entre os versos finais e iniciais das estrofes. E os espaços dentro de cada unidade sugerem estilhaçamento ainda maior: estamos ante uma fôrma que detecta fragmentariamente a realidade do mundo, e cujas unidades somente podem coalescer se o poeta lhes insuflar um único sopro do começo ao fim.

---

[42] Camilo Pessanha. *Clépsidra*. Lisboa: Ática, 1945, pp. 53-54.

Poema circular, o derradeiro vocábulo retoma o primeiro: não será sempre assim? Quando não, o que se passa? Aqui se põe o famigerado problema do ritmo: o ciclo poemático é determinado ou expresso pelo *ritmo*, diferente, como se sabe, de *cadência*.[43]

À luz do ritmo, talvez se possa falar em poeta cíclico e poeta linear, ou poema cíclico e linear, o primeiro caracterizado pelo retorno do verso inicial, num perpétuo moto-continuo; e o segundo, terminando no último segmento. Aquele, resiste a várias leituras, uma vez que o ritmo é sempre novo (bem como seu miolo semântico), de molde a dar a impressão de surpreender uma fração problemática da realidade, ou de visualizá-la em profundidade e complexidade. Este, pode esgotar-se em algumas leituras, decerto por oferecer uma visão epidérmica do mundo. Camões e Vicente de Carvalho (camoniano por devoção e formação) exemplificam a diferença entre os dois tipos. Enquanto os sonetos deste envelheceram, mercê da vaga e sentimental "filosofia" que inculcam, o soneto camoniano se identifica pela discursividade: descreve uma curva perfeita, da primeira à última palavra, numa unidade plena, à semelhança de um ovo, fechado em si. O objetivo do poeta consiste em traduzir um universo imagético numa "conclusão" final – num remate, num conceito (soneto conceituoso), que se transforma, com o passar do tempo, em emblema, ou clichê nas mãos dos imitadores. Numa "volta" conceptual, Camões vale-se de um procedimento que forceja por apreender um momento fugaz, irrepetível, do fluxo da sensibilidade. A suma quimera é manter viva essa fagulha, pelo pensamento, que confere organicidade à matéria emotiva: a razão superintende a explosão lírica e descobre-lhe no íntimo uma carga imperecível. E para retê-la, o poeta busca as palavras de superior polivalência; daí o paradoxo do ser e do não ser: cada núcleo é e não é, cada palavra é um abismo semântico, ou ilha de um arquipélago sentencioso – o soneto.

Outro problema a considerar com mais detença, mas fora das balizas deste livro, é o das várias modalidades de soneto: o inglês (4-4-4-2: denotará algo do espírito britânico?); o estrambótico (significará o excesso de

---

[43] A respeito, ver o nosso *A Criação Poética*. São Paulo: Melhoramentos/EDUSP, 1977

uma estrofe que o poeta não soube confinar a imaginação nas fronteiras do soneto, cometendo, assim, heresia formal?); e o do redondilho, etc., numa tipologia que englobaria todos os matizes da forma. E uma teoria do soneto teria de considerar que, do ângulo do ritmo, o soneto se vincula historicamente a *son*, música.

Aproximando-nos do soneto de fora para dentro, da exteriodade mais evidente à sua interioridade mais refratária à pesquisa, examinemos as rimas. Tanto quanto na maioria dos sonetos de Camilo Pessanha, nas quadras se apresentam intercaladas, e nos tercetos, atípicas (*aab/aab*).[44] A regularidade das rimas nas quadras pode estar relacionada com a tradição, em que esse esquema parece dominar, mas pode advir de outros fatores. Dentre eles, a simetria, formulada pelo número par de versos em cada estrofe, o sentido "quadrado" que se insinua na unidade de 4 versos, e o significado "terra" desse número à luz do esoterismo; em suma, a organização: as quadras denotam organização, ordenação e, consequentemente, estaticidade. As quadras são estáticas, como denuncia a regularidade rítmica e a simetria dos componentes de cada unidade (2 × 2) e das unidades entre si (2 × 4). Portanto, do número 2 e seu duplo ou múltiplo.[45]

À organização das quadras corresponde a desorganização dos tercetos, não no sentido de desordem, mas de vária ordem, fruto do caráter distributivo e não negativo do prefixo "des": em lugar da ordem única imperante nas quadras, temos mais de uma ordem, dada pela atipicidade da rima. E a simetria do 2 é rompida pela dominância do 3, que instaura a

---

[44] Mello Nóbrega. *Rima e Poesia*. Rio de Janeiro: INL, 1965, p. 379.

[45] A simetrização formal e ideológica, verdadeira mania na arte medievel, é uma herança do Oriente. A lei dos desdobramentos e a dos números pares são decorrências naturais, como revela a iconografia medieval, na qual era frequente a reduplicação de anjos, demônios, animais, etc. Do mesmo modo, o número de magos geralmente é de 2 ou de 4, para enquadrar simetricamente Cristo ou sua Mãe; e as virtudes teológicas não raro aparecem em número de 6, 8 ou 12 (L. Réau, *op. cit., passim*). Para a prevalência dos números pares como "mito da polaridade", ver Gilbert Durand. *Les Structures Antrhopoliques de l'Imaginaire. Introduction à l'Archétypologie Générale*. Paris: PUF, 1963, pp. 310ss.

assimetria e, a um só tempo, aponta para a perfeição do número trino e para o transcendente (tese-antítese-síntese). A assimetria, porém, não é total; os dois tercetos estabelecem mútua relação simétrica, presidida pelo número 2 (2 × 3), que acaba conferindo ao sistema um equilíbrio relativo (3 pares resultam da soma dos tercetos). De esquema atípico, os tercetos se desenvolvem sob a força do dinamismo: dinâmicos, imprimem o sobressalto que sucede à estaticidade nas quadras. Comparando o soneto a uma obra dramática, um teórico do verso já observava nas quadras "o estado *estático* da espera", e no primeiro terceto, "o estado *móbil* da marcha para o desenlace", e que "o estado *estático* da espera é realizado pela repetição, na mesma ordem, das rimas da primeira quadra na segunda", e que "o estado *móbil* da marcha para o desfecho tanto mais se realizará nos tercetos quanto menos ofereçam a mesma disposição de rimas".[46]

Por outro lado, as quadras mostram, pelo processo descritivo, uma *imagem* ou *representação* da realidade, em decorrência imediata das outras características. Aparentemente mais referencial, a imagem estática e regular, pressuporia verossimilhança "realista". Ocorre que um dos versos (o primeiro da segunda quadra) se repete no segundo terceto. Asseverar que o poeta destaca da imagem a interlocutora, e a ela regressa no alvoroço dos tercetos, não é tudo. Se as quadras fornecessem imagem verista da realidade, os tercetos estadeariam o oposto? Como explicar, nesse caso, o realce da interlocutora? Talvez a imagem das quadras seja menos realista do que se afigura à primeira vista. Fruto da imaginação, imagem mental – é *visualização imaginária*, como se depreende da própria descrição: a colina é tão fictícia, ou tão transubstanciada pela fantasia a ponto de se tornar "coisa mental", quanto real é a mulher amada. Mas esta, esbatida na paisagem, se eteriza, por influxo da natureza imaginária.

Contrariamente, os tercetos oferecem o dinamismo da realidade, a entropia do cenário mais próximo do poeta, evidente no jogo múltiplo da sintaxe e do ritmo: *visualização realista*, não só descreve o ferimento no dedo (primeiro terceto) como também acentua, ainda que sob a vigília do

---

[46] Auguste Dorchain. *L'Art des Vers*. Paris: Libraire des Annales, 1905, p. 376.

pudor, a vizinhança estampada no primeiro verso do segundo terceto: "Ligeira a saia... Doce brisa impele-a...". De notar o contraste entre o ritmo largo do primeiro terceto, formado da ligação entre os versos, e o sincopado do segundo, com as notações prosaicas do primeiro verso e a "concretude" do último, tendo de permeio o verso recortado da segunda quadra, agora situado em seu quadro natural. Note-se, a esse respeito, o seccionamento do verso em 3 membros, ao passo que o homônimo tem 2 hemistíquios. Nos tercetos, a óptica é a da realidade viva, accessível ao "eu" lírico, – como se a mulher se pusesse real à sua frente; nas quadras, é imaginária, como que em segundo plano, composto das projeções desiderativas do poeta ("Oh vem! Meus olhos querem desposar-te"). Ao passo que as quadras parecem subordinar-se a uma lógica imposta pela fantasia, uma lógica ordenadora, organizadora, os tercetos obedecem a uma lógica que espelha a realidade no seu distributivismo visual. A mulher, desejada na imaginação, torna-se real e ao alcance do poeta, mas nesse momento a realidade caótica fulmina-o, e a magia onírica (das quadras) se desfaz para sempre, pois a recuperação da transcendência da bem-amada ("Oh vem! De branco! Do imo do arvoredo...") se processa em meio a uma paisagem adversa, ao mesmo tempo que a mulher revela sinais de intimidade quase grosseiros, não deixassem as reticências aberto o espaço à imaginação: "Ligeira a saia... Doce brisa impele-a..."). E a atmosfera imageticamente hiperbólica e etérea das quadras cede a um metaforismo quase prosaico nos tercetos, excluindo-se as metáforas internas do primeiro terceto e o último verso do poema ("Alma de silfo, carne de camélia...")

Na sequência do raciocínio, observa-se que, nas quadras, predomina o *antivisual*, o *invisível*, a não ser pelos "olhos interiores"; daí o *estático*. Nos tercetos, o visual, o *visível*, e portanto, o *dinâmico*. Daí, provavelmente, o *simétrico* do mundo invisível e o *assimétrico* do visível. A simetria, além de permitida, é suscitada pela fantasia, que reina no invisível. A assimetria é do próprio real "fotográfico", salvo quando submetido à seleção ou à redução; a visão da realidade surpreende o caos, e pode organizá-lo, submetendo-o à ordem simétrica, mas, ao fazê-lo, injeta na realidade a ordem do imaginário; em contraposição, o mundo da fantasia não pode ser concebido como tal sem apelo à simetria, sob pena de perder o caráter de imaginário e invisível. No primeiro caso, a forma tende a reproduzir o simétrico; no segundo, o tumulto da assimetria. A simetria decorre de a arte emprestar forma à realidade (caótica); a assimetria, de a forma tentar espelhar a realidade.

Mas tal dicotomia não se propõe sem paradoxos, ao fim e ao cabo tanto mais inarredáveis e densos quanto mais nos embrenhamos no labirinto da arte literária. Um deles, e não o menos frequente, reside no fato de o invisível do imaginário repelir as sinestesias em favor de uma redução... visual: a visão predomina nesse quadro em que a fantasia tem seu império fugaz. Conquanto "visão interior", deflagrada precisamente quando o poeta cerra os olhos à realidade circundante e mergulha no mundo da fantasia ou do sonho, é por meio dela que se estrutura o "espaço do invisível" (com licença do Vergílio Ferreira). Opostamente, ao escancarar as retinas ao mundo concreto, o poeta se expõe a uma realidade multiplamente sinestésica, na qual o tátil pede meças ao visível. Uma espécie de aliança do tato com a visão ocupa o espaço antes exclusivamente óptico, como se não fosse possível ao poeta anular os demais sentidos que interagem no fenômeno da Visão. Cego para a realidade, apenas enxerga o invisível; ao mesmo tempo, sua retina se torna o espelho fosco no qual o mundo se reflete. Clarividente ao encartar o imaginário, paralisa-se ante o visível, como se este lhe inibisse o mecanismo perceptivo. Não detectando senão as aparências do real – ou a dança das sombras projetadas nas paredes da caverna – entende-se por que o poeta habita, com sua visão interior, o espaço da fantasia. Cego para o que vê, vidente para o que imagina – eis o paradoxo em que sucumbe, mas de que se nutre, a condição do escritor. Ingente paradoxo: o olhar cego para a realidade acaba-a vendo espelhada e transfigurada na tela harmoniosa da imaginação. E ao fazê-lo, empresta ao torvelinho do mundo a ordem sem a qual somente podemos contemplá-lo sob o risco da cegueira. Por outro lado, o olhar se abre para a paisagem da fantasia por incapaz de voltar-se à realidade visível. E ao fazê-lo, enfrenta o mundo visível como se o desconhecesse, mas, à uma, o refletisse na sua "objetividade". Assim, no jogo de espelhos entre os dois movimentos ópticos, ou "momentos" dialéticos do mesmo ato visual, o poeta logra ver a realidade em suas configurações primordiais; se não à beira da totalidade do mundo, divisa-lhe ao menos as dimensões que lhe facultam a crença no acesso a ela: a do imaginário e do concreto, dinamicamente solidárias, em perene tensão paradoxal.

Passando agora à questão do espaço, notamos que o espaço em branco circunda o poema, atravessa as estrofes, ilhando-as, e permeia os versos bem como as palavras entre si: a rigor, não se trata de espaço vazio no sentido físico, mas vazio de palavras. Nele, repercute a totalidade do poema, qual um núcleo de urânio a irradiar perpetuamente seus fluidos energéticos, o branco representa, como já assinalamos, a expansão semântico-melódico-sintática do poema. Espaço sem palavras, mas ressoando-lhes e desenvolvendo-lhes o sentido, ritmo e sintaxe; em suma, caixa de ressonância do poema.

Por outro lado, o espaço nem sempre é arbitrário; variável dimensionalmente, conforme o arranjo gráfico, não se curva a nenhuma lei fixa: a entrelinha dos versos pode aumentar ou diminuir sem comprometer o todo do poema, assim como o alargamento relativo das margens ou dos intervalos entre as estrofes não significa mudança substancial no todo. Salvo alterações extremadas (por exemplo, imprimir uma estrofe em cada página), o poema persiste ainda que o espaço varie. Todavia, o espaço não é totalmente arbitrário; a existência de espaço predeterminado corresponde à ideia de unidade – unidade do verso e unidade da estrofe. O espaço entre as estrofes designa intervalos entre unidades semântico-rítmico-sintáticas, cada uma das quais é um conjunto unitário submetido à regra do princípio-meio-fim.

Examinando a questão dos quartetos e tercetos, a estaticidade dos primeiros e o dinamismo dos outros, em relação ao problema do espaço e do tempo, não há maneira de escapar à indagação: como discernir as relações entre a realidade (=espaço) nas quadras e tercetos e o "eu" como o espaço da poesia? A resposta poderia ser encaminhada do seguinte modo: sendo imaginário o espaço das quadras, pertenceria ao núcleo do "eu", e o dos tercetos, sendo o da realidade imediata, concreta, presente, se localizaria na periferia. A distribuição, contudo, em núcleo/imaginário, periferia/realidade guarda antinomia: por que o núcleo, distante da consciência, ao menos topográfica (e teoricamente...), se apresenta coeso, equilibrado, estático, enquanto a periferia, limiar da consciência, se apresenta dinâmica, anárquica? Não deveria ser exatamente o oposto? À primeira vista, parece que sim, mas a um exame acurado, temos o direito de acreditar mais plausível a distribuição apontada. Vejamos por quê: o núcleo pode residir longe da consciência, mas nem por isso há de ser anárquico; será estático precisamente por não sofrer o impacto do raciocínio ou da consciência, que ao pensar, infunde nas percepções uma ordem, mas também um elemento de perturbação, como se acrescentasse às percepções uma camada estranha à sua natureza. A anarquia, o dinamismo, nasce justamente dessa tensão entre as percepções inconscientes e a intervenção da consciência; e a estaticidade provém de não se operar a interferência do consciente no plano das percepções. Decerto, essa distinção apenas diz respeito ao aspecto das percepções inconscientes e da interferência da consciência. Vale dizer: fundamenta-se no estado das percepções *antes* de irromper no plano da consciência e receber-lhe o impacto. Na verdade, a expressão verbal das percepções – evidente na forma assumida ao corporificar-se em vocábulos que se alinham constituindo versos e estrofes – significa a intervenção *necessária* do consciente. Sucede, porém, que tal interferência se processa, no caso das quadras, sobre o núcleo das percepções inconscientes que, apesar de tudo (ou seja, da intervenção do consciente), ainda preservam sua natureza. Por outro lado, a consciência, labora, nos tercetos, sobre material que parece extraído de suas próprias fronteiras ou/e das imagens diretamente originárias da realidade imediata.

Mais luz provavelmente se poderá lançar sobre essa diferença se estabelecermos um juízo paralelo: as quadras remetem a percepções inconscientes, subordinadas à lógica, ou à verossimilhança, do imaginário, enquanto os tercetos remetem a representações conscientes, que obedecem à lógica do real. Em estado "puro", a lógica do imaginário é estática, coesa e equilibrada (no mundo do imaginário toda a coerência é possível, mesmo as abstrações matemáticas, se as enfrentarmos como produto de um imaginário entendido de modo amplo e não apenas como universo de fantasias desconexas); a do real é dinâmica, caótica. Na verbalização das quadras, na simbolização em palavras, as percepções inconscientes sofrem o impacto, ainda que relativo, da consciência, mas continuam a diferençar-se das representações conscientes na medida em que estas procuram fixar a anarquia do real.

Assim, materializando o poema, as quadras, embora contagiadas pela consciência, conservam sua estaticidade, e os tercetos representam o real, conquanto sem refletir as projeções do inconsciente que afloram à superfície do consciente, levadas pelas próprias percepções inconscientes: no corpo do poema, notam-se duas manchas superpostas, decorrentes de "tempos" psíquicos diversos, a das quadras, *antes* da eclosão na consciência, e a dos tercetos, desenrolada no universo desta. Tal modulação faz supor uma diferença de estratos mentais: partindo-se da forma do poema, divisamos dois planos espaciais no "eu" lírico, o da intimidade inconsciente (expressa as quadras) e o da exterioridade real (manifesta nos tercetos). É no espelho das estrofes que se reflete a mudança de "tempos" ou de "temperaturas", e essa mudança aponta para uma distinção no espaço do "eu": a forma conduz a um desnível interior em razão de ela própria acusar uma divergência nada ocasional. Em síntese: a forma do poema, em quadras e tercetos, denuncia uma discrepância de origem, e concomitantemente dela se alimenta, numa bipolaridade tensa que, sendo a razão da poesia, é a mola mestra da visão literária do mundo.

Tais planos podem ser associados às categorias *subjetividade* e *objetividade*. O primeiro corresponderia à subjetividade "total", caracterizada pela interiorização da paisagem e pela autoanálise que o "eu" pratica em sua essência. A subjetividade apenas estabeleceria com a realidade um nexo tênue, o suficiente para organizar-se e exprimir-se: autoinfletido, o "eu" não recusa a realidade; ao contrário, entende-a como suporte, mas com ela dialoga por reflexo, ou seja, com os traços que imprime na tela do "eu"; o "eu", formado também pelas projeções da realidade no interior da subjetividade, contracena indiretamente com o real. O segundo plano equivale à objetividade relativa, relativa porque jamais afasta o compromisso com a subjetividade; o "eu" volta-se agora para a realidade como espaço fora de si e à sua frente, num diálogo direto, embora pressuponha igualmente os sinais do real transferidos para a subjetividade. Tudo se passa como se uma dupla subjetividade se manifestasse no primeiro plano, e uma única subjetividade se impusesse no segundo, em razão de a subjetividade, latente naquele, se tornar ostensiva neste.

Os dois planos se situam no interior do "eu", mas parece que a "pura" subjetividade supõe um espaço central, inerte, onde as forças em tensão giram num apertado diâmetro. Por seu turno, a objetividade relativa insinua um movimento periférico ao núcleo central, como se, expandindo-se dentro das próprias margens, o "eu"se aproximasse da realidade exterior, ou divisasse as pulsações fora do núcleo central como sua exterioridade, em que se refletiria *diretamente* a exterioridade concreta: o núcleo do "eu" estaria para suas bordas assim como a totalidade do ser estaria para a realidade exterior. E, nesse caso, o "eu", microcosmos à imagem e semelhança do Cosmos, refletiria a equação que o ser estabelece com o Cosmos, e vice-versa, o binômio Consciência/Cosmos se reproduziria na distância entre o núcleo e a periferia do "eu". Em suma: "eu" equivalente a Cosmos.

Nesse deslinde, guiado por um fio de sutil abstração, pode haver um paradoxo ou, mesmo, um equivoco aparente: não é sabido que a consciência ordena o caos interior? Como admitir que o imaginário (sendo interior) seja estático e equilibrado, e o consciente espelhe o caótico da realidade?

A dúvida poderá dissipar-se com a pesquisa mais elaborada do binômio assinalado. Na verdade, temos um trinômio e não uma simples dualidade, constituído 1) das percepções inconscientes, 2) da realidade, 3) da consciência. Examinados os três como integrantes de uma unidade necessariamente dinâmica, teríamos que o inconsciente não pode ser, nem em estado de "pureza", caótico porque sempre se dá a conhecer por via da consciência; não há inconsciente "puro" (a não ser como categoria virtual ou para fins didáticos), sempre sabemos dele por intermédio de sua integração com o consciente, não obstante (ou graças a) preservar, como vimos, sua íntima natureza.

Assim, as percepções inconscientes, constituindo o primeiro polo da tríade, não se deixam conhecer sem o apoio da consciência, que, por sua vez, lhes respeita a identidade – enquanto a realidade pode ser apreendida, não obstante por meios simbólicos (como, de resto, as percepções inconscientes), em seu caos natural. Dessa perspectiva, a tensão passa de simplesmente para duplamente bipolar, tendo a consciência como termo comum, uma vez que se exerce 1) entre as percepções inconscientes e a consciência, 2) entre a realidade e a consciência. A primeira caracteriza-se por um evidente grau de coesão e harmonia, em razão de mover-se no circuito das percepções íntimas e da consciência; e a segunda, por dinamismo, já que implica a realidade física do mundo. A primeira ordena percepções/representações, de molde a sugerir que a "realidade" seja a das percepções (por seu turno reprodução da realidade do mundo, o que as torna realidade de segundo grau); a segunda, espelhando a realidade do mundo em suas representações, trabalha com a realidade em primeiro grau. Em síntese: no primeiro binômio, as representações operam sobre percepções da realidade concreta do mundo (representações de percepções do mundo); no segundo, as representações dizem respeito à realidade física do mundo; no primeiro caso, as representações se valem das percepções como mediadoras entre elas e o mundo; no segundo, a mediação (como que) desaparece.

Decerto, para o leitor, as representações são mediadoras em qualquer circunstância, mas, no primeiro caso, seu acesso à realidade passa pelo escrutínio das percepções, enquanto no outro a travessia se processa com apenas um intermediário (as representações). Em conclusão: a distância, para o poeta (como evidencia o poema) entre a dimensão inconsciente e a realidade (aquela mais distante do que esta), se reproduz na leitura, tornando-se o plano das quadras mais afastado que os tercetos: o poeta comunica ao leitor, nos níveis geográficos do poema, a distância que põe entre seu olhar e as percepções inconscientes e a realidade do mundo, em dois "momentos" cronológicos ou emocionais.

Para bem compreender todo o mecanismo que governa o poema, temos de recorrer às duas leis que regem o universo poético: 1) a da *atração, coesão*, ou *integração*; 2) a da *repulsão, desordem* ou *desintegração*. Pela primeira, as palavras atraem, bem como os versos e as estrofes, refletindo o mecanismo que sustenta a formulação das metáforas: se estas se constroem pela junção de vocábulos separados ou pelo afastamento de outros que o tempo e o uso irmanaram, naquela alternativa se descortina a lei da coesão. O poema estar-lhe-ia submetido como se constituísse o desdobramento do processo que norteia a elaboração da metáfora; daí ser uma polimetáfora, ou galáxia metafórica. Simultaneamente, porém, as palavras se repelem, como se pertencessem a mundos opostos ou polos repulsivos. A tensão representada pelas duas leis é que gera a poesia: atritando-se, as forças centrípeta e centrífuga produzem o fenômeno da poesia. Independentemente da forma a poesia estará presente onde se observar o duelo entre coalescência e repulsão.[47]

Assim, os vocábulos do poema se atraem reciprocamente com vistas a estabelecer as demais unidades semântico-melódico-sintáticas: versos, rimas, hemistíquios, metáforas, etc. E ao mesmo tempo se repudiam, como se procurassem escapar à coerção que determina sua espontânea e almejada contiguidade. Pela mútua integração, criam-se enlaces e uma tendência à estaticidade que a própria natureza do poema rejeita: os vocábulos haviam sido transferidos para dentro do poema justamente para romper, com o seu ineditismo, a estaticidade e promover uma nova ordem, dinamicamente viva e resistente à imobilidade. Ora, quando se organizam no corpo do poema, estimula-se uma tendência à mesma estaticidade que refutam ao serem convocados; daí a repulsão, que semelha preservá-los da erosão proveniente de seu imobilismo no universo do poema. A desintegração se manifesta no próprio encontro dos vocábulos, dentro das unidades, como se o liame não fosse total e mantivesse a secreta autonomia que lhes orienta o encontro: cada unidade é-o pela atração de seus membros, atração nova, uma vez que viviam separados antes do consórcio textual. E é-o pela repulsa que mantém seus membros submetidos a permanente atrito, como se pretendessem remontar às origens, à liberdade primitiva. Cada unidade consiste, portanto, de uma sequência de palavras organizadas em tensão polar, atraídas e, a um só tempo, repelidas.

---

[47] O verso se revela um *sistema de interação complexo e não um sistema de associação*; para empregar uma metáfora, o verso se revela não como colaboração, mas como luta de fatores" (Iouri Tynianov, *op. cit.*, p. 53). Ver também Juan Cuatrecasas. *Lenguaje, Semántica y Campo Simbólico*. Buenos Aires: Paidós, 1972, p. 111.

Por outro lado, as unidades realizam entre si a mesma interação dos membros de cada unidade: atritam-se, formando superunidades que se completam e se enriquecem reciprocamente, mas ao mesmo tempo se repudiam, numa tensão que reproduz a microtensão das unidades (ou até de seus membros: a tensão de cada termo da metáfora, etc.). O movimento tensional percorre, consequentemente, todo o poema, resultando num dinamismo perpétuo. A sucessão dos vocábulos não obedece à ordem linear que a disposição gráfica sugere, mas à circular e espiralada: o derradeiro vocábulo faz tornar ao primeiro, num circuito incessante, composto pela sua interdependência. Ritmo em espiral, situa cada vocábulo no espaço em que o mesmo ponto é retomado em ascensão, mas em atrito com as palavras contíguas e buscando envolver-se com as demais, num jogo ininterrupto de aproximação e recusa, de atração e repelência.

Se, portanto, as quadras são estáticas e os tercetos dinâmicos, restaria equacionar as relações entre as duas leis e a estaticidade e dinamismo desses modelos estróficos. A experiência de leitura e a observação induzem a pensar que a estaticidade se casa melhor à atração, e o dinamismo, à repulsão, sem excluir, obviamente, que nas quadras a repulsão está presente, ainda que em segundo plano, e nos tercetos pulsa também a lei da atração.

Tomando o soneto como "forma geométrica que depende do equilíbrio das tensões no interior do sistema",[48] vemos que suas possíveis variações de minúcia não comprometem o sistema de forças que o garante. A semelhança entre os sonetos de diferentes autores não proviria somente do fato, graficamente notório, de a fôrma comum resultar do conjunto de 14 versos distribuídos em 2 quadras e 2 tercetos. A essa analogia geométrica corresponde outra, interna, proveniente das forças que ali se congregam para gestar o sistema da forma. Pode o soneto não ostentar rima, etc., mas o seu todo obedece à mesma tensão de forças centrípetas e centrífugas. A forma determina o campo de tensões internas, e estas, por sua vez, se organizam de acordo com o sistema do soneto, de molde a estabelecer-se a interação de uma e outras isomorficamente. Admitir heteromorfia entre elas

[48] Paul Guillaume, *op. cit.*, p. 35.

seria contraditório; implicaria aceitar que uma forma pudesse organizar-se com mais de um campo de tensões, e o mesmo campo de tensões pudesse configurar-se em formas diversas. O resultado é que há uma *tensão/soneto*, uma *tensão/ode*, etc. Se é difícil determinar com precisão matemática a tensão de cada forma/fôrma, a ponto de poder distingui-la inequivocamente de outra, como A difere de B, – é outro problema, que não nega a isomorfia apontada, nem impede se busque identificar tensões, embora saibamos que se trata de uma identificação aproximativa, sujeita a correções de toda ordem.

Há, como se sabe, *n* modalidades formais de soneto: o soneto com estrambote, com inversão na ordem das quadras e tercetos, monossilábicos, etc. Por outro lado, presta-se a uma grande variedade temática: o soneto lírico, o épico, o satírico, etc. Nenhum desses acidentes, porém, significa modificações do sistema de forças internas que ampara a coesão da forma. Nem mesmo a estrofe adicional do soneto estrambótico a desarticula: apenas estende por mais três versos a situação interna das forças de atração. Mas trata-se de um exercício de liberdade, tentativa de ruptura da coesão, que, afora ser anômala, apenas reafirma a sinergia interna que preside conjunto: o autor do soneto estrambótico *sabe* que digladia inutilmente contra uma forma/fôrma, agregando-lhe um apêndice que, se não preservasse a coesão do sistema, engendraria outra forma, por seu turno dotada de peculiar tensão interna. A ruptura, a se processar, não alcançaria senão gerar outra organização compacta, pois seria ilógico romper o soneto como estrutura mantendo-lhe ao mesmo tempo a forma específica: deixar de ser soneto, sendo ainda soneto, parece uma impossibilidade radical. A ruptura somente atinge pormenores (rima, etc.), que não alteram o sistema;[49] antes, asseguram-lhe a homogeneidade; a mudança, denunciando a labilidade da forma, confirma-lhe a identidade, visto que a isomorfia não significa fixidez pétrea da forma: esta é um organismo elástico, suscetível de modificações parciais, sem perder a harmonia do conjunto. A forma se transmuta para permanecer como tal; as alterações estão latentes no seu magma:

[49] Paul Guillaume, *op. cit.*, p. 37.

mudanças de um organismo dinâmico, resultantes das forças internas em tensão, não de ingerência exterior.

Objetar-se-ia que se trata de uma forma geometricamente identificável, mesmo sem a leitura dos versos que a compõem ou o entendimento da língua em que está vazada (uma pessoa que desconheça o francês pode reconhecer um soneto nesse idioma pela simples verificação de sua figura). Mas se tomarmos o seu extremo oposto – as experiências estilísticas mais avançadas, destituídas de nome próprio e geralmente evocadas, em gesto de triunfo, pelos desafetos da ideia de gêneros – verificamos que o raciocínio permanece. É tão inconcebível um soneto despojado do equilíbrio das forças internas quanto um texto sem forma: mesmo os desencadeados pela "escrita automática" dos surrealistas apresentam estrutura ou forma. O fato de a estrutura não se repetir, e portanto ser intransferível, não significa que se trata de um caos verbal. O próprio "cadáver esquisito", embora decorrente de um jogo em que o acaso gerencia a colaboração de cada participante, acaba tomando forma e, portanto, ostentando equilíbrio interno de forças. Evidentemente, se não se agrupassem em forma, os vocábulos constituir-se-iam anarquicamente, mas nessa hipótese o caos lhes definiria a natureza, colocando-a fora de qualquer consideração sistematizadora.[50] No terreno das representações (imagens verbais, pictóricas, sonoras), associadas ou não, a forma ou estrutura está presente mesmo quando a desordem aparente prevalece: na pintura de esquizofrênicos, na simbólica onírica, na poesia alógica dos surrealistas, transparece uma estrutura ou forma.[51]

Eis porque todas as palavras são indispensáveis (e até certo ponto insubstituíveis, intraduzíveis) dentro do sistema: a substituição de uma delas por um sinônimo e obedecendo a requisitos de métrica (quando for o caso), pode acarretar modificações, posto que sutis, no conjunto. Por outro lado,

---

[50] *Idem, ibidem*, p. 27.

[51] Ao tratar das relações entre a visão e a fotografia, um especialista lembra que "talvez o mais esplêndido aspecto do conceito de 'informação' seja o de requerer que a forma se imponha ativamente sobre alguma coisa" (Joel Snyder. "Picturing Vision." *Critical Inquiry*. Chicago, vol. 6, nº 3, primavera 1980, p. 509.

certos vocábulos em fim de verso servem tão somente à imposição da rima, fenômeno imediatamente perceptível quando se observa que a palavra destoa do sistema. Ainda nessa circunstância, o termo forasteiro ao sistema acaba por comprometer-lhe a homogeneidade, provocando uma espécie de inarticulação generalizada.[52] Tanto quanto um pé quebrado, a rima forçada desajusta o todo, como se a estrutura enfermasse, naquele ponto, de um desligamento momentâneo das partes constituintes. A forma pede adequação das partes ao todo, repelindo, como corpo estranho, a que diverge do conjunto. A discordância se torna patente ao cotejarmos o pé quebrado com os demais, a rima forçada com as que fluem espontaneamente.

Se, obviamente, uma noção de valor subjaz a essa verificação, não é ela que está em causa, senão o desajuste do sistema formal. Em contrapartida, a higidez da forma – como nos parnasianos – não corresponde a sumo valor; ao contrário, significa a adequação *elementar* da forma: o organismo resultante apenas atende à prescrição básica, sem acrescentar-lhe *complexidade*, presente, as mais das vezes nas obras de superior valia estética. O caso dos criadores e epígonos também exemplifica o apelo fundamental da estrutura: o epígono reduz a estereótipo oco a forma animadamente dinâmica do criador. O desafio entre a complexidade latejante e a forma fixa incita à elaboração de objetos estéticos perfeitos, enquanto a ausência de desafio implica a mecanização do procedimento. A adequação, por conseguinte, não se traduz em resultados necessariamente bons; é seu requisito essencial. Daí, um poema de rima forçada pode ser esteticamente mais original e válido que um cuja estrutura tenha sido friamente acionada.

6. Retomado o soneto de Camilo Pessanha, vejamos se (como) ocorre tal vínculo entre estaticidade e atração, dinamismo e repulsão. Nas quadras, observa-se a mesma situação estática: a paisagem (representada pela colina e pela folhagem) e o olhar do poeta (ou "eu" lírico); tal conjuntura decorre de um elo de necessidade entre as duas dimensões em presença, a paisagem e o olhar; pressupõe o "outro", por atração recíproca; mas também

[52] Paul Guillaume, *op. cit.*, 42.

se repudiam, como se a paisagem fosse invadida em sua intimidade pela retina indiscreta, ou se esta se obrigasse a debruçar-se para fora de si: a paisagem atrai e simultaneamente, afasta. Na primeira quadra, o segmento inicial:

> Desce em folhedos tenros a colina

mostra uma forte atração ligando "folhedos tenros" a "colina", fruto de "colina" ser, por natureza, uma elevação de "folhedos tenros": quando se pensa no acidente geográfico, pensa-se em "folhedos tenros". Idêntica atração aproxima "desce" e "colina": para os olhos que divisam a colina, o movimento é antes de descer que de subir; por outro lado, a distância entre "desce" e "colina", respectivamente no começo e no fim do verso, denota repulsão, acentuada pela antítese à ideia de ascender que parece ocultar-se no vocábulo "colina". O segundo verso:

> – Em glaucos, frouxos tons adormecidos

separa-se do anterior por dois pontos e um travessão, que denotam explicitação e retorno: efetivamente, o segundo esclarece e retoma o precedente, uma vez que o travessão subentende a frase "desce em folhedos tenros a colina". Além disso, que notamos? Primeiro: os adjetivos "glaucos", "frouxos", "adormecidos", que modificam "tons", dizem respeito a "folhedos". Examinados os epítetos, seríamos levados a crer, em primeira instância, que constituem sequência ascendente, mas a rigor trata-se de sinônimos. A expressão "folhedos tenros" encerra os adjetivos do segundo verso – "folhedos tenros" corresponde a "glaucos, frouxos, tons adormecidos". O segundo verso apenas desdobra o sentido que se dissimula na expressão "folhedos tenros", já que o verde-azulado de "glauco" desenvolve a ideia de "verde" em "folhedos", e "frouxos" e "adormecidos" desenrolam o núcleo semântico de "tenro": a suavidade do verde, repassado pela brisa, lembraria a do verde-azulado marítimo, agitado pelas ondas. Segundo: subjacente o vocábulo "colina" no verso em causa, repete-se a situação do primeiro; entre os epítetos e "colina" se estabelece o mesmo vínculo, de atração e repulsa, que notamos entre "folhedos tenros" e "colina". Terceiro: com o desdobramento operado no segundo verso, avulta a impressão, gerada no primeiro, de adensamento da ideia expressa inicialmente. Quarto: os versos formulam entre si a mesma relação de fascínio e recusa que as palavras mantêm umas com as outras.

Equacionado, nos dois primeiros versos, o plano da paisagem, vejamos o seguinte:

> Que saram, frescos, meus olhos ardidos

De imediato percebemos que ingressamos no plano do "eu" lírico: "frescos" ainda se reporta a "folhedos", desenrolando a ideia inicial introduzindo um elemento de centrifugação; o desdobramento enriquece o termo primitivo pelo desocultamento de uma de suas camadas semânticas, mas a um só tempo cria um foco de rebelião, que decorre da autonomia conquistada pelo termo que se liberou: "frescos" explica "folhedos", acrescentando-lhe um traço de oposição a "colina", da mesma forma que "folhedos" explicava e repelia "colina". Em segundo lugar, "colina" e "olhos" se atraem e se rechaçam, como extremos naturais; "saram" e "ardidos" se aproximam e se distanciam, ocorrendo idêntico fenômeno entre "frescos" e "ardidos". Analogamente, o verso

> Nos quais a chama do furor declina...

evidencia a obediência, no seu estaticismo, às duas leis, mas pela ordem: a integração prevalece sobre a desordem. Entendida a expressão "chama do furor" como desenvolvimento de "ardidos", "declina" corresponderá a "saram", de acordo com as referidas leis. E tanto como os dois primeiros versos, o terceiro e o quarto mutuamente se atraem e se repelem.

Com substituir, na segunda quadra, a paisagem da colina pela mulher, subsiste a equação inicial: o branco da mulher e o verde da folhagem se procuram e se afastam reciprocamente, mas por uma súbita transferência de sentido, o que era da paisagem desloca-se para a mulher: esta vem de branco, "leve", é "virgem" e "serena". E os vocábulos "olhos" e "desposar-te" se atraem e se recusam: atraem-se porque é pelo olhar que o "eu" lírico deseja a bem-amada; mas se rechaçam porque a ideia de matrimônio não quadra bem com a de olhos. Igualmente, o quarto segmento colide com o anterior, pois este enuncia o desejo das núpcias e o outro, a serenidade. Observe-se, ainda, que o epíteto "virgem" pertencer tanto a "olhos" como a "mulher", mas num caso e noutro processa-se a repulsão entre a virgindade (pretensa) do olhar (antes "ardido") e a virgindade (real?) da mulher, entre "virgem" e "serena": como ser "virgem" e "serena" sem que os termos se casem e, ao mesmo tempo, se agridam?

Passemos agora aos tercetos. Como vimos, caracterizam-se pelo dinamismo, em oposição à estaticidade das quadras. Resta ver como se comportam no tocante à atração e repulsão, e o nexo possível com o dinamismo que exibem. No terceto inicial:

> De silva doida uma haste esquiva
> Quão delicada te osculou num dedo
> Com um aljôfar cor de rosa viva!...

nota-se que a metáfora "silva doida" se articula em obediência à repulsão, dado que "silva" não pede "doida" (basta considerar os homônimos empregados no poema: "folhagem", "arvoredo"); "silva" e "doida" pertencem a específicos universos semânticos. Ainda mais: se estabelecêssemos uma tábua de palavras sinônimas de "doida", nenhum outro vocábulo poderia substituí-lo, permitindo supor um nexo obrigatório entre o substantivo e o adjetivo. Nexo por diferença, é certo, mas que se torna imperativo quando pensamos que qualquer outro adjetivo poderia prejudicar o *tônus* poético, não só relativamente ao que segue, mas à metáfora composta da junção de palavras normalmente autônomas: fossem usualmente vinculadas, como "silva amena", "silva verdejante", etc., perder-se-ia o halo poético que recobre a metáfora. Os dois termos, por isso, se aproximam, engendrando nova entidade, mas predomina a ideia de repulsão: guardando cada um seu rosto semântico, mais se antagonizam que se atraem. Todavia, ainda se condicionam, posto que secundariamente, à lei da coesão: a manter-se o universo poético organizado desde o primeiro verso, somente esse adjetivo poderia fazer par com semelhante substantivo; começam por hostilizar-se, mas terminam por atrair-se mutuamente.

Quanto a "haste esquiva", procede idêntico raciocínio: os dois vocábulos se repelem e se procuram sucessivamente. A ideia de esquivança rejeita a de rigidez, contundência, oculta no substantivo "haste", mas também a atrai; e é reforçada por "quão delicada", do verso seguinte: na verdade, trata-se de relação consecutiva, igualdade: (tão) "esquiva / Quão delicada", o que prolonga o primeiro verso no seguinte, analogamente, "te osculou num dedo" reage contra o significado espinhoso de "haste", e ao mesmo tempo o invoca.

E o terceiro verso repele a ideia do verso anterior: "aljôfar cor de rosa viva" opõe-se a "osculou", que pressupõe gesto brando, delicado, enquanto o terceiro verso apensa metaforiza a ideia de ferimento. Note-se, ainda, que "aljôfar" aproxima-se de "cor de rosa viva" pela lei da repulsão, embora respeite a da atração: o ferimento semelha "aljôfar", gota de rocio "cor de rosa viva". Por fim, "rosa viva" reproduz "silva doida" naquilo em que ambas, ferindo, parecem animadas. O terceto final:

> Ligeira a saia... Doce brisa impele-a...
> Oh vem! de branco! Do imo do arvoredo...
> Alma de silfo, carne de camélia...

apresenta semelhante inclinação a fazer predominar a lei da desintegração sobre a da coesão. O primeiro verso evidencia a repulsão entre os hemistíquios: o primeiro implica um ato voluntário, ou, sendo involuntário, a denunciar a presença de uma nota sensual: "Ligeira a saia...". As reticências, suspendendo o fluxo do olhar e da imaginação, facultam a irrupção, no outro segmento, da espiritualidade que corria o risco de perder-se. E o poeta como que retifica a observação: ao em vez de volitivo, ou de haver nele um traço erótico, o ato descrito no primeiro verso é fruto de "doce brisa".

Mas nota-se que um tudo-nada de sensual contamina o segundo hemistíquio. Seja como for, os membros do verso se organizam consoante a lei da desordem, e guardam a atração como fator secundário.

O segundo verso fragmenta-se em três partes, cortadas as duas primeiras por sinais de exclamação, e a terceira seguida de reticências. A inicial – "Oh vem!" – parece contagiada pelo paganismo que repassa o primeiro hemistíquio do verso anterior: daí o tom de súplica (diferente do ar descritivo que o tempo verbal adquire na segunda quadra), que a exclamação acentua e a um só tempo interrompe, dando lugar ao segundo membro – "De branco!" – que traduz apelo, mas em sentido contrário, ou seja, pede-lhe que venha imaculada (sem o "aljôfar de rosa viva"), pura, nem mesmo tocada pelo pensamento que esvoaça no primeiro hemistíquio do verso inicial ("Ligeira a saia..."). Agora, o recorte do verso em três membros estabelece o contraste entre o branco e o arvoredo, numa leve antinomia, sem dúvida, pois as reticências de "arvoredo", prolongando o sentido vago do verso e insinuando-lhe conotação espiritualizante, aglutinam-se bem à invocação da branca; entretanto, branco e verde se opõem, mais do que se atraem, ao contrário da segunda quadra. O derradeiro verso – "Alma de silfo, carne de camélia..." – também se estrutura à luz da colisão, entre "alma" e "silfo" e "carne" e "camélia", e entre "alma de silfo" e "carne de camélia", que, como sempre, também se atraem.

Em resumo: os tercetos se ordenam primeiro sob a lei da repulsão e, depois, da atração. A tensão entre ambas permanece, mas invertendo o percurso, que agora principia naquela e termina nesta, opostamente ao que ocorria nas quadras. De notar, ainda, que os tercetos se articulam às quadras de acordo com as duas leis: repelem-se e, a um só tempo, atraem-se. Como vimos, as quadras acusam estaticidade e os tercetos, dinamismo; agora podemos observar que a estaticidade daquelas se afina com a prevalência da atração, e o dinamismo destas, com a predominância da repulsão. Em suma: quadras = estaticidade = atração (repulsão); tercetos = dinamismo = repulsão (atração); a estaticidade atrai e repele o dinamismo, e vice-versa.

Uma nova disposição dos versos, resultante dos expedientes técnicos empregados, e um exame de pontuação poderão elucidar-nos a respeito:

____
____
____
________________________ (...)

_______✶________________!
____
__!_____________________
____

_______✶_____________________________!...
_______✶___________!...
___________________!...

______!
______!

___________________...
____
___________________...

Que observamos? 1) as quadras se apresentam simétricas, regulares; 2) o primeiro terceto, graças aos *enjambements*, corresponde a um só verso, de aproximadamente 30 sílabas; 3) o segundo terceto pode desmembrar-se em 7 versos, de 5/5/2/3/5/5/5/ sílabas; 4) a rima no primeiro terceto de apareceu mercê da aglutinação dos versos; 5) a rima dos versos do segundo terceto atenua-se, adquirindo ar de toante: "saia"/ "impele-a", "branco"/ "arvoredo"/ "silfo", além de permanecer a rima entre "impele-a" e "camélia"; 6) a rima nas quadras é regular: rimas intercaladas, como em 20 dos 22 sonetos de Camilo Pessanha, enquanto a rima nos tercetos é atípica, como em 14 desse total; portanto, a regularidade da rima alia-se à estaticidade e à predominância da atração, ao passo que a atipicidade rímica nos tercetos se vincula ao dinamismo e à prevalência da repulsão; consequentemente, o emprego da rima não parece fortuito, e deve corresponder a um tipo de realidade que nela se inventa e se espelha; 7) no tocante à pontuação: nas quadras comparece uma só vez o fenômeno das reticências, e a exclamação, duas vezes, enquanto nos tercetos ocorre quatro, e a exclamação, três vezes: como explicar? Alguma relação entre estaticidade/dinamismo e tais sinais? Pela predominância deles nos tercetos pode-se inferir que assinalam dinamismo/repulsão, e, nesse caso, como explicar a presença deles no tercetos senão como núcleos de repulsão? A análise faz supor que sim: as reticências do final da primeira quadra parecem acusar o trânsito para um núcleo de repulsão, representado pelo verso inicial da segunda quadra, repulsão enfatizada pela recorrência do imperativo no início do terceiro verso, justamente o membro que leva exclamação. Ali se localiza, portanto, um centro de turbulência, aquietado, contudo, pela estaticidade geral, ao mesmo tempo que lhe é extremamente útil como contraste e reforço: a onda de repulsão que atravessa esses versos acentua a estaticidade do conjunto figurado pelas quadras. Nos tercetos, predominam tais grafismos, mostrando a prevalência do tumulto sobre a estaticidade; ao mesmo tempo, o primeiro terceto, acalmado pelos *enjambements*, agrava a convulsão que domina o segundo terceto, e com ele estabelece antinomia semelhante à do primeiro verso da segunda quadra relativamente à primeira e os demais versos da segunda. É de concluir, pois, que o sinal de exclamação e as reticências acusam dinamismo/repulsão.

Resta sublinhar que a repulsão do primeiro verso da segunda quadra, bem como o inicial do terceiro da mesma estrofe, é considerada em relação ao todo do poema, uma vez que em face das quadras, ou seja, isoladamente, o verso denuncia a preponderância da atração sobre a repulsão. Daí as duas leis deverem ser observadas no interior da metáfora, do verso, da estrofe, e do poema na sua totalidade. E a realidade que se reflete/se inventa no poema obedece a esse duplo movimento de atração e repulsão, estaticidade/dinamismo, regularidade/atipicidade: certo tipo de realidade se identificaria melhor com a estrutura estática/regular das quadras, enquanto outro encontraria no dinamismo/atipicidade dos tercetos sua morada ideal.

Podemos retomar, agora, a ideia segundo a qual as quadras desenham, na sua estaticidade/regularidade, um espaço imaginário, onde as aspirações idealizantes têm primazia sobre os estímulos da realidade, embora esta permaneça atuante, como fonte geradora de idealização. E os tercetos, na sua palpitação e atipicidade, apontam para um quadro em que o "eu" lírico parece em diálogo direto com a realidade concreta. A análise do soneto permite confirmar a relação assinalada: quadras = imaginário; tercetos = realidade. A mulher amada, antes visualizada numa natureza edênica, fruto da transfiguração idealizante da realidade, agora se movimenta em meio a uma paisagem real, tanto assim que se fere. E o branco das quadras, denotador da pureza imaculada, torna-se aspiração simbólica de pureza: ali, está de branco, porque assim a veste a fantasia do poeta; aqui, há de vir de branco para atender-lhe aos reclamos; ali, o branco é cor (sem perder o halo simbólico, é claro); aqui, é símbolo (sem perder, óbvio, o tom cromático); ali, o branco, estático, regular, inscreve-se numa atmosfera regida pela atração; aqui, o branco é dinâmico, atípico, projeta-se num cenário governado pela repulsão.

7. Outro soneto há de Camilo Pessanha que, parecendo oferecer o inverso do que analisamos, confirma a relação entre quadra-estaticidade-imaginação-atração e terceto-dinamismo-realidade-repulsão. Trata-se do poema de abertura da trilogia "Caminho":[53]

> Tenho sonhos cruéis; n'alma doente
> Sinto um vago receio prematuro.
> Vou a medo na aresta do futuro,
> Embebido em saudades do presente...
>
> Saudades desta dor que em vão procuro
> Do peito afugentar bem rudemente,
> Devendo, ao desmaiar sobre o poente,
> Cobrir-me o coração de um véu escuro!...

---

[53] Camilo Pessanha, *op. cit.*, pp. 35-36

Porque a dor, esta falta d'harmonia,
Toda a luz desgrenhada que alumia
As almas doidamente, o céu d'agora,

Sem ela o coração é quase nada:
Um sol onde expirasse a madrugada,
Porque é só madrugada quando chora.

Com efeito, as quadras figuram o mundo onírico, anunciado no hemistíquio inicial: "Tenho sonhos cruéis". O segundo hemistíquio e os demais segmentos das quadras aglutinam-se ao enunciado introdutório por meio de um ponto e vírgula. Duas possibilidades se abrem ao leitor: o sinal isolaria a breve unidade inaugural das outras que integram os demais segmentos. Nesse caso, os versos, desde "n'alma doente" até "véu escuro", não se incluiriam na atmosfera onírica que o primeiro hemistíquio formula: transcorrem, portanto, *fora* do sonho, ou no presente em vigília do poeta. Mas sendo assim, pergunta-se como explicar a declaração preambular se os versos seguintes somente lhe estão justapostos? Tudo faz crer que, nessa hipótese, o hemistíquio inicial seria um anacoluto semântico, o que redundaria em falha na totalidade do poema, mas o hemistíquio, longe de vergar-se à sem-razão, articula-se logicamente ao restante das estrofes, incluindo os tercetos.

E assim passamos à segunda alternativa; o sinal gráfico corresponderia, verdadeiramente, a dois pontos, de modo a tornar o hemistíquio seguinte, assim como os versos das quadras, explicação do que se enuncia no hemistíquio introdutório. Nessa hipótese, as quadras se banham na penumbra de "sonhos cruéis", sugerem um tipo de sonho cruel, penetrado de "vago receio prematuro", o ir "a medo na aresta do futuro / Embebido em saudades do presente...". Presente futuro *no/do sonho*: presente, não do "eu" lírico no ato da enunciação, mas de sua representação *no sonho*. Daí as "saudades do presente" equivalerem a "saudades desta dor", etc., ou seja, *no sonho* o "eu" lírico se imagina (ou se vê) procurando "Do peito afugentar bem rudemente" sua dor, de maneira que esta, "ao desmaiar sobre o poente", deverá "cobrir-lhe" o coração de um véu escuro!...". A crueldade reside precisamente nisso de o poeta sonhar com afugentar a dor e saber que no futuro sentirá saudades dela: o sonho é cruel por mostrar ao poeta o que este, realmente, não deseja.

Ora, imprevistamente, as duas quadras são estáticas, a despeito do (ou graças ao) sonho: a estaticidade da quadra se revela no ser uma "tomada" fulminante, espécie de *flash* relâmpago, que perdura mais como sensação que como imagem plástica. Os dois ou três verbos de movimento despojam-se dessa particularidade em favor de uma imobilidade onírica: "vou a medo" equivale a "estou com medo", e "desmaiar" e "cobrir" são antes verbos de estado de que ação. A estaticidade casa-se bem a certa lógica, não apenas do sonho, mas a formal, evidente no travejamento sintático: em suma, a lógica possível no universo imaginário, em virtude da ordem que a fantasia empresta aos componentes da realidade que espelha ou transfigura. Estamos em pleno imaginário, acentuado pela "realidade" do sonho: a esfera onírica é a do imaginário tornado lúcido para a consciência que dorme; o imaginário concretiza-se nas projeções oníricas e o "eu" pode "ver" sua fantasia como se dotada de "realidade" sensível. Liberto da consciência, mas a um só tempo oferecendo-se-lhe integralmente, o imaginário volve-se sonho; daí constituírem gradações do mesmo ímpeto que, arrancando do subsolo mental, metamorfoseia a realidade do mundo em nova realidade possível.

A tal ponto o imaginário se exprime pelo sonho que os contados substantivos concretos perdem referencialidade para adquirir metaforização "pura": aproxima-se de zero a referencialidade do "poente" e "véu escuro", uma vez que "poente" não está no sentido de "pôr do sol" mas de "ocaso", "declínio", único sentido pertinente a "dor" – e "véu escuro" liga-se a "coração", tão abstrato quanto "alma doente"; na melhor das hipóteses, "véu escuro" estaria por "noite", mas não em sentido meteorológico. Não passe em julgado que a referencialidade se avizinha de zero sem atingi-lo, o que diluiria a tensão propriamente poética.

À sucessão estaticidade-logicidade-referencialidade falta acrescentar a primazia da atração sobre a repulsão: os versos parecem subordinar-se a um fluxo natural, cada segmento gera o seguinte e é determinado pelo anterior, numa relação inflexível de causalidade. As partes da oração, notadamente substantivos e adjetivos, associam-se por uma irresistível atração: "sonhos cruéis", "alma doente", "vago receio prematuro", "véu escuro" constituem unidades "logicamente" encadeadas, sem embargo de ostentarem nítida tensão, resultante de haver, subjacente, a força de repulsão. Análoga ordenação lógica se observa na articulação dos enunciados, dispostos em ordem direta: não se nota qualquer inversão sintática e os dois versos da segunda quadra obedecem a uma ordem que se diria logicamente prosaica – "devendo, ao desmaiar sobre o poente", etc. – tal a clareza inequívoca que a pontuação luta por atribuir aos segmentos.

Confirma-se, pela análise das quadras, não provir a estaticidade-imaginação-logicidade-atração do tipo de realidade apreendida nas malhas das estrofes: no soneto "Desce em folhedos..." tínhamos a natureza concreta; agora, o universo do sonho, fazendo supor que as quadras moldam seu objeto – natural ou onírico – de acordo com suas "regras", o molde prevalece sobre o objeto.

Como que desperto, nos tercetos o "eu" lírico enceta a recordação do "sonho cruel" com uma causal que, interrompendo-se de súbito, constitui autêntico anacoluto: "por que a dor". Explicação virtual, celebra a intervenção do plano conceptual na atmosfera onírica, como a evidenciar a imposição da vigília no lugar do sonho: quando pouco, assinala a invasão da realidade viva, presente, no espaço antes ocupado pelo sonho. No entanto, o jacto causal estanca providencialmente em forma de anacoluto, evitando que a explicação racional exilasse a poesia sob pretexto de esclarecer a crueldade que repassa o sonho. Instalado o anacoluto, entra em funcionamento um dinamismo que exprime o caos da realidade e substitui a ordem do sonho: os vários apostos de "dor" "esta falta d'harmonia", "toda a luz desgrenhada que alumia/As almas doidamente", "o céu d'agora" (é ainda objeto de "alumia") – denunciam um movimento caótico, reforçado pelo segundo terceto, cuja palpitação parece registrar o início de um novo dia. Nos tercetos, o caos se manifesta por meio da alogicidade sintática, ou pela anfibologia, evidente no anacoluto, na dupla função de "o céu d'agora", e no fecho de ouro, introduzido por outra causal (diversa da anterior, pois é realmente índice de causalidade, ao passo que a outra é, na sua virtualidade e no seu anacolutismo, praticamente continuativa; equivaleria a "ora"), e terminado pelo verbo "chorar em regência ambígua (quem chora? A madrugada? O coração? O sol? A dor?).

Quanto à realidade que vimos surgir já no primeiro verso, está presente nos tercetos, seja pelo quadro imageticamente visual que esboçam, seja pela referencialidade dos termos-chave, como "luz", "alumia", "céu d'agora" "sol", "madrugada". Se nas quadras a referencialidade de "poente" e "véu escuro" se aproximava de zero, nos tercetos esses vocábulos ostentam referencialidade diferente de 1 (índice de denotação). A divergência é uniforme e explicável: a abstração emprestada a "poente", "véu escuro", compensa-se pelo clima lógico e estático das quadras, assim preservando a tensão que constitui o eixo do fenômeno poético, e a maior referencialidade de alguns vocábulos dos tercetos é contrabalançada pelo dinamismo, que sustenta o enlace tensivo dos extremos. Dir-se-ia conviverem duas espécies de tensão, mas trata-se, verdadeiramente, de uma só, apenas invertendo os polos: nos tercetos, a repulsão domina, da "falta d'harmonia" a "madrugada quando chora", passando por "luz desgrenhada", "alumia/As almas doidamente" e pelo sentido de intervalo assinalado pela "madrugada" e, portanto, pela "dor": "Sem ela o coração é quase nada", aproxima-se de nada, numa tensão que não se resolveria nem quando a dor cessasse, seria, por conseguinte, "um sol onde expirasse a madrugada", sol pleno, distante da madrugada, ou onde não mais houvesse madrugada, "porque é só madrugada quando chora", em que não é desavisado vislumbrar, na hipótese de "madrugada" ser sujeito de "chora", a ideia de "rocio" que, conotando "lágrima", se vincula a "dor". Entende-se, agora, por que o "poente" e "véu escuro" das quadras: abstratos, designavam a eliminação da dor na medida em que esta é madrugada, nem noite ("véu escuro"), nem "sol onde expirasse a madrugada". A ritualização estoica (estoico-masoquista) da dor na poesia de Camilo Pessanha encontra na madrugada seu mais perfeito símile: interstício entre a noite, reino dos "sonhos cruéis", e o dia, quando a plenitude solar denota ausência de dor, nem o sonho, nem a vigília completa, mas o meio-termo, o *quase*. Alimento, "luz", "que alumia/As almas doidamente" – eis o retrato da dor, sem a qual o "coração [= *inspiração*] é quase nada".

Agitados pela repulsão, os tercetos estabelecem com as quadras uma tensão que os segmentos promovem entre si, tensão entre estaticidade e dinamismo, imaginário e real, atração e repulsão.

8. Confrontemos os dois poemas de Camilo Pessanha: se o imaginário domina nas quadras, e o realismo nos tercetos, não haverá um tipo de realidade mais apropriado a cada esquema estrófico? Ali, realidade idealizada, onírica, imaginária, etc.; aqui, concreta, realista. Se não se pode afirmar, matematicamente, que a realidade *x* impressiona a chapa fotográfica das quadras, e uma *y* a dos tercetos, nem por isso é descabido admitir que uma modalidade do real (imaginário/realista) busca as quadras, enquanto outra, os tercetos. Se tal realidade não pode ser *determinada*, nem *selecionada* tipologicamente, como se a arte literária competisse com a ciência geográfica, não significa que a distinção seja improcedente. Ao transfigurar-se imaginariamente, o real busca a quadra para exprimir-se; quando se mostra a nu (relativamente à primeira), o terceto. Evidentemente, o raciocínio presta como inferência para o caso do soneto; restaria analisar obras como *A Divina Comédia*, em *terza rima*, ou *Os Lusíadas*, em oitava-rima (soma de duas quadras), tendo em vista a relação forma *versus* realidade. O simbolismo realista do poema dantesco e o esteticismo imaginário da epopeia camoniana fazem pensar, embora correndo o risco da simplificação, que o vínculo descortinado pela análise do soneto tende a reproduzir-se em casos análogos. Mas somente a análise dessas e outras obras poderá levar a uma *tipologia das formas* equivalente a uma *tipologia da realidade*; tarefa, convenhamos, de toda a comunidade literária investida nos problemas da crítica, da teoria, da história, etc., em suma, tarefa de gerações.[54]

Mundo e Forma: esta revela aquele e, no mesmo relâmpago iluminador, o homem que nela articula sua voz, por intermédio do "eu" que

---

[54] Além da matéria contida no capítulo deste livro referente ao exame das teorias em torno da cosmovisão, ver: H. Wölfflin. *Conceptos Fundamentales de la Historia del Arte*, tr. espanhola, 3ª ed. Madri: Espasa-Calpe, 1952, pp. 30ss., 324ss.; e a critica que lhe fez Arnold Hauser, *op. cit.*, pp. 200ss.

protagoniza os poemas, como nos casos referidos, ou do "outro" que vive sua história no interior de um conto, novela ou romance. A forma revela o homem em meio à Natureza, porção original da realidade, ou em meio ao espaço urbano que criou, aureolado pela Cultura. Com seu auxílio, o leitor acede ao conhecimento do Homem e da Natureza/Realidade, banhados na luz espectral da Cultura. Mundo e Forma estabelecem, assim, relação isomórfica: o mundo se oferece na/por meio da forma, e esta, por sua vez, avulta como instrumento óptico que permite ver aquele. Engendrada pela inteligência, e pela fantasia, a forma se acrescenta ao mundo como dimensão inédita, enriquecedora: é o *homo additus naturae* baconiano. E ao mesmo tempo faculta o acesso ao mundo: sem ela, este não cintila, não fala; mas, sem este, a forma se esvazia, à procura de sua razão de ser. O mesmo mundo que desencadeia a multiplicação de formas inventadas, justifica-as: verdadeiras sínteses, condensam – "formas simbólicas" – as formas do mundo incapazes de se expressar. E tais formas não poderiam ser copiadas sem que a Arte perdesse identidade; para que a Arte, se o relevo do mundo bastasse? Cópia? Inútil exercício de criação tautológica: reduplicação desnecessária, porquanto o original é suficientemente variado e complexo para preencher os anelos fantasistas e formalistas do ser humano. A mimese não é reprodução fotográfica, mas recriação do dinamismo que sustenta o mundo da realidade. Paralelo a este, o universo da fantasia tem por missão revelá-lo e enriquecê-lo: a forma estética desvenda-o e adiciona-lhe novos relevos, emprestando-lhe significados que não possui. E é nessa missão que a Arte, nomeadamente a literária, cumpre seu destino e desempenha seu papel frente à experiência e à realidade, numa correlação que, desvelando o mundo e acrescendo-o de formas criadas, assinala e justifica a função social da Arte: problematizando o diálogo entre o "eu" e o Cosmos, dar ou ampliar a consciência da realidade, tornar accessível aos olhos e à razão o que se furtaria a um contacto direto. "A tarefa do artista consiste em forjar os recursos da percepção, criando 'antimeios' que descerrem as portas da percepção às pessoas entorpecidas numa situação de não percepção. (...) Uma das peculiaridades da arte é ser útil como um antimeio, uma sonda que torna o meio visível."[55] Forma como instrumento gnosiológico, para além de qualquer ludismo; forma como via de acesso ao enigma da vida e da realidade. Forma como espelho onde o mundo se deixa contemplar, inventar e, quem sabe, transformar.[56]

*

* *

Nosso percurso não se fecha, evidentemente, aqui: o debate poderia continuar, até às minúcias pouco visíveis, sem colocar um ponto final. Trata-se, com efeito, de um problema aberto, não só em razão de sua mobilidade como de sua extrema complexidade, resultante de implicar numerosas questões conexas. O importante não é, estamos de acordo, dar por terminado o debate, senão mantê-lo aberto, irrigá-lo de um permanente questionamento, corrigindo-lhe as possíveis distorções de rumo e sublinhando-lhe os acertos. Em suma: mantê-lo em processo. Era de prever: a empresa a que nos propusemos conduziria, na primeira fase, a uma teoria sujeita à prova da práxis crítica. Se, apesar disso, mantiver o debate aceso, terá valido a pena responder ao desafio. A investigação no plano teórico deve prosseguir, enquanto se procuram condições adequadas ou os meios de realizar o "momento" pragmático ou o teste da conceptualização teórica.

---

[55] Marshall McLuhan e Harley Parker. *O Espaço na Poesia e na Pintura*, tr. brasileira. São Paulo: Hemus, 1957, pp. 246 e 257.

[56] Estava terminado este livro e pronto para entrar no prelo quando me chegou ao conhecimento um estudo de Thomas Metscher ("Literature and Art as Ideological Form". *New Literary History*. Charlottesville, Virginia, vol. XI, nº 1, outono 1979, pp. 21-39), defendendo tese análoga.

BIBLIOGRAFIA

AMO, Javier del. *Literatura y Neurósis*. Madri: Nacional, 1974.

ARBER, Agnes. *Ver e Pensar*, tr. portuguesa. Lisboa: Livros do Brasil, s.d.

ARNHEIM, Rudolf. *Art and Visual Perception, A Psychology of the Creative Eye*, Berkeley/Los Angeles: University of California Press, 1974.

__________. *Entropy and Art. An Essay on Disorder and Order*. Berkeley/Los Angeles/Londres: University of California Press, 1974.

__________. *Toward a Psychology of Art*. Berkeley/Los Angeles: University of California Press, 1966.

__________. *Visual Thinking*. Berkeley/Los Angeles/Londres: University of California Press, 1969.

__________. "A Plea for Visual Thinking". *Critical Inquiry*. Chicago, vol. 6, nº 3, primavera 1980, pp. 489-497.

AUERBACH, Erich. *Mimesis. La Representación de la Realidad em la Literatura Occidental*, tr. mexicana. México/Buenos Aires: Fondo de Cultura Económica, 1950.

AYER, A. J. *O Problema do Conhecimento*, tr. portuguesa. Lisboa/Rio de Janeiro: Ulisséia, s.d.

BEIRÃO, Maria Fernanda Seixas Farinha. "Vivência do Espaço e do Tempo na Criação Artística". *Revista de Psicologia Normal e Patológica*. São Paulo, ano XVI, nº 2, abr.-jun. 1970, pp. 103-188.

BELCHIOR, Maria de Lourdes. "Poesia e Realidade", *in Miscelânea de Estudos em Honra do Prof. Vitorino Nemésio*. Lisboa: Publs.da Faculdade de Letras da Universidade de Lisboa, 1971, pp. 47-59.

BERKELEY, George. *Ensayo sobre una Nueva Teoría de la Visión y Tratado sobre los Principios del Conocimiento Humano*, tr. argentina. Buenos Aires/México: Espasa-Calpe, 1948.

BONATI, Félix Martínez. *La Estructura de la Obra Literaria*. Barcelona: Seix Barral, 1972.

BOOTH, Wayne C. *Critical Understanding. The Powers and Limits of Pluralism*. Chicago/Londres: The University of Chicago Press, 1979.

BURKE, Kenneth. *A Rhetoric of Motives*. Berkeley/Los Angeles/Londres: University of California Press, 1974.

CASSIRER, Ernst. *Language and Myth*, tr. norte-americana. Nova York: Dover s.d.

__________. *La Philosophie des Formes Symboliques*, tr. francesa, 3 vols. Paris: Minuit, 1972.

__________. *Las Ciencias de la Cultura*, tr. mexicana, 4ª reimpressão. México: Fondo de Cultura Económica, 1975.

__________. *An Essay of Man*, 27ª ed., New Haven/Londres: Yale University Press, 1976.

CASTRO, Donald D. – "Tragedy, the Generic Approach: A Metacritical Look". *Genre*. Plattsburgh. Nova York, vol. 7, nº 3, set. 1974.

CHATMAN, Seymour (org.). *Literary Style: A Symposium*,. Londres/Nova York: Oxford University Press, 1971.

CHEVALIER, Jean e Alain Gheerbrant. *Dictionnaire des Symboles*, 4 vols. Paris: Seghers/Jupiter, 1974.

CLANCIER, Georges-Emmanuel. "Note sur la Poétique de l'Oeil chez Hugo". *Cahiers du Sud*. Paris, 1962, nº 368, pp. 87-96.

COHEN, Jean *et alii*. *Pesquisa de Retórica*, tr. brasileira. Petrópolis: Vozes, 1975.

COLINGWOOD, R. G. *A Ideia da Natureza*, tr. portuguesa. Lisboa: Presença, s.d.

CORBETT, P. J. (org.). *Rhetorical Analyses of Literary Works*. Nova York/Londres/Toronto: Oxford University Press, 1969.

CULLER, Jonathan. "On Tropes and Persuasion." *New Literary History*. Baltimore, vol. IX, nº 3, primavera 1978, pp. 607-618.

DERRIDA, Jacques. *L'Ecriture et la Différence*. Paris: Seuil, 1967.

DIDEROT. "Lettre sur les Aveugles", *in Oeuvres Philosophiques*. Paris: Garnier, 1961.

DILTHEY, Wilhelm. *La Esencia de la Filosofia*, tr. argentina, 4ª ed. Buenos Aires: Losada, 1968.

__________. *Introducción a las Ciencias del Espíritu*, tr. mexicana. México: Fondo de Cultura Económica, 1949.

__________. *De Leibniz a Goethe*, tr. mexicana. México: Fondo de Cultura Económica, 1945.

__________. *Psicología y Teoria del Conocimiento*, tr. mexicana. México: Fondo de Cultura Económica, 1945.

__________. "The Rise of Hermeneutics". *New Literary History*. Charlottesville, Virginia, vol. III, inverno 1972, nº 2, pp. 229-244.

__________. *Teoría de la Concepción del Mundo*, tr. mexicana. México: Fondo de Cultura Económica, 1945.

__________. *Vida y Poesía*, tr. mexicana. México: Fondo de Cultura Económica, 1945.

DIXON, Peter. *Rhetoric*. Londres: Methuen, 1971.

DORIN, E. *Dicionário de Psicologia*. São Paulo: Melhoramentos, 1977.

DUBOIS, Jean *et alii*. *Dicionário de Linguística*, tr. brasileira. São Paulo: Cultrix, 1978.

__________. *Rhétorique Générale*. Paris: Larousse, 1970.

__________. *Rhétorique de la Poésie*. Bruxelas: Ed. Complexe, 1977.

DUCASSE, Curt John. *The Philosophy of Art*. Nova York: Dover, 1966.

DUFRENNE, Mikel. *Phénoménologie de l'Expérience Esthétique*, 2 vols. Paris: PUF, 1953.

__________. *Le Poétique*. Paris: PUF, 1963.

__________ e Paul Ricoeur. *Karl Jaspers et la Philosophie de l'Existence*. Paris: Seuil, 1947.

DURAND, Gilbert. *Les Structures Anthropologiques de l'Imaginaire. Introduction à l'Archétypologie Générale*. Paris: PUF, 1963.

EILE, Stanislaw. "The Novel as na Expression of the Writter's Vision of the World." *New Literary History*. Charlottesville, Virginia, vol. IX, nº 1, outono 1977 pp. 115-128.

ELIOT, T. S. *The Use of Poetry and the Use of Criticism*. Londres: Faber and Faber, 1968.

__________. *Points of View*, 5ª ed. Londres: Faber and Faber, 1951.

ENKVIST, Nils Eric, John Spencer e Michael J. Gregory. *Linguística e Estilo*, tr. brasileira. São Paulo: Cultrix, 1970.

ERMATINGER, E. (org.). *Filosofía de la Ciencia Literaria*, tr. mexicana. México: Fondo de Cultura Económica, 1946.

FEBVRE, Lucien. "O Homem do Século XVI." *Revista de História*. São Paulo, ano I, nº 1, jan.-mar. 1950, pp. 3-17.

FEIBLEMAN, James. *The Theory of Human Culture*. Nova York: Dwell, Sloan and Pearce, 1946.

FLEW, Antony. *Pentar Direito*, tr. brasileira. São Paulo: Cultrix/EDUSP, 1979.

FOCILLON, Henni. *Vie des Formes*, 3ª ed. Paris: PUF, 1947.

FOUCAULT, Michel. *Les Mots et les Choses*. Paris: Gallimard, 1966.

FRANK, Joseph. "La Forme Spatiale dans la Littérature Moderne". *Poétique*. Paris, nº 10, 1972, pp. 244-266.

FRONDIZI, Risieri. *Qué son los valores?*, 3ª ed. México: Fondo de Cultura Económica, 1974.

GADAMER, Hans-Georg. *Vérité et Méthode. Les Grandes Lignes d'une Hermeneutique Philosophique*, tr. francesa. Paris: Seuil, 1976.

GASSET, José Ortega y. *Kant, Hegel, Dilthey*. Madri: Revista de Occidente, 1958.

GOLDMANN, Lucien. *Le Dieu Caché. Étude sur la Vision Tragique dans les "Pensées" de Pascal e dans le Théatre de Racine*. Paris: Gallimard, 1955.

__________. *Pour une Sociologie du Roman*. Paris: Gallimard, 1964.

__________. *Recherches Dialectiques*, 2ª ed. Paris: Gallimard, 1959.

__________. *Sciences Humaines et Philosophie*. Paris: Gonthier, 1966.

__________. "Le Théatre de Genet. Essai d'Etude Sociologique." *Contributions à la Sociologie de la Connaissance*. Paris: Anthropos, 1967 (*Cahiers du Laboratorie de Sociologie de la Connaissance*, nº 1).

GOMBRICH, E. H. *Art and Illusion. A Study in the Psychology of Pictorial Representation*, 3ª ed. Princeton: Princeton University Press, 1969.

GRACE, Miriam S. *et alii*. *Introdução ao Estudo da Psicologia*, tr. brasileira. São Paulo: Cultrix, 1978.

GOUHIER, Henri. *L'Histoire et sa Philosophie*. Paris: J. Vrin, 1952.

GRANGER, Gilles-Gaston. *Essai d'une Philosophie du Style*. Paris: Armand Colin, 1968.

GREGORY, R. L. *Eye and Brain. The Psychology of Seeing*, 2ª ed. Nova York/Toronto: McGraw-Hill, 1973.

GUEROULT, Martial. "Histoire de la Philosophie, Métaphysique et Weltanschauungen d'après W. Dilthey", *Revista Brasileira de Filosofia*. São Paulo, vol. 2, nº 1, jan-mar. 1952, pp. 5-18.

GUILLAUME, Paul. *Psicología de la Forma*, tr. argentina. Buenos Aires: Psique, 1975.

GUIRAUD, Pierre. *La Stylistique*. Paris: PUF, 1954.

__________ e Pierre Kuentz. *La Stylistique. Lectures*. Paris: Klincksieck, 1970.

GUSDORF, Georges. *Mito y Metafisica*, tr. argentina. Buenos Aires: Nova, 1960.

HARTNACK, Justus. *Wittgenstein y la Filosofía Contemporánea*, tr. espanhola. Barcelona/Caracas/México: Ariel, 1977.

HAUSER, Amold. *Introducción a la Historia del Arte*, tr. espanhola. Madri: Guadarrama, 1961.

__________. *Fundamentos de la Sociología del Arte*, tr. espanhola. Madri: Guadarrama, 1975.

HAYAKAWA, S. I. *A Linguagem no Pensamento e na Ação*, tr. brasileira. São Paulo: Pioneira, 1963.

HEGEL, G. W. F. *Esthétique*, tr. francesa, 4 vols. Paris: Aubier, 1944.

HEGENBERG, Leônidas. *Significado e Conhecimento*, E.P.U./EDUSP. São Paulo, 1975.

HERSCHBERG-PIERROT, Anne. "Problématiques du Cliché." *Poétique*. Paris, nº 43, set. 1980.

HESSEN, Johann. *Teoría del Conocimiento*, tr. argentina. Buenos Aires: Losada, 1947.

HIRSCH, Jr., E, D. *Validity in Interpretation*. New Haven/Londres: Yale University Press, 1967.

HJELMSLEV, Louis. *Prolegómenos a uma Teoría del Lenguaje*, tr. espanhola, 2ª ed. Madri: Gredos, 1974.

HOCHBERG, Julian E. *Perception*. Englewood Cliffs. New Jersey: Prentice-Hall, 1964.

HODGES, H. A. *The Philosophy of Wilhelm Dilthey*. Londres: Routledge and Kegan Paul, 1952.

HÖRMANN, Hans. *Psicologia del Lenguaje*, tr. espanhola. Madri: Gredos, 1973.

HOUGH, Graham. *An Essay of Criticism*. Nova York: W. W. Norton and Co., 1966.

__________. *Style and Stylistics*. Londres: Routledge and Kegan Paul, 1972.

HUIZINGA, J. *Homo Ludens. Essai sur la Fonction Sociale du Jeu*, tr. francesa, 8ª ed. Paris: Gallimard, 1951.

HUSSERL, Edmund. *La Filosofia como Ciencia Estricta*, tr. argentina, 3ª ed. Buenos Aires: Nova, 1973.

HUYGUE, René. *A Arte e a Alma*, tr. portuguesa. Lisboa: Bertrand, s.d.

IMAZ, Eugenio. *El Pensamiento de Dilthey*. México: El Colegio de México, 1946.

INGARDEN, Roman. *A Obra de Arte Literária*, tr. portuguesa. Lisboa: Fundação Calouste Gulbenkian, 1973.

JASPERS, Karl. *La Filosofía*, tr. mexicana. México: Fondo de Cultura Económica, 1957.

__________. *Psicología de las Concepciones del Mundo*, tr. espanhola. Madri: Gredos, 1967.

JAUSS, Hans-Robert. "Littérature Médiévale et Théorie des Genres." *Poétique*. Paris, nº 1, 1970.

KLEIN, Melanie *et alii*. *Novas Tendências da Psicanálise*, tr. brasileira. Rio de Janeiro: Zahar, 1969.

KLINKENBERG, Jean-Marie. "Rhétorique et Spécificité Poétique," sep. de H. Plett (org.). *Rhétorik*. Munique: Wilhelm Fink Verlag, 1977.

KOFFKA, K. *Principles of Gestalt Psychology*. Nova York: Harcourt, Brace and Co., 1935.

KÖHLER, W. *Psicologia da Gestalt*, tr. brasileira. Belo Horizonte: Itatiaia, 1968.

KÖHLER, W., K. Koffka e F. Sander. *Psicología de la Forma*, tr. argentina, 2ª ed. Buenos Aires: Paidós, 1969.

KRIS, Ernst. *Psicanálise da Arte*, tr. brasileira. São Paulo: Brasiliense, 1968.

LALANDE, André. *Vocabulaire Technique et Critique de la Philosophie*, 6ª ed. rev. e aum. Paris: PUF, 1951.

LALO, Charles. *Notions d'Esthétique*, 3ª ed. Paris: PUF, 1948.

__________ *et alii. Formes d l'Art/Formes de l'Esprit*. Paris: PUF, 1951.

LANGER, Susanne K. *Philosophy in a New Key*, 15ª ed. Nova York/Toronto: The New American Library, s. d.

__________. *Feeling and Form*. Nova York: Charles Scribner's Sons, 1964.

__________. *Philosophical Sketches*. Nova York: The New American Library, 1964.

__________. *Problems of Art*. Nova York: Charles Scribner's Sons, 1957.

LANGFIELD, Herbert Sidney. "Empathy", *in* Eliseo Vivas e Murray Krieger (org.). *The Problems of Aesthetics*. Nova York/Toronto,, Rinehart and Co., 1958, pp. 315ss.

LAUSBERG, Heinrich. *Manual de Retórica Literaria, Fundamentos de uma Ciencia de la Literatura*, tr. espanhola, 3 vols. Madri: Gredos, 1966-1968.

__________. *Elementos de Retórica Literária*, tr. portuguesa, 2ª ed. Lisboa: Fundação Calouste Gulbenkian, 1972.

LEBRUN, Gerard. "O Cego e o Filósofo ou O Nascimento da Antropologia." *Discurso*. São Paulo, ano 3, nº 3, 1972, pp. 127-139.

LEFEBVE, Maurice-Jean. *Estrutura do Discurso da Poesia e da Narrativa*, tr. portuguesa. Coimbra:Almedina, 1975.

LOGAN, Marie-Rose. "Rhetorical Analysis: Towards a Tropology of Reading." *New Literary History*. Charlottesville, Virginia, vol. IX, nº 3, primavera 1978, pp. 619-625

LOTMAN, Jurij M. *La Struttura del Texto Poetico*, tr. italiana. Milão: Mursia, 1976.

MANNHEIM, Karl. *Ideologia e Utopia*, tr. brasileira. Porto Alegre: Globo, 1950.

__________. *Essays on Sociology of Knowledge*. Londres: Routledge and Kegan Paul, 1952.

MCLUHAN, Manhall. *A Galáxia de Gutenberg*, tr. brasileira. São Paulo: Nacional/EDUSP, 1972.

__________ e Harley Parker. *O Espaço na Poesia e na Pintura*, tr. brasileira. São Paulo: Hemus, 1975.

MERLEAU-PONTY, Maurice. *L'Oeil et l'Esprit*. Paris: Gallimard, 1964.

__________. *Phénoménologie de la Perception*. Paris: Gallimard, 1945.

METSCHER, Thomas. "Literature and Art as Ideological Form." *New Literary Hutory*. Charlottesville, Virginia, vol. XI, nº 1, outubro 1979, pp. 21-39.

MITCHELL, W. J. T. "Spatial Form in Literature. Toward a General Theory." *Critical Inquiry*. Chicago, vol. 6, nº 3, primavera 1980.

MONTEIRO, João Paulo. "Uma Palavra Infeliz: Ideologia." *Jornal da Tarde*. São Paulo, 25/11/1978

MORA, José Ferrater. *Diccionario de Filosofia*, 4ª ed. Buenos Aires: Sudamericana, 1958.

MUKAŘOVSKÝ, Jan. *Escritos de Estética y Semiótica del Arte*, tr. espanhola. Barcelona: Gustavo Gili, 1977.

MULLER-VOLLMER, Kurt. *Towards a Phenomenological Theory of Literature. A Study of Wilhelm Dilthey's "Poetik"*. Hais: Mouton, 1963.

MURRY, J. Middleton. *El Estilo Literario*, tr. mexicana. México: Fondo de Cultura Económica, 1951.

ONG, Walter. "World as View and World as Event." *American Anthropologist*. Lancaster: Pennsylvania, vol. 71, nº 4, ago, 1969, pp. 634-647.

PANOFSKY, Erwin. *La Perspectiva como "Forma Simbólica"*, tr. espanhola. Barcelona: Tusquets, 1973.

__________. *Idea. A Concept in Art Theory*, tr. norte-americana. Columbia: University of South Carolina Press, 1968.

PARIS, Jean. *L'Espace et le Regard*. Paris: Seuil, 1965.

PEARS, David. *As Ideias de Wittgenstein*, tr. brasileira. São Paulo: Cultrix/EDUSP, 1973.

PEPIN, Jean. "L'Hermenéutique Ancienne." *Poétique*. Paris, nº 23, 1975, pp. 291-300.

PERELMAN, Ch. e L. Olbrechts-Tyteca. *La Nouvelle Rhétorique. Traité de l'Argumentation*, 2 vols. Paris: PUF, 1952.

__________. *Rhétorique et Philosophie*. Paris: PUF, 1952.

PLEBE, Armando. *Breve História da Retórica Antiga*, tr. brasileira. São Paulo: E.P.U./EDUSP, 1978.

POPPER, Karl R. *The Logic of Scientific Discovery*, 8ª ed. Londres: Hutchinson and Co., 1975.

__________. *Conhecimento Objetivo*, tr. brasileira. Itatiaia/EDUSP, 1975.

PRAZ, Mano. *Mnemosyne. The Parallel Between Literature and the Visual Arts*. Princeton/Londres: Princeton University Press, 1974.

PUCCIARELLI, Eugenio. *Introducción a la Filosofia de Dilthey*. Buenos Aires: Imprenta López, 1944, repr. em Wilhelm Dilthey. *La Esencia de la Filosofia*, tr. argentina, 4ª ed. Buenos Aires: Losada, 1968.

RAMOS, Maria Luiza. *Fenomenologia da Obra Literária*. Rio de Janeiro/São Paulo: Forense, 1969.

READ, Herbert. *Imagen e Idea*, tr. mexicana, 2ª ed. México: Fondo de Cultura Económica, 1965.

REDFIELD, Robert. *The Little Community. Viewpoints for the Study of a Human Whole*. Chicago: The University of Chicago Press, 1955.

___________. *The Primitive World and Its Transformations*. Ithaca, Nova York: Cornell University Press, 1953.

RICHARDS, I. A. *The Philosophy of Rhetoric*. Nova York, Oxford University Press, 1965.

RICKERT, Heinrich. *Ciencia Cultural y Ciencia Natural*, tr. argentina, 2ª ed. Buenos Aires: Espasa-Calpe, 1945.

RICOEUR, Paul. *La Métaphore Vive*. Paris: Seuil, 1975.

RIFFATERRE, Michael. *Essais de Stylistique Structurale*. Paris: Flammarion, 1971.

RIVAUD, Albert. *Histoire de la Philosophie*, 3 vols. Paris: PUF, 1948-1950.

ROMERO, Francisco e Eugenio Pucciarelli. *Lógica y Nociones de Teoria del Conocimiento*, 7ª ed. Buenos Aires/México: Espasa-Calpe, 1944.

ROUSSET, Jean. *Forme et Signification*, 5ª ed. Paris: Corti, 1970.

___________. "Positions, Distances, Perspectives dans Salammbô." *Poétique*. Paris, nº 6, 1971, pp. 145-154.

RUSSEL, Bertrand. *Nosso Conhecimento do Mundo Exterior*, tr. brasileira. São Paulo: Nacional/EDUSP, 1966.

SAPIR, Edward. *Selected Writings of...*, org. por David G. Mandelbaum. Berkeley/Los Angeles: University of California Press, 1951.

___________. *Language. An Introduction to the Study of Speech*. Nova York: Harcourt, Brace and Co., 1921.

SCHAFF, Adam. *Introduction to Semantics*. Nova York: Macmillan, 1962.

SEBEOK, Thomas (org.). *Style in Language*, 6ª ed. Cambridge, Massachusetts: The M. I. T. Press, 1975.

SEFLER, George F. *Language and the World*. Atlantic Highlands. New Jersey: Humanities Press, 1974.

SHIBLES, Watten. *Wittgenstein, Linguagem e Filosofia*, tr brasileira. Cultrix/EDUSP, 1974.

SKYRMS, Brian. *Escolha e Acaso, Uma Introdução à Lógica Indutiva*, tr. brasileira. São Paulo: Cultrix/EDUSP, 1971.

SNYDER, Joel. "Picturing Vision." *Critical Inquiry*. Chicago, vol. 6, nº 3, primavera 1980, pp. 499-526.

SOURIAU, Etienne. *La Correspondance des Arts*. Paris: Flammarion, 1947.

SPERBER, Dan. "Rudiments de Rhéthorique Cognitive." *Poétique*. Paris, nº 23, 1975, pp. 389-415.

SPITZER, Leo. *Linguística e Historia Literaria*, tr. espanhola. Madri: Gredos, 1955.

STAIGER, Emil. *Conceptos Fundamentales de Poética*, tr. espanhola. Madri: Rialp, 1966.

__________. "Mentirão os poetas?." *Humboldt*. Munique, Alemanha, nº 41, 1980, pp. 82-88.

TODOROV, Tzvetan. *Littérature et Signification*. Paris: Larousse, 1967.

__________. *Theories du Symbole*. Paris: Seuil, 1977.

TURBAYNE, Colin Murray. *The Mith of Metaphor*. Carolina do Sul: University of South Carolina Press, 1971.

TYNIANOV, Louri. *Le Vers Lui-Méme*, tr. francesa. Paris: Union Générale d'Editions, 1977.

ULLMANN, Stephen. *Meaning and Style*. Nova York: Barnes and Noble, 1973.

__________. *Semântica*, tr. portuguesa, 3ª ed. Lisboa: Fundação Calouste Gulbenkian, 1973.

URBAN, Wilbur Marshall. *Lenguaje y Realidad*, tr. mexicana. México: Fondo de Cultura Económica, 1952.

VARGA, A. Kibedi. *Rhétorique et Littérature*. Paris: Didier, 1970.

VÁRIOS AUTORES. *Vers une Esthérique sons Entrave. Mélanges offerts à Mikel Dufrenne*. Paris: Union Générale d'Editions, 1975.

VERNON, M. D. *Percepção e Experiência*, tr. brasileira. São Paulo: Perspectiva, 1974.

VERÓN, Eliseo e Carlos E. Sluzki. *Comunicación y Neurósis*. Buenos Aires: Editorial del Instituto, 1970.

VIVAS, Eliseo. *Creation and Discovery*. Chicago: Gateway, 1965.

WALLACE, A. F. C. *Cultura y Personalidad*, tr. argentina. Buenos Aires: Paidós, 1963.

WEHRLI, Max. "Imagem e Concepção do Universo na Poesia." *Humboldt*. Hamburgo, ano 2, nº 5, 1962, pp. 50-60.

WELLEK, René e Austin Warren. *Theory of Literature*. Middlesex, Inglaterra: Penguin Books, 1976.

WHITEHEAD, Alfred North. *El Concepto de Naturaleza*, tr. espanhola. Madri: Gredos, 1968.

WHORF, Benjamin Lee. *Language, Thought, and Reality*, 12ª ed. Cambridge, Massachusetts: The M. I. T. Press, 1976.

WHEELWRIGHT, Philip. *The Burning Fountain*. Bloomington: Indiana University Press, 1964.

__________. *Metaphor and Reality*. Blomington/Londres: Indiana University Press, 1962.

WITTGENSTEIN, Ludwig. *Estética, Psicologia e Religião*, tr. brasileira. São Paulo: Cultrix, 1970,

__________. *Investigações Filosóficas*, tr. brasileira. São Paulo, Abril, 1975.

__________. *Tractatus Logico-Philosophicus*, tr. brasileira. São Paulo: Nacional/EDUSP, 1968.

WOLFFLIN, E. *Conceptos Fundamentales de la Historia del Arte*, tr. espanhola, 3ª ed. Madri: Espasa-Calpe, 1952

ÍNDICE DE NOMES

C

H

N

O

P

Q

R

S

T

U

V

W

X

Z

ÍNDICE DE ASSUNTOS